高等院校文科教

郭预衡 主编

中国古代文学作品选

二

上海古籍出版社

本册编写者

魏晋南北朝诗文	熊宪光　万光治
魏晋南北朝小说	万光治
隋唐五代诗文	林邦钧
唐　代　传　奇	林邦钧

目　录

魏晋南北朝诗文

孔融

论盛孝章书(1)

曹操

让县自明本志令(4)　蒿里行(9)　短歌行 其一(11)　步出夏门行 其一、其四(12)

王粲

登楼赋(14)　七哀诗 其一(16)

刘桢

赠从弟 其二(17)

蔡琰

悲愤诗(18)

曹丕

燕歌行 其一(22)

曹植

与杨德祖书(24)　泰山梁甫行(28)　白马篇(28)　野田黄雀行(30)　赠白马王彪 并序(30)

阮籍

咏怀诗 其一、其五、其六十、其六十三(34)

傅玄

豫章行苦相篇(36)

嵇康

与山巨源绝交书(38)　赠秀才入军 其九、其十四(46)

张华

情诗 其三(48)
潘岳
悼亡诗 其一(49)
陆机
吊魏武帝文序(51) 赴洛道中作 二首(54)
左思
咏史 其一、其二、其六(56) 招隐诗 其一(58)
刘琨
答卢谌书(59) 重赠卢谌(61)
郭璞
游仙诗 其一(63)
孙绰
答许询诗 其一(65)
王羲之
兰亭诗序(66)
陶渊明
五柳先生传(69) 归去来兮辞 并序(70) 归园田居 其一、其二、其三(73) 移居 二首(75) 饮酒 并序 其五(76) 杂诗 其二(77) 咏荆轲(77) 读山海经 其一、其十(78)
颜延之
陶征士诔序(80) 五君咏 阮步兵 嵇中散(83)
谢灵运
登池上楼(86) 石壁精舍还湖中作(87)
鲍照
登大雷岸与妹书(88) 代出自蓟北门行(94) 梅花落(95) 拟行路难 其四、其六(95)
沈约
别范安成(97) 早发定山(97)

江淹
别赋(98)
孔稚珪
北山移文(104)
陶弘景
答谢中书书(109)
刘峻
广绝交论(111)
谢朓
暂使下都夜发新林至京邑赠西府同僚(122)　之宣城郡出新林浦向版桥(124)　晚登三山还望京邑(124)
吴均
与宋元思书(126)
何逊
慈姥矶(127)　相送(127)
阴铿
江津送刘光禄不及(128)　晚出新亭(128)
萧纲
咏内人昼眠(129)
徐陵
长相思 二首(130)
王褒
渡河北(131)
庾信
哀江南赋序(133)　拟咏怀 其七、其十一(138)　寄王琳(139)　重别周尚书 二首(140)
郦道元
水经注　巫峡(141)

杨衒之

洛阳伽蓝记　景明寺(143)

颜之推

颜氏家训　涉务(147)

南朝乐府民歌

子夜歌 其四、其三十三(151)　子夜四时歌·春歌 其一、其十(152)　华山畿(153)　读曲歌 其五十五、其六十二、其七十一(153)　西洲曲(154)

北朝乐府民歌

折杨柳歌辞 其四、其五(157)　陇头歌辞 三首(157)　敕勒歌(158)　木兰诗(159)

魏晋南北朝小说

干宝

搜神记　三王墓(163)　韩凭妻(165)

刘义庆

世说新语　祖阮优劣(167)　王子猷居山阴(168)　石崇要客燕集(169)

隋唐五代诗文

卢思道

从军行(170)

薛道衡

昔昔盐(172)　人日思归(173)

无名氏

大业长白山谣(173)

魏徵

论时政疏 第二疏(174)　述怀(176)
王绩
自撰墓志铭(178)　过酒家五首 其二(180)　野望(180)
李世民
帝京篇序(181)　还陕述怀(183)
卢照邻
长安古意(184)
骆宾王
代李敬业传檄天下文(188)　在狱咏蝉(193)　于易水送人一绝(194)
王勃
秋日登洪府滕王阁饯别序(195)　送杜少府之任蜀川(203)
杨炯
从军行(204)
沈佺期
杂诗 其三(205)　古意(205)
宋之问
度大庾岭(207)　渡汉江(207)
陈子昂
与东方左史虬修竹篇序(208)　感遇 其二、其二十九(210)
送魏大从军(212)　蓟丘览古赠卢居士藏用 燕昭王(212)
登幽州台歌(213)
张若虚
春江花月夜(214)
张说
贞节君碣(216)　邺都引(219)
张九龄
感遇 其一、其七(220)　望月怀远(221)

王之涣

登鹳雀楼(222)　凉州词 其一(222)

孟浩然

临洞庭(223)　过故人庄(224)　宿桐庐江寄广陵旧游(225)　宿建德江(225)　春晓(226)

王湾

次北固山下(226)

王昌龄

从军行 其一、其四、其五(227)　出塞 其一(229)　长信秋词 其三(229)　芙蓉楼送辛渐 其一(230)

王维

山中与裴秀才迪书(231)　陇头吟(233)　观猎(234)　使至塞上(235)　汉江临眺(235)　终南山(236)　山居秋暝(237)　终南别业(237)　鹿柴(238)　鸟鸣磵(238)　九月九日忆山东兄弟(239)　渭川田家(239)　送元二使安西(240)

李颀

古从军行(241)　赠张旭(242)　送魏万之京(243)

李白

春夜宴从弟桃花园序(244)　与韩荆州书(245)　古风 其十、其十四、其十九、其二十四(249)　渡荆门送别(253)　黄鹤楼送孟浩然之广陵(253)　蜀道难(254)　将进酒(256)　行路难 其一(257)　丁都护歌(258)　闻王昌龄左迁龙标遥有此寄(259)　静夜思(260)　梦游天姥吟留别(260)　宣州谢朓楼饯别校书叔云(262)　宿五松山下荀媪家(263)　独坐敬亭山(263)　望庐山瀑布 其二(264)　望天门山(264)　永王东巡歌 其十一(265)　早发白帝城(266)　赠汪伦(266)

高适
自淇涉黄河途中作 其九(267) 封丘作(268) 燕歌行 并序(269) 营州歌(271) 别董大 其一(271)
常建
题破山寺后禅院(272)
刘长卿
穆陵关北逢人归渔阳(273) 新年作(273) 逢雪宿芙蓉山主人(274)
杜甫
兵车行(275) 丽人行(277) 自京赴奉先县咏怀五百字(279) 月夜(282) 悲陈陶(283) 春望(284) 北征(284) 羌村 其一(288) 洗兵行(289) 新安吏(292) 石壕吏(293) 新婚别(294) 蜀相(295) 春夜喜雨(296) 茅屋为秋风所破歌(297) 闻官军收河南河北(297) 旅夜书怀(298) 秋兴八首 其一(299) 登高(300) 又呈吴郎(301) 登岳阳楼(301) 江南逢李龟年(302)
李华
吊古战场文(303)
岑参
白雪歌送武判官归京(306) 走马川行奉送出师西征(307) 武威送刘判官赴碛西行军(309) 逢入京使(309) 春梦(310)
元结
道州刺史厅壁记(311) 右溪记(312) 春陵行 并序(313) 贼退示官吏 并序(315)
韦应物
观田家(316) 滁州西涧(316) 出还(317) 寄全椒

山中道士(317)　调笑令(318)
卢纶
和张仆射塞下曲 其二、其三(319)
李益
塞下曲(320)　夜上受降城闻笛(320)　喜见外弟又言别(321)　江南词(321)
孟郊
游子吟(322)　寒地百姓吟(323)　洛桥晚望(324)　游终南山(324)
陆贽
奉天请罢琼林大盈二库状(325)
张籍
野老歌(333)　征妇怨(334)　没蕃故人(334)　秋思(335)
王建
当窗织(336)　水夫谣(336)　新嫁娘词 其三(337)　宫词 其八十三(337)
韩愈
送李愿归盘谷序(338)　师说(341)　张中丞传后叙(344)　送董邵南序(349)　祭十二郎文(351)　进学解(356)　论佛骨表(361)　柳子厚墓志铭(367)　山石(373)　八月十五夜赠张功曹(375)　谒衡岳庙遂宿岳寺题门楼(376)　左迁至蓝关示侄孙湘(378)　次潼关先寄张十二阁老使君(379)　早春呈水部张十八员外 其一(380)
刘禹锡
陋室铭(381)　讯甿(382)　华佗论(385)　西塞山怀古(388)　酬乐天扬州初逢席上见赠(389)　乌衣巷

(391)　竹枝词 其二(391)　竹枝词 其一(392)　元和十年自朗州承召至京戏赠看花诸君子(393)　再游玄都观绝句 并引(394)
白居易
与微之书(395)　三游洞序(398)　赋得古原草送别(400)　观刈麦(401)　卖炭翁(401)　杜陵叟(402)　红线毯(404)　缚戎人(405)　长恨歌(406)　琵琶引 并序(411)　自河南经乱关内阻饥兄弟离散各在一处因望月有感聊书所怀寄上浮梁大兄於潜七兄乌江十五兄兼示符离及下邽弟妹(414)　钱唐湖春行(415)　暮江吟(416)　花非花(416)　忆江南 其一(417)　长相思 其一(417)
李翱
杨烈妇传(418)
柳宗元
三戒(422)　捕蛇者说(424)　始得西山宴游记(427)　钴鉧潭西小丘记(429)　至小丘西小石潭记(431)　送薛存义之任序(433)　笼鹰词(434)　登柳州城楼寄漳汀封连四州(435)　酬曹侍御过象县见寄(436)　江雪(437)
元稹
遣悲怀 其一(438)　行宫(439)　田家词(439)
贾岛
题李凝幽居(440)　访隐者不遇(441)
皇甫湜
唐故著作左郎顾况集序(442)
李贺
李凭箜篌引(445)　雁门太守行(447)　南园 其五(448)　金铜仙人辞汉歌 并序(449)　老夫采玉歌(450)　梦天(451)

杜牧
阿房宫赋(453)　河湟(457)　九日齐山登高(458)
早雁(459)　江南春绝句(460)　赤壁(460)　泊秦淮(461)　寄扬州韩绰判官(462)
温庭筠
过陈琳墓(463)　达摩支曲(464)　商山早行(465)
忆江南[梳洗罢](466)　菩萨蛮[小山重叠金明灭](466)
菩萨蛮[玉楼明月长相忆](467)　更漏子[玉炉香](468)
李商隐
安定城楼(469)　贾生(470)　重有感(471)　蝉(472)
筹笔驿(473)　马嵬 其二(475)　夜雨寄北(476)　无题[相见时难](477)　无题[昨夜星辰](478)　锦瑟(479)
刘蜕
山书 其七、其八(481)
罗隐
英雄之言(483)　辨害(484)　雪(485)　感弄猴人赐朱绂(486)　筹笔驿(486)
孙樵
书何易于(487)　书褒城驿壁(491)
皮日休
原谤(495)　读《司马法》(496)　橡媪叹 其二(497)
汴河怀古 其一(498)
陆龟蒙
野庙碑(499)　白莲(503)
韦庄
台城(504)　思帝乡[春日游](504)　女冠子[四月十七](505)　菩萨蛮[人人尽说江南好](505)　菩萨蛮[洛阳

城里春光好］(506)
聂夷中
咏田家(507)
韩偓
自沙县抵龙溪值泉州军过后村落皆空因有一绝(508)　惜花(508)　故都(509)
杜荀鹤
山中寡妇(510)　再经胡城县(511)
敦煌词
菩萨蛮［枕前发尽千般愿］(512)　菩萨蛮［敦煌古往出神将］(512)　望江南［莫攀我］(513)
李珣
南乡子［相见处］(514)
牛峤
江城子(515)　定西蕃(515)
刘昫
《旧唐书·文苑传》序(516)
欧阳炯
《花间集》序(520)　南乡子［嫩草如烟］(523)
冯延巳
鹊踏枝［谁道闲情抛掷久］(524)　鹊踏枝［几日行云何处去］(525)　谒金门［风乍起］(525)
李璟
浣溪沙［手卷真珠上玉钩］(527)　浣溪沙［菡萏香消翠叶残］(528)
李煜
清平乐［别来春半］(529)　乌夜啼［林花谢了春红］(530)　乌夜啼［无言独上西楼］(530)　虞美人［春花秋叶何时了］

(531)　　浪淘沙[帘外雨潺潺](532)

唐代传奇

李朝威
　　柳毅传(533)
白行简
　　李娃传(545)

魏晋南北朝诗文

孔融

孔融(153—208),字文举,鲁国(今山东曲阜)人。汉末著名文学家,“建安七子”之一。孔子第二十世孙。少有异才,性至孝。十三岁丧父,哀毁过度。为救党人张俭,与兄孔褒争坐其罪。曾任北海相,立学校,彰显儒术,世称“孔北海”。后任青州刺史,为袁谭所败。献帝迁都,召为将作大匠,又迁少府。对于董卓的擅权,袁绍、曹操的威逼汉室,多有触忤之言。后为曹操所杀。有《孔少府集》(一名《孔北海集》)传世。

论盛孝章书

【题解】 本篇是孔融为盛孝章写的一封推荐信。盛孝章,名宪,会稽人,为当时名士,曾为吴郡太守,深为孙策所忌刻。孔融忧虑他终将遭到迫害,乃致书曹操,请为援手。曹操此时为司空兼车骑将军,征盛孝章为骑都尉。征书未至,孝章已为孙权所害。文章既谈交友之道,又谈为国求贤,“惟公匡复汉室,宗社将绝,又能正之。正之之术,实须得贤”数语,尤其能打动曹操。全篇不事文采,以气运辞;情辞婉转,颇能动人。

岁月不居,时节如流[1]。五十之年,忽焉已至。公为始满,融又过二[2]。海内知识,零落殆尽,惟会稽盛孝章尚存[3]。其人困于孙氏,妻孥湮没,单孑独立,孤危愁苦[4]。若使忧能伤人,此子不得永年矣[5]。《春秋传》曰:"诸侯有相灭亡者,桓公不能救,则桓公耻之[6]。"今孝章实丈夫之雄也,天下谈士,依以扬声[7];而身不免于幽絷,命不期于旦夕[8]。吾祖不当复论损益之友,而朱穆所以绝交也[9]。公诚能驰一介之使,加咫尺之书,则孝章可致,友道可弘矣[10]。

今之少年,喜谤前辈,或能讥评孝章[11]。孝章要为有天下大名,九牧之人所共称叹[12]。燕君市骏马之骨,非欲以骋道里,乃当以招绝足也[13]。惟公匡复汉室,宗社将绝,又能正之[14]。正之之术,实须得贤。珠玉无胫而自至者,以人好之也[15];况贤者之有足乎!昭王筑台以尊郭隗[16],隗虽小才,而逢大遇,竟能发明主之至心[17]。故乐毅自魏往,剧辛自赵往,邹衍自齐往[18]。向使郭隗倒悬而王不解[19],临难而王不拯,则士亦将高翔远引,莫有北首燕路者矣[20]。

凡所称引[21],自公所知;而复有云者,欲公崇笃斯义[22]。因表不悉[23]。

据中华书局影印胡刻《文选》

【注释】 [1] 居:停留。时节:时光季节。流:流水。 [2] 公:称曹操。过:超过。 [3] 知识:相知相识的人。零落:凋零殒落,此指死去。殆尽:几乎完了。会稽:郡名,今浙江绍兴。 [4] 孙氏:指孙氏的东吴政权。妻孥(nú):妻子儿女。湮(yān)没:埋没,此指丧亡。单孑(jié):孤独无援。孤危:指处境危险。 [5] 永年:指达到较长的年寿。 [6] "《春秋传》"四句:指《春秋公羊传》僖公元年:"邢已亡矣。孰亡之?盖狄灭之。曷为不言狄灭之?为桓公讳也。曷为为桓公讳?上无天子,下无方伯,天下诸侯有相灭亡者,桓公不能救,则桓公耻之。"桓公指齐桓公,这里是把曹操比做春秋五霸之一的齐桓公,暗示他救盛孝章既是义不容辞的,也是有力量的。

[7] 丈夫之雄:大丈夫中的英雄豪杰。谈士:评议清谈之士。"依以"句:依靠盛孝章来宣扬自己的名声。　[8] 幽縶(zhí):囚禁。"命不"句:指命悬于早晚,不能预料。　[9]"吾祖"二句:说像盛孝章这样的人得不到救援,那么孔子就不应再谈"损益之友",而要像朱穆那样写《绝交论》了。吾祖,指孔子。孔融是孔子的后裔,所以称孔子为吾祖。论损益之友,《论语·季氏》:"孔子曰:益者三友,损者三友。友直、友谅,友多闻,益矣;友便辟,友善柔,友便佞,损矣。"朱穆,东汉时人,字公叔。"著《绝交论》,亦矫时之作"(见《后汉书·朱晖传》)。　[10] 一介:一个。咫(zhǐ)尺之书:简短的书信。八寸曰咫。致:招致。友道:交友之道。弘:发扬光大。　[11] 谤:诽谤,说坏话。讥评:讥讽评论。　[12] 要:凡要,总举之词。九牧:九州。古代九州的长官叫牧伯,故称。称叹:称赞叹赏。　[13]"燕君"三句:《战国策·燕策》:燕昭王欲招贤,郭隗对他说:"臣闻古之君人有以千金求千里马者,三年不能得。涓人言于君曰:'请求之。'君遣之。三月得千里马;马已死,买其首五百金,反以报君。君大怒曰:'所求者生马,安事死马而捐五百金?'涓人对曰:'死马且买之五百金,况生马乎?天下必以王为能市马,马今至矣!'于是不能期年,千里之马至者三。今王诚欲致士,先从隗始。隗且见事,况贤于隗者乎!"燕君,指燕昭王。市,买。骋(chěng),奔跑。道里,道路。招,招致,招来。绝足,绝尘之足,即千里马。　[14] 匡复:扶正恢复。宗社:宗庙社稷,指国家政权。绝:断绝。正:安定。　[15] 珠玉:珍珠宝石。胫(jìng):小腿,此指足。《韩诗外传》卷六:"盍胥谓晋平公曰:'珠出于江海,玉出于昆山,无足而至者,由主君之好也。士有足而不至者,盖主君无好士之意耳。'"　[16]"昭王"句:据《史记·燕召公世家》载:燕昭王欲得贤士以共国,让郭隗推荐。郭隗说:"王必欲致士,先从隗始,况贤于隗者,岂远千里哉?"于是昭王为郭隗改筑宫而师事之,天下贤士争往燕国。　[17] 小才:才能不大的人。大遇:大的知遇。发:启发。至心:诚挚之心。　[18] 乐毅:本魏人,仕燕昭王,拜上将军,为燕伐齐,下七十余城。剧辛:赵国人,有贤才,仕燕昭王,破齐之计,其功居多。邹衍:齐人,阴阳家,燕昭王曾师事之。　[19] 向:往昔,从前。使:假使,如果。倒悬:倒吊,喻处境穷困。　[20] 高翔远引:远走高飞。北首:北向。　[21] 称引:指信中所论及和引述的事。　[22] 崇笃:推崇重视。义:指招贤纳士之义。　[23] 因:顺便。表:表白,提示。不悉:

不尽。

曹 操

曹操(155—220),字孟德,东汉末沛国谯(今安徽亳县)人。祖父曹腾为宦官,桓帝时任中常侍大长秋,封费亭侯。父曹嵩为曹腾养子,官至太尉。曹操少时即机警,有权数,任侠放荡。二十岁时,举孝廉为郎,授洛阳北部尉。黄巾起义时,拜骑都尉,参与镇压起义军,升为济南相,后辞官归乡里。董卓乱时,随袁绍讨伐董卓,后迎献帝迁都于许昌,拜司空,封武平侯。建安五年(200)击败袁绍,统一北方。位至丞相及大将军,封魏王。其子曹丕称帝后,追尊为魏武帝。曹操不仅是三国时期杰出的政治家、军事家,而且是卓有建树的文学家。他的诗歌深受乐府民歌的影响,且又富于创造性,往往以旧题写时事,反映动荡现实,抒写宏大抱负,情感深沉激越,风格苍劲悲壮。他的散文突破旧的传统,风格"清峻"、"通脱"、"简约严明"。鲁迅称他"是一个改造文章的祖师"(《魏晋风度及文章与药及酒之关系》)。有《魏武帝集》。

让县自明本志令

【题解】 本文选自《三国志·魏书·武帝纪》裴松之注引《魏武故事》。文章写在建安十五年(210),时曹操已起兵二十多年,董卓、吕布、袁绍、袁术、刘表等相继被他消灭。虽然如此,曹操拥兵百万,"挟天子以令诸侯",却丝毫不敢流露出踌躇满志之态。原因在当时三国鼎峙局面初定,天下正值用人之际,朝野内外却议论他有废汉自立的野心。所以曹操乃作此令,一则让还封邑三县(阳夏、柘县、苦县,均在河南),借以表明对汉室的忠心,再则自叙生平,自明心迹。因为有这样的背景,文章写得推心置腹,曲折尽意,委婉动情，毫无掩饰。明人张溥说："《述志》一令，似乎欺人，未尝不抽序心腹，慨以当慷也。"（《汉魏六朝百三家集·魏武帝集题辞》）

孤始举孝廉[1]，年少，自以本非岩穴知名之士[2]，恐为海内人之所见凡愚[3]，欲为一郡守，好作政教以建立名誉[4]，使世士明知之[5]；故在济南，始除残去秽[6]，平心选举，违迕诸常侍[7]。以为强豪所忿[8]，恐致家祸，故以病还。

去官之后，年纪尚少，顾视同岁中[9]，年有五十，未名为老。内自图之[10]，从此却去二十年[11]，待天下清，乃与同岁中始举者等耳[12]。故以四时归乡里，于谯东五十里筑精舍[13]。欲秋夏读书，冬春射猎，求底下之地[14]，欲以泥水自蔽，绝宾客往来之望，然不能得如意。

后征为都尉[15]，迁典军校尉[16]，意遂更欲为国家讨贼立功，欲望封侯作征西将军，然后题墓道言"汉故征西将军曹侯之墓[17]"，此其志也[18]。

而遭值董卓之难[19]，兴举义兵。是时合兵能多得耳[20]，然常自损[21]，不欲多之；所以然者，多兵意盛，与强敌争，倘更为祸始[22]。故汴水之战数千[23]，后还到扬州更募[24]，亦复不过三千人，此其本志有限也。

后领兖州[25]，破降黄巾三十万众。又袁术僭号于九江[26]，下皆称臣，名门曰建号门，衣被皆为天子之制[27]，两妇预争为皇后。志计已定，人有劝术使遂即帝位，露布天下[28]；答言："曹公尚在，未可也。"后孤讨禽其四将[29]，获其人众，遂使术穷亡解沮，发病而死。及至袁绍据河北[30]，兵势强盛，孤自度势，实不敌之，但计投死为国[31]，以义灭身，足垂于后。幸而破绍[32]，枭其二子[33]。又刘表自以为宗室[34]，包藏奸心，乍前乍却[35]，以观世事，据有当州[36]。孤复定之，遂平天下。身为宰相，人臣之贵已极，意望已过矣。

今孤言此，若为自大[37]，欲人言尽，故无讳耳。设使国家无有孤，不知当几人称帝[38]，几人称王。或者人见孤强盛，又性不信天命之事，恐私心相评，言有不逊之志[39]，妄相忖度，每用耿耿[40]。

齐桓、晋文所以垂称至今日者[41]，以其兵势广大，犹能奉事周室也。《论语》云："三分天下有其二，以服事殷，周之德可谓至德矣。"[42]夫能以大事小也[43]。昔乐毅走赵[44]，赵王欲与之图燕[45]。乐毅伏而垂泣，对曰："臣事昭王，犹事大王；臣若获戾，放在他国，没世然后已，不忍谋赵之徒隶，况燕后嗣乎！"胡亥之杀蒙恬也[46]，恬曰："自吾先人及至子孙[47]，积信于秦三世矣；今臣将兵三十余万，其势足以背叛，然自知必死而守义者，不敢辱先人之教以忘先王也[48]。"孤每读此二人书，未尝不怆然流涕也。

孤祖、父以至孤身[49]，皆当亲重之任，可谓见信者矣，以及子桓兄弟[50]，过于三世矣。孤非徒对诸君说此也，常以语妻妾，皆令深知此意。孤谓之言[51]："顾我万年之后[52]，汝曹皆当出嫁[53]，欲令传道我心，使他人皆知之。"孤此言皆肝鬲之要也[54]。所以勤勤恳恳叙心腹者，见周公有《金縢》之书以自明[55]，恐人不信之故。

然欲孤便尔委捐所典兵众[56]，以还执事[57]，归就武平侯国[58]，实不可也。何者？诚恐己离兵为人所祸也。

既为子孙计，又己败则国家倾危，是以不得慕虚名而处实祸，此所不得为也。

前朝恩封三子为侯[59]，固辞不受，今更欲受之，非欲复以为荣，欲以为外援，为万安计。孤闻介推之避晋封[60]，申胥之逃楚赏[61]，未尝不舍书而叹[62]，有以自省也。奉国威灵[63]，仗钺征伐[64]，推弱以克强[65]，处小而禽大，意之所图，动无违事[66]，心之所虑，何向不济[67]，遂荡平天下，不辱主命[68]，可谓天助汉室，非人力也。然封兼四县[69]，食户三万[70]，何德堪之！江湖未静，不可让位，至于邑土，可得而辞。今上还阳夏、柘、苦三县户二万[71]，但食武平万户，且以分损谤议[72]，少减孤之责也[73]。

据中华书局版《三国志》

【注释】 [1] 孝廉：汉代察举考试的两种科目，为两汉入仕的正途。 [2] 岩穴知名之士：指隐居名士。汉末出现了借隐居山林以抬高身价的现象。 [3] 见凡愚：被看成是平庸之人。 [4] 政教：政治教化。 [5] 明知之：都知道我。 [6] 济南：东汉侯国名，属青州，行政中心在今山东济南。因为诸侯国，故以郡守称相，曹操三十岁做济南相。除残去秽：清除贪官污吏，禁绝淫祀。 [7] 平心：公平，指任人唯贤。违迕：触犯。诸常侍：把持朝政的宦官。 [8] 强豪：即豪强。 [9] 同岁中：同一年举孝廉的人。 [10] 图：考虑。 [11] 却去：退去，指辞官隐退。 [12] "乃与"句：才和同年举孝廉的那些年老者年纪相等。 [13] 谯：今安徽亳州。精舍：学舍。 [14] 底：同低。据《太平寰宇记·酂县》下引《魏略》："太祖于谯东五十里泽中筑精舍，读书射猎，闭绝宾客。" [15] 征：召。都尉：武官名，掌管一郡军事的长官。 [16] 迁：升调。典军校尉：武官名。汉灵帝东平五年(188)，曹操回乡第二年被征召为"西园八校尉"之一的典军校尉，负责皇宫戍卫。 [17] 题墓道：指立墓碑。 [18] 其：指作者自己。 [19] 遭值：遭逢。董卓之难：董卓，字仲颖，凉州临洮（今甘肃岷县)人。灵帝死,董卓乘朝廷宦官外戚争权之机,带兵入洛阳,废少帝,立献帝,自为相国。山东各州郡起兵讨伐,董卓挟帝迁长安,焚掠洛阳宫殿民房。当时董卓以曹操为骁骑校尉,曹操变姓名跑出洛阳。第二年,参加袁绍的讨卓大军。 [20] 合兵:招募军队。 [21] 自损:自己加以限制。 [22] 祸始:祸根。 [23] 汴水之战:指曹操率军与董卓部将徐荣战于汴水,曹操兵败。汴水,今河南荥阳东北。 [24] 扬州更募:东汉扬州治所在历阳(今安徽和县)。曹操汴水兵败后,与夏侯惇到扬州丹阳郡(今安徽宣城)募兵。 [25] 领兖州:任兖州牧。汉献帝初平三年(192)黄巾军攻入兖州(今山东中、西部,河南北部。行政中心在昌邑,即今山东金乡),济北相鲍信迎曹操为兖州牧,以镇压黄巾起义军。 [26] 僭(jiàn)号:超越本分,盗用天子名号。袁术本是九江郡太守,建安二年(197)在寿春(今安徽寿县),称帝。 [27] 衣被:衣装服饰。 [28] 露布:又叫露板。这里指不加封缄的布告。 [29] 讨禽其四将:建安二年,曹操征讨袁术,斩杀其大将桥蕤、李丰、梁钢、乐就。 [30] 袁绍据河北:袁绍,字本初,汝南汝阳(今河南商水西北)人,汉末世家大族。他起兵讨伐董卓,被推为盟主。后割据河北、山西两省和山东、河南的一部。 [31] 投死:拼死献身。 [32] 破绍:指官渡(今河南中牟东北)之战大败袁绍。袁绍不久病死。 [33] "枭其"句:袁尚、袁谭因争夺冀州互相攻杀。官渡战后五年,曹操击杀袁谭,袁尚逃奔乌桓。又过了两年,曹操北征乌桓。袁尚逃往辽东,为辽东太守公孙康所杀。枭(xiāo),悬首示众。 [34] "又刘表"句:刘表,字景升,山阳高平(今甘肃固原)人,自以为鲁恭王刘馀的后代,割据荆州。 [35] "乍前"句:忽前忽后。曹操与袁绍战于官渡时,袁绍求援于刘表,刘表答应支援却未发兵。后有人劝其归附曹操,刘表派人到曹操那里打探虚实,迟迟不肯下决心。 [36] 当州:所在州,即荆州。辖境为今湖南、湖北和河南西部地区。行政中心在襄阳(今湖北襄樊)。 [37] "若为"句:好像自我夸耀。 [38] "不知"句:真不知会有多少人称帝。 [39] 不逊之志:不忠顺,指代汉自立为皇帝。 [40] 用:因。耿耿:内心不安的样子。 [41] 齐桓:齐桓公,姓姜,名小白。用管仲九合诸侯,一匡天下,同时又提出"尊王攘夷"的口号。晋文:晋文公,姓姬,名重耳,也提出"尊王"的口号。 [42] "三分"三句:引自《论语·泰伯》,意思是说周文王虽然势力已超过殷纣王,但还是臣服于殷。 [43] 夫:这。 [44] 乐毅走赵:乐毅,战国时燕昭王的大将,曾攻下齐国城池七十余座。昭王死，乐毅被惠王猜忌，遂逃往赵国。 [45] 图燕：攻取燕国。 [46] 胡亥：秦始皇的小儿子，即秦二世。蒙恬：秦国名将。 [47] "自吾"句：蒙恬祖父蒙骜、父亲蒙武和他自己，世代为秦国名将。 [48] 先人：祖父、父亲。先王：秦始皇。秦始皇死，胡亥立，赐蒙恬死。 [49] 孤祖、父：指曹操祖父曹腾，汉桓帝时任中常侍大长秋，封费亭侯。曹腾养子曹嵩，即曹操的父亲，汉灵帝时，官至太尉。 [50] 子桓：曹操儿子曹丕的字。兄弟：曹丕的弟弟曹植、曹豹等人。 [51] 谓之言：对他们说。 [52] 万年之后：死了之后。 [53] 汝曹：你们。 [54] 肝鬲：同肝膈，肺腑。要：切要。 [55]《金縢》：《尚书》中的一篇。内容记周武王有病，周公祭告祖先，愿代武王死。祷词藏在金属固封的柜中。武王死，成王年幼，周公摄政。周公的弟弟管叔、蔡叔造谣说周公将夺取王位。周公避嫌出居洛阳。后来，成王见了周公的祷词，便迎他回来，重新执政。 [56] 所典兵众。所掌管的军队。典，掌管。 [57] 执事：主管人员。 [58] 武平侯国：曹操在建安元年(196)九月拜大将军，封武平侯，武平在今河北鹿邑东北。 [59] 前：建安十五年(210)。朝恩：朝廷恩德。三子为侯：指曹植封为平原侯，曹据封为范阳侯，曹豹封为饶阳侯。曹丕为继嗣，未封。 [60] 介推：介子推。春秋时晋国人，跟随晋公子重耳出亡十九年，历经艰难困苦。后重耳归国成为国君，欲赏封他，他与母亲隐居而不受封。 [61] 申胥：申包胥，春秋楚国大夫。时伍子胥率吴国军队攻楚破郢都，申包胥前往秦国求救，在秦宫痛哭七日，秦才出兵救楚，打败吴军，楚昭王奖赏功臣，申包胥逃走而不受封。 [62] 舍书：放下书。 [63] "奉国"句，凭借朝廷的威望。 [64] "仗钺"句：奉王命征伐不臣之人。钺(yuè)，大斧，兵器。皇帝赐钺给大臣，代表授予征伐的权力。 [65] "推弱"句：改变弱势以攻克强敌。 [66] "动无"句：做什么事都没有不成功的。 [67] "何向"句：不论做什么、向哪里都取得成功。 [68] "不辱"句：未辜负皇帝的使命。 [69] 四县：指武平、阳夏(今河南太康)、柘(今河南柘城北)、苦(今河南鹿邑东)。 [70] 食户三万：享受三万户的租税。 [71] 上还：交还给朝廷。 [72] 分损谤议：减少别人对自己的诽谤和猜议。 [73] "少减"句：稍微减轻我一点责任。

蒿 里 行

【题解】 《蒿里行》是汉乐府《相和歌·相和曲》中的一个曲调名，原为送葬时唱的挽歌。蒿里，地名，在泰山南。古代迷信说法，人死后灵魂归于蒿里。曹操借乐府旧题写时事，叙述东汉末年袁绍等军阀讨伐董卓不成，转而互相攻伐，给人民造成了深重灾难。这首诗真实地反映了历史，描绘出一幅宏伟壮阔的时代画面，因而被明人钟惺称为“汉末实录，真诗史也”(《古诗归》)。

关东有义士，兴兵讨群凶[1]。初期会盟津，乃心在咸阳[2]。军合力不齐，踌躇而雁行[3]。势利使人争，嗣还自相戕[4]。淮南弟称号，刻玺于北方[5]。铠甲生虮虱[6]，万姓以死亡。白骨露于野，千里无鸡鸣。生民百遗一[7]，念之断人肠。

【注释】 [1] 关东：指函谷关(在今河南新安东)以东。义士：指起兵讨伐董卓的关东州郡诸将领。兴兵：起兵。群凶：指董卓及其婿牛辅、其部将李傕(jué)、郭汜(sì)等一伙恶人。汉献帝初平元年(190)，关东各州郡联合起兵，推渤海太守袁绍为盟主，曹操为奋威将军，西向讨伐董卓　[2] “初期”二句：当初希望群雄会合，共讨董卓，原本是为了忠心国事，拥护长安的帝室。初，当初。期，希望。盟津，即孟津，古黄河渡口，在今河南孟县南，传为周武王伐纣时与八百诸侯会盟之地。乃心，他们的心。乃，犹“其”。咸阳，秦都，在今陕西咸阳东。当时献帝被董卓挟持，由洛阳西迁长安，这里即用咸阳代指长安王室。　[3] 踌躇：犹豫不前的样子。雁行(háng)：飞雁的行列。比喻诸军列阵观望，各怀鬼胎，不肯先行的样子。　[4] 嗣还(sì xuán)：随即，不久。自相戕(qiāng)：自相残杀。当时各路军阀退兵后，袁绍、韩馥、公孙瓒等随即互相攻杀起来。　[5] “淮南”二句：指袁绍的堂弟袁术割据淮南(今安徽六安、巢湖地区，汉初为淮南国)，于建安二年(197)在寿春(今安徽寿县)称帝。而初平二年(191)，袁绍与冀州牧韩馥谋废献帝而立幽州牧刘虞为傀儡皇帝，并私刻皇帝印玺。当时袁绍屯兵河内(今河南沁阳)，与淮南对举，故称北方。玺(xǐ)，皇帝的印。　[6] 铠(kǎi)甲：古代将士作战时穿的防护服。金属制的叫铠，皮制的叫甲。虮(jǐ)：虱卵。因连年征战，将士们铠甲不离身，所以生了虱子。 [7] 百遗一：百人中只剩一人，谓伤亡惨重。

短歌行（其一）

【题解】 《短歌行》是汉乐府曲调名，属《相和歌·平调曲》。此乃曹操以乐府旧题写新辞。原作二首，这里选其第一首。此诗抒发了曹操为实现统一天下的壮志而建功立业的决心，倾吐了内心时不我待的焦虑和求贤若渴的心情。因为"有一段缱绻体恤情怀"（吴淇《六朝选诗定论》），所以写得曲折抑扬，感人肺腑。

对酒当歌[1]，人生几何？譬如朝露，去日苦多[2]。慨当以慷[3]，忧思难忘。何以解忧？唯有杜康[4]。青青子衿，悠悠我心[5]。但为君故，沉吟至今[6]。呦呦鹿鸣，食野之苹。我有嘉宾，鼓瑟吹笙[7]。明明如月，何时可辍[8]。忧从中来，不可断绝。越陌度阡[9]，枉用相存[10]。契阔谈燕，心念旧恩[11]。月明星稀，乌鹊南飞。绕树三匝[12]，何枝可依？山不厌高[13]，海不厌深。周公吐哺[14]，天下归心。

【注释】 [1] 当：犹"对"，面对。一说为"应当"。 [2] 朝露：喻人生短促。去日：过去了的时日。 [3] 慨当以慷：犹"当慨而慷"，以，而。一说即"慷慨"，"当以"无实义。 [4] 杜康：相传为我国最早发明酿酒的人。这里用作酒的代称。 [5] "青青"二句：语本《诗经·郑风·子衿》，指思念贤才。衿（jīn），衣领。"青衿"是周代学子的服装。这里用以代指贤才。悠悠，思念深长的样子。 [6] 君：指所思慕的人。沉吟：低声吟咏。原本无此二句，据《文选》补。 [7] "呦呦"四句：是《诗经·小雅·鹿鸣》中成句，原写宴嘉宾，曹操化用为纳贤才。呦呦（yōu），鹿鸣声。苹，艾蒿。鼓，弹奏。 [8] 辍（chuò）：停止，断绝。一作"掇（duō）"，拾取。 [9] 越陌度阡：谓友朋互相来往。古谚:"越陌度阡,更为客主。"(见应劭《风俗通》)这里借用成句谓贤士远道来投。阡、陌为田间小路,南北为阡,东西为陌。 [10] 枉用相存:犹言"屈驾来访"。枉,屈,指屈驾。存,存问,问候。 [11] 契阔:久别。谈燕:谈心晏饮。燕,同"宴",宴会,会饮。旧恩:老交情。 [12] 三:泛指多次。匝(zā):周,圈。 [13] 厌:嫌,满足。 [14] 周公吐哺(bǔ):《韩诗外传》卷三记周公告诫成王:"吾于天下亦不轻矣,然一沐三握发,一饭三吐哺,犹恐失天下之士。"这里曹操以周公自命,表示自己求贤若渴。吐哺,吐出正在咀嚼的食物。指殷勤接待贤士,竟至中途停止吃饭。

步出夏门行 (其一、其四)

【题解】 《步出夏门行》是汉乐府曲调名,属《相和歌·瑟调曲》。这一组诗共四首,前有"艳"(序歌)。此处所选为第一、第四首。第一首,作于建安十二年(207)九月,曹操北征乌桓胜利回师途中。作者以豪壮的笔调,描写碣石山下秋风萧瑟中的大海景色,表现出壮阔博大的胸怀和昂扬奋发的气概,令人感受到他那削平割据、统一天下的壮志雄心。此诗想象丰富,意境宏阔,是中国诗史上一首非常出色的写景诗。第四首,作者以自然生命之有限,念及人生应以不懈的努力,获得社会生命之永恒,表达了自强不息、老当益壮的进取精神和豪迈气概。诗中颇含哲理,耐人寻味。

东临碣石,以观沧海[1]。水何澹澹,山岛竦峙[2]。树木丛生,百草丰茂。秋风萧瑟[3],洪波涌起。日月之行,若出其中。星汉灿烂[4],若出其里。幸甚至哉,歌以咏志[5]。观沧海。一解。

【注释】 [1] 临:到。这里指登临。碣(jié)石:山名,在今河北乐亭西南。一说在今河北昌黎北。据《水经注》说,此山已沉没海中。曹操北征乌桓回师途中曾经过碣石山。沧海：大海。沧，通“苍”，指海水的深绿色。 [2] 澹澹（dàn）：水波动荡的样子。竦峙（sǒng zhì）：高高耸立的样子。 [3] 萧瑟：秋风吹动树木的声音。 [4] 星汉：泛指众星及天河。 [5] “幸甚”二句：乐工合乐时所加，与正文无关。这一组诗每首之末都有这两句。幸，庆幸，幸运。至，极。志，心意，志向。

神龟虽寿，犹有竟时[1]。腾蛇乘雾[2]，终为土灰。老骥伏枥[3]，志在千里。烈士暮年，壮心不已[4]。盈缩之期[5]，不但在天。养怡之福，可得永年[6]。幸甚至哉，歌以咏志。神龟虽寿。四解。

以上据中华书局版《乐府诗集》

【注释】 [1] 神龟：传说中一种长寿的龟。《庄子·秋水》：“吾闻楚有神龟，死已三千岁矣。”竟：完结，终了。 [2] 腾蛇：传说中一种能驾雾而飞的蛇。一作“螣蛇”。 [3] 骥：千里马。伏枥：趴在槽头。枥，马槽。 [4] 不已：不止，不消沉。 [5] 盈缩之期：指人的寿命长短。盈，满，长。缩，亏，短。 [6] 养怡：指保养身心，健康和乐。永年：长寿。

王　粲

王粲（177—217），字仲宣，山阳高平（今山东邹县西南）人。少有才名，为“建安七子”之一。董卓之乱后，他避难荆州，依附刘表，但未受重用。后归顺曹操，先后任丞相掾、军谋祭酒、侍中等职，赐爵关内侯。王粲在“建安七子”中文学成就最高。他亲历战乱流离，对当时的社会动乱、人生疾苦感受较深。作品情调悲凉，风格清丽，最能体现建安文学的特色，因而被刘勰称誉为“七子之冠冕”（《文心雕龙·才略》）。有《王侍中集》。

登 楼 赋

【题解】 本篇《文选》李善注："盛弘之《荆州记》曰：当阳县城楼，王仲宣登之而作赋。"当阳，即今湖北当阳。缪钺《王粲行年考》："赋中云：'遭纷浊而迁逝兮，漫逾纪以迄今。'十二年为纪，粲于初平四年(193)南徙荆州，至建安十年(205)恰十二年。既云'逾纪'，则此赋之作，当在建安十一二年间，正当曹操平定袁氏之后。赋云：'冀王道之一平兮，假高衢而骋力。'盖有希望曹操南定荆州统一宇内之意，故建安十三年曹操南征荆州，王粲即劝刘琮降曹也。"此说可作参考。此赋是一篇抒情短制，去国怀乡，直抒胸臆，自由挥洒，不甚雕饰。和前辈的大赋《子虚》、《上林》相比，是别具特色的。

登兹楼以四望兮[1]，聊暇日以销忧[2]。览斯宇之所处兮[3]，实显敞而寡仇[4]。挟清漳之通浦兮[5]，倚曲沮之长洲[6]。背坟衍之广陆兮[7]，临皋隰之沃流[8]。北弥陶牧[9]，西接昭丘[10]，华实蔽野，黍稷盈畴[11]。虽信美而非吾土兮[12]，曾何足以少留？

遭纷浊而迁逝兮[13]，漫逾纪以迄今[14]。情眷眷而怀归兮，孰忧思之可任[15]！凭轩槛以遥望兮[16]，向北风而开襟。平原远而极目兮[17]，蔽荆山之高岑[18]。路逶迤而修迥兮[19]，川既漾而济深[20]。悲旧乡之壅隔兮[21]，涕横坠而弗禁。昔尼父之在陈兮，有归欤之叹音[22]；钟仪幽而楚奏兮[23]，庄舄显而越吟[24]。人情同于怀土兮，岂穷达而异心[25]？

惟日月之逾迈兮[26]，俟河清其未极[27]。冀王道之一平兮[28]，假高衢而骋力[29]。惧匏瓜之徒悬兮[30]，畏井渫之莫食[31]。步栖迟以徙倚兮[32],白日忽其将匿[33]。风萧瑟而并兴兮[34],天惨惨而无色。兽狂顾以求群兮,鸟相鸣而举翼。原野阒其无人兮[35],征夫行而未息。心凄怆以感发兮,意忉怛而憯恻[36]。循阶除而下降兮[37],气交愤于胸臆。夜参半而不寐兮[38],怅盘桓以反侧[39]。

【注释】 [1] 兹楼:即当阳城楼。一说,麦城城楼(见《水经注》卷三十二"漳水"注)。 [2] 暇日:闲暇之日。一说,"暇"当作"假",意为假借。销:消除。 [3] 斯宇:此楼。宇为屋檐,此代指城楼。 [4] 显敞:敞亮,开阔。 [5] "挟清漳"句:此谓城楼位于漳水与沮水会合之处。挟,带。漳,漳水。浦,两水合流处。 [6] "倚曲沮"句:此谓城楼又与沮水之洲接近。倚,靠近。沮,沮水。洲,水中淤积的陆地。 [7] "背坟衍"句:此谓城楼背后是一片高原平野。坟,高地。衍,平川。 [8] "临皋隰"句:此谓面前是一带低洼的灌溉河渠。临,面对。皋,水边之地。隰,低洼之地。沃,灌溉。 [9] "北弥"句:此谓从城楼北望,可远见陶朱公墓地的郊野。弥,极。陶,盖指陶朱公范蠡。牧,郊野。 [10] "西接"句:此谓从城楼西望,可见楚昭王的墓地。昭丘,楚昭王墓。 [11] 黍稷:此泛指谷物。畴:此泛指田地。 [12] 吾土:此盖指故乡。 [13] 纷浊:纷乱污浊。盖指时局混乱。迁逝:指自长安投奔荆州而言。 [14] 逾纪:经过十二年。纪,十二年。 [15] 任:承受。 [16] 轩槛:此指城上的栏杆。 [17] 极目:此指竭力远望。 [18] 蔽:为……所蔽。岑:小而高的山。 [19] 逶迤(wēi yí):曲折。修:长。迥:远。 [20] 漾:水流长。济:渡。 [21] 旧乡:故乡。壅隔:阻隔。 [22] "昔尼父"二句:意谓从前孔子被困于陈之时,曾有思归之叹。尼父,孔子字仲尼,此为后人尊称。在陈,指孔子被困于陈国之时。《论语·公冶长》:"子在陈曰:'归欤,归欤!'……" [23] 钟仪:春秋时楚国的乐官,曾为晋俘虏。《左传·成公九年》:"晋侯观于军府,见钟仪……使与之琴,操南音。……公语范文子,文子曰:'楚囚,君子也。……乐操土风,不忘旧也。'"幽:囚。楚奏:弹奏楚调。 [24] 庄舄(xì):春秋时越国人。曾仕于楚国,病中思念故国而发越声。事见《史记·张仪列传》。显:地位尊贵。越吟:发越国乡音。　[25]穷达：贫困高贵。　[26]惟：思。逾迈：过往。[27]河清：相传黄河千年一清，世人因以河清比喻天下太平。《左传·襄公八年》："俟河之清，人寿几何？"未极：没有尽头，此言不可指望。　[28]冀：希望。王道：盖指理想的皇权。一平：一统。　[29]假：借。高衢：大路。骋力：效力。　[30]"惧匏瓜"句：用孔子语意，表示自己愿意为世所用。匏(páo)瓜，葫芦。徒悬，悬挂而不用。《论语·阳货》："子曰：'……吾岂匏瓜也哉？焉能系而不食！'"　[31]"畏井渫"句：以井被淘清后，而无人来饮水，喻己有才能而不得发挥。渫(xiè)，淘治井水。《周易·井卦》："井渫不食，为我心恻。"　[32]栖迟：留连。徙倚：徘徊。　[33]匿：此指日落。[34]萧瑟：萧条凄冷。兴：起。　[35]阒(qù)：寂静无人；此指无农夫。《文选》李善注："原野寂无农人，但有征夫而已。"　[36]凄怆：悲伤。忉怛(dāo dá)：忧劳。憯：同"惨"。　[37]阶除：台阶。　[38]夜参半：到半夜。　[39]盘桓：徘徊。反侧：翻来覆去。

七哀诗（其一）

【题解】　《七哀诗》共三首，本篇是第一首。汉献帝初平三年(192)，董卓部将李傕、郭汜作乱长安，大肆烧杀抢掠，人民流离失所。此诗记述了作者在乱离中所见所闻的悲惨景象，表达了哀痛的心情和向往和平安定的愿望。吴兢《乐府古题要解》说："《七哀》起于汉末。"它大概是当时的乐府新题，曹植、阮瑀等人都作有《七哀诗》。"七哀"表示哀思之多。

西京乱无象，豺虎方遘患[1]。复弃中国去，委身适荆蛮[2]。亲戚对我悲，朋友相追攀[3]。出门无所见，白骨蔽平原[4]。路有饥妇人，抱子弃草间。顾闻号泣声[5]，挥涕独不还。未知身死处，何能两相完[6]？驱马弃之去，不忍听此言。南登霸陵岸[7]，回首望长安。悟彼《下泉》人，喟然伤心肝[8]。

以上据中华书局影印胡刻《文选》

【注释】 [1] 西京:指长安,西汉国都。东汉建都洛阳,故称洛阳为东京,长安为西京。乱无象:犹言"乱得不成样子"。豺虎:指董卓余党李傕、郭汜等在长安作乱的人。方:正。遘:通"构",造成。患:祸难。 [2] 弃:抛舍。中国:指中原地区。委身:托身,寄身。适:往。荆蛮:即指荆州。古代中原地区的人称南方民族为蛮,荆州在南方,故称荆蛮。 [3] 追攀:指攀着车辕依依不舍地追送,表示惜别的意思。 [4] 蔽:遮盖。 [5] 顾:回头看。 [6] "未知"二句:是妇人自语。完,保全。 [7] 霸陵:汉文帝刘恒的陵墓,在今陕西长安东。岸:高地。 [8] 悟:领悟。懂得。《下泉》:《诗经·曹风》篇名。汉代经师认为这是一首曹国人怀念明王贤伯的诗。又,"下泉"即"黄泉","下泉人"亦隐指汉文帝。王粲认为汉文帝是西汉贤君,故登其陵墓会产生向往中原贤主、渴望安定太平的感想。喟(kuì)然:伤心叹息的样子。

刘 桢

刘桢(? —217),字公干,东平(今属山东)人。"建安七子"之一。曹操为丞相,辟为掾属。为人颇有气骨,在当时以五言诗著名,风格遒劲,曹丕赞其诗"妙绝时人",钟嵘《诗品》列为上品,称其"真骨凌霜,高风跨俗"。作品传存不多,有辑本《刘公干集》。

赠从弟 (其二)

【题解】 《赠从弟》共三首,本篇是第二首。作者以不畏风霜的松柏为喻,勉励其堂弟要有刚劲正直的品格和坚贞不屈的操守,实则勉弟亦自勉。

亭亭山上松,瑟瑟谷中风[1]。风声一何盛,松枝一何劲！冰霜正惨凄[2]，终岁常端正。岂不罹凝寒[3]？松柏有本性！

据中华书局影印胡刻《文选》

【注释】 [1] 亭亭：高高耸立的样子。瑟瑟：形容寒风的声音。 [2] 惨凄：形容凛冽而严酷。 [3] 罹(lí)：遭遇。凝寒：严寒。

蔡　琰

蔡琰，字文姬，陈留圉(今河南杞县)人。生卒年不详。她是汉末著名学者蔡邕之女，博学多才，精通音律。初嫁河东卫仲道，夫亡无子，归母家。董卓之乱中，为乱军所俘，后辗转流落入南匈奴。居十二年，生二子。中原地区平定后，曹操把她赎回，改嫁同郡董祀。其作品今存《悲愤诗》二首，一为五言，一为骚体。另有组诗《胡笳十八拍》，传为蔡琰所作，但多数研究者认为是后人伪托。

悲　愤　诗

【题解】 据《后汉书·列女传》所记，蔡琰归国后重嫁董祀，祀为屯田都尉，犯法当死。蔡琰亲往曹操处请求赦免。操感其言，追免祀罪。蔡琰应曹操之命忆写其父蔡邕旧日所藏书四百余篇，“文无遗误”。后又感伤乱离，作《悲愤诗》二首。本篇是其第一首。这是一首痛定思痛的诗作。它通过作者自身不幸遭遇的描述，揭露了军阀混战的罪恶和胡兵的残暴，反映了汉末战乱时代广大人民特别是妇女的悲惨命运，描绘了一幅令人触目惊心的战乱图，富有强烈的时代气息。此诗吸取了汉乐府中叙事诗的营养，善于运用具体生动的细节描写手法，精细刻画人物的内心活动。它叙事井然有序，写景简练鲜明，抒情真挚动人，是一篇传世杰作。

汉季失权柄，董卓乱天常[1]。志欲图篡弑，先害诸贤良[2]。逼迫迁旧邦，拥主以自强[3]。海内兴义师，欲共讨不祥[4]。卓众来东下[5]，金甲耀日光。平土人脆弱，来兵皆胡羌[6]。猎野围城邑，所向悉破亡[7]。斩截无孑遗，尸骸相撑拒[8]。马边县男头[9]，马后载妇女。长驱西入关，迥路险且阻[10]。还顾邈冥冥[11]，肝脾为烂腐。所略有万计，不得令屯聚[12]。或有骨肉俱[13]，欲言不敢语。失意机微间，辄言毙降虏[14]。要当以亭刃，我曹不活汝[15]！岂复惜性命，不堪其詈骂[16]。或便加棰杖，毒痛参并下[17]。旦则号泣行，夜则悲吟坐。欲死不能得，欲生无一可。彼苍者何辜？乃遭此厄祸[18]！

边荒与华异，人俗少义理[19]。处所多霜雪，胡风春夏起。翩翩吹我衣，肃肃入我耳[20]。感时念父母，哀叹无穷已。有客从外来，闻之常欢喜。迎问其消息，辄复非乡里。邂逅徼时愿，骨肉来迎己[21]。己得自解免，当复弃儿子。天属缀人心[22]，念别无会期。存亡永乖隔[23]，不忍与之辞。儿前抱我颈，问母欲何之[24]？人言母当去，岂复有还时！阿母常仁恻，今何更不慈[25]？我尚未成人，奈何不顾思！见此崩五内，恍惚生狂痴[26]。号泣手抚摩，当发复回疑[27]。兼有同时辈[28]，相送告离别。慕我独得归，哀叫声摧裂。马为立踟蹰，车为不转辙[29]。观者皆歔欷，行路亦呜咽[30]。

去去割情恋，遄征日遐迈[31]。悠悠三千里，何时复交会[32]？念我出腹子，匈臆为摧败[33]。既至家人尽，又复无中外[34]。城郭为山林，庭宇生荆艾[35]。白骨不知谁，从横莫覆盖[36]。出门无人声，豺狼号且吠。茕茕对孤景，怛咤糜肝肺[37]。登高远眺望，魂神忽飞逝。奄若寿命尽，旁人相宽大[38]。为复强视息，虽生何聊赖[39]？托命于新人，竭心自勖厉[40]。流离成鄙贱，常恐复捐废[41]。人生几何时，怀忧终年岁[42]！

据中华书局版《后汉书》

【注释】 [1] 汉季：汉末。失权柄：指皇帝失去了统治权力，朝政被宦官、外戚所争夺把持。董卓（？—192）：字仲颖，汉末军阀。当时任并州牧，驻兵河东。乱天常：即伤天害理，破坏了君臣上下的封建秩序。这里指董卓于汉灵帝中平六年（189）率兵入洛阳，废少帝为弘农王，立陈留王为献帝。次年又焚烧洛阳宗庙宫室，挟献帝西迁长安，自为太师。从此酿成长期军阀混战。天常，天理，天道。 [2] 图：图谋。篡弑：夺位杀君。诸贤良：指先后被董卓杀害的督军校尉周珌（bì）、城门校尉伍琼等反对迁都的贤臣。 [3] 旧邦：指长安。长安是西汉旧都，故称。拥主：指挟天子以令诸侯。 [4] 海内：即国内。古谓中国四境都有海环绕，故称国中为海内。义师：忠义的军队，指讨伐董卓的关东诸侯联军。不祥：不善，即恶人，指董卓及其军阀集团。 [5] "卓众"句：指献帝初平三年（192），董卓女婿中郎将牛辅以兵屯陕，分派其校尉李傕、郭汜、张济侵扰陈留、颍川诸县，杀掠男女，抢夺一空。蔡琰被掠流离，当指此时事。 [6] 平土：平原，指中原地区。胡羌：古代对北部、西部地区少数民族的通称。董卓的军队多是西北地区人，多有少数民族士兵。 [7] 猎野：在田野上打猎，这里指对农村的攻杀抢掠。围城邑：包围、攻打城市。所向：所到之处。悉：都，全。 [8] 斩截：斩断。无孑遗：一个不留。孑（jié）遗，经过变故之后遗留下来的人。相牚拒：杂乱堆积，互相支撑，形容尸骸众多。牚，同"撑"。 [9] 县：同"悬"。 [10] 西入关：指李傕、郭汜等在陈留、颍川等地侵扰杀掠之后，又西入函谷关回到陕县。关，指函谷关。迥路：遥远的路途。阻：路难行。 [11] 还顾：指回望家乡。邈冥冥:荒远迷茫的样子。 [12] 略:同"掠",抢掠,夺取。屯聚:聚集。 [13] 骨肉:指亲人。俱:一同被掳掠。 [14]"失意"句:即稍稍触犯了他们。机微,极微小。辄言:动不动就说。毙降虏:杀死你这俘虏。这是胡兵骂人的话。 [15]"要当"二句:应当让你们挨刀子,我们不要你们活!要当,应当。亭刃,即挨刀。亭,同"停"。我曹,我们,胡兵自称。 [16]"岂复"二句:哪里还顾惜自己的生命啊,实在忍受不了这种咒骂,意即不想活了。 [17] 加棰杖:用木棍殴打。毒:痛恨,憎恨。参并下:同时而生。 [18]"彼苍者"二句:谓老天爷啊,我们有什么罪孽呢,竟遭受这样的灾难!彼苍者,指老天。辜,罪孽。厄祸,灾祸。以上为第一段,写董卓作乱,自己被俘,以及俘虏们受到非人虐待的悲惨情景。 [19] 边荒:边远的地方,指蔡琰流落于南匈奴所居之地。蔡琰如何流落于南匈奴,史无明载,大约是在公元195年十一月,南匈奴左贤王大破李傕、郭汜军的战争中转入南匈奴军的。华:指中华。人俗:人民的风俗习惯。少义理:即不讲道理,隐指受到种种侮辱委屈。 [20] 翩翩:风吹动衣服的样子。肃肃:风声。 [21] 邂逅(xiè hòu):意外地相遇,没想到碰上。徼时愿:谓侥幸地实现了平时的愿望。徼(jiǎo),侥幸。骨肉:亲人,这里指曹操派来赎她回国的使者。 [22] 天属:天然的亲属关系。这里指母子关系。缀:联系。 [23] 乖隔:分离。 [24] 欲何之:要到哪里去? [25] 仁恻:仁慈。慈:慈爱。 [26] 五内:五脏。恍惚:神志迷糊不清的样子。生狂痴:发痴发狂。 [27] 复回疑:又迟疑不决。 [28] 同时辈:指同时被掳掠到南匈奴的妇女们。 [29] 踟蹰(chí chú):迟疑不走的样子。辙:车轮压出的痕迹。这里指车轮。 [30] 歔欷(xū xī):悲泣抽噎。行路:过路的人。鸣咽:低声哭泣。以上为第二段,写胡地生活及被赎归时母子分离的痛苦。 [31] 割:割断。情恋:指母子依恋的感情。遄(chuán)征:疾行。遄,疾速。日遐迈:一天天走远了。 [32] 悠悠:长远的样子。三千里:泛言道路之长。复交会:再相会。 [33] 出腹子:即亲生子。匈:同"胸"。摧败:摧伤,悲伤。 [34] 中外:即中表亲戚。中,指舅父的子女,为内亲。外,指姑母的子女,为外亲。 [35] 荆艾:荆棘、艾蒿,泛指杂草。 [36] 从横:同"纵横",横七竖八的样子。莫覆盖:指露在外边,没有掩埋。 [37] 茕茕(qióng):孤孤单单的样子。对孤景:对着自己孤独的影子。景,同"影"。怛咤(dá zhà):惊叫。糜:烂,碎。 [38] 奄:忽然。相宽大:互相劝慰宽心。 [39] 强视息:勉强活下去。视,睁眼看。息,呼吸。何聊赖:有什么意思呢? 聊赖,依靠,乐趣。[40]"托命"句:指改嫁董祀。竭心:尽心尽意。勖(xù)厉:勉励。 [41]捐废:被遗弃。 [42]终年岁:了此一生。以上为第三段,写回到家乡的所见所闻和内心的矛盾、痛苦。

曹 丕

曹丕(187—226),字子桓,曹操次子。建安十六年(211)为五官中郎将、副丞相。建安二十二年(217)立为魏太子。建安二十五年(220)继曹操为丞相、魏王,随即代汉称帝,史称魏文帝。曹丕博学多才,勤于著述。现存辞赋或全或残约30篇,诗歌约40首。由于宫廷生活的限制,其诗歌题材较为狭窄,大多描写游子思妇或"闾里小事"。但他在艺术上积极向乐府民歌学习,形式多样,语言明白自然,风格悲婉清丽。他在文学理论和文学批评上有重大建树,所作《典论·论文》是我国文学批评史上现存最早的专论。有《魏文帝集》。

燕歌行 (其一)

【题解】 本篇属乐府《相和歌·平调曲》。"燕"是地名,在今河北北部一带地区。乐府诗题中凡冠以地名者,都表示了该乐曲的地方特点,如《齐讴行》、《吴趋行》等均如此。曹丕《燕歌行》共二首,都是七言诗。本篇为其第一首,抒写思妇在不眠的秋夜对远方丈夫的怀念之情。写景细腻贴切,抒情哀婉动人,风格纤巧清丽,音节和婉,修辞精美,"开千古妙境"(《诗薮》内编卷三),是我国诗史上现存最早最完整的七言诗。

秋风萧瑟天气凉,草木摇落露为霜。群燕辞归雁南翔,念君客游思断肠[1]。慊慊思归恋故乡,何为淹留寄他方[2]?贱妾茕茕守空房[3],忧来思君不敢忘,不觉泪下沾衣裳。援琴鸣弦发清商,短歌微吟不能长[4]。明月皎皎照我床,星汉西流夜未央[5]。牵牛织女遥相望,尔独何辜限河梁[6]?

据中华书局影印本胡刻《文选》

【注释】 [1] 雁:《乐府诗集》作“鹄(hú)”。鹄,天鹅。君:指思妇的丈夫。思断肠:《乐府诗集》作“多思肠”。 [2] 慊慊(qiàn):内心不满的样子。何为:即“为何”。《乐府诗集》作“君何”。淹留:久留。 [3] 贱妾:思妇自称的谦词。茕茕(qióng):孤孤单单的样子。 [4] 援:取。清商:东汉以来在民间曲调基础上形成的一种新乐调,以悲婉凄清为特色。微吟:低唱。不能长:因受琴曲限制,清商乐曲音节短促。 [5] 皎皎:明亮的样子。星汉西流:谓满天星斗及天河都在向西运转,显示夜已很深了。夜未央:夜未尽,夜正长。 [6] 牵牛织女:二星名。二星隔着银河,遥遥相望。传说牵牛和织女是一对夫妇,只能在每年七月七日夜相会一次。尔:你们,指牵牛织女。何辜:有何罪过。一说“辜”通“故”,“何辜”即“何故”。限河梁:谓牛郎织女被银河隔开,不得相见,暗寓自己夫妻分离的怨叹。限,界限,分隔。河梁,河上的桥,这里即指银河。

曹植

曹植(192—232),字子建,曹操第三子,曹丕同母弟。封陈王,谥为思,故世称陈思王。少时即才华毕露,颇得曹操宠爱,几欲立为太子。但因他“任性而行,不自雕励,饮酒不节”《三国志·魏志·陈思王植传》,终于失宠。曹丕即位后,对他压抑、迫害,屡次将他贬爵徙封。明帝曹睿即位后,他曾多次上书,希望受到重用,但终未如愿。在愤怨绝望中,曹植困顿悒郁,终于忧病而死。他的前期作品主要歌唱自己的理想和抱负，也在一定程度上反映了当时的社会动乱和民生疾苦；后期作品则主要反映封建统治集团的内部矛盾，抒写自己身受压抑、壮志难酬的悲愤。他的诗歌善于学习乐府民歌，又富于独创性，很有个性特征。钟嵘《诗品》称其“骨气奇高，辞采华茂，情兼雅怨，体被文质，粲溢今古，卓尔不群”。今存诗90余首，其中五言诗60余首。他以自己的创作实践，为五言诗的繁荣和发展作出了重要贡献。

与杨德祖书

【题解】 杨德祖，名修，为当时有名的文士，恃才傲物，与曹植关系密切，后为曹操所杀。此信写于建安二十二年(217)左右，时曹植为临淄王。建安之时，文人依附曹氏，聚于邺下，文学批评之风渐起。曹丕《与吴质书》、曹植《与杨德祖书》，皆属此类文章。本文于建安诸子，多有客观的评价；对当时一些自视甚高者，更有严厉的批评。至于作者视辞赋为小道，乃是因为偏言其志在建功立业，实则并不否定文章的价值和地位。作者反对文人相轻，主张文人间应有正常的批评；但他同时又强调能文者方有权批评，立论不免偏颇。文章辞采焕发，笔力雄健，极有锋芒。

植白：数日不见，思子为劳，想同之也[1]。

仆少小好为文章，迄至于今，二十有五年矣。然今世作者，可略而言也。昔仲宣独步于汉南[2]，孔璋鹰扬于河朔[3]，伟长擅名于青土[4]，公干振藻于海隅[5]，德琏发迹于此魏[6]，足下高视于上京[7]。当此之时，人人自谓握灵蛇之珠，家家自谓抱荆山之玉[8]。吾王于是设天网以该之，顿八纮以掩之，今悉集兹国矣[9]。

然此数子，犹复不能飞轩绝迹，一举千里[10]。以孔璋之才，不闲于辞赋，而多自谓能与司马长卿同风，譬画虎不成反为狗也[11]。前有书嘲之，反作论盛道仆赞其文[12]。夫钟期不失听，于今称之[13]。吾亦不能忘叹者，畏后世之嗤余也[14]。

世人之著述，不能无病。仆常好人讥弹其文，有不善者，应时改定[15]。昔丁敬礼常作小文，使仆润饰之[16]。仆自以才不过若人，辞不为也[17]。敬礼谓仆："卿何所疑难？文之佳恶，吾自得之，后世谁相知定吾文者邪？"吾常叹此达言，以为美谈[18]。

昔尼父之文辞，与人通流[19]。至于制《春秋》，游、夏之徒，乃不能措一辞[20]，过此而言不病者，吾未之见也。盖有南威之容，乃可以论其淑媛[21]；有龙泉之利，乃可以议其断割[22]。刘季绪才不能逮于作者，而好诋诃文章，掎摭利病[23]。昔田巴毁五帝、罪三王、呰五霸于稷下，一旦而服千人[24]；鲁连一说，使终身杜口[25]。刘生之辩，未若田氏，今之仲连，求之不难，可无息乎？人各有好尚。兰茝荪蕙之芳，众人所好，而海畔有逐臭之夫[26]；《咸池》、《六茎》之发，众人所共乐，而墨翟有非之之论[27]。岂可同哉？

今往仆少小所著辞赋一通相与[28]。夫街谈巷说，必有可采。击辕之歌，有应风雅；匹夫之思，未易轻弃也[29]。辞赋小道，固未足以揄扬大义，彰示来世也[30]。昔扬子云先朝执戟之臣耳，犹称"壮夫不为也[31]"，吾虽德薄，位为蕃侯，犹庶几戮力上国，流惠下民[32]，建永世之业，留金石之功，岂徒以翰墨为勋绩，辞赋为君子哉[33]！若吾志未果，吾道不行，则将采庶官之实录，辩时俗之得失，定仁义之衷，成一家之言[34]。虽未能藏之于名山，将以传之于同好[35]。非要之皓首，岂今日之论乎[36]？其言之不惭，恃惠子之知我也[37]。明早相迎，书不尽怀[38]。植白。

据中华书局影印胡刻《文选》

【注释】 [1] 子：指杨修。劳：苦。想：料想。同之：同我一样。 [2] 仲宣：王粲字仲宣。独步：独一无二；高出一般人。汉南：汉水之南，指荆州。荆州治所在襄阳(今湖北襄阳)。王粲于汉末曾避难荆州依刘表。 [3] 孔璋：陈琳字孔璋。鹰扬：像鹰一样飞扬，犹言高举。《诗·大雅·大明》："维师尚父，时维鹰扬。"河朔：泛指黄河以北地区，此指河北，陈琳曾在河北袁绍幕中任记室。 [4] 伟长：徐幹字伟长。擅名：独享盛名。青土：徐幹是北海剧县(今山东寿光)人，地属青州，故称。 [5] 公干：刘桢字公干。振藻：显扬文藻，指以文章著名。海隅：海边。刘桢是东平宁阳(今山东宁阳)人，其地临海。 [6] 德琏：应玚字德琏。发迹：指立功扬名。应玚是汝南南顿(今河南项城)人，地近魏都许昌(今河南许昌)，故称此魏。 [7] 足下：指杨修。高视：气概不凡。上京：指东汉都城洛阳。杨修是东汉末太尉杨彪之子，生在洛阳。 [8] 灵蛇之珠：即隋侯之珠，传说古时隋侯救了大蛇，蛇衔明珠报答他。事见《淮南子·览冥训》。荆山之玉：即和氏璧，楚国人卞和在荆山中发现的宝玉所制作的圆形小孔的玉器。事见《韩非子·和氏》。 [9] 吾王：指曹操，当时，曹操被封为魏王。天网：天布的罗网，后亦指国家法令。该：完备，包罗。顿：提起。八纮(hóng)：古代传说中维系天地的八根绳子。掩：捕捉。 [10] 数子：指以上所说王粲、陈琳、徐幹、刘桢、应玚与杨修等人。轩：高扬、高举的样子。绝迹：指高飞远离。 [11] 闲：通"娴"，熟悉。司马长卿：即司马相如，西汉辞赋家。风：风力、风格。画虎不成反为狗：这是东汉马援《诫兄子严敦书》中的话，比喻求高不成，反落笑柄。 [12] 盛道：大讲。仆：我，作者自谦之词。 [13] 钟期：即钟子期。钟子期与伯牙为知音，事见《吕氏春秋·本味》。不失听：不会误解乐曲表达的思想情感。 [14] 嗤：讥笑。 [15] 讥弹：评论、抨击。应时：及时，随时。 [16] 丁敬礼：丁廙(yì)字敬礼。建安中为黄门侍郎，与兄丁仪同与曹植亲善，曾劝说曹操立曹植为太子。后曹丕即位,与兄同时被杀。润饰:润色修改。
[17] 若人:此人,即丁敬礼。辞:推辞,谢绝。 [18] 佳恶:此指文章的好坏。达言:通达之言。 [19] 尼父:孔丘字仲尼,故称。通流:交流。
[20]《春秋》:相传是孔子根据鲁国史料编纂的一部以记事为主的史书。游、夏:言偃字子游,卜商字子夏,二人都是孔子学生中长于文学的。《史记·孔子世家》载:孔子"作《春秋》,子游、子夏之徒不能赞一辞"。 [21] 南威:春秋晋文公时的美人。(见《战国策·魏策》)淑媛(yuàn):指贤慧的美女。
[22] 龙泉:古代宝剑名。断割:切断、宰割东西。 [23] 刘季绪:名修,刘表之子,官至东安太守。(见《三国志·魏书·任城陈萧王传》裴松之注引《文章志》)逮(dài):到,及。诋诃(dǐ hē):讥弹斥责。掎摭(jǐ zhí):挑剔。利病:偏义复词,指缺点。 [24] 田巴:战国时齐国辩士,曾在稷下学宫讲学。五帝:指黄帝、颛顼、帝喾、尧、舜。三王:指夏禹王、商汤王、周武王。呰(zǐ):诋毁。五霸:指齐桓公、晋文公、宋襄公、秦穆公、楚庄王。稷下:战国时齐国都城临淄(今山东淄博)城门附近之地,为当时的学术讨论中心。一旦:一日。服:折服。 [25] 鲁连:即鲁仲连,战国末期著名的纵横家。田巴在稷下讲坛曾被十二岁的鲁仲连击败,事见《史记·鲁仲连列传》张守节《正义》引《鲁仲连子》。杜口:闭口不言。 [26] 兰茝(chǎi)荪蕙:四种香草名。海畔:海边。逐臭之夫:《吕氏春秋·遇合》:"人有大臭者,其亲戚、兄弟、妻妾、知识,无能与居者,自苦而居海上,人有悦其臭者,昼夜随而不去。" [27]《咸池》:黄帝时的音乐名。《六茎》:颛顼时的音乐名。发:演奏。墨翟:指墨子,春秋末年思想家,其所著《墨子》中有《非乐》篇。 [28] 往:送去。一通:一卷。
[29] 击辕之歌:敲着车子上的辕木而唱的歌。崔骃《明帝颂》:"需作颂一篇,以当野人击辕之歌。"风雅:指《诗经》的"国风"和大、小二雅。匹夫:庶人,平民。 [30] 揄(yú)扬:阐发。彰示:昭示。 [31] 扬子云:扬雄字子云,西汉著名辞赋家。扬雄在汉成帝时曾为郎,执戟侍卫殿廷。先朝:先王之朝,此指西汉。壮夫不为:有雄心壮志的人不做这种事。扬雄《法言·吾子》:"或曰:'吾子少而好赋?'曰:'然,童子雕虫篆刻。'俄而曰:'壮夫不为也。'"
[32] 蕃侯:曹植此时受汉献帝封为临淄侯。蕃,通假"藩"。庶几:希望。戮(lù)力:并力。流惠:布施恩惠。 [33] 永世之业:指永久传世的不朽功业。留金石之功:功绩可刻金石,留之永久。翰墨:笔墨,此指文章。
[34] 果:实现。采庶官之实录:采集史官记载的朝廷大事、典章制度。衷:内

心。“成一家”句:成就自成体系的学术见解。司马迁《报任安书》:“亦欲以究天人之际,通古今之变,成一家之言。” [35] 藏之于名山:见《报任安书》。同好:有共同爱好的人。 [36] 要(yāo):求。皓首:白头,老年。今日:今天,现在。 [37] 惭:惭愧。惠子之知我:《庄子·徐无鬼》载:庄子过惠子之墓,对从者讲郢人和匠石的故事以说明自己和惠子深切相知。惠子,即惠施,庄子的论辩之友。 [38] “书不”句:指信写不完心中的话。

泰山梁甫行

【题解】 《泰山梁甫行》是汉乐府乐调名,属《相和歌·瑟调曲》。本篇是曹植用旧题写新辞,作于建安十二年(207)曹植随其父北征乌桓时。此诗抒写边海地区贫民的困苦生活,既有乱世之感伤,也有济世之情怀。

八方各异气,千里殊风雨[1]。剧哉边海民,寄身于草野[2]。妻子像禽兽,行止依林阻[3]。柴门何萧条,狐兔翔我宇[4]。

【注释】 [1] 异气:气候不同。殊:不同。 [2] 剧:厉害,严重。寄身:存身。 [3] 依:依托,依靠。林阻:山林险阻之地。 [4] 翔:形容狐兔飞奔驰逐的情态。我:“边海民”的代称。宇:屋檐,这里即指住房。

白 马 篇

【题解】 本篇是曹植自创的乐府新题,以首二字为名。一作《游侠篇》。诗中正面塑造了一位英姿飒爽的少年将军形象。这位身手非凡、不惜以身报国的“幽并游侠儿”,无疑是诗人理想人生的形象写照。诗人借此抒发了自己热烈希望为国效劳而建功立业的壮志豪情。

白马饰金羁，连翩西北驰[1]。借问谁家子，幽并游侠儿[2]。少小去乡邑，扬声沙漠垂[3]。宿昔秉良弓，楛矢何参差[4]。控弦破左的，右发摧月支[5]。仰手接飞猱，俯身散马蹄[6]。狡捷过猴猿，勇剽若豹螭[7]。边城多警急，虏骑数迁移[8]。羽檄从北来，厉马登高堤[9]。长驱蹈匈奴，左顾陵鲜卑[10]。弃身锋刃端，性命安可怀[11]？父母且不顾，何言子与妻！名编壮士籍，不得中顾私[12]。捐躯赴国难，视死忽如归。

【注释】 [1] 羁(jī)：马笼头。连翩：飞奔不停的样子。　[2] 幽并：幽州和并州，古代二州名，在今河北北部和山西中部、北部一带地区。游侠儿：好勇尚气、重义轻生的人。史称幽、并之民“好气任侠”。　[3] 扬声：即扬名。垂：同“陲”，边疆。　[4] 宿昔：平时，素来。秉：手持，拿着。楛(hù)矢：用楛木做箭杆的箭。　[5] 控弦：开弓。破左的(dì)：射中左边的目标。的，箭靶的中心。摧：射中。月(ròu)支：一种箭靶的名称，又名素支。下文“飞猱”、“马蹄”均为箭靶名。　[6] 仰手：指仰身而射。接：迎面射去。猱(náo)：猿类，体小轻捷，善于攀援树木。散：射碎。　[7] 狡捷：灵巧敏捷。过：超过。勇剽(piāo)：勇猛轻捷。螭(chī)：传说中的一种猛兽，像龙，黄色。　[8] 虏骑(jì)：这里指匈奴、鲜卑的骑兵。一作“胡虏”。数(shuò)：屡次。迁移：移动，指入侵。　[9] 檄(xí)：古代用于征召的文书。加插羽毛，称为“羽檄”，表示如鸟飞一样迅速紧急。厉马：策马，催马。堤(dī)：用土石修筑的防御工事。　[10] 蹈：践踏，冲击。匈奴：当时活动于北方的少数民族，常入侵为患。陵：践压，冲击，与“蹈”同义。鲜卑：当时活动于东北方的少数民族，汉末开始强大。东晋时期，曾在黄河流域建立北魏政权，统治北方达150余年。　[11] 怀：顾惜。　[12] 籍：名册。中顾私：谓内心系念个人或自家的私事。

野田黄雀行

【题解】《野田黄雀行》在《乐府诗集》中被归入《相和歌·瑟调曲》，实为曹植自创新题的抒情之作。曹丕登位后，曹植的亲友惨遭打击和残害。诗人“有感于亲友之蒙难，心伤莫救”(陈祚明《采菽堂古诗选》卷六)，乃借“黄雀”之咏，寓满腔悲愤。

高树多悲风，海水扬其波。利剑不在掌[1]，结友何须多！不见篱间雀，见鹞自投罗[2]？罗家得雀喜[3]，少年见雀悲。拔剑捎罗网[4]，黄雀得飞飞。飞飞摩苍天[5]，来下谢少年。

【注释】[1] 利剑：喻权力。 [2]“见鹞”句：黄雀见鹞猝不及防而自投罗网。鹞(yào)，鹰类猛禽。罗，捕鸟的网。 [3] 罗家：张设罗网捕雀的人。 [4] 捎：消除，挑破。 [5] 摩：迫近。

赠白马王彪 并序

【题解】本篇是曹植后期代表作品之一。诗写曹植和白马王曹彪在回国途中被迫分手，生离死别，满腔悲愤，揭示了统治阶级的内部矛盾。全诗情景相生，章法蝉联，既叙写旅途之危、离别之悲，也抒发忧生之嗟、悼亡之恨。末尾虽以互勉和自慰之辞作结，依然无法冲淡诗人对来日的忧惧。情真意挚，悲切动人。

黄初四年五月[1]，白马王、任城王与余俱朝京师[2]，会节气[3]。到洛阳，任城王薨[4]。至七月，与白马王还国[5]。后有司以二王归藩[6]，道路宜异宿止，意毒恨之[7]。盖以大别在数日[8]，是用自剖，与王辞焉，愤而成篇[9]。

谒帝承明庐，逝将归旧疆[10]。清晨发皇邑，日夕过首阳[11]。伊洛广且深[12]，欲济川无梁。泛舟越洪涛，怨彼东路长[13]。顾瞻恋城阙，引领情内伤[14]。

太谷何寥廓[15]，山树郁苍苍。霖雨泥我涂，流潦浩纵横[16]。中逵绝无轨，改辙登高冈[17]。修坂造云日，我马玄以黄[18]。

玄黄犹能进，我思郁以纡[19]。郁纡将何念，亲爱在离居[20]。本图相与偕，中更不克俱[21]。鸱枭鸣衡扼，豺狼当路衢[22]。苍蝇间白黑，谗巧令亲疏[23]。欲还绝无蹊，揽辔止踟蹰[24]。

踟蹰亦何留，相思无终极。秋风发微凉，寒蝉鸣我侧。原野何萧条，白日忽西匿。归鸟赴乔林，翩翩厉羽翼[25]。孤兽走索群，衔草不遑食[26]。感物伤我怀，抚心长太息。

太息将何为？天命与我违。奈何念同生，一往形不归[27]。孤魂翔故域，灵柩寄京师[28]。存者忽复过，亡没身自衰[29]。人生处一世，去若朝露晞[30]。年在桑榆间，影响不能追[31]。自顾非金石，咄唶令心悲[32]。

心悲动我神，弃置莫复陈。丈夫志四海，万里犹比邻[33]。恩爱苟不亏，在远分日亲[34]。何必同衾帱[35]，然后展殷勤。忧思成疾疢，无乃儿女仁[36]！仓卒骨肉情，能不怀苦辛[37]？

苦辛何虑思？天命信可疑[38]。虚无求列仙，松子久吾欺[39]。变故在斯须[40]，百年谁能持？离别永无会，执手将何时？王其爱玉体，俱享黄发期[41]。收泪即长路，援笔从此辞[42]。

以上据《四部丛刊》本《曹子建集》

【注释】 [1] 黄初:魏文帝(曹丕)年号(220—226),黄初四年是公元223年。 [2] 白马王:曹植异母弟曹彪,被封为白马王。白马,地名,在今河南滑县东。任城王:曹植同母兄曹彰,被封为任城王。任城,在今山东济宁。 [3] 会节气:魏制规定,每年在立春、立夏、立秋、立冬四个节气之前的十八天,于京师洛阳行迎气大礼,并举行朝会仪式,各诸侯藩王都要参加。该年六月二十四日立秋,故曹植等人五月俱朝京师。 [4] 到洛阳:原作"日不阳",据胡克家《文选考异》校改。薨(hōng):诸侯死曰薨。关于曹彰的暴卒,《世说新语·尤悔》记曰:"魏文帝忌弟任城王骁壮,因在卞太后阁共围棋,并啖枣。文帝以毒置诸枣蒂中,自选可食者而进。王弗悟,遂杂进之……须臾遂卒。" [5] 还国:回封地。 [6] 有司:指主管该项事务的官吏,这里指监国使者灌均。司,主管,掌管。归藩:犹"还国"。藩,原作"蕃",据《文选》六臣注校改。"蕃"通"藩"。 [7] 异宿止:不得同行同宿。当时曹植为鄄(juàn)城王,鄄城与白马同属兖州,二王本可结伴,但因曹丕嫉恨,不准同行。毒恨:痛恨。 [8] 大别:久别,永别。 [9] 剖:剖白,表白。按,原无此序,据《文选》李善注校补。 [10] 谒:拜见,进见。承明庐:《三国志·魏书·文帝纪》裴松之注:"诸书记是时帝居北宫,以建始殿朝群臣,门曰'承明',陈思王植诗曰'谒帝承明庐'是也。"逝:语助词。旧疆:指封地。 [11] 皇邑:皇城,指魏都洛阳。首阳:山名,在洛阳东北。 [12] 伊洛:二水名。伊水发源于河南熊耳山,至偃师县入洛水。洛水发源于陕西洛南冢岭山,至河南巩县入黄河。 [13] 东路:向东回归封地的道路。 [14] 顾瞻:回头眺望。引领:伸长脖子,形容眺望的样子。本章写离开洛阳时的依恋之情。 [15] 太谷:山谷名,又名通谷,在洛阳东南五十里。寥廓:广远空阔的样子。 [16] 霖雨:连下三天以上的大雨。泥:用作动词,使道路泥泞阻滞。潦(lǎo):雨水,积水。 [17] 逵:四通八达的道路。这里即指道路。轨:轨道,车行路。改辙:犹改道。辙,车轮压出的痕迹。 [18] 修坂:长长的山坡。造云日:形容高达云天。造,至。玄以黄:即玄黄,谓马病而色变。《诗经·周南·卷耳》:"陟彼高冈,我马玄黄。"本章写途中困顿之状。 [19] 郁:

忧愁。纡：萦结，谓忧思萦结莫解。 [20] 亲爱：指白马王。 [21] 中：指中途。不克俱：不能一道同行。 [22] 鸱枭(chī xiāo)：猫头鹰，古人以为不祥之鸟。与下文的“豺狼”、“苍蝇”，皆喻阴险凶残、搬弄是非的小人。衡：车辕头上套马的横木。扼：通“轭”，扼马颈的曲木。衢：四通八达的道路。 [23] 间白黑：谓小人挑拨离间，颠倒黑白。《诗经·小雅·青蝇》：“营营青蝇止于樊。”郑玄注：“蝇之为虫，污白使黑，污黑使白，喻佞人变乱善恶也。”间，挑拨离间。谗巧：谗言巧语。 [24] 蹊：道路。揽辔：拉着马缰绳。踟蹰：徘徊不前的样子。本章写谗佞小人搬弄是非，令兄弟分离。[25] 乔林：高高的树林。乔，高。厉：振，奋。 [26] 索：寻求。不遑：不暇，顾不上。本章写因萧条之秋景而伤情。 [27] 同生：同胞兄弟，指任城王曹彰。一往：指去洛阳。形不归：谓死亡。形，身体。 [28] 故域：指任城。灵柩：盛放尸体的棺木。 [29] 身自衰：谓死者的身体自行腐烂而消亡。 [30] 晞：干。 [31] 桑榆：落日余晖照在桑榆树梢，借喻人之晚年。影：日影。响：声音。不能追：谓过去的岁月一去不返，如日影和声音无法追回。 [32] 顾：念，想。非金石：不像金属、石头那样坚硬而持久。咄唶(duō jiè)：叹息声。本章哀伤任城王死于非命，悲人生无常，来日无多。 [33] 比邻：近邻。 [34] 分(fèn)：情分，情谊。日亲：日益亲密。[35] 衾(qīn)：被子。帱(chóu)：帐子。 [36] 疢疢(chèn)：疾病。疢，热病。无乃：岂不是。儿女仁：小儿女一般的娇弱情性。 [37] 仓卒：突然发生的变故，指曹彰之死。骨肉情：兄弟之间的情谊。本章强自劝勉，自我宽慰，但悲伤之情难抑。 [38] 信：实在，的确。 [39] 虚无：指求仙之事虚无缥缈。松子：赤松子，传说中的仙人。 [40] 变故：灾祸。斯须：顷刻之间。 [41] 黄发期：指老年长寿。人老头发变黄，故称。 [42] 即：就，登。援笔：谓拿笔写诗赠白马王。本章写在悲伤哀痛中与白马王诀别。

阮　籍

阮籍(210—263)，字嗣宗，陈留尉氏(今河南尉氏县)人。其父阮瑀是“建安七子”之一。阮籍曾为步兵校尉，故世称阮步兵；又与嵇康、山涛、向秀、阮咸、王戎、刘伶并称为“竹林七贤”。阮籍生当魏晋易代之际。当时统治阶级内部矛盾复杂,斗争尖锐,以司马氏集团为代表的世族地主垄断政权,政治黑暗腐朽,士人生命难保。阮籍虽有济世之志,却不得施展。为了避祸全身,他对司马氏采取消极的不合作态度,不问世事,不拘礼教,纵酒谈玄,侥幸免于被害。阮籍貌似旷达,实则内心非常痛苦、愤懑。他长于五言诗,善用比兴手法,或假托历史、神话暗示,或借助自然事物象征,言近旨远,真意难求,形成了委婉曲折、隐约闪烁的艺术风格。散文《大人先生传》也很著名。有《阮籍集》。

咏怀诗 （其一、其五、其六十、其六十三）

【题解】 《咏怀诗》共八十二首,是阮籍平生诗作的总题,并非作于一时一地。其内容大多表现诗人对现实生活的种种不满和内心的矛盾苦闷。感情激昂愤慨,诗意却隐晦幽深。《文选》李善注说:"嗣宗身仕乱朝,常恐罹谤遇祸,因兹发咏,故每有忧生之嗟。虽志在刺讥,而文多隐避,百代之下,难以情测。"此处所选为第一、五、六十、六十三首。第一首抒写诗人在夜深人静之时孤独彷徨、满怀忧思的苦闷心情。第五首写世事有盛衰,繁华难久恃。诗人预感乱世即将来临,为了免祸全身,及早避乱,要激流勇退,赶快归隐。此诗抒发了作者惶惶不安、恐惧忧闷的心情。第六十首是一篇借古讽今的作品。作者借战国时魏王沉溺歌舞游乐,荒淫误国的故事,讽喻时政,揭示了曹魏政权必定灭亡的命运,寄寓了作者深深的惋惜与忧虑之情。第六十三首写诗人内心的焦虑与苦闷,抒发了惶惶不可终日之情,可谓典型的忧生之嗟。

夜中不能寐[1],起坐弹鸣琴。薄帷鉴明月[2],清风吹我衿。孤鸿号外野,翔鸟鸣北林[3]。徘徊将何见?忧思独伤心。

【注释】 [1] 夜中:夜半。不能寐:睡不着。 [2] 帷:帷帐。鉴:照。[3] 鸿:大雁。号:鸣叫。翔鸟:飞翔着的鸟。鸟不夜飞,称“翔鸟”,正因为月明的缘故。《文选》作“朔鸟”,北方的鸟。

嘉树下成蹊,东园桃与李[1]。秋风吹飞藿,零落从此始[2]。繁华有憔悴,堂上生荆杞[3]。驱马舍之去,去上西山趾[4]。一身不自保,何况恋妻子!凝霜被野草,岁暮亦云已[5]。

【注释】 [1] “嘉树”二句:化自《史记·李将军列传》“太史公”赞语中所引谚语“桃李不言,下自成蹊”。此喻世事兴盛时情况。嘉树,指桃李。蹊,小路。[2] “秋风”二句:秋风吹飞藿的时候,桃李不但果实早尽,枝叶也已凋零了,一派萧条景象。此喻世事衰败时情况。藿(huò),豆叶。零落,凋谢脱落。[3] “繁华”二句:喻世事盛衰无常。张玉谷《古诗赏析》说:“首六(句)就植物春盛夏衰比起,说到堂生荆杞,京师乱象隐然。”荆杞,两种灌木名,这里指杂树。 [4] 驱马:策马,赶着马。舍:放弃。之:指乱世。西山:指首阳山,相传为伯夷、叔齐隐居之地。趾:山脚。 [5] “凝霜”二句:冰霜已覆盖了野草,一年又快过完了。前一句喻当时形势的险恶、严峻,后一句表示时不我待,要及早避祸退隐。凝霜,冰霜。被,覆盖。已,止,完了。

驾言发魏都,南向望吹台[1]。箫管有遗音,梁王安在哉[2]?战士食糟糠,贤者处蒿莱[3]。歌舞曲未终,秦兵复已来。夹林非吾有,朱宫生尘埃[4]。军败华阳下[5],身竟为土灰。

【注释】 [1] 驾:驾车。言:语助词。魏都:战国时魏都大梁,即今河南开封。吹台:战国时魏王宴乐之地。又名繁台、范台。在今开封东南。[2] 梁王:即魏王。因魏都大梁,故又称梁王。 [3] 处蒿莱:谓贤士不被任用，身居草野之中。　[4] 夹林：在吹台之南，为魏王游乐之所。朱宫：指吹台一带的宫殿。　[5] 华阳：地名，在今河南新郑东。秦昭王三十四年(前273)，秦将白起攻魏，大破魏将芒卯于华阳。

一日复一夕，一夕复一朝。颜色改平常，精神自损消。胸中怀汤火，变化故相招[1]。万事无穷极，知谋苦不饶[2]。但恐须臾间，魂气随风飘。终身履薄冰[3]，谁知我心焦？

以上据上海古籍出版社版《阮籍集》

【注释】 [1] "胸中"句：谓内心犹如汤煮火焚。汤，热水，开水。变化：指容颜渐老和精神衰退。　[2] "万事"二句：世事变化无穷，自己苦于智谋不多，实在无法应付。知谋，即智谋。知，同"智"。饶，富，多。　[3] 履薄冰：行走在薄冰上，喻处于危险境地，时时胆战心惊。《诗经·小雅·小旻》："战战兢兢，如临深渊，如履薄冰。"

傅　玄

傅玄(217—278)，字休奕，北地泥阳(今陕西耀县东南)人。少时孤贫，博学善为文。魏末举秀才，官至弘农太守，领典农校尉，封鹑觚男。入晋，晋爵为子，加驸马都尉，官至太仆、司隶校尉。其为人刚正亮直，不能容人之短。针对晋朝时弊，或上书直谏，或应对直陈，多有匡正。他少时即专心于学，显贵亦不废著述，著有《傅子》数十万言及《文集》百余卷，已散佚。又精通音律，长于乐府歌行。明人辑有《傅鹑觚集》。

豫章行苦相篇

【题解】 《豫章行》，古乐府曲调名，属《相和歌·清调曲》。作者依旧题写新篇，题为《苦相篇》。“苦相”犹“苦命”、“薄命”。作者揭露了由于重男轻女的社会痼疾而造成的女子的悲苦命运。其深切同情之心，显于毫端；描摹色衰见逐的弃妇，颇见神情。

苦相身为女，卑陋难再陈[1]。男儿当门户，堕地自生神[2]。雄心志四海，万里望风尘[3]。女育无欣爱，不为家所珍。长大逃深室[4]，藏头羞见人。垂泪适他乡，忽如雨绝云[5]。低头和颜色，素齿结朱唇。跪拜无复数，婢妾如严宾[6]。情合同云汉，葵藿仰阳春[7]。心乖甚水火[8]，百恶集其身。玉颜随年变，丈夫多好新。昔为形与影，今为胡与秦[9]。胡秦时相见，一绝逾参辰[10]。

据中华书局版《乐府诗集》

【注释】 [1] 卑陋：卑贱。 [2] 男儿：原作“儿男”，据明冯惟讷撰《古诗纪》改。当门户：即当家。堕地：指一生下来。神：神气。 [3] 志四海：即志在天下。望风尘：谓想望从戎建功。风尘，指戎马征战，风起尘扬。 [4] 逃：躲避，隐藏。 [5] 适：出嫁。雨绝云：谓女子出嫁他乡，离别家人后再难相聚，好比雨从天上落下，便与云断绝了关系。 [6] 无复数：无可计数，数也数不清。严宾：尊贵的宾客。 [7] 同云汉：像牛郎织女相会于银河那样和美。葵藿：偏义复词，指葵花，“藿”只是连类而及。仰阳春：仰赖春天的阳光，喻女子不能自主，只得仰赖丈夫的爱情。 [8] 心乖：犹离心、变心。乖，背。甚水火：比水火不容还要厉害。 [9] 胡与秦：喻彼此关系疏远，格格不入。胡，我国古代西北部少数民族的统称，这里泛指外国。秦，指中国。 [10] 逾：超过。参辰：二星名。辰星在东方，参星在西方，二星出没互不相见。喻女子被遗弃后与丈夫永远隔绝。

嵇 康

嵇康(223—262)字叔夜，谯郡铚(今安徽宿县西)人。少有奇才，卓尔不群，任性放达，宽简大量。学无师承，博览赅通。长好老庄之学，善于作文、弹琴、咏诗。与阮籍等游，为“竹林七贤”之一。与魏宗室通婚，官中散大夫，世称嵇中散。曾隐居山阳(今属河南)二十年。因不与司马氏合作，而且发表反对礼法、不满时世的言论，遭钟会构陷，为司马昭所杀。其诗作长于四言，“使气命诗”，风格清峻。散文“师心遣论”，思想新颖，持论犀利而论说随意，继承了汉末魏初“通脱”的特点。有《嵇康集》。

与山巨源绝交书

【题解】 山巨源，名涛，河内怀(今河南武涉)人，“竹林七贤”之一。四十岁以后出仕，由选曹郎迁官大将军从事中郎(一说迁散骑常侍)时，欲荐举嵇康代其原职。嵇康不满他投靠司马氏集团，乃作此信，与之绝交。然而此信内容，又不仅仅针对山涛；其所言“七必不堪”、“二甚不可”的理由，不仅表明了他不肯与司马氏合作的强硬态度，更对司马氏借以杀人的礼教，表达了由衷的蔑视。其中自云“非汤武而薄周孔”一语，直指司马氏的篡魏阴谋，尤为司马氏所不能容忍，因此终被杀害。

全文时而引经据典，比况现实；时而嬉笑怒骂，冷嘲热讽；时而婉转设譬，旁敲侧击。以情驭文，无不尽之意，是此文最大特点。明人江进之说“此等文字，终晋之世不多见，即终古亦不多见。彼其情真语真，句句都从肺肠流出，自然高古，自然绝特，所以难及”(《亘史外记》)。

康白：足下昔称吾于颍川，吾常谓之知言[1]，然经怪此意尚未熟悉于足下，何从便得之也[2]。前年从河东还，显宗、阿都说足下议以吾自代[3]，事虽不行，知足下故不知之[4]。足下傍通，多可而少怪[5]。吾直性狭中，多所不堪[6]，偶与足下相知耳。间闻足下迁，惕然不喜[7]，恐足下羞庖人之独割，引尸祝以自助[8]，手荐鸾刀，漫之羶腥[9]，故具为足下陈其可否[10]。

吾昔读书，得并介之人[11]，或谓无之，今乃信其真有耳。性有所不堪，真不可强；今空语同知有达人，无所不堪，外不殊俗，而内不失正，与一世同其波流，而悔吝不生耳[12]。老子、庄周，吾之师也，亲居贱职[13]；柳下惠、东方朔，达人也，安乎卑位。吾岂敢短之哉[14]！又仲尼兼爱，不羞执鞭[15]，子文无欲卿相，而三登令尹[16]，是乃君子思济物之意也[17]。所谓达能兼善而不渝，穷则自得而无闷[18]。以此观之，故尧、舜之君世[19]，许由之岩栖[20]，子房之佐汉[21]，接舆之行歌[22]，其揆一也[23]。仰瞻数君，可谓能遂其志者也[24]。故君子百行，殊途而同致，循性而动，各附所安[25]。故有处朝廷而不出，入山林而不反之论[26]。且延陵高子臧之风[27]，长卿慕相如之节[28]，志气所托，不可夺也[29]。吾每读尚子平、台孝威传[30]，慨然慕之，想其为人。加少孤露，母兄见骄，不涉经学[31]。性复疏懒，筋驽肉缓[32]，头面常一月十五日不洗，不大闷痒，不能沐也[33]。每常小便而忍不起，令胞中略转乃起耳[34]。又纵逸来久，情意傲散[35]，简与礼相背，懒与慢相成，而为侪类见宽[36]，不攻其过。又读庄、老，重增其放，故使荣进之心日颓，任实之情转笃[37]。此犹禽鹿少见驯育，则服从教制[38]，长而见羁，则狂顾顿缨[39]，赴蹈汤火，虽饰以金镳，飨以嘉肴[40]，逾思长林而志在丰草也[41]。

阮嗣宗口不论人过，吾每师之而未能及[42]；至性过人，与物无伤，惟饮酒过差耳[43]。至为礼法之士所绳，疾之如仇，幸赖大将军保持之耳[44]。吾不如嗣宗之贤，而有慢弛之阙[45]，又不识人情，暗于机宜[46]，无万石之慎，而有好尽之累[47]。久与事接，疵衅日兴，虽欲无患，其可得乎[48]！又人伦有礼，朝廷有法[49]，自惟至熟，有必不堪者七，甚不可者二[50]：卧喜晚起，而当关呼之不置[51]，一不堪也。抱琴行吟，弋钓草野，而吏卒守之，不得妄动[52]，二不堪也。危坐一时，痹不得摇，性复多虱，把搔无已，而当裹以章服，揖拜上官[53]，三不堪也。素不便书，又不喜作书，而人间多事，堆案盈机，不相酬答，则犯教伤义[54]，欲自勉强，则不能久，四不堪也。不喜吊丧，而人道以此为重，已为未见恕者所怨，至欲见中伤者[55]。虽瞿然自责，然性不可化，欲降心顺俗，则诡故不情，亦终不能获无咎无誉[56]如此，五不堪也。不喜俗人，而当与之共事，或宾客盈坐，鸣声聒耳，嚣尘臭处，千变百伎[57]，在人目前，六不堪也。心不耐烦，而官事鞅掌，机务缠其心，世故繁其虑[58]，七不堪也。又每非汤武而薄周孔，在人间不止，此事会显，世教所不容[59]，此甚不可一也。刚肠疾恶，轻肆直言[60]，遇事便发，此甚不可二也。以促中小心之性，统此九患，不有外难，当有内病，宁可久处人间邪[61]？又闻道士遗言，饵术黄精[62]，令人久寿，意甚信之；游山泽，观鱼鸟，心甚乐之。一行作吏，此事便废，安能舍其所乐而从其所惧哉[63]！

夫人之相知，贵识其天性，因而济之[64]。禹不逼伯成子高，全其节也[65]；仲尼不假盖于子夏，护其短也[66]；近诸葛孔明不逼元直以入蜀[67]，华子鱼不强幼安以卿相[68]，此可谓能相终始[69]，真相知者也。足下见直木必不可以为轮，曲者不可以为桷，盖不欲以枉其天才[70]，令得其所也。故四民有业，各以得志为乐，唯达者为能通之，此足下度内耳[71]。不可自见好章甫，强越人以文冕也[72]；己嗜臭腐，养鸳雏以死鼠也[73]。吾顷学养生之术，方外荣华，去滋味，游心于寂寞[74]，以无为为贵，纵无九患，尚不顾足下所好者[75]。又有心闷疾，顷转增笃，私意自试[76]，不能堪其所不乐。自卜已审，若道尽途穷则已耳，足下无事冤之，令转于沟壑也[77]。

吾新失母兄之欢，意常凄切[78]。女年十三，男年八岁，未及成人，况复多病。顾此悢悢，如何可言[79]！今但愿守陋巷，教养子孙，时与亲旧叙阔，陈说平生，浊酒一杯，弹琴一曲，志愿毕矣[80]。足下若嬲之不置，不过欲为官得人，以益时用耳[81]。足下旧知吾潦倒粗疏，不切事情，自惟亦皆不如今日之贤能也[82]。若以俗人皆喜荣华，独能离之，以此为快，此最近之[83]，可得言耳。然使长才广度，无所不淹，而能不营，乃可贵耳[84]。若吾多病困，欲离事自全，以保余年，此真所乏耳[85]，岂可见黄门而称贞哉[86]？若趣欲共登王涂，期于相致，时为欢益[87]，一旦迫之，必发其狂疾，自非重怨[88]，不至于此也。野人有快炙背而美芹子者，欲献之至尊，虽有区区之意，亦已疏矣[89]。愿足下勿似之。其意如此，既以解足下，并以为别[90]。嵇康白。

据中华书局影印胡刻《文选》

【注释】 [1] 白:陈述,旧时书信用语。足下:对对方的尊称。称:称说。颍(yǐng)川:郡名,此指山涛的族父山嵚。山嵚曾为颍川(今河南许昌)太守。古代常以某人官职、籍贯、任职地名代称其人,以示尊敬。山涛曾向山嵚称说嵇康不愿出仕,所以嵇康认为是知己之言。 [2] 经:常。此意:指不愿出仕的意愿。何从:从何。 [3] 河东:指山西境内黄河以东地区。显宗:公孙崇字显宗,谯国人,曾为尚书郎。阿都:吕安字仲悌,小名阿都,东平人,嵇康至交,后一起被司马氏杀害。议:打算。 [4] 故:同"固",原来。[5] 傍通:博通事物。傍,同"旁",广泛,普遍。多可:对事情多认可。少怪:对事情少疑怪。 [6] 直性:性格耿直。狭中:心地狭窄。不堪:不能忍受。 [7] 间闻:近来听说。迁:升官。惕然:忧惧不快的样子。 [8] 庖人:厨师。引:荐举。尸祝:祭祀时念祈祷之辞的人。《庄子·逍遥游》:"庖人虽不治庖,尸祝不越樽俎(指祭器)而代之矣。"此喻山涛迁官不应推己以自代。 [9] "手荐"二句:你这是让我手举屠刀,沾染一身腥膻味。荐,举起。鸾刀,环上有铃的屠刀。漫,污染。 [10] 具:完全,详尽地。陈:陈述。 [11] 并介之人:指既能兼善天下又能耿介孤直的人。并,指兼善天下。介,指耿介孤直。 [12] 空语:空谈,虚说。同知:共同知道。达人:通达之人。外:外表,表面上。殊:不同。波流:流水。同其波流,即随波逐流。悔吝:悔恨,遗憾。 [13] 老子、庄周:先秦道家学派的创始人。老子曾为周朝柱下史,庄周曾为漆园吏,二人职位都很低,所以说他们"亲居贱职"。 [14] 柳下惠:春秋中期鲁国大夫,姓展,名获,字禽,食邑在柳下,死后谥惠,故称柳下惠。他"不卑小官……遗佚而不怨,阨穷而不悯"(《孟子·公孙丑》)。东方朔:字曼倩,汉武帝时人,为人滑稽多智,他为侍郎时,曾"著论设客难己,用位卑以自慰谕"(《汉书·东方朔传》)。短之:轻视他们。[15] 仲尼:孔子名丘字仲尼。兼爱:博爱无私。《庄子·天道》记孔子回答老聃说:"兼爱无私,此仁义之情也。"执鞭:拿着马鞭,指驾车。《论语·述而》:"子曰:富而可求也,虽执鞭之士,吾亦为之。" [16] 子文:春秋时楚国人鬬穀於菟(wū tú),字子文。令尹:楚国最高行政长官,相当于宰相。《论语·

公冶长》:“令尹子文,三仕为令尹,无喜色;三已之,无愠色。” [17] 是乃:这就是。济物:济世。 [18] 渝:改变。无闷:不苦闷。 [19] 尧、舜:传说中上古时代的两位贤君。君世:指统治天下,君,作动词用。 [20] 许由:尧时的隐士。相传尧把天下传给他,他不受,逃隐于箕山。岩栖:栖居于山岩之下。 [21] 子房:张良字子房,曾帮助汉高祖刘邦打败项羽,建立汉王朝。佐:辅佐。 [22] 接舆:春秋时楚国隐士。行歌:边走路边唱歌。《论语·微子》:“楚狂接舆歌而过孔子。” [23] 揆(kuí):道理。 [24] 仰瞻:抬头看,表示尊敬。数君:指尧、舜、许由、张良、接舆等人。遂其志:顺从了他们各自的心志。 [25] 百行:各种各样的行动。殊途:走着不同的路。同致:达到相同的目的。循性:遵循本性。“各附”句:犹言各得其安。 [26] “故有”二句:《韩诗外传》卷五:“朝廷之士为禄,故入而不出;山林之士为名,故往而不返。”处朝廷,指做官。入山林,指隐居。 [27] 延陵:地名,今江苏武进。春秋时吴季札居其地,人称延陵季子。这里即指季札。高:以……为高。子臧:曹国公子欣时。曹宣公卒,曹人欲立欣时为君,欣时不从,离国而去。季札贤,其父兄欲立之为嗣君,季札以曹公子自勉,亦拒不接受。(见《左传·成公十五年》) [28] 长卿:司马相如的字。《史记·司马相如传》:司马相如字长卿,“其亲名之曰犬子,相如既学,慕蔺相如之为人,更名相如。”节:气节、品质。 [29] 托:寄托。夺:强使改变。 [30] 尚子平:东汉时隐士,为县功曹,辞归,自入山担柴,卖以供食饮。(见李善注引《英雄记》)《后汉书·逸民传》有向子平,当为一人,因“向”“尚”形音相近。台孝威:名佟,隐居武安山,凿穴为居,采药为业。(见《后汉书·逸民传》) [31] 孤露:指父已亡故。幼无父曰孤,父亡而无所荫庇曰露。见骄:指被母兄所骄纵宠爱。涉:涉猎。经学:儒家经典的学问。 [32] 疏懒:疏顽懒惰。驽:劣马,这里指迟钝。缓:松弛。 [33] 闷痒:指长久不洗沐所引起的发闷发痒的感觉。不能:不耐,即不愿。沐:洗发。 [34] 胞:胎衣,这里指膀胱。起:指起身解便。 [35] 纵逸:放纵闲散。来久:由来已久。傲散:孤傲随便。 [36] 简:简略。礼:礼法。背:背离。慢:傲慢,怠慢。侪(chái)类:朋辈,朋友。宽:宽容,谅解。 [37] “重增”句:更加有助于放纵的性格。荣进之心:做官求荣的上进之心。颓:低落,减弱。任实:指放任本性。道家以名为外物,本身为实,重实不重名。笃:厚。 [38] 禽鹿:捉来的鹿。禽,同“擒”。少:从小。驯育:驯服养育。教制:管教约束。 [39] 长:长大。见羁:被束缚。狂顾:急遽地转头回顾。顿缨:扯断绳索。缨,指丝绳。
[40] 镳(biāo):马勒旁的铁衔,此指鹿的笼头。飨:用酒食待人,此指喂鹿。嘉肴:味道好的食物。 [41] 逾:越发,更加。一作“愈”。长林:高大的森林。丰草:茂盛的草。 [42] 阮嗣宗:阮籍的字,与嵇康同为“竹林七贤”之一。生在魏晋易代之际,他纵酒谈玄,不问世事以避祸,处世之道,颇不同于嵇康。师之:学习他“不论人过”这一长处。 [43] 至性:纯真的天性。过人:超过一般人。“与物”句:指待人接物没有伤害对方的心思。过差:过分。 [44] 绳:纠正、制裁。疾:憎恨。大将军:指司马昭。保持:保护。《晋书·阮籍传》载,籍善作青白眼,“见礼俗之士,以白眼对之。……由是礼法之士,疾之若仇。而帝(司马昭)每保护之”。 [45] 贤:才能,德行好。一作“资”,指材量,皆可通。慢弛之阙:傲慢懒散的缺点。 [46] 暗:不明。机宜:随机应变的方法。 [47] 万石:汉朝石奋历事高祖、文帝、景帝,以谨慎著称,在人前“如不能言者”。他和四个儿子都官至二千石,合为万石,故景帝称之为万石君。《史记》、《汉书》皆有传。好尽:指尽情直言,不避忌讳。累:过失,毛病。 [48] 疵:缺点。衅:过隙,事端。患:灾祸,危险。
[49] 人伦:指君臣、父子、夫妇、兄弟、朋友之间的封建伦理关系。礼:指体现人伦关系的道德规范和行为准则。法:法律条文。 [50] 惟:思考。熟:精详,细致。不堪:不能忍受。不可:不能够,不可以。 [51] 当关:守门小吏。不置:不放过。 [52] 弋(yì):用拖着绳子的箭射取禽鸟。此指射鸟。妄动:乱动。 [53] 危坐:端坐不动。痹(bì):麻木,麻痹。摇:动弹。性:指身体。把搔:用手抓痒。裹:包裹,此指穿戴。章服:有文采的官服。揖拜:作揖跪拜。 [54] 素:向来,从来。不便书:不习于书写。作书:写信札。多事:有很多要处理的公事。机:同“几”,案。犯教伤义:触犯礼教,伤害人情。 [55] 人道:人欲世情。未见恕者:不肯见谅的人。中伤:攻击加害。 [56] 瞿然:惊惧的样子。化:改变。降心:压抑自己的傲慢懒散的情性。顺俗:顺从世俗的要求。诡故:违背本性。不情:不出于真情。咎:指责。誉:称赞。 [57] 聒(guō):喧闹。臭处:腐臭的环境。千变百伎:千种变化,百端伎俩。此指官场中人钩心斗角,玩弄种种花招手段。伎,一作“技”,指机巧,伎俩。 [58] 鞅掌:事务烦忙。鞅,用马拉车时套在马脖子上的皮套。机务:繁忙的公务。世故:世俗人情等事。 [59] 非:否定,责难。汤武:商汤和周武。薄:轻视,看不起。周孔:周公与孔子。人间:此与归

隐相对而言,应指出仕做官。会显:将会传扬出去。世教:指正统的礼教。[60] 刚肠疾恶:指性格刚直,痛恨坏人。轻肆:轻率放肆。 [61] 促中小心:胸怀褊窄。九患:指上"七不堪""二不可"之患。宁可:怎能够。 [62] 遗言:传言,留言。饵:服食。术(zhú)、黄精:都是药名,古人认为久服可以轻身延年。 [63] 一行:一去。作吏:出仕做官。废:废弃。舍:放弃。[64] 相知:互相了解。天性:天生的本性。济:帮助,成全。 [65] 禹:夏禹。伯成子高:传说中三代的贤者,禹时归隐。据《庄子·天地》:"尧治天下,伯成子高立为诸侯,尧授舜,舜授禹,伯成子高辞为诸侯而耕。"禹问他为什么归耕,他说禹治天下不如尧时好。禹听后并未强迫他出来做官,保全了他的节操。 [66]"仲尼"二句:说孔子不向子夏借雨伞是为了掩饰他的短处。《孔子家语·致思》:"孔子将行,雨而无盖。门人曰:'商也有之。'孔子曰:'商之为人也,甚吝于财。吾闻与人交,推其长者,违其短者,故能久也。'"仲尼,指孔子。假盖,借遮雨的工具。子夏,孔子的学生卜商字子夏。 [67] 诸葛孔明:诸葛亮。元直:徐庶的字。与诸葛亮为好友,同事刘备,后徐庶之母为曹操所获,他就辞别刘备而归曹操,临行时,刘备和诸葛亮都未加阻拦。事见《三国志·蜀书·诸葛亮传》。 [68] 华子鱼:华歆字子鱼。幼安:管宁字幼安。与华歆为同学好友。魏明帝时,华歆为太尉,曾举管宁接任自己的职务,宁固辞不受。事见《三国志·魏书·华歆传》及《管宁传》。 [69] 此:指禹、孔子、诸葛亮、华歆等人。相终始:指朋友之间能有始有终。 [70] 轮:车轮。桷(jué):屋上承瓦的木条,俗称椽子。枉:委曲,弯曲。天才:指自然的材性,即本性。 [71] 四民:指士、农、工、商。业:职业。达者:通达的人。通之:了解他们(指四民)。度内:度量之内,指能想得到的。 [72]"不可"二句:《庄子·逍遥游》:"宋人资章甫而适诸越,越人断发文身,无所用之。"章甫,殷朝的冠名,此指礼帽。文冕,有文采的帽子。 [73] 嗜:喜好。臭腐:指腐烂发臭的食物。鸳雏:同"鹓鸰",凤凰一类的鸟。《庄子·秋水》:"南方有鸟,其名为鹓鸰……非梧桐不止,非练食不食,非醴泉不饮。" [74] 顷:不久前,近来。养生之术:修身养性、轻身益寿的方法。方:正。外荣华:以荣华为身外之事而轻视它。去滋味:抛弃美味,因为无益于养生。游心:指心神活动。寂寞:道家清静无为,恬淡自适的一种心境。 [75] 无为:指庄子顺应自然变化的哲学思想。九患:指前"七不堪"和"二甚不可"。尚不顾:尚不屑于看。 [76] 心闷疾:心闷的毛病。增笃:加重。自试:自己设想。

[77] 卜:考虑。审:明确,确定。道尽途穷:指无路可走,没有办法。则已耳:也就算了罢。转于沟壑:指死亡。 [78] 失母兄之欢:指死去了母亲和兄长。凄切:悲切。 [79] 顾此:想到这些。悢悢(liàng):悲恨。“如何”句:还谈什么做官呢!一说指悲痛得说不出话来。亦可通。 [80] 守陋巷:指过贫穷的生活。语出《论语·雍也》。叙阔:叙谈离别之情。阔,阔别,离别。陈说:指谈论往事。毕:尽。 [81] 嬲(niǎo):纠缠。不置:不放。时用:为当世所用。 [82] 旧知:以前知道,指篇首“昔称吾于颍川”事。潦倒粗疏:放任散漫,不拘礼法。潦倒,颓放的样子。不切句:不近世事。贤能:指当时在朝为官的人。 [83] 离之:指抛弃荣华。“此最”句:这最近于我的情况。 [84] 长才:高才、大才。广度:宽大的度量。淹:贯通,通达。不营:不求,指不求仕进。乃可贵:才是可贵的。 [85] 离事自全:离开世事,以图保全自身。“此真”句:这的确是我缺乏用世之才呵! [86] 黄门:指宦官。称贞:称赞其有贞节。 [87] 趣:急,迫。王涂:指到朝廷做官。涂同“途”。期:期望。致:招致。欢益:彼此欢聚,互相帮助。 [88] 迫之:逼迫我。狂疾:疯病。“自非”句:假如不是有大的仇恨。 [89] “野人”二句:《列子·杨朱》载:宋国有一个种田人,感到在初春的太阳底下晒背很舒适,回家告诉妻子说,如果把这主意献给皇上,将会得到重赏。同里的富人告诉他说,过去有人认为胡豆、苍耳、芹子、萍子味道很美,向豪门宣传,豪门吃了,刺口、腹痛,既笑他,又怨他,他很是惭愧。你就是这样一类人。野人,指居于田野之人。快炙背,在太阳下晒背为快乐。美芹子,以芹子为美味。芹子指青蒿一类的野菜。至尊,最尊贵的人,指天子。区区之意:指诚意。疏,疏远,不切实际。 [90] 解足下:向你解释,说明。别:告别,指绝交。

赠秀才入军 (其九、其十四)

【题解】 《赠秀才入军》共有诗十九首。第一首为五言,其余十八首均为四言。这是嵇康送他哥哥嵇喜从军的诗。其中有的写送别,有的写别离前兄弟的友好相处。嵇喜是一个庸俗的人,曾遭到阮籍的白眼。他从军是助司马氏,嵇康自然是反对的。这是该组诗的总倾向。但嵇康是由嵇喜抚养成人的,兄弟间不能说没有感情，这就决定了该组诗思想感情的复杂性。

此处所选为第九、十四首。第九首通过想象描写了日后嵇喜在军中戎马骑射的生活，看似赞颂，实有嘲讽之意。所谓"秀才"，即指嵇喜。喜字公穆，曹魏时曾举秀才，为卫军司马。第十四首写想象中嵇喜行军各地，休息时弋射垂钓，弹琴游乐，纵情山水，悠然自得的情景，抒发了诗人自身的寂寞怀念之情。妙句天成，意象鲜明。诗人追求的心灵世界，全寄托于清空高远的意境。

良马既闲，丽服有晖[1]。左揽繁弱，右接忘归[2]。风驰电逝，蹑景追飞[3]。凌厉中原，顾盼生姿[4]。

【注释】 [1]"良马"二句：说骑着训练有素的良马，穿着漂亮、光彩的军装。闲，同"娴"，熟悉。丽服，指美丽的戎装。晖，光彩。 [2]"左揽"二句：说左手挽着弓，右手搭上箭。繁弱，古代良弓名。忘归，箭名。 [3]"风驰"二句：说骑马奔驰，快如风吹电闪，追得上一掠即逝的影子，赶得上飞鸟。一说，蹑景、追飞为良马名。崔豹《古今注》："秦始皇有名马，曰追飞、蹑景。"蹑，追。景，同"影"。飞，指飞鸟。 [4]"凌厉"二句：说嵇喜在中原奋行直前，左观右看，大为增色。凌厉，飞奔直前的样子。顾，回头看。盼，看。生姿，增色。

息徒兰圃，秣马华山[1]。流磻平皋，垂纶长川[2]。目送归鸿，手挥五弦[3]。俯仰自得，游心泰玄[4]。嘉彼钓叟，得鱼忘筌[5]。郢人逝矣，谁与尽言[6]？

以上据中华书局影印胡刻《文选》

【注释】 [1] 息徒：让徒众休息。徒，指随从的人众。兰圃：长满兰草的野地。秣(mò)马：喂马。华山：鲜花开遍的山坡。华，同"花"。 [2] 流磻(bō)：指射箭。用生丝绳系在箭上射鸟称"弋"，为防箭被鸟带走，在箭绳端上拴系石块称"磻"。平皋：平旷的草泽地。垂纶：即垂钓。纶，钓线。长川：长河。[3]“目送”二句：说目送南归的鸿雁，手弹五弦琴。目送，谓目光随之远去。五弦，五弦琴，形似琵琶而略小。[4]“俯仰”二句：说一举一动都悠悠然自得其乐，心神合于天地自然的大道。俯仰，俯身仰头，指一举一动。泰玄，一作“太玄”，即道家所称的大道，或叫自然。[5]“嘉彼”二句：以“得鱼忘筌”的“钓叟”，借指能领悟大道，“得意忘言”的嵇喜，而加以赞美。嘉，赞美。筌，捕鱼的竹器。《庄子·外物》：“筌者所以在鱼，得鱼而忘筌；……言者所以在意，得意而忘言。”意思是只重得到精理，而不重行迹。[6]“郢人”二句：据《庄子·徐无鬼》所记，郢人鼻端上沾了一点薄如蝇翼的白灰，他让匠石挥斧砍掉了白灰，却丝毫不伤鼻子，郢人也面不改色。宋元君听说后，叫匠石也对他砍一下试试。匠石说：“我确曾这样砍过，但我所砍的对象已死去很久了。自从他死后，我就没有可砍的对象了。”此是嵇康慨叹嵇喜走后，他找不到可以交谈的人了。郢，春秋时楚国的都城。逝，死。

张　华

张华（232—300），字茂先，范阳方城（今河北固安南）人。少孤贫，好文史，博览群书。魏末任中书郎等职。入晋，官至司空，进封壮武郡公。后因拒绝参与赵王伦、孙秀的篡权阴谋而被害。张华学识渊博，善为文，著有《博物志》十卷，著称于时。诗多模仿前人，但内容亦有所创新。讲究辞藻华美，巧用文字。钟嵘《诗品》谓其“儿女情多，风云气少”。

情　诗　（其三）

【题解】《情诗》共五首，都是写夫妻离别后相互思念的赠答之词。本篇原列第三，写家中妻子对远在他乡的丈夫的思念之情。描写细致入微，真切感人。

清风动帷帘，晨月照幽房[1]。佳人处遐远，兰室无容光[2]。襟怀拥灵景，轻衾覆空床[3]。居欢惕夜促，在戚怨宵长[4]。拊枕独啸叹[5]，感慨心内伤。

据中华书局影印胡刻《文选》

【注释】［1］帷：帐子。幽房：指女子的卧室。［2］佳人：指丈夫。处遐远：远在他乡。遐，远。兰室：芳香的居室，犹“幽房”。［3］拥：抱。灵景：空灵的影子。景，同“影”。“灵景”一作“虚景”。衾：被子。覆：遮盖。［4］惕（kài）：贪。一作“惜”。促：短。戚：忧伤。［5］拊：拍。啸叹：长声叹息。

潘岳

潘岳（247—300），字安仁，荥阳中牟（今河南中牟东）人。少以才颖见称，乡人呼为神童。早年受司空太尉府征召，举秀才，出任河阳令、怀令。晋惠帝即位，杨骏为太傅，引潘岳为太傅主簿。杨骏被贾后所诛，潘岳亦被除名。不久选为长安令，转著作郎、散骑侍郎，迁给事黄门侍郎，后世称潘黄门。后赵王司马伦辅政，为其亲信孙秀害死。史载潘岳生性轻躁，趋附势利，谄事权臣贾谧，为谧“二十四友”之一。他与陆机齐名，以诗赋名世，长于抒情，辞藻艳丽，尤善为哀诔之文。原有集，已散佚，明人辑有《潘黄门集》。

悼亡诗（其一）

【题解】《悼亡诗》共三首，都是伤悼亡妻之作。本篇为其第一首，写离家赴任前对亡妻的悼念。作者感时节之变易，见遗迹而怀亡妻，万感交集，哀痛不已。故发而为诗，情感真切，深婉动人。后世《悼亡》之作，实由此发端。

荏苒冬春谢，寒暑忽流易[1]。之子归穷泉，重壤永幽隔[2]。私怀谁克从，淹留亦何益[3]？僶俛恭朝命，回心反初役[4]。望庐思其人，入室想所历[5]。帏屏无仿佛，翰墨有余迹[6]。流芳未及歇，遗挂犹在壁[7]。怅怳如或存，周遑忡惊惕[8]。如彼翰林鸟[9]，双栖一朝只。如彼游川鱼，比目中路析[10]。春风缘隟来，晨霤承檐滴[11]。寝息何时忘，沉忧日盈积。庶几有时衰，庄缶犹可击[12]。

据中华书局影印胡刻《文选》

【注释】 [1] 荏苒(rěn rǎn)：光阴渐渐过去的样子。谢：去。流易：消逝，变换。 [2] 之子：那人，指亡妻。归穷泉：即逝世。穷泉，犹"黄泉"，地下。重壤：深深的土壤。幽：深。 [3] 私怀：自己内心的思念。谁克从：犹"谁可语"，能给谁说？淹留：久留，指不往赴任。 [4] 僶俛(mǐn miǎn)：努力，勉力。恭朝命：恭从朝廷的命令。回心：转念。反初役：返回原先做官的任所。 [5] 庐：房屋。其人：那人，指亡妻。室：里屋。所历：指过去与亡妻共同经历的生活。 [6] "帏屏"句：说帏屏之间连亡妻的仿佛形影也见不到。帏屏，帷帐和屏风。仿佛，相似的形影。翰墨：笔墨。指亡妻生前书写的文字。 [7] 流芳：指亡妻生前衣物遗留的芳香。歇：尽，消失。遗挂：指挂在墙上的亡妻衣物。 [8] 怅怳(huǎng)：恍惚。周遑：心神不安的样子。忡(chōng)：忧。惕：惧。 [9] 翰林：振羽于林中。 [10] 比目：即比目鱼，成双成对而行，单只不行。析：分开。 [11] 缘：沿着，顺着。隟：同"隙"，指门缝、窗缝。霤(liù)：屋顶上流下来的水。承檐滴：顺着屋檐往下滴。 [12] "庶几"二句：是作者自勉自慰之词。庶几，但愿，表希望。衰，减退。庄，指庄子。缶，瓦盆，古时一种瓦制的打击乐器。《庄子·至乐》记庄子妻死，惠子前往吊唁，见庄子正"箕踞鼓盆而歌"。

陆　机

陆机(261—303)，字士衡，吴郡华亭(今上海松江)人。出身显宦之家，祖陆逊，父陆抗，均为东吴名将。陆机少有异才，年十四便领父兵为牙门将。年二十，吴为晋所灭，乃退居故里，闭门勤学十年。至晋武帝太康末(289)，与弟陆云同赴晋都洛阳，为太常张华所推重，荐为祭酒。后委身依附成都王司马颖，参大将军军事，为平原内史，故世称“陆平原”。晋惠帝太安初(303)，司马颖与河间王司马颙起兵讨伐长沙王司马乂，陆机为后将军、河北大都督。兵败，受宦官孟玖等谗言谮害，被杀于军中。陆机天才秀逸，文章冠世，诗、文、赋、论均有出色成就。原有集，已散佚，后人辑有《陆机集》。

吊魏武帝文序

【题解】 晋惠帝元康八年(298)，陆机由殿中郎出补著作郎，有机会浏览国家的藏书和档案，读到魏武帝曹操的遗令，不禁大为感慨，作此吊文。吊文与序，内容多有重复，此仅取其序。文章既赞颂了曹操的雄才大略，又深刻揭示了他临终前内心的复杂矛盾。铜爵著妓，分香卖履之说，既还原了一代枭雄的寻常人面目，更透露出人生的无奈。作者对魏武“内顾之缠绵”，“命促而意长”，其实是备极同情的，故全文凄伤之怀，溢于言表。序设主客问答，情理并茂，实为文体之赋，其价值是不在吊文之下的。故刘勰称此文“序巧而文繁”(《文心雕龙·哀吊》)。

元康八年，机始以台郎出补著作，游乎秘阁，而见魏武帝遗令[1]，忾然叹息[2]，伤怀者久之。

客曰：夫始终者，万物之大归[3]；死生者，性命之区域[4]。是以临丧殡而后悲[5]，睹陈根而绝哭[6]。今乃伤心百年之际[7]，兴哀无情之地[8]，意者无乃知哀之可有[9]，而未识情之可无乎？

机答之曰：夫日食由乎交分[10]，山崩起于朽壤[11]，亦云数而已矣[12]。然百姓怪焉者，岂不以资高明之质，而不免卑浊之累；居常安之势，而终婴倾离之患故乎[13]？夫以回天倒日之力，而不能振形骸之内[14]；济世夷难之智，而受困魏阙之下[15]。已而格乎上下者，藏于区区之木[16]；光于四表者，翳乎蕞尔之土[17]。雄心摧于弱情[18]，壮图终于哀志[19]，长算屈于短日[20]，远迹顿于促路[21]。呜呼！岂特瞽史之异阙景，黔黎之怪颓岸乎[22]？

观其所以顾命家嗣[23]，贻谋四子[24]，经国之略既远，隆家之训亦弘。又云："吾在军中，持法是也。至小忿怒，大过失，不当效也。"善乎，达人之谠言矣[25]！持姬女而指季豹[26]，以示四子，曰："以累汝！"因泣下。伤哉！曩以天下自任[27]，今以爱子托人。同乎尽者无余，而得乎亡者无存[28]。然而婉娈房闼之内，绸缪家人之务，则几乎密与[29]！又曰："吾婕妤妓人，皆著铜爵台[30]。于台堂上施八尺床繐帐，朝晡上脯糒之属。月朝十五辄向帐作妓[31]。汝等时时登铜爵台，望吾西陵墓田。"又云："余香可分与诸夫人。诸舍中无所为，学作履组卖也[32]。吾历官所得绶，皆著藏中[33]。吾余衣裘，可别为一藏。不能者，兄弟可共分之。"既而竟分焉。亡者可以勿求，存者可以勿违，求与违，不其两伤乎[34]？

悲夫！爱有大而必失，恶有甚而必得，智惠不能去其恶，威力不能全其爱。故前识所不用心，而圣人罕言焉[35]。若乃系情累于外物，留曲念于闺房，亦贤俊之所宜废乎！[36]于是遂愤懑而献吊云尔[37]。

据中华书局影印胡刻《文选》

【注释】 [1] 秘阁：国家藏图书和档案的地方。魏武帝：曹操生前称魏王，死后，其子曹丕称帝，追尊他为太祖武皇帝。 [2] 忾(xì)然：慨叹貌。 [3] 始终：指生死。大归：最后的归宿。 [4] 死生：此侧重言死。区域：范围。 [5] 临丧殡：站在死者的棺木前，指向死者吊祭。殡，殓而未葬。 [6] 陈根：隔年的旧草根。绝哭：不再哭。《礼记》曰："朋友之墓，有宿草而不哭焉。"郑玄注："宿草，谓陈根也。"意为朋友死的时间久了，就不再哭悼他。 [7] 百年：曹操卒于公元220年，至此(298年)，已近八十年，这里举其成数。 [8] 兴哀：发起哀伤之情。无情之地：指秘书阁，因非丧殡之所，故曰。 [9] 意者：想来。 [10] "夫日食"句：古人认为日蚀的出现是因为太阳和月亮交会而又分离造成的。日食，日蚀。 [11] "山崩"句：古人认为山崩是由于土壤朽坏所致。《国语·晋语》："山有朽壤而崩。" [12] 数：指自然的运数。 [13] 高明：指日月而言。卑浊：指日月之蚀而言。常安之势：指山。婴：遭逢。倾离之患：指山崩。 [14] 回天：喻力量强大，能够扭转极难挽回的事势。倒日：拨转太阳。《淮南子·览冥训》："鲁阳公与韩搆难，战酣日暮，援戈而抝之，日为之反三舍。"振：发扬威势。形骸：人的形体。 [15] 济世：拯济社会。夷难：平定战乱。魏阙：宫殿前两边所筑的楼台，此代指朝廷。 [16] 格乎上下者：指建有顶天立地大功的人，即曹操。格，至。上下，指天地。谓功劳巨大，上至天，下至地。区区：小。木：指棺。 [17] "光于"句：《尚书·尧典》："光被四表。"此指具有广泛影响的人，即曹操。光，广阔，引申为充满、覆被。翳：掩盖。蕞尔之土：指坟墓。蕞(zuì)尔，小貌。 [18] 弱情：指疾病。 [19] 哀志：指临终前的哀伤心境。 [20] 长算：高明的计谋。短日：指寿命的短促。 [21] 远迹：远大的功业。顿：止。促路：寿命短促。 [22] 瞽(gǔ)史：乐官和史官，此专指史官，掌天文礼法方面的工作。异：惊异。阙景：指日蚀。阙，同"缺"。景，日光。黔黎：指百姓。颓：崩，谓山崩。岸：高地。 [23] 顾命：临终嘱咐。冢嗣：嫡长子，指曹丕。冢，大，嫡长。嗣，子孙。 [24] 贻：留给。四子：指曹丕以外的四个儿子。 [25] 达人：通达事理之人。谠(dǎng)言：

正直的言论。　[26] 姬女:众妾所生的女儿,此指妾杜夫人之女高城公主。季豹:曹操幼子曹豹,杜夫人所生,是时五岁。　[27] 曩:从前。[28] "同乎"二句:谓一切所同、所得都随着死亡而无所余留。尽、亡,均指死亡。　[29] "然而"三句:谓对亲人的眷念,对家事的安排,那就近于周密琐碎了。婉娈,恋慕,眷念。房闼,房门。闼,小门。绸缪,情深意厚。密,周密细碎。　[30] 婕妤:亦作"倢伃",妃嫔之属。妓人:歌妓。著:安置。铜爵台:即铜雀台,建安十五年(210)曹操命建,在今河北临漳西南古邺城西北隅。[31] 施:施设。繐帐:灵帐,柩前的灵幔。繐,细疏的麻布。晡:晚。脯:干肉。糒(bèi):干粮。与脯皆为祭品。月朝十五:初一、十五。作妓:表演音乐歌舞。　[32] 诸舍中:指众妾。履:鞋。组:丝带。　[33] 绶:系印纽的丝带。藏(zàng):指柜子一类存储物件的器具。　[34] "亡者"四句:《文选》李善注:"令衣裘别为一藏,是亡者有求也;既而竟分焉,是存者有违也。求为吝而亏廉,违为贪而害义,故曰两伤。"亡者,指曹操,存者,指曹丕兄弟。求,指操嘱藏衣裘。违,指违背遗嘱。　[35] 惠:同"慧"。恶:恶习。前识:指有先见之人。圣人罕言:《论语·子罕》:"子罕言利与命与仁。"罕,少。此指少说利。　[36] 情累:指牵累于感情、情欲。曲念:细碎的顾念。闺房:指姬妾。宜废:应该废止。　[37] 愤懑:此有悲慨之意。

赴洛道中作 (二首)

【题解】《赴洛道中作》共二首。晋武帝太康末,陆机与弟陆云同赴晋都洛阳,这两首诗便作于赴洛途中。作者写途中所见和心中所感,以情写景,情景相生,抒发了既眷恋故乡,又忧惧未来的复杂矛盾心情。

揔辔登长路,呜咽辞密亲[1]。借问子何之?世网婴我身[2]。永叹遵北渚,遗思结南津[3]。行行遂已远,野途旷无人。山泽纷纡余,林薄杳阡眠[4]。虎啸深谷底,鸡鸣高树巅。哀风中夜流,孤兽更我前[5]。悲情触物感,沉思郁缠绵。伫立望故乡[6],顾影凄自怜。

【注释】 [1] 揔:同“总”,握持着。辔:马缰绳。密亲:关系密切的亲人。 [2] 世网:尘网,喻人世间红尘中那些纷纷扰扰的烦心事。婴:缠绕。 [3] “永叹”二句:沿着北面的小洲长叹而行,离别亲人的思念还郁结在南面的渡口。永叹,长叹。遵,沿着。渚,水中的小块陆地。津,渡口。 [4] 纷:众多。纡余:弯弯曲曲的样子。薄:草丛。杳:深广。阡眠:同“芊绵”,茂密的样子。 [5] 更:经过。 [6] 伫立:久立。

远游越山川,山川修且广[1]。振策陟崇丘,案辔遵平莽[2]。夕息抱影寐,朝徂衔思往[3]。顿辔倚嵩岩[4],侧听悲风响。清露坠素辉,明月一何朗[5]！抚几不能寐,振衣独长想[6]

以上据中华书局影印胡刻《文选》

【注释】 [1] 修:长。 [2] 振策:挥动马鞭。陟(zhì):登。崇丘:高山。案辔:谓控制着缰绳让马慢步行走。案,同“按”,用手压或摁。平莽:平坦的草地。 [3] 夕息:夜晚休息。抱影:抱着自己的影子,形容孤孤单单的样子。朝徂(cú):早晨出发。衔思:含着悲伤的心情。 [4] 顿辔:停下马来。顿,停顿。嵩岩:高峻的山崖。 [5] 素辉:指洁白的月光。一何朗:多么明朗! [6] 几:矮小的桌子,可供凭靠休息。振衣:谓披衣而起。

左　思

左思(250? —305?),字太冲,临淄(今山东淄博)人。出身寒门,相貌丑陋,不善言辞,不喜交流。仕进不得意,于是专心著作。曾以十年构思,写成《三都赋》,轰动当时。豪贵之家竞相传写,竟使洛阳为之纸贵。左思博学能文,辞藻壮丽。其诗作今存仅十四首，收于《文选》及《玉台新咏》中。大多反映寒微之士与世族门阀之间的矛盾，揭露了门阀制度的不合理，抒写了自己建功立业的抱负和壮志难酬的不平。其诗笔力豪迈，简劲雄浑。钟嵘《诗品》誉之为"左思风力"，独标一格。

咏　史（其一、其二、其六）

【题解】 《咏史》共八首。这是一组借咏古人古事而抒写自己怀抱的抒情诗。名为咏史，实为咏怀，既有创造性，又有个性。此处所选为第一、二、六首。第一首似为整组诗的序诗。它抒写诗人的才能和抱负。从诗中所写"左眄澄江湘，右盼定羌胡"看来，此诗当作于公元280年西晋平东吴之前。第二首诗人以"涧底松"与"山上苗"的鲜明形象对比，揭露"世胄蹑高位，英俊沉下僚"的黑暗现实，抨击了"上品无寒门，下品无世族"的门阀世族制，抒发了内心的愤慨和不平。第六首诗人歌颂荆轲睥睨四海、轻侮豪门的精神，借以表达自己对权贵的蔑视。

弱冠弄柔翰，卓荦观群书[1]。著论准《过秦》，作赋拟《子虚》[2]。边城苦鸣镝，羽檄飞京都[3]。虽非甲胄士，畴昔览穰苴[4]。长啸激清风，志若无东吴[5]。铅刀贵一割，梦想骋良图[6]。左眄澄江湘，右盼定羌胡[7]。功成不受爵，长揖归田庐[8]。

【注释】 [1] 弱冠：古时男子二十岁行冠礼，表示已成人。因二十岁体犹未壮，故称"弱冠"。弄柔翰：即指写文章。柔翰，毛笔。卓荦(luò)：超群出众的样子。　[2] 准、拟：以为准则，用作典范。《过秦》：即西汉贾谊所作《过秦论》。《子虚》：即西汉司马相如所作《子虚赋》。　[3] 鸣镝(dí)：响箭。古时发射响箭用作战斗信号。檄(xí)：古代用于征召的文书。加插羽毛，称为“羽檄”，表示像鸟飞一样迅速紧急。 [4] 甲胄(zhòu)士：指战士。甲，甲衣，古代战士穿的皮制护身服。胄，头盔。畴昔：往日。览：指研读。穰苴(ráng jū)：即春秋时齐景公之将田穰苴，因其抵抗燕、晋之师有功，尊为大司马(掌管军政的最高官职)，故称司马穰苴。后来齐威王使大夫追论古者司马法，而附穰苴于其中，称之为《司马穰苴兵法》。这里以“穰苴”泛指兵书。 [5] “长啸”二句：说放声长啸，声激清风；心志豪壮，没把东吴放在眼里。啸，撮口作声，即打口哨。东吴，即孙吴，时为吴末帝孙皓。 [6] 铅刀：铅质的刀，较钝，割物不利，且一割之后便难以再用。这里用“铅刀”喻才能低拙，实为自谦之词。骋：施展。良图：指美好的理想抱负。 [7] “左眄”二句：抒写抱负，意思是要平定东南的孙吴和西北的羌胡，志在澄清天下。眄(miàn)，斜着眼睛看。澄，清。江湘，长江、湘水，指东吴所在之地。因其地处东南，故说“左眄”。盼，看。这里与“眄”同义，都是“看”的意思。羌胡，即所谓“五胡”中的羌族，是当时西北方的少数民族，故说“右盼”。 [8] 爵：爵禄。揖(yī)：作揖，拱手行礼。田庐：家园。

郁郁涧底松，离离山上苗[1]。以彼径寸茎，荫此百尺条[2]。世胄蹑高位，英俊沉下僚[3]。地势使之然，由来非一朝。金张籍旧业，七叶珥汉貂[4]。冯公岂不伟，白首不见招[5]。

【注释】 [1] 郁郁：茂盛浓绿的样子。离离：下垂的样子。苗：初生的草木。 [2] 彼：指山上苗。径寸：直径一寸。茎：茎干。荫：遮蔽。百尺条：指涧底松。条，树枝，这里指树木。 [3] 世胄：世家子弟。胄，后代。蹑(niè)：登。下僚：低级官职，即小官。 [4] 金张：指西汉时权贵大臣金日(mì)磾(dī)和张汤两家族。金家自汉武帝到汉平帝，七代为内侍。张家自汉宣帝以后，有十余人为侍中、中常侍。籍：通“藉”，凭借，依靠。旧业：先人遗业。七叶：七代。珥：插戴。汉貂(diāo)：汉代侍中、中常侍所戴的官帽上，都插戴貂鼠尾为装饰。 [5] 冯公：指汉代冯唐。文帝时为中郎署长，敢直言，曾指责汉文帝不会用人。景帝时为楚相，不久免职。武帝初，举贤良，年已九十余，不能再做官，乃以其子冯遂为郎。伟：才识卓越。不见招：不被招用。

荆轲饮燕市，酒酣气益震；哀歌和渐离，谓若傍无人[1]。虽无壮士节，与世亦殊伦[2]。高眄邈四海，豪右何足陈[3]？贵者虽自贵，视之若埃尘；贱者虽自贱，重之若千钧[4]。

【注释】 [1] 荆轲：战国末齐人，好读书击剑。后为燕太子丹刺秦王，失败被杀。酒酣：酒喝得很畅快。震：威风。渐离：高渐离，燕人，善击筑。据《史记·刺客列传》所记，荆轲与高渐离是好朋友，在燕国时常一起饮酒市中。酒酣之际，高渐离击筑，荆轲哀歌相和，"已而相泣，旁若无人者"。谓：以为。[2] 无壮士节：指刺秦王失败。殊伦：不同类，不一般。伦，类。 [3] 邈：通"藐"，轻视。豪右：豪门贵族。古时以右为上，故称豪门贵族为右族。何足陈：有什么值得陈说呢？意即不足挂齿。 [4] 千钧：极言其重。钧，古代重量单位，三十斤为一钧。

招隐诗（其一）

【题解】 《招隐诗》共二首，本篇是第一首。诗人写入山寻访隐士，悟出自然的真美所在，决心弃官归隐。此诗始于招隐，归于偕隐，虽源自淮南小山《招隐士》，但命意已有所不同。其写景之句清丽优美，实开晋宋山水诗先河。

杖策招隐士，荒涂横古今[1]。岩穴无结构[2]，丘中有鸣琴。白雪停阴冈，丹葩曜阳林[3]。石泉漱琼瑶，纤鳞亦浮沉[4]。非必丝与竹[5]，山水有清音。何事待啸歌，灌木自悲吟。秋菊兼糇粮，幽兰间重襟[6]。踌躇足力烦，聊欲投吾簪[7]。

以上据中华书局影印胡刻《文选》

【注释】 [1] 杖策:拿着细的树枝做手杖。杖,持。策,细的树枝。招:寻。荒涂:荒芜的道路。横古今:从古至今阻塞不通。横,塞。 [2] 岩穴:山洞。结构:指房屋建筑。 [3] 白雪:一作"白云"。阴冈:朝北的山脊。丹葩(pā):红花。曜:照耀。阳林:山南的树林。 [4] 漱:激荡。琼瑶:美玉,这里形容洁白晶莹的水花。纤鳞:小鱼。亦:一作"或"。 [5] 丝:指弦乐器。竹:指管乐器。 [6] 糇(hóu)粮:食粮。糇,干粮。间重襟:间杂佩带在衣襟上。 [7] 踌躇:犹豫不前的样子。烦:疲乏劳顿。"聊欲"句:犹言且弃官在此归隐吧。聊,姑且,暂且。投簪,犹"挂冠",指放弃官职。簪,古人用来连结头发和帽子的一种针形首饰。

刘 琨

刘琨(271—318),字越石,中山魏昌(今河北无极东北)人。汉中山靖王刘胜的后代,出身于世代官宦之家。少时以雄豪著名,好老庄之学。早年与石崇、陆机等人以文才依附权贵贾谧,号称"二十四友"。曾任著作郎、太学博士、尚书郎。后因迎晋惠帝到长安,以功封广武侯,食邑二千户。晋怀帝永嘉元年(307),出任并州刺史。愍帝时拜大将军,都督并、冀、幽三州军事,长期捍卫北方边疆,与刘聪、石勒作战。后为石勒所败,投奔幽州刺史鲜卑酋长段匹磾,相约共扶晋室,终因嫌隙,被段杀害。刘琨作品流传不多,今存诗仅三首,均为后期抗敌时所作。其诗词气清拔,风格悲壮,洋溢着爱国热情和英雄气概,在当时可谓超群拔俗。

答卢谌书

【题解】 卢谌(chén)(284—350),字子谅,范阳(今河北涿县)人。有文才。原在刘琨部下任主簿、从事中郎。与刘琨交谊甚厚,屡有赠答。晋愍帝建兴末,卢谌随刘琨投鲜卑段匹磾,段以卢谌为其别驾。卢谌与刘琨分别时,曾寄信及诗与他,本文即刘琨答诗前所附的回函。其文不独能坦诚地检讨过去，剖析自己，而且又说“才生于世，世实须才”，“天下之宝，当于天才共之”，这在两晋士族崇尚浮虚，逃避社会责任的风习中，是出类拔萃的。全文骈散相间，出之自然；意到笔随，无所挂碍。

琨顿首。损书及诗[1]，备辛酸之苦言，畅经通之远旨[2]，执玩反覆[3]，不能释手，慨然以悲，欢然以喜。昔在少壮，未尝检括[4]，远慕老、庄之齐物[5]，近嘉阮生之放旷[6]，怪厚薄何从而生[7]，哀乐何由而至。自顷辀张[8]，困于逆乱，国破家亡，亲友凋残[9]。负杖行吟，则百忧俱至；块然独坐[10]，则哀愤两集。时复相与举觞对膝，破涕为笑，排终身之积惨，求数刻之暂欢。譬由疾疢弥年[11]，而欲以一丸销之[12]，其可得乎？夫才生于世，世实须才[13]。和氏之璧，焉得独曜于郢握[14]；夜光之珠，何得专玩于随掌[15]？天下之宝，当与天下共之。但分析之日[16]，不能不怅恨耳。然后知聃、周之为虚诞，嗣宗之为妄作也[17]。昔騄骥倚辀于吴坂，长鸣于良、乐，知与不知也[18]；百里奚愚于虞而智于秦，遇与不遇也[19]。今君遇之矣，勖之而已[20]。不复属意于文[21]，二十余年矣。久废则无次[22]，想必欲其一反[23]，故称指送一篇[24]，适足以彰来诗之益美耳[25]。琨顿首顿首。

【注释】 [1] 损：对别人馈赠的敬谢之辞。 [2] 经：常理。通：变通。 [3] 执玩：抚玩，赏玩。覆：同“复”。 [4] 检括：检点约束。 [5] 老、庄：老子和庄子，先秦道家学派创始人。齐物：庄子有《齐物论》，阐述道家泯灭万物、是非的主旨。 [6] 嘉：赞赏。阮生：指阮籍。放旷：放任旷达。 [7] 怪：以……为怪，惊诧。厚薄：此指外来遭遇的不同。 [8] 顷：同

"倾",有陷入之意。辀(zhōu)张:惊恐貌。 [9] 凋残:谓死丧零落。 [10] 块然:孤独貌。 [11] 疢疢(chèn)弥年:疢病终年。疢,热病。弥,终。 [12] 丸:指药丸。销:同"消",消除。 [13] "夫才生"二句:谓具有才能的人产生于社会,社会也确实需要这种人才。 [14] 和氏之璧:春秋时楚人和氏所得的宝玉,事见《韩非子·和氏》。郢握:指归楚国所有。郢,春秋楚国都,此代指楚。 [15] 随:指随侯。相传随侯曾救活一条受伤的大蛇,后来大蛇衔来夜明珠报答他,世称随珠。事见《淮南子·览冥训》。 [16] 分析:分离。 [17] 聃:老子,名聃。周:庄子,名周。嗣宗:阮籍的字。 [18] 騄(lù)骥:良马。倚辀:靠着车辕。吴坂:即吴山,又名盐坂,在今山西安邑东南。良:王良。乐:伯乐。与王良都是古代善于相马的人。 [19] 百里奚:是春秋虞国人,晋灭虞后,把他作为陪嫁送给秦国。他逃到楚国宛地。后秦穆公闻其贤,以五张羊皮赎之,用为相。事见《史记·秦本纪》。虞、秦:均春秋时国名。 [20] 勖(xù):勉励。 [21] 属意于文:在作文章上用心思。属意,用意,用心。 [22] "久废"句:谓因长久的荒废,现在动起笔来就语无伦次。 [23] 一反:一个答复,指答诗。 [24] 称:按照,符合。指:同"旨",旨意。送一篇:赠答一首诗。 [25] "适足"句:谓拙作正好可以衬映出你赠诗的佳美罢了。适足,正好。

重赠卢谌

【题解】 卢谌好老庄,有文才,与刘琨交情甚厚,为刘之僚属。后随刘琨投段匹碑,段以卢谌为其别驾。卢谌与刘琨屡有赠答,题曰"重赠",可见此前刘琨已有诗赠卢谌。本篇抒写自己扶助晋室的怀抱和壮志未酬的哀伤,也隐含激励卢谌的心意。诗中虽不免有英雄末路的悲慨,但悲而兼壮,气概豪迈,在晋诗中别具一格。

握中有悬璧,本自荆山璆[1]。惟彼太公望,昔在渭滨叟[2]。邓生何感激,千里来相求[3]。白登幸曲逆,鸿门赖留侯[4]。重耳任五贤,小白相射钩[5]。苟能隆二伯,安问党与雠[6]?中夜抚枕叹,想与数子游[7]。吾衰久矣夫,何其不梦周[8]?谁云圣达节,知命故不忧[9]。宣尼悲获麟,西狩涕孔丘[10]。功业未及建,夕阳忽西流[11]。时哉不我与,去乎若云浮[12]。朱实陨劲风,繁英落素秋[13]。狭路倾华盖,骇驷摧双辀[14]。何意百炼刚,化为绕指柔[15]!

以上据中华书局影印胡刻《文选》

【注释】 [1]"握中"二句:喻卢谌才质之美。悬璧,用悬黎(美玉名)做成的璧。荆山,在今湖北南漳西。春秋时楚人卞和曾在荆山采得璞玉,世称"和氏璧"。璆(qiú),美玉。 [2]太公望:即姜尚。姜尚老年钓于渭水之滨,周文王姬昌出猎与之相遇,交谈甚欢,文王说:"吾太公望子久矣!"因号"太公望"。叟:古代对老人的称呼。 [3]"邓生"二句:借喻卢谌当初投奔自己。邓生,指东汉时邓禹。他与光武帝刘秀相亲善。刘秀起事后,他从南阳出发,北渡黄河,追到邺城,投奔刘秀。感激,感动奋发。 [4]白登:山名,在今山西大同东。曲逆:指西汉陈平,封曲逆侯。汉高祖刘邦曾被匈奴围困于白登山,七日不得食,幸赖陈平出奇计得以解脱。留侯:指西汉张良,封留侯。项羽设鸿门宴,图谋刺杀刘邦。幸赖张良事先结交项伯,得以脱险。 [5]重耳:即晋文公。当初晋国内乱,重耳出亡,有贤士狐偃、赵衰、魏武子、司空季子、介子推五人为辅佐,帮助他复国定霸。小白:即齐桓公。射钩:代指管仲。小白与兄公子纠争夺君位,管仲助公子纠,曾用箭射中小白带钩。小白为齐君后不计前仇,任用管仲为相。 [6]苟:如果。隆:兴盛。二伯:指晋文公、齐桓公。伯,同"霸"。党:党与,属从,指"五贤"。雠:仇人,指管仲。 [7]数子:指上述自太公望至管仲数人。 [8]梦周:梦见周公。《论语·述而》:"子曰:'甚矣吾衰也,久矣吾不复梦见周公。'"这里借以感叹自己年老力衰,难以有所作为。 [9]"谁云"二句:谓谁说圣人达节知命因而就没有忧愁呢?达节,通达事理,不拘常礼。《左传·成公十五年》:"圣达节,次守节,下失节。"知命,《周易·系辞上》:"乐天知命故不忧。" [10]"宣尼"二句:是作者借以抒发自己的感慨。宣尼,即孔子,汉平帝追谥孔子为"褒成宣尼公”。获麟、西狩,《春秋》记载鲁哀公十四年(前481)“西狩获麟”,孔子认为麒麟出现不是时候,因而涕泣叹曰:“吾道穷矣!” [11]“夕阳”句:喻时光飞逝,年岁已老。 [12]不我与:不待我。若云浮:形容时光像流云一样消逝。 [13]朱实:红色的果实。陨:落。繁英:繁花。素秋:古代阴阳家以白色配秋天,故称。 [14]“狭路”二句:车行狭路,马受惊骇,车子翻倒,车辕摧折。比喻自己处境的艰危和事业受到挫折。华盖,华美的车盖,这里指大车。骇,马受惊。驷,一车四马。辀(zhōu),车辕。 [15]“何意”二句:以坚刚之物经千锤百炼竟变成可绕在手指上的柔软之物,比喻自己经历失败后,已变得无能为力了。何意,没有想到。刚,指坚硬的金属。

郭 璞

郭璞(276—324),字景纯,河东闻喜(今属山西)人。才高学博,通古文奇字,好经术,洞悉阴阳五行、天文历算及卜筮之术。随晋室南渡后,曾任著作郎、尚书郎,后任王敦记室参军。敦欲谋反,郭璞借卜筮谏阻,被杀。王敦乱平,追赠弘农太守。其著作甚丰,曾注释《尔雅》、《方言》、《穆天子传》、《山海经》等。辞赋号称“中兴之冠”。诗作文采华茂,词多慷慨,以《游仙诗》为其代表作。有《郭弘农集》。

游仙诗 (其一)

【题解】 郭璞南渡后,深感世道坎壈,祸福难测,又目睹晋室豪族争权,不思北伐,乃作《游仙诗》以明志。《游仙诗》今存共十四首,本篇为第一首,表达了作者对仕宦求荣的蔑视和对高蹈隐逸生活的赞美,流露出愤世嫉俗之情。

京华游侠窟,山林隐遁栖[1]。朱门何足荣?未若托蓬莱[2]。临源挹清波,陵岗掇丹荑[3]。灵谿可潜盘,安事登云梯[4]？漆园有傲吏，莱氏有逸妻[5]。进则保龙见，退为触藩羝[6]。高蹈风尘外，长揖谢夷齐[7]。

据中华书局影印胡刻《文选》

【注释】 [1] 京华：京师。游侠窟：游侠聚居的处所。隐遁：指避世隐居的人。栖：居住。 [2] 朱门：豪贵之家。蓬莱：传说中的仙山。一说即蓬蒿草莱，犹"草野"。 [3] 源：水源，源泉。挹：舀取。掇：拾取。丹荑(yí)：初生的赤芝。丹，指丹芝，一名赤芝，古人以为食之可以延年益寿。荑，初生之草的通名。 [4] 灵谿：水名。《文选》李善注引庾仲雍《荆州记》曰："大城西九里有灵谿水。"潜盘：隐居盘桓。安事：何必从事。登云梯：指登天成仙。仙人升天，因云而上，故称"云梯"。 [5] 傲吏：指庄子。庄子曾做漆园吏。楚威王闻其贤，派使者厚币迎之，许以为相。庄子笑着对使者说："子亟去，无污我！"莱氏：指老莱子。逸：隐逸。据《列女传》所记，老莱子逃世，耕于蒙山之阳。楚王登门请他出来做官，他答应了。他的妻子说：身居乱世，为人所制，能免于祸患吗？我不能为人所制！老莱子于是随之而隐。 [6]"进则"句：说进向隐逸则可保持中正之道。龙见，《周易·乾·文言》："九二曰：'见龙在田，利见大人。'何谓也？子曰：'龙，德而正中者也。'""退为"句：说如退处世俗，就会像触藩的公羊那样，进退两难。退，指退处世俗。触藩羝(dī)，《周易·大壮》：上六："羝羊触藩，不能退，不能遂，无攸利，艰则吉。"藩，篱笆。羝，公羊。 [7]"高蹈"二句：谓辞别伯夷、叔齐，远走高飞，隐于尘世之外。意思是说自己的隐逸之志超过伯夷、叔齐。高蹈，犹远走高飞。谢，辞别。夷齐，即伯夷、叔齐，商末孤竹君之子，曾互相推让王位。周初，二人义不食周粟，逃隐首阳山。

孙　绰

孙绰(314—371)，字兴公，太原中都(今山西平遥)人。与王羲之父子同时，号称"才笔之士"。少与许询俱有高尚之志，居会稽，游山水。曾任会稽太守，转廷尉卿。他是东晋著名玄言诗人。其诗作大都空言玄理,枯燥乏味,故钟嵘《诗品序》有“平典似《道德论》”之讥。

答许询诗 (其一)

【题解】 《答许询诗》共九章,本篇为第一章。这是一首典型的玄言诗。许询,字玄度,高阳(今属河北)人,少有神童之誉。好游山水,善为文,与孙绰友善,并称为一时文宗。

仰观大造[1],俯览时物。机过患生,吉凶相拂[2]。智以利昏,识由情屈[3]。野有寒枯,朝有炎郁[4]。失则震惊,得必充诎[5]。

据中华书局版《先秦汉魏晋南北朝诗》

【注释】 [1] 大造:大自然,这里指天。造,造化,自然。 [2]“吉凶”句:谓吉凶相反相成。意思与《老子》所谓“祸兮福之所倚,福兮祸之所伏”相同。 [3]“识由”句:认知由于感情的影响而扭曲。识,认识,识见。屈,弯曲,这里指被扭曲。 [4] 野:朝廷之外,民间,与“朝”相对。寒枯:贫寒而枯寂,与“炎郁(热烈而浓郁)”相对。 [5] 充诎:自满而失去节制。

王羲之

王羲之(321—379),字逸少,父旷,惠帝时为侍中,丹阳太守。羲之幼讷于言,年十三,为周顗所知;及长,以骨骾见称。初为秘书郎,迁江州刺史。召为侍中、吏部尚书,皆不就。后为右军将军,会稽内史。与孙绰、许询等交游。晚年称病去官。卒年七十七。事见《晋书》本传。明人辑有《王右军集》。

兰亭诗序

【题解】 兰亭,在今浙江绍兴西南的兰渚山下。晋穆帝永和九年(353)三月三日,王羲之与孙绰等四十一人修禊宴集,饮酒赋诗。诸人所作《兰亭诗》四十一首,王羲之为之作序。文章写文人雅集于山水之中,风光幽美,词句清丽。作者"仰观宇宙之大,俯察品类之盛",其思绪并未沉入老庄的泯灭物我,齐一生死的观念,而更看重自然万物供人"游目骋怀","极视听之娱"的价值。与此同时,作者面对自然的永恒,不免因人生的短暂,而生出淡淡的哀愁。故此文显示了王羲之迥别于当时玄学家们的思想意识,且表现出独到的艺术心解。

永和九年,岁在癸丑[1],暮春之初[2],会于会稽山阴之兰亭[3],修禊事也[4]。群贤毕至[5],少长咸集[6]。此地有崇山峻岭,茂林修竹[7],又有清流激湍[8],映带左右[9],引以为流觞曲水[10]。列坐其次[11],虽无丝竹管弦之盛[12],一觞一咏[13],亦足以畅叙幽情[14]。是日也[15],天朗气清,惠风和畅[16],仰观宇宙之大,俯察品类之盛[17],所以游目骋怀[18],足以极视听之娱[19],信可乐也[20]。

夫人之相与[21],俯仰一世[22],或取诸怀抱,悟言一室之内[23];或因寄所托,放浪形骸之外[24];虽趣舍万殊,静躁不同[25],当其欣于所遇,暂得于己,快然自足[26],不知老之将至[27];及其所之既倦[28],情随事迁,感慨系之矣!向之所欣[29],俯仰之间,已为陈迹,犹不能不以之兴怀[30],况修短随化,终期于尽[31]。古人云:死生亦大矣[32]!岂不痛哉!每览昔人兴感之由,若合一契[33],未尝不临文嗟悼，不能喻之于怀[34]。固知一死生为虚诞[35]，齐彭、殇为妄作[36]，后之视今[37]，亦犹今之视昔，悲夫！故列叙时人，录其所述[38]，虽世殊事异，所以兴怀，其致一也[39]。后之览者，亦将有感于斯文。

据中华书局影印《全上古三代秦汉三国六朝文》

【注释】 [1] 岁：木星，又称岁星，古人用以计年。 [2] 暮春：晚春。 [3] 会稽：郡名，初治所在吴县（今江苏苏州），东汉移至山阴。山阴：今浙江绍兴，以在会稽山之北而得名。 [4] 修禊（xì）：古民俗每年三月上旬巳日（三国魏以后固定为三月三日），众皆临水而祭，洗濯采兰，以祓除不祥，谓之修禊或禊礼。 [5] 毕至：全到。 [6] 咸：全。 [7] 修：长。 [8] 湍（tuān）：起漩涡的激流。 [9] 映带：映衬。左右：指四周景物。 [10] 流觞：谓把酒杯放置曲水之上，任其顺流而下，停在谁人面前，谁就取饮之。觞，酒杯。曲水：弯曲的流水。 [11] 其：指曲水。次：旁。 [12] 丝竹管弦：概指管乐器、弦乐器。盛：盛况。 [13] 咏：咏诗。 [14] 幽情：宁静高远的情怀。 [15] 是日：当天。 [16] 惠风：和煦的春风。 [17] 品类：指万物。 [18] 游目骋怀：纵目游览、舒展胸怀。 [19] 极：尽。视听之娱：谓大自然给人的视觉、听觉以美感。 [20] 信：确实，的确。 [21] 相与：相交，相处。 [22] 俯仰一世：度过一生。俯仰，周旋，应付。 [23] "或取诸"二句：谓人之相交，或取其胸襟抱负相同，而相对畅谈于一室。悟言，相遇而谈。悟，通"晤"。 [24] "或因"二句：或寄情于山水，纵心适意，不拘形迹。因，借。寄，寄情。托，寄托。此谓寄托于山水。放浪，放纵不拘。形骸，指身体，此谓形迹。 [25] "虽趣舍"二句：谓悟言室内与放浪形骸虽取舍不同，亦有静躁之别。趣舍，取舍。趣，同"趋"。 [26] "当其"三句：谓当因其所遇到的事情而欣喜，自己暂时得到了快乐的满足。快然，高兴貌。 [27] "不知"句：语出《论语·述而》："发愤忘食，乐以忘忧，不知老之将至云尔。" [28] 所之：所向往、爱好的。之，往。 [29] 向：往昔。 [30] 以之兴怀：因"向之所欣""已为陈迹"而产生感慨。 [31] "况修短"二句：谓人寿命虽有长短，终将归于死亡。修短，指寿命长短。随化，指任其自然。期，期限。尽，指死亡。

[32] 死生句:语出《庄子·德充符》:"仲尼曰:'死生亦大矣,而不得与之变。'"谓死生对人来说是大事,人却不能随道而变化以获得无穷。此处所引,虽仅为前句,其实亦隐含有下句的意思。 [33] "每览"二句:谓古今人所感慨者,内容相同。契,古人以木、竹刻为契约,双方各执一半,以合一为凭验。[34] "未尝"二句:指往往写文章时即嗟叹、悼惜,不能宽解于心。喻,解释,此引伸为"宽解"。 [35] 一死生:等同死生。《庄子·大宗师》:"孰知生死存亡之一体者,吾与之友矣。"一,等同、划一。 [36] 齐彭、殇:《庄子·齐物论》:"莫寿于殇子,而彭祖为夭。"齐,同等。彭,彭祖:古代传说中的长寿者。殇,未成年而死者。 [37] "后之"句:后人看今天。 [38] "故列叙"二句:谓为文叙列与宴之人,录其所作诗文。此隐然有人生虽短,文章不朽之意。 [39] "虽世殊"三句:谓虽然世事变异,但人们所以兴怀感慨的原因、情致却是一样的。致,情致。

陶渊明

陶渊明(365—427),字元亮,一说名潜,字渊明。卒后友朋私谥靖节,故又称靖节先生。晋宋时期浔阳柴桑(今江西九江西南)人。少时丧父,家道衰落,生活贫苦。他勤奋好学,少怀"济世"壮志,曾几次出仕,先后任过江州祭酒、镇军参军、建威参军、彭泽令等官职,但都为时不长。于四十一岁时由彭泽令任上弃官归田,从此隐居不仕,躬耕田园,直至去世。

陶渊明是中国文学史上的伟大诗人之一。陶诗今存 120 多首,成就最为杰出的是田园诗。他的田园诗多方面描写和歌颂田园风光、农村生活和农业劳动,表达了鄙夷功名利禄的思想、热爱大自然的志趣和守志不移的情操,反映了对黑暗现实的憎恶和不与统治者同流合污的决心。陶诗平淡而隽永,真淳而醇美,质朴而幽深,在诗歌史上独树一帜,影响后世,至为深远。有《陶渊明集》。

五柳先生传

【题解】 五柳先生，作者虚拟的人物。本文写作年代不详。萧统《陶渊明传》云："渊明少有高趣……尝著《五柳先生传》以自况……时人谓之实录。亲老家贫，起为州祭酒。"王瑶先生认为，"按史传通例，所叙事迹都是以时间前后为序的，因知《五柳先生传》之作在渊明为江州祭酒以前。渊明为江州祭酒在晋武帝太元十八年，今暂系此文于晋太元十七年(392)，本年渊明二十八岁。"此可备一说。见王瑶编注《陶渊明集》。

本文可视为作者的自况和实录。文中刻画的"五柳先生"，充分表现出他早期的生活态度，文虽极短，给人的印象却颇为深刻。作为自画像，它涉及主人公的性格、情趣、生活等诸多方面，其嗜读好酒、不拘行迹、安贫守志、忘怀得失的形象，跃然纸上。文末赞语，一气呵成，尤为点睛之笔。全文措辞简淡，挥洒自如，文如其人。

先生不知何许人也[1]，亦不详其姓字。宅边有五柳树，因以为号焉[2]。闲静少言，不慕荣利。好读书，不求甚解[3]；每有会意，便欣然忘食。性嗜酒，家贫不能常得。亲旧知其如此，或置酒而招之。造饮辄尽[4]，期在必醉[5]；既醉而退，曾不吝情去留[6]。环堵萧然[7]，不蔽风日，短褐穿结[8]，箪瓢屡空[9]，晏如也[10]。常著文章自娱，颇示己志。忘怀得失[11]，以此自终。

赞曰[12]：黔娄之妻有言："不戚戚于贫贱，不汲汲于富贵。"[13]极其言，兹若人之俦乎[14]？酣觞赋诗[15]，以乐其志。无怀氏之民欤？葛天氏之民欤[16]？

【注释】 [1] 何许人:谓何等样人。或解作何处人。 [2] 因以为号:因而以“五柳”为自己的号。 [3] 不求甚解:不拘守字句,只求领会大意。 [4] 造:去,往。辄:就。 [5] 期:希望。 [6] “曾不”句:谓从不舍不得不走,即来去洒脱,饮完就走。曾不,从不。吝情,舍不得。去留,复词偏义,此强调去。 [7] 环堵:四壁。萧然:空寂之貌。 [8] 短褐:古代贫者所穿的粗毛短衣。穿:破。结:补缀,打结。 [9] “箪(dān)瓢”句:《论语·雍也》说颜回“一箪食,一瓢饮,在陋巷,人不堪其忧,回也不改其乐”。箪,圆竹篮,古代食器的一种。瓢,饮器。屡空,常常空无所有。《论语·先进》:“回也其庶乎,屡空。” [10] 晏如:安然自得之状。 [11] “忘怀”句:得与失均不放在心上。 [12] 赞:史传文的论赞,作者用以对传主作评论。本文仿纪传体,故用之。 [13] “黔娄”三句:春秋时鲁人黔娄,清贫不求仕进。死后其妻为诔文赞之:“彼先生者,甘天下之淡味,安天下之卑位,不戚戚于贫贱,不忻忻于富贵。”见刘向《列女传》。戚戚,忧愁貌。汲汲,力求貌。 [14] 极:穷尽,推究。若人:此人,指五柳先生。俦:类。 [15] 酣觞:即饮酒。 [16] 无怀氏、葛天氏:传说中的上古帝王。

归去来兮辞 并序

【题解】 东晋义熙元年(405)初,陶渊明任江州刺史、建威将军刘敬宣的参军;八月,改任彭泽县令。八十余日后,陶渊明借故辞官,自此不涉官场。本文题目中,“归去”即辞官回归田园之意。“来兮”,均为语助词,犹《战国策·齐策四》冯谖弹铗而歌“长铗归来乎”之“来乎”。本文为骚体赋,故又曰“辞”。文章写在当年十一月,其所历数的归途之乐、人伦之乐、田园之乐、琴书之乐、山林之乐和悟道之乐,既有实录,也有设想之辞。因陶渊明意在真隐,故此篇出语真率,绝无斧凿痕迹。更因作者胸次高旷,其辞虽托于楚调,却无一般贤人失志之赋的反复申说,哀怨悱恻,俨然一篇辞仕归隐的宣言书。

余家贫，耕植不足以自给。幼稚盈室，瓶无储粟[1]，生生所资[2]，未见其术[3]。亲故多劝余为长吏[4]，脱然有怀，求之靡途[5]。会有四方之事[6]，诸侯以惠爱为德，家叔以余贫苦，遂见用于小邑[7]。于时风波未静，心惮远役[8]。彭泽去家百里，公田之利，足以为酒，故便求之[9]。及少日，眷然有归欤之情[10]。何则？质性自然，非矫励所得[11]；饥冻虽切，违己交病[12]。尝从人事，皆口腹自役[13]。于是怅然慷慨，深愧平生之志[14]。犹望一稔，当敛裳宵逝[15]。寻程氏妹丧于武昌[16]，情在骏奔，自免去职[17]。仲秋至冬，在官八十余日，因事顺心，命篇曰《归去来兮》[18]。序乙巳岁十一月也。

归去来兮，田园将芜胡不归[19]！既自以心为形役，奚惆怅而独悲[20]？悟已往之不谏，知来者之可追[21]。实迷途其未远，觉今是而昨非[22]。舟遥遥以轻飏[23]，风飘飘而吹衣。问征夫以前路，恨晨光之熹微[24]。

乃瞻衡宇，载欣载奔[25]。僮仆欢迎，稚子候门。三径就荒，松菊犹存[26]。携幼入室，有酒盈樽[27]。引壶觞以自酌，眄庭柯以怡颜[28]。倚南窗以寄傲，审容膝之易安[29]。园日涉以成趣[30]，门虽设而常关。策扶老以流憩，时矫首而遐观[31]。云无心以出岫[32]，鸟倦飞而知还。景翳翳以将入，抚孤松而盘桓[33]。归去来兮，请息交以绝游。世与我而相违，复驾言兮焉求[34]！悦亲戚之情话，乐琴书以消忧。农人告余以春及，将有事于西畴[35]。或命巾车，或棹孤舟[36]。既窈窕以寻壑[37]，亦崎岖而经丘。木欣欣以向荣，泉涓涓而始流[38]。善万物之得时，感吾生之行休[39]。

已矣乎，寓形宇内复几时，曷不委心任去留[40]？胡为乎遑遑欲何之[41]？富贵非吾愿，帝乡不可期[42]。怀良辰以孤往，或植杖而耘耔[43]。登东皋以舒啸[44]，临清流而赋诗。聊乘化以归尽，乐夫天命复奚疑[45]！

【注释】 [1] 幼稚盈室：孩子挤满一屋。瓶：装粮食的陶器。储粟：余粮。 [2] 生生：前一“生”为动词，作谋求、维持讲；后一“生”为名词，即生计、生活之意。资：凭借。 [3] 术：指本领、办法。 [4] 亲故：亲戚旧友。长吏：指县府的县丞、县尉等一类职位的官吏。 [5] 脱然：犹豁然。怀：指念头、想法。靡途：没有路子。 [6] 会有：恰逢。四方之事：指当时四方军阀互相争战之事。一说指奉使之事，语出《论语·子路》：“使于四方。”陶渊明任彭泽令前曾为建威参军，出使过京都。 [7] 诸侯：指各地军阀、郡守。家叔：指陶渊明的叔父陶夔，时任太常卿。见用于小邑：指被任用为彭泽令。 [8] 风波未静：指军阀间的战争未停息。惮：害怕。远役：指任参军职务时随军远出的差使。 [9] 彭泽：在今江西彭泽西南。去：距离。陶渊明家居柴桑（今江西九江西南），与彭泽相距不远。公田：收益归主管官吏的田。利：收益。为酒：作为酒资。 [10] 少日：不多日子。眷然：思恋的样子。归欤之情：归去之情。欤，语助词。 [11] 质性：本性。矫励：造作勉强。得：能。 [12] 违己：违背自己的志愿。交病：心身均感痛苦。 [13] 人事：指仕宦。口腹自役：为了口腹饱足而役使自己。 [14] 怅然：失意的样子。慷慨：感情激动。 [15] 一稔：指收获一次。稔（rěn），谷物成熟。敛裳：意为收拾行装。宵逝：连夜走掉，指辞官归隐。 [16] 寻：不久。程氏妹：诗人之妹，嫁程氏。 [17] 骏奔：急赴，此处喻奔丧的急切心情。自免：自动辞官。 [18] 顺心：顺随心意。命篇：即名篇。归去来兮：回去啊。 [19] 胡不归：为什么不回去！ [20] 心为形役：心被形体役使。奚：为何。 [21] “悟已往”二句：《论语·微子》：“往者不可谏，来者犹可追。”谏，纠正。追，补救。 [22] 今是：今天做的（指归隐）是对的。昨非：以往做的（指出仕）是错的。 [23] 遥遥：一作“摇摇”，船在水上漂流的样子。飏（yáng）：飞扬，船行轻快的样子。 [24] 征夫：行人。熹微：阳光微弱。熹，同“熙”，光明。 [25] 瞻：远望。衡宇：以横木为门楣的房屋，即简陋的房屋。《诗经·陈风·衡门》："衡门之下，可以栖迟。""衡门"指隐者简陋的居处。载欣载奔：且喜且奔。载，助词，有乃、且的意思。　[26] 三径：汉代蒋诩隐居后，于房前竹下开辟三条小路，只与求仲、羊仲两位高士交往。此指庭园间的小路。　[27] 樽：酒器。　[28] 觞(shāng)：酒器。眄(miàn)：斜看。柯：树枝。怡颜：喜悦的面色。　[29] 寄傲：寄托傲世情怀。审：明白。容膝：仅能容纳双膝的小屋，极言屋子狭小。　[30] "园日涉"句：意思是每日到园中散步，都能发现和获得乐趣。园日涉，日涉园的倒装。　[31] 策：作动词用，拄着。扶老：竹名，即扶竹。因可作手杖，故称，此指手杖。流：随意游走。憩：休息。矫首：抬头。遐观：远望。　[32] 岫(xiù)：指山峰。　[33] 景：日光。翳翳(yì)：暗弱的样子。盘桓：犹徘徊。[34] 驾言：驾车，指代出游。言，语助词。焉求：何求。　[35] 事：指农事。畴：田。　[36] 巾车：有布篷的车子。棹(zhào)：长桨。这里用作动词。　[37] 窈窕：幽深曲折的样子。壑：山沟。　[38] 涓涓：细流不绝的样子。　[39] 善：羡慕。行休：将要结束。　[40] 已矣乎：算了吧。寓形：托身。宇内：天地间。曷不：何不。委心：放下心。去留：离开世间或留在世间，指死生。　[41] 遑遑：心神不定的样子。　[42] 帝乡：仙乡，仙境。期：企求。　[43] 怀：念、盼。植杖：放下手杖。植，通"置"。耘：除草。耔(zǐ)：用土培壅苗根。　[44] 皋：水边高地。此指田边高地。舒啸：舒气长啸。　[45] 聊：姑且。乘化：顺应自然的变化。归尽：直到尽头。复奚疑：还疑虑什么。奚，何，什么。

归园田居　（其一、其二、其三）

【题解】《归园田居》一组，共五首，此处所选为第一、二、三首。陶渊明于晋安帝义熙元年(405)十一月辞彭泽令归隐，大约作于次年(406)。其时陶渊明42岁。诗中自述辞官归隐的原因和返归田园的愉快心情，描写了和平安宁的田园风光和归隐生活的乐趣，表现了对污浊而拘束的官场生活的厌恶之情。第二首写归隐田园后深居简出的清静生活和内心的感受。第三首写躬耕田园的劳动生活，表达了自己隐居终生，不与世俗同流合污的决心。

少无适俗韵[1]，性本爱丘山。误落尘网中，一去三十年[2]。羁鸟恋旧林，池鱼思故渊[3]。开荒南野际，守拙归园田[4]。方宅十余亩[5]，草屋八九间。榆柳荫后檐，桃李罗堂前[6]。暧暧远人村，依依墟里烟[7]。狗吠深巷中，鸡鸣桑树巅。户庭无尘杂，虚室有余闲[8]。久在樊笼里，复得返自然[9]。

【注释】 [1] 适俗韵：适应世俗的气质和性格。韵，指气质、性格。 [2] 尘网：尘世的罗网，这里指仕途。以罗网喻仕途，是说做官使人受羁绊，不得自由。三十年：吴仁杰说当作“十三年”。陶渊明自太元十八年（393）为江州祭酒，至义熙元年（405）辞彭泽令归隐，为十二年。此诗写于归隐次年，正好是十三年。一说“三十年”极言其久，非实指。 [3] “羁鸟”二句：以羁鸟和池鱼为喻，表达自己在仕途中深受羁绊而怀念田园旧居的心情。羁（jī）鸟，被束缚的笼中鸟。羁，束缚。池鱼，养在池中的鱼。渊，水潭。 [4] 南野：一本作“南亩”。际：间。守拙：即守正不阿，意思是不会投机钻营。拙，笨拙，自谦之词。 [5] “方宅”句：住宅周围有十余亩土地。晋亩较现在小。方，周遍。 [6] 荫：荫蔽。罗：排列。 [7] 暧暧：昏暗不明的样子。依依：轻柔上升的样子。一说，依稀隐约的样子。墟里：村落。 [8] 户庭：门庭。尘杂：世俗杂事。虚室：静室。 [9] 樊笼：关鸟兽的笼子。这里喻仕宦。返自然：指归耕田园。

野外罕人事，穷巷寡轮鞅[1]。白日掩荆扉，对酒绝尘想[2]。时复墟里人，披草共来往[3]。相见无杂言，但道桑麻长。桑麻日已长，我土日已广。常恐霜霰至，零落同草莽[4]。

【注释】 [1] 罕、寡：稀少。人事：指与世俗之人交游往来的事。穷巷：偏僻的陋巷。轮鞅：指车马。鞅，马驾车时套在颈上的皮带。 [2] 荆扉：柴门。尘想：世俗的想法。 [3] 墟里人：乡野农人。一作“墟曲中”。披：拨开。　　[4] “常恐”二句:隐含忧虑之情。霰(xiàn),小雪粒。草莽,草丛。

种豆南山下[1],草盛豆苗稀。晨兴理荒秽,带月荷锄归[2]。道狭草木长,夕露沾我衣。衣沾不足惜,但使愿无违[3]。

【注释】 [1] 南山:指庐山。　　[2] 晨兴:早起。理荒秽:除杂草。理,治理,清除。　　[3] 愿无违:不违背自己的志愿。愿,指躬耕田园、隐居终生的心志。

移　居（二首）

【题解】 《移居》诗二首,是作者于义熙六年(410)由旧宅柴桑县之柴桑里迁居南里之南村时所作。第一首写何以迁居南村及迁居后与邻里友朋过从谈论的乐趣。第二首写农闲时与友朋过从,饮酒赋诗,自得其乐。表达了对隐居躬耕生活的满足和愉悦。

昔欲居南村,非为卜其宅[1]。闻多素心人,乐与数晨夕[2]。怀此颇有年,今日从兹役[3]。弊庐何必广,取足蔽床席[4]。邻曲时时来,抗言谈在昔[5]。奇文共欣赏,疑义相与析[6]。

【注释】 [1] “昔欲”二句:说从前就想要迁居南村,并不是因为宅地吉利,而是因为这里有好邻居。南村,在今江西九江西南。卜其宅,用占卜之法选取吉宅。《左传·昭公三年》引谚:“非宅是卜,惟邻是卜。”　　[2] 素心人:心地质朴的人。数晨夕:计数过了几朝几夕,犹言“过日子”。一说“数晨夕”谓朝夕相处,数(shuò),屡。　　[3] 从兹役:从事此次劳役,指迁居。　　[4] 弊庐:破旧的房屋。弊,同“敝”,破旧。广:大。蔽:遮蔽,这里指放置。　　[5] 邻曲:邻居。抗言:犹高谈阔论。抗,同"亢",高。在昔:往事,古事。　[6] 析:剖析。指剖析疑难文句的义理。

春秋多佳日,登高赋新诗。过门更相呼,有酒斟酌之[1]。农务各自归,闲暇辄相思。相思则披衣[2],言笑无厌时。此理将不胜,无为忽去兹[3]。衣食当须纪,力耕不吾欺[4]。

【注释】 [1] 斟酌:即指倒酒而饮。斟,往酒器中倒酒。酌,饮酒。　[2] 披衣:披上衣服,指出门访友。　[3] 此理:犹言"这样的生活"。将不胜:岂不美好。将,岂。胜,美好。无为:不要。忽:轻易。去:离开,抛弃。兹:此,即指"此理"。　[4] 纪:料理。不吾欺:不欺我。

饮　酒　并序　（其五）

【题解】 《饮酒》诗共二十首,非一时之作。这一组诗内容广泛。诗人"寄酒为迹",借饮酒而抒写情怀,与阮籍《咏怀》相似。本篇是原诗的第五首,写回归田园的隐居生活,叙优游自得的心境,表达了安贫乐道的思想。

余闲居寡欢,兼比夜已长[1],偶有名酒,无夕不饮。顾影独尽,忽焉复醉。既醉之后,辄题数句自娱。纸墨遂多,辞无诠次[2],聊命故人书之,以为欢笑尔。

结庐在人境,而无车马喧[3]。问君何能尔[4]?心远地自偏。采菊东篱下,悠然见南山[5]。山气日夕佳,飞鸟相与还[6]。此中有真意,欲辨已忘言[7]。

【注释】 [1] 兼:加以。比:近来。 [2] 诠次:选择和编次。 [3] 结庐:构建房屋。人境:人世间。喧:喧嚣。指车马来往的杂乱声音。 [4] 君:诗人自谓。尔:如此。 [5] 南山:指庐山。 [6] 日夕:傍晚时分。相与还:结伴合群而归。 [7] "此中"二句:说真意自在其中,不屑也不必加以辨析。真意,指自然的意趣,人生的真谛。"欲辨"句用《庄子·外物》:"言者所以在意,得意而忘言。"

杂 诗 (其二)

【题解】 《杂诗》共十二首。虽非作于一时,但大都慨叹时光飞逝,人生无常,壮志难酬,可见大体作于同一时期。本篇是原诗的第二首,写岁月抛人的无奈和志不得伸的悲凄。

白日沦西河[1],素月出东岭。遥遥万里晖,荡荡空中景[2]。风来入房户,夜中枕席冷。气变悟时易,不眠知夕永[3]。欲言无予和,挥杯劝孤影[4]。日月掷人去,有志不获骋[5]。念此怀悲凄,终晓不能静[6]。

【注释】 [1] 沦:落。西河:一作"西阿(山)"。 [2] 遥遥:远远的样子。万里晖:指月光。晖,光辉。一作"辉"。荡荡:广大的样子。景:同"影",指月影。 [3] 时易:季节变更。夕永:夜长。 [4] 无予和:无和予,没人应和我,即没有和我交谈的人。挥杯:举杯。 [5] 日月:光阴。掷:抛弃。骋:尽情施展。 [6] 终晓:彻夜,直到天亮。

咏 荆 轲

【题解】 本篇描述荆轲刺秦王的史事,借咏史而抒怀。歌颂了荆轲不畏强暴、慷慨激昂誓死报仇的侠义行为,赞叹其精神不死,流露了自己的思想意向。

燕丹善养士，志在报强嬴[1]。招集百夫良，岁暮得荆卿[2]。君子死知己，提剑出燕京[3]。素骥鸣广陌[4]，慷慨送我行。雄发指危冠，猛气冲长缨[5]。饮饯易水上[6]，四座列群英。渐离击悲筑，宋意唱高声[7]。萧萧哀风逝，淡淡寒波生。商音更流涕，羽奏壮士惊[8]。心知去不归，且有后世名。登车何时顾，飞盖入秦庭[9]。凌厉越万里，逶迤过千城[10]。图穷事自至，豪主正怔营[11]。惜哉剑术疏，奇功遂不成。其人虽已没，千载有余情。

【注释】 [1] 燕丹:战国末燕王喜的太子,名丹。强嬴:强秦。秦王为嬴姓。 [2] 百夫良:百夫中的雄俊之士,即出类拔萃的佼佼者。荆卿:即荆轲,战国时卫人,入燕,燕人尊称荆卿。 [3] 君子:指荆轲。死知己:为知己者死。燕京:燕国的都城。 [4] 素骥:白马。广陌:大道。 [5] 指:撑起。危冠:高冠。缨:系冠的丝带。 [6] 饮饯:饮酒饯行。易水:在今河北境。 [7] 渐离:高渐离,战国时燕人,荆轲之友。筑:一种乐器,似筝,用竹敲打。宋意:燕国勇士。 [8] 商、羽:音调名。古乐调分宫、商、角、徵、羽五音,商音凄凉,羽音慷慨。 [9] 顾:回头看。飞盖:飞车。盖,车盖,这里代指车。 [10] 凌厉:奋往直前的样子。逶迤:迂回曲折的样子。 [11] "图穷"二句:说当荆轲把地图打开,展至尽头而匕首出见,行刺的事自然发生。秦王当时被吓得惊慌失措。图,指荆轲所献内藏匕首的燕国督亢地图。穷,尽。事,指行刺之举。豪主,指秦王。怔营,惊慌失措的样子。

读山海经(其一、其十)

【题解】《读山海经》共十三首,此处所选为第一、第十首。《山海经》是一部记述古代海内外山川地理、民俗异物和神话传说的书,共十八卷，有晋代郭璞注及图赞。这一组诗除第一首写耕种之余阅读图书的悠闲和乐趣外，其他各篇则是对书中所载奇事异物的分别吟咏。第十首作者颂赞精卫和刑天至死不屈的斗争意志和勇敢无畏的反抗精神，寄托着自己壮志未酬的激愤和不平，体现了诗人“金刚怒目”的另一面。

孟夏草木长，绕屋树扶疏[1]。众鸟欣有托，吾亦爱吾庐。既耕亦已种，时还读我书。穷巷隔深辙，颇回故人车[2]。欢然酌春酒，摘我园中蔬。微雨从东来，好风与之俱。泛览周王传，流观山海图[3]。俯仰终宇宙[4]，不乐复何如。

【注释】 [1] 孟夏：农历四月。扶疏：枝叶茂盛、高低疏密错落有致的样子。 [2] “穷巷”二句：说陋巷没有贵人车来访，由于车辙不通，连故人的车子也掉头他去。隔，隔离，隔开。深辙，贵人所乘大车的车迹，车大则辙深。回，回转，掉头。故人，旧交，老友。 [3] 周王传：指《穆天子传》，记周穆王驾八骏西征的故事。山海图：指《山海经图》。 [4] 俯仰：一低头一抬头，即顷刻之间。终宇宙：穷尽宇宙之事。

精卫衔微木[1]，将以填沧海。刑天舞干戚[2]，猛志故常在。同物既无虑，化去不复悔[3]。徒设在昔心，良晨讵可待[4]！

以上据中华书局版《陶渊明集》

【注释】 [1] 精卫：神鸟名。《山海经·北山经》记载，炎帝少女，名女娃，溺死于东海，化为精卫鸟，常衔西山之木石以填东海。 [2] “刑天”句：《山海经·海外西经》记载，刑天与帝争神，被帝砍掉脑袋，乃以乳为目，以脐为口，操干戚而舞。原作“刑夭无干戚”，据别本校改。刑天，神兽名。干，盾。戚，大斧。　[3] 同物：谓女娃溺死、刑天断首之后，同于异物。无虑：无所顾虑。化去：指死后化为异物。　[4]“徒设”二句：说空有昔日的壮志，岂能等到实现的良机呢！在昔心，指昔日的壮志。良晨，良日，良机。讵，岂。

颜延之

颜延之(384—456)，字延年，琅邪临沂(今属山东)人。出身仕宦之家。少时孤贫，穷居陋巷。好读书，博览群籍。文章之美，冠绝当时。晋宋间历任参军、太子舍人、始安太守、中书侍郎，官至金紫光禄大夫。性情狷直，任性使酒，肆意直言，触犯权贵，故屡遭贬黜。时与谢灵运齐名，并称“颜谢”。其诗不如谢，文则有所过之。有辑本《颜光禄集》。

陶征士诔序

【题解】 陶征士，即陶渊明。征士，晋安帝义熙十四年(418)，渊明被征为著作郎，辞而不就，故称。诔(lěi)，文体的一种。古时用以叙死者事迹、德行，后亦兼以寄托哀伤。何法盛《晋中兴书》载，颜延之作始安郡太守时，“道经寻阳，常饮渊明舍，自晨达昏。及渊明卒，延之为诔，极其思致。”此处诔文从略，仅取其序。延之与渊明，过从甚密，两人性格出处虽有不同，平生志趣却颇有一致之处，故发为文章，出自内心，不同于寻常应酬文字。序文始言隐士高风亮节，次言渊明隐居前后的生活情状，与自传式的《五柳先生传》一样，都是关于陶渊明的难得的传记文字，故弥足珍贵。

夫璇玉致美[1]，不为池隍之宝[2]；桂椒信芳[3]，而非园林之实。岂其深而好远哉？盖云殊性而已[4]。故无足而至者，物之藉也[5]；随踵而立者，人之薄也[6]。若乃巢、高之抗行[7],夷、皓之峻节[8],故已父老尧禹,锱铢周汉[9],而绵世浸远[10],光灵不属[11]。至使菁华隐没[12],芳流歇绝[13],不其惜乎!虽今之作者,人自为量,而首路同尘,辍途殊轨者多矣[14]。岂所以昭末景、泛余波[15]?

有晋征士寻阳陶渊明,南岳之幽居者也[16]。弱不好弄[17],长实素心[18]。学非称师[19],文取指达[20]。在众不失其寡[21],处言愈见其默[22]。少而贫病,居无仆妾。井臼弗任[23],藜菽不给[24]。母老子幼,就养勤匮[25]。远惟田生致亲之议[26],追悟毛子捧檄之怀[27]。初辞州府三命,后为彭泽令[28],道不偶物[29],弃官从好[30]。遂乃解体世纷[31],结志区外[32],定迹深栖[33],于是乎远[34]。灌畦鬻蔬[35],为供鱼菽之祭[36];织绚纬萧[37],以充粮粒之费。心好异书[38],性乐酒德[39]。简弃烦促,就成省旷[40],殆所谓国爵屏贵、家人忘贫者与[41]?

有诏征为著作郎,称疾不到。春秋若干[42],元嘉四年[43]月日,卒于寻阳县之某里[44],近识悲悼,远士伤情,冥默福应,呜呼淑贞[45]。夫实以诔华,名由谥高[46]。苟允德义,贵贱何算焉[47]!若其宽乐令终之美,好廉克己之操,有合谥典,无愆前志。故询诸友好,宜谥曰靖节征士[48]。

【注释】 [1] 璇(xuán)玉:美玉。致美:极美。 [2] 池隍:护城河。 [3] 桂椒:香料植物。信:诚然,的确。 [4] "岂其"二句:谓上述诸物,并非有意长在深远之地,实由特殊的习性所致。此暗指隐士性、行不同于一般人,非寻常之地可以见到。据《山海经·中山经》:璇玉出于升山;《南山经》:桂生于招摇之山;《中山经》:椒生于琴鼓之山。 [5] 无足而至:谓珍奇之物，只要凭藉其为人所好，便能无足而至。《韩诗外传》卷六：“夫珠出于江海，玉出于昆山，无足而至者，由主君之好也。” [6] 随踵而立：形容人多拥挤。踵，脚后跟。人之薄：人之所贱。薄，鄙薄、轻视。 [7] 巢：巢父，尧时隐者。高：伯成子高，禹时隐者。抗行：高行。 [8] 夷：伯夷，《史记》有《伯夷列传》。皓：商山四皓，秦末四隐士：夏黄公、角里先生、绮里季、东园公。见《史记·留侯世家》。峻节：高洁的节操。 [9] “故已”二句：谓在上述隐者眼里，尧舜与普通老百姓相同，周朝、汉朝的分量也很轻微。故已，所以。父老，指老百姓，此为意动用法。《后汉书·郅恽列传》载，郅恽对郑敬说：“子从我为伊(尹)、吕(望)乎？将为巢(父)、许(由)乎？而父老尧、舜也。”锱铢，古代以二十四铢为一两，六铢为一锱。此亦为意动用法。《礼记·儒行》称儒者“虽分国，如锱铢”，郑玄注：“虽分国以禄之，视之轻如锱铢矣。” [10] 绵：联绵。浸：渐。 [11] “光灵”句：谓上述隐者的德行，无人继承。光灵，喻德行。属，联接，指继承。 [12] 菁(jīng)华：即精华，指隐士的高洁德行。 [13] 芳流：指隐士的传统。 [14] “虽今”四句：谓今天的隐者，各自满足于自己的成就；他们开始是同道，后来很多人不是半途而废，就是走上了不同的路。作者，指隐者。《论语·宪问》：“作者七人矣。”首，《文选》六臣本作“导”。同尘，同道。《老子》第四章：“和其光，同其尘。”辍途，半途而废。殊轨，不同的道路。 [15] 昭：昭示。末景、余波：喻前代隐士的影响。泛：泛滥，此谓推广、发扬。 [16] 南岳：此指庐山，在今江西九江东。陶渊明隐居浔阳柴桑，地在庐山附近，又时往庐山、匡山会周续之、刘遗民，时称“浔阳三隐”，故云。 [17] 弱：幼年。弄：嬉戏。 [18] 长：年长。素：弃雕饰而尚朴实。 [19] 称师：标榜师法。 [20] “文取”句：谓为文重在达意，不求雕饰。 [21] “在众”句：谓身处人群，不失其独特的操守。[22] “处言”句：谓众人滔滔不绝，愈能见出自己的静默。 [23] “井臼”句：谓体力不胜劳作。井，汲水。臼，舂米，与“井”皆名词动用。 [24] 藜：野菜的一种。菽：豆类。 [25] 就养：指奉养父母。勤：劳。匮：竭，尽。[26] 惟：思。田生：战国齐人田过。致亲之议：《韩诗外传》卷七载，齐宣王问田过：“君之与父，孰重？”田过回答说父比君重，因为去亲事君，目的在以君的土地爵禄养亲尊亲，“受之于君，致之于亲；凡事君者，亦为亲也。” [27] 追：一作“近”。毛子：东汉人毛义。捧檄之怀：《后汉书》本传载，毛义被征为县令时，手捧府檄，“喜动颜色”，为友人张奉所鄙。后来母亲去世，举贤良不至，张奉叹曰:“贤者不可测。往日之喜,为亲屈也。” [28]“初辞”二句:陶渊明做过州祭酒、参军之类的小官、后任彭泽令,见《宋书·隐逸传》。三命,指多次征辟。 [29]道:指陶渊明的人格理想与人生态度。偶物:与外物相合。物,在此指世俗社会。 [30]从好(hào):从其所好。《论语·述而》:“子曰:‘富而可求也,虽执鞭之士,吾亦为之;如不可求,从吾所好。’” [31]解体:摆脱之意。世纷:世俗纷争。 [32]结志:集中心志。区外:世外。 [33]“定迹”句:谓摒绝奔竞之事,隐居于山林深处。 [34]远:指心志高远。 [35]鬻:卖。 [36]供:供给。鱼菽之祭:以鱼与豆祭祀祖先。此言因穷窘而祭品从简。 [37]绚(qú):鞋尖用以系鞋带的钩状物,此指代草鞋。纬萧:织蒿为席。纬,编织。萧,蒿草。 [38]异书:陶渊明《读山海经》自谓“泛览周王传,流观山海图”,即《穆天子传》、《山海经》一类著作。 [39]酒德:以饮酒为德,晋刘伶有《酒德颂》。 [40]“简弃”二句:谓省略、抛弃世间烦扰匆忙的俗务,成就心境的简略旷达。张华《答何劭》:“恬旷苦不足,烦促每有余。” [41]“殆所谓”二句:谓摒弃国家爵位的显贵,使家人能忘掉贫穷。《庄子·天运》:“至贵,国爵屏焉。”《庄子·则阳》:“故圣人其穷也,使家人忘其贫。”屏,摒弃。与,同“欤”。 [42]春秋:指年龄。若干:一作“六十有三”。 [43]元嘉四年:宋文帝元嘉四年(427)。 [44]某里:一作“柴桑里”。 [45]“冥默”二句:谓天道不公,好人未得善报。冥,渺茫、幽暗。默,沉默。福应,古代认为,人行善,天必报应以福。淑,美。贞,正。 [46]“夫实以”二句:谓人的德行因诔文而显,名声因谥号而高。实,此指作为本质的德与行。华,显出华彩。 [47]“苟允”二句:谓只要人的思想行为符合德义的标准,就可以为他作诔文,赠谥号,不必计较他身份地位的贵与贱。算,计较。 [48]“若其”六句:《文选》李善注:“谥法曰:‘宽乐令终曰靖,好廉自克曰节。’”颜延之及诸友好谥陶渊明为“靖节”,即本此。令终,善终。愆(qiān),违背。前志,前代书志,此指谥典。询,征求意见。宜,应。

五 君 咏

【题解】 《五君咏》共五首,分别咏赞“竹林七贤”中阮籍、嵇康、刘伶、阮咸、向秀等五人。作者在诗中伤贬黜,抒怨愤,通过咏“五君”而寄托了自己的怀抱。

阮　步　兵

【题解】 本篇为《五君咏》的第一首。阮步兵即阮籍,他曾做过步兵校尉,故称。此诗咏赞阮籍隐居、醉酒、作诗、长啸、越礼,实则包涵着对当时政治的清醒认识和不满。作者的性情、际遇,亦尽在其间。

阮公虽沦迹,识密鉴亦洞[1]。沉醉似埋照,寓辞类托讽[2]。长啸若怀人,越礼自惊众[3]。物故不可论,涂穷能无恸[4]!

【注释】 [1] 沦迹:隐没踪迹,指避世隐居。识密:识见精密。鉴:照,这里指鉴察,识别。洞:深刻。　[2] 埋照:隐藏光芒,指有才识而不显露。寓辞:寓情于辞,指阮籍作《咏怀诗》,“志在刺讥而文多隐避”(《文选》李善注)。　[3] 啸:撮口发声,即打口哨。《世说新语·栖逸》:“阮步兵啸闻数百步。”越礼:超越礼教,违背礼法。《晋书·阮籍传》记载其不拘礼教事甚多:如其嫂回娘家时,他去“相见与别”;“邻家少妇有美色,当垆沽酒。籍尝诣饮,醉便卧其侧”;“兵家女有才色,未嫁而死。籍不识其父兄,径往哭之,尽哀而还”等等。他甚至声称:“礼岂为我设邪!”　[4] 物故:世故,世事。不可论:不可评说。臧荣绪《晋书》曰:“阮籍口不评论臧否人物。”涂穷:道路阻塞不通。恸(tòng):痛哭。《三国志·魏书·王粲传》注引《魏氏春秋》说阮籍“时率意独驾,不由径路,车迹所穷,辄痛哭而反”。

嵇　中　散

【题解】 本篇为《五君咏》的第二首。嵇中散,即嵇康。他曾做过中散大夫,故世称嵇中散。作者咏赞嵇康特立独行,不与世俗同流合污，表露了自己虽受打击而决不屈服的态度。

中散不偶世，本自餐霞人[1]。形解验默仙，吐论知凝神[2]。立俗迕流议，寻山洽隐沦[3]。鸾翮有时铩，龙性谁能驯[4]？

以上据中华书局影印胡刻《文选》

【注释】 [1] 不偶世：与世俗不相谐合。偶，谐合。餐霞人：指仙人。相传古代仙人呼吸沆瀣（夜间的水气），餐朝霞。 [2] 形解：尸解，谓遗弃形骸羽化成仙。《文选》李善注引顾凯之《嵇康赞》记有所谓嵇康尸解成仙的传说。验：证实。默仙：默然成仙。吐论：发表议论，指嵇康所作《养生论》。凝神：谓其修养心性达到凝静专一的境界。 [3] 立俗：立身世俗中。迕（wǔ）：逆，违犯。流议：流俗的议论。寻山：谓入山游戏采药。洽隐沦：与避世隐遁之人和谐相处。洽，融洽。 [4] 鸾翮（hé）：鸾鸟的翅膀。鸾，传为凤凰一类的鸟。《晋书·阮籍传》说，当时人们以龙、凤喻嵇康，称他是“龙章凤姿”。铩（shā）：羽毛伤残。驯：驯服。

谢灵运

谢灵运（385—433），陈郡阳夏（今河南太康）人，世居会稽（今浙江绍兴）。东晋名将谢玄之孙，十八岁袭封康乐公，世称谢康乐。刘裕以宋代晋，降爵为侯。先后出任永嘉太守、临川内史等职。他出身世家大族，心高气傲，“自谓才能宜参权要”，但不得刘宋王室重用，故内心苦闷，常怀愤激，终因反抗刘宋王朝而被杀。

谢灵运为人奢豪放纵，一向寄情山水，热衷于宴集游乐，不理政事。发为吟咏，成为我国文学史上第一个大量创作山水诗的作家。其诗秀美精工，富于逸韵奇趣，描绘自然景物生动细致，虽不免仍有玄言遗意，但拓宽了诗歌题材的领域，打破了东晋玄言诗的统治，对南朝和唐代诗歌的发展有较大影响。著有《谢康乐集》。

登池上楼

【题解】 池上楼，在永嘉郡（今浙江温州）。这首诗写诗人久病初起登楼眺望的所见所感。面对春光烂漫，他却触景伤情，决意抱恨隐居。诗人以虬能深潜、鸿能奋飞反衬自己的无能为用，抒发了官场失意的不平和愤懑。此诗几乎通篇属对，绮丽精巧。诗中“池塘生春草”一联，为千古传诵之名句。但整篇情调低沉，写景抒情未能交融，可谓瑕瑜互见。

潜虬媚幽姿，飞鸿响远音[1]。薄霄愧云浮，栖川怍渊沉[2]。进德智所拙，退耕力不任[3]。徇禄反穷海，卧疴对空林[4]。衾枕昧节候，褰开暂窥临[5]。倾耳聆波澜，举目眺岖嵚[6]。初景革绪风，新阳改故阴[7]。池塘生春草，园柳变鸣禽[8]。祁祁伤豳歌，萋萋感楚吟[9]。索居易永久，离群难处心[10]。持操岂独古，无闷征在今[11]。

【注释】 [1]“潜虬”句：用《周易·乾卦》中“潜龙勿用”之意，借写隐士。潜虬（qiú），深潜于水的虬龙。虬，传说中一种有角的小龙。媚，自媚，意为自我欣赏。幽姿，幽雅美丽的身姿。“飞鸿”句：用《周易·渐卦》中“鸿渐于陆”之意，借写仕途得意者。飞鸿，高飞的鸿雁。 [2]“薄霄”二句：说自己惭愧既不能像鸿雁那样高飞云霄仕途得意，又不能像潜龙那样藏于深渊保真全身。薄霄，迫近云霄。云浮，奋飞云间。栖川，栖息水中。怍（zuò），惭愧。渊沉，潜藏深渊。 [3]进德：进德修业，指仕进。《周易·乾·文言》：“君子进德修业，欲及时也。”智所拙：谓智力低下，难以实现。力不任：体力不能胜任。[4]徇（xún）禄：追求俸禄，指做官。反：回，归。穷海：边远的海滨，指永嘉郡。卧疴（kē）：卧病床上。疴，病。空林：指秋后叶落枝枯的树林。 [5]“衾枕”二句：原本无，据胡克家《文选考异》卷四校补。衾(qīn)，被子，昧节候，不知道季节的变换。昧，暗，不明白。褰(qiān)开，指撩开帘帷。窥临：指登楼临窗眺望。　[6] 倾耳：侧耳倾听。聆(líng)：细听。波澜：指波涛声。岖嵚(qū qīn)：山势高峻的样子。这里指远山。　[7] 初景：初春的阳光。革：改变。绪风：余风，指冬天残余的寒风。新阳：新春。故阴：过去的严冬。春夏为阳，秋冬为阴。　[8] 变鸣禽：指园中鸟类众多，啼声宛转多变。一说指鸣禽的种类有变。　[9] “祁祁”二句：含有思归之意。祁祁(qí)，众多的样子。豳歌，指《诗经·豳风·七月》：“春日迟迟，采蘩祁祁。女心伤悲，殆及公子同归。”萋萋，草茂盛的样子。楚吟，指《楚辞·招隐士》：“王孙游兮不归，春草生兮萋萋。”　[10] 索居：独居。易永久：容易感到日子长久。离群：离开朋友。难处心：难安心。　[11] 持操：保持高尚的节操。岂独古：谓岂只古人能做到。无闷：《周易·乾·文言》：“龙，德而隐者也。不易乎世，不成乎名，遁世无闷。”征在今：意谓我今天也验证了“遁世无闷”。

石壁精舍还湖中作

【题解】　石壁精舍是作者的庄园始宁墅(在今浙江上虞)附近的佛寺。湖，指巫湖。景平元年(423)秋，作者辞去永嘉太守官职，归隐始宁墅，常经过巫湖去石壁精舍游玩。本篇即写从石壁精舍返回时的经历和感受，既有游览的乐趣，还有从中领悟到的理趣。

昏旦变气候，山水含清晖。清晖能娱人，游子憺忘归[1]。出谷日尚早，入舟阳已微。林壑敛暝色，云霞收夕霏[2]。芰荷迭映蔚，蒲稗相因依[3]。披拂趋南径，愉悦偃东扉[4]。虑澹物自轻，意惬理无违[5]。寄言摄生客，试用此道推[6]。

以上据中华书局影印胡刻《文选》

【注释】　[1] 憺(dàn)：安闲舒适的样子。　[2] 林壑：树林和山谷。敛：

收聚。暝色：暮色。“云霞”句：谓飞动的晚霞融入暮色不见了。霏，云飞的样子。　[3] 芰(jì)：菱。迭映蔚：谓芰荷青翠茂盛交相映照。蒲稗(bài)：菖蒲和稗草。相因依：互相倚靠，谓交杂丛生。　[4] 披拂：用手拨开草木。偃：仰卧。扉：门。　[5] 虑澹：思虑淡泊，意即不恋名利。澹，同“淡”。物自轻：自然看轻身外之物。意惬(qiè)：内心满足。理无违：不违背养生之道。理，指养生的道理。　[6] 摄生客：重视养生之道的人。此道：指上面“虑澹”、“意惬”二句所讲的道理。

鲍　照

鲍照(414？—466)，字明远，本居上党(今属山西)，后迁东海(今江苏涟水北)。出身寒族，“才秀人微”，颇不得志。因献诗临川王刘义庆，受到赏识，擢为国侍郎，后迁太学博士，兼中书舍人，出为秣陵令，转永嘉令。宋武帝大明六年(462)，临海王刘子顼为荆州刺史，鲍照为前军参军，故世称鲍参军。宋明帝泰始二年(466)，江州刺史晋安王刘子勋称帝，子顼起兵响应，遭到失败，照为乱兵所杀。鲍照才隽能文，长于乐府，尤擅七言歌行，风格俊逸，对唐代诗歌的发展有广泛影响。也擅赋及散文。其诗文的共同特点是“惊挺”和“险急”。著有《鲍参军集》。

登大雷岸与妹书

【题解】　本文约作于宋文帝元嘉十六年(439)。时临川王刘义庆(宋文帝的堂兄)出镇江州(今江西九江)，鲍照被擢为国侍郎。是年秋，鲍照自建康(今江苏南京)离家赴任，溯江而上，途经大雷岸时，写下此信。大雷岸，在今安徽望江境内。妹，鲍照妹名令晖，有才名，能诗。钟嵘《诗品》说“令晖歌诗，往往崭绝清巧”。

本文除首尾两段有交待行踪、致以问候的书信语外，中间各段均为描写作者所见山川景色及其感受，实为一篇山水游记。作者不仅以方位为序，用散点透视之法，写四面所见之景，而且把山水完全置于个人的感受之中，以我观物，赋予自然物以灵性。

书信的体裁，骈俪的文体，山水游记的内容，萃于一文，实为鲍照的创举。诚如吴汝纶所云："奇崛惊绝，前无此体，明远创为之。"(《汉魏六朝百三家集》评)

吾自发寒雨[1]，全行日少[2]。加秋潦浩汗[3]，山溪猥至[4]，渡溯无边[5]，险径游历，栈石星饭[6]，结荷水宿[7]，旅客贫辛[8]，波路壮阔[9]，始以今日食时[10]，仅及大雷[11]。涂登千里[12]，日逾十晨[13]。严霜惨节[14]，悲风断肌[15]，去亲为客[16]，如何如何！

向因涉顿[17]，凭观川陆[18]；遨神清渚[19]，流睇方曛[20]；东顾五洲之隔[21]，西眺九派之分[22]；窥地门之绝景[23]，望天际之孤云。长图大念[24]，隐心者久矣[25]！

南则积山万状[26]，负气争高[27]，含霞饮景[28]，参差代雄[29]，凌跨长陇[30]，前后相属[31]，带天有匝[32]，横地无穷[33]。东则砥原远隰[34]，亡端靡际[35]。寒蓬夕卷，古树云平[36]。旋风四起，思鸟群归[37]。静听无闻，极视不见[38]。北则陂池潜演[39]，湖脉通连。苎蒿攸积[40]，菰芦所繁[41]。栖波之鸟[42]，水化之虫[43]，智吞愚，强捕小，号噪惊聒[44]，纷乎其中。西则回江永指[45]，长波天合[46]。滔滔何穷，漫漫安竭[47]！创古迄今[48]，舳舻相接[49]。思尽波涛，悲满潭壑[50]。烟归八表[51]，终为野尘[52]。而是注集[53]，长写不测[54]，修灵浩荡[55]，知其何故哉！

西南望庐山，又特惊异，基压江潮[56]，峰与辰汉相接[57]。上常积云霞，雕锦缛[58]，若华夕曜[59]，岩泽气通[60]，传明散彩[61]，赫似绛天[62]。左右青霭[63]，表里紫霄[64]。从岭而上，气尽金光，半山以下，纯为黛色。信可以神居帝郊，镇控湘、汉者也[65]。

若深洞所积[66]，溪壑所射[67]，鼓怒之所豗击[68]，涌澓之所宕涤[69]，则上穷荻浦[70]，下至豨洲[71]，南薄燕爪[72]，北极雷淀[73]，削长埤短[74]，可数百里[75]。其中腾波触天，高浪灌日，吞吐百川，写泄万壑。轻烟不流[76]，华鼎振涾[77]。弱草朱靡[78]，洪涟陇蹙[79]。散涣长惊[80]，电透箭疾[81]。穹溘崩聚[82]，坻飞岭覆[83]。回沫冠山[84]，奔涛空谷[85]。砧石为之摧碎[86]，碕岸为之齄落[87]。仰视大火，俯听波声[88]，愁魄胁息[89]，心惊慓矣[90]！

至于繁化殊育[91]，诡质怪章[92]，则有江鹅、海鸭、鱼鲛、水虎之类[93]，豚首、象鼻、芒须、针尾之族[94]，石蟹、土蚌、燕箕、雀蛤之俦[95]，折甲、曲牙、逆鳞、反舌之属[96]。掩沙涨，被草渚[97]，浴雨排风，吹涝弄翮[98]。夕景欲沉[99]，晓雾将合，孤鹤寒啸，游鸿远吟[100]，樵苏一叹[101]，舟子再泣。诚足悲忧，不可说也。

风吹雷飙[102]，夜戒前路[103]。下弦内外[104]，望达所届[105]。寒暑难适，汝专自慎。夙夜戒护[106]，勿我为念。恐欲知之，聊书所睹。临涂草蹙[107]，辞意不周。

【注释】 [1] 自发寒雨：自从在秋雨凄寒之时动身。发，启程，出发。 [2] 全行日少：整天赶路的日子很少。 [3] 秋潦(lǎo)：秋雨。浩汗：同"浩瀚"，水盛大貌。 [4] "山溪"句：山溪的水一齐奔流而下。猥(wěi)，多，盛。 [5] 渡溯无边：在广阔无边的江面上渡过或逆流而上。 [6] 栈石星饭:夜晚在石岩险绝的山路上借着星光吃饭。栈石,即栈道,在山崖险绝处用竹木搭起的道路。 [7] 结荷水宿:指晚上歇宿在荷叶丛中的船上。结荷,用荷叶构筑屋子。此乃形容其所宿之船隐藏在荷叶丛中。 [8] 旅客:旅途为客。 [9] 波路:水路。 [10] 以:于。食时:吃午饭的时候。 [11] 仅及:才到达。 [12] "涂登"句:跋涉了千里路程。涂,同"途"。登,行进。 [13] "日逾"句:时间已经过了十天。 [14] "严霜"句:凛冽的寒霜刺痛骨节。惨,痛。此用作使动词。 [15] "悲风"句:悲凉的秋风吹裂肌肤。 [16] "去亲"句:离开亲人客游他乡。 [17] 向:过去,前些时候。涉顿:指行旅。涉,渡水。顿,同"屯",指住宿,歇息。 [18] 凭观:凭栏眺望。 [19] "遨神"句:心神遨游于清流中的小洲。遨神,即放松神经,轻松地观赏、游览。渚(zhǔ),水中小洲。 [20] "流睇"(dì)句:纵目欣赏刚刚降临的晚霞。睇,倾视。曛(xūn),日落时的余光。 [21] 顾:回头看。五洲:指长江中大雷以东的五处沙洲。 [22] 九派之分:指长江在江西九江一带所分成的多条水流。派,水的支流。九,形容其多。古汉语中"三"、"九"等数字往往只泛指数量多,并非实指。 [23] 地门:《河图括地象》:"武关山为地门,上与天齐。"按武关山不详何处。此处"地门"与下句"天际"对举,当是泛指地势险要处。绝景:绝妙无比的景色。 [24] 长图大念:犹宏图大志、雄心壮志。 [25] 隐心:犹动心,指心中被激活。隐,忖度。 [26] 积山万状:重叠的山峦呈现出多种多样峥嵘奇特的形状。 [27] "负气"句:此用拟人手法,写群山耸立,似争高争胜,互不相让。 [28] "含霞"句:山峰映着鲜艳的彩霞,沐浴着明媚的阳光。景,日光。 [29] "参差"句:起伏绵延的群山也像互相更替着逞雄争霸。代,交替,轮流。 [30] "凌跨"句:高高的山脉横跨田野,成为一道高大的长陇。陇,高丘。 [31] 相属:相连。 [32] "带天"句:意谓远处的山脉好像带子一样,似乎可以把天围一周。带,用作动词。匝,绕一周。 [33] 横地无穷:横亘大地的山脉,一眼望不到尽头。穷,尽。 [34] 砥(dǐ)原:像磨刀石一样的平原。远隰(xí):愈远愈低。隰,低地。 [35] 亡(wú)、靡:都是无的意思。 [36] 云平:与云齐平,即高耸入云之意。 [37] 思鸟:思归故巢的鸟。 [38] "静听"二句:承接"旋风"二句,意谓等到有意去静听风声时,又什么也听不到了,放眼追踪归林的群鸟时,鸟也飞得无影无踪了。 [39] 陂(bēi)池:水池。潜演:地下水脉。演,水流长。 [40] 苎

(zhù)蒿:苎麻和蒿草。攸:所。 [41] 菰(gū):草本植物,生于浅水处,其嫩茎为茭白,可食用。 [42] 栖波之鸟:指水鸟。 [43] 水化之虫:指鱼。《说文》:"鱼,水虫也。" [44] "号噪"句:指鸟类与鱼类追逐叫噪,鸣声聒耳。聒(guō),声音嘈杂。 [45] 回江永指:曲折的江水一直流向远方。回,曲折。指,诣,去。 [46] "长波"句:远望水波,如与天相接。 [47] 安竭:犹何穷,哪里才是尽头。 [48] 创古:犹自古。 [49] 舳舻(zhú lú):指船只。舳,船尾。舻,船头。 [50] "思尽"二句:意谓自己的忧思像波涛一样起伏不平,填满深潭幽谷。壑,山沟,山谷。 [51] 烟归八表:意谓远近云气蒸腾,烟雾弥漫,一片迷茫。八表,八极之表,指极远的地方。 [52] 野尘:天空的游丝和浮尘。《庄子·逍遥游》:"野马也,尘埃也,生物之以息相吹也。" [53] 是:此,指江河。注集:流注汇集。 [54] "长写"句:长流不尽,不可测量。写,同"泻",倾注。 [55] "修灵"句:语出屈原《离骚》:"怨灵修之浩荡兮。""灵修"原指神灵,君王。此处"修灵"则指河神,并以河神代指江水。 [56] 基:山脚。 [57] 辰:星名,心宿。或解作"星辰",亦可。汉:天汉,天河。 [58] 雕锦缛:意谓七色云霞,绚烂多姿,有如花样繁多的织锦。雕,文饰。缛,繁密的彩饰。 [59] 若华夕曜(yào):晚霞辉映。若华,若木之花,指霞光。《淮南子·地形训》:"若木在建木西,末有十日,其华照下也。"曜,照。 [60] "岩泽"句:山中水上的雾气连成一片。 [61] "传明"句:绚烂的晚霞焕发出光亮和色彩。传,散布。明,光亮。 [62] "赫似"句:天际火红一片,天空全成了绛红色。赫,火红色。 [63] "左右"句:萦绕在山峰左右的青色云气。 [64] "表里"句:与绛红色的天空互为表里。紫霄,与上句"青霭"对举,指绛红色的天空。 [65] "信可"二句:庐山确实可以像神祇一样,居于天都之郊,镇守并控制湘江、汉水流域。信,确实。帝郊,天帝所居之郊。 [66] 潨(cóng):小水汇入大水。洞:水疾流。 [67] 射:指山谷泉水喷射。 [68] 鼓怒:指水流冲击像发怒似的。豗(huī):撞击。 [69] 涌澓(fú):浪涛腾涌,江流曲折。澓,水回流。宕涤:冲刷。宕,通"荡"。 [70] 荻浦:长满芦苇的水边。 [71] 豨(xī)洲:野猪出没的荒洲。豨,野猪。 [72] 薄:迫近。𠂢:"派"的本字,水分流。 [73] 极:至。雷淀:指水波荡漾处。一说"荻浦"、"豨洲"、"燕𠂢"、"雷淀"均指小地名,亦可。 [74] 埤(pí):增益,加于。 [75] 可:大约。 [76] "轻烟"句:指雾气紧紧笼罩着水面。 [77]“华鼎”句:水面上激流溅起的小水花腾涌跳跃,恰如水沸于鼎中。涾(tà),水沸溢。 [78]“弱草”句:指细弱的草为波浪所淹没。朱,同“株”,指草茎。靡,披靡,倒伏。 [79]洪涟陇蹙(cù):高大的波浪前后相连,如丘陇相聚。洪涟,大波纹。蹙,迫。 [80]“散涣”句:水流湍急,浪花四散,成为惊涛骇浪。 [81]“电透”句:形容波浪汹涌而来,有如闪电飞箭。透、疾,都是快的意思。 [82]穹溘(kè):大浪。穹,高大。溘,水。崩聚:指波浪一会儿抱成一堆,一会儿又跌得粉碎。 [83]“坻(dǐ)飞”句:形容波涛汹涌,仿佛会把山坡冲垮,把山岭冲翻。坻,山坡。或作水中小洲解,音 chí,亦可。 [84]“回沫”句:撞击折回的浪花水沫盖满了山顶。 [85]“奔涛”句:奔腾的波涛将山谷冲刷一空。 [86]砧(zhēn)石:河边捣衣石。 [87]碕(qí)岸:曲岸。齑(jī)落:如粉末般坠落。齑,同“齏”,切成细末的腌菜。此指粉末。 [88]“仰视”二句:东方朔《七谏·自悲》:“观天火之炎扬兮,听大壑之波声。”王逸注:“言己仰观天火,下睹海水,心愁思也。”大火,星名,即火星。 [89]愁魄:动魄。胁息:屏住呼吸。 [90]慓(piào):急。 [91]繁化殊育:指各种各样千奇百怪的生物。化、育,都是生殖、繁殖的意思。 [92]“诡质”句:指各种躯体怪异、外表奇特的动物。诡,奇异。质,躯体。章,花纹。此指外表。 [93]江鹅:江鸥。海鸭:也叫文鸭,似鸭而有斑白纹。鱼鲛(jiāo):即鲨鱼。水虎:一种水兽。《襄沔记》:“沔水中有物,如三四岁小儿,甲如鳞鲤,秋曝沙上,膝头如虎掌爪,常没水,名曰水虎。” [94]豚(tún)首:即海豚。象鼻:鱼名。《隋书·真腊传》:“海中有鱼名建同,四足无鳞,其鼻如象,吸水上喷,高五六十尺。”芒须:海中有长须的大虾。针尾:水族,尾上有刺。族:类。 [95]石蟹:一种小蟹,壳赤而坚。土蚌:蚌属。燕箕:即魟(hóng)鱼。《兴化县志》:“魟鱼头圆秃如燕,其身圆褊如簸箕,又曰燕魟鱼。”雀蛤:即蛤。俦:类。 [96]折甲:鳖类。曲牙:海兽类。逆鳞:鱼名,可调药物。反舌:即虾蟆。按以上十六种水生动物是对上文“繁化殊育”、“诡质怪章”的具体化,有的实有其物,有的出自神话,有的则仅举其形体的某一特点,不必一一指实。 [97]“掩沙涨”二句:指借沙丘、草渚做掩蔽。 [98]“浴雨”二句:鱼儿鸟儿在风雨中活动,吐水拍翅,非常活跃。排风,犹迎风。吹涝,吐水。翮(hé),鸟的翅膀。 [99]夕景:夕阳。 [100]游鸿:飘飞的大雁。 [101]樵苏:泛指樵夫。樵,打柴。苏,取草。 [102]飙(biāo):暴风。 [103]“夜戒”句:

前面的路程将在夜间走过,更要小心戒备。 [104] 下弦:阴历每月二十三日前后,月亮东半明,西半暗,成半圆弓形。内外:犹前后、左右。[105] "望达"句:可望达到目的地。届,至。所届,所要达到的地方。[106] 夙夜:早晚。戒护:小心保重。 [107] 临涂:在途中。草蹙:仓促。

代出自蓟北门行

【题解】 《出自蓟北门行》属汉乐府《杂曲歌辞》,本篇为拟乐府,"代"即"拟"。蓟(jì),古燕国都城,即今北京。作者赞颂从军壮士为保卫国家不惜献身的忠勇精神。诗歌格调雄浑悲壮,描绘北方边地风物生动感人。

羽檄起边亭,烽火入咸阳[1]。征骑屯广武,分兵救朔方[2]。严秋筋竿劲,虏阵精且强[3]。天子按剑怒,使者遥相望[4]。雁行缘石径,鱼贯度飞梁[5]。箫鼓流汉思,旌甲被胡霜[6]。疾风冲塞起,沙砾自飘扬。马毛缩如猬,角弓不可张[7]。时危见臣节,世乱识忠良。投躯报明主,身死为国殇[8]。

【注释】 [1] 檄(xí):古代用于征召的文书。加插羽毛,称为"羽檄",表示如鸟飞一样迅速紧急。边亭:边境上驻兵防守的亭堠,犹边防哨所。烽火:古时边防告警用的烟火。咸阳:秦都,这里代指京城。 [2] 征:征召。骑(jì):骑兵。按,"骑"原作"师",据胡刻《文选》校改。屯:驻守。广武:县名,在今山西代县西。朔方:郡名,在今内蒙古黄河以南一带。 [3] "严秋"句:说深秋气候干燥,弓箭强劲有力。严秋,肃杀的深秋。筋竿,弓弦和箭杆,即指弓箭。虏阵:指敌人的阵容。 [4] "使者"句:谓传达天子抗敌命令的使者一个接着一个,不绝于道路。 [5] 雁行:形容军队排列整齐如同雁飞的行列。缘:顺着。石径:石路。鱼贯:形容队伍有次序地行进如同鱼游前后相连。度:跨过。飞梁:指飞跨两岸凌空高架的桥梁。　[6] 箫鼓:指军乐。流汉思:谓军乐声中传送出汉人思念家国的情思。旌甲:旌旗和铠甲。被:覆盖。胡霜:胡地的风霜。　[7] 猬:刺猬。角弓:用兽角作装饰的强弓。张:拉开弓。　[8] 投躯:献身。国殇:指为国战死的英烈。

梅花落

【题解】 《梅花落》属汉乐府《横吹曲》。本篇赞美不畏风霜寒露的梅花,贬斥媚春无品的杂树,寄寓了诗人高尚的情操和鲜明的爱憎。

中庭杂树多,偏为梅咨嗟[1]。问君何独然[2]？念其霜中能作花,露中能作实[3]。摇荡春风媚春日,念尔零落逐寒风,徒有霜华无霜质[4]!

【注释】 [1] 中庭:庭院中。咨嗟:赞叹声。　[2] 君:指“偏为梅咨嗟”的诗人。何独然:为何单单赞美梅花?　[3] 其:指梅花。作花:开花。作实:结实。　[4] 尔:指杂树。徒有:只有,空有。霜华:霜一般的光华,指杂树的外表。霜质:耐寒的品质。

拟行路难 (其四、其六)

【题解】 《行路难》属乐府《杂曲歌辞》。《拟行路难》共十八首,是鲍照根据乐府古题创作的。此处所选为第四、第六首。第四首写诗人怀才不遇的愤慨和愁苦。第六首写诗人有才不得展、有志不能遂的愁闷和愤慨,控诉了门阀制度摧残压抑人才的罪恶。其诗发唱惊挺,可谓“慷慨任气,磊落使才”(刘熙载《艺概·诗概》)之作。

泻水置平地[1]，各自东西南北流。人生亦有命，安能行叹复坐愁！酌酒以自宽，举杯断绝歌《路难》[2]。心非木石岂无感？吞声踯躅不敢言[3]。

【注释】［1］泻：倾，倒。　［2］“举杯”句：因举杯饮酒而中断歌唱《行路难》。断绝，停止。　［3］吞声：哭泣不敢出声。踯躅（zhí zhú）：徘徊不前的样子。

对案不能食[1]，拔剑击柱长叹息。丈夫生世会几时，安能蹀躞垂羽翼[2]？弃置罢官去，还家自休息。朝出与亲辞，暮还在亲侧[3]。弄儿床前戏，看妇机中织。自古圣贤尽贫贱，何况我辈孤且直[4]！

以上据上海古籍出版社版《鲍参军集注》

【注释】［1］案：有短脚盛食物的木托盘。这里即指酒食。　［2］会：能。蹀躞（dié xiè）：小步行走的样子。垂羽翼：垂翼不飞，形容失意丧气的样子。　［3］在：原作“往”，据《乐府诗集》校改。　［4］孤且直：孤傲而刚直。

沈　约

沈约（441—513），字休文，吴兴武康（今浙江德清）人。幼时孤贫，笃志好学，博通群籍。历仕宋、齐、梁三朝，官至尚书令，封建昌县侯。沈约与谢朓、王融、范云、任昉等同时，为当时文坛主将。他提倡“四声八病”之说，讲求声韵格律，与谢朓等开创了“新体诗”，号称“永明体”，对后来格律诗的形成有重大影响。著有《四声谱》，今已不存。后人辑有《沈隐侯集》。

别范安成

【题解】 范安成,即范岫,字懋宾,仕齐为安成内史,故称范安成。入梁,官至祠部尚书。博涉多通,有文才,为沈约老友。本篇写朋友离别之情,真挚动人。

生平少年日,分手易前期[1]。及尔同衰暮,非复别离时[2]。勿言一樽酒,明日难重持[3]。梦中不识路[4],何以慰相思?

【注释】 [1] 易前期:把来日重逢看得很容易。易,用作动词,视为轻易。前期:他日重见之期。 [2] "及尔"二句:说我和你现已一同衰老,不再像年轻时的别离那样,因来日无多,恐别后难再相见。 [3] "勿言"二句:说别以为这一樽离别酒不值一提,要知道明日离别之后恐怕不再有持樽共饮的机会了。 [4] "梦中"句:用战国时张敏与高惠的故事。张、高二人为友,别后相思,不能得见。张敏屡屡于梦中寻访高惠,但总行至半道,即迷路而返。

早发定山

【题解】 定山,在今浙江境内。沈约为东阳太守时,定山是东阳道必经之地。诗人描绘定山的奇秀风光,有飘飘欲仙之慨。

夙龄爱远壑,晚莅见奇山[1]。标峰彩虹外[2],置岭白云间。倾壁忽斜竖,绝顶复孤员[3]。归海流漫漫,出浦水浅浅[4]。野棠开未落,山樱发欲然[5]。忘归属兰杜,怀禄寄芳荃[6]。眷言采三秀,徘徊望九仙[7]。

以上据中华书局影印胡刻《文选》

【注释】［1］夙(sù)龄：早年。莅(lì)：临，到。［2］标峰：顶峰。［3］倾壁：斜壁。绝顶：最高峰。员：通"圆"。［4］漫漫：长长流水的样子。浦：小河流入江海的入口处。浅浅：水流迅疾的样子。［5］发：开花。欲然：形容花红似火。然，同"燃"，燃烧。［6］怀禄：怀恋禄位，即指仕进。芳荃：香草，以喻君子。［7］眷言：回顾的样子。"言"为语辞，无实义。三秀：芝草的别名。芝草一年开花三次，结穗三次，故称。《楚辞·九歌·山鬼》："采三秀兮于山间。"九仙：众仙人，"九"表多数。

江淹

江淹(444—505)，字文通，洛阳考城(今河南兰考)人。历仕宋、齐、梁三代。入梁官至金紫光禄大夫，封醴陵侯。少孤贫。早年以文章名世，晚年才思减退，人谓"江郎才尽"。所著诗文，自编为前后集。《隋书·经籍志》著录前集二十卷，后集十卷。另撰《齐史》十三卷。明人辑有《江醴陵集》。事见《自叙传》及《梁书》、《南史》本传。

别赋

【题解】《别赋》与《恨赋》，是江淹骈赋的代表之作。作者历仕三朝，目睹兴亡交替，既有清醒者的悲慨，又有末世者的悲哀。《别赋》通过不同场景、不同季节的描写、渲染出各种离愁别绪，凸现了不同类型人物的心理特征。全篇文辞清丽，音韵和谐，以富贵之别、刺客之别、从军之别、绝国之别、夫妻之别、游仙之别、恋人之别，写出"别方不定，别理千名。有别必怨，有怨必盈"的人间悲剧，具有超越时空的感染力。

黯然销魂者[1]，唯别而已矣！况秦、吴兮绝国[2]，复燕、宋兮千里[3];或春苔兮始生,乍秋风兮暂起[4]。是以行子肠断[5],百感凄恻[6]。风萧萧而异响,云漫漫而奇色[7]。舟凝滞于水滨[8],车逶迟于山侧[9]。棹容与而讵前[10],马寒鸣而不息[11]。掩金觞而谁御[12],横玉柱而沾轼[13]。居人愁卧[14],怳若有亡[15]。日下壁而沉彩[16],月上轩而飞光[17]。见红兰之受露[18],望青楸之离霜[19]。巡曾楹而空掩[20],抚锦幕而虚凉[21]。知离梦之踯躅[22],意别魂之飞扬[23]。

故别虽一绪,事乃万族[24]:

至若龙马银鞍[25],朱轩绣轴[26],帐饮东都[27],送客金谷[28]。琴羽张兮箫鼓陈[29],燕赵歌兮伤美人[30],珠与玉兮艳暮秋,罗与绮兮娇上春[31],惊驷马之仰秣[32],耸渊鱼之赤鳞[33]。造分手而衔涕[34],感寂寞而伤神[35]。

乃有剑客惭恩[36],少年报士[37],韩国赵厕[38],吴宫燕市[39],割慈忍爱,离邦去里。沥泣共诀[40],抆血相视[41]。驱征马而不顾,见行尘之时起。方衔感于一剑[42],非买价于泉里[43]。金石震而色变[44],骨肉悲而心死[45]。

或乃边郡未和[46],负羽从军[47]。辽水无极[48],雁山参云[49],闺中风暖,陌上草薰[50]。日出天而耀景[51],露下地而腾文[52]。镜朱尘之照烂[53],袭青气之烟煴[54]。攀桃李兮不忍别[55],送爱子兮沾罗裙。

至如一赴绝国,讵相见期[56]?视乔木兮故里[57],决北梁兮永辞[58]。左右兮魂动,亲宾兮泪滋。可班荆兮赠恨[59],唯罇酒兮叙悲[60]。值秋雁兮飞日,当白露兮下时[61]。怨复怨兮远山曲[62],去复去兮长河湄[63]。

又若君居淄右[64],妾家河阳[65]。同琼佩之晨照[66],共金炉之夕香[67]。君结绶兮千里[68],惜瑶草之徒芳[69],惭幽闺之琴瑟[70],晦高台之流黄[71]。春宫閟此青苔色[72],秋帐含兹明月光,夏簟清兮昼不暮[73],冬釭凝兮夜何长[74]。织锦曲兮泣已尽,回文诗兮影独伤[75]。

傥有华阴上士[76],服食还山[77]。术既妙而犹学[78],道已寂而未传[79]。守丹灶而不顾[80],炼金鼎而方坚[81]。驾鹤上汉[82],骖鸾腾天[83],暂游万里,少别千年[84]。惟世间兮重别,谢主人兮依然[85]。

下有芍药之诗[86],佳人之歌[87],桑中卫女,上宫陈娥[88]。春草碧色,春水渌波,送君南浦[89],伤如之何!至乃秋露如珠,秋月如珪[90],明月白露,光阴往来。与子之别,思心徘徊[91]。

是以别方不定[92],别理千名[93]。有别必怨,有怨必盈,使人意夺神骇,心折骨惊[94]。虽渊云之墨妙[95],严乐之笔精[96],金闺之诸彦[97],兰台之群英[98],赋有凌云之称[99],辩有雕龙之声[100],谁能摹暂离之状,写永诀之情者乎!

据中华书局影印胡刻《文选》

【注释】 [1] 黯(àn)然:神情沮丧的样子。销魂:失魂落魄。 [2] 秦、吴:均为春秋战国时国名,秦国在今陕西、甘肃一带,吴国在今江苏、浙江一带。绝国:相隔遥远之地。 [3] 燕、宋:均为春秋战国时国名,燕国在今河北一带,宋国在今河南一带。 [4] 苔:青苔。乍:忽然。 [5] 是以:因此。行子:游子。 [6] 凄恻:悲伤。 [7] “风萧萧”二句:意谓在游子的感觉中,风声、云色都与平时不同。 [8] 凝滞:停滞不前。 [9] 逶迟:缓慢行进。 [10] 棹(zhào):船桨。容与:迟缓不进的样子。

讵:岂,怎能。 [11] 寒鸣:悲鸣。息:停止。 [12] "掩金觞"句:说在饯别宴上,游子放下酒杯,无心饮用。掩,覆盖。觞(shāng),酒杯。御,用。[13] "横玉柱"句:写游子横放乐器,无心弹奏,泪流如注,以致打湿了车前横木。玉柱,用玉做成的弦柱,这里指代琴瑟等弦乐器。轼,车前横木。[14] 居人:留在家中的人。 [15] 怳若有亡:恍恍忽忽,若有所失。怳,同"恍"。 [16] 璧:墙。沉彩:夕阳降落,余辉消失。 [17] 轩:窗户。飞光:光芒四溢。 [18] 红兰:兰草经霜露而变红。 [19] 楸:高大落叶乔木,经秋霜而叶落。离:罹,遭受。 [20] 巡:来回行走。曾:高。楹:屋前柱,这里指代房屋。掩:关闭。 [21] 抚:抚摸。锦幕:有花纹的帷帐。 [22] 踯躅(zhí zhú):徘徊不前的样子。 [23] 意:料想到。飞扬:指(神魂)飞越,回转家园。 [24] 一绪:同一件事。绪,端,件。族:类。[25] 龙马:指高骏的马。银鞍:银制的马鞍。 [26] 朱轩:红色的窗户。绣轴:彩色的车轴。 [27] "帐饮"句:在东都门(长安城门)外设帷帐、摆宴饯别。典出《汉书·疏广传》,太子太傅疏广与其兄子疏受告老还乡,公卿大夫等数百人在长安东都门外为他们饯行。 [28] 金谷:金谷涧,亦名金谷园,在洛阳西北,晋代石崇曾在此建造别墅,并在该园为征西将军祭酒王诩回长安饯行。 [29] 琴羽:琴曲中的羽声。古代以宫、商、角、徵、羽为五音,羽声慷慨。张:开,指弹奏。陈:排列,指演奏。 [30] 燕赵:燕国、赵国的美女。歌:唱歌相和。伤美人:唱歌的美女也为之感伤不已。 [31] "珠与玉"二句:说在春离秋别的日子里,美人们打扮得非常妖艳华丽。珠、玉,指代妆饰品。暮秋,秋季的最后一月。罗、绮,指代华贵的服饰。上春,孟春,春季第一月。 [32] 驷马:古代一乘车套四匹马,此称拉车的四匹马。仰秣:指正在低头吃草的马,听到美妙的音乐也仰起头来。秣,马饲料,用作动词。[33] 耸:惊动。鳞:指鱼。 [34] 造:到。衔涕:含泪。 [35] 伤神:心神哀伤。 [36] 剑客:精于剑术的侠士。惭恩:感恩。 [37] 报士:勇于报恩的人。 [38] 韩国:《史记·刺客列传》载,严仲子与韩相侠累有仇,逃亡到齐,用百金结交剑客聂政。聂政感激严仲子知遇之恩,入韩刺死侠累。赵厕:《史记·刺客列传》载,豫让奉事智伯,很受尊宠。后智伯为赵襄子所灭,豫让改变姓名装束,潜入赵宫厕所内,伺机行刺赵襄子。 [39] 吴宫:《史记·刺客列传》载,春秋时,吴公子光为了谋取王位。命专诸将匕首藏于烧好的鱼腹之中,在宴席上刺死吴王僚。燕市:《史记·刺客列传》载,荆轲为报答燕太子丹的恩遇,行刺秦王。因未成功,反被杀害。 [40] 沥泣:洒泪。诀:别。 [41] 抆(wèn)血:拭血。意谓泪尽出血。 [42] 方:将。衔感:感德报恩。 [43] 泉里:九泉之下,指丧命。 [44] "金石"句:指荆轲与秦舞阳一道入见秦王,舞阳见秦王卫士仪仗威武,又闻钟鼓齐鸣之声,心中恐惧而色变的事。此借以说明行刺之难。金石,钟鼓一类乐器。 [45] "骨肉"句:聂政刺杀侠累后,为不连累亲人,自毁面容而死。韩国将他的尸体暴露在市上,悬赏千金求人辨认。政姐聂嫈悲伤其弟死而名被埋没,便伏尸痛哭,宣布聂政姓名,然后自杀。此句言行刺所造成的死别之悲。 [46] 边郡:边境的郡县。未和:不和平安宁,指边境发生了战争。 [47] 负羽:背着箭。 [48] 辽水:即辽河,在今辽宁西部。无极:无边。 [49] 雁山:雁门山,在今山西原平西北。参云:高耸入云。 [50] 陌:田间小路。薰:香。 [51] 景:日光。 [52] 腾:升起,闪耀。文:文彩。 [53] 镜:照。朱尘:红尘。照烂:辉煌灿烂。 [54] 袭:笼罩。青气:春天草木繁茂的气息。烟煴:同"氤氲",形容烟云弥漫。 [55] "攀桃李"句:言当盛春之时,分别尤其不忍。 [56] 讵:岂,哪里。 [57] 乔木:大树,故国或故乡的象征。 [58] 决:同"诀",别。梁:桥。永辞:永别。 [59] 班荆:《左传·襄公二十六年》载:"伍举奔郑,将遂奔晋。声子将如晋,遇之于郑郊,班荆相与食,而言复故。"后世用"班荆道故"为成语,表示老友相逢,就地共叙旧情。班,铺置。荆,灌木枝条。赠恨:指倾诉满腹离愁别恨。 [60] 罇:同"樽",古代盛酒器。 [61] "值秋雁"二句:点明离别的季节是秋季,使人染上悲秋之感。 [62] 山曲:山坳,山弯。 [63] 湄:水边,岸边。 [64] 君:妻子对丈夫的称呼。淄:淄水,在今山东境内。右:江水的西边。古代水东为左,水西为右。 [65] 妾:妻子的谦称。家:住。河阳:黄河的北面,古代山南水北称阳。一说为河阳城,在今河南孟县境内。 [66] 同:共同拥有。琼佩:玉佩。 [67] 炉:熏炉。 [68] 结绶:指外出做官。绶,系印章的带子。 [69] 瑶草:香草,妇人自喻。徒芳:白白地散发芳香。 [70] "惭幽闺"二句:借景物描写表现了思妇愁思满怀的厌厌心绪:独居深闺,琴瑟不弹;深掩罗幕,房内晦暗无光。 [71] 晦:昏暗无光。流黄,一种黄色的绢,常用作帘幕。 [72] 春宫:借指春闺。闷(bì):关闭。 [73] 簟(diàn):竹席。清:凉爽。 [74] 釭(gāng):油灯。凝:灯光聚集不散。 [75] 织锦曲:即"回文诗"。据《晋书·列女传》:苻秦时秦州刺史窦滔被流放沙漠，其妻苏蕙在家思念不已，织锦为回文诗以寄赠，词意凄婉，窦滔深受感动。古代回文诗是一种可以顺读、倒读的诗体。苏蕙的回文诗排列成方形图，无论顺倒、横直、旁斜都可读通。 [76] 倘：或。华阴上士：指在华阴(今陕西华阴)山中修炼得道的人。据《列仙传》载，魏人修羋在华阴山下石室中服食黄精，后成仙远去，不知所往。 [77] 服食：道教徒炼丹合药，认为可以成仙。还山：得道成仙。 [78] 术：道术。犹学：尚在学习修炼。 [79] 寂：指心神安静、毫无杂念的高超境界。未传：未得真传。 [80] 丹灶：道家炼丹的炉灶。不顾：不管世事。 [81] 金鼎：炼金为丹的鼎。方坚：炼丹求仙的意志正处于十分坚定的时候。 [82] 驾鹤：骑白鹤飞升。汉：河汉，天河。 [83] 骖鸾：乘着凤凰升天飞行。 [84] “暂游”句：以万里游程当作短暂的游历。“少别”句：以一千年的分离作为小小的分别。 [85] 重别：重视离别。谢：辞别。主人：家人。依然：依恋不舍的样子。 [86] 下有：人间有，相对于天上仙境而言。芍药之诗：《诗经·郑风·溱洧》：“维士与女，伊其相谑，赠之以芍药。”这里指咏男女相爱的情诗。 [87] 佳人之歌：汉代李延年《歌》：“北方有佳人，绝世而独立。”此处泛指男子爱慕美女的情歌。 [88] “桑中”二句：《诗经·鄘风·桑中》：“期我乎桑中，要我乎上宫，送我乎淇之上矣。”鄘亦属卫地。陈娥，意同卫女，泛指恋爱中的少女。 [89] “送君”句：《楚辞·九歌·河伯》：“送美人兮南浦。”南浦，南面的水边。 [90] 珪：古代一种贵重玉器，上尖下方。此喻秋月的洁白晶莹。 [91] “思心”句：离情别思在心中往复缠绵，摆脱不开。 [92] 别方：离别的地方，或别后所赴的地方。 [93] 别理：离别的原由。名：名义，种类。 [94] 心折句：本应是“心惊骨折”，这里故意相错，形成一种特殊的修辞格，以加强表现力。 [95] 渊云：指西汉辞赋家王褒(字子渊)、扬雄(字子云)。墨妙：文章精美。 [96] 严乐：指汉武帝时有名文人严安、徐乐。笔精：此指文章精美。 [97] 金闺：指汉宫金马门，是文人著作策问的地方。彦：有才学的人。 [98] 兰台：汉代中央藏书的地方，也是学者常去研讨的地方。英：有才能的人。 [99] “赋有”句：《史记·司马相如列传》载：司马相如献《大人赋》，汉武帝读后，“飘飘有凌云之气，似游天地之间意”。 [100] “辩有”句：战国时邹奭(shì)，文词华丽像雕刻龙文，人称“雕龙奭”(见《史记·孟子荀卿列传》)。

孔稚珪

孔稚珪(447—501),亦作孔珪,字德璋,会稽山阴(今浙江绍兴)人。宋泰始中为州主簿。举秀才,除安成王车骑法曹参军。入齐为尚书左丞。东昏帝即位,迁太子詹事。永元三年卒。事见《南齐书》、《南史》本传。明人辑有《孔詹事集》。

北山移文

【题解】 北山,钟山,今紫金山,在今南京城北。移文,用于责让、声讨的一种文体,近乎檄文。本文假托北山神灵之口,痛斥始隐而后仕的虚伪之士。《文选》吕向注云:“钟山在都北。其先,周彦伦(周颙字彦伦)隐于此。后应诏出为海盐县令,欲却过此山。孔生乃假山灵之意移之,使不许得至。”后之学者,多取此说。考《南齐书·周颙传》,颙未尝为海盐县令,亦无先隐后仕之事。明人张溥认为此文乃“调笑之言,无关记录”(《汉魏六朝百三名家集题词》),其说近是。南北朝时,朝隐之风盛行,士人中亦有以隐居为终南捷径者。本文讽刺的是一种社会现象,不必限在一人。作者设山灵逐人,构思最为奇特。全文语言精美,气势逼人,为六朝骈赋精品。

钟山之英[1],草堂之灵[2]。驰烟驿路[3],勒移山庭[4]。

夫以耿介拔俗之标,萧洒出尘之想[5],度白雪以方絜,干青云而直上[6],吾方知之矣。若其亭亭物表,皎皎霞外[7],芥千金而不眄[8],屣万乘其如脱[9],闻凤吹于洛浦[10],值薪歌于延濑[11],固亦有焉。岂期终始参差,苍黄翻覆,泪翟子之悲,恸朱公之哭[12],乍回迹以心染,或先贞而后黩[13]，何其谬哉！呜呼！尚生不存[14]，仲氏既往[15]，山阿寂寥[16]，千载谁赏？

世有周子，隽俗之士[17]，既文既博，亦玄亦史[18]。然而学遁东鲁[19]，习隐南郭[20]，偶吹草堂，滥巾北岳[21]。诱我松桂，欺我云壑。虽假容于江皋，乃缨情于好爵[22]。其始至也，将欲排巢父，拉许由[23]，傲百氏[24]，蔑王侯，风情张日，霜气横秋[25]。或叹幽人长往，或怨王孙不游[26]。谈空空于释部，核玄玄于道流[27]。务光何足比，涓子不能俦[28]。

及其鸣驺入谷，鹤书赴陇[29]，形驰魄散，志变神动。尔乃眉轩席次，袂耸筵上[30]，焚芰制而裂荷衣，抗尘容而走俗状[31]。风云凄其带愤，石泉咽而下怆，望林峦而有失，顾草木而如丧。至其纽金章，绾墨绶[32]，跨属城之雄，冠百里之首[33]，张英风于海甸，驰妙誉于浙右[34]。道帙长殡，法筵久埋[35]，敲扑喧嚣犯其虑，牒诉倥偬装其怀[36]。琴歌既断，酒赋无续，常绸缪于结课，每纷纶于折狱[37]。笼张赵于往图，架卓鲁于前箓[38]，希踪三辅豪，驰声九州牧[39]。

使我高霞孤映，明月独举，青松落阴，白云谁侣？磵石摧绝无与归，石径荒凉徒延伫[40]。至于还飙入幕，写雾出楹[41]，蕙帐空兮夜鹄怨[42]，山人去兮晓猿惊。昔闻投簪逸海岸，今见解兰缚尘缨[43]。于是南岳献嘲，北陇腾笑，列壑争讥，攒峰竦诮[44]。慨游子之我欺，悲无人以赴吊[45]。故其林惭无尽，磵愧不歇[46]，秋桂遗风，春萝罢月[47]，骋西山之逸议，驰东皋之素谒[48]。

今又促装下邑，浪拽上京[49]。虽情投于魏阙，或假步于山扃[50]。岂可使芳杜厚颜，薜荔无耻，碧岭再辱，丹崖重滓[51]，尘游躅于蕙路，污渌池以洗耳[52]。宜扃岫幌，掩云关，敛轻雾，藏鸣湍，截来辕于谷口，杜妄辔于郊端[53]。于是丛条瞋胆，叠颖怒魄[54]，或飞柯以折轮，乍低枝而扫迹[55]。请回俗士驾，为君谢逋客[56]。

据中华书局影印胡刻《文选》

【注释】 [1] 英：精灵，指山神。　[2] 草堂：周颙在朝任职时，曾在钟山立隐舍，以为假日休憩之用。又李善注引梁简文帝萧纲《草堂传》："汝南周颙，昔经在蜀，以蜀草堂寺林壑可怀，乃于钟岭雷次宗学馆立寺，因名草堂，亦号山茨。"灵：指神灵。　[3] 驿路：驰道，古代通驿车的大道。　[4] 勒：铭，刻。山庭：山居的庭院。　[5] 耿介：正直有节操。拔俗、出尘：皆谓超脱尘俗。标：仪表，气度。　[6] 度、方：比。絜：同"洁"。干：犯，凌。　[7] 亭亭：挺立貌。皎皎：明亮貌。　[8] 芥千金：视千金如草芥。芥，小草，此处作动词。眄(miàn)：斜视。《史记·鲁仲连列传》载：鲁仲连帮助赵国退秦军后，平原君乃置酒，以千金为鲁连寿，鲁笑辞平原君而去，终身不复见。此句即用此事。　[9] "屣万乘"句：抛弃万乘之位，如脱草鞋。《淮南子·主术训》："尧年衰志闵，举天下而传之舜，犹却行而脱屣也。"许慎注说："言其易也。"屣(xǐ)，草鞋，此处作动词。万乘，周制王畿方千里，出兵车万乘。此代指帝位。　[10] "闻凤吹"句：《列仙传》："王子乔，周灵王太子晋也，好吹笙作凤鸣，游伊、洛之间。"浦，水边。　[11] "值薪歌"句：《文选》吕向注："苏门先生游于延濑，见一人采薪，谓之曰：'子以终此乎？'采薪人曰：'吾闻圣人无怀，以道德为心，何怪乎而为哀也？'遂为歌二章而去。"延，长长的。濑，指流过沙石上的水。　[12] "岂期"四句：《淮南子·说林训》："杨子见歧路而哭之，为其可以南、可以北。墨子见练丝而泣之，为其可以黄，可以黑。"苍黄，两种颜色，即青色和黄色。翟(dí)子，指墨子，墨子名翟。朱公，指杨朱。二人皆战国时思想家。　[13] 乍：暂。回迹：指避迹于山林，即隐居。心染：心染世俗功名。贞：正，高洁。黩：污垢。　[14] 尚生：皇甫谧

《高士传》："尚长，字子平，河内朝歌人也。隐居不仕，性尚中和，好通《老》、《易》……男女娶嫁既毕，敕：断家事，勿相关，当如我死也。于是遂……游五岳名山，竟不知所终。"《后汉书·逸民传》作"向长"。　［15］仲氏：《后汉书·仲长统传》："仲长统字公理，山阳高平人也……统性俶傥敢直言，不矜小节，默语无常，时人或谓之狂生。每州郡命召，辄称疾不就。"　［16］阿：山的隐曲处。　［17］周子：指周颙，字彦伦，汝南人，《南齐书》有传。隽俗：隽拔超俗。　［18］玄：玄学。史：历史。据《南齐书·周颙传》，颙善言辞，通佛老。　［19］东鲁：指颜阖。《庄子·让王》："鲁君闻颜阖得道之人也，使人以币先焉。颜阖守陋闾……使者曰：'此颜阖之家与？'颜阖对曰：'此阖之家也。'使者致币，颜阖曰：'恐听者谬而遗使者罪，不若审之。'使者还反审之，复来求之，则不得已。"　［20］"习隐"句：《庄子·齐物论》："南郭子綦，隐几而坐，仰天而嘘，嗒焉似丧其耦。"　［21］偶吹：用滥竽充数事。《韩非子·内储说上》："齐宣王使人吹竽，必三百人，南郭处士请为王吹竽，宣王说之，廪食以数百人。宣王死，湣王立，好一一听之，处士逃。"滥巾：滥戴隐者的头巾，意谓周颙冒充隐士。北岳：北山。　［22］假容：装模作样。江皋：江边。缨情：系情，犹言热衷于。好爵：好的爵位。　［23］巢父、许由：皆尧时隐士。《高士传》载：尧让天下与许由，许由遁耕于颍水之阳。尧又召为九州长，由不欲闻之，洗耳于颍水滨。时其友巢父牵犊欲饮之，见由洗耳，问其故，由告之。巢父曰："子故浮游，欲闻求其名誉，污我犊口。"牵犊上流饮之。［24］百氏：谓诸子百家。　［25］蔑：通"蔑"。风情：风度情致。张（zhàng）：大，有"遮住"之意。霜气：严肃如霜的志气。横：盖住。　［26］幽人：指隐者。长往：隐遁不返。潘岳《西征赋》："悟山潜之逸士，悼长往而不反。"王孙：指贵族子弟。《楚辞》淮南小山《招隐士》："王孙游兮不归，春草生兮萋萋。"此反用其意。　［27］"谈空空"二句：《南齐书·周颙传》："泛涉百家，长于佛理，著《三宗论》……兼善《老》《易》。与张融相遇，辄以玄言相滞，弥日不解。"空空，佛家语。佛家认为一切事物都无实体，谓之空，但空是假名，假名亦空，故称空空。释部，佛典。核，考核。玄玄，道家语，指道的微妙深奥。《老子》："玄之又玄，众妙之门。"　［28］务光、涓子：相传皆古代隐士。《文选》李善注引《列仙传》："务光者，夏时人也，耳长七寸，好琴，服蒲韭根。殷汤伐桀，因光而谋，光曰：'非吾事也。'汤得天下，已而让光，光遂负石沈窾水而自匿。"又："涓子者，齐人也，好饵术，隐于宕山，能风。"　［29］鸣：指喝道声。驺

(zōu):帝王骑侍,这里指使者的车马。鹤书:鹤头书,书体一种。李善注引萧子良《古今篆隶文体》:"鹤头书与偃波书,俱诏板所用,在汉则谓之尺一简,仿佛鹄头,故有其称。" [30] 尔乃:于是就。眉轩:眉飞色舞。轩,扬。席次:筵席之上。袂(mèi):衣袖。耸:举。 [31] "焚芰制"二句:屈原《离骚》:"制芰荷以为衣兮,集芙蓉以为裳。"故以芰制、荷衣喻隐者衣服。芰(jì),菱。抗,举。尘容,俗态。 [32] 纽、绾(wǎn):皆是系的意思。金章:铜印。墨绶:黑色丝带,挂印所用。《文选》刘良注说:"铜章、墨绶,县令之章饰也。" [33] 跨:占据。属城:指州下所属各县。雄:杰出。百里:指一县所辖之地。 [34] 英风:英声,美名。海甸:海边。浙右:指钱塘江之南。[35] 道帙(zhì):道家典籍。帙,书套。殡:埋。法筵:佛家讲经说法的讲席。 [36] 敲扑:敲打、鞭笞。牒诉:指公文、诉状。倥偬(kǒng zǒng):事多而促迫貌。 [37] 绸缪(móu):谓纠缠。纷纶:忙碌。结课:谓考核官员政绩,以定升贬。折狱:断案。 [38] 笼:笼盖。张赵:指张敞、赵广汉,二人都做过京兆尹,是西汉名臣。往图:过去的图像。西汉画名臣像于麒麟阁。一说指过去的法度。《楚辞》屈原《怀沙》:"前图未改。"王逸注:"图,法也。"架:通"驾",超越。卓鲁:指卓茂、鲁恭,两人都做过县令,是东汉循吏。前箓:指历史记载。箓,簿册。 [39] 希踪:犹言追踪。三辅:汉代以京兆、左冯翊、右扶风为三辅,共治长安城中。两汉时赵广汉、张敞、王尊、王章、王骏,都做过三辅的长官,很有政绩,当时有谚语说:"前有赵张,后有三王。"三辅豪即指上述诸人。驰声:传扬名声。九州:古时分天下之地为九州。牧:一州之长称牧。 [40] 磵:通"涧",两山间的流水。摧绝:指崩坏。延伫:久立而等待。 [41] 还飙:指旋风。飙,急风。写雾:吐雾。写,同"泻"。楹:堂前柱。 [42] 蕙帐:用蕙草做的帐子。蕙为香草名。鹄:即鹤。 [43] 投簪:谓弃官不仕。《汉书·疏广传》云,疏广,兰陵人,曾为太子太傅。五年后,辞归乡里。兰陵地近黄海,故曰"逸海岸"。解兰:谓不做隐士。兰为香草名,隐者所佩。缚尘缨:指出仕做官。缨,系冠的丝带。 [44] 攒峰:指众峰。攒(cuán),聚。竦:耸动。 [45] "慨游子"二句:说山神慨叹受了周颙的欺骗,而又无人前来慰问。游子,此指周颙。吊,慰。 [46] "故其"二句:是说山林、山涧都替他惭愧不止。 [47] "秋桂"二句:是说秋桂与春萝都不受风月的拂照了。遗风,被风所遗弃。"罢月"结构与此同。 [48] "骋西山"二句:西山、东皋都纷纷议论周颙的事,以使众人皆知。骋,驰。李善注云:“犹宣布也。”即传播的意思。西山,当指首阳山,伯夷、叔齐隐居的地方。《史记·伯夷列传》载伯夷、叔齐不食周粟,于首阳山采薇而食,作歌曰:“登彼西山兮,采其薇矣。”逸议,隐者的议论。东皋,阮籍《奏记诣蒋公》:“方将耕于东皋之阳,输黍稷之税,以避当涂者之路。”故东皋也是指隐者所居之处。素谒,贫士的议论。谒,告,此作议论解。 [49] 促装:急忙整治行装。下邑:属县,此指周颙任县令之海盐县。浪拽:鼓桨,指乘船。拽,通“枻”,船桨。上京:京城,此指建业。 [50] 魏阙:代指朝廷。《吕氏春秋·审为》:“身在江海之上,心居魏阙之下。”魏,通“巍”,高大。阙,宫门两边的门楼。山扃:山门。 [51] 杜:杜若,芳草名。薜荔:香草名。滓:污辱。 [52] 尘:此用作动词,犹言污染。游躅:游踪,指隐者的足迹。蕙路:生长着蕙草的道路。渌池:清水池。洗耳:见本文注[23]。 [53] 扃:此用作动词,即关闭。岫幌:指从山洞中流出来的云所形成的帷幕。岫,山穴。云关:云雾形成的关口。来辕:指周颙乘坐的车。杜:拒绝。妄辔:指周颙的车马。辔本指马缰绳,这里代指马。 [54] 嗔胆:使肝胆生气。叠颖:指重叠的花卉。怒魄:使魂魄发怒。 [55]“或飞柯”二句:有的扬起枝条去折毁他的车轮,有的垂下枝叶扫掉他的足迹。 [56] 俗士、逋客:这里皆指周颙。君:指山灵。谢:辞绝。逋,逃。

陶弘景

陶弘景(456—536),字通明,自号华阳陶隐居。丹阳秣陵(今南京)人。宋末,为诸王侍读;入齐,除奉朝请。永明十年解职,隐居茅山。梁武帝即位,征聘不出,然朝廷每有大事,帝常往咨询,时人谓“山中宰相”。大同二年卒,谥曰贞白先生。事见《梁书》、《南史》本传。著作存有《真诰》。明人辑有《陶隐居集》。

答谢中书书

【题解】 谢中书,谢微,一作谢征,字元度,善属文,曾为安成王法曹,累迁至中书鸿胪,故称谢中书。本文作者,性好山水。此封短札,描绘江南山水情态,动静虚实,处置相宜。全篇文辞清简,奇偶相生。所云“欲界仙都”,表达了作者对自然的热爱和对世俗的鄙弃。

山川之美,古来共谈。高峰入云,清流见底。两岸石壁,五色交辉。青林翠竹,四时俱备[1]。晓雾将歇,猿鸟乱鸣;夕日欲颓[2],沉鳞竞跃[3]。实是欲界之仙都[4]。自康乐以来[5],未复有能与其奇者。

据明刻本《汉魏六朝百三名家集》

【注释】 [1] 四时:四季。 [2] 颓:落。 [3] 沉鳞:水中游鱼。 [4] 欲界:此指人间。佛教把生死流转的人间分为欲界、色界、无色界。欲界是地狱、饿鬼、畜生、修罗、人间等的总称,此界众生皆贪恋食、色、眠等欲望,故名。 [5] 康乐:谢灵运袭封康乐公。一生好游山水,其山水诗闻名于世。所作《游名山志》云:“石门涧六处。石门溯水上,入两山口,两边石壁,右边石岩,下临涧水。”又有《登石门最高顶诗》。本文所写景物与之相仿,似即石门之景。

刘　峻

刘峻(462—521),字孝标。初名法武。平原(今山东平原)人。幼孤。八岁被掳入北朝为奴。中山人刘宝赎之,出家为僧。既而还俗。齐永明中南奔;建武中为豫州府刑狱。入梁,召入西省,典校秘书。后安成王引为荆州户曹参军。因病去职,居东阳紫岩山讲学,门徒甚众。普通二年卒,门人谥为玄靖先生。生平见《梁书》、《南史》本传。曾为《世说新语》作注。明人辑有《刘户曹集》。

广绝交论

【题解】 广，有推广、发挥之意。《绝交论》，东汉朱穆作。朱穆为侍御史时，感于世俗浇薄，友道沉沦，作文讽刺之。梁时，任昉名动朝野，交友甚多，死后家贫而无人问津。刘峻感愤于此，作《广绝交论》。详见《文选》李善注引刘璠《梁典》。

文章设主客问答，把上世以来人际交往中的种种弊端归纳为五类：一曰："势交"，二曰"贿交"，三曰"谈交"，四曰"穷交"，五曰"量交"。由此"五交"，而生三衅：一曰"败德殄义，禽兽相若"，二曰"难固易携，仇讼所聚"，三曰"名陷饕餮，贞介所羞"。"五交三衅"，既已辨明，其下写任昉生前死后的遭遇，既在人意料之中，又令人扼腕愤叹。

本文体属骈文，又多用典，却写得慷慨激昂，酣畅淋漓，在齐梁之际，是独具一格的文字。据说任昉生前"友好"到溉读后，"抵几于地，终身恨之"(《文选》李善注引刘璠《梁典》)，足见文章的批判锋芒入骨三分。

客问主人曰：朱公叔《绝交论》，为是乎[1]？为非乎？主人曰：客奚此之问[2]？客曰：夫草虫鸣则阜螽跃[3]，雕虎啸而清风起[4]。故絪缊相感，雾涌云蒸；嘤鸣相召，星流电激[5]。是以王阳登则贡公喜，罕生逝而国子悲[6]。且心同琴瑟，言鬱郁于兰茝；道叶胶漆，志婉娈于埙篪[7]。圣贤以此镂金版而镌盘盂，书玉牒而刻钟鼎[8]。若乃匠人辍成风之妙巧，伯子息流波之雅引。范、张款款于下泉，尹、班陶陶于永夕[9]。骆驿纵横，烟霏雨散，巧历所不知，心计莫能测[10]。而朱益州汩彝叙、粤谟训、捶直切、绝交游，比黔首以鹰鹯，媲人灵于豺虎[11]，蒙有猜焉，请辨其惑[12]。

主人听然而笑曰[13]：客所谓抚弦徽音，未达燥湿变响；张罗沮泽，不睹鸿雁云飞[14]。盖圣人握金镜、阐风烈，龙骧蠖屈，从道污隆[15]。日月联璧，赞亹亹之弘致[16]；云飞电薄，显棣华之微旨[17]。若五音之变化，济九成之妙曲，此朱生得玄珠于赤水，谟神睿而为言[18]。

至夫组织仁义，琢磨道德[19]，欢其愉乐，恤其陵夷[20]，寄通灵台之下，遗迹江湖之上[21]，风雨急而不辍其音，霜雪零而不渝其色[22]。斯贤达之素交[23]，历万古而一遇。

逮叔世民讹[24]，狙诈飙起[25]，溪谷不能逾其险，鬼神无以究其变[26]，竞毛羽之轻，趋锥刀之末[27]。于是素交尽，利交兴[28]，天下蚩蚩[29]，鸟惊雷骇[30]。然则利交同源，派流则异[31]，较言其略[32]，有五术焉：

若其宠钧董、石，权压梁、窦[33]，雕刻百工，炉捶万物[34]，吐漱兴云雨，呼噏下霜露[35]。九域耸其风尘，四海叠其熏灼[36]。靡不望影星奔，藉响川骛[37]。鸡人始唱，鹤盖成阴，高门旦开，流水接轸[38]。皆愿摩顶至踵，隳胆抽肠。约同要离焚妻子，誓殉荆卿湛七族[39]。是曰势交，其流一也。

富埒陶、白，赀巨程、罗，山擅铜陵，家藏金穴，出平原而联骑，居里闬而鸣钟[40]。则有穷巷之宾，绳枢之士[41]，冀宵烛之末光，邀润屋之微泽，鱼贯凫跃，飒沓鳞萃，分雁鹜之稻粱，沾玉斝之余沥[42]，衔恩遇，进款诚，援青松以示心，指白水而旌信[43]。是曰贿交[44]，其流二也。

陆大夫宴喜西都，郭有道人伦东国。公卿贵其籍甚，搢绅羡其登仙[45]，加以颔颐蹙頞，涕唾流沫，骋黄马之剧谈，纵碧鸡之雄辩[46]。叙温郁，则寒谷成暄，论严苦则春丛零叶。飞沉出其顾指，荣辱定其一言[47]。于是有弱冠王孙，绮纨公子，道不挂于通人，声未遒于云阁，攀其鳞翼，丐其余论，附驵骥之旄端，轶归鸿于碣石[48]。是曰谈交，其流三也。

阳舒阴惨[49]，生民大情；忧合欢离[50]，品物恒性[51]。故鱼以泉涸而呴沫，鸟因将死而鸣哀。同病相怜，缀河上之悲曲；恐惧置怀，昭《谷风》之盛典[52]。斯则断金由于湫隘，刎颈起于苫盖[53]。是以伍员濯溉于宰嚭，张王抚翼于陈相[54]。是曰穷交，其流四也。

驰骛之俗，浇薄之伦，无不操权衡，秉纤纩，衡所以揣其轻重，纩所以属其鼻息[55]。若衡不能举，纩不能飞，虽颜、冉龙翰凤雏，曾、史兰薰雪白，舒、向金玉渊海，卿、云黼黻河汉，视若游尘，遇同土梗，莫肯费其半菽，罕有落其一毛[56]。若衡重锱铢，纩微影撇，虽共工之蒐慝，驩兜之掩义，南荆之跋扈，东陵之巨猾，皆为匍匐逶迤，折枝舐痔，金膏翠羽将其意，脂韦便辟导其诚[57]。故轮盖所游[58]，必非夷、惠之室[59]；苞苴所入，实行张、霍之家[60]。谋而后动，毫芒寡忒[61]。是曰量交[62]，其流五也。

凡斯五交，义同贾鬻[63]。故桓谭譬之于阛阓[64]，林回喻之于甘醴[65]。夫寒暑递进，盛衰相袭。或前荣而后悴[66]，或始富而终贫，或初存而末亡，或古约而今泰[67]。循环翻覆，迅若波澜。此则殉利之情未尝异[68]，变化之道不得一。由是观之,张、陈所以凶终,萧、朱所以隙末[69],断焉可知矣。而翟公方规规然勒门以箴客[70],何所见之晚乎?

因此五交,是生三衅[71],败德殄义[72],禽兽相若,一衅也。难固易携[73],雠讼所聚,二衅也。名陷饕餮[74],贞介所羞[75],三衅也。古人知三衅之为梗[76],惧五交之速尤[77]。故王丹威子以槚楚[78],朱穆昌言而示绝[79],有旨哉,有旨哉[80]!

近世有乐安任昉[81],海内髦杰[82]。早绾银黄[83],夙昭民誉[84]。遒文丽藻[85],方驾曹、王[86];英跱俊迈[87],联横许、郭[88]。类田文之爱客,同郑庄之好贤。见一善则盱衡扼腕,遇一才则扬眉抵掌,雌黄出其唇吻,朱紫由其月旦[89]。于是冠盖辐凑,衣裳云合,辎軿击辖,坐客恒满。蹈其阃阈,若升阙里之堂;入其隩隅,谓登龙门之阪[90]。至于顾眄增其倍价,剪拂使其长鸣,彯组云台者摩肩,趍走丹墀者叠迹[91]。莫不缔恩狎、结绸缪,想惠、庄之清尘,庶羊、左之徽烈[92]。

及瞑目东粤[93],归骸洛浦[94]。繐帐犹悬,门罕渍酒之彦;坟未宿草,野绝动轮之宾[95]。藐尔诸孤,朝不谋夕。流离大海之南,寄命嶂疠之地[96]。自昔把臂之英[97],金兰之友[98],曾无羊舌下泣之仁[99],宁慕郈成分宅之德[100]。

呜呼!世路险巇,一至于此。太行孟门,岂云崭绝[101]。是以耿介之士,疾其若斯[102];裂裳裹足[103],弃之长骛[104]。独立高山之顶,欢与麋鹿同群,皦皦然绝其雰浊[105],诚耻之也,诚畏之也[106]。

据中华书局影印胡刻《文选》

【注释】 [1] 朱公叔:即朱穆,字公叔。 [2] 奚此之问:何以有这样的问话? [3] "夫草虫"句:《诗经·草虫》:"喓喓(yāo)草虫,趯趯(tì)阜螽(zhōng)。"草虫、阜螽,皆虫名。传说草虫鸣,阜螽跳跃相从。本文引此,言友情可使"异类相应"(《文选》李善注语)。 [4] "雕虎"句:《易经·乾卦·文言》:"风从虎。"《淮南子·天文训》:"虎啸而谷风至。"此句亦以虎啸风起,言异类相应。雕虎:虎皮花纹似雕绘,故云。 [5] "故絪缊"四句:以天地相感,乃有雾涌云蒸之相应,鸟鸣求友,乃有星流电激之相从,喻人间友情感应的迅速。絪缊(yīn yūn),谓元气相互交结。《易经·系辞下》:"天地絪缊,万物化醇。"嘤鸣,《诗经·伐木》:"伐木丁丁,鸟鸣嘤嘤。"郑玄注:"其鸣之志,似于友道。"星流电激,谓友情感应的迅速。 [6] "是以"二句:谓古之良友,休戚与共。是以句,言西汉贡禹与王吉(字子阳)友善。王登朝作官,贡禹为之喜,事见《汉书·王吉传》。罕生句,言春秋时,子皮(罕生)与子产(国子)友善,子皮死,子产为之悲。事见《左传·昭公二十年》。 [7] "且心同"四句:以琴瑟、兰茝、胶漆、埙篪,喻古人音声相求、气味相合、志趣相投、不可分离的友情。心同琴瑟,《诗经·常棣》:"妻子好合,如鼓瑟琴。"郑玄注:"如鼓瑟琴之声,相应和也。"鬱郁,香味浓郁。兰、茝(chǎi),皆香草名。道,为人之道。叶(xié),和协。胶漆,喻友谊坚固。东汉陈重与雷义为友,乡里为之语曰:"胶漆自谓坚,不如雷与陈。"事见《后汉书·雷义传》。婉娈,亲爱之状。埙(xūn)篪(chí),皆乐器名。《诗经·何人斯》:"伯氏吹壎(同埙),仲氏吹篪。"后即连用以喻兄弟和睦。 [8] "圣贤"二句:谓圣贤把古人注重友道的事迹、言语镂刻于金版玉牒、盘盂钟鼎,传之后人。玉牒,玉版。 [9] 若乃四句:言古人交友,唯在心心相印。若乃句,《庄子·徐无鬼》:"郢人垩(白粉)熳其鼻端,若蝇翼,使匠石斫之。匠石运斤成风,听而斫之,尽垩而鼻不伤,郢人立不失容。"辍,停。伯子句,《吕氏春秋·本味》载,伯牙善琴,弹《高山流水》,唯钟子期知其妙。钟子期死,伯牙不复弹琴。伯子,即伯牙。息,停止。流波,指《高山流水》。引,乐调名。范、张句,《后汉书·范式传》载,范式与张劭友善。张劭死,范式于梦中见张劭告以死期、葬期,乃届时奔丧送葬、修坟种树。款款,诚恳貌。下泉,黄泉。尹、班句,李善注引《东观汉记》,东汉尹敏与班彪相厚,每聚谈,常夜以继日,废寝忘食。陶陶,喜悦和乐之貌。永夕,长夜。

[10]“骆驿”四句:谓上述友情佳话,古来不绝,数量甚多,莫可计算。骆驿,亦作“络绎”,连续不绝之状。烟霏雨散,李善注:“众多也。”巧历,精巧的历算家。心计,善于心算者。 [11]“而朱益州”三句:是对朱穆《绝交论》愤激之语的概括。朱益州,朱穆死后,追赠益州太守,故云。汩(gǔ),乱。彝,常、常理、人伦。叙,秩序。粤,同“越”。谟训,古圣贤教导后人的言论。捶,打击。直切:指友朋间直率、恳切的交往。绝,断绝。比黔首二句,把人比作鹰鹯、豺虎。 [12]蒙:蒙昧,“客”自称的谦词。猜:疑惑。 [13]听(yǐn)然:开口笑貌。 [14]“客所谓”四句:喻“朋友之道,随时盛衰”。“今以绝交为惑,是未达随时之义,犹抚弦者未知变响,张罗者不睹云飞,谬之甚也”(李善注)。抚弦,以手按琴弦。徽,琴上音位的标识,此用为动词,指按标识定音位。未达句,谓不懂得空气有燥湿,琴弦有张弛的道理,而一味按徽记定音。《韩诗外传》卷七:“天有燥湿,弦有缓急,柱有推移,不可记也。”沮泽,水泊。 [15]“盖圣人”三句:谓圣人教化天下,随时俯仰,或龙或虫,并不拘守一格。金镜,喻明道。阐,阐扬。风烈,谓风化、教化。骧,腾。蠖,尺蠖,小虫名。道,世道。污隆,犹言盛衰。《礼记·檀弓上》:“道隆则从而隆,道污则从而污。” [16]“日月”二句:谓圣人于盛世则公开赞美友道的深刻意义。联璧,相联的璧玉,喻日月并出,古人以此为盛世迹象。亹亹(wěi),微妙之意。弘,大。致,至,效果。 [17]“云飞”二句:谓圣人于乱世,则以权变的方式申说友道。云飞电薄,喻乱世、衰世。薄,迫。棣华,《论语·子罕》:“唐棣之华,偏其反而。”此取“反而”之义,有变化的意思。 [18]“若五音”四句:谓朱穆深通随时之义,其于乱世,既如变化五音,以成乐章,又如探玄珠于赤水,效圣人而阐扬友道。五音,指宫、商、角、徵、羽五音阶。济,调济,九成,传说中舜时的乐章。或谓泛指九个乐章。乐曲一终为一成。朱生,指朱穆。玄珠,黑色珠子。《庄子·天地》载,黄帝游赤水,遗玄珠于水中。谟,效法。神睿,神明智慧。 [19]“组织”二句:谓友朋间切磋仁义道德,共同促进。组织,编织。 [20]“欢其”二句:谓友朋“居忧共戚,处乐同欢”(李善注)。恤,同情。陵夷,指境况恶化。陵,高阜。夷,平地。 [21]“寄通”二句:谓友朋心神相通,不拘形迹。灵台,指心。遗迹江湖,李善注:“遗迹相忘于江湖之上。”《庄子·大宗师》:“鱼相忘乎江湖之上,人相忘乎道术。”

[22]“风雨”二句:谓真正的友谊,能经受各种考验。风雨,喻乱世。《诗经·风雨》:“风雨如晦,鸡鸣不已。”霜雪,《庄子·让王》:“天寒既至,霜雪既降,吾是以知松柏之茂也。”辍,停止。零,引伸为落下。渝,改变。 [23]斯:此。素交:朴实真诚的友谊。 [24]逮,及,到。叔世,末世、衰世。讹,伪诈。 [25]狙:乘人不备而伤之。飙(biāo):狂风。 [26]“溪谷”二句:谓人心之险,深不可测。溪谷句,《庄子·列御寇》:“孔子曰:‘凡人之心,险于山川,难于知天。’”鬼神句,董仲舒《士不遇赋》:“鬼神不能正人事之变戾。”逾,超过。 [27]毛羽、锥刀:喻微小之利。 [28]利交:交游以利己为原则。 [29]蚩蚩:纷乱之状。 [30]“鸟惊”句:不独鸟为之惊,雷亦为之所骇。 [31]“然则”二句:谓利交同源于利己,表现却有不同。[32]较:明。 [33]钧:重于。董、石:西汉宠臣董贤、石显。梁、窦:东汉外戚梁冀、窦宪。 [34]“雕刻”二句:谓权势倾天地,可任意奴役百工、驱使万物。李善注:“雕刻炉捶,喻造物也。覆天载地,刻雕众形而不为巧。”[35]“吐漱”二句:谓吐漱呼吸之间,可以兴云雨、下霜露,喻权势重也。[36]“九域”二句:谓“九州之人,四海之士,皆惧其威风之盛也”(李善注)。九域,九州,指全国。耸其风尘,望其风尘,耸然而惧。叠,叠足而立,竦惧之状。熏灼,势焰逼人。 [37]靡:无。影、响:权势者的形影、声音。星奔、川骛:喻趋炎附势者的奔若流星,驰如川流。藉,凭藉。骛,奔驰。 [38]“鸡人”四句:谓在权势者的门前,天始明,大小官吏的车盖便已密布成荫;门始开,车马更如流水般地涌来。鸡人,古代报时的官吏。鹤盖,刘桢《鲁都赋》:“盖如飞鹤。”盖,官吏车上的车盖。轸,车后横木。 [39]“皆愿”四句:谓奉迎权势者为博取信任,不惜赌咒发誓,愿为对方捐弃身家性命。摩顶至踵,从头顶到脚跟,都已摩伤。此形容愿为之效力,不畏劳苦。隳(huī),毁坏。约同句,春秋时,要离为吴王刺庆忌,让吴王断其右手,烧死其妻子,以取得庆忌的信任。事见《吕氏春秋·忠廉》。约,誓约。湛七族,传说荆轲刺秦王不成,燕国乃杀荆轲七族,以求见谅于秦。其说见邹阳《狱中上梁王书》。湛,同“沉”,灭掉。 [40]“富埒”六句:状尽富豪之态。埒(liè),等于。陶,春秋时越国大夫范蠡灭吴后游齐之陶(今山东定陶县西北),经商致富,世称陶朱公。白,白圭,周时富人。与陶朱公事皆见《史记·货殖列传》。巨,大于。程,程郑,汉时临邛富人。罗,罗褒,汉时成都富人。与程郑事皆见《汉书·货殖列传》。擅,专有。铜陵,铜山。汉文帝赐铜山与邓通,任其铸钱,邓通因之大

富。见《汉书·佞幸传》。金穴,汉光武帝郭后弟郭况屡蒙赏赐,京师号其家为“金穴”。见《后汉书·光武郭皇后纪》。闬(hàn),闾门、里门。里闬即里巷。鸣钟,鸣钟会食。　[41] 绳枢:以绳拴门。枢,户枢。　[42]“冀宵烛”六句:写贫穷之士为乞求富者余惠,如鱼之群聚、鸟之踊跃。冀宵烛句,《战国策·秦策二》载,江上处女共绩,贫者无烛,求富者分以余光。邀,求。润屋,代指富家。《礼记·大学》:“富润屋。”微泽,微小的恩泽。凫,凫雁。飒沓,盛多貌。鳞,指代鱼。萃,集。分雁鹜句:希求分得富家喂雁鹜的余粮。斝(jiǎ),酒器。沥,滴。　[43]“衔恩遇”四句:描画贫者分得余惠后,向富者表白忠诚的丑态。款诚,恳切忠诚。援,引、指。示心,表明心迹。白水,《左传·僖公二十四年》:“公子(重耳)曰:‘所不与舅氏同心者,有如白水。’”旌,表彰,此有夸耀之意。信:信用。　[44] 贿:财货。　[45] 陆大夫:指陆贾,有辩才,汉高祖时拜太中大夫,陈平赠钱五百万为宴会费用,名声因之大振。见《汉书》本传。西都:长安。郭有道:指东汉郭泰,善谈论,德望甚高。举“有道”(汉代选举科目的一种),不就,人称“郭有道”。人伦:指郭泰善谈人伦,不作危言耸听。东国:东汉国都洛阳。籍甚:盛大。此指名声大。“搢绅”句:当时名流李膺与郭泰同舟渡河,送行者观之若神仙。见《后汉书》本传。
[46]“加以”四句:形容谈士的神态和雄辩。顉(qīn)颐蹙頞(è),缩腮耸鼻。顉,紧缩。颐,腮。蹙,皱。頞,鼻梁。黄马,《庄子·天下》中所载战国名家惠施的名辩命题,此指代名理之辩。剧谈,激烈的论辩。碧鸡,西汉王褒有《碧鸡颂》,其文辩丽。冯衍《与邓禹书》以为“写神输意,则聊城之说,碧鸡之辩,不足难也”。　[47]“叙温郁”五句:形容谈士可以任意影响事实,褒贬人物。郁,同“燠”,温暖。暄,暖。严,风寒霜重谓之严。苦,急。零,落。飞沉,升降。顾指,轻微的暗示。　[48]“于是”八句:谓王孙公子附庸风雅,借与谈士交往而扬名。弱冠,指刚刚成年。《礼记·曲礼上》:“二十曰弱,冠。”绮纨,织有暗纹的细绢,古代贵族所服。道,指学问道德。挂,挂齿。通人,指博览古今者。声,名声。遒,有力,此犹言震动。云阁,高阁,此指朝廷。鳞翼,龙鳞凤翼。丐其余论,乞取他人言论。驵(zǎng)骥,好马。旄端,毛端。李善注引《张敞集》:“苍蝇之飞,不过十步;托骥之尾,乃腾千里之路。”轶,超过。碣石,地名,在今河北东海边。　[49] 阳舒阴惨:喻人生境况的好坏及与之相应的心情。　[50] 忧合欢离:指人情忧则相合,欢则相离。　[51] 品物:万物,此指人。恒性:常性。　[52]“故鱼”六句:谓人在危苦恐惧之

中,易于相亲,显赫安乐之时,易于相弃。故鱼句,《庄子·大宗师》:"泉涸,鱼相处于陆,相呴以湿,相濡以沫。"涸,水干。煦(xǔ),嘘气。鸟因句,《论语·泰伯》:"鸟之将死,其鸣也哀;人之将死,其言也善。"缀,连。此指作。河上之悲曲,春秋时,伯嚭奔吴,伍子胥请以为大夫。人问子胥:"何见而信嚭?"子胥说:"吾之怨与嚭同。子闻河上之歌乎?'同病相怜,同忧相救。'"后伯嚭得势,谗害伍子胥。事见《吴越春秋·阖闾内传》。昭,显出。谷风,《诗经·小雅·谷风》:"将恐将惧,置予于怀。将安将乐,弃予如遗。"此为弃妇之诗。

[53] 断金:《易经·系辞上》:"二人同心,其利断金。"湫隘:低狭之地。湫(jiǎo),低。刎颈:谓生死之交。苫(shān):编茅盖屋。　[54] 伍员:即伍子胥。濯溉:灌溉,喻培植。宰嚭:伯嚭官至太宰,故云。张王:即张耳,归项羽后封为常山王,故云。抚翼:庇护。陈相:即陈余,曾为赵国相,故云。张耳庇护陈余事,见《汉书·张耳陈余列传》。后陈余得势,打击张耳。此与伍子胥、伯嚭事皆属"忧合欢离"之类,即作者下文所说的"穷交"。　[55]"驰骛"六句:谓奔竞势利者与人交,首先要估衡对方分量,揣摸对方意图。驰骛之俗,指奔走权势的世俗之徒。浇薄,不忠厚。伦,辈。操,持。权,秤锤。衡,秤杆。纤纩,细微的丝绵。揣,量。轻重,指对方的权势大小。属其鼻息,古人把细丝绵置于将死者的鼻孔外以探其呼吸。此喻窥察对方的微小动向。属,接触。　[56]"若衡"十句:谓对道德文章虽属一流而毫无权势者,势利之徒皆不屑一顾。颜、冉,孔子弟子颜回、冉求,史称"大贤"。龙翰,汉代郦原的称号。凤雏,三国时庞统的称号。此以龙翰、凤雏喻颜、冉德才并茂。曾、史,孔子弟子曾参、史鱼。曾事亲至孝;史为卫国贤大夫。兰薰雪白,形容其德行香如兰、白似雪。舒、向,西汉学者董仲舒、刘向。金玉,谓文比金玉。渊海,谓学问渊博。卿、云,西汉赋家司马相如(字长卿)、扬雄(字子云)。黼黻(fǔ fú),古代礼服刺绣的花纹。此喻文采。河汉,喻辞藻丰富。游尘,浮动的尘土。土梗,土块与草梗。菽,大豆。　[57]"若衡"十句:谓对有权势的大奸巨滑,势利者趋奉唯恐不及。锱铢,古代以二十四铢为一两,六铢为一锱。彯撇,微微掀动。彯,同"飘"。共工、驩兜,传说中的尧臣,凶顽荒淫,为舜放逐。此喻权奸。蒐(sōu),隐蔽。慝,恶。掩,遮掩。南荆,楚地。此指战国楚国大盗庄跻。东陵,齐地。此指战国齐鲁间大盗盗跖。猾,乱。匍匐(pú fú),爬行。折枝,按摩肢体。枝,同"肢"。舐(shì)痔,《庄子·列御寇》:"秦王有病,召医……舐痔者得车五乘。"金膏,金液。翠羽,翠色的羽毛。此指珍贵

之物。将其意,表明其敬意。脂,厚油。韦,熟制的皮革。便辟(pián bì),曲意谄媚。导其诚,表现其忠诚。 [58] 轮盖:车轮车盖,此指车。[59] 夷、惠:古代高士贤人伯夷、柳下惠。 [60] 苞苴(jū):裹鱼肉的草包。此借指贿赂。张、霍:汉代权臣张安世、霍光。 [61] 谋:计算。毫芒:喻细微。寡:少。忒(tè):差错。 [62] 量交:度量对方轻重,论其交游深浅。 [63] 贾(gǔ):买。鬻(yù):卖。 [64] 桓谭:汉代思想家。阛阓(huán kuì):市场。据李善考证,桓谭《新论》中并无此语。《战国策》有谭拾子"以市喻交"之论,桓谭当是谭拾之误。 [65] 林回:殷人。《庄子·山木》:"林回曰:……君子之交淡若水,小人之交甘如醴。"醴(lǐ):甜酒。[66] 荣:繁荣。悴:衰败。 [67] 约:贫穷。泰:安乐。 [68] 殉利:为利而死。 [69] 张、陈:张耳、陈余始为刎颈之交,后二人交恶。张耳降汉,与韩信破赵,杀陈余,故云"凶终"。萧、朱:汉代萧育与朱博始为友,后朱博位至丞相,萧育不过九卿,乃怨朱博引荐不力,心生怨恨。见《汉书》本传。隙末:末后生怨隙。 [70] 翟公:西汉翟方进作廷尉时宾客盈门,罢官后门可罗雀。后复职,宾客又来,翟在门上写道:"一死一生,乃知交情;一贫一富,乃知交态;一贵一贱,交情乃见。"事见《汉书·郑当时传》。勒:指题写。箴:规讽。 [71] 衅(xìn):间隙,破绽,此指弊病。 [72] 殄(tiǎn):毁灭。[73] "难固"句:谓友谊难以巩固,易于破裂。携,叛离,分裂。 [74] 饕餮(tāo tiè):古代传说中的贪食之兽,此指贪求无餍。 [75] 贞介:正直耿介之士。 [76] 梗:病,此指弊病。 [77] 速:促使。尤:过错。[78] 王丹:东汉人。其子有同学丧亲,将往吊唁。王丹认为不应轻率交友,以免不能善始善终,乃禁子往,并责打之。事见《后汉书》本传。威:威禁。槚(jiǎ)楚:亦作"夏楚",皆植物名,此指打人的杖。 [79] 昌言:善言,指朱穆《绝交论》。 [80] 有旨:谓意味深长。旨,意思,意义。 [81] 乐安任昉:任昉,乐安博昌(今山东寿光)人。六朝文学家。仕宋、齐、梁三代,位终新安太守。为官清廉,不营家产。 [82] 髦:俊。 [83] 绾(wǎn):系。银黄:银印黄绶,此指代高级官职。 [84] 夙:早。昭:昭著、显著。民誉:人们的称赞。 [85] 遒:美。 [86] "方驾"句:与曹植、王粲并驾齐驱。 [87] "英跱"句:俊伟不凡之意。跱,李善注以为当作"特"。[88] 联横:谓平行、同列。许、郭:东汉许劭、郭泰、以道德文章名世,又善赏识人才。 [89] "类田文"六句:极渲染任昉的爱客好贤及其评议人物的巨大影响，为下文“利交”者的趋之若鹜作好铺垫。田文，战国齐公子孟尝君，以好客著称。郑庄，汉代郑当时，字庄，善接纳、举荐贤才。盱(xū)，张目上视。衡，眉上为衡。扼腕，握持手腕。抵掌，拍手，快意状。雌黄，矿质颜料，古人抄书时用以涂改错字，后引申为评论。朱紫，喻人品的高下。朱，正色。紫，杂色。月旦，汉末许劭兄弟常于每月初一品评乡里人物，谓之“月旦评”。后世乃以之指代评论。 [90]“于是”八句：谓“利交”者趋奉任昉的目的，意在博得美誉。辐凑，形容宾客车马如辐之向轴，集中于任昉居所。辐，车轮的辐条。凑，集中。云合，如云之聚拢，形容门下宾客众多。辎軿，此泛言车辆。辎(zī)，车后辕，又指重车。軿(píng)，车衣，亦指轻车。击轊(huì)，谓车辆杂凑，轴头相击。轊，车轴头。恒，常。阃阈(kǔn yù)，门坎。阙里，孔子的乡里。隩(ào)隅，指房屋中的角落。龙门，地名，黄河经过山西、陕西峡谷时的险峻之处。传说鱼由此跃过，便能成龙。汉末李膺为清流领袖，有幸被他接待者号称“登龙门”。见《后汉书》本传。阪，坡。 [91]“至于”四句：以伯乐喻任昉，谓经其看顾、推举者皆身价倍增、飞黄腾达。顾眄(miàn)，回头看。传说有人卖骏马于市，三日人莫与言。后伯乐“还而视之，去而顾之”，马价顿增十倍。见《战国策·燕策二》。剪拂，指整理马毛。长鸣，传说有千里马拉盐车上太行，至中坂负辕不得上。伯乐遇之，下车抚而哭，解衣覆盖之。“骥于是俛而喷，仰而鸣，声达于天。”组，印绶，即系官印的丝绳。云台，汉台阁名，汉明帝绘前世二十八功臣像于此。因其台高，故称。丹墀(chí)，宫殿前的方石台阶，漆为红色，故名。摩肩、叠迹，皆言其人之多。 [92]“莫不”三句：谓“利交”者向任昉极表亲密与忠诚。缔恩狎、结绸缪，与之缔结亲密的关系。狎、绸缪，皆亲密之意。想，向往。惠、庄，战国惠施与庄子，为论辩中的朋友。清尘，犹言流风余韵。庶，希冀。羊、左，春秋时羊角哀、左伯桃为生死之交。二人闻楚王贤，入楚。途中遇雨雪，衣薄粮少。左以羊贤于己，乃解衣推食，自入空树而死。事见李善注引《烈士传》。徽，美。烈，业。
[93] 瞑目：指死。东粤：指广东新安。 [94] 归骸：指运回骸骨。洛浦：洛水之滨。此指扬州。西晋建都洛阳。东晋迁金陵后，南朝人仍把金陵一带比作洛阳。当时金陵属扬州。 [95]“繐帐”四句：谓任昉死后，当年的趋奉者中，少有前来吊丧的人。繐帐，灵帐。渍酒，汉代徐穉为人吊丧，事前以絮浸酒，干后用以裹鸡。到丧家时再用水泡开，酒气蒸腾，以尽哀思。见李善注引谢承《后汉书》。彦，贤才。宿草，经年之草。《礼记·檀弓上》孔颖达疏

曰:"宿草,陈根也,草经一年则根陈也。朋友相为哭一期,草根陈乃不哭也。"动轮之宾,用东汉范式素车白马吊张劭故事。见《后汉书》本传。 [96] 藐尔:弱小状。孤:指任昉遗孤。大海之南:指广东。寄命:托身。嶂疠:同"瘴疠",南方湿热地区流行的瘟疫疾病。 [97] 把臂:挽臂。亲密之状。 [98] 金兰:古人以金、兰喻友情深厚。 [99] 羊舌:春秋时叔向,姓羊舌氏,与司马侯为友。司马侯死后,叔向见其子,"抚而泣之",感叹没有可与自己共事的人。事见李善注引《春秋外传》。 [100] 郈(hòu)成:春秋时人,与右宰毂臣为友。毂臣死,郈成分出住宅俸禄,供养其妻子。事见《孔丛子》。 [101] "险巇"四句:谓世道人心,险于太行、孟门。险巇,危险。太行、孟门,皆高山名。崭(zhǎn)绝,险峻不可攀。 [102] 疾:痛恨。 [103] "裂裳"句:墨子为阻止楚国攻宋,急急赶路。脚磨破了,撕裂裙裳而裹之。 [104] 长骛:去而不返。 [105] 皦皦(jiǎo)然:洁白貌。绝:断绝。雰浊:秽浊之气。雰,同"氛"。 [106] 诚:确实,的确。

谢 朓

谢朓(464—499),字玄晖,陈郡阳夏(今河南太康附近)人。与谢灵运同族,故有"小谢"之称。出身世家豪门,少时即有文名。风姿俊美,性格豪放,交游颇广。曾掌中书诏诰,还曾任宣城太守,故又称"谢宣城"。当齐东昏侯萧宝卷废立之际,在统治阶级内部争权夺位的斗争中,因不肯依附齐始安王萧遥光,被陷害下狱死。谢朓与沈约同时而齐名。他们的诗作讲求声韵格律,号称"永明体",也称"新体诗"。梁简文帝萧纲赞之为"文章之冠冕,述作之楷模"。谢朓继承了谢灵运的山水诗风,清新自然,朗畅秀美。沈德潜称赞他"灵心秀口"(《古诗源》),严羽说他的诗"已有全篇似唐人者"(《沧浪诗话》),实不为过。他的诗对唐代诗人产生过较大影响。有《谢宣城集》。

暂使下都夜发新林至京邑赠西府同僚

【题解】 随王萧子隆在荆州,好辞赋。谢朓任随王府文学,才高文卓，甚得子隆赏爱。但由于长史王秀之嫉妒谗毁，谢朓被齐武帝召还京都，于是作此诗赠西府同僚。诗中抒发了留恋不舍的情意和忧谗畏讥的心情。“暂使下都”谓短期奉命任随王府文学。“下都”指荆州，因属藩国都城，故称。“新林”即新林浦，在今南京西南。“京邑”指齐的京城建康(今南京)。“西府”指荆州随王府。

大江流日夜，客心悲未央[1]。徒念关山近，终知反路长[2]。秋河曙耿耿，寒渚夜苍苍[3]。引顾见京室，宫雉正相望[4]。金波丽鳷鹊，玉绳低建章[5]。驱车鼎门外，思见昭丘阳[6]。驰晖不可接，何况隔两乡[7]！风云有鸟路，江汉限无梁[8]。常恐鹰隼击，时菊委严霜[9]。寄言罻罗者，寥廓已高翔[10]。

【注释】 [1] 大江：指长江。流日夜：日夜流不停。未央：不已，不止。[2] “徒念”二句：说离京都愈近，而离荆州愈远。关山，指京都的关山。反路，指返回荆州的路。反，同“返”，回。 [3] 河：银河。曙：天刚亮。耿耿：曙色微明的样子。渚：水中小洲。苍苍：夜色苍茫的样子。 [4] 引顾：一作“引领”，即伸长脖子远望。宫雉：宫墙。雉，城墙。 [5] 金波：指月光。丽：附丽，这里指照耀。鳷(zhī)鹊：汉代观名，这里代指齐都的台观。玉绳：星名。建章：汉代宫名，这里代指齐都的宫殿。 [6] 鼎门：《文选》李善注引《帝王世纪》：“春秋，成王定鼎于郏鄏，其南门名定鼎门。”这里代指齐都的南门。“思见”句：说自己心中怀念着荆州。昭丘，楚昭王墓，在荆州。阳，指昭丘的南面。 [7] “驰晖”二句：说自己连荆州的阳光尚且不能见到，何况相隔两地的人呢！驰晖，指阳光。接，承接。两乡，指荆州和齐都。[8] 江汉：长江和汉水。限：断限，隔绝。无梁：谓没有桥梁可通。 [9] 鹰隼(sǔn)：两种猛禽，以喻凶险邪恶的人。时菊：秋天的菊花，作者自喻。委：通“萎”，枯萎，衰颓。 [10] 罻(wèi)罗者：张设罗网捕鸟的人，喻耍弄计谋害人者。“寥廓”句：说自己幸而已远走高飞，可以避祸了。寥廓，天空辽阔高远的样子。

之宣城郡出新林浦向版桥

【题解】 本篇作于诗人赴宣城太守任途中,抒发了自己虽倦于行旅而欣离嚣尘的心情,流露出避祸全身的思想。之,往。宣城郡,在今安徽宣城。版桥:一作“板桥”,即板桥浦,在今南京西南。“版”通“板”。《文选》李善注引《水经注》:“江水经三山,又幽浦出焉。水上南北结浮桥渡水,故曰版桥浦,江又北经新林浦。”

江路西南永,归流东北骛[1]。天际识归舟[2],云中辨江树。旅思倦摇摇[3],孤游昔已屡。既欢怀禄情,复协沧洲趣[4]。嚣尘自兹隔,赏心于此遇[5]。虽无玄豹姿,终隐南山雾[6]。

【注释】 [1] 永:长。归流:指流入大海的江水。骛(wù):驰骛,奔流。 [2] 天际:天地交接之处。 [3] 摇摇:心情不定的样子。 [4] “既欢”二句:说去宣城赴任,既可得到官禄,又符合隐居的兴趣。怀禄,怀恋俸禄,指做官。协,适合。沧洲趣,隐居的兴趣。沧洲,古时指隐者所居之地。 [5] 嚣尘:指纷纷扰扰的尘世。赏心:指内心欣赏的事物。 [6] “虽无”二句:《列女传》载,陶答子妻说,南山有玄豹,隐于雾中,七日不食,是为了泽其衣毛,成其文章。此处说,自己虽然没有玄豹的英姿美质,但现在远离京都是非之地,也如玄豹之隐于南山雾中,可以幽居避害了。

晚登三山还望京邑

【题解】 本篇写晚登三山所见的春色美景和遥望京邑所引起的怀乡之情。三山,在今南京西南长江南岸,上有三峰,南北相连。还望,回头眺望。京邑,指齐都建康(今南京)。

灞涘望长安,河阳视京县[1]。白日丽飞甍,参差皆可见[2]。余霞散成绮,澄江静如练[3]。喧鸟覆春洲,杂英满芳甸[4]。去矣方滞淫,怀哉罢欢宴[5]。佳期怅何许,泪下如流霰[6]。有情知望乡,谁能缜不变[7]?

以上据中华书局影印胡刻《文选》

【注释】 [1]“灞涘”句:化用王粲《七哀诗》“南登霸(一作“灞”)陵岸,回首望长安”句,指望京城建康。灞,灞水。涘(sì),岸边。“河阳”句:化自潘岳《河阳县作二首》(其二)“引领望京室”句,借指望建康。河阳,县名,在今河南孟县西。 [2]丽:用作动词,谓日光照耀使得色彩明丽。飞甍(méng):飞耸的屋檐。参差:高低不平的样子。 [3]“余霞”二句:说仰望天空,但见晚霞铺展开来如同锦缎一般;俯视长江,但见澄清的江水好像长长的白绸。绮(qǐ),锦缎。练,白绸。 [4]喧鸟:唧唧喳喳鸣叫的鸟儿。覆春洲:满春洲,形容其多。覆,盖,满。杂英:杂花。芳甸:芬芳的郊野。 [5]“去矣”二句:谓离开了家乡啊,我将在外地久留;多么想念啊,那停止了的故乡的欢乐游宴。一说可解为:我离开了家乡,将在外地久留;因怀念故乡的缘故,无心欢乐,便停止了宴会。方,将。滞淫,久留。怀,想念。罢,停止。欢宴,指过去在故乡欢乐的游宴生活。 [6]佳期:指回到京邑的日期。何许:几许,多少。霰(xiàn):雪粒。 [7]“有情”二句:凡有情之人无不望乡而悲,谁能不白了头发呢?缜,同“鬒(zhěn)”,黑发。

吴　均

吴均(469—520),字叔庠,吴兴故鄣(今浙江安吉西北)人。出身寒微,有才学。梁武帝时为奉朝请,撰《齐春秋》,武帝恶其实录,焚稿免职;奉诏撰《通史》,未竟而卒。吴均多耿介之气,故武帝尝云:“吴均不均,何逊不逊。”(见《南史·何逊传》其文清拔有古气,时号“吴均体”。有集二十卷。事见《梁书·文学传》、《南史·文学传》。

与宋元思书

【题解】 题名原作“与朱元思书”，黎经诰《六朝文絜笺注》说：“‘宋’一作‘朱’，非。案宋元思，字玉山。刘峻有《与宋玉山元思书》。”今据改。作者描绘了沿富春江由富阳而至桐庐的秀丽景色，模山范水，移步换景：时而碧潭游鱼，时而奔湍似箭，时而群峰争高，时而蝉鸟争鸣。此情此景，令奔竞仕途者息心，令心缠机务者忘返。文字清丽，饶有理趣。

风烟俱净，天山共色，从流飘荡，任意东西。自富阳至桐庐[1]，一百许里，奇山异水，天下独绝。水皆缥碧[2]，千丈见底；游鱼细石，直视无碍。急湍甚箭[3]，猛浪若奔，夹岸高山，皆生寒树。负势竞上[4]，互相轩邈[5]，争高直指，千百成峰。泉水激石，泠泠作响[6]；好鸟相鸣，嘤嘤成韵[7]。蝉则千转不穷[8]，猿则百叫无绝。鸢飞戾天者[9]，望峰息心；经纶世务者[10]，窥谷忘反。横柯上蔽[11]，在昼犹昏；疏条交映[12]，有时见日。

据明刻本《汉魏六朝百三名家集》

【注释】 [1] 富阳、桐庐：均为地名，在今浙江。 [2] 缥：苍青色。 [3] 急湍：流得很急的水。甚箭：比箭还要快。 [4] 负势：恃势。势，指山水的形势。 [5] 轩：高。邈：远。 [6] 泠泠(líng)：清脆的水声。 [7] 嘤嘤(yīng)：鸟鸣声。 [8] 转：同“啭”。 [9]“鸢飞”句：在这里比喻“经纶世务者”。鸢(yuān)，鹰类猛禽。戾：至，到。语出《诗经·大雅·旱麓》“鸢飞戾天，鱼跃于渊”。 [10] 经纶：经营。世务：侧重指政务。 [11] 柯：树枝。 [12] 条：枝条。

何　逊

何逊(？—518),字仲言,东海郯(今山东郯城西南)人。幼而能诗,二十岁举秀才,历任尚书水部郎、庐陵王记室等职。他在当时声誉颇高,甚得萧衍、沈约等赞赏。其诗作不多,但善于写景抒情,精巧秀丽,音韵谐美,对唐代格律诗影响较大。有辑本《何记室集》。

慈　姥　矶

【题解】 慈姥矶,在今安徽当涂北。作者离家远行,友人送至慈姥矶下。本篇写作者的所见所感,抒发了去乡之忧和离别之情。

暮烟起遥岸,斜日照安流[1]。一同心赏夕[2],暂解去乡忧。野岸平沙合,连山远雾浮。客悲不自已[3],江上望归舟。

【注释】 [1] 安流:缓缓流动的平静江水。　[2] "一同"句,说与友人一起会心地欣赏江上的晚景。　[3] 客:身在他乡的人。这里是作者自谓。

相　　送

【题解】 作者千里孤游,友人深情相送,本篇即留赠送行者。诗中抒写了客游的百感交集,描绘了江风初起、江雨欲来的景色。

客心已百念,孤游重千里[1]。江暗雨欲来,浪白风初起。

以上据明刻本《汉魏六朝百三名家集》

【注释】 [1] 百念:犹百感交集。孤游:孤身远游。重千里:加上在千里之外。重，加上。

阴　铿

阴铿，字子坚，生卒年不详，武威姑臧（今甘肃武威）人。在梁做过湘东王法曹参军，入陈官至晋陵太守、员外散骑常侍。史载其博览史传，工五言诗，善于描写山水。风格清新秀丽，与何逊并称。有《阴常侍集》。

江津送刘光禄不及

【题解】 江津，即河津，水上渡口。刘光禄，指刘孺，曾为湘东王长史，后为王府记室、散骑侍郎、兼光禄卿。本篇是一首送别诗。写诗人追送刘光禄而没有赶上，独立江边，目送帆影远去的无限惆怅心情。

依然临送渚，长望倚河津。鼓声随听绝[1]，帆势与云邻。泊处空余鸟，离亭已散人。林寒正下叶，钓晚欲收纶[2]。如何相背远，江汉与城闉[3]。

【注释】 [1] 鼓声：古时开船打鼓为号。鼓声已听不见，即谓船行已远了。一说“鼓声”指“鼓枻（荡桨）”之声。　[2] 下叶：落叶。纶：钓丝。[3] “江汉”句：说自己与刘光禄一往江汉，一归城门。闉（yīn），城门外的曲城，这里即指城门。

晚出新亭

【题解】 本篇是一首纪行诗。作者抒发了离愁别绪，感慨行踪不定，有倦归之意。此诗格调俊逸，音韵朗畅，沈德潜称有唐人五律之风。

大江一浩荡，离悲足几重？潮落犹如盖，云昏不作峰[1]。远戍唯闻鼓[2]，寒山但见松。九十方称半，归途讵有踪[3]？

以上据中华书局版《先秦汉魏晋南北朝诗》

【注释】 [1]“潮落”二句：说晚潮降落，波涛汹涌，犹如车马奔驰而来；天空昏暗，秋云变奇峰的壮观也消失不见了。 [2]远戍：远方的边防驻军。鼓：指戍鼓声。 [3]“九十”二句：说一百里路程，已行九十里，还只能说走了一半；现归途正长，哪有一定的行踪呢？九十句，《战国策·秦策五》引逸《诗》：“行百里者半于九十。”讵，岂。

萧　纲

萧纲(503—551)，即梁简文帝，梁武帝第三子，字世缵，南兰陵(今江苏常州)人。为太子十九年，于太清三年(549)即帝位。在位二年，为叛将侯景所杀。他主张“立身先须谨重，文章且须放荡”，为太子时，与徐摛、庾肩吾等提倡“宫体诗”，风靡一时。萧纲是“宫体诗”代表作家之一，其今存诗作，吟咏艳情者约占三分之一。有辑本《梁简文帝集》。

咏内人昼眠

【题解】 这是一首典型的“宫体诗”。内人，宫女，作者以赏玩的态度，沉溺于女性色相的描绘，而缺乏与女性心灵世界的沟通，终不免“文艳用寡”，“体穷淫丽”(《南史·梁本纪》)，陷于轻薄。

北窗聊就枕，南檐日未斜。攀钩落绮障，插捩举琵琶[1]。梦笑开娇靥，眠鬟压落花[2]。簟文生玉腕[3]，香汗浸红纱。夫壻恒相伴，莫误是倡家。

据中华书局版《先秦汉魏晋南北朝诗》

【注释】 [1] 攀钩：拉下帐钩。攀，拉。绮障：有花纹的丝织帐子。绮，有花纹的丝织品。障，通“帐”，帷帐。捩(lì)：琵琶的拨子。 [2] 娇靥(yè)：娇媚的酒窝儿。鬟(huán)：古代妇女梳的环形的发结。 [3] “簟文”句：说“内人昼眠”多时，其白嫩的手腕一直压在竹席上，以致手腕上印出竹席的花纹。簟(diàn)，竹席。

徐 陵

徐陵(507—583)，字孝穆，东海郯(今山东郯城西南)人。父徐摛为梁晋安王咨议。晋安王立为太子后，以徐陵为东宫学士，后迁散骑侍郎。入陈，官至光禄大夫、太子少傅。徐陵八岁能文，十三岁通老、庄，博通经史，纵横有辩才，史称“一代文宗”。时与庾信齐名，诗文流丽轻艳，世称“徐庾体”。徐陵与其父徐摛均为著名宫体诗人。其宫体之作，颇类萧纲；边塞诗歌，近乎闺情。编有《玉台新咏》，是《文选》之后现存最早的诗歌总集。有辑本《徐孝穆集》。

长 相 思 (二首)

【题解】 《长相思》属乐府《杂曲歌辞》。徐陵所作《长相思》共二首，写思妇对戍边征夫的绵绵思念之情。其格调略近北朝乐府民歌的风致，不似宫体之缠绵密丽，可见作者对北方文学有所借鉴，诗歌内容和风格也有所变化。

长相思,望归难,传闻奉诏戍皋兰[1]。龙城远,雁门寒[2],愁来瘦转剧,衣带自然宽。念君今不见,谁为抱腰看?

【注释】 [1] 皋兰:山名,在今甘肃兰州。 [2] 龙城:匈奴祭天,大会诸部处。其地在今蒙古境内。雁门:郡名,东汉时治所在阴馆(今山西代县西北),三国魏移治广武(今山西代县西),隋初废。

长相思,好春节,梦里恒啼悲不泄[1]。帐中起,窗前咽。柳絮飞还聚,游丝断复结。欲见洛阳花,如君陇头雪[2]。

以上据中华书局版《乐府诗集》

【注释】 [1] "梦里"句:说因为长久思念戍边的征夫,睡梦里也常常啼哭,内心的悲苦怎么也散发不开。 [2] 陇头:陇山头。陇山,又叫陇坂、陇首,在今陕西陇县西北,绵亘于山西陇县和甘肃清水、静宁等地。

王褒

王褒(513? —576),字子渊,琅邪临沂(今属山东)人。原为梁朝重臣,袭爵南昌县侯。随梁元帝降于西魏,与庾信并受重用,授车骑大将军、仪同三司。北周时官至内史中大夫,授太子少保,迁小司空,出为宜州刺史。王褒博涉史传,早有文名。入北后文风有所改变,与庾信齐名。今存诗多为在北朝做官时所作,描写边塞风光,寄寓故国之思,风格质朴苍劲,有辑本《王司空集》。

渡河北

【题解】 本篇写作者北渡黄河的所见所感,表露了初入北方的复杂心理，抒发了触景思乡的悲凉之情。

秋风吹木叶，还似洞庭波[1]。常山临代郡，亭障绕黄河[2]。心悲异方乐，肠断《陇头歌》[3]。薄暮临征马，失道北山阿[4]。

据中华书局版《先秦汉魏晋南北朝诗》

【注释】 [1]“秋风”二句：《楚辞·九歌·湘夫人》：“嫋嫋兮秋风，洞庭波兮木叶下。”此指作者北渡黄河，但见河上秋风起，树叶纷纷落，恍然而觉似南方故国的风景。 [2]常山：本名恒山，汉代避文帝刘恒讳改。为五岳中的北岳。在今河北曲阳西北。代郡：在今河北蔚县东北。亭障：古代为防守边境而用土石修筑的堡垒。 [3]异方：指北方。乐：音乐，乐歌。《陇头歌》：乐府“鼓角横吹曲”之一。《乐府诗集》载《陇头歌辞》三首，其三：“陇头流水，鸣声幽咽。遥望秦川，心肝断绝。” [4]薄暮：傍晚。临：这里指乘，骑。失道：迷路。阿：山的转弯处。

庾信

庾信（513—581），字子山，南阳新野（今河南新野）人。出身贵族，其父庾肩吾为梁太子中庶子，官度支尚书。庾信自幼出入梁朝宫廷，与徐陵同为宫廷文人，善作宫体诗，风格华艳靡丽。侯景叛乱，梁都建康失守，他逃往湖北江陵，辅佐梁元帝。后奉命出使西魏，其间梁亡，被西魏强留长安，至死未能回到南朝。北周代魏后，他更被重视，官高位显，但因国破家亡，羁旅北地，内心痛苦，常有“乡关之思”。故其后期作品萧瑟悲凉，迥异于早期之作。庾信艺术造诣颇高，可谓集六朝之大成，在文学史上有承前启后之功。有《庾子山集》。

哀江南赋序

【题解】《哀江南赋》是庾信晚年的名作。据《北史》本传载，庾信滞留北地，“虽位望通显，常作乡关之思，乃作《哀江南赋》，以致其意”。“哀江南”取自《楚辞·招魂》“魂兮归来哀江南”句。梁武帝都建邺，元帝都江陵，均在江南，故借以为题。该赋以作者自身遭遇为线索，生动而真实地概括了梁朝由盛而衰的历史，揭露了梁朝政治的腐败，统治集团的昏庸无能和争权夺利给国家、人民带来的灾难与痛苦，抒发了作者的故国之思，饱含着作者对乱离中人民的同情。这里选录的是该赋的序言。序中说明作赋意图、背景并概括了赋的基本内容。序用骈文的艺术形式，大量用典使事，倾诉难言之隐，抒写复杂的思想感情。写得气韵恢宏，“凄怆伤心”，动人肺腑。正如杜甫在《咏怀古迹》中所称：“庾信生平最萧瑟，暮年诗赋动江关！”

粤以戊辰之年[1]建亥之月[2]，大盗移国，金陵瓦解[3]。余乃窜身荒谷，公私涂炭[4]。华阳奔命，有去无归[5]。中兴道销，穷于甲戌[6]。三日哭于都亭[7]，三年囚于别馆[8]，天道周星，物极不反[9]。傅燮之但悲身世[10]，无处求生；袁安之每念王室[11]，自然流涕。昔桓君山之志事，杜元凯之平生，并有著书，咸能自序[12]。潘岳之文采，始述家风；陆机之辞赋，先陈世德[13]。信年始二毛[14]，即逢丧乱，藐是流离，至于暮齿[15]。燕歌远别[16]，悲不自胜；楚老相逢，泣将何及[17]。畏南山之雨，忽践秦庭[18]；让东海之滨，遂餐周粟[19]。下亭漂泊，高桥羁旅[20]。楚歌非取乐之方，鲁酒无忘忧之用[21]。追为此赋，聊以记言，不无危苦之辞，唯以悲哀为主。

日暮途远，人间何世。将军一去，大树飘零；壮士不还,寒风萧瑟[22]。荆璧睨柱,受连城而见欺[23];载书横阶,捧珠盘而不定[24]。钟仪君子,入就南冠之囚[25];季孙行人,留守西河之馆[26]。申包胥之顿地,碎之以首[27];蔡威公之泪尽,加之以血[28]。钓台移柳,非玉关之可望[29];华亭鹤唳,非河桥之可闻[30]!

孙策以天下为三分,众才一旅[31];项籍用江东之子弟,人唯八千[32]:遂乃分裂山河,宰割天下。岂有百万义师,一朝卷甲,芟夷斩伐,如草木焉[33]!江淮无涯岸之阻,亭壁无藩篱之固[34]。头会箕敛者,合纵缔交[35];锄耰棘矜者,因利乘便[36]。将非江表王气,终于三百年乎[37]!是知并吞六合,不免轵道之灾[38];混一车书,无救平阳之祸[39]。呜呼!山岳崩颓,既履危亡之运[40];春秋迭代[41],必有去故之悲。天意人事,可以凄怆伤心者矣!况复舟楫路穷,星汉非乘槎可上[42];风飙道阻,蓬莱无可到之期[43]。穷者欲达其言,劳者须歌其事。陆士衡闻而抚掌,是所甘心[44];张平子见而陋之,固其宜矣[45]!

【注释】 [1] 粤:发语词。戊辰之年:梁武帝太清二年(548)。 [2] 建亥之月:农历十月。 [3] 大盗:窃国篡位者,这里指侯景。移国:易国,篡国。《南史·梁武帝纪》:“太清二年八月戊戌,侯景举兵反。十月,……至建邺。”金陵:梁都城,在今之南京。瓦解:指沦陷。 [4] 窜身:逃亡。荒谷:这里借指江陵。公私:公室私门。涂炭:陷入泥途炭火之中,喻遭受灾难。 [5] 华阳:指江陵。在华山之阳(山南)。梁元帝平定侯景之乱后,都于此。奔命:这里指奉命奔走,出使西魏。“有去”句:庾信于梁元帝承圣三年(554)出使西魏,同年十一月,西魏攻陷江陵,元帝被杀,庾信被扣于北方不得南归。 [6] 中兴道销:指梁朝经侯景乱后中兴之道就此消亡。穷:穷尽,完结。甲戌:指元帝承圣三年。 [7] 都亭:都城内的亭子。据《晋书·

罗宪传》载，蜀将罗宪守永安城，听说蜀后主刘禅降魏，率领部下在都亭哭了三天。此借以表达自己对梁亡的哀痛。 [8] 别馆：正馆以外的馆舍。春秋时，鲁国叔孙婼(chuò))出使晋国，曾被拘于晋国别都箕邑(今山西太谷东)的客馆。此借以表示自己被羁留于西魏。馆，此指使者住的馆舍。 [9]"天道"二句：意谓按照天理，周星照临梁地，应使梁有中兴之福，可称"物极则反"；但事实不然，则为"物极不反"了。天道，自然之道。周星，岁星十二年运行一周，故称周星。古人认为岁星是天之贵神，其所临之国有福。 [10] 傅燮：字南容，东汉末为汉阳太守。《后汉书》本传载，王国、韩遂等围攻汉阳，城中兵少粮尽。其子傅干劝他弃城归乡，他慨然而叹："世乱不能养浩然之志，食禄又欲避其难乎？吾行何之，必死于此。"终于进兵战死。此借指自己被羁留异国，只能悲叹身逢厄运，困死他乡。 [11] 袁安：字邵公，东汉人，官司徒。《后汉书》本传载，袁安因皇帝幼弱，外戚专权，每逢上朝或与公卿谈及国事，"未尝不噫呜流涕"。这里借以悲叹梁王朝的覆亡。 [12] 桓君山：即桓谭，字君山，东汉人，著有《新论》二十九篇。志事：有志于事业。杜元凯：即杜预，字元凯，西晋人，著有《春秋左氏经传集解》。平生：一生。自序：自己写文章阐述生平志趣。序，同"叙"，阐述。 [13] 潘岳：字安仁，西晋诗人，曾作《家风诗》，述其家族风尚。陆机：字士衡，西晋作家，曾作《祖德赋》、《述先赋》，歌颂其祖先功德。陈：陈述。 [14] 二毛：黑、白两色毛发相间，即头发斑白，指半老。侯景之乱时，庾信三十六岁。 [15] 藐：远。是：此。暮齿：晚年。 [16] 燕歌：燕太子丹在易水送别荆轲时，荆轲临别作歌："风萧萧兮易水寒，壮士一去兮不复还。"作者以此借言出使后一去不返。一说"燕歌"指乐府《燕歌行》，乃伤别之作。 [17] 楚老：代指故国父老。《汉书·两龚传》载，汉末楚人龚胜，仕汉为光禄大夫，王莽即位，不应征而绝食死。死后有老父来吊，哭甚哀。这里借言自己身事二君，有愧故人。泣将何及：只有相对而泣罢了，有无可奈何意。 [18] 南山之雨：《列女传·贤明传》载，南山有玄豹，雾雨天七日而不出来求食，是为了保护皮毛，藏而远害。这里是说，自己本来也有避害全身的愿望，但国事危急不得不奉命出使西魏。忽：匆匆。践：到。秦庭：用《史记·楚世家》典：楚昭王时，吴国攻陷楚都，申包胥为救楚至秦庭乞师。此借指西魏。 [19]"让东海"二句：意谓自己没能像伯夷、叔齐那样以身殉义，而是失节做了西魏、北周的官。东海之滨，《孟子·离娄上》："伯夷辟纣，居北海之滨。……太公辟纣，居东海之滨。"

周粟:武王灭纣,伯夷、叔齐以为不义,不食周粟而饿死首阳山。事载《史记·伯夷列传》。　　[20]“下亭”二句:用孔嵩、梁鸿羁旅漂泊的不幸来喻说自己羁宦异国的痛苦。下亭,地名。《后汉书·范式传》载,孔嵩赴京都,途经下亭,马被盗。高桥,一作“皋桥”,在江苏苏州阊门内。《后汉书·梁鸿传》说,皋伯通住在桥边,梁鸿曾投靠于他,住在廊房下,以给人做雇工为生。　　[21]“楚歌”二句:是说国亡身困,歌与酒都不能消忧解愁。楚歌,楚地之歌。项羽被围垓下,夜闻四面楚歌。又,《汉书·高帝纪》载,刘邦欲立戚夫人子如意为太子,不成,戚夫人涕泣。刘邦安慰她说:“为我楚舞,吾为若楚歌。”鲁酒,鲁地之酒。《庄子·胠箧》:“鲁酒薄而邯郸围。”歌可取乐,酒可忘忧,但“楚歌”、“鲁酒”则非。　[22]“将军”四句:是说自己离开故国,一去不返,想到旧地风物,有无限萧瑟零落之感。将军,指东汉冯异。据《后汉书》本传,冯异为人谦虚谨慎,当别人自夸军功时,他常独自倚树不语,军中称他为“大树将军”。壮士,指荆轲。　　[23]“荆璧”二句:用蔺相如完璧归赵的故事,见《史记·廉颇蔺相如列传》。意谓蔺相如使秦未被秦欺,自己出使西魏却被欺而不得归。荆璧,即和氏璧。　　[24]“载书”二句:是说毛遂帮助平原君与楚定了盟,而自己却未能定盟而返。载书,盟书。珠盘,诸侯盟誓所用器物。盟誓要割牛耳,取血歃盟,珠盘用来盛牛耳。《史记·平原君列传》载,毛遂随平原君出使楚国,与楚合纵。楚王未决,毛遂按剑历阶而上,终于使楚王捧铜盆歃血为盟。[25]“钟仪”二句:以钟仪自比,言己本南人,羁留魏、周,实如南冠之囚。钟仪,春秋时楚人。南冠,楚冠。《左传·成公七年》载,钟仪被囚于晋,戴南冠而操南音。　　[26]季孙:即季孙意如,春秋时鲁国大夫。他随鲁昭公去参加诸侯的盟会,晋国拘留了他。在放他回国之前,又曾说要将他拘留于西河之馆。事见《左传·昭公十三年》。这里用以自喻。行人:使者。　　[27]“申包胥”二句:是说江陵沦陷,自己不能像申包胥那样求到救兵。申包胥,春秋时楚国大夫。顿地,叩头至地。吴攻楚,申包胥求救于秦,秦国不肯出兵。他倚墙而立,痛哭七日不绝,直至秦答应出兵救楚,才“九顿首而坐”。事见《左传·定公四年》。　　[28]“蔡威公”二句:借以表达自己对梁亡的悲痛心情。蔡威公,刘向《说苑·权谋》载,春秋时蔡威公见国家将亡,闭门哭了三天,泪尽而继之以血。　　[29]“钓台”二句:意谓故国的风物不是羁留北地的人所能望见的。钓台,在武昌西北,这里借指南方故国。移柳,《晋书·陶侃传》载,侃为武昌太守时,曾种过许多柳树。都尉夏施盗官柳种于自家之门,被陶侃发现，夏施惶恐谢罪。玉关，玉门关，在今甘肃敦煌西北，这里借指北地。
[30]“华亭”二句：说华亭鹤鸣，哪里是败于河桥的陆机所能听到的呢？意谓故国的鸟鸣自己也听不到了。华亭，在今江苏松江。《世说新语·尤悔》记，陆机兵败于河桥，受人谗毁，被司马颖杀害，临刑叹曰：“欲闻华亭鹤唳，可复得乎？”非，一作“岂”。 [31] 孙策：字伯符，三国时吴郡富春（今浙江富阳）人。先以数百人依袁术，后平定江东，建立吴国。三分：指魏、蜀、吴三分天下。一旅：五百人。《三国志·吴志·陆逊传》说，昔孙策创基立业，“兵不一旅，而开大业”。 [32] 项籍：既项羽。江东：长江南岸南京一带地区。《史记·项羽本纪》载，项羽开始起兵于江东时，有精兵八千人。 [33]“岂有”四句：说梁拥有百万大军，却一下就溃败，致使侯景等叛军像除草伐木一样滥杀百姓。百万义师，指平定侯景之乱的梁朝大军。卷甲，卷起兵甲，形容溃败奔逃。芟（shān）夷，铲除，削灭。 [34]“江淮”二句：说江淮没有高岸为险阻，营垒还不如藩篱坚固。涯岸，河岸。亭壁，军中的亭障、营垒。藩篱，以竹木编织的屏障。 [35] 头会箕敛者：指主管征收赋税的下级官吏。头会箕敛，《汉书·陈余传》：“头会箕敛以供军费。”“头会”指按人头数出谷，“箕敛”是说用箕征收。合从缔交：这里指起事者合谋结交，相互勾结。 [36]“锄耰”二句：语出贾谊《过秦论》。这里意谓出身微贱的陈霸先（陈高祖）和一些下层人士，乘梁朝衰弱混乱之机，取而代之。锄耰棘矜者，指出身下层的人。耨（nòu），锄一类的锄草工具。一本作“耰（yōu）”，形如大木榔头、用以捣碎土块平整土地的家具。棘矜，用枣木做的棍棒。棘，酸枣树。矜，杖。 [37] 江表王气：指长江以南的王朝命运。江表，江外，指长江以南建康一带。王气，天子之气。三百年：从吴到梁五个朝代都建都于建康，前后共约三百年。
[38]“是知”二句：以秦轵道之降喻指梁元帝江陵之降。六合，天地四方，即指天下。轵（zhǐ）道之灾，指刘邦入关，秦王子婴奉符玺在轵道向刘邦投降。轵道，在今陕西咸阳西北。 [39] 混一车书：即指统一天下。这里指晋的统一中国。干宝《晋纪·总论》：“太康之中，天下书同文，车同轨。”混一，统一。平阳之祸：指西晋怀、愍二帝先后被刘聪、刘曜捉到平阳杀害之事。平阳，今山西临汾。 [40] 崩颓：垮塌。《国语·周语》：“山崩川竭，亡之征也。”履：经遇。 [41] 春秋迭代：喻朝代更替。迭代，循环更替。 [42]“况复”二句：意谓走投无路，没有归宿。楫（jí），船桨。星汉，即银河。槎（chá），水中浮木，即木筏。张华《博物志》有乘浮槎上天河的记载。 [43] 飙

(biāo):暴风。蓬莱:传说中的海上神山。 [44]"陆士衡"二句:借此表示自己作《哀江南赋》,即使受人嘲笑,也心甘情愿。陆士衡,即陆机。抚掌,拍手。《晋书·左思传》载,陆机听说左思在写《三都赋》时,抚掌嘲笑,以为左思不自量力。 [45]"张平子"二句:与上二句皆为作者的谦词。张平子,即张衡,字平子。陋,轻视。《艺文类聚》卷六十一载,张衡认为班固的《两都赋》鄙陋,于是自己另作《两京赋》。

拟咏怀(其七、其十一)

【题解】 《拟咏怀》共二十七首,乃仿阮籍《咏怀》之作。这一组诗大都是作者追诉乱离、感叹身世、抒写"乡关之思"的作品。此处所选为第七、十一首。第七首写自己羁留北方而不得南归的哀痛和悲伤,同时也表现了绝望中一种朦胧的报国还乡的希望。此诗笔力凝重,辞采华美,对偶工整,音韵谐畅,体现了高度的艺术造诣。第十一首写梁朝覆亡的悲剧,抒发了亡国的哀思和无奈的情绪。

榆关断音信,汉使绝经过[1]。胡笳落泪曲,羌笛断肠歌[2]。纤腰减束素,别泪损横波[3]。恨心终不歇,红颜无复多[4]。枯木期填海,青山望断河[5]。

【注释】 [1] 榆关:或称榆塞,在今陕西榆林东。这里代指由南通北的关口。汉使:汉朝的使者,这里代指南朝的使者。绝经过:断绝来往。 [2] 胡笳、羌笛:均为北方少数民族乐器。 [3] 纤腰:细腰。减束素:比束素还要细。束素,形容腰细如束帛。宋玉《登徒子好色赋》:"腰如束素。"这里极言人瘦。损:伤害。横波:指眼睛。 [4] 恨心:内心的离恨。不歇:不止,不断。红颜:指青春年华。 [5] "枯木"二句:分别用《山海经·北山经》所记精卫衔西山之木石以填东海的神话故事,及《水经注·河水注》所载河神巨灵分开原先横截黄河的华山,使河水畅流的神话传说,喻说自己犹存南归的希望,但难以实现。

摇落秋为气[1],凄凉多怨情。啼枯湘水竹,哭坏杞梁城[2]。天亡遭愤战,日蹙值愁兵[3]。直虹朝映垒,长星夜落营[4]。楚歌饶恨曲,南风多死声[5]。眼前一杯酒,谁论身后名[6]!

【注释】 [1]“摇落”句:化用宋玉《九辩》:“悲哉秋之为气也,萧瑟兮草木摇落而变衰。”气,节候。 [2]“啼枯”二句:以古代传说喻写梁朝江陵之败,举国悲哭。啼枯句,相传舜出巡死于苍梧,其二妃娥皇和女英在湘水一带啼哭,泪洒竹上,尽成斑痕,后人名为湘妃竹,亦即湘水竹。哭坏句,相传春秋时齐国大夫杞梁战死,其妻悲伤号哭,把城墙都哭倒了。 [3]天亡:《史记·项羽本纪》记项羽之言曰:“天亡我,非战之罪也。”即谓自己灭亡是由于天意,并非战败。这里指梁元帝承圣三年(554),西魏派柱国万纽于谨率兵攻江陵,元帝出枇杷门亲临阵督战,军败被擒杀事。愤战:指激烈的战斗。日蹙(cù):谓国土日益缩小。《诗经·大雅·召旻》:“今也日蹙国百里。”蹙,紧缩。值:遭遇。愁兵:指凄惨的军队。 [4]“直虹”二句:说梁朝江陵之败是有预兆的。直虹句,古时传说直虹垂地是流血的征兆。垒,营垒。长星句,史载诸葛亮最后一次伐魏,驻军五丈原,有长星夜落军营。据说这是主将死亡的征兆。[5]“楚歌”二句:说梁朝大势已去,必然灭亡。楚歌,楚人之歌。项羽被围于垓下,夜闻四面楚歌。饶,多。南风,指南方楚地的乐歌。《左传·襄公十八年》记载有“南风不竞,多死声,楚必无功”的话。 [6]“眼前”二句:说国破家亡有天命,自己无可奈何,且顾即时饮酒吧,至于身后之名,谁去计较呢!

寄 王 琳

【题解】 王琳,字子珩,为梁朝大将,平侯景之乱有功。江陵被围时,曾率兵赴援,未至而江陵陷落。后举兵讨伐篡梁帝位的陈霸先,兵败被杀。本篇是庾信接王琳信后回赠他的一首诗。诗中表达了浓浓的友情和深深的故国之思。

玉关道路远，金陵信使疏[1]。独下千行泪，开君万里书。

【注释】 [1] 玉关：玉门关，在今甘肃敦煌西。这里代指作者所在之地长安，相距江南故国，路途遥遥，如远在玉关一样。金陵：即今南京，为南朝京都所在地。

重别周尚书 （二首）

【题解】 《重别周尚书》共二首。周尚书名弘正，字思行，梁元帝时为左民尚书。梁亡仕陈，曾于陈文帝天嘉元年（560）奉命出使北周，南归时庾信以此二诗赠别。表达了作者内心的凄凉之感和对故国的思念之情。

阳关万里道[1]，不见一人归。唯有河边雁，秋来南向飞[2]。

【注释】 [1] 阳关：在今甘肃敦煌西南。这里代指作者所在地长安。[2] "唯有"二句：说只有大雁一到秋天便渡河向南方飞去，比喻周弘正出使北周，又得南返。然而自己却羁留北国，南归无望。内心既不胜欣羡，又无比凄凉。

河桥两岸绝，横岐数路分[1]。山川遥不见，怀袖远相闻[2]。

以上据《四部丛刊》本《庾子山集》

【注释】 [1] 横岐：岔路交错。岐：同"歧"，岔路。 [2] 怀袖：怀抱，心意。

郦道元

郦道元(？—527),字善长,范阳涿鹿(今属河北)人。初袭父爵永宁侯,例降为伯。历仕北魏孝文帝、宣武帝、明帝朝。任东荆州刺史,以严酷免官。孝昌元年,持节兼侍中、摄行台尚书,节度诸军征扬州,有功。后任御史中尉。为政严刻,得罪皇亲贵族,出为关右大使,为雍州刺史萧宝夤所害。注《水经注》四十卷,又有《本志》十三篇。事见《魏书》、《北史》本传。

巫　峡

【题解】 本文选自《水经注·江水》。《水经》是记载全国水道的地理著作,旧传为汉人桑钦所作,一说为晋人郭璞所著。据学者考证,大都认为是三国前后的作品。《水经》内容简略,且多谬误。郦道元广引魏晋以来风土记、山水记、名山志等书共四百余种,再利用自己游历各地山川的见闻,为原书作注,注文为原书字数的二十倍,极有学术与文学价值。本文所选,只是《江水》所写巫峡的一段。文章写山之高,谷之深,水之急,以及四季之景,各不相同,皆能捕捉特点,写出诗情画意。末段以猿啼、渔歌,写出人的心理感受,衬托出秋之肃杀气氛,尤为引人入胜。

自三峡七百里中[1],两岸连山,略无阙处[2],重岩叠嶂[3],隐天蔽日,自非亭午夜分[4],不见曦月[5]。

至于夏水襄陵[6],沿溯阻绝[7]。或王命急宣[8],有时朝发白帝[9],暮到江陵[10],其间千二百里,虽乘奔御风[11],不以疾也[12]。

春冬之时,则素湍绿潭[13],回清倒影[14]。绝巘多生怪柏[15]，悬泉瀑布，飞漱其间[16]。清荣峻茂[17]，良多趣味[18]。

每至晴初霜旦[19]，林寒涧肃[20]，常有高猿长啸[21]，属引凄异[22]，空谷传响[23]，哀转久绝[24]。故渔者歌曰："巴东三峡巫峡长[25]，猿鸣三声泪沾裳[26]。"

据上海古籍出版社版《水经注》

【注释】 [1] 自：在。三峡：长江三峡的总称，即瞿塘峡、巫峡、西陵峡。西起四川奉节白帝城，东至湖北宜昌南津关，全长193公里。七百里：是古代人估计的长度。 [2] 略无：毫无。阙：同"缺"，中断。 [3] 重：与"叠"同义。嶂：像屏障一样的高山。 [4] 自非：若非。亭午：正午。夜分：夜半。 [5] 曦：日光，此处指太阳。 [6] 夏水：夏天的洪水。襄：上。陵：山岗。 [7] 沿：顺流而下。溯：逆流而上。阻绝：受阻而断绝。 [8] 王命：朝廷的命令。急宣：急需宣布。 [9] 白帝：地名，即白帝城，在今重庆奉节东。 [10] 江陵：地名，今湖北江陵。 [11] 乘奔：乘着飞奔的马。御风：驾着疾风。 [12] 不以：不犹，不如。疾：快速。 [13] 素：白色。湍(tuān)：急流。潭：深水。 [14] 回清：回荡的清波。倒影：倒映在水中的物像。 [15] 绝：指人难以行到的地方。巘(yǎn)：高峻的山峰。怪柏：奇形怪状的柏树。 [16] 飞漱：飞流喷射。 [17] 清荣峻茂：水清、树荣、山高、草茂。 [18] 良多：实多。 [19] 晴初：初晴。霜旦：下霜的早晨。 [20] 寒：枯萎寒冷。肃：悲凉肃杀。 [21] 高猿：高处的猿猴。 [22] 属(zhǔ)引：连续不绝。 [23] 空谷：空旷的山谷。 [24] 久绝：长时间才消失。 [25] 巴东：郡名，故治在今重庆奉节东。巫峡长：实际上，三峡中瞿塘峡最短，亦最雄奇，巫峡最幽深，而西陵峡为最长。 [26] 沾：浸湿。

杨衒之

杨衒之(？—555？)，字不详，北平(今河北满城)人。北朝著名文学家。北魏永安中为奉朝请，曾任期城郡太守，著书时为抚军府司马。北魏自孝文帝拓跋宏于公元495年从平城(今山西大同)迁都洛阳以来，大兴寺庙，极盛之时，“京城表里，凡一千余寺”。公元534年，孝静帝被高欢逼迁邺城，洛阳寺庙大多毁于兵火。公元547年，杨衒之路过洛阳，感于“城郭崩毁，宫室倾覆，寺观灰烬，庙塔丘墟”，“恐后世无传”，遂作《洛阳伽蓝记》五卷。

景 明 寺

【题解】 本文选自《洛阳伽蓝记》卷三。伽蓝，梵语音译，即佛寺的别名。该书不仅详记洛阳寺庙的格局形貌，还兼及当时许多历史事件、重要人物、风俗地理、传闻故事等，故极具史料价值。

本篇首写景明寺位置及命名由来，次写其地理风物，再次写院中三池，以水草水禽，衬出寺庙环境的幽美，之后写佛诞之日，典礼隆盛，百戏欢腾，反映了当年的民俗风情。最后，文章以邢邵曾为该寺撰写碑文，引出他的个人传记。全文叙事状物，委曲周详；由物及人，绾合无迹。前代学者尝叹杨衒之有“良史”之才(见唐晏《洛阳伽蓝记序》)，本文堪为代表。又其文多用单行语，间以骈偶句式，风格平实流畅，状物细致生动。南北文化交融后北朝文风的转变，此文可见一斑。

景明寺，宣武皇帝所立也，景明年中立[1]，因以为名。在宣阳门外一里御道东[2]。

其寺东西南北，方五百步。前望嵩山少室[3]，却负帝城[4]。青林垂影，绿水为文[5]。形胜之地，爽垲独美[6]。山悬堂观，光盛一千余间[7]。复殿重房，交疏对霤[8]，青台紫阁，浮道相通[9]。虽外有四时，而内无寒暑。房檐之外，皆是山池。竹松兰芷，垂列阶墀[10]，含风团露，流香吐馥。至正光年中[11]，太后始造七层浮图一所[12]，去地百仞[13]。是以邢子才碑文云[14]“俯闻激电，旁属奔星”是也[15]。妆饰华丽，侔于永宁[16]，金盘宝铎[17]，焕烂霞表。

寺有三池，萑蒲菱藕[18]，水物生焉。或黄甲紫鳞，出没于繁藻；或青凫白雁，浮沉于绿水。磑硙舂簸[19]，皆用水功。

伽蓝之妙，最为称首。时世好崇福[20]，四月七日[21]，京师诸像皆来此寺，尚书祠部曹录像凡有一千余躯[22]。至八日，以次入宣阳门，向阊阖宫前受皇帝散花[23]。于时金花映日，宝盖浮云，旛幢若林，香烟似雾。梵乐法音[24]，聒动天地，百戏腾骧[25]，所在骈比[26]。名僧德众[27]，负锡为群[28]；信徒法侣[29]，持花成薮[30]。车骑填咽[31]，繁衍相倾[32]。时有西域胡沙门见此[33]，唱言佛国[34]。至永熙年中[35]，始诏国子祭酒邢子才为寺碑文[36]。

子才，河间人也。志性通敏，风情雅润。下帷覃思[37]，温故知新[38]。文宗学府[39]，跨班、马而孤上[40]；英规胜范[41]，凌许、郭而独高[42]。是以衣冠之士，辐凑其门[43]；怀道之宾，去来满室。升其堂者，若登孔氏之门[44]；沾其赏者，犹听东吴之句[45]。籍甚当时[46]，声驰遐迩。正光中，解褐为世宗挽郎[47]、奉朝请，寻进中书侍郎黄门。子才洽闻博见[48]，无所不通，军国制度，罔不访及。自王室不靖，虎门业废[49]，后迁国子祭酒[50]，谟训上庠[51]。子才罚惰赏勤，专心劝诱，青领之生[52]，竞怀雅术[53]，洙、泗之风[54]，兹焉复盛。永熙年末，以母老辞，帝不许之。子才恪请恳至[55]，辞泪俱下，帝乃许之。诏以光禄大夫归养私庭[56]，所在之处，给事力五人，岁一朝以备顾问[57]。王侯祖道[58]，若汉朝之送二疏[59]。暨皇居徙邺[60]，民讼殷繁，前格后诏，自相与夺[61]。法吏疑狱[62]，簿领成山[63]。乃敕子才与散骑常侍温子升撰《麟趾新制》十五篇[64]，省府以之决疑[65]，州郡用为治本[66]。武定中，除骠骑大将军西兖州刺史[67]。为政清静，吏民安之。后征为中书令。时戎马在郊[68]，朝廷多事，国礼朝仪，咸自子才出。所制诗赋诏策章表碑颂赞记五百篇，皆传于世。邻国钦其模楷，朝野以为美谈也。

据上海古籍出版社版《洛阳伽蓝记校注》

【注释】 [1] 景明：北魏宣武帝世宗元恪的年号。 [2] 宣阳门：洛阳正南门。 [3] 嵩山少室：嵩山又名嵩高山，五岳中之中岳。在洛阳东南。山有三尖峰，东曰太室，中曰峻极，西曰少室。 [4] 负：背靠。帝城：指魏都洛阳。 [5] 文：通"纹"。 [6] 爽：明亮。垲(kǎi)，地势高而干燥。 [7] 堂、观：均指佛寺建筑。光盛：光彩繁盛的样子。 [8] 交疏：交错的窗户。有雕刻的窗户。对霤(liù)：承霤相对，形容屋宇稠密接近。霤，檐下接雨的长槽。 [9] 浮道：指楼台之间架空的通道。 [10] 阶墀(chí)：指台阶。墀，宫殿前台阶上面的空地。 [11] 正光：北魏孝明帝元诩的年号。 [12] 太后：谓孝明帝的母亲胡氏。浮图：佛陀的另一种音译，可指僧徒、佛塔等。这里指佛塔。 [13] 仞：古代长度单位，八尺，一说七尺。 [14] 邢子才：邢邵，字子才，北魏著名文人。 [15] 激电：指雷声。属：通"瞩"，看。奔星：流星。 [16] 侔：比，配。永宁：指永宁寺，亦在洛阳，熙平元年改建，有塔九层，高四十九丈。 [17] 金盘：塔顶上的圆形铜盘，又称相轮。铎：铃铛。 [18] 萑(huán)：水生植物，似苇而小，茎实心。 [19] 硙：同"碾"。硙(wèi)：石磨。舂：捣米。簸：扬米去糠叫簸。皆用水功：指碾硙等器具皆利用了水的功用。 [20] 崇福：拜佛求福。［21］四月七日：传说佛祖释迦牟尼的诞日为农历四月八日，例有盛会，故须于七日先做好种种准备。［22］尚书祠部曹：当时主管各种祭祀活动的部门。录：登记。［23］阊阖宫：指皇宫。散花：向佛像散花，表示敬意。《魏书·释老志》："四月八日，舆诸佛像行于广衢，帝亲御门楼临观，散花以致礼敬。"［24］梵乐法音：指佛教音乐。梵，指印度。法，指佛法。［25］百戏：各种杂耍。腾骧（xiāng）：腾空跳跃。［26］骈比：谓人群聚集。［27］德众：有德行的僧众。［28］锡：指锡杖。［29］法侣：相信佛法的人。［30］薮（sǒu）：草木丛生的地方叫薮。［31］填咽：形容人群拥挤，道路不通。［32］繁衍：众多。相倾：相倾侧，形容挤得东倒西歪。［33］沙门：梵语僧人的音译。［34］唱言：称赞。［35］永熙：北魏孝武帝元修的年号。［36］"始诏"句：《艺文类聚》卷七七载有邢邵所作《景明寺碑》文。［37］河间：北魏郡名，治所在今河北献县东。下帷：放下帷帐，闭户读书。《汉书·董仲舒传》："下帷讲诵，弟子传以文，次相授业，或莫见其面。盖三年不窥园，其精如此。"覃（tán）：深。［38］"温故"句：《论语·为政》："温故而知新，可以为师矣。"［39］文宗：文章宗师。学府：学术的府库。［40］跨：超过。班、马指班固和司马迁。［41］英规：极好的榜样，模范。［42］凌：超越。许、郭：指许劭、郭泰，皆为东汉清流，以品评人物著称。［43］辐凑：聚集。［44］"升其堂"二句：《论语·先进》："子曰：'由也，升堂矣，未入于室也。'"［45］"沾其赏"二句：《三国志·吴志·吕蒙传》裴松之注引《江表传》："后鲁肃上代周瑜，过蒙言议，常欲受屈。肃拊蒙背曰：'吾谓大弟但有武略耳，至于今者，学识英博，非复吴下阿蒙。'"一说，用孔融赞虞翻之语，见《三国志·吴志·虞翻传》。［46］籍甚：著名。［47］解褐：脱下褐衣，谓出仕做官。世宗：北魏宣武帝元恪，庙号世宗。［48］洽闻：博闻。［49］虎门业废：谓学术荒废。虎门，谓白虎观的门，汉代曾诏集学者于白虎观讲论五经同异。［50］国子祭酒：国子监为古代国家最高学府，其长官称祭酒。［51］谟训：教导。上庠：即指国子监。庠，学校。［52］青领：青色衣领，古代学子的服装。［53］雅术：这里指儒术。［54］洙、泗：二水名，孔子曾于其间讲学。［55］恪：敬。［56］私庭：自己的家庭。这里谓回家奉养老母。［57］备顾问：准备受皇帝咨询。［58］祖道：在路边设宴送行。［59］二疏：汉代疏广为太子太傅，其兄子疏受为太子少傅，后二人辞官归家，皇帝皆许之。加赐黄金二十斤，皇太子赠以五十斤。公卿大夫故人邑子设祖道，供帐东都门外，送者车数百辆，辞决而去。见《汉书·疏广传》。　[60] 暨：及至。皇居徙邺：指北魏孝静帝元善见从洛阳迁都邺城，后世称为东魏。　[61]"前格"二句：谓当时的法令前后相矛盾。格，指法律条文。诏，皇帝诏令。与，肯定。夺，否定。　[62] 法吏：司法官员。疑狱：疑难案件。　[63] 簿领：指公文。　[64] 敕(chì)：皇帝的诏令。温子升：字鹏举，北朝著名文人，与邢邵并称"温邢"。麟趾新制：《资治通鉴》卷一五八梁武帝大同七年(即东魏孝静帝兴和三年)："东魏诏群臣于麟趾阁议定法制，谓之《麟趾格》。冬十月甲寅，颁行之。"　[65] 省府：指当时朝廷司法机关，即刑部，隶属尚书省，故称。　[66] 治本：治民的根据。[67] 武定：东魏孝静帝的年号。　[68] 戎马在郊：指有战事。《老子》："天下无道，则戎马生于郊。"

颜之推

颜之推(531？—591？)，字介，琅邪临沂(今属山东)人。为人不尚虚谈，世习《周礼》、《左传》之学，博览群书，文辞典丽。仕梁为散骑侍郎；仕齐为黄门侍郎、平原太守。宇文泰破江陵，被掳入关中，奔北齐。齐亡，仕于北周，为御史上士；北周亡，仕于隋，为太子文学，甚见礼重。以疾终。有文三十卷，《家训》二十篇。事见《北齐书》本传。

涉　务

【题解】 本文选自《颜氏家训》卷四。全书二十篇，针对南北朝士族崇尚虚浮，耽于享乐的现实，用儒家思想教训子弟，以求保全家族地位，使子孙不致"沉沦厮役"。文章由此涉及大量社会风气、人情世态，其中亦多作者的经世之谈。本文批评南朝士大夫的养尊处优，虚浮羸弱，高谈阔论，不切实用，主张人应当尚本务实，有"应世”之志，“经务”之才。其文为散体，间有骈句。论说简洁平易，理畅辞达，华实相符，与作者的文学主张，颇相一致。

夫君子之处世，贵能有益于物耳[1]，不徒高谈虚论[2]，左琴右书，以费人君禄位也。国之用材，大较不过六事[3]：一则朝廷之臣，取其鉴达治体，经纶博雅[4]；二则文史之臣，取其著述宪章，不忘前古[5]；三则军旅之臣，取其断决有谋，强干习事[6]；四则藩屏之臣，取其明练风俗，清白爱民[7]；五则使命之臣，取其识变从宜，不辱君命[8]；六则兴造之臣，取其程功节费，开略有术[9]。此则皆勤学守行者所能辨也[10]。人性有长短[11]，岂责具美于六涂哉[12]？但当皆晓指趣，能守一职，便无愧耳[13]。

吾见世中文学之士[14]，品藻古今[15]，若指诸掌[16]。及有试用，多无所堪[17]。居承平之世[18]，不知有丧乱之祸[19]；处庙堂之下[20]，不知有战阵之急；保俸禄之资[21]，不知有耕稼之苦；肆吏民之上[22]，不知有劳役之勤：故难可以应世经务也[23]。晋朝南渡[24]，优借士族[25]，故江南冠带有才干者[26]，擢为令、仆以下[27]，尚书郎、中书舍人已上，典掌机要[28]。其余文义之士[29]，多迂诞浮华[30]，不涉世务，纤微过失，又惜行捶楚[31]，所以处于清高，盖护其短也。至于台阁令史、主书、监帅，诸王签省[32]，并晓习吏用[33]，济办时须[34]，纵有小人之态，皆可鞭杖肃督[35]，故多见委使，盖用其长也。人每不自量，举世怨梁武帝父子爱小人而疏士大夫，此亦眼不能见其睫耳[36]。

梁世士大夫，皆尚褒衣博带，大冠高履，出则车舆，入则扶侍[37]，郊郭之内[38]，无乘马者。周弘正为宣城王所爱[39]，给一果下马[40]，常服御之[41]，举朝以为放达。至乃尚书郎乘马[42]，则纠劾之[43]。及侯景之乱[44]，肤脆骨柔，不堪行步，体羸气弱[45]，不耐寒暑，坐死仓猝者[46]，往往而然。建康令王复性既儒雅，未尝乘骑，见马嘶歕陆梁[47]，莫不震慑，乃谓人曰："正是虎，何故名为马乎？"其风俗至此。

古人欲知稼穑之艰难[48]，斯盖贵谷务本之道也[49]。夫食为民天，民非食不生矣，三日不粒[50]，父子不能相存。耕种之，茠鉏之[51]，刈获之[52]，载积之，打拂之[53]，簸扬之，凡几涉手而入仓廪[54]，安可轻农事而贵末业哉[55]！江南朝士，因晋中兴而渡江，本为羁旅[56]，至今八九世，未有力田[57]，悉资俸禄而食耳[58]。假令有者，皆信僮仆为之[59]，未尝目观起一墢土、耘一株苗[60]，不知几月当下[61]，几月当收，安识世间余务乎[62]？故治官则不了[63]，营家则不办，皆优闲之过也。

据上海古籍出版社版《颜氏家训集解》

【注释】 [1] 物：自身以外的人、物、事。 [2] 高谈虚论：魏晋以来，玄风盛行，其流弊以虚浮为高明，以崇实为低俗。 [3] 大较：大体，大概。 [4] 鉴达：明白通达。治体：治国之本。经纶：经国的谋略。博雅：博大雅正。 [5] 文史之臣：指起草诏令和修撰国史的中书、秘书、著作、太史、太学博士等官吏。前古：前世的经验教训。 [6] 军旅之臣：指掌管军事的将军、校尉等。习事：熟悉军事。 [7] 藩屏之臣：指州郡刺史太守及县令之类的地方官吏。明练风俗：熟悉风土民情。 [8] 使命之臣：指到外国或属地从事外交活动的官员。识变从宜：谓洞察、把握形势的变化，随时给予恰当的处理。 [9] 兴造之臣：指主管工程营造的官员。程功节费：谓善于核算工程需要，节约人力物力。程功，计量功效。开：开创、开展。

略:筹画。 [10] 守行:行为严谨。 [11] 人性:此指人的资质。 [12] 责:要求。涂:同“途”。 [13] 指趣:同“旨趣”,宗旨,要领。守:胜任。 [14] 文学之士:指一般学习经史、能诗会文的读书人。 [15] 品藻:鉴别、评价。 [16] 若指诸掌:如指示掌中之物一样容易。 [17] 多无所堪:多没有什么能胜任的。 [18] 承平:太平无事。 [19] 丧乱:亡国动乱。 [20] 庙堂:宗庙和朝堂,即朝廷。 [21] “保俸禄”句:享有俸禄的供给。 [22] 肆:陈列,此处意谓盘踞。 [23] 应世经务:应付社会,处理事务。 [24] “晋朝”句:指西晋灭亡后,公元317年,司马睿在江南建立政权,史称东晋。 [25] 优借:优待。 [26] 冠带:士大夫的服饰,此借指士族。 [27] 擢(zhuó):提拔。令、仆:尚书令、中书令和仆射(yè)。 [28] 已:同“以”。典掌机要:掌管机密要事。典,主持。 [29] 文义之士:指闲散的文职官员。 [30] 迂诞:言语不合事理。浮华:虚浮不实。 [31] 捶:用木棍打。楚:用荆条打。谓不肯督责鞭策。 [32] 台阁:指枢府。令史、主书:均为主管文书的官吏。王:藩王。签:签帅,藩王的顾问官。省:省事,藩王的属吏。 [33] 吏用:官吏的职能。 [34] 济办时须:做好当时应做之事。 [35] 肃督:严责。 [36] 眼不能见其睫:喻昧于见己,无自知之明。 [37] “梁世”五句:谓梁代士大夫都以宽衣大带,大帽子高底鞋,出门坐车轿不乘马,在家走路有近侍搀扶为时尚。褒,宽大。 [38] 郊郭:郊野和外城。 [39] 周弘正:字思行,梁时汝南安城人,崇尚清谈。宣城王:萧大器,梁简文帝萧纲的儿子,封于宣城。 [40] 果下马:一种辽东(今辽宁)出产的矮小的马。《三国志·魏志·东夷传》注:“高三尺,乘之可于果树下行,故谓之果下。” [41] 服御:此指骑乘。 [42] 至乃:至于。 [43] 纠劾(hé):弹劾,检举。 [44] 侯景之乱:侯景原是北朝东魏将领,后降梁,封河南王。武帝太清二年(548)率兵叛乱,攻破京城建康,梁武帝被困而饿死。 [45] 羸(léi):瘦弱。 [46] 坐死仓猝:在突然事变中坐以待毙。仓猝,突然。 [47] 歕(pēn):同“喷”。呼气。陆梁:跳跃貌。 [48] 稼穑(sè):耕种收获,泛指农事。 [49] 贵谷:谓重农事。务本:致力于根本。古时以农为本,商为末。 [50] 粒:此用作动词,吃。 [51] 秼(hāo):同“薅”,除草。锄(chú):用锄锄地。 [52] 刈(yì):割。 [53] 打拂:谓脱粒。 [54] “凡几”句:谓总共要经过几道操作工序,粮食才能进仓。 [55] 末业:指工商之事。 [56] 羁旅:旅居他乡。　[57] 力田:致力于务农。　[58] 资:依靠。　[59] 信:听凭。　[60] 一拔(bá)土:即两耜耕起来的土,宽深各一尺。耜是古代犁上的铧,广五寸。　[61] 下:下种。　[62] 余务:其他事务。　[63] 治官:做官。不了:不办。

南朝乐府民歌

南朝乐府民歌大部分保存在《乐府诗集·清商曲辞》中,近500首。其中"吴声歌曲"326首,"西曲歌"142首,"神弦歌"17首。"吴声歌曲"是产生于长江下游,以当时的首都建康(今南京)为中心地区的民歌,产生的时代以东晋和宋居多。最初是徒歌,采入乐府后才配乐演唱。"西曲歌"是产生于长江中游和汉水两岸一些城市里的民歌,以江陵为中心,产生的时代以齐、梁居多,曲调唱法与"吴声歌曲"不同。"神弦歌"是民间祀神的祭歌,数量不多,内容也较简单,其产生地区仍不离建康左右。

现存"吴声歌曲"、"西曲歌"的歌辞,大多是当时乐府机关采集整理的,目的是为了满足南朝统治者的声色之乐,故其内容多属情歌,且多作女子口吻,局限于描写男女恋情和离愁别恨,题材范围比较狭窄,基本格调是哀怨缠绵,甚至不乏露骨的色情描写。

南朝民歌在形式上主要是五言四句,好用双关隐语,风格清新巧秀,语言鲜丽活泼,情韵悠远,富于表现力。它们既是齐梁新体小诗的范本,又是唐人五言绝句的滥觞,在诗体发展史上有重要地位。其艺术表现手法也对后世作家有一定影响。

子　夜　歌　(其四、其三十三)

【题解】　《子夜歌》属"吴声歌曲"。《乐府诗集》共收录四十二首,都是男女恋歌。相传晋代一位名叫子夜的女子创作此曲,歌辞则是群众的创作。这里选第四、三十三两首。前一首以无心打扮,写思妇的万般无奈。后一首以心生幻景,写思妇的刻骨相思。

自从别欢来,奁器了不开[1]。头乱不敢理,粉拂生黄衣[2]。

【注释】 [1] 欢:相爱男女的互称。这里是女子称自己心爱的男子,犹如称"郎"。奁(lián)器:古代妇女梳妆用的镜匣和盛其他化妆品的器皿。了:全。 [2] "粉拂"句:说由于很久无心梳妆,粉拂长期不用,以致长出了黄色的霉斑。粉拂,擦粉用的工具。

夜长不得眠,明月何灼灼[1]。想闻散唤声,虚应空中诺[2]。

【注释】 [1] 灼灼(zhuó):月光明亮的样子。 [2] "想闻"二句:说相思出神时,想象之中仿佛听见了情人的呼唤声,不禁空自答应。诺,答应的声音。

子夜四时歌·春歌 (其一、其十)

【题解】 《子夜四时歌》是"吴声歌曲"中《子夜歌》的变曲。《乐府诗集》共收录75首。其中春歌、夏歌各20首,秋歌18首,冬歌17首。这里选《春歌》的第一、第十两首。前一首写春风春景触动春心,后一首写春花春鸟引发春情。情因景生,情景交融;清丽优美,韵味无穷。

春风动春心,流目瞩山林[1]。山林多奇采,阳鸟吐清音[2]。

【注释】 [1] 流目:犹"放眼"。瞩:观看。 [2] 奇采:奇丽的色彩。阳鸟:指鹤。一说泛指春鸟。

春林花多媚,春鸟意多哀[1]。春风复多情,吹我罗裳开。

【注释】 [1] "春鸟"句:谓春鸟啼声中多有哀婉的情调。

华 山 畿

【题解】 《华山畿》属《清商曲辞·吴声歌曲》,是《懊恼曲》的变曲。据《古今乐录》记载,《华山畿》本是歌唱华山附近一对男女为情而死、死而合葬的故事。《乐府诗集》共收录25首,大都叙写生死不渝的爱情。这里选其第一首,即《古今乐录》所载之歌。

华山畿[1]! 君既为侬死,独生为谁施[2]? 欢若见怜时,棺木为侬开!

【注释】 [1] 华山:在今江苏句容北。畿(jī):附近。 [2] 侬:我。吴人自称为侬。"独生"句:说我一个人单独活下去又为了谁呢?

读曲歌 (其五十五、其六十二、其七十一)

【题解】 《读曲歌》属"吴声歌曲"。读曲,低声吟唱。《古今乐录》载:"《读曲歌》者,元嘉十七年(440)袁后崩,百官不敢作声歌,或因酒宴,止窃声读曲细吟而已,以此为名。"可见其流行于宋元嘉年间。《乐府诗集》共收录《读曲歌》89 首，在今存“吴声歌曲”中数量最多，都是写男女恋爱相思的情歌。这里选其第五十五、六十二、七十一三首。

打杀长鸣鸡，弹去乌臼鸟[1]。愿得连冥不复曙，一年都一晓[2]。

【注释】 [1] 弹：用弹弓射击。乌臼鸟：俗称黎雀，在黎明时啼叫。 [2]“愿得”二句：说但愿黑夜一直连续下去，不要又天亮，一年总共就天亮一次。冥，黑夜。曙，天亮。都，总，总共。晓，犹“曙”，天亮。

执手与欢别，合会在何时[1]？明灯照空局，悠然未有期[2]。

【注释】 [1] 合会：指再相会。 [2] 悠然：谐“油燃”，指上句“明灯”而言。期：谐“棋”。“未有棋”指上句“空局”而言，语意双关。

种莲长江边，藕生黄蘗浦[1]。必得莲子时，流离经辛苦[2]。

【注释】 [1] 莲：谐“怜”，即“爱”，双关隐语。藕：谐“偶”，成匹配，亦双关隐语。黄蘗(bò)：即黄柏，树名，皮可入药，味苦。“蘗”同“檗”。 [2] 得莲子：犹言获得爱情。莲子，谐“怜子”。意为爱你。流离：流转离散。这里指历经艰困。

西洲曲

【题解】 《乐府诗集》列《西洲曲》入“杂曲歌辞”，题作“古辞”。《玉台新咏》列为江淹之作，但宋本不载。明、清选本或作晋辞，或题梁武帝(萧衍)作。可能原出民间，产生于梁代，经文人加工修润而成。晚唐温庭筠所作《西洲曲》中，有"西洲风色好，遥见武昌楼"之句，据此，西洲或即在武昌附近，可能指武昌西南方长江中的鹦鹉洲。

《西洲曲》是一首哀婉动人的情歌。由于它声情迂回，摇曳无穷，诗意婉曲，不尽显豁，故历来对其内容多有不同理解。大致是抒写一个多情的少女从春到秋，从现实到梦境，苦苦思念其远方情人的细腻、缠绵的感情。它是南朝乐府民歌中杰出的长篇抒情诗，代表着南朝民歌的最高艺术成就，并对后世诗人有较大影响。

忆梅下西洲，折梅寄江北[1]。单衫杏子红，双鬓鸦雏色[2]。西洲在何处？两桨桥头渡[3]。日暮伯劳飞，风吹乌臼树[4]。树下即门前，门中露翠钿[5]。开门郎不至，出门采红莲[6]。采莲南塘秋，莲花过人头。低头弄莲子，莲子青如水[7]。置莲怀袖中，莲心彻底红[8]。忆郎郎不至，仰首望飞鸿[9]。鸿飞满西洲，望郎上青楼[10]。楼高望不见，尽日栏干头[11]。栏干十二曲，垂手明如玉[12]。卷帘天自高，海水摇空绿[13]。海水梦悠悠，君愁我亦愁[14]。南风知我意，吹梦到西洲[15]。

【注释】 [1]"忆梅"二句：说回忆当初梅花开时曾到西洲与情人欢会，如今梅花又开，情人却远在江北，只好折梅寄去以表达思念的情意。下，往。西洲，在女子居处附近。江北，指男子所在之地。 [2]"单衫"二句：是女子的自我写照，含有自怜自惜之意。杏子红，一作"杏子黄"，即杏黄色。鸦雏色，形容两鬓像小乌鸦羽毛那样又黑又亮。 [3]"两桨"句：说乘船划动双桨到达桥头的渡口，意谓这样就可以去到西洲。 [4]伯劳：鸟名，又叫博劳，夏天鸣叫，好单栖。乌臼：也叫“乌桕”，一种落叶乔木，夏天开小黄花，种子可榨油。 [5] 翠钿(diàn)：用翠玉制作或镶嵌的首饰。 [6] 莲：谐“怜”，即“爱”。 [7] 莲子：谐“怜子”，即“爱你”。青如水：喻爱情的纯洁深长。 [8] 莲心：谐“怜心”，即爱怜之心。彻底红：喻爱情的热烈坚贞。 [9] 望飞鸿：含有盼望书信的意思。古人有“鸿雁传书”之说。 [10] 青楼：用青色涂饰的楼房，古时称女子的居处。 [11] “尽日”句：说整天都在凭栏远望。尽日，终日。 [12] 十二曲：极言栏杆多弯弯曲曲之状。曲，弯曲，曲折。垂手：指凭栏远望的女子垂下手来。 [13] 海水：即指江水。一说指秋夜的碧空。自、空：都有“枉然”、“徒然”的意思。 [14] “海水”二句：形容思梦和愁情如海水一般悠悠不断。君，女子称其情人。我，女子自称。 [15] “南风”二句：说希望南风能理解我相思的情意，把我吹送到欢聚于西洲的美梦中去。意即和情人在梦中相会。

北朝乐府民歌

北朝乐府民歌现存不多，主要收录在《乐府诗集》的“梁鼓角横吹曲”中，此外在“杂曲”和“杂歌谣辞”中也有少许，共约 70 余首。所谓“鼓角横吹曲”，是北方民族用鼓和角等乐器在马上演奏的一种军乐，其歌辞多为东晋以后北方鲜卑、氐、羌等族人所作。由于北魏太武帝统一北朝后，北方各民族与汉族大融合，故有的歌辞即用汉语记录，有的则由通晓双方语言者译为汉语。后来陆续传到南方，由梁朝的乐府机关保存下来，故称“梁鼓角横吹曲”。这一部分有 66 首，实皆北歌，而非梁歌。

北朝乐府民歌生动地反映了当时北方社会的现实生活，表现了北方特有的自然风光和北方人民粗犷、豪放、好勇、质朴的精神风貌。较之南朝乐府民歌，迥然有别。它偏重于反映社会生活，题材较为广泛，并不局限于描写相思恋情和离愁别恨。在表现手法和艺术风格上，二者也各有特色。北朝乐府民歌表达情感大多直率热烈，不像南方民歌那样委婉细腻。其风格刚健质朴，热烈豪放，与南方民歌大异其趣。

折杨柳歌辞（其四、其五）

【题解】 《折杨柳歌辞》存于《乐府诗集》所录“梁鼓角横吹曲”中，共五首。这里选的是第四和第五首，反映了北方人民独具风貌的游牧生活，表现了他们坦率豪放、雄健勇猛的特点。

遥看孟津河，杨柳郁婆娑[1]。我是虏家儿，不解汉儿歌[2]。

【注释】 [1] 孟津河：指孟津一带的黄河岸边。孟津，黄河渡口名，又叫富平津，今名河阳渡，在河南孟县南。婆娑（suō）：盘旋舞蹈的样子。这里指杨柳随风摇曳的样子。　[2] “我是”二句：由此可见，这首诗是从少数民族语言翻译成汉语的。虏家儿，即胡人。虏，当时汉人蔑称北方民族为“胡虏”。不解，不懂得，不理解。汉儿，当时北方民族对中原汉族人的通称，含有轻视的意思。

健儿须快马，快马须健儿。跸跋黄尘下[1]，然后别雄雌[2]。

【注释】 [1] 跸跋（bì bá）：快马奔驰时马蹄击地的声音。　[2] 别雄雌：分高下，见胜负。

陇头歌辞（三首）

【题解】 《陇头歌辞》本出魏、晋乐府，《乐府诗集》收录此三首，归入“梁鼓角横吹曲”。这三首诗反映了北方人民背井离乡服役在外的痛苦,表达了思念故乡和亲人的深挚感情。都是四言四句,风格苍凉悲壮。

陇头流水,流离山下[1]。念吾一身,飘然旷野[2]。

【注释】 [1] 陇头:即陇山顶上。陇山,也叫陇坂、陇坻、陇首,在今陕西陇县西北。《乐府诗集》引《三秦记》曰:"其坂(山坡)九回,上者七日乃越。上有清水四注下,所谓'陇头水'也。"流离:山水淋漓下注的样子。 [2] "飘然"句:形容只身远离家乡,独自漂泊不定的样子。

朝发欣城,暮宿陇头[1]。寒不能语,舌卷入喉[2]。

【注释】 [1] 欣城:地名。具体地点不详,当在陇山附近,故能朝发暮至。 [2] "寒不能"二句:形容气候极其寒冷,冻得舌头卷缩到了喉咙,不能说话。

陇头流水,鸣声幽咽[1]。遥望秦川,心肝断绝[2]。

【注释】 [1] 幽咽:凄凄切切地低声哭泣。这里形容流水声如同哭泣之声,其中融有人的情感。这是一种移情作用。 [2] "遥望"二句:说遥望远在秦川的故乡,悲痛得心肝断绝。秦川,指今陕西关中地带,即行役者故乡之所在。

敕 勒 歌

【题解】 《敕勒歌》收录于《乐府诗集》的"杂歌谣辞"中。据《乐府广题》说是北齐人斛律金所唱。其歌本鲜卑语,后译为汉文。敕勒,初号"狄历",亦称"铁勒",是匈奴族后裔,北朝时居住在今山西北部和内蒙古南部一带。《敕勒歌》便是在敕勒族中流传的民歌。这是一首气象苍茫、生活气息浓郁的草原牧歌，无论原作与译作，均堪称上品。

敕勒川，阴山下[1]。天似穹庐，笼盖四野[2]。天苍苍，野茫茫，风吹草低见牛羊[3]。

【注释】 [1] 敕勒川：泛指敕勒族游牧的草原。一说即今内蒙古土默特旗一带。川，指平原。阴山，在今内蒙古。 [2] 穹（qióng）庐：毡帐，游牧民族所居的圆顶帐幕，即蒙古包。 [3] 见（xiàn）：同“现”，出现，呈现。

木兰诗

【题解】 《木兰诗》最早著录于陈释智匠《古今乐录》，原书已佚。《乐府诗集》在“梁鼓角横吹曲”中收录有两首《木兰诗》，这里选的是第一首。这是一篇广为传诵的杰作，代表着北朝乐府民歌的最高成就。关于《木兰诗》的时代，向有汉魏、南北朝、隋唐三说，尚无定论。一般认为它成于北朝。后来在流传的过程中，可能经过文人的加工润色。如诗中“策勋十二转”乃唐代官制，“万里赴戎机”以下四句，似唐人诗格。但从整体看来，此诗朴质淳厚，爽健自然，不失民歌本色。诗中女主人公木兰当为北朝女子，而《木兰诗》也应是北朝作品。

《木兰诗》塑造了一个聪明、善良、勇敢、坚毅的女英雄形象，集中反映了人民的智慧和美德。诗中对木兰的歌颂，是对男尊女卑传统观念的有力批判，足以令后世妇女扬眉吐气。《木兰诗》充满乐观主义和浪漫主义色彩。其叙事繁简得当，粗细相称，且带有浓厚的抒情成分。心理刻画和场景描写都很出色。语言绚丽多彩，既朴素自然，又精妙新奇。它与《西洲曲》可并称为南北民歌的双璧。

唧唧复唧唧，木兰当户织[1]。不闻机杼声[2]，唯闻女叹息。问女何所思？问女何所忆？女亦无所思，女亦无所忆。昨夜见军帖，可汗大点兵[3]。军书十二卷，卷卷有爷名[4]。阿爷无大儿，木兰无长兄。愿为市鞍马[5]，从此替爷征。

东市买骏马，西市买鞍鞯，南市买辔头，北市买长鞭[6]。朝辞爷娘去[7]，暮宿黄河边。不闻爷娘唤女声，但闻黄河流水鸣溅溅[8]。旦辞黄河去，暮至黑山头[9]。不闻爷娘唤女声，但闻燕山胡骑鸣啾啾[10]。

万里赴戎机，关山度若飞[11]。朔气传金柝，寒光照铁衣[12]。将军百战死，壮士十年归。

归来见天子，天子坐明堂[13]。策勋十二转，赏赐百千强[14]。可汗问所欲，木兰不用尚书郎[15]，愿借明驼千里足，送儿还故乡[16]。

爷娘闻女来，出郭相扶将[17]。阿姊闻妹来，当户理红妆[18]。小弟闻姊来，磨刀霍霍向猪羊[19]。开我东阁门，坐我西间床[20]。脱我战时袍，著我旧时裳。当窗理云鬓，对镜帖花黄[21]。出门看火伴，火伴皆惊惶[22]。同行十二年，不知木兰是女郎。

雄兔脚扑朔，雌兔眼迷离[23]。双兔傍地走，安能辨我是雄雌[24]！

以上据中华书局版《乐府诗集》

【注释】 [1] 唧唧：叹息声。此句一作“促织何唧唧”，又作“唧唧何力力”，都是流传中的异辞。当户:对着门。　[2] 机杼(zhù)声:织布机的声音。杼,织布机上的梭子。　[3] 军帖:征兵的文书、名册。可汗(kè hán):古代西北地区少数民族对君主的称呼。大点兵:大规模征兵。　[4] 军书:即"军帖"。十二:表示多数,并非实指。下文"十二转"、"十二年"同此。爷:父亲。当时北方称父亲为"阿爷"。　[5] 市:购买。鞍马:马鞍、马匹。据《新唐书·兵制》所记,起自西魏的府兵制规定,从军的人要自备武器、粮食和衣服。　[6] "东市"四句:用铺叙手法分述到四方市场上去购买出征用品,并非写实,不可拘泥作解。鞯(jiān),马鞍下的垫子。辔(pèi)头,驾驭马的嚼子、笼头和缰绳。　[7] 朝:早晨。一作"旦"。　[8] 溅溅:河水奔流的声音。　[9] 至:一作"宿"。黑山:或说即杀虎山,在今内蒙古呼和浩特东南百里。或说即天寿山,在今河北昌平。不可确考。　[10] 燕山:或说指燕然山,即今蒙古境内的杭爱山。或说指从蓟北向东绵延迄辽西的燕山山脉。或说即指阴山。均不可确考。但从诗意可见,燕山与黑山相距当不太远。胡骑(jì):胡人的战马。鸣:一作"声"。啾(jiū)啾:马叫声。　[11] 赴戎机:奔赴前线参战。戎机,军机,指战争。关山:雄关大山。度若飞:像飞一般越过。　[12] 朔气:北方的寒气。金柝(tuò):即刁斗。一种铜制的器皿,样子像锅,三脚,有柄,容量相当于一斗,是古时军中用具。白天用它当锅烧饭,夜晚用它当梆子打更报时。寒光:指月光。铁衣:铁甲战袍。　[13] 明堂:古代皇帝祭祀、听政、选士的地方,即殿堂。　[14] 策勋:记功授勋。古代按军功授爵,军功每加一等,官爵也随升一等,叫做"一转"。十二转:极言其高,非实指。赏赐:一作"赐物"。百千:极言其多,也非实指。强:有余。[15] "可汗"二句:一作"欲与木兰赏,不愿尚书郎"。所欲,要求什么。不用,不为,不做。尚书郎,官名。尚书是古代的中央政治机关,有尚书台,或叫尚书省,下分设若干曹(部),主持曹务的官通称尚书郎。　[16] "愿借"句:原作"愿驰千里足",据段成式《酉阳杂俎》校改。《酉阳杂俎》说:"驼卧,腹不帖地,屈足漏明,则行千里。"明驼,好骆驼。儿:木兰自称。　[17] 出郭:指迎出城外。郭,外城。相扶将:互相搀扶。　[18] "阿姊"句:一作"阿妹闻姊来"。理红妆,梳妆打扮。　[19] 霍霍:磨刀声。　[20] 阁:一种小楼。西间:一作"西阁"。　[21] 云鬓:指柔美如云的鬓发。鬓,脸旁靠近耳朵的头发。对镜:一作"挂镜"。帖花黄:古代妇女在额头贴上用金黄色纸剪成的星、月、花、鸟等形状的妆饰。这是当时流行的一种时尚面饰。帖,同“贴”。［22］火伴：指同行的士兵。古代军队编制以十人为一火，故称同火者为火伴。皆惊惶：都惊讶惶惑。一作“始惊忙”。　［23］“雄兔”二句：意思是说，雄兔和雌兔的脚、眼各有特征，二者本来是有所区别的。扑朔，犹“扑腾”，乱蹬乱动的意思。迷离，犹“朦胧”，眼睛眯缝着，半开半闭的样子。［24］“双兔”二句：承上两句而言，意思是说，但当它们在地上奔跑时，怎么能分辨出雌雄来呢！双兔，一作“两兔”。傍地走，在地上跑。

魏晋南北朝小说

干　宝

干宝，生卒年不详。字令升，新蔡(今属河南)人。东晋元帝时为佐著作郎，领修国史。因家贫，求补山阴令，迁始安太守。王导请为司徒右长史，迁散骑常侍。著《搜神记》；另有《晋纪》二十卷，已佚。事见《晋书》本传。

三　王　墓

【题解】 干宝搜求异闻，撰《搜神记》二十卷，意在明"神道之不诬"(干宝《搜神记序》)。"神道"之事与教化内容的结合，使此书保存了不少神话传说与民间故事。本文选自《搜神记》卷十一。干将为吴王铸剑故事，见载于《吴越春秋·阖闾内传》。干将被杀和其子报仇的情节，则是该故事在流传过程中逐渐成形的。本文以此控诉暴政，歌颂复仇，赞美信义。文章叙事生动，语言疏宕，情节富于传奇性。其艺术上的最大特点是，志怪内容和史家笔法在文中达到了高度的统一。

楚干将莫邪为楚王作剑[1]，三年乃成。王怒，欲杀之。剑有雌雄，其妻重身当产[2]，夫语妻曰："吾为王作剑，三年乃成，王怒，往必杀我。汝若生子是男，大，告之曰：'出户望南山，松生石上，剑在其背。'"于是即将雌剑往见楚王。王大怒，使相之[3]："剑有二，一雄一雌，雌来雄不来。”王怒，即杀之。

莫邪子名赤，比后壮[4]，乃问其母曰：“吾父所在？”母曰：“汝父为楚王作剑，三年乃成，王怒，杀之。去时嘱我：‘语汝子：出户望南山，松生石上，剑在其背。’”于是子出户南望，不见有山，但睹堂前松柱下，石低之上[5]，即以斧破其背，得剑。日夜思欲报楚王。

王梦见一儿，眉间广尺[6]，言“欲报仇”。王即购之千金[7]。儿闻之，亡去[8]。入山行歌，客有逢者，谓：“子年少，何哭之甚悲耶？”曰：“吾干将莫邪子也，楚王杀吾父，吾欲报之[9]。”客曰：“闻王购子头千金，将子头与剑来，为子报之。”儿曰：“幸甚！”即自刎，两手捧头及剑奉之，立僵[10]。客曰：“不负子也。”于是尸乃仆[11]。

客持头往见楚王，王大喜。客曰：“此乃勇士头也，当于汤镬煮之[12]。”王如其言。煮头三日三夕，不烂。头踔出汤中[13]，踬目大怒[14]。客曰：“此儿头不烂，愿王自往临视之[15]，是必烂也。”王即临之。客以剑拟王[16]，王头随堕汤中。客亦自拟己头，头复堕汤中。三首俱烂，不可识别。乃分其汤肉葬之，故通名“三王墓”。今在汝南北宜春县界[17]。

【注释】 [1] 干将莫邪：干将是姓，莫邪是名。一说干将、莫邪是两人。[2] 重(chóng)身：谓怀孕。《素问·奇病论》注：“重身，谓身中有身。” [3] 相：察看。 [4] 比：等到。 [5] 石低：“低”疑是“砥”的误字，砥是磨刀石。[6] 眉间广尺：谓两眉间达一尺。 [7] 购之千金：悬赏千金通缉他。[8] 亡：逃。 [9] 报之：谓向楚王报仇。 [10] 立僵：尸体僵立不倒。[11] 仆：向前跌倒。 [12] 镬(huò)：形似鼎而无足，秦汉时用作刑具烹人。 [13] 踔(chuō):跳跃。 [14] 踬(zhì)目:疑当作"瞋目",睁大眼睛。 [15] 临:靠近。 [16] 拟:比划,用兵器作杀人状。此即指杀。[17] 汝南:郡名,汉置,治平舆,在今河南汝南东南。北宜春县:在今河南汝南西南。汝南地志,不见"三王墓"记载。《太平寰宇记》卷一〇五芜湖县:"楚干将镆铘之子,复父仇,三人以三人头共葬,在宣城县,即芜湖也。"又卷十二宋城县:"三王陵在县西北四十五里。晋伏滔《北征记》云:魏惠王徙都于此,号梁王,为眉间赤、任敬所杀,三人同葬,故谓三王陵。"又卷四三临汾县:"《郡国志》云:县西南三十里有大池,一名翻镬池,即煮眉间赤处。镬翻,因成池,池水上犹有脂润。"

韩 凭 妻

【题解】 本文选自《搜神记》卷十一。这是一个在强权下维护爱情尊严的悲剧故事。宋康王的荒淫残暴,韩凭的毅然殉情,韩凭妻不畏权势、不羡富贵、机智勇敢、矢志不渝的抗争精神,构成情节冲突,深化了小说的主题。故事以连理枝、双飞鸟为浪漫主义的结局,歌颂坚贞的爱情,寄托人们的美好愿望。作者以史家之笔,写传奇之事,叙事生动,描写细致,使本文成为较为成熟的短篇小说。

宋康王舍人韩凭[1],娶妻何氏,美。康王夺之。凭怨,王囚之,论为城旦[2]。妻密遗凭书,缪其辞曰[3]:"其雨淫淫[4],河大水深,日出当心[5]。"既而王得其书,以示左右,左右莫解其意。臣苏贺对曰:"其雨淫淫,言愁且思也;河大水深,不得往来也;日出当心,心有死志也。"俄而凭乃自杀。

其妻乃阴腐其衣[6]。王与之登台,妻遂自投台[7],左右揽之,衣不中手而死[8]。遗书于带曰:"王利其生,妾利其死。愿以尸骨,赐凭合葬。”

王怒,弗听,使里人埋之[9],冢相望也[10]。王曰:“尔夫妇相爱不已,若能使冢合,则吾弗阻也。”宿昔之间[11],便有大梓木生于二冢之端[12],旬日而大盈抱,屈体相就[13],根交于下,枝错于上。又有鸳鸯,雌雄各一,恒栖树上,晨夕不去,交颈悲鸣,音声感人。宋人哀之,遂号其木曰“相思树”。相思之名,起于此也。南人谓此禽即韩凭夫妇之精魂[14]。今睢阳有韩凭城[15],其歌谣至今犹存[16]。

以上据中华书局版《搜神记》

【注释】 [1] 宋康王:战国时宋国国君,名偃。荒淫残暴,诸侯谓之“桀宋”。后齐、魏、楚三分其地,杀之。舍人:犹门客。战国及汉初,王公大臣皆有舍人。韩凭:唐刘恂《岭南录异》卷下“韩朋”条引作“韩朋”;《敦煌变文集》卷二《韩朋赋》亦作“韩朋”。 [2] 论:定罪。城旦:一种刑罚。受罚者白天防备敌寇,夜晚筑城。 [3] 缪(miù):隐蔽曲折之意。 [4] 淫淫:久雨不止曰淫。此喻愁思深长。 [5] 日出当心:太阳正当我心。此暗寓向太阳起誓,决心殉情。 [6] 阴:暗地里。腐:腐烂。 [7] 投台:跳台自杀。《艺文类聚》作“自投台下”。 [8] 不中手:言因衣腐烂,经不住手拉。 [9] 里人:与韩凭夫妇同里之人。 [10] 相望:相对。此谓两人的坟墓相对,中间隔着一段距离。 [11] 宿昔:犹早晚,言时间不长。 [12] 梓:落叶乔木,高二丈许,花淡黄色。 [13] 就:靠近。 [14] “南人”句:余嘉锡《四库提要辨证》云:“《法苑珠林》卷二十七引无‘南人’句。此乃刘恂之语。凡恂书中所谓南人,皆指岭南人言之。” [15] 睢(suī)阳:战国宋都城,今河南商丘。 [16] 歌谣:《古诗源》卷一引《彤管集》:“韩凭为宋康王舍人,妻何氏美,王欲之,捕舍人,筑青陵之台,何氏作《乌鹊歌》以见志:‘南山有乌,北山张罗,乌自高飞,罗当奈何!’‘乌鹊双飞,不乐凤凰,妾是庶人,不乐宋王。’遂自缢。”所说歌谣,或即指此类而言。

刘义庆

刘义庆(403—444),彭城(今江苏徐州)人。南朝宋著名文学家。宋武帝之侄,长沙王刘道怜之子,出继临川王刘道规,袭封临川王。官至尚书仆射、中书令。好文学,与其门下文士博采众书,编纂《世说新语》十卷,分为德行、言语、政事、文学等三十六门。又著有《幽明录》三十卷,记录鬼怪之事,其书已散佚。另有《集林》二百卷,亦散佚。

祖阮优劣

【题解】 本文选自《世说新语·雅量》,题目为编者所加。《世说新语》又简称《世说》,为笔记体小说,记载汉末到东晋士族的轶事和言谈,反映了这一时期士族的放诞生活、清谈风气和文化趣味。本篇记同有收藏之癖,阮孚(遥集)率真可爱,祖约(士少)则显得贪鄙可笑。只寥寥数语,勾勒二人的动作语言,其品格的高下,遂有天壤之别。

祖士少好财[1],阮遥集好屐[2],并恒自经营。同是一累[3],而未判其得失[4]。人有诣祖[5],见料视财物[6],客至,屏当未尽[7],余两小簏[8],著背后[9],倾身障之[10],意未能平[11]。或有诣阮,见自吹火蜡屐[12],因叹曰:“未知一生当著几量屐[13]!”神色闲畅。于是胜负始分。

【注释】 [1] 祖士少:祖约,字士少。范阳遒(今河北涞县)人。官至平西将军、豫州刺史。参与苏峻叛乱,峻败,投石勒,为勒所杀。 [2] 阮遥集:阮孚(fú),字遥集,阮咸(“竹林七贤”之一)的第二个儿子,历任侍中、吏部尚书、广州刺史等官。屐(jī):木头鞋。南方湿热,故多著屐。 [3] 累:毛病。 [4] 判:分。得失:优劣。 [5] 诣:往见。 [6] 料视:查点。 [7] 屏当:即摒挡,作收拾讲。 [8] 簏(lù):一种盛东西的圆形竹器。 [9] 著:放置。 [10] "倾身"句:歪身遮蔽它。 [11] "意未"句:指祖约神色尴尬,左右为难。 [12] 蜡屐:在屐上涂蜡,使之润滑。[13] "未知"句:说不知人生一世能穿几双屐啊!量,通"緉",作双解。一作两。

王子猷居山阴

【题解】 本文选自《世说新语·任诞》,题目为编者所加。王子猷,名徽之,字子猷,王羲之之子。初为桓温参军,后任黄门侍郎。刘孝标《世说新语》注引《中兴书》云:"徽之任性放达,弃官东归,居山阴。"山阴,今浙江绍兴。王子猷雪夜访友,乘兴而去,兴尽而返,不在乎见到与否。这种不拘形迹的人生态度,为魏晋士人所崇尚。本篇文字清简隽永,末尾尤余韵深长。

王子猷居山阴。夜大雪,眠觉,开室,命酌酒。四望皎然[1],因起仿偟[2]。咏左思《招隐诗》[3],忽忆戴安道[4]。时戴在剡[5],即便夜乘小船就之。经宿方至[6],造门不前而返[7]。人问其故,王曰:"吾本乘兴而行,兴尽而返,何必见戴!"

【注释】 [1] 皎然:洁白光明貌。 [2] 仿偟:同"彷徨"。 [3] 左思:西晋著名诗人,有《招隐诗》二首。 [4] 戴安道:戴逵,字安道,谯国人。博学多能,性情高傲,隐而不仕。 [5] 剡(shàn):今浙江嵊县。其地有剡溪,在曹娥江上游,自山阴可溯流而上。 [6] 经宿:经过一夜。[7] 造:到。

石崇要客燕集

【题解】 本文选自《世说新语·汰侈》，题目为编者所加。石崇，字季伦，西晋贵族。后因结党等事被杀。要(yāo)：约请。燕：通“宴”。一次宴集，连斩三人，犹不能止。石崇之残暴，王敦之冷酷，王导之伪善，无不毕现。情节典型，笔法冷峻，作者爱憎，不言自明。

石崇每要客燕集，常令美人行酒[1]。客饮酒不尽者，使黄门交斩美人[2]。王丞相与大将军尝共诣崇[3]，丞相素不能饮[4]，辄自勉强，至于沉醉。每至大将军，固不饮[5]，以观其变。已斩三人，颜色如故，尚不肯饮。丞相让之[6]，大将军曰：“自杀伊家人[7]，何预卿事[8]？”

以上据上海古籍出版社版《世说新语笺疏》

【注释】 [1] 行酒：斟酒劝饮。 [2] 黄门交：即黄门校，此指侍者。 [3] 王丞相：即王导，东晋元帝时任丞相之职。大将军：即王敦，是王导从兄，元帝时为征南大将军。 [4] 素：平素，平时。 [5] 固：坚持。 [6] 让：责备。 [7] 伊家：他家。 [8] 预：干涉。

隋唐五代诗文

卢思道

卢思道(529—582,一说529—586),字子行,范阳(今河北涿州)人。北周时,官至开府仪同三司,迁武阳太守;入隋后,官至散骑侍郎。诗长于七言,或叙别愁,或写边塞,大都质朴流畅,已开初唐歌行的先声。原有集三十卷,已佚。今传《卢武阳集》一卷。

从军行

【题解】 《从军行》:乐府《相和歌·平调曲》,多写从军征战之事。这首诗以汉代历史为背景,表现将士勇武矫健的风姿和直捣龙庭的气势,描绘了边塞的萧条荒凉,反映出征战的艰苦和思妇的幽怨。全诗质朴遒劲,对偶工整,“音响格调,咸自停匀,体气丰神,尤为焕发”(胡应麟《诗薮》内篇卷三)。

朔方烽火照甘泉[1],长安飞将出祁连[2]。犀渠玉剑良家子[3],白马金羁侠少年。平明偃月屯右地[4],薄暮鱼丽逐左贤[5]。谷中石虎经衔箭[6],山上金人曾祭天[7]。天涯一去无穷已,蓟门迢递三千里[8]。朝见马岭黄沙合[9],夕望龙城阵云起[10]。庭中奇树已堪攀,塞外征人殊未还[11]。白雪初下天山外,浮云直上五原间[12]。关山万里不可越,谁能坐对芳菲月?流水本自断人肠,坚冰旧来伤马骨。边庭节物与华异,冬霰秋霜春不歇。长风萧萧渡水来，归雁连连映天没。从军行，军行万里出龙庭，单于渭桥今已拜[13]，将军何处觅功名。

据中华书局版《先秦汉魏晋南北朝诗》

【注释】 [1] 朔方：北方。又汉郡名，治所在今内蒙古杭锦旗西北。甘泉：秦、汉皇帝的离宫，在今陕西淳化甘泉山上。《史记·匈奴列传》载，汉文帝后元三年："胡骑入代句注边，烽火通于甘泉、长安。" [2] 飞将：西汉李广曾被匈奴称为"飞将军"，此泛指。 [3] 犀渠：犀牛皮制的盾。良家子：汉代指普通百姓子弟，为汉代兵源之一。 [4] 偃月：半月形，此指偃月阵。主将率军居中，两边军队张角向前。右地：西部地带。 [5] 鱼丽：古车战阵形。《左传·桓公五年》："为鱼丽之陈(阵)，先偏后伍，伍承弥缝。"以二十五辆战车为一偏，在前；步兵五人为一伍，配合其间。左贤：左贤王。此泛指匈奴统帅。 [6] 石虎：《史记·李广列传》载，李广曾误以草中石为虎而射之，箭头入石中。 [7] 金人：匈奴祭天的金属佛像。《汉书·霍去病传》载，霍去病曾远征皋兰山，缴获金人。 [8] 蓟门：蓟丘，今北京西北土城一带。迢递：遥远。 [9] 马岭：关隘名。在今山西太古东南。 [10] 龙城：又称龙庭，汉时匈奴大会祭天之处，在今蒙古国鄂尔浑河区。 [11] "庭中"二句：化用《古诗十九首》中《庭中有奇树》意，写思妇怀念久别未归的征人。 [12] 浮云：喻征人游子。五原：汉郡名。在今内蒙古包头西北。 [13] 单于：匈奴君主。渭桥：在长安北渭水上。《汉书·匈奴传》载，汉宣帝甘露三年，匈奴呼韩邪单于入朝，宣帝登渭桥接见。时在长安的外族君臣都拜于桥下，口呼万岁。

薛道衡

薛道衡(540—609)，字玄卿，河东汾阴(今山西万荣)人。曾历仕北齐、北周。入隋后，任内史侍郎，加开府仪同三司。炀帝朝任司隶大夫，后被缢杀。他的诗在北朝诗人中成就最高，与卢思道齐名，虽仍有骈俪浮靡之习，但已显露出刚健清新之气。原有集三十卷,已佚。今存《薛司隶集》一卷。

昔 昔 盐

【题解】 昔昔盐,隋唐乐府题名。郭茂倩《乐府诗集》收入"近代曲辞"。明代杨慎认为就是梁代乐府《夜夜曲》。诗人用景物和环境烘托感情,生动表现了主人公对久戍不归的丈夫的思念和凄冷孤寂之感。诗中大量运用整饬的对偶句,语言华丽清新,风格细腻深婉,既体现了南朝诗歌的特点,又初步透露出唐代歌行体的气息。唐代刘餗《隋唐嘉话》载:"炀帝善属文而不欲人出其右,司隶薛道衡由是得罪。后因事诛之,曰:'更能作"空梁落燕泥"语否'。"虽系传说,但可见此诗影响之大。

垂柳覆金堤,蘼芜叶复齐[1]。水溢芙蓉沼,花飞桃李蹊。采桑秦氏女,织锦窦家妻[2]。关山别荡子,风月守空闺。恒敛千金笑[3],长垂双玉啼[4]。盘龙随镜隐,彩凤逐帷低[5]。飞魂同夜鹊[6],倦寝忆晨鸡[7]。暗牖悬蛛网,空梁落燕泥。前年过代北,今岁往辽西[8]。一去无消息,那能惜马蹄[9]。

【注释】 [1] 蘼芜:一种野草,夏季开白花。 [2]"采桑"二句:以罗敷和苏蕙比喻思妇。秦氏女,指汉乐府《陌上桑》中的秦罗敷。窦家妻,据《晋书·列女传》:"窦滔妻苏氏,……名蕙,字若兰,善属文。滔,苻坚时为秦州刺史,被徙流沙。苏氏思之,织锦为回文旋图诗以赠。" [3] 恒:常。 [4] 双玉:即双玉箸,一双玉筷子,诗文中常用以形容眼泪。 [5]"盘龙"二句:思妇忧愁寂寞,把镜子收起来懒得照,帷帐也整日低垂着。盘龙,镜上的雕饰。彩凤,帷帐上的图案。 [6]"飞魂"句:思妇神魂不定,就像被明月惊飞的夜鹊。 [7]"倦寝"句:思妇夜久难寐,因失眠而感到疲倦,便期待着早上鸡叫。 [8]“前年”二句:征夫行踪不定,越走越远。代北,今山西北部。辽西,今辽宁西部。 [9]“那能”句:东汉苏伯玉妻《盘中诗》:“何惜马蹄数不归。”怨其夫不归。

人日思归

【题解】 人日,农历正月初七日。诗作于隋开皇五年(585)诗人出使南朝时。《隋唐嘉话》载:“薛道衡聘陈,为人日诗云:‘入春才七日,离家已二年。’南人嗤之曰:‘是底言?谁谓此虏解作诗!’及云:‘人归洛雁后,思发在花前。’乃喜曰:‘名下固无虚士。’”

入春才七日,离家已二年。人归落雁后,思发在花前[1]。

以上据中华书局版《先秦汉魏晋南北朝诗》

【注释】 [1]“人归”二句:诗人归乡在北飞的大雁后,而归思萌发在春花开放前。

无名氏

大业长白山谣

【题解】 大业,隋炀帝年号(605—618)。长白山,在山东邹平南。这是流行于隋末长白山起义军中的歌谣,表现他们反抗压迫,勇敢战斗的英雄气概,风格质朴豪迈。

长白山前知世郎[1],纯著红罗绵背裆[2]。长矟侵天半[3],轮刀耀日光。上山吃獐鹿,下山吃牛羊。忽闻官军至，提刀向前荡。譬如辽东死，斩头何所伤。

据中华书局版《先秦汉魏南北朝诗》

【注释】 [1] 知世郎:《资治通鉴·隋纪》大业七年载:邹平人王薄在长白山聚众起义，自称“知世郎”。意谓通晓世事的人。 [2] 纯著:一色地穿着。背裆:马甲。 [3] 矟(shuò):长矛。《尔雅·释兵》:“矛长丈八曰矟，马上所持。”

魏 徵

魏徵(580—643)，字玄成，馆陶(今属河北)人。隋末为道士。后参加李密义军，随李密投唐。初为太子洗马。太宗即位，擢为谏议大夫，知无不言，敢于犯颜直谏，被史家称作“诤臣”。官至左光禄大夫，封郑国公。死后赠司空，谥文贞。有《魏徵集》二十卷，今佚。仅《全唐文》存文三卷，《全唐诗》诗一卷。

论时政疏 (第二疏)

【题解】 疏是臣下向君主陈述意见的一种文体。唐太宗为一代英主，但晚年日渐志得意满，好大喜功，连年发兵，大兴土木。于是魏徵于贞观十一年(637)上此疏以谏。题目，一作《谏太宗十思疏》。

本疏针对太宗希望长治久安，害怕重蹈亡隋覆辙的心理，以“思国之安者，必积其德义”为主旨，以“思”字作骨，重申了“民能载舟，民能覆舟”的道理，规劝太宗要“居安思危，戒奢以俭”。并从为政、用人、生活、修养等十个方面，对“积其德义”、“居安思危”加以具体化。作者设喻取譬，正反相证，条分缕析，层层推进，可谓透辟婉转，善讽善谏。

臣闻求木之长者，必固其根本;欲流之远者，必浚其泉源[1]；思国之安者，必积其德义。源不深而望流之远，根不固而求木之长，德不厚而望国之治：虽在下愚，知其不可，而况于明哲乎！人君当神器之重[2]，居域中之大[3]，将崇极天之峻，永保无疆之休。不念居安思危，戒奢以俭[4]，德不处其厚，情不胜其欲，斯亦伐根以求木茂，塞源而欲流长者也。

凡百元首[5]，承天景命[6]，莫不殷忧而道著，功成而德衰。有善始者实繁，能克终者盖寡，岂取之易，守之难乎？昔取之而有余，今守之而不足。何也？盖在殷忧，必竭诚以待下；既得志，则纵情以傲物。竭诚，则吴、越为一体[7]；傲物，则骨肉为行路。虽董之以严刑[8]，震之以威怒，终苟免而不怀仁，貌恭而不心服[9]。怨不在大[10]，可畏惟人[11]，载舟覆舟[12]，所宜深慎[13]。

奔车朽索，其可忽乎？君人者，诚能见可欲[14]，则思知足以自戒[15]；将有作[16]，则思知止以安人[17]；念高危，则思谦冲以自牧[18]；惧满溢，则思江海下百川；乐盘游[19]，则思三驱以为度[20]；忧懈怠，则思慎始而敬终[21]；虑壅蔽，则思虚心以纳下，惧谗邪，则思正身以黜恶；恩所加，则思无因喜以谬赏[22]；罚所及，则思无因怒而滥刑。总此十思，宏兹九德[23]。简能而任之[24]，择善而从之，则智者尽其谋，勇者竭其力，仁者播其惠，信者效其忠。文武争驰，君臣无事，可以尽豫游之乐，可以养松乔之寿，鸣琴垂拱，不言而化。[25]。何必劳神苦思，代下司职，役聪明之耳目，亏无为之大道哉！[26]！

据中华书局影印《全唐文》

【注释】［1］浚(jùn):疏通挖深水道。 ［2］神器:指帝位。 ［3］域中:天地之间。《老子》:“故天大、地大、道大、王亦大。域中有四大,而王处其一焉。” ［4］戒奢以俭:戒除奢侈而崇尚节俭。 ［5］凡百元首:一切帝王。 ［6］承天景命:承受上天的大命。景,大。 ［7］吴、越为一体:仇敌团结为一体。吴、越,春秋时互相杀伐的两个诸侯国,此喻仇敌。 ［8］董:督责。 ［9］“终苟免”二句:结果使人只图暂免刑罚而不感念皇上的恩德,表面恭顺而内心不服。 ［10］怨不在大:语出《尚书·康诰》:“怨不在大,亦不在小。”孔颖达疏曰:“人之怨不在事大,或由小事而起;虽由小事而起,亦不恒在事小,因小至大。” ［11］人:民。因避太宗李世民讳而改。 ［12］载舟覆舟:语出《荀子·王制》:“君者舟也,庶人者水也。水则载舟,水则覆舟。” ［13］所宜深慎:所以应特别谨慎。 ［14］诚能:果真能够。可欲:指想要的东西。《老子》:“不见可欲,使民心不乱。” ［15］知足以自戒:知满足而自我警戒。《老子》:“知足不辱。”“祸莫大于不知足。” ［16］将有作:将要兴土木营造。 ［17］知止以安人:知适可而止,使百姓安宁。《老子》:“知止不殆。” ［18］谦冲:谦虚。《易·谦》:“谦谦君子,卑以自牧也。”自牧:自我修养。 ［19］盘游:打猎游乐。 ［20］三驱:《易·比》:“王用三驱,失前禽。”指围猎时堵住三面,留前面一路,让一些禽兽逃走。一说,一年围猎三次。度:限度。 ［21］慎始而敬终:谨慎地开始,认真地结束。 ［22］谬赏:奖赏不当。谬,错误。 ［23］宏:弘扬。九德:九种优良品德。《尚书·皋陶谟》:“宽而栗,柔而立,愿而恭,乱而敬,扰而毅,直而温,简而廉,刚而塞,强而义。”一说,指忠、信、敬、刚、柔、和、固、贞、顺。此泛指各种德行。 ［24］简:选拔。 ［25］松乔:传说中的仙人赤松子和王子乔,此代指长生不老者。垂拱:垂衣敛手,不用操劳,而治理好天下。《尚书·武成》:“垂拱而天下治。” ［26］司:主持,掌管。役:驱使。

述　怀

【题解】 诗作于唐高祖李渊即位之初,魏徵出潼关征抚山东(太行山以东)时。诗题一作《出关》。全篇以“感意气”为诗眼,以“慷慨志犹存"，"深感国士恩"为其内涵。述志言怀，颇见性情；慷慨磊落，饶有骨气。沈德潜评曰："气骨高古，变从前纤靡之习。盛唐风格，发源于此。"(《唐诗别裁》卷一)

中原初逐鹿[1]，投笔事戎轩。纵横计不就，慷慨志犹存。杖策谒天子，驱马出关门。请缨系南粤，凭轼下东藩[2]。郁纡陟高岫[3]，出没望平原[4]。古木鸣寒鸟，空山啼夜猿。既伤千里目[5]，还惊九逝魂[6]。岂不惮艰险，深怀国士恩[7]。季布无二诺，侯嬴重一言[8]。人生感意气，功名谁复论[9]。

据中华书局版《全唐诗》

【注释】 [1]"中原"句：指隋末群雄并争的局面。逐鹿，谓争夺政权。《史记·淮阴侯列传》："秦失其鹿，天下共逐之。" [2]"请缨"二句：以终军、郦食其自喻，说自己主动请行，去安抚东方。请缨，《汉书·终军传》：汉武帝派终军出使南越，劝南越王入朝。终军表示"愿受长缨，必羁南越王而致之阙下"。缨，绳子。粤，通"越"。凭轼，指站在车上。轼，车前横木。东藩，东方藩属。《史记·郦生陆贾列传》：汉高祖三年，郦食其自请去游说齐王田广，"使为汉而称东藩"，后"伏轼下齐七十余城"。 [3]郁纡：指山路崎岖萦回。陟：登。岫：峰峦。 [4]"出没"句：意谓峰峦重叠，远处的平原时隐时现。[5]"既伤"句：极目远眺，有吉凶未卜之感。《楚辞·招魂》："目极千里兮伤春心，魂兮归来哀江南。" [6]"还惊"句：表示对故国的怀念。《楚辞·九章·抽思》："唯郢路之辽远兮，魂一夕而九逝。" [7]国士：一国杰出之士。《旧唐书·魏徵传》载：魏徵曾言："主上既以国士见待，安可不以国士报之乎？"[8]"季布"二句：表示要学习季布和侯嬴，实现诺言，完成使命。季布，汉初人，为人侠义，以重然诺著称，当时谚语说："得黄金百斤，不如得季布一诺。"(见《史记·季布栾布列传》)诺，应诺。侯嬴，战国时信陵君的门客，据《史记·魏公子列传》：他为信陵君献窃符救赵之计，临别前对信陵君说："臣宜从，老不能；请数公子行日，以至晋鄙军之日，北向自刭以送公子。"后果践诺。

[9]“人生”二句:谓此行是出于意气,不为功名。梁荀济《赠阴梁州》:“人生感意气,相知无富贵。”

王　绩

王绩(585—644),字无功,自号东皋子,绛州龙门(今山西河津)人。隋末任秘书省正字、六合(今江苏六合)县丞,因嗜酒被免官。唐初曾任太乐丞,不久即弃官归隐。

他多以山水田园诗表达闲逸旷达的情怀,流露对现实的不满和苦闷。风格清新朴素。《四库全书总目提要》称其诗“气格遒健,皆能涤初唐排偶板滞之习,置之开元、天宝间,弗能别也”。他对五律的形成有所贡献。有《东皋子集》五卷,今存三卷。

自撰墓志铭

【题解】 墓志铭包括志和铭两部分。志用散文撰写,叙死者姓氏、籍贯、生平等。铭则用韵文总括全篇。自撰墓志铭即为墓主生前概括自己一生事迹所撰。

作者自以为“有道”,但不为人知;自以为才高,却不被重用,而其原因则是“天子不知,公卿不识”,无知人之明。于是作者由急于仕进,转而为退隐,退隐而又有所不甘,发而为文,便成愤世牢骚之作。作者思想所宗,乃为老、庄;心仪之人,便是阮、陶。

作者牢骚愤世,而故作狂放,形之于文,则有萧散平淡的特色。翁方纲称王绩之诗“以真率疏浅之格,入初唐诸家中,如鸾凤群飞,忽逢野鹿”(《石洲诗话》卷一),其文似之。

王绩者,有父母,无朋友。自为之字,曰无功焉。人或问之,箕踞不对[1],盖以有道于己,无功于时也。不读书，自达理，不知荣辱，不计利害。起家以禄位，历数职而进一阶[2]。才高位下，免责而已[3]。天子不知，公卿不识，四十五十，而无闻焉。于是退归，以酒德游于乡里[4]。往往卖卜[5]，时时著书。行若无所之，坐若无所据，乡人未有达其意也。尝耕东皋，号东皋子。身死之日，自为铭焉曰：

有唐逸人，太原王绩[6]。若顽若愚，似矫似激[7]。院止三径[8]，堂唯四壁[9]。不知节制，焉有亲戚。以生为附赘悬疣，以死为决疣溃痈[10]。无思无虑，何去何从？垅头刻石，马鬣裁封[11]。哀哀孝子[12]，空对长松。

据中华书局影印《全唐文》

【注释】 [1] 箕踞：一种傲慢不敬的坐姿。古时席地而坐，坐则跪，行则膝盖向前，以示敬。伸两足，手据膝，状若箕，为不敬。《庄子·至乐》："庄子妻死，惠子吊之，庄子则方箕踞鼓盆而歌。" [2] 历数职：指其在隋官秘书省正字、六合县丞，唐武德初待诏门下省，贞观初为太乐丞。进一阶：指官吏的等级才升了一级。 [3] 免责而已：免于被斥责罢了。 [4] 酒德：以饮酒为德。西晋"竹林七贤"之一的刘伶曾著《酒德颂》。 [5] 卖卜：以为人占卜为生。皇甫谧《高士传·严遵》："严遵，字君平，蜀人也。隐居不仕，常卖卜于成都市，日得百钱以自给。" [6] 太原：乃王氏郡望。王绩为绛州龙门(今山西河津)人。 [7] 似矫似激：像是矫亢，又像是激愤。 [8] 三径：指家园小径。西汉末，王莽专权，兖州刺史蒋诩告病辞官，隐居乡里，于院中辟三径，唯与求仲、羊仲来往。(见赵岐《三辅决录·逃名》)陶潜《归去来兮辞》："三径就荒，松菊犹存。" [9] 堂唯四壁：犹家徒四壁，状贫困一无所有。《史记·司马相如传》："相如乃与驰归成都，家居徒四壁立。" [10] "以生"二句：以生为累赘，死不足惜。《庄子·大宗师》："彼以生为附赘县(通"悬")疣，以死为决疣溃痈，夫若然者，又恶知死生先后之所在。"附赘悬疣，喻多余无用之物。疣，皮肤上多余的附生物。决疣溃痈，疮瘤自行溃散，毫不足惜。［11］马鬣(liè)：坟上封土的一种形状，称“马鬣封”。《礼·檀弓上》：“吾见封之若堂者矣，见若坊者矣，……见若斧者矣。从若斧者焉，马鬣封之谓也。”裁：通“才”。［12］哀哀：悲伤不已。《诗经·蓼莪》：“哀哀父母，生我劬劳。”

过酒家五首 （其二）

【题解】 王绩生当隋唐易代战事纷乱之际，出仕屡遭贬谪。曾慨叹“罗网高悬，去将安所”，所以借酒避祸。组诗标题一作“题酒店壁”。

此日长昏饮，非关养性灵[1]。眼看人尽醉，何忍独为醒[2]。

【注释】 ［1］养性灵：陶冶性情。［2］“眼看”二句：楚辞《渔父》中，屈原有“举世皆浊我独清，众人皆醉我独醒，是以见放”之叹。此为化用该典。

野　望

【题解】 诗以“望”切入，先点明“望”的时地。然后描绘“望”见的景色，最后用典故与开头呼应，表达孤寂彷徨之情。风格自然朴素，迥异六朝之绮艳。是最早的五律佳作。

东皋薄暮望[1]，徙倚欲何依[2]！树树皆秋色，山山唯落晖。牧童驱犊返，猎马带禽归。相顾无相识，长歌怀采薇[3]。

以上据《四部丛刊》本《东皋子集》

【注释】 [1] 东皋:在王绩故乡的东山。皋,水边之地。 [2] 徙倚:徘徊、彷徨。依:归依。 [3] "长歌"句:典出《史记·伯夷列传》:伯夷、叔齐在武王灭商后不食周粟,隐居首阳山,采薇而食,临终前作歌曰:"登彼西山兮,采其薇矣。以暴易暴兮,不知其非矣!神农、虞夏,忽焉没兮,我安适归矣?于嗟徂兮,命之衰矣。"这里用以表达易代之慨。

李世民

李世民(599—649),即唐太宗,唐高祖李渊次子。早年起兵反隋,协助李渊平定天下。武德九年(626)立为太子,继帝位。次年改元贞观。在位期间,任贤纳谏,勤政省刑,使天下安定,经济繁荣,史称贞观之治。

李世民文武兼擅,他不满齐梁宫体诗风,提倡"雅正"。其诗"雅丽高朗,顾盼自雄"(潘德舆《唐诗评选》),《全唐诗·太宗皇帝》小传说:"有唐三百年风雅之盛,帝实有以启之焉。"《全唐诗》录存其诗一卷,《全唐文》收其文七卷。

帝 京 篇 序

【题解】 《帝京篇》为李世民所作,共十首诗,内容是写帝王生活,兼抒情述志,表达了敬天保民、励精图治的愿望。这篇序文批评了前代的奢侈之君,表达了以俭约为治的愿望。同时作者又提出"用《咸》、《英》之曲,变烂熳之音",以求巩固政权,实现长治久安。它对陈子昂等人诗文革新的主张,起了先导作用。但唐太宗又需要以诗文来润色鸿业,故初唐诗文多应制之作。

予以万几之暇[1],游息艺文。观列代之皇王,考当时之行事。轩、昊、舜、禹之上[2],信无间然矣[3]。至于秦皇、周穆、汉武、魏明[4]，峻宇雕墙，穷侈极丽，征税殚于宇宙，辙迹遍于天下，九州无以称其求，江海不能赡其欲，覆亡颠沛，不亦宜乎？予追踪百王之末，驰心千载之下，慷慨怀古，想彼哲人。庶以尧舜之风，荡秦汉之弊，用《咸》、《英》之曲[5]，变烂熳之音[6]。求之人情，不为难矣。故观文教于六经[7]，阅武功于七德[8]，台榭取其避燥湿，金石尚其谐神人[9]，皆节之于中和，不系之于淫放。故沟洫可悦，何必江海之滨乎？麟阁可玩[10]，何必两陵之间乎[11]？忠良可接，何必海上神仙乎？丰镐可游[12]，何必瑶池之上乎[13]？释实求华，以人从欲，乱于大道，君子耻之。故述《帝京篇》，以明雅志云尔。

【注释】 [1] 几：同"机"，指重要事务。 [2] 轩：指黄帝。传说他姓公孙，居于轩辕之丘，故又称轩辕。昊：指少昊，又作少皞。传说中的古帝王，相传他是黄帝子，姓已，名挚，字青阳。 [3] 无间：相差不远。间，差距。《淮南子·俶真训》："则丑美有间矣。"高诱注："间，远也，方其好丑相去远也。" [4] 周穆：即周穆王，周昭王子，姓姬名满。他在位期间，肆志黩武，兴兵征犬戎，使远方部族不再来归附。魏明：即魏明帝曹叡，魏文帝曹丕子，在位期间（公元226—239年），曾大修宫室，又发兵征辽东等地，导致民生凋弊。 [5]《咸》、《英》之曲：传说中的黄帝之乐《咸池》和帝喾之乐《六英》，见《礼记·乐记》正义。《六英》又作《五英》，见《白虎通论·帝王礼乐》。这里指醇正中和的古乐。 [6] 烂熳：同"烂漫"，淫佚放浪。《魏书·乐志》："三代之衰，邪音间起，则有烂漫靡靡之乐兴焉。" [7] 六经：指《周易》、《尚书》、《诗经》、《礼记》、《乐经》、《春秋》等六部儒家经典。 [8] 七德：指武功的七种德行。《左传·宣公十二年》："夫武，禁暴、戢兵、保大、定功、安民、和众、丰财者也。故使子孙无忘其章。……武有七德，我无一焉，何以示子孙？" [9] 金石：钟磬之类的乐器。《礼记·乐记》："金石丝竹，乐之器也。"这里代指音乐。 [10] 麟阁：即麒麟阁，在西汉未央宫内，汉宣帝时，将霍光、张安世等十一位功臣的画像置于阁中。　[11] 两陵：一作“山陵”。　[12] 丰镐：西周旧都。又作“酆鄗”。丰为周文王所建，在今陕西户县西，沣水西岸。镐为周武王所建，在今陕西西安西南，沣水东岸。　[13] 瑶池：古代神话中西王母所居之处，在昆仑山。《穆天子传》中有周穆王在瑶池见西王母的故事。

还陕述怀

【题解】 唐太宗戎马倥偬，一统天下。故其忆征战、述胸怀之作，“皆雄伟不群，规模宏远，真可谓帝王之作，非儒生骚人之所能及”（都穆《南濠诗话》）。本诗首尾述胸怀，慷慨自得之意，溢于言表，可与“八表文同轨，无劳歌大风”（《过旧宅》）“昔乘匹马去，今驱万乘来”（《题河中府逍遥楼》）相印证。中间忆征战，“虽偶丽，乃鸿硕壮阔，振六朝靡靡”（毛先舒《诗辩坻》卷四）。正是在这个意义上，胡震亨称太宗诗“首辟吟源”（《唐音癸签》卷五）的。

慨然抚长剑，济世岂邀名[1]。星旂纷电举[2]，日羽肃天行[3]。遍野屯万骑，临原驻五营[4]。登山麾武节[5]，背水纵神兵[6]。在昔戎戈动，今来宇宙平。

以上据中华书局版《全唐诗》

【注释】 [1] 济世：即济时。匡时救世。邀名：博取名声。　[2] 星旂（qí）：即星旗。指饰以星文的旌旗。旂，上画龙形、竿头系铃的旗。《周礼·春官·司常》：“王建大常（引者注：日月为常），诸侯建旂。”电举：喻举之迅疾。[3] 日羽：以日纹、羽毛为饰的旌旗。古代天子、诸侯出行的仪仗。肃天行：整肃天下而出征。　[4] “临原”句：泛指分兵驻营戍守。原，唐长安、万年二县有白鹿、少陵等五原。　[5] 麾：作指挥用的旌旗。引申为指挥。武节：象征兵权的符节。　[6] 背水：背水列阵，以示无路可退，激励士兵必胜求生的决心。

卢照邻

卢照邻(生卒年不详),字升之,自号幽忧子,幽州范阳(今北京附近)人。初为邓王(李元裕)府典签,后任新都尉。曾被横祸下狱。后染风疾,隐居长安附近太白山,又服丹药中毒,手足残废,徙居阳翟具茨山下(今河南离县西北)。曾作《五悲文》自明遭遇,后因不堪病痛,投颍水而死。

卢照邻擅长七言歌行体,虽未脱尽宫体诗痕迹,但“一变而精华浏亮。抑扬起伏,悉谐宫商;开合转换,咸中肯綮。七言长体,极于此矣”(《诗薮》内编卷三)。有《卢升之集》七卷,又称《幽忧子集》。

长安古意

【题解】 古意,是“拟古”一类托古抒怀的诗题。诗以古讽今,以汉喻唐,“长安大道豪贵骄奢,狭邪艳冶,无所不有。自嬖宠而侠客而金吾而权臣,皆向娼家游宿,自谓可永保富贵矣。然转瞬沧桑,徒存墟墓,不如读书自守者之为得也。借言子云,聊以自况云尔。”(沈德潜《唐诗别裁》)诗纵横奔放,有别于六朝宫体的萎靡纤弱,而富丽精工则似之;排比铺陈,卒章讽喻,则有汉赋的影响。

长安大道连狭斜[1],青牛白马七香车[2]。玉辇纵横过主第[3],金鞭络绎向侯家[4]。龙衔宝盖承朝日[5],凤吐流苏带晚霞[6]。百丈游丝争绕树[7],一群娇鸟共啼花。啼花戏蝶千门侧,碧树银台万种色。复道交窗作合欢[8],双阙连甍垂凤翼[9]。梁家画阁天中起[10],汉帝金茎云外直[11]。楼前相望不相知,陌上相逢讵相识。借问吹箫向紫烟[12]，曾经学舞度芳年。得成比目何辞死[13]，愿作鸳鸯不羡仙。比目鸳鸯真可羡，双来双去君不见？生憎帐额绣孤鸾[14]，好取门帘帖双燕。双燕双飞绕画梁，罗帏翠被郁金香[15]。片片行云著蝉鬓[16]，纤纤初月上鸦黄[17]。鸦黄粉白车中出，含娇含态情非一。妖童宝马铁连钱[18]，娼妇蟠龙金屈膝[19]。御史府中乌夜啼，廷尉门前雀欲栖[20]。隐隐朱城临玉道，遥遥翠幰没金堤[21]。挟弹飞鹰杜陵北[22]，探丸借客渭桥西[23]。俱邀侠客芙蓉剑[24]，共宿娼家桃李蹊[25]。娼家日暮紫罗裙，清歌一啭口氛氲[26]。北堂夜夜人如月[27]，南陌朝朝骑似云。南陌北堂连北里[28]，五剧三条控三市[29]。弱柳青槐拂地垂，佳气红尘暗天起。汉代金吾千骑来[30]，翡翠屠苏鹦鹉杯[31]。罗襦宝带为君解[32]，燕歌赵舞为君开[33]。别有豪华称将相，转日回天不相让[34]。意气由来排灌夫[35]，专权判不容萧相[36]。专权意气本豪雄，青虬紫燕坐春风[37]。自言歌舞长千载，自谓骄奢凌五公[38]。节物风光不相待，桑田碧海须臾改[39]。昔时金阶白玉堂，即今唯见青松在。寂寂寥寥扬子居[40]，年年岁岁一床书[41]。独有南山桂花发[42]，飞来飞去袭人裾。

据中华书局版《全唐诗》

【注释】 [1] 狭斜：狭窄的小巷。汉乐府有《长安有狭斜行》，斜，古代巷的别称。 [2] 青牛：指驾车之牛。魏文帝曾用青牛驾文车，迎美人薛灵芸（见《拾遗记》）。七香车：用七种香木制成的华美车子。梁简文帝萧纲《乌栖曲》："青牛丹毂七香车。" [3] 玉辇：皇帝所乘之车。这里泛指贵人的车子。主第：公主的宅第。 [4] 金鞭：泛指华贵的车马。 [5] 龙衔宝盖:指车盖的柄雕作龙形,如同衔着车盖。宝盖,华美的车盖。 [6] 凤吐流苏:指车上的流苏悬挂在凤形装饰物上,好像从凤嘴中吐出。流苏,一种装饰品,用彩色羽毛或丝缕制成球状,下垂长穗。 [7] 游丝:虫类吐出的飘荡在空中的丝。庾信《春赋》:“一丛香草足碍人,数尺游丝即横路。” [8] 复道:楼阁与楼阁间的空中廊道。交窗:花格子窗。合欢:即合欢花,又叫马樱花,这里指交窗上的图案。 [9] 双阙:汉代未央宫有东阙、北阙,合称为双阙。阙,宫门前面两边的望楼。连甍:指屋脊相连。垂凤翼:形容屋脊两檐下垂,如张开的凤翼。 [10] 梁家画阁:东汉外戚梁冀在洛阳大修宅第,其中台阁周通,上面雕绘着各式图案,豪侈之极。这里借用来写长安的贵族生活。天中起:耸立中天。一本作“中天起”。 [11] 汉帝金茎:指汉武帝在长安建章宫竖立的铜柱,柱高二十丈,上有铜仙人以掌托盘,承接露水。汉武帝用露水调玉屑服食,以求长生不老。 [12] 吹箫向紫烟:春秋时秦穆公之女弄玉嫁给善吹箫的萧史,学吹箫作凤鸣,后来夫妻乘凤飞去成仙(见《列仙传》)。江淹《班婕妤咏扇》:“画作秦王女,乘鸾向烟雾。”这里指向往爱情的歌舞女。 [13] 比目:鱼名,又目生在身体的同一侧,游泳时成对而行。 [14] 生憎:偏憎,最厌恶。帐额:帐檐。鸾:凤凰一类的鸟。古时常以鸾凤和鸣象征夫妻和美。 [15] 帏:帐。翠被:用翠鸟羽毛装饰的被子。郁金香:多年生草本植物,有异香,生在大秦国。用它提炼的香料也叫郁金香,可用以薰被。 [16] 行云:形容头发如流动的云彩。著:附着。蝉鬓:一种把双鬓梳成蝉翼般的发式。崔豹《古今注》:“魏文帝宫人莫琼树乃制蝉鬓,缥缈如蝉翼。” [17] 初月上鸦黄:指六朝和唐代女子的一种额饰,以嫩黄色涂在额上,作初月形。又叫约黄、额黄。萧纲《美女篇》:“约黄能效月,裁金巧作屋。”鸦黄,嫩黄色。 [18] 妖童:妖冶的歌童。铁连钱:指马毛青色,带有铜钱状的花斑。 [19] 蟠龙:指蟠龙钗,东汉梁冀妻所制。屈膝:同“屈戌”,门窗的阖叶,这里似指蟠龙钗制作复杂,用金屈戌把几部分连接起来。一说,金屈膝指带有金屈膝的屏风,上面雕有蟠龙花纹。古时辇中可置屏风。 [20] “御史”二句:长安城中权贵、恶少横行不法,御史和廷尉没有实际权力,门庭冷落。御史,掌管弹劾的官。廷尉,司法官。《汉书·朱博传》:“(御史)府中列柏树,常有野乌数千,栖宿其上,晨去暮来,号曰朝夕乌。”《史记·汲郑列传》:“始翟公为廷尉,宾客阗门。及废,门外可设雀罗。” [21] 翠幰:翠羽装饰的车幕。幰(xiǎn),带花纹的车幕。 [22] 杜陵:汉宣帝的陵墓，在长安东南。　[23] 探丸：探取弹丸。指游侠替人报仇。《汉书·尹赏传》载：长安有一群谋杀官吏为人报仇的少年，事前设赤、白、黑三色弹丸，让参加者暗中探取，探得赤丸者杀武吏，探得黑丸者杀文吏，探得白丸者为牺牲者办丧事。借客：指替人报仇。《汉书·朱云传》载，朱云"少时通轻侠，借客报仇"。渭桥：本名横桥，又名中渭桥，在长安西北渭水上。[24] 芙蓉剑：春秋时越国铸造的宝剑，名"纯钧"。相传秦客薛烛善相剑，评此剑说："沈沈如芙蓉始生于湖"(见《吴越春秋》)。　[25] 桃李蹊：桃李树下的小路。《史记·李将军列传》："桃李不言，下自成蹊。"这里指娼家所居之处，形容其门前人多。　[26] 氛氲(fèn yūn)：形容香气四散。　[27] 北堂：南朝诗歌中用以指闺房，这里指娼家堂屋。人如月：形容娼女貌美。[28] 北里：指唐代娼妓聚居的平康里，在长安北门内。　[29] 剧：交错的道路。《尔雅·释宫》郭璞注："今南阳冠军乐乡数道交错，俗呼之为五剧乡。"条：通达的道路。班固《西都赋》："披三条之广路。"控：贯通。三市：指多处集市。左思《魏都赋》："列三市而开廛。"　[30] 金吾：即执金吾，汉代的禁卫军军官。唐代置左、右金吾卫，有金吾大将军。千骑来：一本作"千乘来"。[31] 翡翠屠苏：翡翠色的美酒。屠苏，美酒名。鹦鹉杯：用鹦鹉螺制成的酒杯。《太平御览》卷七五九引《南州异物志》："鹦鹉螺状如覆杯，头如鸟头，向其腹视似鹦鹉，故以为名。"　[32] "罗襦"句：写娼家的欢宴情景。《史记·滑稽列传》："日暮酒阑，合尊促坐，男女同席，履舄交错，罗襦襟解，微闻芗(香)泽。"襦，短衣。　[33] 燕歌赵舞：古代燕、赵地区出美女，以能歌善舞著称。　[34] 转日回天：指权势极大，能操纵一切。东汉宦官专权，其中左悺被称作"左回天"。　[35] "意气"句：权贵间意气相争，倾轧排挤。灌夫，汉武帝时的将军，性格刚烈勇猛，爱使酒骂座，因得罪丞相田蚡，被诛，事见《史记·魏其武安侯列传》。　[36] "专权"句：专权者连萧何这样的人也不能相容。萧相，指汉高祖时的丞相萧何，曾被刘邦怀疑入狱，晚年以恭谨全身。一说，指西汉萧望之，他曾任御史大夫、太子太傅、前将军，自谓"位备卿相"，后受宦官石显陷害，自杀。　[37] 虬：有角的小龙，这里指骏马。屈原《九章·涉江》："驾青虬兮骖白螭。"紫燕：骏马名。坐春风：驰骋在春风中。春，一作"生"。　[38] 五公：指西汉时著名权贵张汤、杜周、萧望之、冯奉世、史丹五人。　[39] 桑田碧海：碧海化作桑田，指世事的巨大变迁。《神仙传》卷五："麻姑谓王方平曰：'接待以来，见东海三为桑田。'"　[40] 扬子居：指西汉扬雄的住宅。他在成帝、哀帝、平帝三朝作官都不得意，后校书天禄阁，闭门作《太玄》、《法言》，门庭寂寥。左思《咏史》："寂寂扬子宅，门无卿相舆。……悠悠百世后，英名擅八区。"这里用左思诗意，并以此自况。
[41] 一床书：指隐士以读书自娱。庾信《寒园即目》："隐士一床书。"床，指坐榻。　[42] 南山：指长安南面的终南山。桂花：暗喻隐士。淮南小山《招隐士》："桂树丛生兮山之幽，偃蹇连蜷兮山之缭。"

骆宾王

骆宾王（生卒年不详），婺州义乌（今浙江义乌）人。初在道王（李元庆）府任职，后拜奉礼郎，为东台详正学士，因事被谪戍边。高宗时，由长安主簿入朝为侍御史，又被诬下狱。后曾任临海县丞，也称骆临海。睿宗光宅元年（684），参加徐敬业讨武则天的行动，兵败后，下落不明。

骆宾王擅长七言歌行，明代胡震亨说他"富有长情，兼深组织"，"得擅长什之誉"（《唐音癸签》）。其长篇歌行《帝京篇》在当时被称为绝唱。其五律数量较多，颇有佳作，又兼擅骈文。有《骆临海集》十卷。

代李敬业传檄天下文

【题解】 李敬业，即徐敬业，唐开国元勋徐世勣之孙。徐世勣因功由太宗赦姓李。敬业少有勇名，屡从勣征讨。高宗时历任太仆少卿、眉州刺史，后贬柳州司马。光宅元年（684），武则天废中宗，他起兵十万讨伐，自称匡复府上将，领扬州大都督。骆宾王入其幕掌文书，为他写了这篇檄文。

为维护李唐的正统，骆宾王以封建君臣之义相号召，历数武后谋权篡位的种种罪恶，痛揭其奸，虽不尽符合史实，却极富鼓动性。

清吴楚才、吴调侯评曰:“起写武氏之罪不容诛,次写起兵之事不可缓,末则示之以大义,动之以刑赏。雄文劲采,足以壮军声而作义勇,宜则天见檄而叹其才也。”(《古文观止》)吴氏所谓则天见而叹赏之事,见于段成式《酉阳杂俎》卷一,文曰:“骆宾王为徐敬业作檄,极疏大周过恶。则天览及‘蛾眉不肯让人’、‘狐媚偏能惑主’,微笑而已。至‘一抔之土未干,六尺之孤安在?’不悦曰:‘宰相何得失如此人。’”所载虽不一定属实,但全文确实气势充沛,感情强烈,符合檄文“振此威风,暴彼昏乱”,“必事昭而理辨,气盛而辞断”(刘勰《文心雕龙·檄移》)的要求,是骈体檄文之名作。

伪临朝武氏者[1],人非温顺,地实寒微[2]。昔充太宗下陈[3],尝以更衣入侍[4]。洎乎晚节,秽乱春宫[5]。密隐先帝之私[6],阴图后庭之嬖[7]。入门见嫉,蛾眉不肯让人[8];掩袖工谗,狐媚偏能惑主[9]。践元后于翚翟[10],陷吾君于聚麀[11]。加之虺蜴为心[12],豺狼成性。近狎邪僻,残害忠良[13]。杀姊屠兄,弑君鸩母[14]。神人之所共疾,天地之所不容。犹复包藏祸心,窥窃神器。君之爱子,幽之于别宫[15];贼之宗盟[16],委之以重任。

呜呼!霍子孟之不作,朱虚侯之已亡[17]。燕啄皇孙,知汉祚之将尽[18];龙漦帝后,识夏庭之遽衰[19]。

敬业皇唐旧臣,公侯冢子[20]。奉先帝之遗训,荷本朝之厚恩。宋微子之兴悲,良有以也[21];桓君山之流涕,岂徒然哉[22]!是用气愤风云,志安社稷。因天下之失望,顺宇内之推心。爰举义旗,誓清妖孽。

南连百越[23],北尽三河[24],铁骑成群,玉轴相接。海陵红粟,仓储之积靡穷[25];江浦黄旗,匡复之功何远[26]。

班声动而北风起,剑气冲而南斗平[27]。喑呜则山岳崩颓[28],叱咤则风云变色[29]。以此制敌,何敌不摧!以此攻城,何城不克!

公等或家传汉爵,或地协周亲[30],或膺重寄于爪牙,或受顾命于宣室[31]。言犹在耳,忠岂忘心!一抔之土未干,六尺之孤安在[32]?倘能转祸为福,送往事居[33],共立勤王之勋[34],无废大君之命,凡诸爵赏,同指山河[35]。若其眷恋穷城,徘徊歧路,坐昧先几之兆,必贻后至之诛[36]。

请看今日之域中,竟是谁家之天下!

移檄州郡,咸使知闻。

【注释】 [1] 伪:表示不合法,不予承认。临朝:君临朝廷,执政。武氏:即武则天(624—705),名曌(zhào),并州文水(今山西文水)人。唐太宗时入宫为才人,太宗死后为尼。高宗时被召为昭仪,后立为皇后,参与朝政,与高宗并称"二圣"。弘道元年(683)高宗死,中宗即位。次年,她亲自临朝,废中宗为庐陵王,立相王(李旦)为帝(睿宗)。载初元年(690),降皇帝为皇嗣,自称圣神皇帝,改国号为周。中宗复位后,上尊号为则天大圣皇帝,不久即去世。 [2] 地:指门第、社会地位。 [3] 下陈:《文选·上秦始皇书》:"所以饰后宫,充下陈。"李善注:"下陈,犹后列也。"此指武则天入宫为"才人"。《新唐书·后妃传》:"太宗闻(武)士彟(hù)女美,召为才人,方十四。"《旧唐书·后妃传》:"才人九人,正五品。" [4] "尝以"句:用汉武帝后卫子夫典。卫子夫出身寒微,曾为平阳主讴(歌)者,武帝过平阳主,"既饮,讴者进,上望见,独说(悦)卫子夫。是日武帝起更衣,子夫侍尚衣轩中,得幸。"(详《史记·外戚世家》)更衣,更换衣服,古人也用作上厕所的婉词。 [5] 秽乱春宫:指武氏与尚为太子的高宗发生了淫乱关系。春宫,即东宫,太子所居的宫室。 [6] 密隐:遮掩。武则天在太宗死后,一度为尼,以掩盖其原来的身份。(见《新唐书·则天皇后本纪》) [7] 后庭:指高宗的后宫。嬖(bì):宠幸。《左传·隐公三年》陆德明释文:"贱而得幸曰嬖。" [8] "入门"二句:

被选入宫的嫔妃,都遭到武则天的嫉妒。邹阳《狱中上梁王书》:“女无美恶,入宫见妒。”蛾眉,形容女子细弯的眉毛如蚕蛾的触须,指代美女。此指武则天。　[9]“掩袖”二句:暗指武则天自毙亲生女儿,而嫁祸于王皇后,使皇后失宠,自己夺位的事。见《新唐书·后妃传》。掩袖,以袖掩鼻,厌闻恶臭的一种表示。《战国策·楚策》记载,魏王遗美人予楚怀王,怀王悦之。王姬郑袖对美人说:“王爱子之美矣,虽然,恶子之鼻。子为见王,则必掩子鼻。”新人见王因掩其鼻。王谓郑袖曰:“夫新人见寡人则掩其鼻,何也?”郑袖回答说:“其似恶闻君王之臭也。”于是楚王怒而劓之。工谗,巧于进谗。　[10]“践元后”句:指武后让高宗废王皇后,取而代之。践,践踏。元后,指正宫皇后。翚(huī),雉之白质五色文者。翟,山雉之尾长者。古代皇后的车画翚翟为饰,衣织翚翟的纹样。　[11]聚麀(yōu):父子共同占有一个配偶。太宗、高宗都曾以武氏为嫔妃,故云。《礼记·曲礼》:“夫惟禽兽无礼,故父子聚麀。”麀,雌鹿。　[12]虺蜴(huī yì):蝮蛇和蜥蜴。　[13]“近狎”二句:指武则天亲近李义府、许敬宗等奸佞,陷害长孙无忌、褚遂良等人。高宗欲废王皇后时,长孙等人固争,帝犹豫;而李义府、许敬宗则表请则天为后,帝意遂决。长孙无忌后被诬谋反,置于黔州,投缳而死;褚遂良一再遭贬,郁郁而死;李义府则受宠幸。(详《新唐书·后妃传》等)近狎,亲近。邪僻,小人。　[14]“杀姊”二句:武则天姊嫁贺兰越石为妻,其女贺兰氏在宫中,颇承恩宠,结果被则天毒死,并委罪于其伯父之子惟良、怀运,此二人亦被杀害。又,则天立为皇后之后,其兄武元庆、武元爽皆被流配而死。(均见《旧唐书·外戚传》)弑(shì),古时称臣杀君、子杀父母为弑。君,指高宗。鸩(zhèn),鸟名。羽紫绿色,有毒。置于酒中,饮之立死。则天母杨氏,死于高宗咸亨元年(670)。所谓弑君鸩母事,并无历史记载。一说,鸩母,当指谋害王皇后事。　[15]“君之”二句:高宗死后,中宗继位,后被武氏废黜,改立睿宗李旦。《新唐书·后妃传》:“时睿宗虽立,实囚之,而诸武擅命。”　[16]贼之宗盟:指武氏宗族武承嗣、武三思等。　[17]“霍子孟”二句:感叹唐朝廷中,没有霍光那样的大臣和刘章那样的宗室挽救唐王朝危亡的命运。霍子孟,即霍光,字子孟。汉武帝时任大司马大将军。武帝死,辅佐年幼的昭帝;昭帝崩,迎昌邑王(刘贺)即位,因贺荒淫失道,光废之,改立宣帝(刘询),安定了汉朝基业(详《汉书·霍光传》)。作,兴起。朱虚侯,汉高祖子齐悼惠王(刘肥)的次子刘章,封朱虚侯。高祖死后,吕后及诸吕擅权。吕后死,吕禄、吕产欲为乱,章知其谋,乃与周勃、陈平等尽诛诸吕，迎立文帝。（详《史记·吕后本纪》、《汉书·高五王传》） [18]“燕啄”二句：以赵飞燕喻武则天，指斥其残杀皇子皇孙。汉成帝（刘骜）时，童谣云：“燕燕尾涎涎……燕飞来，啄皇孙，皇孙死，燕啄矢。”后成帝出游，见舞女赵飞燕而幸之。入宫后，她因无子而妒杀了许多皇子。（见《汉书·五行志》）唐高宗永徽六年（655），则天为后之后，先后废掉或杀害了太子李忠、李弘、李贤（后两人乃其亲生）等多人。（详《新唐书》之《高宗皇帝本纪》、《则天顺圣武皇后本纪》、《后妃传》等） 祚（zuò），国家的命运。 [19]“龙漦”二句：夏之衰亡，在神龙下降时已见征兆。漦（lí），龙的涎沫。帝后，指周幽王之王后褒姒。相传夏朝将亡，有二神龙降于宫廷，自称是褒之二君。夏帝问卜于神，以为请其漦藏之乃吉。于是用木盒把漦封存了三代而不敢开启。到周厉王末年，启木盒而龙漦流出，化为玄鼋。一宫女遭之而受孕，生褒姒。褒姒成为幽王王后，废太子，招致犬戎之祸，幽王被杀，西周亡。（见《史记·周本纪》） 遽，急剧。 [20]皇唐：大唐。公侯：指徐敬业的祖父徐勣，以功赐姓李，封英国公，卒赠太尉。父徐震袭封。冢（zhǒng）子：嫡长子。 [21]“宋微子”二句：殷纣王的庶兄微子，周灭殷后，被封于宋。殷亡后，微子朝周，途经殷墟，悲伤感叹于其地之荒芜，作《麦秀歌》。良，确实。以，缘故、原因。 [22]“桓君山”二句：以桓谭自比，谓自己因失去世爵，贬谪外地而感伤，并非徒然。后汉桓谭字君山，光武帝时官议郎、给事中。因反谶讳遭贬，抑郁而死。《新唐书·李敬业传》：“嗣圣元年，（徐敬业）坐赃，贬柳州司马。” [23]百越：古代对南方各部族的总称。此指他们所居的今浙江、福建一带。 [24]三河：指河东、河内、河南。相当于今山西、河南一带的中原地区。 [25]“海陵”二句：形容粮草仓储之多。海陵，指唐代扬州。隋唐时在这里设米仓以备海运接济东北边军。红粟，久储而色赤的霉米。《文选·吴都赋》：“觑海陵之仓，则红粟流衍。”李善注引《汉书》曰：“太仓之粟，红腐而不可食。” [26]“江浦”二句：谓徐敬业等应运兴兵，很快就会匡复唐朝天下。江浦，泛指徐敬业起兵的长江一带。黄旗，古时以天空出现黄旗紫盖状的云气为出帝王的征兆。 [27]“班声”二句：谓队伍已整装待命，武器精良，充足。班声，战马嘶鸣声。《左传·襄公十八年》：“有班马之声，齐师其遁。”班马，载人离去之马。剑气句，相传晋代张华见斗、牛二星之间有紫气，后使人于丰城狱中掘地得二剑。（见《晋书·张华传》） [28]喑（yìn）鸣：形容怒气。 [29]叱咤（chì zhà）：怒喝声。《史记·淮阴侯列传》：“项王喑噁叱咤，千人皆废。” [30]“公等”二句：谓你们这班官员，有的有世袭的爵位，有的是皇亲国戚。家传汉爵，指世受唐朝的封爵。地，指门庭地位。周亲，至亲。 [31]“或膺”二句：谓你们这些将帅和辅政大臣都受过先帝唐高宗的重托。膺，受。重寄，重托。爪牙，指将领。《汉书·李广传》：“将军者，国之爪牙也。”顾命，皇帝临死的遗诏。宣室，汉未央宫正殿之前室，此泛指皇宫之殿。 [32]“一抔”（póu）二句：谓高宗刚死不久，被废为庐陵王的中宗何在？一抔之土，指坟地。《史记·张释之传》：“假令愚民取长陵（汉高祖陵墓）一抔土，陛下何以加其法乎？”高宗葬于光宅元年（684）八月，九月徐敬业起兵扬州，故云一抔之土未干。一抔，一捧，一掬。孤，幼而无父的人。《论语·泰伯》：“可以托六尺之孤。”古代称帝王临死时，遗诏令大臣辅佐太子继位为托孤。孤，这里指中宗。弘道元年（683）十二月，高宗死，中宗嗣位；次年二月，被武则天废为庐陵王，软禁于房州，故云“六尺之孤安在”。 [33]送往事居：送走死的（指高宗），侍奉活着的（指中宗）。 [34]勤王：臣下起兵救援王室。《左传·僖公二十五年》：“求诸侯莫如勤王。诸侯信之，且大义也。” [35]同指山河：这是封爵的誓言。《汉书·高惠高后孝文功臣表序》：“汉兴，封爵之誓曰：使黄河如带，泰山若厉，国以永存，爰及苗裔。”意为有功者将获爵位，子孙永享，可以指山河为誓。 [36]“若其”四句：如果留恋孤立无援的城邑，迟疑徘徊，坐视事前的征兆而不见，必然会因迟迟不响应而受到惩罚和诛杀。这是警告为武氏守城效力者。穷城，孤立无援的城邑。先几之兆，事前的征兆。《易经·系辞下》：“几者动之微，吉之先见者也。”贻，给予。后至之诛，传说禹会诸侯时，因为防风氏后至，禹杀而戮之。（《国语·周语下》）又《周礼·大司马》：“比军众，诛后至者。”

在狱咏蝉

【题解】 唐高宗仪凤三年（678），骆宾王因上书触怒武则天，被诬以贪赃，下狱。在狱中听到枯槐上的蝉声，因作此诗，以抒忧愤。诗前四句用典，交待了时间、地点和心情；后四句以蝉自喻，咏物抒情，浑然一体。全篇对仗工整，风格沉郁。

西陆蝉声唱[1]，南冠客思侵[2]，那堪玄鬓影[3]，来对白头吟[4]。露重飞难进，风多响易沉[5]。无人信高洁[6]，谁为表予心？

【注释】 [1] 西陆：指秋天。《隋书·天文志》："日循黄道东行……行西陆谓之秋，行北陆谓之冬。" [2] 南冠：即楚冠，指囚犯。《左传》成公九年："晋侯观于军府，见钟仪，问之曰：'南冠而系者谁也？'有司对曰：'郑人所献楚囚也。'"侵：侵扰。一本作"深"。 [3] 玄鬓影：指蝉。古人把双鬓梳成蝉翼形，称蝉鬓。崔豹《古今注》："魏文帝宫人莫琼树乃制蝉鬓，望之缥缈如蝉翼。" [4] 白头：作者自指。吟：指蝉鸣。又汉卓文君曾作《白头吟》与司马相如决绝，诗人借此字面引发读者联想，以抒哀怨之情。 [5]"露重"二句：用蝉飞、鸣之艰难自喻处境。 [6] 高洁：指蝉餐风饮露，品行高洁。自喻。

于易水送人一绝

【题解】 易水在今河北省易县。《元和郡县志》："燕太子丹送别荆轲易水之上，即此水也。"诗人以易水为媒介，将历史典故中的壮别，与现实场景中的惜别绾合一起，慷慨情深。在送别诗中别开生面。

此地别燕丹[1]，壮士发冲冠。昔时人已没，今日水犹寒。

以上据上海古籍出版社版《骆临海集笺注》

【注释】 [1] 燕丹：燕太子丹。遣荆轲刺秦王，饯别于易水之上。荆轲作歌云："风萧萧兮易水寒，壮士一去兮不复还。"高渐离击筑，宋如意和之。慷慨悲歌，发皆上冲冠。详《史记·刺客列传》。

王　勃

王勃(650—676),字子安,绛州龙门(今山西河津)人。祖王通,为隋末大儒。勃聪颖早慧好学,未及冠,应幽素举及第,授朝散郎。沛王李贤召为王府修撰。因戏作《檄英王鸡》文,被高宗斥逐出府。任虢州参军时,因擅杀官奴,按律当诛,遇赦除名。后随父赴交趾任。渡海溺水,惊悸而死,年仅27岁。王勃的离别怀乡、登山临水之诗颇多佳作。他的骈文词采华赡,气势奔放。崔融称"王勃文章宏逸,固非常流所及"(《旧唐书·文苑传》),信然。今存《王子安集》。

秋日登洪府滕王阁饯别序

【题解】 洪府即今江西南昌。唐设都督府,滕王阁是高祖李渊之子滕王李元婴作洪州都督时所建。高宗上元二年(675),王勃随父赴交趾令任(一说前往省父),途经南昌,参加了都督阎公在滕王阁举行的宴会,赋诗作序。

序文由洪州的位置、地势、人才写到宴会,用铺陈夸张的笔法写出滕王阁的壮丽及周围的三秋风光,渲染宴会的盛况。再从宴会娱游,写到人生遇合和身世感慨。抒发了作者远大的政治抱负及怀才不遇之情,表达了奋发向上的进取精神和对所谓"圣君"、"明时"的不满。

本文在骈文精美严整的形式中,融写景、叙事、抒情为一体。通篇文气奔放而流畅,没有板滞堆砌之疵。

南昌故郡,洪都新府[1]。星分翼、轸[2],地接衡、庐[3]。襟三江而带五湖[4],控蛮荆而引瓯越[5]。物华天宝,龙光射牛斗之墟[6];人杰地灵,徐孺下陈蕃之榻[7]。

雄州雾列,俊采星驰。台隍枕夷夏之交[8],宾主尽东南之美。都督阎公之雅望,棨戟遥临[9];宇文新州之懿范,襜帷暂驻[10]。十旬休假[11],胜友如云;千里逢迎,高朋满座。腾蛟起凤,孟学士之词宗[12];紫电青霜,王将军之武库[13]。家君作宰,路出名区[14];童子何知,躬逢胜饯。

时维九月,序属三秋[15]。潦水尽而寒潭清,烟光凝而暮山紫。俨骖骓于上路[16],访风景于崇阿[17]。临帝子之长洲,得仙人之旧馆[18]。层台耸翠,上出重霄;飞阁流丹,下临无地[19]。鹤汀凫渚,穷岛屿之萦回[20];桂殿兰宫,列冈峦之体势[21]。披绣闼,俯雕甍[22],山原旷其盈视,川泽盱其骇瞩[23]。闾阎扑地,钟鸣鼎食之家[24];舸舰弥津,青雀黄龙之轴[25]。虹销雨霁,彩彻区明[26]。落霞与孤鹜齐飞,秋水共长天一色[27]。渔舟唱晚,响穷彭蠡之滨[28];雁阵惊寒,声断衡阳之浦[29]。

遥襟甫畅,逸兴遄飞[30]。爽籁发而清风生[31],纤歌凝而白云遏[32]。睢园绿竹,气凌彭泽之樽[33];邺水朱华,光照临川之笔[34],四美具,二难并[35]。穷睇眄于中天,极娱游于暇日[36]。天高地迥,觉宇宙之无穷;兴尽悲来,识盈虚之有数。望长安于日下[37],目吴会于云间[38]。地势极而南溟深[39],天柱高而北辰远[40]。关山难越,谁悲失路之人;沟水相逢,尽是他乡之客[41]。怀帝阍而不见,奉宣室以何年[42]?

嗟乎!时运不齐,命途多舛[43]。冯唐易老,李广难封[44]。屈贾谊于长沙,非无圣主;窜梁鸿于海曲,岂乏明时[45]？所赖君子见机，达人知命[46]。老当益壮，宁移白首之心；穷且益坚，不坠青云之志[47]。酌贪泉而觉爽，处涸辙而犹欢[48]。北海虽赊，扶摇可接[49]；东隅已逝，桑榆非晚[50]。孟尝高洁，空怀报国之情[51]；阮籍猖狂，岂效穷途之哭！[52]

勃，三尺微命，一介书生[53]。无路请缨，等终军之弱冠[54]；有怀投笔，爱宗悫之长风[55]。舍簪笏于百龄，奉晨昏于万里[56]。非谢家之宝树，接孟氏之芳邻[57]。他日趋庭，叨陪鲤对[58]；今兹捧袂，喜托龙门[59]。杨意不逢，抚凌云而自惜[60]；钟期既遇，奏流水以何惭[61]！

呜呼！胜地不常，盛筵难再。兰亭已矣，梓泽丘墟[62]。临别赠言，幸承恩于伟饯[63]；登高作赋，是所望于群公[64]。敢竭鄙怀，恭疏短引[65]。一言均赋，四韵俱成[66]。请洒潘江，各倾陆海云尔[67]。

【注释】 [1]“南昌”二句：点明滕王阁所在地。南昌是汉豫章郡郡治所在，故称“故郡”；唐称洪州，设都督府，故称“新府”。 [2]星分翼、轸（zhěn）：星空的分野属于翼、轸两个星宿。古人把天上星宿的位置与地上的区域相对应，称之为分野。翼、轸，均为天上星宿名，其分野对应古代吴、楚地区，豫章郡古属楚地。 [3]地接衡、庐：州境与湖南的衡山和江西的庐山相连接。 [4]襟：衣襟。用为动词，面对。三江：即松江、娄江、东江。带：腰带。用作动词，围绕。五湖：即太湖、鄱阳湖、青草湖、丹阳湖、洞庭湖。 [5]控：控制。蛮荆：今湖南湖北地区，古为楚地，因开发较晚，旧称南蛮。引：接引。瓯越：今浙江部分地区，古属越地。 [6]“物华”二句：谓此地物产华美，天降宝剑，其光彩上射斗、牛两个星宿。《晋书·张华传》载，张华见斗、牛二星之间有紫气，后使雷焕于豫章郡丰城狱中掘地得二剑。龙光，指宝剑的光芒。[7]“人杰”二句:此地有灵秀之气,人物也特别杰出。《后汉书·徐稚传》载,徐稚,字孺子,豫章人,后汉高士。陈蕃,字仲举,后汉汝南人,志操高洁。他任豫章太守时,“在郡不接宾客,唯稚来特设一榻,去则悬之”。[8]“台隍”句:洪州正当中原和荆楚的交界之处。台,楼阁台基。隍,无水的护城壕。夷,旧指中原以外的少数民族,此指荆楚地区。夏,指中原地区。[9]“都督”二句:谓都督阎公(名字不详)声望很高,远道前来洪州任职。都督,《唐六典》:“都督府都督一人,从三品。”棨(qǐ)戟,带套的戟。古代官吏出行时作前导的仪仗。遥临,从远处来临。[10]“宇文”二句:新州(治所在今广东新兴)的宇文刺史有良好的风范,他的车马也在此暂留。懿范,美好的风范。襜(chān)帷,车帷。此代指车马。[11]十旬休假:唐制每旬(十天)休假一天。《资治通鉴》卷二四四,胡三省注:“一月三旬,遇旬则下直而休沐,谓之旬休。”[12]“腾蛟”二句:孟学士(名不详)那样的文章宗师,才华横溢,如蛟龙腾空,凤凰起舞。《西京杂记》卷二载:董仲舒梦蛟龙入怀,乃作《春秋繁露》。扬雄著《太玄经》,梦吐凤凰飞集此书上。学士,唐时弘文、崇文二馆所设的官名,掌管著述。词宗,文词的宗师。[13]“紫电”二句:王将军(名不详)富于谋略,如武库中有宝剑。紫电,宝剑名。《古今注》上:“吴大皇帝有宝剑六,……二曰紫电。”青霜,状剑刃之锋利。《西京杂记》卷一:“高祖斩白蛇剑,刃上常若霜雪。”武库,兵器库,喻胸中韬略。《晋书·杜预传》:“预在内七年,损益万机,不可胜数,朝野称美,号曰:‘杜武库’,言其无所不有也。”[14]“家君”二句:因家父(王福畤)作(交趾)县令,自己会路经洪府这样著名的地区。[15]维:在。九月:应作“九日”。农历九月九日古有登高之俗。序:指四季节气的次序。三秋:秋季三个月,九月为第三月,故称“三秋”。[16]俨:整顿。骖、騑:古代驾车的四匹马,中间两匹称服,两旁的称骖或騑。上路:指大路。[17]崇阿:高高的山坡。[18]临:来到。帝子:与下“仙人”均指滕王李元婴。长洲:古苑名。此指滕王阁所在地。[19]“飞阁”二句:架空的阁道,流光溢彩,几乎看不到地。无地,几乎看不到地。王巾《头陀寺碑文》:“飞阁逶迤,下临无地。”[20]“鹤汀”二句:鹤凫止息的沙洲,极尽岛屿萦绕回环之景象。汀(tīng),水边陆地。凫(fú),野鸭。渚(zhǔ),水中小洲。[21]“桂殿”二句:华美的宫殿,体势如高低起伏的山冈。[22]披:开。绣闼(tà):装饰锦绣的门。雕甍(méng):雕刻精美的屋脊。甍,屋脊。《释名·释宫室》:“屋脊曰甍,甍,蒙也,在上覆蒙屋也。" ［23］"山原"二句:放眼望去,山原辽阔,尽入眼底;川泽浩眇,令人惊奇。旷,空阔。盈视,满目。盱(xū),张目望。骇,惊奇。瞩(zhǔ),注视。 ［24］闾阎:街道房屋。扑地:满地。鲍照《芜城赋》:"廛闬扑地。"钟鸣鼎食:鸣钟为号,列鼎而食的人家。指富贵之家。鼎,古代盛食品的贵重容器,三足两耳,青铜铸就。 ［25］舸(gě)舰:均是大船。《方言》:"南楚江、湘,凡船大者谓之舸。"弥:满。津:渡口。青雀黄龙:指船头作鸟头和龙头形的船。轴:同"舳",船后的舵,代指船。 ［26］"虹销"二句:彩虹消散,雨过天晴,日光普照,天宇明朗。霁(jì),雨止天晴。彩,指日光。彻,通彻上下。区,指天衢,即宇宙。 ［27］"落霞"二句:天上晚霞与湖中孤鹜并飞,秋水清澈,与碧空相映,水天一色。语本庾信《马射赋》"落花与芝盖齐飞,杨柳共青旗一色"。(《丹铅总录》十九)鹜(wù),野鸭。 ［28］"渔舟"二句:傍晚渔舟上唱出的歌声,传到鄱阳湖边。彭蠡(lǐ),今江西鄱阳湖。［29］"雁阵"二句:群雁惊天寒而排成队形南飞,鸣声止于衡阳的水滨。雁阵,雁飞时排成的队阵。衡阳,今湖南衡阳市。境内衡山有回雁峰。相传雁至此即止。浦,水边。 ［30］"遥襟"二句:旷远的胸怀刚刚舒畅,超逸的意兴,迅速地飞起。襟,胸襟。甫,才。遄(chuán),急速。 ［31］爽籁:此指箫管之属。《文选·南州桓公九井作》诗:"爽籁警幽律。"李善注:"《尔雅》曰:'爽,差也。'箫管非一,故言爽焉。"爽,参差不齐。 ［32］纤歌:娇美的歌声。白云遏:白云止而不行。《列子·汤问》载,歌者秦青,"抚节悲歌,声振林木,响遏行云。" ［33］"睢园"二句:盛宴如梁孝王菟园之宴会,与会者的酒量豪气有过于陶潜。睢园,西汉梁孝王(刘武)的菟园,在睢阳(今河南商丘)。《水经·睢水注》:"睢水东南流,历于竹圃……世人言梁王竹园也。"凌,胜。彭泽,陶渊明曾为彭泽令,故称。樽,酒杯。其《归去来辞》云:"携幼入室,有酒盈樽。" ［34］"邺水"二句:谓与会者多如曹植、谢灵运那样富于文才。邺(yè)水,指邺郡。今河北临漳。是曹魏兴业之地。曹氏父子曾在此聚集了许多文人。朱华,莲花。曹植《公宴诗》:"秋兰被长坂,朱华冒绿池。"临川,指曾任江西临川内史的谢灵运。《宋书·谢灵运传》称他"文章之美,江左莫逮。" ［35］"四美"二句:良辰、美景、赏心、乐事同时具备,贤主、嘉宾同时聚会。谢灵运《拟魏太子邺中集序》:"天下良辰、美景、赏心、乐事,四者难并。" ［36］"穷睇眄"二句:极目眺望天空之中,在闲暇时尽情娱游。穷,尽,极。睇眄(tì miǎn),斜视。此状流览。

[37] 长安:唐代的京都,称西京。日下:旧时以帝王比日。京师乃帝王所居,故以日下为京城的代称。 [38] 目:遥望。吴会:吴郡,治所在今江苏苏州。云间:与上句"日下"均有双关辞义,既指白云之间,又是今上海松江的古称。 [39] "地势"句:谓我国地势西北高而尽于东南,而南海则深。极,尽。南溟,南海。 [40] 天柱:《神异经》:"昆仑之上,有铜柱焉。其高入天,所谓天柱也。"北辰:北极星。 [41] "沟水"二句:与会者来自各方,暂聚即散。沟水,古诗《白头吟》:"今日斗酒会,明日沟水头。躞蹀御沟上,沟水东西流。"沟水,一作"萍水"。 [42] "怀帝阍"二句:怀念朝廷而不得见,何时才能像贾谊那样被召见于宣室。帝阍,《离骚》:"吾令帝阍开关兮,倚阊阖而望予。"原指为天帝守门者,借指帝居。奉,侍奉。宣室,汉未央宫前殿的一个宫室名。汉文帝曾在这里召见贾谊。 [43] 舛(chuǎn):相背。 [44] 冯唐:西汉安陵人。曾为郎中,文帝问之曰:"父老,何自为郎?"冯唐据实以答,被任为车骑都尉。景帝时任楚国相,后免官。武帝时有人推荐他,但他已 90 余岁,不堪任职了。(详《史记·张释之冯唐列传》)李广:汉武帝时抗击匈奴之名将,功勋卓著,却终未得封侯。详《史记·李将军列传》。 [45] "屈贾谊"四句:以贾谊、梁鸿的遭遇为例,说明贤能在圣明之时也难免不幸。屈,委屈。贾谊,汉文帝时杰出的政治家,多所建议,为大臣所谗,贬为长沙王太傅。窜,逃(使动用法)。梁鸿,后汉章帝时人。过京师时曾作《五噫》之歌讽刺时政,惹怒章帝,不得不逃至齐、鲁之间。后又往吴地,为人舂米。(详《后汉书·逸民传》) 海曲,滨海之地。 [46] "所赖"二句:全凭君子达人能见机行事,乐天安命。见机,察觉细微的预兆。《易·系辞下》:"君子见几而作。"达人,通达事理的人。知命,知道自己的命运而安守之。《易·系辞上》:"乐天知命故不忧。" [47] "老当"四句:年老志当更壮,怎能在白头之时改变初衷?穷困应当更坚强,不能失落高尚的志节。穷且益坚,《后汉书·马援传》:"丈夫为志,穷当益坚,老当益壮。"青云之志,高尚的志节。《续逸民传》:"嵇康早有青云之志。" [48] "酌贪泉"二句:谓有操守的人虽处污浊而能自洁,像小鱼处涸辙,心情依然欢畅。贪泉,《晋书·吴隐之传》载:广州有水曰贪泉,饮之者怀无厌之欲。吴隐为广州刺史,酌而饮之,清操愈严。爽,清爽。涸辙,积水干枯的车辙。《庄子·外物》有鲋鱼处涸辙中,求斗升之水以活命的故事,此处乃反用其意。 [49] "北海"二句:谓北海虽远,乘风可到。赊,远。《庄子·逍遥游》说北冥(即海)有鱼,化而为鸟,其名为鹏。"鹏之徙于南

冥也，水击三千里，抟扶摇而上者九万里。”　[50]“东隅”二句：谓早年虽然失意，晚年犹可有所作为。东隅、桑榆，分别指日出、日落处。《后汉书·冯异传》：“可谓失之东隅，收之桑榆。”　[51]“孟尝”二句：谓自己像孟尝一样，虽不受皇帝重视，但仍怀着报效国家的志向而不改。孟尝，字伯周，东汉人。任合浦太守，有政绩。后辞官隐居。桓帝时，杨乔称其“清行出俗，能干绝群”，荐举他，却不获用。年70，卒于家。（详《后汉书·循吏传》）　[52]“阮籍”二句：谓绝不像阮籍那样颠狂而哭途穷。阮籍，字嗣宗，西晋“竹林七贤”之一。见世乱而佯狂，常驾车出门，任凭马不由道路而走。走不通时，就恸哭而返。（见《晋书·阮籍传》）　[53]“三尺”二句：是王勃表明自己地位低微的牢骚之词。三尺微命，《礼记·玉藻》：“绅制（腰带的标准），士长三尺。”《周礼·春官·典命》郑玄注曰：“王之下士一命。”周代任官，自一至九命。王对低级官吏，只宣布一次，就算任命了。王勃官微职卑，故云。另一说，三尺，指法律。汉代书写法律的竹简长三尺，称“三尺法”。王勃任虢州参军，因擅杀官奴，法当诛，后遇赦，故自称犯过“三尺法”，性命卑微。一介，一个，多用于自谦之词。介，通“芥”。芥，小草，常用以喻轻微的东西。　[54]“无路”二句：谓自己像终军一样，已至弱冠之年，却无请缨报国的机会。终军，字子云。汉武帝时为谏议大夫。《汉书·终军传》：“南越与汉和亲，乃遣军使南越，说其王，欲令入朝，比内诸侯。军自请，愿受长缨，必羁南越王而致之阙下。”终军死时年20余。古代年20称弱冠。　[55]“有怀”二句：谓自己有投笔从戎的胸怀，爱慕宗悫那样乘风破浪的志向。投笔，以投笔从戎喻弃文习武。典出《后汉书·班超传》。宗悫（què），字元幹，南朝宋南阳人。年少时叔父问他志愿，他说：“愿乘长风破万里浪。”（详《宋书·宗悫传》）　[56]“舍簪笏”二句：为到万里之外侍奉父母，甘心舍去一生的仕途。簪笏（zān hù），指代官职。簪，用来把帽子别在头发上的一种首饰。笏，古代官员上朝时拿着的手板。百龄，指一生、一辈子。晨昏，指晨省昏定。《礼记·曲礼》：“凡为人子之礼，冬温而夏凊，昏定而晨省。”郑玄注：“定，安其床衽也；省，问其安否何如。”万里，指赴交趾的路程。　[57]“非谢家”二句：谓自己虽无谢家子弟那样的门第和材质，但却如孟轲幼时那样受过良好的环境影响。谢家之宝树，《世说新语·言语》：“谢太傅（谢安）问诸子侄：‘子弟亦何预人事，而正欲使其佳？’诸人莫有言者。车骑（谢玄）答曰：‘譬如芝兰玉树，欲使其生于庭阶耳。’”后因以芝兰玉树喻优秀子弟，而称谢玄为“谢家宝树”。孟氏之芳邻，刘向《列女传·母仪传》载:孟轲幼时,其母为培养他的好品德,曾三次迁居,选择在学宫附近定居。芳邻,好邻居。 [58]“他日”二句:日后到了交趾,也将像孔鲤那样承受父亲教诲。趋庭,快步走过庭前。古礼过君、父之前要快走,以示恭敬。叨陪,犹言幸同,幸从。叨,谦辞。鲤对,用孔子之子孔鲤趋庭应对的故事,见《论语·季氏》。 [59]“今兹”二句:谓今得阎都督款待,可比鱼跳龙门。今兹,现在。捧袂(mèi),手提衣襟,坐在席上,以示恭敬。托,托足,登。龙门,在今山西河津西北,陕西韩城东北。两岸夹山,形如门阙,黄河至此,水险流急。古代传说,鱼鳖之类如能游过龙门,即可化为龙。东汉李膺,声名极高,人称受其接待为登龙门。后遂以喻得名人援引而提高声望。 [60]“杨意”二句:谓如不逢杨得意那样仗义之人,即便写得绝妙的辞赋,也只能自我叹惜。杨意,即汉武帝时的狗监(为皇帝养狗的官)杨得意,曾举荐司马相如。凌云,相如见召,献《大人赋》,“天子大悦,飘飘有凌云之气,似游天地之间”(《史记·司马相如列传》)。 [61]“钟期”二句:谓如遇钟子期那样的知音,为他赋诗作文,又有何愧!钟期,古之知音者。《列子·汤问》:“伯牙善鼓琴,钟子期善听。伯牙鼓琴,……志在流水,曰:‘善哉,洋洋乎若江河!’伯牙所念,钟子期必得之。”这里以奏流水比喻自己赋诗作序。 [62]“兰亭”二句:兰亭盛宴已成往事,金谷园也成了废墟。兰亭,在今浙江绍兴西南。地名兰渚,有亭名兰亭。东晋王羲之曾会同贵族在上巳日宴集于此,并作有《兰亭集序》以记其事。梓泽,在今河南洛阳西北,西晋贵族石崇的金谷园所在地。石崇常与附从他的一班文人在此宴集。丘墟,废墟。 [63]“临别”二句:在这盛宴上,承主人招待,临别赠言,撰文见意。赠言,赠以良言,以示期望和劝勉。《说苑·杂言》:“子路将行,辞于仲尼,曰:‘赠汝以车乎?以言乎?’子路曰:‘请以言。’”伟饯,盛大的饯别宴会。 [64]“登高”二句:至于登高而作赋,将有待于与会的诸公了。《韩诗外传》卷七:“孔子曰:‘君子登高必赋。’”《汉书·艺文志》:“登高能赋,可以为大夫。”群公,指在座的宾主。 [65]“敢竭”二句:竭尽鄙陋的胸怀,恭敬地写出短小的引言(指此序)。疏,一一写出。 [66]“一言”二句:主人发出一句倡议,请大家都作一首四韵诗。王勃所作诗为:“滕王高阁临江渚,佩玉鸣銮罢歌舞。画栋朝飞南浦云,珠帘暮卷西山雨。行云潭影日悠悠,物换星移几度秋。阁中帝子今安在,槛外长江空自流。” [67]“请洒”二句:请尽情地抒发像潘岳、陆机那样的文才,写诗作赋。钟嵘《诗品》:“陆才如海,潘才如江。”潘岳、陆机均为西晋文人。

送杜少府之任蜀川

【题解】 杜少府，姓杜的县尉，名不详。蜀川，蜀地。诗作于作者在长安时。《唐宋诗举要》卷四引清吴北江评曰："'城阙辅三秦，风烟望五津'壮阔精整。'与君离别意，同是宦游人'起句严整，故以散调承之。'海内存知己'凭空抛起，是大家笔力。"诗人客中送客，不作儿女之别，一洗悲伤之态，立意高昂，气象宏阔，情兴旷达，洵为古今送别之名作。

城阙辅三秦[1]，风烟望五津[2]。与君离别意，同是宦游人[3]。海内存知己，天涯若比邻[4]。无为在歧路，儿女共沾巾[5]。

以上据清光绪蒋氏刻本《王子安集注》

【注释】 [1] 城阙：原指城门上的楼观。此指长安。辅：夹辅，护持。三秦：项羽灭秦后，将秦分为雍、塞、翟三国，称三秦。此泛指长安一带。 [2] 五津：岷江自湔堰至犍为有白华津、万里津、江首津、涉头津、江南津五个渡口，合称五津。 [3] 宦游：为求仕宦而远游。 [4] "海内"二句：化用曹植《赠白马王彪》："大夫志四海，万里犹比邻。恩爱苟不亏，在远分日亲。" [5] "无为"二句：不要在歧路分手之际，像小女儿一样洒泪沾巾。

杨　炯

杨炯（650—？），华阴（今陕西华阴）人。十岁时举神童，后应制举及第，补校书郎，迁詹事司直。武后时，因受牵连贬梓州司法参军。后改任盈川（在今四川筠连）令，卒于官。世称杨盈川。

杨炯是初唐四杰之一，诗多为律体，其中写边塞征战的作品豪迈雄放，气势不凡。胡应麟说："盈川近体，虽神俊输王（勃），然整肃浑雄，究其体裁，实为正始。”（《诗薮》内编卷四）有《盈川集》十卷。

从 军 行

【题解】《从军行》，乐府《相和歌·平调曲》旧题，多写军旅生活。诗人开头直言心中不平，结尾写愿投笔从戎，立功报国之意跃然纸上。全诗叙述战事，描绘边景，抒发豪情，一气呵成，为初唐边塞诗佳作。

烽火照西京[1]，心中自不平。牙璋辞凤阙[2]，铁骑绕龙城[3]。雪暗凋旗画[4]，风多杂鼓声。宁为百夫长[5]，胜作一书生。

据《四部丛刊》本《杨盈川集》

【注释】[1] 西京：指长安。 [2]“牙璋”句：谓大军辞京出征。牙璋，古代发兵用的兵符，分为两块，相合处为牙状，分掌在朝廷和主帅手中。凤阙，汉代长安建章宫东面的圆阙上有金凤，故称凤阙。这里代指皇宫。 [3] 龙城：汉代匈奴大会祭天之地。此指敌方集结之处。 [4] 凋旗画：使战旗的图画凋落黯淡。 [5] 百夫长：下级军官。

沈佺期

沈佺期（生卒年不详），字云卿，相州内黄（今属河南）人。唐高宗上元二年（675）进士。武则天时，官至考功员外郎，曾因受贿入狱。后因谄附张易之，被流放驩州。起为修文馆直学士，历官中书舍人、太子少詹事。与宋之问齐名，并称为“沈宋”。唐代元稹说：“沈、宋之流，研练精切，稳顺声势，谓之为律诗。由是而后，文体之变极焉。”(《唐故工部员外郎杜君墓系铭序》)一般都把沈、宋当成律诗体制的定型者。原有集十卷,已佚。《全唐诗》录存其诗三卷。

杂　诗（其三）

【题解】　本题原为三首。所选第三首以凄婉之笔,写别离之情,诉企盼之意。妙在中间四句:一轮明月,两地相望,传无尽情思。高步瀛称此诗“一气转折,而风格自高,此初唐不可及处”(《唐宋诗举要》卷四)。

闻道黄龙戍[1],频年不解兵[2]。可怜闺里月,长在汉家营[3]。少妇今春意,良人昨夜情[4]。谁能将旗鼓,一为取龙城。

【注释】　[1] 黄龙戍:又称黄龙城,在今辽宁朝阳境内,是当时戍兵之处。　[2] 频年:连年。解兵:罢兵。　[3]“可怜”二句:闺妇望月思夫,心随明月到汉营。　[4]“少妇”二句:互文见意,是说少妇与征夫年年相望,夜夜相思。

古　意

【题解】　诗为拟古乐府诗意而作,故称古意。一作《古意呈补阙乔知之》,又作《独不见》。这是一首代言体律诗。开头以海燕双栖,反衬少妇独处;然后由闻捣衣之声而忆辽阳征夫,以“忆”作转,因“音书断”而夜长不眠,进而怨明月偏照。全诗“骨高气高,色泽情韵俱高”(沈德潜《说诗晬语》上)。

卢家少妇郁金堂[1],海燕双栖玳瑁梁[2]。九月寒砧催木叶[3]，十年征戍忆辽阳[4]。白狼河北音书断[5]，丹凤城南秋夜长[6]。谁谓含愁独不见[7]，更教明月照流黄[8]。

以上据中华书局版《全唐诗》

【注释】 [1]“卢家”句:化用萧衍《河中之水歌》:“河中之水向东流，洛阳女儿名莫愁。……十五嫁为卢家妇，十六生儿字阿侯。卢家兰室桂为堂，中有郁金苏合香。”卢家少妇，泛指少妇。郁金堂，用郁金香和泥涂壁的房子。 [2] 海燕:即越燕。越地近海，故称海燕。玳瑁梁:用玳瑁作装饰的屋梁。玳瑁，海生龟类动物，其甲光滑，有花纹，可作装饰品。 [3] 寒砧:寒风中的捣衣砧声。催木叶:催落树叶。 [4] 辽阳:泛指今辽宁一带地区。 [5] 白狼河:今辽宁境内的大凌河，流经锦州入海。 [6] 丹凤城:指长安。汉武帝时在长安建章宫东建凤阙，因称长安为凤城。一说，相传秦穆公女弄玉善吹箫，引来凤凰在秦都咸阳降落，故称咸阳为丹凤城，这里指长安。长安大明宫南有丹凤门。 [7] 谁谓:一本作“谁为”。独不见:孤居独处，相思而不得相见。 [8] 更教:一作“使妾”。流黄:黄紫相间的丝织品，这里指帷帐。一说，指织布机上的绢。照:一作“对”。

宋之问

宋之问(？—712)，一名少连，字延清，汾州(今山西汾阳)人，一说虢州弘农(今河南灵宝)人。上元二年(675)进士。武后时，任尚方监丞、左奉宸内供奉。因谄事张易之兄弟，被贬泷州参军。中宗时，官考功员外郎，因知贡举受贿，贬为越州长史。后流放钦州，赐死。

宋之问与沈佺期齐名，《新唐书·文艺传》说:“魏建安后迄江左，诗律屡变。至沈约、庾信以音韵相婉附，属对精密。及之问、沈佺期又加靡丽，回忌声病，约句准篇，始锦绣成文。学者宗之，号为沈、宋。”宋之问尤擅五言排律，被胡应麟誉为初唐之冠。原有集十卷，已佚，《全唐诗》录存其诗三卷。

度大庾岭

【题解】 诗作于作者贬泷州(今广东罗定)途中。大庾岭,在广东南雄北,江西大庾南,为五岭之一。《元和郡县志》载大庾岭"本名塞上,有监军姓庾,城于此地。众军皆受庾节度,故名大庾"。作者远谪望赦的心情,借景物抒发。颔联情景交融,颈联寓情于景。尾联似直实婉。全诗偶切韵谐,为五律佳作。

度岭方辞国[1],停轺一望家[2]。魂飞南翥鸟[3],泪尽北枝花[4]。山雨初含霁,江云欲变霞。但令归有日,不敢恨长沙[5]。

【注释】 [1] 辞国:指辞别京城。 [2] 轺(yáo):轻便小车。 [3] "魂飞"句:相传北雁南飞,到庾岭便折回。作者在同时作的《题大庾岭北驿》中写道:"阳月(农历十月)南飞雁,传闻至此回。我行殊未已,何日复归来?"可与此相参照。南翥鸟,指鸿雁。翥,飞。 [4] "泪尽"句:作者见到北枝梅花,想到尚在寒冬季节的故乡,不禁流干了眼泪。北枝花,庾岭多梅,又称梅岭。据《白孔六贴·梅部》说,由于山势高峻,岭南岭北气候迥异,梅花南枝已落,北枝才开。 [5] 恨长沙:指对贬谪远地产生怨恨。据《史记·屈原贾生列传》:贾谊被贬为长沙王太傅,闻长沙卑湿,自以寿不得长,又以谪去,意不自得。

渡汉江

【题解】 汉江,即今汉水中游的襄河。这是宋之问神龙二年(706)从贬所泷州冒死逃归,渡汉水,奔洛阳时所作。"近乡情更怯"刻划心理矛盾变化绝妙。非久别家乡、久疏音讯者不能道。前二句为"因",后一句为"果"。当然戴罪潜归是"怯"的更深层原因。四句诗明白如话，自然真切。

岭外音书断[1]，经冬复历春[2]。近乡情更怯，不敢问来人。

以上据中华书局版《全唐诗》

【注释】 [1] 岭外：指大庾岭南。 [2]“经冬”句：宋之问神龙元年(705)被贬泷州(今广东罗定)，二年春逃归洛阳。

陈子昂

陈子昂(661—702)，字伯玉，梓州射洪(今四川射洪)人。早年性格豪侠，胸怀济世热情。24岁时中进士，曾随乔知之出征西北，迁右拾遗。因直言敢谏而入狱。出狱后，又随建安王武攸宜征契丹。武后圣历元年(698)，辞官回乡。长安二年(702)，被武三思指使射洪县令段简害死狱中。

陈子昂是唐代诗文革新的倡导者，对扭转唐初文风起了很大作用。有《陈子昂集》十卷。

与东方左史虬修竹篇序

【题解】 东方虬，武则天时任左史(职掌记录皇帝的起居法度)，陈子昂的诗友。《修竹篇》，即陈子昂赠东方虬的诗。本文即诗前小序。

本文是陈子昂诗歌理论的纲领，扫荡诗坛颓风的宣言。他标举“风雅兴寄”、“汉魏风骨”，要求托物起兴，因物喻志，以寄托理想，抒发感情，创作出“骨气端翔，音情顿挫，光英朗练”的诗歌。对“彩丽竞繁，而兴寄都绝”的齐梁诗歌进行了批判。他的《感遇诗》、

《蓟丘览古》、《登幽州台歌》正是这种创作理论的实践，开启了有唐一代的诗歌新风。从本文内容切实、行文不尚骈俪看，陈氏散文，也为古文运动之先声。

东方公足下：文章道弊五百年矣[1]。汉、魏风骨[2]，晋、宋莫传，然而文献有可征者[3]。仆尝暇时观齐、梁间诗，彩丽竞繁[4]，而兴寄都绝[5]，每以永叹。思古人常恐逶迤颓靡[6]，风雅不作[7]，以耿耿也[8]。一昨于解三处见明公《咏孤桐篇》[9]，骨气端翔[10]，音情顿挫[11]，光英朗练[12]，有金石声[13]。遂用洗心饰视[14]，发挥幽郁[15]。不图正始之音[16]，复睹于兹[17]，可使建安作者相视而笑[18]。解君云："张茂先、何敬祖[19]，东方生与其比肩。"仆亦以为知言也[20]。故感叹雅制[21]，作《修竹诗》一首，当有知音以传示之。

【注释】 [1] 文章道弊：为诗作文的道理和方法败坏。五百年：从六朝至唐初这一时期。举成数，实际不到五百年。 [2] 风骨：作为文学理论的术语，见于刘勰的《文心雕龙·风骨》篇。要求内容充实、思想感情健康明朗、艺术上遒劲而富有感染力。 [3] 文献：此指文集诗集。征：验证。[4] 彩丽竞繁：追逐堆垛华丽的词彩。 [5] 兴寄：比兴和寄托的表现手法。此指这些手法表现的深刻内容。 [6] 逶迤：弯曲而延续不断貌。颓靡：枯萎衰败。 [7] 风雅：《诗经》中的十五国风和大雅、小雅。其贴近现实的内容和赋比兴等创作方法，被后世奉为楷模。 [8] 耿耿：牢记于心，不能释怀的样子。 [9] 昨：前些日子。解三：解姓排行第三者。唐人常以对方在同宗中的排行次第相称。明公：指东方虬。《咏孤桐篇》：东方虬所作，今佚。 [10] 骨气端翔：内容端正遒劲，气势飞动。 [11] 音情顿挫：音节抑扬顿挫与感情波澜起伏相适应。 [12] 光英朗练：作品光彩照人，明快简练。 [13] 金石声：形容作品内容和语言优美。《世说新语·文学》:"孙兴公(绰)作《天台赋》。成,以示范荣期云:'卿试掷地,要作金石声。'" [14] 用:因此。洗心:荡涤心胸。饰视:增广见识。 [15] 幽郁:指深微沉郁的思想感情。 [16] 不图:想不到。正始之音:主要是指嵇康、阮籍等人的诗歌。正始,魏齐王曹芳的年号(240—248)。 [17] 复睹于兹:在《咏孤桐篇》中重又看到。兹,此。 [18] 建安作者:建安,汉献帝刘协的年号(196—219)。这时军政大权主要掌握在曹操手中。文坛以三曹父子及孔融、陈琳、王粲、徐幹、阮瑀、应玚和刘桢七人(即所谓"建安七子")为代表作家,他们的诗歌或反映社会动乱,或抒发统一天下的抱负,济时用世的志向,情辞慷慨,格调刚健遒劲。相视而笑:情投意合,会心而笑。
[19] 张茂先:张华(232—300),字茂先,范阳方城(今河北固城)人。晋初任中书令,加散骑常侍,力劝武帝定灭吴之计。惠帝时,位至司空,后为赵王司马伦和孙秀所杀。以博洽著称,其诗词藻华丽,有些表现对时政的忧虑。何敬祖:何劭,字敬祖,阳夏(今河南太康县)人。晋武帝时仕至侍中尚书。惠帝时,迁左仆射。博学善属文。 [20] 知言:有见地的言论。 [21] 雅制:高雅的作品。此指《咏孤桐篇》。

感　遇 (其二、其二十九)

【题解】 陈子昂《感遇》三十八首,是其代表作。类似阮籍《咏怀》,有揭露时弊、吟咏边塞者,有言志抒怀、宣泄幽愤者,也有感叹祸福无常、向往仙隐者。此处所选为第二、二十九首。第二首以比兴言志。前四句充满赞赏之情,后四句流露惋惜之意。句句写兰若的幽独无成,句句自叹怀才不遇。感慨蕴藉遥深。又陈子昂《谏雅州讨生羌书》云:"臣闻乱必由怨起。雅之边羌,自国初以来,未尝一日为盗,今一旦无罪受戮,其怨必甚。"则可与第二十九首诗相参。诗人大胆揭露了武后的黩武、权臣的谋私,同情士卒的哀苦。既有形象的描写,又有尖锐的议论,风格古朴深沉。

兰若生春夏[1],芊蔚何青青[2]。幽独空林色[3],朱蕤冒紫茎[4]。迟迟白日晚，嫋嫋秋风生[5]。岁华尽摇落[6]，芳意竟何成！

【注释】 [1] 兰：即泽兰，多年生草木植物，属菊科，有香气。若：杜若，又名杜衡，水边香草。 [2] 芊蔚：花叶茂密的样子。青青：同“菁菁”，繁盛的样子。 [3] “幽独”句：兰、若幽独地开放在林中，其秀色空绝群芳。[4] 蕤：花下垂的样子，这里指花。冒紫茎：从紫茎上长出来。 [5] 嫋嫋：微弱细长的样子。《楚辞·九歌·湘夫人》：“嫋嫋兮秋风。” [6] 岁华：一年一度的芳华。

丁亥岁云暮[1]，西山事甲兵[2]。赢粮匝邛道[3]，荷戟争羌城。严冬阴风劲，穷岫泄云生[4]。昏曀无昼夜[5]，羽檄复相惊。拳跼竞万仞，崩危走九冥[6]。籍籍峰壑里[7]，哀哀冰雪行。圣人御宇宙[8]，闻道泰阶平[9]。肉食谋何失[10]，藜藿缅纵横[11]。

【注释】 [1] 丁亥：指垂拱三年(687)。这一年，武则天准备开凿蜀山道路，由雅州进攻羌人。岁云暮：岁暮。云，语助词。 [2] 西山：指四川西南部的邛崃山。 [3] 赢粮：背负着粮食。匝：环行。 [4] 穷岫：荒僻的山洞。泄云：冒出的云气。 [5] 昏曀(yì)：昏暗。 [6] “拳跼”二句：将士们卷曲着身体，小心地走在万仞山崖上；冒着崩塌的危险，行进在幽深昏暗的谷底。拳跼，卷曲畏缩的样子。九冥，指极深的峡谷。 [7] 籍籍：同“藉藉”，形容纷纷扰扰，拥挤杂乱。 [8] 御宇宙：统治天下。 [9] 泰阶平：指天下太平。泰阶，星名，又称三台、三阶。古人认为，泰阶平则天下太平。 [10] 肉食：即肉食者，指居高位的人。谋何失：谋略何等失误。[11] 藜藿：野菜。这里指吃野菜的百姓。缅纵横：指流离远方。缅，远。

送魏大从军

【题解】 魏大,其名不详。"大"是其排行。诗通过送别勉励友人,抒发了作者"感时思报国,拔剑起蒿莱"(《感遇》第三十五)的壮志雄心。十分典型地反映了初唐诗人昂扬风发的精神面貌和时代风尚。诗的感情豪迈激荡,风格慷慨淋漓。沈德潜评云:"一结雄浑。"(《唐诗别裁集》卷九)

匈奴犹未灭[1],魏绛复从戎[2]。怅别三河道[3],言追六郡雄[4]。雁山横代北[5],狐塞接云中[6]。勿使燕然上[7],惟留汉将功。

【注释】 [1] "匈奴"句:指外敌犹在。这里借用西汉名将霍去病的话:"匈奴未灭,无以家为也。"(见《史记·卫将军骠骑列传》) [2] 魏绛复从戎:春秋时晋国大夫魏绛,主张晋国实行和戎政策,与周围少数民族联合。这里以魏绛比魏大,变"和戎"为"从戎",是典故活用。 [3] 三河:见骆宾王《代徐敬业传檄天下文》注[24]。唐朝的东都洛阳即在这一地区。武则天时,朝廷常在洛阳。 [4] 六郡雄:本指六郡豪杰,这里指西汉赵充国,他以六郡良家子的身份从军,汉武帝时,因击匈奴有功,官至后将军。六郡,指金城、陇西、天水、安定、北地、上郡。 [5] 雁山:即雁门山,在代州(今山西代县)的北面。 [6] 狐塞:即飞狐塞,又称飞狐口,在今河北涞源北。云中:古郡名,唐代为云中,治所在今山西大同。 [7] 燕然:山名,即蒙古人民共和国境内的杭爱山。东汉时窦宪大破匈奴,登上燕然山,刻石纪功而还。

蓟丘览古赠卢居士藏用

燕昭王[1]

【题解】 蓟丘,即蓟门,在今北京西北。卢藏用,陈子昂的朋友,后官至宰相，因早年曾隐居终南山，故称居士。这组作品共七首，作于随武攸宜征契丹期间，诗前有序云："丁酉岁(697)，吾北征。出自蓟门，历观燕之旧都，其城池霸业，迹已芜没矣。乃慨然仰叹，忆昔乐生、邹子，群贤之游盛矣。因登蓟丘，作七诗以志之，寄终南卢居士。亦有轩辕遗迹也。"明唐汝询评《燕昭王》诗云："此慨世无礼贤之主而怀古人焉。……意谓世有燕昭，则吾未必不遇也。"(《唐诗解》卷一)

南登碣石坂[2]，遥望黄金台[3]。丘陵尽乔木，昭王安在哉？霸图怅已矣[4]，驱马复归来。

【注释】 [1] 燕昭王：战国时燕国国君，姓姬名平。他即位后，以重金厚礼广招天下贤士；礼遇郭隗、乐毅、邹衍等人，终于使燕国强大起来，打败了齐国。 [2] 碣石坂：即燕昭王为邹衍建造的碣石宫，故址在今北京南。坂，一本作"馆"。 [3] 黄金台：又名燕台，故址在今河北易县东南。相传燕昭王筑成此台，置千金于台上，以招纳天下贤士。 [4] 霸图：指燕昭王称霸的雄图。

登幽州台歌

【题解】 万岁通天元年(696)，建安王武攸宜征契丹，陈子昂以右拾遗随军参谋，屡谏军事，反遭贬斥。遂"登蓟北楼(即幽州台，在今北京北部)，感昔乐生、燕昭之事，赋诗数首(即《蓟丘览古》组诗七首)，乃泫然流涕而歌"(卢藏用《陈氏别传》)。明黄周星评曰："胸中自有万古，眼底更无一人。古今诗人多矣，从未有道及此者。此二十二字，真可以泣鬼神。"(《唐诗快》卷二)清陈沆评曰："先朝之盛时，既不及见；将来之太平，又恐难期。不自我先，不自我后，此千古遭乱之君子所共伤也。不然，茫茫之感，悠悠之词，何人不可用，何处不

可题？岂知子昂幽州之歌，即阮公广武之叹哉。”（《诗比兴笺》卷三）

前不见古人[1]，后不见来者。念天地之悠悠，独怆然而涕下[2]。

以上据中华书局版《全唐诗》

【注释】 [1] 古人：指燕昭王一类求贤若渴的君主。 [2] 怆然：悲伤貌。

张若虚

张若虚（生卒年及字、号均不详），扬州（今属江苏）人。唐中宗时，以文词俊秀驰名于京师，与贺知章、张旭、包融并称“吴中四士”。其诗歌仅存二首。

春江花月夜

【题解】 《春江花月夜》，乐府《清商曲·吴声歌》旧题，曲调为陈后主创制。沈德潜评曰：“前半见人有变易，月明常在。江月不必待人，唯江流与月同无尽也。后半写思妇怅望之情，曲折三致，题中五字安放自然，犹是王杨卢骆之体。”（《唐诗别裁》卷五）王尧衢评曰：“至于题目五字，环转交错，各自生趣。‘春’字四见，‘江’字十二见，‘花’字只二见，‘月’字十五见，‘夜’字亦只二见。于江则用海潮、波流、汀沙、浦潭、潇湘、碣石等以为陪；于月则用天空、霰霜、云楼、妆台、帘砧、鱼雁、海雾等以为映。于代代无穷，乘月望月之人之内，摘出扁舟游子，楼上离人两种，以描情事。楼上宜月，扁舟在江，此两种人于春江花月夜最独关情，故知情文相生，各各呈艳，光怪陆离，不可端倪，真奇制也。”（《古唐诗合解》卷三）

春江潮水连海平，海上明月共潮生。滟滟随波千万里[1]，何处春江无月明。江流宛转绕芳甸[2]，月照花林皆似霰[3]。空里流霜不觉飞[4]，汀上白沙看不见。江天一色无纤尘，皎皎空中孤月轮。江畔何人初见月？江月何年初照人？人生代代无穷已，江月年年只相似。不知江月待何人，但见长江送流水。白云一片去悠悠，青枫浦上不胜愁[5]。谁家今夜扁舟子？何处相思明月楼？可怜楼上月徘徊，应照离人妆镜台。玉户帘中卷不去，[6]，捣衣砧上拂还来。此时相望不相闻，愿逐月华流照君。鸿雁长飞光不度[7]，鱼龙潜跃水成文[8]。昨夜闲潭梦落花[9]，可怜春半不还家。江水流春去欲尽，江潭落月复西斜。斜月沉沉藏海雾，碣石潇湘无限路[10]。不知乘月几人归，落月摇情满江树[11]。

据中华书局版《全唐诗》

【注释】 [1] 滟滟:微波荡漾的样子,这里指月光随波荡漾。 [2] 芳甸:散发着芬芳的郊野。 [3] 霰:雪珠,这里指月光下的花朵。 [4] 空里流霜:月光皎洁如霜,在空中流荡。 [5] 青枫浦:又名双枫浦,在今湖南浏阳境内。但此处是泛指水边送别之地。浦,水口,因而古人常用来指分别之地。《楚辞·九歌·河伯》:“送美人兮南浦。” [6] 卷不去:与下句“拂还来”均指月光,暗指月光引起思妇烦恼,难以排遣。 [7]“鸿雁”句:鸿雁不停地远飞,仍飞不出无边的月光。 [8]“鱼龙”句:水在月光下空明澄澈,可以清楚地看到鱼在水底翻腾,泛起波纹。鱼龙,指鱼。 [9]“闲潭”句:指春天将尽,暗寓美人迟暮之感。闲潭,幽静的潭水。 [10] 碣石:山名,在今河北乐亭西南。潇湘:水名。由潇水和湘水在湖南零陵合流,称为潇湘,北入洞庭湖。这里以碣石、潇湘表示一南一北,相距遥远。
[11]“落月”句:落月的余辉洒落在江边树林中,水中的树影和着离人的情思一起摇漾。

张 说

张说(667—730),字道济,一字说之,原籍范阳(今北京南),世居河东(今山西永济),后徙居洛阳。历任兵部尚书、朔方节度大使、中书令、尚书左丞相等职,封燕国公。他是开元前期的一代文宗,为文精壮俊丽,与许国公苏颋齐名,号"燕许大手笔"。诗亦雄放凄惋,初具盛唐风貌。

有《张说之集》二十五卷,又称《张燕公集》。

贞节君碣

【题解】 碣,圆顶的碑石,此指碑文。《旧唐书·张说传》称说"尤长于碑文墓志,当代无能及者"。就本文看,张说的碑志不仅记叙碑主生平,而且注意选取典型事例,表现人物形象,如用送丧护城二事以见阳鸿生平节概:为人侠义,机警多智,已具有传记文学的因素。此外叙事议论相间,骈散兼行,汰藻饰,求质实,这些对后来韩愈的碑志都有所影响。

神功元年十月乙丑[1],阳鸿卒于雩都县[2]。友人沛国朱敬则、清河孟乾祚、范阳卢禹等哀鸿抱德没地[3],继体未识[4],考行定谥[5],葬于旧域[6]。

鸿字季翔,平恩人也[7]。其先著族右北平郡[8]。大父真阳宰[9],适兹乐土,爰定我居[10],维桑与梓[11],既重世矣。

鸿倜傥奇杰,瑰玮博达。贯涉六籍百家之言[12],其要在霸王大略、奇正大旨、君亲大义、忠孝大节而已。章句之徒,不之视也[13]。尝陋汉史地理志、周礼职方志,时异虚记,心不厌焉[14]。乃攀恒、岱,浮洞庭,窥河源,践岷、衡,稽四海之风俗,筭九州之险易[15],与赵国贯高图献其议[16],遇火焚荡,天下壮其志而痛其事。

养徒闾里,不应宾辟[17]。仪凤中[18],河北大使薛公举鸿行励贪鄙[19]。天子嘉之,用置于吏,乃尉汲、曲阿[20],主簿龙门、雩都[21]。夫其屏居十年,一方化德,历佐四邑,诸侯观政。惜乎有大才无贵仕,命也。

初鸿游太学[22],有书生山东李思言物故南馆[23],鸿伤其终远,家属有丧无主[24],乃躬驾柩车送归东土。及在曲阿,敬业作难[25],润州藉鸿得人[26],历旬坚守。城既陷而犹斗,力虽屈而蹈节[27]。寇义而脱之,因伪加朝散大夫,即署曲阿令。鸿贞而不谅[28],诡应求伸,既入邑,则焚服阖门而设拒矣。故得殿邦奋旅[29],一境赖存。淮海底绩,答勋效功[30]。卒不言赏,赏亦不及。

君子以为:急友成哀,高义也;临危抗节[31],秉礼也;矫寇违祸[32],明智也;保邑匿勋,近仁也。义以利物,智以周身,礼以和众,仁以安人。道有五常[33],鸿擅其四,武有七德[34],鸿秉其二。大虑克就之谓贞,好廉自克之谓节[35],粤若夫子[36],可谥为贞节也已!于是纪名垂迹,表墓勒石。其词曰:

倬良士[37],纵自天。辨方物,核山川。厥志大哉[38]!峻刚节,殷义声[39]。返旅榇[40],宴穷城[41]。厥德迈哉[42]!哀斯人,命莫赎,德不朽,温如玉。轨来世哉[43]!

据中华书局影印《全唐文》

【注释】 [1] 神功:武则天年号。神功元年,为公元697年。 [2] 雩都:今江西于都。　[3] 沛国:今安徽濉溪,汉为沛国治所。亦为朱氏旧族郡望。朱敬则:字少连,亳州永城(今属河南)人。长寿中,累除右补阙。长安三年(703),迁正谏大夫。清河:今属河北。范阳:县名,治所在今河北涿县。孟乾祚、卢禹:生平不详。　[4] 继体未识:谓不知其后代。继体,继位。　[5] 考行定谥:考核一生行迹,议定谥号。　[6] 域:墓地。　[7] 平恩:唐河北道洺州平恩县,今河北丘县。　[8] "其先"句:据《广韵·十阳》注,阳姓出右北平(郡治今河北平泉)。　[9] 大父:祖父。真阳:唐时属河南道蔡州,今河南正阳。宰:此指县令。　[10] "适兹"二句:化用《诗·魏风·硕鼠》"适彼乐土,爰得我所"句意。　[11] 维桑与梓:《诗·小雅·小弁》:"惟桑与梓,必恭敬止。"桑与梓为古代宅边常栽之树木,东汉以后遂以喻故乡。　[12] 六籍:同"六经",即《诗》、《书》、《礼》、《乐》、《易》、《春秋》。[13] "章句"二句:轻视专治章句训诂、皓首穷经之辈。　[14] "尝陋"三句:认为《汉书·地理志》、《周礼·夏官职方氏》所记简陋,与今时有异,后人袭之,是为虚记,故不满足。　[15] 筭(suàn):同"算"。　[16] 贯高:人名,生平不详。　[17] 不应宾辟:拒绝待以客礼的征召。　[18] 仪凤:唐高宗李治年号(676—679)。　[19] 河北大使薛公:《旧唐书·高宗本纪》:"仪凤元年十二月,遣使分道巡抚……薛元超河北道。"薛公,薛元超,薛收之子,上元三年(676)迁中书侍郎,寻同中书门下三品。举:荐举。励贪鄙:激励贪鄙的人。　[20] 尉:负责一县治安的官吏。此作动词,任县尉。汲:县名,今属河南。曲阿:古县名,治所在今江苏丹阳。　[21] 主簿:此作动词,指负责文书簿籍、掌管印玺等事务。龙门:古县名,治所为今山西河津。　[22] 太学:设于京都的最高学府国子监。　[23] 物故:去世。南馆:指唐代国子监中的"大学"。　[24] 有丧无主:有丧事而无主持丧事的丧主。旧丧礼以嫡长子或长孙为丧主。　[25] 敬业作难:光宅元年(684)九月,徐敬业据扬州起兵,十月率众渡江,攻拔润州,杀刺史李思文。十一月兵败被杀。[26] 润州:治所在今江苏镇江。藉:凭借、依靠。　[27] 蹈节:信守节操。《晋书·忠义传序》:"虽背恩亡义之徒不可胜载,而蹈节轻生之士,无乏于时。"[28] 贞而不谅:《论语·卫灵公》:"君子贞而不谅。"贞,正。谅,信。孔注:"君子之人,正其道耳,言不必小信。"　[29] 殿:镇。　[30] "淮海"二句:指平定扬州叛乱的功绩,都有所报答。淮海,指扬州地区。底,犹"的",助词。[31] 抗节:坚持节操。　[32] 违祸:避祸。违,避开。　[33] 五常:指仁义礼智信。　[34] 武有七德:《左传·宣公十二年》:"夫武,禁暴、戢兵、保大、定功、安民、和众、丰财者也。武有七德,我无一焉。"　[35] "大虑"二句:出自《周书·谥法篇》。　[36] 粤:发语词。　[37] 倬(zhuó):高大,显著。　[38] 厥:其。　[39] 殷:盛。　[40] 榇(chèn):棺。　[41] 宴:安。　[42] 迈:超迈,不凡。　[43] 轨:法。

邺都引

【题解】 邺都,邺城,在今河北临漳西,汉末曹魏曾以此为都城。引,诗体名。此诗作于开元元年(713),诗人被贬为相州刺史,邺城为其辖地。诗人吊古咏怀,感慨良多。诗前半部分缅怀曹操的文才武功;后半部分面对一派荒凉衰飒的景象,兴繁华易逝,盛衰无常之叹。沈德潜评曰:"'草创'二字,居然史笔。""'昼携壮士'二句,叙得简老。""声调渐响,去王杨卢骆体远矣。"(《唐诗别裁集》卷五)

君不见,魏武草创争天禄[1],群雄睚眦相驰逐[2]。昼携壮士破坚阵,夜接词人赋华屋[3]。都邑缭绕西山阳,桑榆汗漫漳河曲[4]。城郭为墟人代改[5],但见西园明月在。邺旁高冢多贵臣,蛾眉曼睩共灰尘[6]。试上铜台歌舞处[7],惟有秋风愁杀人。

据《四部丛刊》本《张说之集》

【注释】 [1] 魏武:魏武帝曹操。草创:初创基业。天禄:天赐的爵禄,这里指帝位。　[2] 睚眦:怒目而视。　[3] 赋华屋:在华屋中吟诗作赋。曹氏父子常于西园(即铜爵园)宴饮赋诗。　[4] 桑榆:泛指邺城附近的树木庄稼。汗漫:漫无边际的样子。漳河:源出山西的漳河,经临漳折向东北,汇入卫河。　[5] 人代:人世。因避太宗李世民讳改。　[6] 蛾眉曼睩：指（曹操宫中）美人。《楚辞·招魂》："蛾眉曼睩，目腾光些。"曼睩，眼波流转。　［7］铜台：曹操于建安十五年（210）所建的铜雀台，因台上楼顶置铜雀故名。曹操遗令歌伎按时登台歌舞，娱其亡灵。

张九龄

张九龄（678—740），字子寿，韶州曲江（今广东韶关）人。武后神功年间进士，曾任秘书省校书郎、左拾遗等职。玄宗时官至中书侍郎同平章事，迁中书令。为官正直，后被李林甫排挤，贬荆州长史。他是盛唐前期的重要作家，对进一步扭转初唐诗风起了重要作用。其五言古诗清淡绵邈，与陈子昂齐名；五言律诗情致深婉，向来为论者称道。有《张曲江集》二十卷。

感　遇（其一、其七）

【题解】　张九龄受李林甫排斥，于开元二十五年（737）由右丞相贬为荆州长史。《感遇》十二首为诗人有感于朝政紊乱和个人身世遭遇，托物言志之作，寄兴讽喻，踵武屈原、阮籍。此处所选为第一、第七首。第一首以赞美春兰秋桂的芳洁起笔，借物抒怀，寄托诗人以美德自励，不同流合污的高远志向和襟怀。第七首诗学习屈原的《橘颂》，托物言志，感慨自己虽有丹橘那样坚贞的品质，却受奸臣排挤，找不到为国效力的机会。结尾两句批评执政者对真正的贤才并不重视，包含着很深的悲愤。

兰叶春葳蕤[1]，桂华秋皎洁。欣欣此生意，自尔为佳节[2]。谁知林栖者[3]，闻风坐相悦[4]。草木有本心，何求美人折。

【注释】 [1] 葳蕤:枝叶茂盛而下垂的样子。 [2]“欣欣”二句:有了兰和桂欣欣向荣的生机,春与秋自然成为美好的季节。生意,生机勃勃的样子。 [3] 林栖者:指隐士。 [4] 风:风致、风格。坐:因。

江南有丹橘,经冬犹绿林。岂伊地气暖[1]?自有岁寒心[2]。可以荐嘉客[3],奈何阻重深。运命唯所遇,循环不可寻[4]。徒言树桃李[5],此木岂无阴?

【注释】 [1] 伊:彼,其。一说,伊,助词。 [2] 岁寒心:耐寒的本性。《论语·子罕》:“岁寒,然后知松柏之后凋也。” [3] 荐:献,进奉。 [4]“运命”二句:运命循环往复,难以探寻根源,只好随其所遇。 [5] 树桃李:栽种桃李。《韩诗外传》:“春树桃李,夏得荫其下,秋得食其实。”

望月怀远

【题解】 作者抓住明月普照天下的特点,把望月与怀远结合在一起来写。诗中以生动的想象描绘了一幅壮阔幽远的画面,引出了对远方亲人的思念;又由对月光的爱怜引起“不堪盈手赠”的遗憾、“还寝梦佳期”的无奈,再次扣紧怀人的主题。构想奇妙,思致悠深。沈德潜称诗头两句为“情至语”(《唐诗别裁集》卷五)。姚南青称后四句为“五律中《离骚》”(《唐宋诗举要》卷四引)。

海上生明月,天涯共此时。情人怨遥夜,竟夕起相思[1]。灭烛怜光满,披衣觉露滋[2]。不堪盈手赠[3],还寝梦佳期[4]。

以上据《四部丛刊》本《张曲江集》

【注释】 [1] 竟夕:整夜。 [2]“灭烛”二句:因喜爱月光的明亮,便熄灭蜡烛;走出室外,对月久立,身上被露水打湿,于是披上衣衫。怜,爱。滋,生。 [3] 不堪:不能。盈手:满手,这里指用手捧起。陆机《拟明月何皎皎》:"照之有余辉,揽之不盈手。" [4] 佳期:相会之期。

王之涣

王之涣(688—742),字季陵,原籍晋阳(今山西太原),徙居绛郡(今山西新绛)。曾任冀州衡水主簿,因受谤去官归乡。家居十五年,出任文安县尉,卒于任所。其边塞与从军之作"传乎乐章,布在人口",现仅存六首,见于《全唐诗》。

登鹳雀楼

【题解】 鹳雀楼,故址在蒲州(今山西永济西南)城上,共三层,前对中条山,下临黄河,常有鹳雀栖其上。后被河水冲没。诗以极朴素的文笔描绘了一幅壮阔雄浑的景象,揭示了深刻的人生哲理,令人胸襟豁然开朗。沈德潜在《唐诗别裁集》中说:"四语皆对,读去不嫌其排,骨高故也。"

白日依山尽,黄河入海流,欲穷千里目,更上一层楼。

凉州词 (其一)

【题解】 《凉州词》,郭茂倩《乐府诗集》卷七九引《乐苑》:"《凉州》,宫调曲,开元中西凉府都督郭知运进。"内容多写凉州地区边塞生活。凉州,今甘肃武威。

本诗一题作《出塞》。原有两首,此为第一首。诗中表现了边塞风光的特点和征戍离别之情。前两句勾勒出一幅壮阔雄浑的远景。后两句写羌笛声触动愁肠，把《折杨柳》的曲名与春风杨柳联系起来，由边塞的苦寒引出离别的惆怅，巧妙含蓄，韵味无穷。

黄河远上白云间[1]，一片孤城万仞山。羌笛何须怨杨柳，春风不度玉门关[2]。

以上据中华书局版《全唐诗》

【注释】 [1] 黄河远上:一作"黄沙直上"。 [2] "羌笛"二句:羌笛何必吹奏如此哀怨的《折杨柳》曲调，过了玉门关，连杨柳也见不到了，因为春风是吹不到那里的。杨柳，指羌笛吹奏的《折杨柳》曲调，属乐府《鼓角横吹曲》，曲调哀怨，歌词写折杨柳送别。玉门关，在今甘肃敦煌西，是古代通往西域的要道。

孟浩然

孟浩然(689—740)，襄阳(今湖北襄樊)人，世称孟襄阳。他早年在家乡读书，隐居鹿门山。曾两度赴京应举求仕，均失意而归，一生主要在隐居和漫游中度过。晚年，张九龄镇守荆州，辟他为从事。后病疽而死。

孟浩然是盛唐山水田园诗派的代表作家之一。他的诗以五言为主，风格冲淡自然，清旷高远，少数作品在"冲澹中有壮逸之气"(胡震亨《唐音癸签》)。有《孟浩然集》四卷。

临 洞 庭

【题解】 诗题一作《望洞庭湖赠张丞相》。张丞相，即张九龄。此诗约作于开元二十一年(733)，孟浩然西游长安时，当时张九龄在相位。诗中表达了作者的用世之心，望荐之意。前四句由大处落笔，写洞庭湖水天一色的景色，气势磅礴，宏伟壮观，体现了作者激荡不平的心胸。"气蒸云梦泽"一联与杜甫的"吴楚东南坼,乾坤日月浮"同为写洞庭的名句。后四句表达了急于求仕的心情,巧妙含蓄,兴寄深远。虽是向人求荐,却不卑不亢,毫无乞怜之态。

八月湖水平,涵虚混太清[1]。气蒸云梦泽[2],波撼岳阳城[3]。欲济无舟楫[4],端居耻圣明[5]。坐观垂钓者,徒有羡鱼情[6]。

【注释】 [1] 涵虚:包容着虚空。太清:指天。 [2]"气蒸"句:湖面上水气蒸腾,连云梦泽都在它的笼罩之中。云梦泽,古代大泽名,梦泽在长江南,云泽在长江北,包括今湖北东南部和湖南北部的广大地区。 [3] 岳阳城:即今湖南岳阳,在洞庭湖东岸。 [4] 济:渡河。楫:桨。 [5] 端居:安居,指闲居不仕。耻圣明:愧对圣明之世。 [6]"坐观"二句:自己苦于无人推荐,见到出仕的人,只有空自羡慕而已。垂钓者,这里比喻出仕者。羡鱼情,比喻出仕的愿望。《淮南子·说林训》:"临河而羡鱼,不如归家织网。"

过故人庄

【题解】 此诗两句一转,写出了到农家作客的一次经历。中间四句,纯用白描手法,勾画出一幅意趣盎然的田家生活图。开头和结尾在叙述中流露出朋友间的深厚情谊。作品冲淡自然,真醇有味,酷似陶渊明的田园诗。王文濡评:"末句'就'字妙,谓不邀自就,则主人情重,自在言外。"(《历代诗评注读本》)

故人具鸡黍[1],邀我至田家。绿树村边合,青山郭外斜[2]。开轩面场圃[3],把酒话桑麻。待到重阳日,还来就菊花[4]。

【注释】 [1] 鸡黍:指农家待客的丰盛饭食。《论语·微子》:"子路从而后,遇丈人,以杖荷篠。……止子路宿,杀鸡为黍而食之。"黍,黄米。 [2] 郭:城郭。城外围城的墙。 [3] 轩:窗。场圃:打谷场和菜园。 [4] 重阳:农历九月九日。古以九为阳数,故称九九为重阳。有登高赏菊等习俗。

宿桐庐江寄广陵旧游

【题解】 桐庐江,即桐江,在今浙江桐庐境内,流入浙江。广陵,今江苏扬州。这首诗由旅途的孤寂引出对扬州旧游的怀念,景物凄清寥落,情绪黯淡忧伤。王文濡评曰:"孤舟夜泊,风景寂寥,因客路艰难而忆旧游,是于无聊中作情话也。"

山暝听猿愁,沧江急夜流。风鸣两岸叶,月照一孤舟。建德非吾土[1],维扬忆旧游[2]。还将两行泪,遥寄海西头[3]。

【注释】 [1] 建德:今浙江建德,在桐江上游。非吾土:不是我的故土。王粲《登楼赋》:"虽信美而非吾土兮,曾何足以少留。"这里用其意。 [2] 维扬:指扬州。《尚书·禹贡》:"淮海惟扬州。"《清一统志》:"扬州府为广陵郡,古名维扬。" [3] 海西头:指扬州所在地。隋炀帝《泛龙舟歌》:"借问扬州在何处,淮南淮北海西头。"

宿建德江

【题解】 诗题一作《建德江宿》。建德江,即新安江,流经建德(今浙江建德)。沈德潜评曰:"下半写景而客愁自见。"(《唐诗别裁集》卷十九)"低"、"近"可谓诗眼,妙在自然。全诗淡而有味,神韵隽永。

移舟泊烟渚[1],日暮客愁新,野旷天低树,江清月近人[2]。

【注释】 [1] 烟渚:烟雾笼罩的洲岛。 [2] "野旷"二句:原野空旷,远方的天空垂落下来,好像比树还低;江水清澈,月影映入水中,显得离人更近。

春　晓

【题解】 四句小诗生动展示了诗人心理活动的产生和变化,表达了他的惜春爱花之心。风韵天成,情愫深挚。

春眠不觉晓,处处闻啼鸟,夜来风雨声,花落知多少。

以上据《四部丛刊》本《孟浩然集》

王　湾

生卒年、字号均不详。洛阳(今属河南)人。先天年间(712—713)进士及第,曾任荥阳主簿、洛阳尉。《全唐诗》录存其诗十首。

次北固山下

【题解】 次,宿,停。北固山,在今江苏镇江北,三面环江。诗以工对起首。颔联"以小景传大景之神"(王夫之《姜斋诗话》卷上),境界开阔壮美。颈联深蕴哲理,饶有意趣,被张说亲手题在政事堂,作为楷式。(见殷璠《河岳英灵集》卷下)结尾以雁传乡书表达乡思。

客路青山外,行舟绿水前。潮平两岸阔,风正一帆悬[1]。海日生残夜,江春入旧年[2]。乡书何处达,归雁洛阳边。

据中华书局版《全唐诗》

【注释】 [1] 风正:风顺。 [2]“海日”二句:海上朝阳生于夜将尽之时,江上早春,头年腊月就已孕育。

王昌龄

王昌龄(698? —757?),字少伯,太原(今属山西)人,一说京兆(今陕西西安)人。开元十五年(727)进士,历任秘书省校书郎,汜水县尉、江宁县丞、龙标县尉等职,世称“王江宁”、“王龙标”。安史之乱中被濠州刺史闾丘晓所杀。

王昌龄与当时著名诗人李白、高适、岑参、李颀、王之涣、王维、孟浩然等均有交往酬唱。被称为“七绝圣手”。诗多边塞、闺怨题材。《全唐诗》录存其诗四卷。

从军行 (其一、其四、其五)

【题解】 《从军行》,乐府旧题。原诗共七首,此处所选为第一、四、五首。第一首前两句以边地秋风、黄昏独坐烘托诗中主人公孤寂悲凉的心境;后两句笔锋一转,从对面写来:“因边城闻笛而代为金闺之愁耳。言己之愁已不堪,而闺中之愁更将奈何?”(陆时雍《唐诗镜》盛唐卷四)使得情感倍深一层。昌龄七绝“深情苦恨,襞积重重”(陆时雍《诗镜总论》)的特色,可见一斑。

第四首,明周敬评曰:“上联边塞之景,下联敌忾之词。黄沙百战,楼兰不破不还。张仲素‘功名耻计擒生数,直斩楼兰报国君’。俱有忠勇激然之气。”(《唐诗选脉会通》卷五十二)

第五首,诗人采用侧面烘托的写法,极力渲染大军出征时飞沙蔽日的景象,而略去惊心动魄的夜战过程,只让人从生擒敌酋的捷报中去想象大获全胜的激战经过。构思灵动、笔触跳脱,生动表现唐军所向披靡的气势。然诗无达诂,解者多见仁见智。清潘德舆谓:"曩只爱其雄健,不知其用意深至,殊不易测。盖讥主将于日昏之时,始出辕门,而前锋已夜战而禽大敌也。较中唐人'死是征人死,功是将军功'二语浑成多矣。"(养一斋诗话》卷二)聊备一说,供读者参考。

烽火城西百尺楼[1],黄昏独坐海风秋[2]。更吹羌笛《关山月》[3],无那金闺万里愁[4]。

【注释】 [1]"烽火"句:城西面设置烽火的高高戍楼。 [2]独坐:一作"独上"。海:指青海湖。 [3]《关山月》:乐府《鼓角横吹曲》之一,歌词主要写征戍离别之情。 [4]无那(nuó):无奈。金闺:妇女的华美住房,这里指少妇。

青海长云暗雪山[1],孤城遥望玉门关[2]。黄沙百战穿金甲,不破楼兰终不还[3]。

【注释】 [1]青海:即青海湖。唐朝派兵在这里戍守,常与吐蕃发生战争。雪山,指祁连山,在今甘肃境内。 [2]玉门关:亦称玉关。汉武帝置,因西域输入玉石取道于此而得名。故址在今甘肃敦煌西。 [3]楼兰:汉时西域国名,故地在今新疆维吾尔族自治区婼羌西。汉武帝时,楼兰攻袭汉朝使臣,汉昭帝元凤四年(前77),汉朝派傅介子赴楼兰,用计斩楼兰王(事见《汉书·傅介子传》)。这里用楼兰代替入侵的外族。

大漠风尘日色昏,红旗半卷出辕门[1]。前军夜战洮河北[2],已报生擒吐谷浑[3]。

【注释】 [1] 辕门:军营的正门。古代军队扎营时,用战车环卫,出口处用两辆车的车辕相对,当作营门,称辕门。 [2] 洮河:在今甘肃西南部。[3] 吐谷浑(tǔ yù hún):西域国名,唐时常侵扰边境,后被打败,一部分内附,一部分归入吐蕃。这里泛指敌人。

出 塞 (其一)

【题解】 《出塞》,乐府《横吹曲》旧题。原诗两首,这是第一首,诗的发端,横空出奇。以秦月汉关,喻历来战事不已,征人未还。借对李广的怀念,讽边将之无能。“千古守边大议论,借征夫口中写出”(黄生《唐诗摘抄》卷四)。诗借典故发议论,感情含蓄委婉,悲凉伤感中不乏豪气。

秦时明月汉时关,万里长征人未还。但使龙城飞将在[1],不教胡马度阴山[2]。

【注释】 [1] 龙城飞将:指李广。汉武帝时,李广为右北平太守,使匈奴不敢进犯,称他为“汉之飞将军”。龙城,汉代右北平,唐为北平郡,又称平州,治所在卢龙(今河北喜峰口一带)。 [2] 阴山:在今内蒙古自治区,西起河套西北,东与内兴安岭相接,是古代中国北方的天然屏障。

长信秋词 (其三)

【题解】 《长信秋词》,《乐府诗集》作《长信怨》,属《相和歌·楚调曲》。原诗五首,这是第三首。长信为汉宫殿名,太后所住。汉成帝时,班婕妤以美秀能文而受宠爱,后来成帝又宠爱赵飞燕、赵合德姊妹，班婕妤恐受忌害，便到长信宫中去侍奉太后。《长信怨》即以此为题材，咏叹宫妃失宠的遭遇。

本诗对失宠后妃的命运寄寓了深厚同情，"优柔婉丽，含蕴无穷，使人一唱而三叹"（《唐诗别裁》卷一九）。

奉帚平明金殿开[1]，且将团扇共徘徊[2]。玉颜不及寒鸦色，犹带昭阳日影来[3]。

【注释】 [1] 奉帚：手持扫帚打扫宫殿。 [2]"且将"句：乐府《相和歌·楚调曲》中有《怨歌行》一首，又名《团扇诗》，诗中以团扇比兴，咏后妃见弃："新裂齐纨素，鲜洁如积雪。裁为合欢扇，团团似明月。出入君怀袖，动摇微风发。常恐秋节至，凉飚夺炎热，弃捐箧笥中，恩爱中道绝。"前人误认为此诗是班婕妤所作。这句诗即化用其意。 [3]"玉颜"句：自己空有玉颜，但还不如寒鸦，能够飞过昭阳殿，承受其中的日光。昭阳，汉宫名，汉成帝和赵飞燕姊妹所居。日，暗喻君王。

芙蓉楼送辛渐 （其一）

【题解】 原二首，这是第一首。芙蓉楼，故址在今江苏镇江旧城西北。辛渐，不详。诗作于天宝元年（742），作者时任江宁丞。唐汝询评曰："此亦被谪入吴，逢辛赴洛，而有是叹也。言我方冒雨夜行，君则依山晓发，不胜跋涉之苦。倘亲友问我之行藏，当言心如冰冷，日就清虚，不复为宦情所牵矣。"（《唐诗解》卷二十六）

寒雨连江夜入吴，平明送客楚山孤[1]。洛阳亲友如相问，一片冰心在玉壶[2]。

以上据中华书局版《全唐诗》

【注释】［1］楚山：镇江附近的山峰。战国后期镇江属楚地。［2］“一片”句：表明自己洁白无瑕的品质。鲍照《白头吟》：“直如朱丝绳，清如玉壶冰。”姚崇《冰壶诫》：“故内怀冰清，外涵玉润，此君子冰壶之德也。”

王　维

王维(701—761)，字摩诘，太原祁(今山西祁县)人，随父迁居蒲州(今山西永济)。开元九年(721)进士。任大乐丞，因伶人舞黄狮贬为济州司库参军。开元二十二年(734)，张九龄执政，擢为右拾遗，迁监察御史。开元二十五年(737)李林甫上台，张九龄罢相，王维亦官亦隐，先后在终南山和辋川别墅过着悠闲的生活。天宝十五载(756)，王维被安史叛军所俘，迫授伪职。乱平，贬为太子中允。乾元二年(759)，转尚书右丞。世称“王右丞”。

王维文学艺术造诣甚高，诗文书画音乐皆能名家。诗歌创作以张九龄罢相为界，前期内容较充实积极，有抒愤言志之作，边塞立功之什等，情调较昂扬；后期他“万事不关心”，以诗歌阐禅悟道，消极内容较多。但也有大量山水田园诗，成为盛唐山水田园诗派的代表者。有《王右丞集》传世。

山中与裴秀才迪书

【题解】裴迪，字不详，关中人。唐天宝中曾官尚书省郎，天宝后任蜀州刺史。与杜甫、李颀有交往，而与王维更是志趣相投，“维得宋之问蓝田别墅，在辋口，辋水周于舍下，别涨竹洲花坞，与道友裴迪浮舟往来，弹琴赋诗，啸咏终日”(《旧唐书·王维传》)。王维著名的《辋川集》20首五绝，就是与裴迪唱和所作。

王维之诗，“诗中有画”，此文亦然。文中所写冬夜山水景色，突出“光”字：月夜清光，水中月光，寒山火光；用以动衬静的手法，渲染了一个“静”字：深巷犬吠，村墟夜舂，寒寺疏钟，有“鸟鸣山更幽”的意境。作者在寒夜独坐之时，作阳春偕游之想，与冬夜的萧瑟寒寂相反，作者想象中的山中春色是万物得时、生机勃然的。两相比照，不仅丰富了内容，而且开拓了意境。所以高步瀛称：“昔人谓摩诘诗中有画，画中有诗，此文幽隽华妙，有画所不到处。”(《唐宋文举要》)

近腊月下[1]，景气和畅，故山殊可过[2]。足下方温经[3]，猥不敢相烦[4]。辄便往山中，憩感配寺[5]，与山僧饭讫而去。

北涉玄灞[6]，清月映郭，夜登华子冈[7]，辋水沦涟[8]，与月上下。寒山远火，明灭林外。深巷寒犬，吠声如豹。村墟夜舂[9]，复与疏钟相间。此时独坐，僮仆静默，多思曩昔，携手赋诗、步仄径[10]、临清流也。

当待春中，草木蔓发，春山可望，轻鲦出水[11]，白鸥矫翼，露湿青皋[12]，麦陇朝雊[13]。斯之不远[14]，傥能从我游乎？非子天机清妙者，岂能以此不急之务相邀？然是中有深趣矣，无忽！因驮黄蘗人往[15]，不一[16]。山中人王维白。

【注释】 [1] 腊月：十二月。古代在农历十二月举行腊祭。下：指月末。 [2] 故山：指陕西蓝田南二十里的峣山，辋川别墅的所在地。 [3] 温经：温习经书备考。 [4] 猥：鄙贱，此为自谦之辞。不敢相烦：不敢以同游之事打扰麻烦。 [5] 憩(qì)：止息。感配寺：在蓝田西南辋谷，今废。 [6] 玄：水深绿而近黑，故曰玄。灞：河名，渭河支流。在陕西中部，源出蓝田东秦岭北麓，纳辋水，经长安，过灞桥，入渭河。 [7] 华子冈：王维辋川别墅的二十景之一。 [8] 辋水：即辋谷水。水在蓝田南，入灞水。因诸水汇合如车辋环凑，故名。 [9] 舂：捣米。 [10] 仄径：狭窄的小路。 [11] 轻鲦(tiáo)：轻快的鲦鱼。鲦，一种狭长的小鱼。 [12] 青皋：青草覆盖的水边高地。 [13] 朝雊(gòu)：清晨野公鸡的鸣叫。《诗·小雅·小弁》："雉之朝雊，尚求其雌。" [14] 斯：此。这儿指春天。 [15]"因驮"句：于是托驮运黄蘗的人捎信给你。黄蘗(bò)，芸香科的药材。 [16] 不一：不再一一细说。信中结束套语。

陇头吟

【题解】《陇头吟》，为乐府横吹曲辞。这是用乐府古题写的一首边塞诗。题目一作"边情"。诗首二句表现长安侠少立功边疆的雄心壮志；三、四句写陇上征人的乡思之情；五、六句以下抒发关西老将因奖赏不公而不胜悲怨。暗示今天长安侠少的结局与下场。全诗脉络清晰，承转自然，对比鲜明。"起势翩然，关西句转，收浑脱沈转，有远势，有厚气，此短篇之极则"（方东树《昭昧詹言》卷十二）。

长安少年游侠客[1]，夜上戍楼看太白[2]。陇头明月迥临关[3]，陇上行人夜吹笛。关西老将不胜愁[4]，驻马听之双泪流。身经大小百余战，麾下偏裨万户侯[5]。苏武才为典属国，节旄空尽海西头[6]。

【注释】 [1] 长安：原为"长城"，据《河岳英灵集》改。游侠：喜好交游和急人之难的人。 [2] 戍楼：边防地区士兵守卫了望的岗楼。太白：即金星。古人认为金星主兵象，可以根据它的隐现来预测战争的吉凶。 [3] 陇头：即陇山，亦称陇头水。在今陕西陇县。迥：远。关：指大震关。据《秦州记》载："陇山东西百八十里。登山颠东望，秦川四五百里，极目泯然。山东人行役、升此而顾瞻者，莫不悲思。山下有陇头，即大震关，为秦雍喉嗌。" [4] 关西：指函谷关以西地区，即今陕西、甘肃一带。《后汉书·虞诩传》引谚语曰:“关西出将,关东出相。” [5] 麾(huī)下:指将帅的部下。偏裨:副将。万户侯:汉代制度,列侯食邑,大者万户,小者五六百户,此指食邑万户之侯。 [6] “苏武”二句:苏武奉节出使匈奴,誓不屈降,持节牧羊北海(今贝加尔湖)边,节旄落尽,十九年后回国,才被封典属国这样的低下官职,参《汉书·苏武传》。典属国,掌管外国归服事务的官员。节旄,符节上所饰的牦牛尾。

观　猎

【题解】 诗通过将军打猎场面、神态的描写,及对其高超射技的赞美,表现他的英武矫健。施补华《岘佣说诗》评曰:“起处须有崚嶒之势,收处须有完固之力,则中二联愈形警策。如摩诘‘风劲角弓鸣,将军猎渭城’,倒戟而入,笔势轩昂。‘草枯’一联,正写猎字,愈有精神。‘忽过’二句,写猎后光景,题分已足,收处作回顾之笔,兜裹全篇,恰与起笔倒入者相照应,最为整密可法。”

风劲角弓鸣[1],将军猎渭城[2]。草枯鹰眼疾,雪尽马蹄轻。忽过新丰市[3],还归细柳营[4]。回看射雕处[5],千里暮云平。

【注释】 [1] 角弓:用牛角制成的硬弓。 [2] 渭城:秦时咸阳城,汉武帝元鼎三年(前114),更名渭城。在今西安西北,渭水北岸。 [3] 忽过:疾速经过。新丰市:地名,故址在今陕西临潼东北,是古代产美酒的地方。王维《少年行》:“新丰美酒斗十千,咸阳游侠多少年。” [4] 细柳营:在长安之西,渭水之北,是汉代名将周亚夫屯兵之处。《史记·绛侯周勃世家》载:汉文帝亲自到各军营巡视,到其他军营都可随便进出,唯独到周亚夫的细柳营,门卫森严,士兵不肯放入,讲明是皇帝驾到,守卫士兵仍坚持要按军营制度办理手续。汉文帝夸奖说,周亚夫才是真正带兵的将才。 [5] 雕:一种猛禽,产于我国西北地区,古时常称赞善射的人为射雕手。

使至塞上

【题解】 开元二十五年(737)三月,河西节度副大使崔希逸战胜吐蕃。王维以监察御史奉使出塞巡视宣慰犒劳。诗作于出使途中。首联言出使原因及所经之地。颔联括尽千里行程。颈联描绘塞外瀚海的奇特风光,笔力劲健,意境雄浑,被誉为“千古壮观”(王国维《人间词话》)。尾联点明前线捷报,喜悦之情尽在不言之中。

单车欲问边[1],属国过居延[2]。征蓬出汉塞[3],归雁入胡天。大漠孤烟直[4],长河落日圆[5]。萧关逢候骑[6],都护在燕然[7]。

【注释】 [1] 单车:指轻车简从。问边:慰问边塞将士。 [2] 属国:典属国的简称,此代指使臣,是诗人自指。一说,指保存其国号而属于汉朝的附属国家(如张掖属国、居延属国)。居延:本匈奴之地名。指居延泽附近一带。西汉置县。故城在今内蒙古额济纳旗东南,为张掖都尉治所。 [3] 征蓬:远行的蓬草,用以比喻征人。此处代指诗人自己。 [4] 孤烟直:指直上的燧烟。宋陆佃《埤雅》:“古之烽火用狼粪,取其烟直而聚,虽风吹之不斜。” [5] 长河:指黄河。 [6] 萧关:亦称古陇山关。故址在今宁夏回族自治区固原东南。候骑:骑马的侦察兵。 [7] 都护:官名,边疆重镇都护府的长官。唐代设置六大都护府以统辖西域诸国,每一都护府置都护一人。燕然:山名,即今蒙古人民共和国境内的杭爱山。东汉车骑将军窦宪大破匈奴北单于,曾登燕然山刻石记功而还。此借指最前线。

汉江临眺

【题解】 汉江,即汉水。发源于陕西宁强播冢山。初名漾水,经褒城汇合褒水后才称汉水,至湖北汉阳流入长江。眺,原为“泛”,据

《瀛奎律髓》改。此诗写于开元二十八年(740),是王维山水诗的代表作,描写诗人临江远望所见汉江浩森、雄伟的气势与诗人对襄阳的留恋之情。方回评曰:"右丞此诗,中两联皆言景,而前联尤壮,足敌孟、杜《岳阳》之作。"(《瀛奎律髓》卷一)全诗从大处着墨,画面开阔,气象雄浑,用字传神,意境优美,不愧是篇写景名作。

楚塞三湘接[1],荆门九派通[2]。江流天地外,山色有无中。郡邑浮前浦[3],波澜动远空。襄阳好风日[4],留醉与山翁[5]。

【注释】 [1] 楚塞:指原属古代楚国的地界。三湘:湘水合漓水称漓湘,合蒸水称蒸湘,合潇水称潇湘,故又称三湘。 [2] 荆门:山名,在宜昌南。九派:指在武汉附近汇入长江的各条河流,实指长江。 [3] 郡:州郡。邑:城镇。浦:水滨。 [4] 襄阳:在汉江南岸,即诗人登临之地。 [5] 留醉:留在此地酣饮。山翁:指晋代的山简,他是"竹林七贤"之一的山涛之子,曾任征南将军,镇守襄阳,好饮酒,每饮必醉。此处借指当时襄阳的地方长官。

终　南　山

【题解】 终南山,即秦岭,又名中南山或南山,在陕西长安南五十里,绵亘八百余里。此诗可能写于开元末至天宝初这一时期。这期间,诗人在他的终南别墅过着亦官亦隐的生活。诗从大处着墨,描写终南山的雄伟高大幽深。"'近天都'言其高,'到海隅'言其远,'分野'二句言其大。四十字中无所不包,手笔不在杜陵下。或谓末二句似与通体不配,今玩其语意,见山远而人寡也,非寻常写景可比。"(《唐诗别裁》卷九)"白云"一联,张谦宜评曰:"看山得三昧,尽此十字中。"(《絸斋诗谈》卷五)

太乙近天都[1]，连山到海隅。白云回望合[2]，青霭入看无。分野中峰变[3]，阴晴众壑殊。欲投人处宿，隔水问樵夫。

【注释】［1］太乙：终南山的主峰，在长安（今陕西西安）之南。天都：天帝所居的地方。一说，指长安。［2］回望：从四面遥望。回，旋转迂回。［3］分野：古人将天上二十八宿星座与地上区域联系起来，称为分野，地上每一区域，都划在星空某一分野之内。

山居秋暝

【题解】诗描写山村秋季暮色，表现诗人对山村纯朴生活的喜悦，暗衬出他对污浊的官场的厌恶。首联点题，雨后秋山，清空宜人。颔联山区夜色，自然妙境。颈联先闻其声，后见其人，浣女渔翁，怡然自得。尾联春芳虽歇，王孙可留，悦恋之情，蕴藉隽永。

空山新雨后，天气晚来秋。明月松间照，清泉石上流。竹喧归浣女[1]，莲动下渔舟。随意春芳歇[2]，王孙自可留[3]。

【注释】［1］"竹喧"句：竹林间响起喧闹、谈笑声，原来是洗衣女子结伴归来。浣女，洗衣的女子。［2］随意：任凭，自由地。春芳歇：春天的花草凋谢了。［3］王孙：本指贵族公子，此指诗人自己。《楚辞·招隐士》："王孙兮归来，山中兮不可以久留。"王维反用其意，是说山中春天的花草即使衰歇，自己仍然乐意留在山中。

终南别业

【题解】沈德潜评曰："行无所事，一片化机。"（《唐诗别裁》卷九）

张谦宜评曰:“一气贯注中不动声色,所向惬然,最是难事。”“古秀天然,杜不能尔。”“‘行到水穷处,坐看云起时。’或问:‘此果是禅否?’答曰:‘详文义,只言无心得趣耳,不应开口便是说禅。且善《易》者不谈《易》,岂有此拘泥诗人,死板禅客?’问者大笑。”(《䌹斋诗谈》卷五)

中岁颇好道,晚家南山陲[1]。兴来每独往,胜事空自知[2]。行到水穷处,坐看云起时。偶然值林叟[3],谈笑无还期。

【注释】 [1] 南山陲:终南山麓。 [2] 胜事:美好的事。 [3] 值林叟:遇林中老人。

鹿　柴

【题解】 鹿柴(zhài),辋川地名。诗描绘鹿柴处地的幽深。“不见人”显林深,“闻人语”,反衬山寂;三、四句一缕夕阳返照青苔,愈见山深寂、林幽暗。天然美景,妙心得之。

空山不见人,但闻人语响。返景入深林[1],复照青苔上。

【注释】 [1] 返景:夕阳返照。景,同“影”。

鸟鸣磵

【题解】 磵,同“涧”。诗描绘春山月夜之幽静,用的是花落、月出、鸟鸣等以动写静的手法，表现的是鸟鸣山更幽的自然境界，反映的是诗人身世两忘，万念俱寂的心境。

人闲桂花落[1]，夜静春山空。月出惊山鸟，时鸣春涧中。

【注释】 [1] 闲：此作空静讲。桂花：也称木犀。有春花、秋花、四季花等不同品种。

九月九日忆山东兄弟

【题解】 九月九日，即重阳节。山东，诗人的祖籍是太原祁（今山西祁县）人，其父时迁居蒲州（今山西永济）。因蒲州在华山以东，故称山东。本诗原注："时年十七。"此诗一、二句写自己客居他乡，重阳佳节对家中亲人的思念之情。上句用一"独"字，二"异"字，突出表现在外乡作客的孤寂处境，为下句的"倍思亲"作了有力铺垫。三、四句，诗人运用透过一层写法，不言自己如何忆兄弟，但言兄弟之忆己。就加倍写出诗人对兄弟思念之深情。此诗是至情之流露，故真切感人，万口流传。

独在异乡为异客，每逢佳节倍思亲，遥知兄弟登高处，遍插茱萸少一人[1]。

【注释】 [1] 茱萸（zhū yú）：植物名。有浓烈香味。古人在重阳节登高，将茱萸插在头上，说是可以去邪、辟恶、御寒。

渭 川 田 家

【题解】 渭川，渭水，源于甘肃清源西北鸟鼠山，东南流经陕西，从华阴东北渭口入黄河。诗中描写农村初夏薄暮的景色及闲逸和谐的农家生活，抒发作者的向往之情。一、三联之景恍若"日之夕矣，牛羊下来"(《诗·王风·君子于役》)，"狗吠深巷中，鸡鸣桑树巅"(陶渊明《归园田居》)之景，二、四联见天伦之情、邻里之谊。难怪诗人发"式微"之吟。

斜光照墟落[1]，穷巷牛羊归[2]。野老念牧童，倚杖候荆扉。雉雊麦苗秀[3]，蚕眠桑叶稀[4]。田夫荷锄立，相见语依依。即此羡闲逸，怅然歌式微[5]。

【注释】 [1] 墟落：村落。 [2] 穷巷：深巷。 [3] 雉雊：野鸡鸣叫。秀：抽穗。 [4] 蚕眠：蚕蜕皮时不食不动，如睡眠状态。 [5] 式微：《诗经·邶风·式微》："式微，式微，胡不归。"此取"胡不归"意。

送元二使安西

【题解】 元二：不详何人。使：出使。安西：安西都护府治所，在今新疆维吾尔自治区库车附近。题目一作《渭城曲》。李东阳评曰："王摩诘《阳关》'无故人'之句，盛唐以前所未道。此辞一出，一时传诵不足，至为三叠歌之，后之咏别者千言万语殆不能出其意之外，必如是方可谓之达耳。"(《麓堂诗话》)

渭城朝雨裛轻尘[1]，客舍青青柳色新。劝君更尽一杯酒，西出阳关无故人[2]。

以上据上海古籍出版社版《王右丞集笺注》

【注释】 [1] 渭城：秦时咸阳城，汉武帝时改称渭城，在今西安西北，渭水北岸。裛(yì)：通"浥"，沾湿。 [2] 阳关：今甘肃敦煌西南，玉门关之南，是古代通西域的交通要道，出了阳关，即西域。

李颀

李颀（？—约757），赵郡（今河北赵县）人，自幼寄居颍阳（今河南许昌附近）。开元二十三年（735）中进士，曾任新乡县尉。后去官，隐居嵩山、少室山一带。

他的诗以五七言歌行和七言律诗见长，尤其善于描写边塞风光和刻划人物，殷璠在《河岳英灵集》中称其诗“发调既清，修词亦秀。杂歌咸善，玄理最长”，但也不乏慷慨雄放之作。《全唐诗》录存其诗三卷。

古从军行

【题解】 《从军行》，乐府旧题，这首诗是拟古题，故称《古从军行》。沈德潜评曰：“以人命换塞外之物，失策甚矣。为开边者垂戒，故作此诗。”（《唐诗别裁》卷五）王文濡评曰：“此篇三韵两转，中间四句极状塞外悲凉之境，一句一意，读之如亲历其境。”（《唐诗评注读本》）

白日登山望烽火，黄昏饮马傍交河[1]。行人刁斗风沙暗[2]，公主琵琶幽怨多[3]。野云万里无城郭[4]，雨雪纷纷连大漠。胡雁哀鸣夜夜飞，胡儿眼泪双双落。闻道玉门犹被遮[5]，应将性命逐轻车[6]。年年战骨埋荒外，空见蒲桃入汉家[7]。

【注释】 [1] 交河：在今新疆维吾尔自治区西北的吐鲁番。 [2] 刁斗：

古代军队用的铜器,白天作锅,夜晚用以打更。 [3]“公主”句:相传汉武帝与乌孙国和亲,以江都王女刘细君为公主,远嫁乌孙,令人在马上弹琵琶,为她排遣乡愁。诗用此典故,写征途中听到幽怨的琵琶声。 [4]野云:一作“野营”。 [5]“闻道”句:统治者不顾士兵死活,仍在无休止地进行战争。遮,阻拦。据《汉书·李广利传》,汉武帝派贰师将军李广利攻大宛国,以夺取那里的名马。作战经年,汉军疲敝,李广利请求撤军,武帝大怒,派使者遮玉门关,曰:“军有敢入者辄斩之。” [6]逐:跟随。轻车:轻车将军的省称,这里指将帅。 [7]“年年”二句:连年征战,大量士兵埋骨边荒,换来的只是供统治者享用的葡萄而已。参《汉书·西域传》。

赠张旭

【题解】 张旭,字伯高,吴(今江苏苏州)人。唐代著名的书法家。《新唐书·文艺传》中载其“嗜酒,每大醉,呼叫狂走,乃下笔,或以头濡墨而书,既醒自识,以为神,不可复得也。世号张颠”,可与本诗相发明。

在以抒情诗为主体的初盛唐诗坛上,李颀诗以善长刻画人物独擅胜场。这首诗从不同侧面描写了张旭的性格和形象:一写他的爱好、性情、擅长、声誉;二写他挥洒草书的神态;三写他生活的清贫潦倒;四写他的嗜酒、好道、孤高自傲、鄙夷世俗;五写他的粗犷、豪爽、热忱待人;六写他的品德高洁,志趣高远。如此刻画,可谓传神,在同类作品(如高适《醉后赠张九旭》、李白《草书歌行》、杜甫《饮中八仙歌》)中,此诗为最。

张公性嗜酒,豁达无所营。皓首穷草隶[1],时称太湖精[2]。露顶据胡床[3],长叫三五声。兴来洒素壁,挥笔如流星。下舍风萧条,寒草满户庭。问家何所有,生事如浮萍。左手持蟹螯[4],右手执丹经[5]。瞪目视霄汉,不知醉与醒。诸宾且方坐,旭日临东城。荷叶裹江鱼,白瓯贮香杭[6]。微禄心不屑[7],放神于八纮[8]。时人不识者,即是安期生[9]。

【注释】 [1] 草隶:草书和隶书。张旭尤精狂草。 [2] 太湖精:古代常把杰出人物看作其家乡山川灵秀精英钟聚所致,张旭为吴人,故称太湖精。 [3] 露顶:免冠露顶,被视为狂放不拘。据:坐,凭依。胡床:也称交床、交椅。一种可以折叠的轻便坐具,胡地传入,故称。 [4] 蟹螯:蟹的第一对足。《晋书·毕卓传》:“卓尝谓人曰‘得酒满数百斛船,四时甘味置两头,右手持酒杯,左手持蟹螯,拍浮酒船中,便足了一生矣。’” [5] 丹经:道教关于炼丹服食的书籍。 [6] 白瓯:白色瓦盆。香杭:即香粳。 [7] 微禄:据《幽闲鼓吹》载:“张长史(即旭),释褐为苏州常熟尉。”可见张旭曾任县尉、长史之类低等官职,故称微禄。 [8] 八纮(hóng):极广阔的宇宙空间。纮,古指天地之维系。 [9] 安期生:传说中的道家仙人名。

送魏万之京

【题解】 魏万,山东人,初居王屋山,号王屋山人,后改名为颢。天宝十四载(755)进士。与李白、刘长卿、李颀等均有交往。方东树评曰:“言昨夜微霜,游子今朝渡河耳,却炼句入妙。中四情景交写,而语有次第。三、四送别之情,五、六渐次至京,收句勉其立身立名。”(《昭昧詹言》卷十六)

朝闻游子唱离歌,昨夜微霜初渡河。鸿雁不堪愁里听,云山况是客中过。关城树色催寒近[1],御苑砧声向晚多[2]。莫是长安行乐处,空令岁月易蹉跎[3]。

以上据中华书局版《全唐诗》

【注释】 [1] 关城:指途中所经关塞城邑。树色:一作“曙色”。 [2] 御苑:皇家宫苑。砧声:捣衣声。砧,此指捣衣石。 [3] “莫是”二句:沈德潜云:“结意勉以立功。若曰勿以长安为行乐之地,而蹉跎无成也。”(《唐诗别裁》卷一三)莫是,一作“莫见”。

李 白

李白(701—762),字太白,号青莲居士,祖籍陇西成纪(今甘肃秦安)。先世流徙中亚。五岁左右随父迁居绵州(今四川江油)青莲乡。二十五岁出蜀漫游全国各地。天宝初,应诏二赴长安,供奉翰林。他的狂放不为权贵所容。天宝三载(744)即辞官出京,又长期漫游。天宝十四载(755),安史之乱爆发,正隐居庐山的李白,应邀参加了永王璘的部队。永王璘被定为叛逆,兵败而死。李白被流放夜郎,半途遇赦。晚年飘泊江南一带,上元二年(761)秋,六十一岁的诗人还拟为征讨史朝义效力,因病而返。病卒于当涂。

李白诗歌近千首,抒发理想,倾吐郁愤,抨击时弊,讴歌山河,想象丰富奇特,气势雄伟奔放,语言自然清新,风格恣肆飘逸,成为继屈原之后,浪漫主义诗歌的高峰。他的赋和散文有纵横之气、狂放之度,颇具时代气息和个性特征。有《李太白全集》传世。

春夜宴从弟桃花园序

【题解】 序,是一种文体。古代用以记叙文人宴集,饮酒赋诗,互相唱和的场面,并抒写情怀,生发议论。

本文以议论开头,从“浮生若梦”说到快意当前,秉烛夜游。虽有道家人生若寄、及时行乐的消极思想,但“发端数语,已见潇洒风尘之外”(《古文观止》卷七)。然后,只寥寥数笔,就生动而形象地勾勒出李白和兄弟们围坐在花前月下,饮酒赋诗,抚琴作歌,畅叙天伦之乐的情景,抒发了作者热爱大自然、热爱生活的情怀。全文仅100多字,但紧扣题目,言简意丰。“转落层次,语无泛设;幽怀逸趣,辞短韵长。读之增人许多情思”(同上)。

夫天地者,万物之逆旅也[1];光阴者,百代之过客也。而浮生若梦[2],为欢几何?古人秉烛夜游,良有以也[3]!

况阳春召我以烟景,大块假我以文章[4]。会桃花之芳园,序天伦之乐事。群季俊秀,皆为惠连[5];吾人咏歌,独惭康乐[6]。幽赏未已,高谈转清。开琼筵以坐花,飞羽觞而醉月[7]。不有佳咏,何伸雅怀?如诗不成,罚依金谷酒数[8]。

【注释】 [1] 逆旅:客舍旅馆,迎止宾客之处。《庄子·山木》:“阳子之宋,宿于逆旅。” [2] 浮生:老庄以人生在世,虚浮无定。《庄子·刻意》:“其生若浮,其死若休。” [3] “秉烛”二句:《文选·魏文帝(曹丕)与吴质书》:“少壮真当努力,年一过往,何可攀援,古人思炳烛夜游,良有以也。”本文用其意。秉(bǐng)烛夜游,夜以继日地掌烛而游乐。良有以也,确有道理。 [4] 大块:大自然,天地。假:借。此指赋予。文章:此指绚丽的文采。 [5] “群季”二句:众弟人才俊秀,都是谢惠连之辈。季,弟弟。惠连,谢惠连,南朝诗人。少年聪慧,与族兄谢灵运并称“大小谢”。 [6] “吾人”二句:我作诗吟歌,却惭愧不及谢灵运。康乐,谢灵运,袭封康乐公,世称“谢康乐”。他是南朝著名诗人,擅写山水名胜,颇多佳句。 [7] 羽觞(shāng):酒器。作鸟雀状,左右形如两翼。一说插鸟羽于觞,促人速饮。醉月:醉于月下。 [8] 金谷酒数:金谷是西晋贵族石崇的花园名,他常宴客其中。其《金谷诗序》:“遂各赋诗,以叙中怀,或不能者,罚酒三斗。”

与韩荆州书

【题解】 韩荆州,名朝宗,初任左拾遗,累迁荆州长史。天宝初,召为京兆尹。喜识拔后进，尝荐崔宗之、严武于朝，受到当时贤士的仰慕。这是李白写给韩朝宗的一封自荐信，大约写于开元十八年(730)至开元二十二年(734)之间。作者通过他人的评价和态度，颂誉韩荆州的道德、文章，所以虽有恭维和过誉，却无卑颜和媚态；借历史人物举贤和赞扬韩荆州奖掖后进，表达求荐之望，所以只见作者出仕用世的强烈愿望，和对自己才学的高度自信，而不见其乞怜之状。文章诚如《古文观止》卷七所评："本是欲以文章求知于荆州，却先将荆州人品极力抬高，以见国士之出不偶，知己之遇当急。至于自述处，文气骚逸，词调豪雄，到底不作寒酸求乞态。自是青莲本色。"全文旁征博引，运转自如，才情横溢，音调铿锵。有战国纵横家文踔厉奋发之风。

白闻天下谈士相聚而言曰："生不用万户侯，但愿一识韩荆州。"[1]何令人之景慕，一至于此耶！岂不以有周公之风，躬吐握之事[2]，使海内豪俊，奔走而归之。一登龙门[3]，则声誉十倍。所以龙盘凤逸之士[4]，皆欲收名定价于君侯[5]。愿君侯不以富贵而骄之，寒贱而忽之，则三千宾中有毛遂，使白得颖脱而出，即其人焉[6]。

白陇西布衣[7]，流落楚汉[8]。十五好剑术，遍干诸侯[9]。三十成文章，历抵卿相[10]。虽长不满七尺，而心雄万夫，王公大人，许与气义[11]。此畴曩心迹[12]，安敢不尽于君侯哉！

君侯制作侔神明[13]，德行动天地，笔参造化[14]，学究天人[15]。幸愿开张心颜，不以长揖见拒[16]。必若接之以高宴，纵之以清谈[17]，请日试万言，倚马可待[18]。今天下以君侯为文章之司命[19]，人物之权衡[20]，一经品题，便作佳士。而君侯何惜阶前盈尺之地，不使白扬眉吐气，激昂青云耶？

昔王子师为豫州[21]，未下车即辟荀慈明[22]，既下车又辟孔文举[23]；山涛作冀州[24]，甄拔三十余人，或为侍中、尚书[25]，先代所美。而君侯亦荐一严协律[26]，入为秘书郎。中间崔宗之、房习祖、黎昕、许莹之徒[27]，或以才名见知，或以清白见赏。白每观其衔恩抚躬[28]，忠义奋发，以此感激，知君侯推赤心于诸贤腹中[29]，所以不归他人，而愿委身国士[30]。傥急难有用，敢效微躯。

且人非尧舜，谁能尽善？白谟猷筹画[31]，安能自矜？至于制作，积成卷轴，则欲尘秽视听[32]，恐雕虫小技[33]，不合大人。若赐观刍荛[34]，请给纸墨，兼之书人[35]。然后退扫闲轩[36]，缮写呈上。庶青萍、结绿，长价于薛、卞之门[37]。幸惟下流[38]，大开奖饰，唯君侯图之。

【注释】 [1]“生不用”二句：平生用不着封为万户侯，只希望结识韩荆州。生，平生。万户侯，食邑万户的列侯。　[2]“岂不”二句：（谈士景仰您）难道不是因为您有周公的作风，能躬行他吐哺、握发之事吗？周公，姓姬名旦，周武王之弟，曾辅佐周成王，礼贤下士。吐握，吐哺、握发。《韩诗外传》卷三载其曾“一沐三握发，一饭三吐哺，犹恐失天下之士”。说明周公常中断自己的吃饭和沐浴接待来客。　[3]登龙门：此处比喻被名人接纳援引而声价大增。《后汉书·李膺传》：“膺以声名自高，士有被其容接者，名为登龙门。”龙门，即禹门口。在今山西河津西北和陕西韩城东北。黄河至此，两岸峭壁对峙，形如阙门，故名。传说江海之鱼，聚集于龙门之下，登者化为龙。　[4]龙盘凤逸：旧时比喻怀才不遇。　[5]收名定价：得到名声并给予评价。君侯：汉代对列侯的尊称。后也用对地方高级官吏如州刺史等的尊称。此指韩荆州。　[6]三千宾：战国时赵国平原君好士，养食客三千。毛遂：平原君门客。《史记·平原君列传》载，公元前258年，秦侵赵，平原君奉命使楚求救。

选门下食客文武兼备的二十人同行,毛遂自荐请从。平原君说:“夫贤士之处世也,譬若锥之处囊中,其末立见。……”毛遂说:“臣乃今日请处囊中耳。使遂早得处囊中,乃颖脱而出,非特其末见而已。”于是让其随行,果建功,待为上客。颖:尖端,此指锥尖。以“脱颖”喻得到机会,施展才能。即其人焉:自己即是毛遂那样的人。 [7] 陇西:李白自称祖籍为陇西成纪(今甘肃秦安)。 [8] 楚汉:即今湖南、湖北一带。楚,指古代楚国地区。汉,指汉水流域,这里即指荆州。 [9] 干:干求,谒见。诸侯:此指州郡长官。[10] 历:逐个,一一地。抵:触,此指干谒。卿相:此指朝中大官。 [11] 许与:赞许、称道。气义:气概与道义。 [12] 畴曩(nǎng):过去、从前。心迹:内心的真实情况。 [13] 制作:为“制礼作乐”的省略语。《礼记·明堂位》:“朝诸侯于明堂,制礼作乐。”此处用以指政绩。侔(móu):相等、等同。 [14] 笔参造化:是说韩朝宗的文笔精妙,说理透辟,其功可参赞天地。 [15] 究:研究。天人:指“天人之际”,即自然与人事之关系。司马迁《报任安书》:“究天人之际。” [16] “幸愿”二句:我希望您开诚相待,不因我的礼节怠慢而拒绝我。开张心颜,即开心张颜,是说坦怀相见,和颜相接。长揖,深深地拱手。古代对尊长行的是跪拜礼,对平辈行的是长揖之礼。见拒,被拒绝。 [17] “必若”二句:如果您用盛大宴席接待我,任我尽情畅谈。必若,假使。之,代指李白。清谈,本指魏晋间一些士大夫不务实际、空谈哲理。此指畅谈。 [18] 倚马可待:比喻文章写得快而且好。《世说新语·文学》载:东晋桓温北征时,途中命袁虎倚立马前起草露布(军中捷报),他“手不辍笔,俄得七纸,殊可观”。 [19] 司命:即文昌第四星,亦即《楚辞·九歌》中之少司命。一说,指文昌星。此星在神话中为主宰功名、禄位的神。[20] 权衡:此处为衡量、评定的意思。权,秤锤。衡,秤杆。 [21] 王子师:名允,东汉人。为豫州:任豫州刺史。豫州治所在今安徽亳县。 [22] 下车:旧指官吏初到任为下车。辟(bì):征召。荀慈明:名爽,东汉末年的名士。兄弟八人,他最有名。人称“荀氏八龙,慈明无双”。 [23] 孔文举:名融,曾任北海相,世称孔北海,为“建安七子”之一。 [24] 山涛:字巨源,西晋名士。为“竹林七贤”之一。作冀州:任冀州刺史。(今河北高邑西南)。[25] “甄拔”二句:(山涛)鉴别选拔三十多人,其中有的人任侍中,有的人任尚书。参《晋书·山涛传》。甄拔,鉴别,选择。侍中,门下省的长官,掌管传达皇帝的诏令。尚书,协助皇帝处理政务的官员。 [26] 严协律:可能指严武。因韩朝宗曾荐举严武于朝。协律,官名,即协律郎,掌管乐律。 [27] 崔宗之:崔日用之子,曾任侍御史。杜甫在《饮中八仙歌》中称他是"潇洒美少年"。房习祖、黎昕、许莹:三人生平事迹不详。 [28] 衔恩:感恩。抚躬:省察自身。 [29] 推赤心于诸贤腹中:即成语"推心置腹"之意,比喻真心待人。《后汉书·光武帝纪》:"萧王(即光武)推赤心置人腹中,安得不投死乎?" [30] 委身:托身。国士:旧称一国杰出的人物。此指韩荆州。《史记·淮阴侯列传》:"诸将易得耳,至如信者,国士无双。" [31] 谟猷(mó yóu):计谋。 [32] "至于"三句:至于我的诗文,已积累成册,本想将这些诗文给您看,又想可能会沾污您的耳目。制作,此指创作的诗文。卷轴,装裱的卷子,指书籍。古时文章,皆裱成长卷,有轴可以舒卷,故名。尘秽,这里用作动词,弄脏。 [33] 雕虫:比喻小技、小道。多指词章之学。扬雄《法言·吾子》:"或问:'吾子少而好赋?'曰:'然。童子雕虫篆刻。'"西汉学童必习秦书八体,而虫书和刻符是其中的两体,纤巧难工。扬雄以为作赋绘景状物,与雕琢虫书、篆写刻符相似,都是童子所习的小技。 [34] 刍荛(ráo):割草打柴,也指割草打柴的人。《诗经·大雅·板》:"先民有言,询于刍荛。"后多用以指草野鄙陋之人。此处是作者谦指自己的文章。 [35] 兼之书人:并加派抄写的人。 [36] 闲轩:空闲的小屋。 [37] "庶青萍"二句:我希望自己的诗文能像青萍宝剑,结绿宝玉在薛、卞门下增长价格那样,得到您的赏识。庶,副词,表示期望。长(zhǎng)价,增长价格。薛、卞,指薛烛和卞和。薛烛是春秋时越国人,善于鉴别宝剑。事见《吴越春秋》卷四。卞和是春秋时楚国人,善于辨识宝玉。事见《韩非子·和氏》。此处薛、卞喻指韩朝宗。 [38] 幸:希望。惟:林云铭编《古文析义》作"推"。推,推奖,推荐。下流:低贱之人。作者谦指自己。一说,礼让在己之下者。《淮南子·缪称训》:"水下流而广大,君下臣而聪明。"

古风 (其十、其十四、其十九、其二十四)

【题解】 古风,一种古诗体,兴于汉代,有五言、杂言和七言几种。虽押韵,但格律不严。李白五十九首古诗,非一时一地之作,内容十分丰富,是阮籍《咏怀》和陈子昂、张九龄《感遇》诗的发展。

此处所选为第十、十四、十九、二十四首。第十首，萧士赟评曰："太白平生豪邈，迈视权臣，浮云富贵。此诗盖有慕乎仲连之为人也。"(《分类补注李太白集》卷二)李白一生钦慕鲁仲连、张良、范蠡这样的英雄侠士，希望能像他们那样济时拯难，建不世之功，然后功成身退，摈弃荣华富贵，隐逸山林。诗既塑造了鲁仲连的形象，又升华了诗人的自身理想。

第十四首前十句写外族入侵，造成边地荒芜、士兵尸积如山；后十二句写李唐大肆征调应战，农事凋敝，慨叹边将无能，致使生民涂炭。

第十九首写于至德元载(756)春。当时李白在安徽宣城一带。此诗表达诗人的忧国忧民之情和不能舍弃国计民生，独善其身之意。

天宝时期，由于玄宗的骄纵，宦官权势日重，种下了中唐严重社会问题的祸根。第二十四首诗即对此予以讥刺谒露。诗的前八句夸张地铺叙宦官的飞扬跋扈、聚敛财物、广置宅第，揭露斗鸡者的权势熏天，不可一世。最后二句感慨玄宗贤愚不辨、忠奸不明。

齐有倜傥生[1]，鲁连特高妙[2]。明月出海底[3]，一朝开光曜。却秦振英声，后世仰末照[4]。意轻千金赠，顾向平原笑[5]。吾亦澹荡人[6]，拂衣可同调[7]。

【注释】 [1] 倜傥(tì tǎng)：洒脱、不拘。 [2] 鲁连：鲁仲连，战国齐人。秦国赵都邯郸，魏遣客将军新垣衍使赵，说赵尊秦为帝以求解围罢兵。鲁仲连反对帝秦，为新垣衍陈说利害，秦因而却兵五十里。魏信陵君出兵，遂解邯郸之围。事后赵平原君欲封赏鲁仲连。仲连谢曰："所贵于天下之士者，为人排患释难，解纷乱而无取也；即有取者，是商贾之事也，而连不忍为也。"遂辞平原君，终身不复见。事详《史记·鲁仲连邹阳传》。 [3] 明月：明月珠。喻鲁仲连。 [4] 末照：余辉。 [5] 平原：平原君赵胜，赵武灵王之子,三任赵相。相传有食客三千,与齐国孟尝君(田文)、魏国信陵君(魏无忌)、楚国春申君(黄歇)并称四公子。　[6] 澹荡:无欲不羁。　[7] 拂衣:提衣、振衣。此表振衣而去的决绝之意。谢灵运《述祖德》诗:"高揖七州外,拂衣五湖里。"

胡关饶风沙[1],萧索竟终古[2]。木落秋草黄,登高望戎虏[3]。荒城空大漠,边邑无遗堵[4]。白骨横千霜[5],嵯峨蔽榛莽。借问谁陵虐[6],天骄毒威武[7]。赫怒我圣皇[8],劳师事鼙鼓[9]。阳和变杀气[10],发卒骚中土[11]。三十六万人,哀哀泪如雨。且悲就行役,安得营农圃[12]。不见征戍儿,岂知关山苦。李牧今不在,边人饲豺虎[13]。

【注释】 [1] 胡关:接近外族的关隘。饶:多。　[2] 竟:从头至尾。终古:久远。　[3] 戎虏:指西部边疆的敌人。　[4] 堵:墙。　[5] 横千霜:横卧地下千年。　[6] 陵虐:侵犯残害。　[7] 天骄:"天之骄子"的简称。此指吐蕃。《汉书·匈奴传》:"胡者,天之骄子也。"威武:此指炫耀武力。　[8] 赫:发怒的样子。圣皇:圣明的皇帝。此指唐玄宗。　[9] 鼙(pí):一种军用小鼓。古代常用击鼙鼓来比喻战争。　[10] 阳和:温暖和平之气。此指和平景象。杀气:此指战争气氛。　[11] 发卒:派遣士卒。中土:指中原地区。　[12] 营:经营,从事。农:《汉书·食货志》:"辟土殖谷曰农。"圃:种植蔬菜瓜果的园子。　[13] "李牧"二句:现在没有像李牧那样的名将,使得边地百姓遭到敌人的残杀。李牧,战国时赵国名将,曾大破匈奴十余万骑,其后十余年,匈奴不敢近赵边城。见《史记·李牧列传》。豺虎,比喻残暴的敌人。"李牧"句之上,一本有"争锋徒死节,秉钺皆庸竖,战士涂蒿莱,将军获圭组"四句。

西上莲花山[1],迢迢见明星[2]。素手把芙蓉[3],虚步蹑太清[4]。霓裳曳广带[5],飘拂升天行。邀我登云台[6],

高揖卫叔卿[7]。恍恍与之去[8],驾鸿凌紫冥[9]。俯视洛阳川,茫茫走胡兵。流血涂野草,豺狼尽冠缨[10]。

【注释】 [1] 上:一作"岳"。莲花山:即华山最高峰莲花峰。峰上有宫,宫前有池,池生千叶莲,据说服后能成仙。 [2] 明星:神话中华山上的仙女名。 [3] 素手:洁白的手。把芙蓉:拿着荷花。 [4] 虚步:凌空而行。蹑(niè):踏,登。太清:高空。 [5] 霓裳:用虹霓做的衣裳。曳(yè):拖。广带:宽大的飘带。 [6] 云台:华山东北部的高峰。 [7] 高揖:长揖。卫叔卿:传说中汉代的仙人名。据葛洪《神仙传》载:卫叔卿是汉代中山人,服云母成仙。有人见他在华山与数人博戏于绝岩之上。 [8] 恍恍:神情恍惚。之:代指卫叔卿。 [9] 驾鸿:驾着鸿雁。凌:升。紫冥:高空。 [10] 豺狼:谓安禄山所用的逆臣。尽冠缨:指都有了官职。缨,系在脖子上的帽带。

大车扬飞尘,亭午暗阡陌[1]。中贵多黄金[2],连云开甲宅[3]。路逢斗鸡者[4],冠盖何辉赫[5]。鼻息干虹蜺[6],行人皆怵惕[7]。世无洗耳翁,谁知尧与跖[8]。

【注释】 [1] 亭午:正午。暗:使之昏暗。阡陌:原指田间道路,由南到北叫阡,由东到西叫陌。此指长安的街道。 [2] 中贵:中贵人,受宠幸的宦官。 [3] 连云:形容中贵们的住宅高耸入云,且连成一片。开:建造。甲宅:头等的第宅。 [4] 斗鸡:唐玄宗所爱好的一种游戏,因此,善于斗鸡者得以供奉禁中。据陈鸿《东城老父传》记载:开元间童子贾昌由于善养斗鸡,深受玄宗宠信,当时天下号为"鸡神童"。 [5] 冠盖:衣冠与车盖。辉赫:辉煌显赫。 [6] 鼻息:鼻孔出的气。干:冲犯。虹蜺:即虹霓。 [7] 怵惕(chù tì):恐惧。 [8] "世无"二句:现今社会上没有像许由那样清高的隐士,世人一味追求荣利,谁能辨认贤君与恶人呢?洗耳翁,指许由。相传尧曾想把帝位让给他,他不肯接受,逃隐于颍水之滨。尧又召他为九州长,他认为这话玷污了他,洗耳于清泠之水。事见《高士传》。跖(zhí),传说是春秋战国之际奴隶起义的领袖,被历代反动统治阶级诬为盗,称"盗跖"。

渡荆门送别

【题解】 荆门,山名,在今湖北宜昌南,位于长江南岸,与虎牙山隔江对峙。送别,沈德潜在《唐诗别裁集》中指出:"诗中无送别意,题中二字可删。"这首诗是作者开元十四年(726)由三峡出川途中所写。此诗首联点明离蜀至楚漫游。颔联与颈联写景,描绘荆门山一带广阔原野的风光及长江上空月落云生时奇异优美的景致。尾联写故乡之水送我行舟远航万里,实际上是表现诗人对故乡的眷恋之情。

渡远荆门外,来从楚国游。山随平野尽,江入大荒流。月下飞天镜,云生结海楼[1]。仍怜故乡水[2],万里送行舟。

【注释】 [1] 海楼:即海市蜃楼。海上空气因上下层密度不同,经光线折射,产生许多奇异幻景,远望去如同城市楼台。 [2] 怜:怜爱。故乡水:此指长江。因长江自蜀东流,而作者是蜀人,故称故乡水。

黄鹤楼送孟浩然之广陵

【题解】 黄鹤楼,故址在今武汉武昌西黄鹤矶上。相传仙人子安乘黄鹤飞经此处。故名。广陵,今江苏扬州。这首诗大约是送孟浩然游吴越时所写。"烟花"句,韵调悠扬,意境优美。唐汝询评此诗说:"帆影尽则目力已极,江水长则离思无涯,怅望之情,俱在言外。"(《唐诗解》)

故人西辞黄鹤楼[1]，烟花三月下扬州[2]。孤帆远影碧空尽[3]，唯见长江天际流。

【注释】 [1] 西辞：辞别西边的黄鹤楼往东行。 [2] 烟花：此指春天艳丽的景物。 [3] 影：一作“映”。空：原为“山”，据萧士赟《分类补注李太白诗》改。

蜀道难

【题解】 《蜀道难》，为乐府《相和歌辞·瑟调曲》旧题，其内容是描写蜀道的险阻。关于此诗写作时间及其主题思想，历来说法不一。有人认为：此诗写于“安史之乱”以后，是讽刺玄宗逃难入蜀。也有人认为：此诗写作时间当在开元、天宝间，因“时人共言锦城之乐，而不知畏途之险，异地之虞”，所以“即事成篇，别无寓意”。而詹锳经考订，却认为：此诗当作于天宝二载(743)，与《送友人入蜀》、《剑阁赋》同为送友人王炎入蜀之作。(见詹锳《李白诗文系年》)此说较可信。

诗人借古老的神话传说表现蜀道的雄伟高险，歌颂了劳动人民开凿混沌、辟山架路的悲壮业迹；然后用羲和回车、鸟兽愁度、星宿可揽等匪夷所思的神话想象，强调蜀道的高峻奇险。在渲染了愁鸟悲鸣、杜鹃哀啼、行者生畏、听者失色的气氛之后，再用“连峰去天不盈尺”的夸张和飞流瀑布的轰鸣，突出巴山蜀水的雄奇险峻；最后表达了诗人对入蜀者的劝戒和对凭险割据的忧虑。全诗以“蜀道之难难于上青天”的惊叹穿插于首、中、尾，形成一唱三叹的韵味。诗人凭借纵横变幻的想象、跌宕腾挪的架构，在诗歌艺术的高峰上，开拓出一条峥嵘奇险的“蜀道”。

噫吁嚱[1]！危乎高哉[2]！蜀道之难，难于上青天。蚕丛及鱼凫[3]，开国何茫然。尔来四万八千岁[4]，不与秦塞通人烟[5]。西当太白有鸟道[6]可以横绝峨眉巅[7]。地崩山摧壮士死[8],然后天梯石栈相钩连[9]。上有六龙回日之高标[10],下有冲波逆折之回川[11]。黄鹤之飞尚不得过,猿猱欲度愁攀援[12]。青泥何盘盘[13],百步九折萦岩峦。扪参历井仰胁息[14],以手抚膺坐长叹。问君西游何时还,畏途巉岩不可攀。但见悲鸟号古木,雄飞雌从绕林间。又闻子规啼夜月[15],愁空山。蜀道之难,难于上青天,使人听此凋朱颜。连峰去天不盈尺,枯松倒挂倚绝壁。飞湍瀑流争喧豗[16],砯崖转石万壑雷[17]。其险也若此,嗟尔远道之人胡为乎来哉!剑阁峥嵘而崔嵬[18],一夫当关,万夫莫开。所守或匪亲[19],化为狼与豺。朝避猛虎,夕避长蛇,磨牙吮血,杀人如麻。锦城虽云乐[20],不如早还家。蜀道之难,难于上青天,侧身西望长咨嗟[21]!

【注释】 [1] 噫吁嚱(yī xū xī):惊叹之声。 [2] 危:高。此处用“危乎高哉”,是为了加重对蜀道艰险的惊叹。 [3] 蚕丛、鱼凫(fú):是传说中古蜀国开国的两个国王。 [4] 尔来:自从那时(蚕丛、鱼凫开国)以来。四万八千岁:形容年代之久远。 [5] 不与:一作“乃与”。秦塞:指秦地,今陕西一带。通人烟:此指相互往来。 [6] 当:对着。太白:太白山,在今陕西眉县南边。鸟道:高入云霄、人迹所不能至的险窄山路。 [7] 横绝:横度。峨眉:山名,在今四川峨眉。此处用它代指蜀地之山。 [8] 壮士死:据《华阳国志·蜀志》记载:秦惠王知道蜀王好色,许嫁五位美女给蜀王,蜀王派五个力士去迎接。回到梓潼,见一大蛇钻入山穴中。五力士共掣蛇尾,将山拉倒,压死了五力士和五美女,而山分为五岭。 [9] 天梯:此指高峻的山路。石栈:在山崖上凿洞架木而筑成的栈道。 [10] 六龙:古代神话记载:羲和驾着六条龙所拉的车,载着太阳在空中运行。回日:是说载太阳的车因蜀山极高无法通过,只好回车。高标:此指山的最高峰。标,树梢,末端。 [11] 冲波:波涛冲击。逆折:回旋。回川:江中的漩涡。

[12] 猱(náo):猿猴类动物,动作敏捷,善于攀登。 [13] 青泥:青泥岭,在今陕西略阳西北,为入蜀要道。盘盘:盘旋曲折的样子。 [14] 扪(mén):摸。参(shēn):星宿名,是蜀的分野。历:经过。井:星宿名,是秦的分野。胁息:屏住气不敢呼吸。 [15] 子规:即杜鹃,又名杜宇。相传是蜀古望帝魂魄所化,其鸣声哀怨动人。 [16] 湍(tuān):急流。瀑流:瀑布。喧豗(huī):喧闹声。 [17] 砯(pēng):水冲击岩石的声音,此作动词,冲击。转石:水冲击石头,使之翻滚。万壑雷:千山万壑中发出雷鸣般的响声。 [18] 剑阁:大小剑山之间的一条奇险栈道,在今四川剑阁北。峥嵘:山势高峻的样子。崔嵬:高险崎岖的样子。 [19] 所守:指把守关口的人。或:如果。匪亲:不是可靠的人。 [20] 锦城:即锦官城,为成都的别名。 [21] 长咨嗟:长声叹息。

将进酒

【题解】 《将进酒》,汉乐府诗题,属《鼓吹曲·铙歌》,其内容多写饮酒放歌时的情感。李白这首诗大约写于"赐金放还"之后。

这首诗表现作者在政治上遭受严重挫折后所产生的极度忧郁、愤怒的情绪,以及对功名富贵的鄙视。从一个侧面反映了当时社会对人才的压抑。整首诗表现出作者矛盾复杂的思想情绪。尽管作者感叹人生短暂,要求及时行乐,希望长醉不醒,但它并不使人感到颓废,相反却有激发人的力量,这是因其人生态度是积极的。此诗采用杂言体和散文句式来表达诗人放纵不羁的感情,并以奔腾而下、不可阻挡的黄河之水来兴起对时光飞逝、人生短暂的吟咏,极有气势。此诗还善于运用夸张手法,大大增强诗的感染力。

君不见黄河之水天上来,奔流到海不复回。君不见高堂明镜悲白发[1],朝如青丝暮成雪。人生得意须尽欢,莫使金樽空对月[2]。天生我材必有用,千金散尽还复来。

烹羊宰牛且为乐，会须一饮三百杯[3]。岑夫子、丹丘生[4]，进酒君莫停[5]。与君歌一曲，请君为我倾耳听[6]。钟鼓馔玉不足贵[7]，但愿长醉不用醒。古来圣贤皆寂寞，惟有饮者留其名。陈王昔时宴平乐[8]，斗酒十千恣欢谑[9]。主人何为言少钱，径须沽取对君酌[10]。五花马[11]，千金裘，呼儿将出换美酒，与尔同销万古愁。

【注释】 [1] 高堂：高大的厅堂。悲白发：于明镜中照见白发而悲愁。[2] 金樽(zūn)：指珍贵的酒杯。空对月：对着明月空着酒杯不饮酒。[3] 会须：应该。 [4] 岑夫子：即岑勋。丹丘生：即元丹丘：这二人都是李白的好友。 [5] 进酒君莫停：一作"将进酒，杯莫停"。将(qiāng)，请。 [6] 倾：一作"侧"。 [7] 钟鼓：指富贵人家的音乐。馔(zhuàn)玉：形容精美的饮食。与"钟鼓"皆代指富贵生活。 [8] 陈王：曹植曾被封为陈王。平乐：观名，故址在今河南洛阳。曹植《名都篇》："归来宴平乐，美酒斗十千。" [9] 恣：纵情。欢谑(xuè)：欢娱戏谑。 [10] 径须：只管。沽(gū)：买。酌：饮。 [11] 五花马：毛色作五花纹的马。此指名贵的马。

行路难 (其一)

【题解】 《行路难》，为乐府《杂曲歌辞》旧题。其内容主要叙写人生道路艰难和离别的愁苦。此诗是天宝三载(744)诗人被谗离开长安时所写。这首诗集中反映了诗人思想上的矛盾：一方面想实现自己的远大理想，辅佐圣君，拯物济世；另一方面，却受到统治者的排挤打击，怀才不遇，心情极为苦闷。但诗人并未因此而变得消沉，对前途仍充满信心，相信理想一定会实现。此诗在广阔的时间、空间里，驰骋作者丰富的想象，表达诗人的奇思遐想和强烈起伏的感情。诗中用典浅显贴切，既增强了诗的形象性，又丰富了诗的表现内容。原诗共三首,这是第一首。

金樽清酒斗十千[1],玉盘珍羞直万钱[2]。停杯投筯不能食[3],拔剑四顾心茫然。欲渡黄河冰塞川,将登太行雪满山。闲来垂钓碧溪上[4],忽复乘舟梦日边[5]。行路难,行路难,多歧路,今安在?长风破浪会有时[6],直挂云帆济沧海[7]。

【注释】 [1] 斗十千:一斗酒价值十千钱。斗,有柄的盛酒器。 [2] 珍羞:珍贵的菜肴。羞,同"馐"。直:同"值",价值。 [3] 筯(zhù):同"箸",筷子。 [4] 垂钓碧溪:据《史记·齐太公世家》记载:吕尚年老垂钓于渭水边,后遇到周文王而得到重用。 [5] 梦日边:传说伊尹在受商汤征聘前,梦见自己乘船经过日月旁边。 [6] 长风破浪:比喻远大抱负得以施展。《宋书·宗悫传》载:宗悫的叔叔问宗悫的志向是什么?他回答说:"愿乘长风破万里浪。"会有时:总当有这样一天。 [7] 云帆:像白云般的船帆。沧海:大海。

丁都护歌

【题解】 《丁都护歌》,一名《丁督护歌》,是乐府《清商曲辞·吴声歌曲》曲名。据《宋书·乐志》载:彭城内史徐逵之为鲁轨所杀,宋高祖使府内直督护丁旿收敛殡埋之。逵之妻是高祖长女,呼旿至阁下,自问敛送之事。每问辄叹息曰:"丁督护!"其声哀切。后人因其声制成此曲。《乐府诗集》所存《丁督护歌》其内容都是咏叹戎马生活的辛苦及思妇的怨叹。李白利用此旧题抒写新的内容。此诗大约是诗人于天宝六载(747)六月漫游丹阳横山时所写。

这首诗描写拖船民工在酷热天气下,拉纤运石的繁重劳动及其悲苦心情。环境的渲染,人物内心活动的描写,结构的紧凑,语言的朴素自然，都大大增强了诗的艺术效果。

云阳上征去[1]，两岸饶商贾[2]。吴牛喘月时[3]，拖船一何苦。水浊不可饮，壶浆半成土。一唱都护歌，心摧泪如雨。万人凿盘石[4]，无由达江浒[5]。君看石芒砀[6]，掩泪悲千古。

【注释】 [1] 云阳：唐时属润州，今江苏丹阳。上征：船逆水上行。 [2] 饶：多。商贾（gǔ）：运货贩卖的叫商，囤积营利的叫贾。 [3] "吴牛"句：《世说新语·言语》刘孝标注："今之水牛，惟生江淮间，故谓之吴牛也。南土多暑，而此牛畏热，见月疑是日，所以见月则喘。" [4] 凿：采凿，一作"系"。盘石：大石。 [5] 浒：水边。 [6] 石芒砀（dàng）：形容石大而多。

闻王昌龄左迁龙标遥有此寄

【题解】 左迁，古代尊右而卑左，故谓贬官为左迁。龙标，今湖南黔阳。唐时为荒僻之地。王昌龄于天宝七载（748）被贬为龙标县尉。首二句点明友人被贬的时间地点。杨花飘落、子规悲啼"不如归去"，切合左迁情事。后二句"即'将心寄明月，流影入君怀'意，出以摇曳之笔，语意一新"（沈德潜《唐诗别裁集》）。

杨花落尽子规啼[1]，闻道龙标过五溪[2]。我寄愁心与明月，随风直到夜郎西[3]。

【注释】 [1] 子规：即杜鹃鸟。 [2] 五溪：指湖南西部的辰溪、西溪、巫溪、武溪、沅溪。 [3] 夜郎：此指今湖南沅陵境内的夜郎。一说，指今贵州桐梓东的古夜郎国。清人刘献廷《广阳杂记》卷一："王昌龄为龙标尉。龙标即今沅州也。又有古夜郎县，故有'夜郎西'之句。若以夜郎为汉夜郎王地者，则相去甚远，不可解矣。”风：一作“君”。

静　夜　思

【题解】 此诗从“看月光”到“疑是”“霜”，从“举头”到“低头”，通过外在动作，表达诗人旅夜思归之情。清新自然，语浅意深。沈德潜说：“旅中情思，虽说明却不说尽。”（《唐诗别裁集》）刘永济评此诗也说：“李白此诗绝去雕采，纯出天真，犹是《子夜》民歌本色，故虽非用乐府古题，而古意盎然。”（《唐人绝句精华》）

床前看月光[1]，疑是地上霜。举头望山月[2]，低头思故乡。

【注释】 [1] 看：一作“明”。　[2] 山月：一作“明月”。

梦游天姥吟留别

【题解】 天姥（mǔ），山名，在今浙江新昌东。留别，是说自己要到吴越游历，写诗赠给留在东鲁的朋友。此诗是作者于天宝四年（745）将由东鲁到吴越漫游时写的。诗题一作《别东鲁诸公》。

这首诗通过对梦游天姥山的精心描绘，表现诗人对理想生活的热烈追求和对现实社会的强烈不满，以及蔑视权贵的傲岸精神。诗人采取游仙诗的形式，以飞越的神思结构全诗。诗人的想象犹如天马行空，所描绘的梦境、仙境，正是他所向往追求的光明美好的理想世界。诗中现实—梦境—现实的意境转换，正是李白奋斗—失败—奋斗的人生历程的象征。想象与夸张、抒情与议论的有机结合，使该诗有惊风雨、泣鬼神的艺术魅力。

海客谈瀛洲[1]，烟涛微茫信难求[2]。越人语天姥[3]，云霞明灭或可睹。天姥连天向天横，势拔五岳掩赤城[4]。天台四万八千丈[5]，对此欲倒东南倾[6]。我欲因之梦吴越[7]，一夜飞度镜湖月[8]。湖月照我影，送我至剡溪[9]。谢公宿处今尚在[10]，渌水荡漾清猿啼[11]。脚著谢公屐[12]，身登青云梯。半壁见海日，空中闻天鸡[13]。千岩万转路不定，迷花倚石忽已暝[14]。熊咆龙吟殷岩泉[15]，栗深林兮惊层巅。云青青兮欲雨，水澹澹兮生烟。列缺霹雳[16]，丘峦崩摧。洞天石扇[17]，訇然中开[18]。青冥浩荡不见底，日月照耀金银台[19]。霓为衣兮风为马[20]，云之君兮纷纷而来下[21]。虎鼓瑟兮鸾回车，仙之人兮列如麻。忽魂悸以魄动[22]，怳惊起而长嗟[23]。惟觉时之枕席，失向来之烟霞。世间行乐亦如此，古来万事东流水。别君去兮何时还？且放白鹿青崖间[24]，须行即骑访名山。安能摧眉折腰事权贵[25]，使我不得开心颜。

【注释】 [1] 海客：从海上归来的客人。瀛洲：古代传说东海中的三座仙山之一。 [2] 信难求：确实难以寻求。 [3] 越：春秋时越国，在今浙江一带。语：谈论。 [4] 拔：超越。五岳：即东岳泰山、西岳华山、南岳衡山、北岳恒山、中岳嵩山。赤城：山名，在今浙江天台北。 [5] 天台：山名，在今浙江天台北，天姥山东南。 [6] 此：指天姥山。欲倒东南倾：天台山倾倒在天姥山东南的山脚下。 [7] 因：依据，凭借。之：代指越人关于天姥山的谈论。梦：梦游。吴越：今江苏南部及浙江一带地方。 [8] 镜湖：又名鉴湖或庆湖，在今浙江绍兴南。 [9] 剡(shàn)溪：在浙江嵊县南，即曹娥江上游。 [10] 谢公：南朝宋诗人谢灵运，性好山水，游天姥时曾宿剡溪。 [11] 渌(lù)水：清澈的水。清猿啼：凄清的猿啼声。 [12] 谢公屐(jī)：谢灵运为游山特制的木鞋，鞋底安活动齿，上山时抽去前齿，下山时抽去后齿，利于上下山。［13］闻天鸡：《述异记》载，桃都山上有树名桃都，树上有天鸡。初日照树时，天鸡则鸣，天下之鸡随即而鸣。［14］迷花：迷恋花草。暝：日暮。［15］“熊咆”句：岩泉巨大的响声如同熊咆龙吟。殷，盛。此处形容响声巨大。［16］列缺：闪电。［17］洞天：传说中神仙居住的山洞。［18］訇(hōng)：巨大的响声。［19］金银台：金银装饰的楼台，传说中神仙的居所。郭璞《游仙诗》：“神仙排云出，但见金银台。”［20］霓(ní)为衣：彩虹做的衣裳。［21］云之君：云神。此指乘云霓而下的神仙。［22］悸(jì)：因惊惧而心跳得厉害。［23］恍：心神不定的样子。［24］白鹿：传说中仙人的坐骑。卫叔卿、王子乔均骑白鹿。［25］摧眉折腰：形容低声下气、卑恭屈膝。

宣州谢朓楼饯别校书叔云

【题解】 宣州，今安徽宣城。谢朓楼，南齐诗人谢朓任宣州太守时所建，又称谢公楼或北楼。李白于天宝十二载(753)，由梁园来到宣城，在此地漫游了两年。这首诗是作者在宣城遇到其在朝廷做整理图书工作的族叔李云时写的。诗的前四句写诗人在谢朓楼饯别李云时的心情和楼外秋景；中间四句写两人谈诗论文时的高远兴致和豪情壮思；后四句表达诗人怀才不遇、报国无门的愤懑和浪迹江湖、过隐居生活的决心。诗人以汪洋自恣的气势、激昂慷慨的感情、大胆丰富的想象、奇特变幻的结构、雄健豪放的语言铸就了这篇杰作。

弃我去者昨日之日不可留，乱我心者今日之日多烦忧。长风万里送秋雁，对此可以酣高楼[1]。蓬莱文章建安骨[2]，中间小谢又清发[3]。俱怀逸兴壮思飞，欲上青天览明月[4]。抽刀断水水更流，举杯消愁愁更愁。人生在世不称意，明朝散发弄扁舟[5]。

【注释】 [1] 对此:指面对长风万里送秋雁的景色。酣高楼:痛饮于谢朓楼。 [2] 蓬莱:海上神山。相传仙府的图书典籍都藏在这里。汉代东观是官家著述及藏书之所,东汉学者将它比作道家蓬莱山。建安骨:即建安风骨,指建安时期三曹和“建安七子”诗歌的风格特色。 [3] 中间:指建安至唐之间的南齐时代。小谢:即谢朓。世称谢灵运为“大谢”,谢朓为“小谢”。清发:清新秀逸,此指谢朓诗的风格。 [4] 览:同“揽”。撮取,采摘。[5] 散发:披头散发,不戴冠冕,狂放不受拘束,表示不做官。弄扁舟:指浪迹江湖,过隐居生活。弄,摆弄。扁(piān)舟,小船。

宿五松山下荀媪家

【题解】 五松山,在今安徽铜陵南。荀媪(ǎo),姓荀的老妇人。于官场“寂寥无所欢”的诗人,在下层民众中感受到了真诚与淳朴。款待他的虽不过是粗茶淡饭,却令他想到“田家秋作苦,邻女夜舂寒”。在王公大人面前未尝一日低颜色的诗人,竟“三谢不能飡”。

我宿五松下,寂寥无所欢。田家秋作苦,邻女夜舂寒。跪进雕胡饭[1],月光明素盘。令人惭漂母[2],三谢不能飡[3]。

【注释】 [1] 跪进:指恭敬地进上。雕胡:菰米,即茭白的果实,可做饭。[2] 惭:此是愧对的意思。漂母:漂洗衣服的老妇人。据《史记·淮阴侯列传》载:汉将韩信在失意时,曾垂钓于淮阴城下。有一漂母见他饥饿,给他饭吃,后来韩信被封为楚王,给漂母以厚报,赠以千金。此处以漂母比荀媪。[3] 三谢:再三辞谢。不能飡:不忍心吃饭。飡,同“餐”。

独坐敬亭山

【题解】 敬亭山,又名昭亭山。在今安徽宣城北。此诗大约是天宝十二载(753)诗人游宣城时所写的。诗人运用拟人手法赋予山和云以人的感情,通过只有山与诗人相看两不厌,表达诗人孤寂闲适的心情。

众鸟高飞尽,孤云独去闲[1]。相看两不厌,只有敬亭山。

【注释】 [1] 独去闲:独自悠闲地离去。

望庐山瀑布 (其二)

【题解】 庐山,在今江西九江南。诗大约是李白二十六岁出蜀后第一次游庐山时所写。诗的三、四两句通过丰富的想象、大胆的夸张、形象的比喻把瀑布的气势描绘得十分雄奇壮观。原二首,这是第二首。

日照香炉生紫烟[1],遥看瀑布挂前川[2]。飞流直下三千尺,疑是银河落九天。

【注释】 [1] 香炉:指庐山香炉峰。紫烟:日光照射山峦呈现紫色的烟雾。慧远《庐山记》:"香炉山孤峰独秀,气笼其上,则氤氲若香烟。" [2] 前川:一作"长川"。

望天门山

【题解】 天门山,在今安徽当涂西南的长江两岸,在西岸的叫西梁山,在东岸的叫东梁山(又名博望山),两山夹江对峙,形似天门,故称天门山。

诗的首两句写楚江奔腾的气势和天门山地势之险要。为望中近景。后两句为望中远景。末句尤见辽阔浩森的意境。

天门中断楚江开[1],碧水东流至北回[2]。两岸青山相对出[3],孤帆一片日边来[4]。

【注释】 [1] 中断:指东、西梁山被江水隔断。楚江:安徽古代属楚国,所以流经这里的一段长江称为楚江。 [2] 至北:一作“直北”,又作“至此”。回:迂回旋转。 [3] 两岸青山:指天门山。相对:指东、西梁山相互对峙。 [4] 日边来:是说孤舟从水天相连的远处驶来,好似来自日边。

永王东巡歌 (其十一)

【题解】 原十一首,这是第十一首。永王即李璘,是唐玄宗第十六子。开元十三年(725),封为永王。天宝十五载(756),安史叛军占领潼关后,长安危急,唐玄宗逃往四川。途中诏命永王为山南东道等四道节度都使、江陵郡大都督。七月肃宗即帝位于灵武。同年十一月,永王李璘不待肃宗命令,就以讨伐安禄山为号召,率领大军沿江东下。途经九江,三次派人到庐山聘请李白。李白应聘参加永王璘幕府。《永王东巡歌》是为永王李璘率兵东下而作的歌,写于永王幕府中。诗表达了李白愿借助永王璘的兵力,靖乱安邦,为国效力的志向。全诗气势豪迈,比喻生动。

试借君王玉马鞭[1],指挥戎虏坐琼筵[2]。南风一扫胡尘静[3],西入长安到日边[4]。

【注释】 [1] 君王:指永王李璘。玉马鞭:用玉装饰的马鞭,这里指权柄。 [2] 指挥戎虏:是说叛军的行动受到自己的控制。坐琼筵:是说高坐于琼筵之上，于饮酒之际，就赢得了战争的胜利。　[3] 南风：比喻永王的军队。因永王军队在江南，所以用南风为喻。胡尘：比喻安史叛军。[4] 日边：古人以日为皇帝的象征。

早发白帝城

【题解】 白帝城，为东汉公孙述所筑，故址在今四川奉节白帝山上。此诗大约写于唐肃宗乾元二年(759)春天。李白因参加永王璘幕府获罪，流放夜郎。途中遇赦，由白帝城乘舟返回江陵。题一作《白帝下江陵》。

朝辞白帝彩云间[1]，千里江陵一日还[2]。两岸猿声啼不尽，轻舟已过万重山。

【注释】 [1] 朝辞：清早辞别。彩云间：白帝城地势高峻，好像座落在云彩之间。　[2] 江陵：在今湖北江陵。一日还：一天可到达。《水经注·江水》："自三峡七百里中，两岸连山，略无阙处，重岩叠嶂，隐天蔽日，自非亭午夜分，不见曦月。至于夏水襄陵，沿泝阻绝。或王命急宣，有时朝发白帝，暮宿江陵，其间千二百里，虽乘奔御风，不以疾也。每至晴初霜旦，林寒涧肃，常有高猿长啸，属引凄异，空谷传响，哀啭久绝，故渔者歌曰：'巴东三峡巫峡长，猿鸣三声泪沾裳。'"

赠汪伦

【题解】 汪伦，村民。宋杨齐贤《李太白文集》注曰："白游泾县(今安徽泾县)桃花潭，村人汪伦常酝美酒以待白。伦之裔孙至今宝其诗。"

李白乘舟将欲行,忽闻岸上踏歌声[1]。桃花潭水深千尺[2],不及汪伦送我情。

以上据中华书局版《李太白全集》

【注释】 [1] 踏歌:是一种手连手,踏地以为节拍的歌唱方式。 [2] 桃花潭:在泾县西南,潭水极深。

高 适

高适(702—765),字达夫,渤海蓨(今河北景县)人。早年在梁宋(今河南开封、商丘)一带漫游,最后客居淇上(今河南淇县一带)。后由宋州刺史张九皋推荐,中"有道科",授封丘县尉,不久弃官而去。安史乱起,他以记室参军,佐助哥舒翰守潼关。潼关失守后,他向玄宗陈述兵败原因,被擢升为侍御史。代宗时,官至散骑常侍,进封渤海县侯。

他写过一些反映农民疾苦的诗,但最能体现其成就和艺术风格的,是他的边塞诗。其诗慷慨激昂、豪放悲壮,被誉为"诗多胸臆语,兼有气骨"(《河岳英灵集》)。他的七言歌行,颇有影响。存诗有《高常侍集》十卷。

自淇涉黄河途中作 (其九)

【题解】 原十三首,这是第九首。淇,淇水,发源于今河南林县东南,经汤阴至淇县流入卫河。这组诗写于客居淇上期间。

这首诗通过作者与农民的交谈,了解到农民的疾苦,感慨不能向皇帝进言献策。全诗感情真挚,用朴实的语言,直叙自己的所闻所感,表现诗人对农民疾苦的关心。

朝从北岸来，泊船南河浒[1]。试共野人言，深觉农夫苦。去秋虽薄熟[2]，今夏犹未雨。耕耘日勤劳，租税兼舄卤[3]。园蔬空寥落，产业不足数[4]。尚有献芹心[5]，无因见明主。

【注释】 [1] 南河浒：南边的河岸。南河，一作“河南”。河，指黄河。浒，水边。 [2] 薄熟：微小收成。 [3] “租税”句：连不长作物的盐碱地也征租税。舄卤（xǐ lǔ），咸卤之地，含有过多盐碱成分的土地。此种土地不生长农作物。 [4] 产业：此指土地。不足数：是说土地不足按均田法应分的田数。 [5] 献芹：《列子·杨朱》：“昔人有美戎菽、甘枲茎、芹萍子者，对乡豪称之。乡豪取而尝之，蜇于口，惨于腹。众哂而怨之，其人大惭。”旧时用“献芹”（或“芹献”）为自谦所献菲薄，不足当意之辞。此处为进言献策的谦词。

封 丘 作

【题解】 封丘，今河南封丘。此诗是开元二十三年（735）作者初任封丘尉时所写。题一作《封丘县》。诗通过作者的自述及亲身感受，表现他对官场庸俗作风的厌恶，对穷苦百姓的无限同情，也流露出他对隐居生活的向往。

我本渔樵孟诸野[1]，一生自是悠悠者。乍可狂歌草泽中[2]，宁堪作吏风尘下[3]。只言小邑无所为，公门百事皆有期。拜迎官长心欲碎，鞭挞黎庶令人悲。归来向家问妻子，举家尽笑今如此。生事应须南亩田[4]，世情付与东流水[5]。梦想旧山安在哉，为衔君命且迟回[6]。乃知梅福徒为尔[7]，转忆陶潜归去来[8]。

【注释】［1］孟诸：古大泽名，在今河南商丘东北。野：指山野之人。［2］乍可：只可。草泽：荒野之地。［3］宁堪：怎能。风尘：喻指纷扰的宦途。［4］生事：生计。应须：应靠。南亩田：泛指农田。［5］世情：用世之情。［6］衔君命：奉皇帝的命令。迟回：犹疑不决。［7］梅福：字子真，西汉末寿春（今安徽寿县）人。曾任南昌尉，后弃官归家，隐居读书养性。王莽专政时，他弃家出走，传以为仙；又传说为吴市门卒。徒为尔：只为这个缘故。［8］转忆：转而思念。陶潜：即陶渊明，是东晋的著名诗人，浔阳柴桑（今江西九江）人。曾任彭泽县令，郡督邮将至，照例应束带谒见。他叹息说："我岂能为五斗米，折腰向乡里小儿！"于是辞官归田，作《归去来兮辞》以寄意。

燕歌行 并序

【题解】《燕歌行》，乐府《相和歌·平调曲》名。从本诗序中知道：作者于开元二十六年（738），有感于张守珪谎报军功而写下这首和诗。诗人把关注目光集中于戍边战士："战士军前半死生，美人帐下犹歌舞。"士卒的荷戟效命与将军的纵情声色、怙宠贪功形成强烈对比，倾注了诗人的强烈爱憎。

开元二十六年，客有从御史大夫张公出塞而还者[1]，作《燕歌行》以示适，感征戍之事，因而和焉。

汉家烟尘在东北[2]，汉将辞家破残贼[3]。男儿本自重横行[4]，天子非常赐颜色[5]。摐金伐鼓下榆关[6]，旌旆逶迤碣石间[7]。校尉羽书飞瀚海[8]，单于猎火照狼山[9]。山川萧条极边土，胡骑凭陵杂风雨[10]。战士军前半死生，美人帐下犹歌舞。大漠穷秋塞草腓[11]，孤城落日斗兵稀。身当恩遇恒轻敌[12]，力尽关山未解围。铁衣远戍辛勤久，玉箸应啼别离后[13]。少妇城南欲断肠，征人蓟北空回首[14]。边庭飘飖那可度[15]，绝域苍茫更何有[16]？杀气三时作阵云[17]，寒声一夜传刁斗[18]。相看白刃血纷纷[19]，死节从来岂顾勋[20]！君不见沙场征战苦，至今犹忆李将军[21]。

【注释】 [1] 张公：指河北节度副大使张守珪。开元二十三年(735)，张因与契丹作战有功，拜为辅国大将军兼御史大夫。开元二十六年，其部将赵堪等假借张守珪之命，击叛奚族余党于潢水之北，先胜后败。张守珪不据实上报，反贿赂派去调查真相的牛仙童，事泄，张被贬为括州刺史。 [2] 汉家：汉朝，这里代指唐朝。烟尘：烽烟战尘，指敌人入侵。 [3] 汉将：这里代指唐将。残贼：凶残的敌人。 [4] 横行：指横行无阻、驰骋奋战于敌军之中。《史记·季布栾布列传》："臣愿得十万众，横行匈奴中。" [5] 赐颜色：给面子，赐予光彩的意思。 [6] 摐(chuāng)：撞击。金：指钲一类用铜制成的军中乐器，形状如盘。伐：敲打。下：往，直奔。榆关：山海关。 [7] 旌旆(jīng pèi)：军中各种旗帜。逶迤(wēi yí)：延续不绝的样子。碣石：山名，在今河北昌黎北。 [8] 校尉：武官名，位次于将军。羽书：军用紧急文书。瀚海：大沙漠。 [9] 单于：古代匈奴称其王为单于，此指突厥的首领。猎火：打猎时燃起的火光。古代游牧民族在出征前，往往举行大规模的校猎，作为军事演习。这里实指单于发动的军事挑衅。狼山：即狼居胥山，在今内蒙古自治区克什克腾旗西北。 [10] 胡骑：指敌人的骑兵。凭陵：倚仗势力欺压他人。杂风雨：风雨交加，此处形容敌军来势凶猛，好似暴风骤雨。 [11] 穷秋：深秋。腓(féi)：病。此指枯萎。腓，一作"衰"。 [12] 恩遇：将帅受到皇帝的恩宠。 [13] 玉箸：玉制的筷子。此处形容思妇眼泪流下成串的样子。 [14] 蓟北：蓟州以北的地方。唐代蓟州治所在今天津蓟县。 [15] 边庭：边疆。飘飖：随风飘荡的样子。此形容边地局势紧张。度：越过。 [16] 绝域：极僻远的地方。苍茫：迷茫。 [17] 三时：指晨、午、晚，即一整天。阵云：战云。 [18] 寒声：指寒夜中传来的刁斗声。声，一作"风"。刁斗：军用铜器，白天用以烧饭，夜间敲打报更。 [19] 白刃：锋利的刀。血：一作"雪"。 [20] 死节：指为保卫国家而献身。岂顾勋：哪里是为了获得个人的功勋。 [21] 李将军：指汉将李广。他作战勇敢，身先士卒，爱护部下，并能与士卒同甘共苦，因此深受士卒爱戴。匈奴畏惧他，不敢进犯边境。事见《史记·李将军列传》。一说，指战国时赵国良将李牧。

营州歌

【题解】 营州，唐营州都护府治所，在今辽宁锦州北。诗人以轻快的笔调，赞美了东北少数民族的生活习俗和风情：纵马行猎，豪饮美酒，表现他们的粗犷豪放的性格和尚武精神。在边塞题材中别具一格。

营州少年厌原野，狐裘蒙茸猎城下[1]。虏酒千钟不醉人[2]，胡儿十岁能骑马。

【注释】 [1] 蒙茸：皮毛长而蓬松的样子。 [2] 虏酒：胡酒。钟：酒钟，酒器。

别董大（其一）

【题解】 原二首，这是第一首。董大，可能是著名音乐家董庭兰，曾为吏部尚书房琯门客，排行第一。首二句天气景色令人黯然凄伤，后两句一洗悲酸之态，转作宽慰语、豪放语。遂成送别佳作。

十里黄云白日曛[1]，北风吹雁雪纷纷。莫愁前路无知己，天下谁人不识君。

以上据中华书局版《全唐诗》

【注释】 [1] 十里黄云：形容风沙蔽日。曛（xūn）：天色昏暗。

常　建

常建(708? —765?),长安人,开元十五年(727)进士。仕途坎坷,常以山水田园自娱。《全唐诗》存其诗近六十首。以山水边塞诗名世。

题破山寺后禅院

【题解】 破山寺,即兴福寺,在今江苏常熟虞山北麓。诗的首联以流水对点明题旨。其余均写山寺的幽静空寂,虽仅著一"禅"字,却处处是禅境禅趣。颔联以花木之盛,写禅院之幽深。颈联借鸟之愉悦写人心之禅悦,借潭之清澈,写人心之空静。尾联用钟磬之音写禅院之静寂,余韵不尽。全诗声色映衬、情景融和,创造出禅院的特殊意境。

清晨入古寺,初日照高林。竹径通幽处[1],禅房花木深。山光悦鸟性,潭影空人心。万籁此都寂[2],但余钟磬音[3]。

据中华书局版《全唐诗》

【注释】 [1] 竹径:一作"曲径"。　[2] 万籁:一切天然声响。　[3] 钟磬:寺院中诵经、斋供时,始用钟,终用磬。

刘长卿

刘长卿(709—780),字文房,河间(今属河北)人。大历中官至鄂岳转运留后,为观察使诬奏,系姑苏狱,后贬南巴尉,终随州刺史。他的诗多写贬谪漂流的感慨和山水隐逸的闲情,工五律,曾自诩为“五言长城”。风格含蓄冲淡，清雅精炼，与前之王、孟及后之大历十才子相近。但他的诗内容较贫乏，“大抵十首以上，语意稍同”，无怪人讥其“思锐才窄”（高仲武《中兴间气集》）了。有《刘随州集》。

穆陵关北逢人归渔阳

【题解】 穆陵关，古关隘名，又名木陵关，在今湖北麻城北。渔阳，唐代郡名，郡治在今天津蓟县，属范阳节度使管辖。本诗唐汝询评曰：“此伤禄山之乱也。意谓禄山构乱，神州陆沉，而渔阳为甚。今逢君于此，观楚国唯苍山为旧物，则知从桑干而向幽州，殆白日无人行矣。百战之后，世家残灭，蓬蒿遍野，归人能无挥泪乎？”（《唐诗解》卷二十八）

逢君穆陵路，匹马向桑干[1]。楚国苍山古，幽州白日寒[2]。城池百战后，耆旧几家残[3]？处处蓬蒿遍，归人掩泪看。

【注释】 [1] 桑干：河名，源出山西，流经河北，今名永定河。相传每年夏季桑葚熟时河水干涸，故名。 [2] 幽州：渔阳古属幽州。 [3] 耆旧：故老。

新　年　作

【题解】 诗系作者乾元元年（758）被贬潘州南巴（今广东茂名）尉时所作。首联点明写诗的时间、地点、心情。颔联、颈联紧扣首句，春归而人不能归，倍见其凄苦。故颔联为后人赞誉。尾联以贾谊自比，思乡之外，更多了忧国忧民之思。

乡心新岁切，天畔独潸然。老至居人下，春归在客先。岭猿同旦暮，江柳共风烟。已似长沙傅[1]，从今又几年？

【注释】 [1] 长沙傅:汉代贾谊。贾谊曾为大臣所忌，被贬为长沙王太傅，常为时局而痛苦流涕。

逢雪宿芙蓉山主人

【题解】 芙蓉山，所在多有(如山东临沂、广东曲江、福建闽侯等)，不详确指。清黄叔灿评此诗曰:“上二句孤寂况味。犬吠人归，若惊若喜，景色入妙。”(《唐诗笺注》)

日暮苍山远，天寒白屋贫[1]。柴门闻犬吠，风雪夜归人。

以上据中华书局版《全唐诗》

【注释】 [1] 白屋:一说指白茅覆盖的屋。一说无任何漆饰的屋。总之，为贫民所住的陋房。

杜　甫

杜甫(712—770)，字子美，郡望京兆杜陵，故自称“杜陵衣布”，祖籍襄阳(今湖北襄樊)，出生于河南巩县一个世代“奉儒守官”的家庭，祖父乃著名诗人杜审言。二十岁起漫游吴越齐赵十数年，过着“裘马清狂”的生活。三十五至四十四岁，曾应诏赴举，经历了十年困居长安的生活，写下了一系列现实主义名篇。安史之乱初期，他又经历了陷贼和逃难的生活。曾任右拾遗，不久即遭贬斥。四十八岁后杜甫飘泊西南，曾在严武幕下任过半年检校工部员外郎（故世称“杜工部”），一直闲居民间。770年病卒于漂泊湖南的途中。

杜甫的诗歌忠实而深刻地反映了安史之乱前后时代的动乱和灾难，被誉为“诗史”。他的诗歌汇涵百家，革新众体，以“沉郁顿挫”为主要风格，集古今诗人之大成，开后世无数法门，被奉为“诗圣”。存诗1400多首，有仇兆鳌《杜少陵集详注》。

兵　车　行

【题解】 关于此诗的背景，历来有天宝十载(751)为伐南诏而作和天宝十一载(752)为伐吐蕃而作两说。《通鉴·唐纪三十二》记天宝十载四月，剑南节度使鲜于仲通兴兵八万伐南诏，死六万，杨国忠掩其败情，在关中大量募兵准备再伐南诏。老百姓听说云南多瘴疠，不肯应募，杨国忠就下令分道捕人，连枷送至军所，造成父母妻子奔走相送，哭声震野的惨状。这与此诗前半的记叙相吻合。但寻绎诗中征夫所述的往事和所诉的时事，似与天宝十一载和吐蕃交兵的情况相近。天宝年间战事频繁，强抓丁壮的现象十分普遍，因此这首诗尽可看作是对这一现象的典型概括，而不必拘泥于某一具体史实。杜甫善于运用乐府的形式来反映现实，但又不拘于乐府旧题，《兵车行》这个题目就是他根据“即事名篇”的原则而拟定的新题乐府。全诗借汉喻唐，以“点行频”为诗眼，以“开边未已”为诗旨，深刻揭露了统治者的穷兵黩武，表达了对深受兵役之苦的广大人民的深切同情。全诗以七言为主，间用三、五、十字句，平仄互押，多用口语，从内容到形式都是对“感于哀乐，缘事而发”的乐府精神的继承和发展。

车辚辚[1]，马萧萧[2]，行人弓箭各在腰[3]，耶娘妻子走相送[4]，尘埃不见咸阳桥[5]。牵衣顿足拦道哭，哭声直上干云霄[6]。道傍过者问行人，行人但云点行频[7]，或从十五北防河[8]，便至四十西营田[9]。去时里正与裹头，归来头白还戍边[10]。边庭流血成海水，武皇开边意未已[11]。君不闻汉家山东二百州[12]，千村万落生荆杞。纵有健妇把锄犁[13]，禾生陇亩无东西[14]。况复秦兵耐苦战[15]，被驱不异犬与鸡。长者虽有问，役夫敢申恨？且如今年冬[16]，未休关西卒[17]。县官急索租[18]，租税从何出？信知生男恶，反是生女好[19]。生女犹得嫁比邻[20]，生男埋没随百草。君不见青海头[21]，古来白骨无人收。新鬼烦冤旧鬼哭，天阴雨湿声啾啾[22]！

【注释】 [1] 辚辚：车行声。 [2] 萧萧：马鸣声。 [3] 行人：指被征发的人。 [4] 耶：指爹。走：奔跑追赶。 [5] 咸阳桥：在今陕西咸阳西南十里渭水上。 [6] 干(gàn)：冲、抵。 [7] 点行：按户籍或军帖点名强行征调。频：频繁。从"点行频"到"归来头白还戍边"，是征人的口吻。 [8] 防河：守御河西(今甘肃、宁夏回族自治区)一带。 [9] 营田：即屯田。编户为屯，平时耕田，战时作战。 [10]"去时"二句：从尚不能自立的青年时起直到头发变白，总要在外服役戍边。里正，唐制百户为一里，设里正。裹头，古时用皂罗三尺裹头。 [11] 武皇：以汉武帝借指唐玄宗。下句"汉家"亦是以汉代唐。 [12] 山东：指华山以东。二百州：概举其数。 [13] 把：动词，扶、掌。 [14] 无东西：指阡陌不分、耕种不善。东西，田陇以南北为阡，东西为陌。 [15] 秦兵：陕西一带的兵，亦即作者所遇到的这些行人。下句"被驱"的主语也指这些秦兵。 [16]"且如"句：就拿今年冬天来说吧。 [17] 未休：古代应役士兵，到期应轮休，今到期而不休，故有上文之恨。关西卒：函谷关以西的士卒，即秦兵。 [18] 县官：本指天子，此处泛指统治者。 [19]"信知"二句：指当时人民的反常心理，因为封建社会本是重男轻女的。信知，诚知。此处意为如今方知。

[20] 比邻：近邻。 [21] 青海头：青海湖边。唐与吐蕃常激战于此。
[22] 天阴雨湿：古人认为鬼哭常闻于天阴雨湿之时。啾啾(jiū jiū)：哭声。

丽 人 行

【题解】 此诗作于天宝十二载(753)春。天宝十一载杨国忠任右丞相，杨贵妃姐妹皆封为国夫人，势焰熏天，权幸无比。而杨国忠与杨贵妃三姐虢国夫人的关系暧昧，比邻而居，往来无期，常同骑出游相互调笑，道路为之掩目。杜甫作此诗讽刺杨国忠兄妹游宴曲江的荒淫奢侈生活。《丽人行》是杜甫因事命题的乐府新题。杨伦《杜诗镜铨》云：前十句写"美人相"；次十句写"富贵相"；次四句写"妖淫相"；最后二句写"罗刹相"。浦起龙《读杜心解》云："无一刺讥语，描摹处，语语刺讥；无一慨叹声，点逗处，声声慨叹。"

三月三日天气新[1]，长安水边多丽人。态浓意远淑且真[2]，肌理细腻骨肉匀。绣罗衣裳照暮春，蹙金孔雀银麒麟[3]。头上何所有？翠为㔩叶垂鬓唇[4]。背后何所见？珠压腰衱稳称身[5]。就中云幕椒房亲[6]，赐名大国虢与秦[7]。紫驼之峰出翠釜[8]，水精之盘行素鳞[9]。犀箸厌饫久未下[10]，鸾刀缕切空纷纶[11]。黄门飞鞚不动尘[12]，御厨络绎送八珍[13]。箫鼓哀吟感鬼神，宾从杂遝实要津[14]。后来鞍马何逡巡[15]，当轩下马入锦茵[16]。杨花雪落覆白蘋[17]，青鸟飞去衔红巾[18]。炙手可热势绝伦[19]，慎莫近前丞相嗔[20]。

【注释】 [1] 三月三日：古时为上巳节。按古代风俗，这一天要到水边祓除不祥，称"修禊"，后演变成在水边饮宴游春的节日。开元时长安士女多于此日至曲江游赏。 [2] 态浓:妆扮浓艳。意远:神情高雅。淑且真:娴美而端庄。 [3] "蹙金"句:在罗衣上用金丝银线刺绣成孔雀麒麟的图案。蹙(cù),嵌绣。 [4] "翠为"句:发髻上用翡翠做成的㔩彩叶下垂到鬓边。㔩(è)叶,发髻上的花饰。 [5] "珠压"句:衣服的后襟上缀着珍珠,垂压下来,紧贴着腰身。衱(jié),后衣襟。 [6] 就中:其中。此句以上是写一般的贵妇人,从此句起,专写其中的杨氏姐妹。云幕:如云的帐幕。椒房亲:指皇后的亲属。汉未央宫有椒房殿,以椒和泥涂壁,取其香气,是皇后的居处。此句指杨贵妃地位等同皇后。 [7] 赐名:玄宗赐封杨贵妃的大姐为韩国夫人,三姐为虢(guó)国夫人,八姐为秦国夫人。大国:韩、虢、秦在当时封号上都属大国称号。此处因字数关系只好取二概三。 [8] 紫驼之峰:指珍美食物。翠釜:华美的锅。 [9] 水精:即水晶。素鳞:白色的鱼。[10] 犀箸:犀牛角做的筷子。厌饫(yù):饱食生腻。下:下箸。 [11] 鸾刀:带有小铃的刀。缕切:切成细丝。古人对食物有"食不厌精,脍不厌细"之说。空纷纶:白忙乱了一阵。 [12] 黄门:宦官。飞鞚:指飞驰的马。鞚(kòng),马勒。不动尘:没有扬起尘土。 [13] 御厨:皇帝的厨房。八珍:八种珍贵食品。 [14] 宾从:这里指随杨氏来的宾客僚属。杂遝(tà):众多。"实要津"为双关语,一方面言其宾客之多充满大道,另一方面说他们都占据着显要官职。 [15] 鞍马:指骑马来的人,此处指杨国忠。逡巡:欲行又止的样子。此处有大模大样,旁若无人的意思。 [16] 当轩下马:指直到厅前才下马。轩,敞厅。锦茵:锦绣的地毯。 [17] 杨花:《广雅》:"杨花入水化为萍。"大萍叫蘋。故俗以杨花与白蘋同源,而且杨花谐杨姓,故用杨花覆蘋影喻杨国忠与虢国夫人是以兄妹身份搞淫乱关系。又北魏胡太后和杨白花私通,白花惧祸,南逃降梁,改名杨华。胡太后仍怀念不已,作《杨白华歌》,有"秋去春还双燕子,愿衔杨花入窝里"之句。 [18] 青鸟:是西王母使者,因传说西王母和汉武帝曾于七月七日私会,所以青鸟被后人当作男女之间信使的象征。红巾:贵妇人用的手帕,这里指杨氏兄妹常暗中传情。[19] 炙(zhì)手可热:热得烫手,形容气焰灼人。势绝伦:势力大得无与伦比。 [20] "慎莫"句:游人切勿近前观看,否则要引起杨国忠的嗔怒。丞相,指杨国忠。嗔,怒。

自京赴奉先县咏怀五百字

【题解】 这首诗是天宝十四载(755)十一月杜甫由长安到奉先县(今陕西蒲城)探望家属时所作。这时安禄山已在范阳兴乱,消息未传到长安,诗人却已预感到战乱的危机,路经骊山,看到唐玄宗与杨贵妃还在骊山过着醉生梦死的生活,不禁忧愤交集,到家后便写了这首诗。这首诗虽是旅途的实录,但仍以抒情述怀为主,所以题为"咏怀"。全诗共一百句,每句五字,故又以"五百字"标其题。

浦起龙《读杜心解》曰:"通篇只是三大段,首明贲志去国之情,中慨君臣耽乐之失,末述到家哀苦之感。而起手用'许身'、'比稷、契'二句总领,如金之声也。结尾用'忧端齐终南'二句总收,如玉之振也。其'稷契'之心,'忧端'之初,在于国奢民困。而民惟邦本,尤其所深危而极虑者。故首言去国也,则曰:'穷年忧黎元';中慨耽乐也,则曰'本自寒女出';末述到家也,则曰'默思失业徒'。一篇之中,三致意焉。然则其所谓比'稷契'者,果非虚语,而结'忧端'者,终无已时矣。"对比和象征手法的成功运用,深化了主题。诗用仄韵,句法拗劲,用字古朴,增加了全诗严肃悲郁的气氛。

杜陵有布衣[1],老大意转拙[2]。许身一何愚[3],窃比稷与契[4]。居然成濩落[5],白首甘契阔[6]。盖棺事则已[7],此志常觊豁[8]。穷年忧黎元,叹息肠内热。取笑同学翁[9],浩歌弥激烈[10]。非无江海志,潇洒送日月[11]。生逢尧舜君[12],不忍便永诀。当今廊庙具[13],构厦岂云缺[14]？葵藿倾太阳[15],物性固难夺[16]。顾惟蝼蚁辈[17],但自求其穴。胡为慕大鲸,辄拟偃溟渤[18]？以兹悟生理[19],独耻事干谒。兀兀遂至今[20],忍为尘埃没。终愧巢与由[21],未能易其节[22]。沉饮聊自适,放歌破愁绝。

岁暮百草零，疾风高冈裂。天衢阴峥嵘[23]，客子中夜发[24]。霜严衣带断，指直不能结。凌晨过骊山[25]，御榻在嵽嵲[26]。蚩尤塞寒空[27]，蹴踏崖谷滑[28]。瑶池气郁律[29]，羽林相摩戛[30]。君臣留欢娱，乐动殷胶葛[31]。赐浴皆长缨，与宴非短褐。彤庭所分帛[32]，本自寒女出。鞭挞其夫家，聚敛贡城阙。圣人筐篚恩[33]，实欲邦国活[34]。臣如忽至理[35]，君岂弃此物[36]？多士盈朝廷[37]，仁者宜战栗。况闻内金盘[38]，尽在卫霍室[39]。中堂有神仙[40]，烟雾蒙玉质[41]。煖客貂鼠裘，悲管逐清瑟。劝客驼蹄羹，霜橙压香橘。朱门酒肉臭，路有冻死骨！荣枯咫尺异，惆怅难再述。北辕就泾渭[42]，官渡又改辙[43]。群水从西下，极目高崒兀[44]。疑是崆峒来[45]，恐触天柱折[46]。河梁幸未拆，枝撑声窸窣[47]。行旅相攀援，川广不可越。老妻寄异县，十口隔风雪。谁能久不顾，庶往共饥渴[48]。入门闻号咷，幼子饿已卒！吾宁舍一哀，里巷亦呜咽[49]。所愧为人父，无食致夭折。岂知秋禾登，贫窭有仓卒[50]。生常免租税，名不隶征伐[51]。抚迹犹酸辛[52]，平人固骚屑[53]。默思失业徒，因念远戍卒。忧端齐终南[54]，澒洞不可掇[55]。

【注释】 [1] 杜陵：地名，在长安东南。杜甫远祖杜预是杜陵人，杜甫也曾居于杜陵东南的杜曲，所以杜甫常自称“杜陵布衣”。布衣：平民百姓。

[2] 转拙：越发愚拙。此处当为愤词，意为由于耿直而越发不合时宜。这一年杜甫四十四岁，故云“老大意转拙”。 [3] 许身：自期、自许。一何愚：多么愚蠢。 [4] 窃：谦词，私下之意。稷与契：是传说中古代辅佐舜的两位贤臣。 [5] 居然：没料到。濩(huò)落：语出《庄子·逍遥游》，意为大而

无当。杜甫忧国忧民思想易被看作“旷放不自检,好论天下大事,高而不切”(《新唐书·杜甫传》),故曰“居然成濩落”。　[6]“白首”句:说宁可穷困到老,也不愿放弃素志。契阔,勤苦、困顿。语出《诗经·邶风·击鼓》“死生契阔”。　[7]“盖棺”句:说为事业奋斗,宁肯死而后已。　[8]觊(jì)豁:希求达到。　[9]同学翁:指同辈那些老爷们。　[10]“浩歌”二句:他人越是耻笑我,我越发要慷慨高歌。弥,更加。　[11]“潇洒”句:我不是没有放浪江海,自由自在迎送日月的雅志。潇洒,自由自在,无拘无束。[12]尧舜君:代称圣君,此指唐玄宗。　[13]廊庙:朝廷。具:栋梁之材。　[14]“构厦”句:当今朝廷不乏栋梁之材,构造大厦难道还缺人吗?[15]葵藿:向日葵和豆叶。倾:倾向。　[16]“物性”句:虽然当今人材济济,并不少我一个,但我忠君之志诚出自本性。物性,本性。固难夺,本难改变。　[17]惟:想。蝼蚁辈:比喻苟且偷生的小人。　[18]“胡为”二句:何必要羡慕大鲸,动不动就想游息于大海之中呢?这是用否定的设问表达自己坚定的信念。辄,即。偃,侧身于其中。　[19]兹:此。生理:人生处世之理。　[20]兀兀:孤独穷困的样子。　[21]巢与由:巢父和许由,尧时的著名隐士,也是封建士大夫心目中最清高的人。　[22]“未能”句:不得改变自己窃比稷、契的志节。　[23]天衢:天空。　[24]客子:诗人自称。中夜发:半夜启程。　[25]骊山:在今陕西临潼,距长安六十里。山上有温泉,筑有华清宫。唐玄宗常携杨氏姐妹到此避寒。　[26]御榻:皇帝的床。此处指行宫。嵽嵲(dié niè):高峻之山,这里指骊山。[27]蚩尤:传说蚩尤与黄帝战,作大雾。这里指雾。塞(sè):充塞。[28]蹴(cù):践踏。此处指沿山路行走。　[29]瑶池:传说中西王母宴会之处。此指骊山温泉宫。郁律:暖气蒸腾的样子。　[30]羽林:皇帝的近卫军。摩戛(jiá):兵器相撞声。此处用来形容羽林军之多。　[31]殷胶葛:形容乐声巨大,响彻云天。殷,盛。胶葛,旷远广大。　[32]“彤庭”句:据《通鉴》卷二一六载,唐玄宗常将官币“赏赐贵宠之家,无有限极”。彤庭,指朝庭。　[33]圣人:唐人对皇帝的习惯称谓。筐篚:两种竹器。按古礼,皇帝设宴时,用筐篚盛币赐群臣。　[34]活:得到治理。　[35]忽:忽视。至理:最高的道理,即“实欲邦国活”的道理。　[36]岂弃:岂不虚弃。　[37]多士:群臣。盈:充斥。　[38]内金盘:泛指宫中的宝物。内,宫中。　[39]卫霍:汉武帝时的外戚卫青、霍去病。此处暗喻杨国忠兄妹。 [40] 中堂:正厅,即杨氏家族的中堂。有:一作“舞”。神仙:指杨氏家族的舞女歌妓。 [41] 烟雾:指堂上香烟缭绕。一说指轻薄的纱罗。玉质:玉体。 [42] 北辕:车向北行。就:趋。泾渭:二水名。 [43] 官渡:公家设的渡口。改辙:改道。指渡口又换到另一条道上。 [44] 崒兀(cù wù):高峻的样子,这里形容波浪高涌如山。 [45] 崆峒(kōng tóng):山名,在甘肃岷县。 [46] 恐触天柱折:《淮南子·天文训》:“昔者共工与颛顼争为帝,怒而触不周之山,天柱折,地维绝。”此处用来形容水势猛烈。 [47] 窸窣(xī sū):此指桥动摇声。 [48] “庶往”句:多么希望过共患难的日子啊。 [49] “吾宁”二句:宁说,即使我能强忍丧子之痛,但看到邻里尚为之哭泣,作父亲的又怎能不悲伤呢? [50] “贫窭”句:谁知秋谷方熟时,穷困之家却有这样的突然变故呢?窭(jù),穷困。仓卒,即仓猝,突然之变。卒(cù),同“猝”。 [51] 隶征伐:在服兵役范围之内。杜甫时任右卫率府兵曹参军。享有豁免租税和兵役之权。隶,属。 [52] 抚迹:追抚过去之事。此指幼子饿死。 [53] “平人”句:一般百姓的不安就更可想而知了。平人,平民。唐人避唐太宗李世民的讳,故改。骚屑,不安。[54] “忧端”句:忧愤之情有如终南山一样高。忧端,愁绪。终南,山名,在长安南。 [55] 澒(hòng)洞:浩大无边。掇:收拾,终止。

月 夜

【题解】 此诗作于至德元载(756)秋。这年六月,安禄山叛军陷潼关,杜甫携家逃至鄜(fú)州(今陕西富县)。七月,肃宗在灵武(今宁夏灵武)即位,杜甫单身投奔,途中被叛军所俘,带至长安。此诗是在被俘后的八月里对月怀念妻子时所作。

全诗起承转合不离一“月”字,“公对月而怀室人也。前说今夜月,为独看写意;末说来时月,以双照慰心”(仇兆鳌《杜诗详注》卷四)。前后照应,章法严谨,极具变化之妙。又“公本思家,偏想家人思己”(《杜诗详注》引《杜臆》语),可见此老伉俪情深,其为“情圣”,故能为“诗圣”。

今夜鄜州月，闺中只独看[1]。遥怜小儿女，未解忆长安[2]。香雾云鬟湿，清辉玉臂寒[3]。何时倚虚幌[4]，双照泪痕干[5]。

【注释】 [1] 闺中：指妻子。 [2]“遥怜”二句：小儿女们无知，不懂得母亲望月思念父亲的心情。 [3]“香雾”二句：妻子久立月下思念自己，难以入眠。香雾，既指夜雾着鬟而香，又指鬟发中膏沐香气。云鬟，蓬松如云的环形发髻。清辉，指月光。 [4] 虚幌：稀薄透明的帷幕。 [5] 双照：共照两人。

悲 陈 陶

【题解】 陈陶，又名陈陶泽、陈涛斜。在陕西咸阳东。诗写于至德元载(756)。这首诗典型地体现杜诗所具有的“诗史”意义。据《杜诗详注》引《唐书》载：“至德元载十月，房琯自请讨贼，分军为三……琯自将中军，为前锋。辛丑，中军北军遇贼于陈涛斜(即陈陶泽)，接战，败绩。癸卯，琯自以南军战，又败。”这首诗就是这一史实的及时而忠实的记录。但它又不仅是简单的记叙，诗的后四句充满悲慨之情，既写出了叛军的气焰，又写出了人民于水深火热之中的悲愤与挣扎，极有感染力，所以它才堪称是诗与史的成功结合。

孟冬十郡良家子[1]，血作陈陶泽中水。野旷天清无战声，四万义军同日死。群胡归来血洗箭，仍唱胡歌饮都市。都人回面向北啼，日夜更望官军至。

【注释】 [1] 良家子：清白人家的子女。汉制，凡从军不在七科谪内者，谓之良家子。

春　望

【题解】　此诗作于至德二载(757)春三月杜甫陷贼时期。司马光评曰:"近世诗人,唯杜子美最得诗人之体。……'山河在',明无余物矣;'草木深',明无人矣;花鸟,平时可娱之物,见之而泣,闻之而悲,则时可知矣。"(《温公续诗话》)

国破山河在,城春草木深。感时花溅泪,恨别鸟惊心。烽火连三月,家书抵万金。白头搔更短,浑欲不胜簪[1]。

【注释】　[1] 浑:简直。簪:古人束发于冠的器具。

北　征

【题解】　一本题下有原注曰:"归至凤翔,墨制放往鄜州作。"杜甫任左拾遗后,因上疏为房琯辩护,触怒肃宗,幸由宰相张镐解救,才得免罪。至德二载(757)八月,肃宗允许他回鄜州(今陕西省鄜县)探亲。鄜州在凤翔东北,故曰"北征"。

这首诗是以回家省亲为题材,把家庭和个人的命运与整个国家的命运结合在一起加以咏叹,叙事成份较多。全篇各部分之间"若有照应,若无照应,若有穿插,若无穿插,不可捉摸"(《杜诗详注》引王嗣奭语);"忽正忽反,若整若乱,时断时续"(《杜诗详注》引锺惺语),极尽章法之妙。

为和叙事配合,本篇用"赋"——铺陈的手法非常明显,细致的描写,细节的点染非常成功。如途中所见有可伤者,有可畏者,有可喜者,有可痛者;归家所遇有乍见而悲者,有悲过而喜者,有喜中寓悲者。而这些细致的描写又形成本诗的另一个特点:感情激切真挚，跳跃流转，于叙事之中带有明显的抒情色彩。

皇帝二载秋，闰八月初吉[1]，杜子将北征，苍茫问家室[2]。维时遭艰虞，朝野少暇日。顾惭恩私被，诏许归蓬荜[3]。拜辞诣阙下，怵惕久未出[4]。虽乏谏诤姿[5]，恐君有遗失。君诚中兴主，经纬固密勿[6]。东胡反未已[7]，臣甫愤所切。挥涕恋行在，道途犹恍惚[8]。乾坤含疮痍，忧虞何时毕。靡靡逾阡陌，人烟眇萧瑟。所遇多被伤，呻吟更流血。回首凤翔县，旌旗晚明灭。前登寒山重，屡得饮马窟[9]。邠郊入地底，泾水中荡潏[10]。猛虎立我前，苍崖吼时裂[11]。菊垂今秋花，石带古车辙。青云动高兴，幽事亦可悦[12]。山果多琐细，罗生杂橡栗[13]。或红如丹砂，或黑如点漆。雨露之所濡，甘苦齐结实。缅思桃源内，益叹身世拙[14]。坡陀望鄜畤[15]，岩谷互出没。我行已水滨，我仆犹木末[16]。鸱鸮鸣黄桑，野鼠拱乱穴[17]。夜深经战场，寒月照白骨。潼关百万师，往者散何卒[18]。遂令半秦民，残害为异物[19]。况我堕胡尘[20]，及归尽华发。经年至茅屋[21]，妻子衣百结。恸哭松声回，悲泉共幽咽。平生所娇儿，颜色白胜雪。见耶背面啼，垢腻脚不袜[22]。床前两小女，补绽才过膝[23]。海图拆波涛，旧绣移曲折[24]。天吴及紫凤[25]，颠倒在短褐。老夫情怀恶，呕泄卧数日。那无囊中帛，救汝寒凛栗[26]。粉黛亦解苞[27]，衾裯稍罗列。瘦妻面复光，痴女头自栉[28]。学母无不为，晓妆随手抹[29]。移时施朱铅[30]，狼籍画眉阔[31]。生还对童稚，似欲忘饥渴。问事竞挽须，谁能即嗔喝[32]？翻思在贼愁，甘受杂乱聒[33]。新归且慰意，生理焉得说[34]。至尊尚蒙尘，几日休练卒[35]？仰观天色改，坐觉妖氛豁[36]。阴风西北来，惨淡随回纥[37]。其王愿助顺，其俗善驰突[38]。送兵五千人，驱马一万匹。此辈少为贵[39]，四方服勇决[40]。所用皆鹰腾[41]，破敌过箭疾。圣心颇虚伫，时议气欲夺[42]。伊洛指掌收，西京不足拔[43]。官军请深入，蓄锐可俱发。此举开青徐，旋瞻略恒碣[44]。昊天积霜露，正气有肃杀[45]。祸转亡胡岁，势成擒胡月[46]，胡命其能久？皇纲未宜绝。忆昨狼狈初[47]，事与古先别。奸臣竟葅醢[48]，同恶随荡析[49]。不闻夏殷衰，中自诛褒妲[50]。周汉获再兴，宣光果明哲[51]。桓桓陈将军[52]，仗钺奋忠烈[53]。微尔人尽非[54]，于今国犹活。凄凉大同殿，寂寞白兽闼[55]。都人望翠华[56]，佳气向金阙。园陵固有神，扫洒数不缺[57]。煌煌太宗业，树立甚宏达[58]！

【注释】 [1] 初吉：即初一。 [2] 苍茫：渺茫。时值乱世，生死不保，故云。问：探问。 [3] 顾惭：自觉惭愧。恩私被：蒙皇帝对自己加恩。蓬荜：蓬门荜户，贫者所居，此指自己简陋的住所。蓬，蓬蒿。荜，荜茇，草名。 [4]“拜辞”二句：面辞皇帝，感到惶恐不安，不忍仓猝离去。怵惕，惶恐不安。 [5] 谏诤姿：谏诤的表现。杜甫官任拾遗，负责谏诤，因上疏救房琯触怒肃宗。 [6] 经纬：纵线曰经，横线曰纬，此处比喻治理国家的方略。固：本来。密勿：周密勤勉。 [7] 东胡：指安禄山的儿子安庆绪。这年正月他杀掉安禄山，仍僭号称帝，盘踞洛阳，故云“反未已”。 [8]“挥涕”二句：挥泪与皇帝相别，因恋君以至上了征途仍感到迷惘愁怅。行在，皇帝的临时驻地，此处指凤翔。 [9]“前登”二句：指在攀登重重寒山时，经常见到战争的痕迹。饮马窟，行军饮马的水洼。 [10] 邠郊：邠州（今陕西邠县）之郊，泾水从北部流过，形成盆地。荡潏（jué）：水流浩荡的样子。 [11]“猛虎”二句：猛虎出没面前，吼声巨大，苍崖为之开裂。一说猛虎指山间如虎的怪石，似能吼裂苍崖。 [12]“青云”二句：山行时见青云而引动高雅的兴致，眼前的幽景亦令人喜悦。 [13] 罗生：罗列生长。橡栗：栎树的果实。[14]“缅思”二句：遥思桃花源内的生活，越发感叹自己身世坎坷，拙于处世。缅思，遥想。桃源内，桃花源内的生活。 [15] 坡陀：山冈起伏不平处。鄜畤：即鄜州。畤，祭祀天神的台坛。春秋时秦文公曾在鄜州祭过白帝，因此鄜州也称鄜畤。 [16]“我行”二句：我已下至河边，我的仆人仍在山腰。木末，树梢，指高处。 [17] 鸱鸮：即猫头鹰。拱乱穴：在乱穴间拱手而立。这是当地野鼠的特有动作。 [18]“潼关”二句：天宝十五载(756)六月，哥舒翰率二十万大军拒叛军于潼关，全军覆没。卒，同“猝”，仓猝。 [19] 半秦民：关中一半的人民。异物：鬼。 [20] 堕胡尘：指自己前一年八月从鄜州往灵武途中被俘之事。 [21] 经年：杜甫从至德元载八月离鄜州至此时整一年。至茅屋：到家。 [22]“垢腻”句：脚很脏而且赤裸着。 [23] 补绽：补裂开的衣服。 [24]“海图”二句：旧日的丝织品被拆做补钉，上面的海涛图案都被拆散、扭曲了。 [25]“天吴”句：均为海图上的图案。 [26]“那无”二句：我的包裹中岂无布帛衣物，能免得家人因无衣而冻得发抖。那无，哪无、岂无。一说“那无”即“奈无”，意谓杜甫没能带回任何东西，全句是陈述句。而下文所说的“粉黛解苞”、“衾裯罗列”等是将以前所存而舍不得用的东西拿出来。两解全可通。 [27] 粉黛：搽脸的化装品曰粉，画眉的青色颜料曰黛。解苞：指从包裹中取出粉黛。苞，同包。 [28] 头自栉(zhì)：自己梳起头来。 [29]“学母”二句：女儿事事仿效母亲，但因年幼不会打扮，就信手涂抹。 [30] 移时：费了好长时间。朱铅：红粉。 [31] 狼籍：零乱。画眉阔：唐代女子以画阔眉为美。 [32] 嗔喝：恼怒喝止。 [33]“翻思”二句：回想一下陷贼之苦，也就甘心忍受孩子们的纠缠吵闹了。翻思，即反思。聒(guō)，吵闹。 [34]“新归”二句：能回来就应喜慰了，哪还能考虑那么多的生计问题呢！生理，生计。 [35]“至尊”二句：皇帝至今仍流亡在外，何日战争才能停止。 [36] 坐：因、遂。妖氛：指叛乱的不祥之气。豁：变得开朗澄清了。 [37] 惨淡：形容回纥兵来势凶猛，剽悍异常。回纥：部族名，维吾尔的古称，也是国名，在唐帝国西北。西京陷落后，唐王朝曾借回纥兵来平乱。 [38]“其王”二句：回纥王愿派兵助战，回纥的骑兵极善冲锋陷阵。其王，回纥怀仁可汗。他派儿子叶护及将军帝德等率精兵四千余人来凤翔助战。驰突，骑马冲锋陷阵。 [39] 少为贵：以少用为好。

杜甫反对多用回纥兵。　[40] 服勇决:佩服其骁勇善战。　[41] 鹰腾:鹰一般矫健。　[42]“圣心”二句:皇帝一心期待回纥兵破敌,朝臣的舆论虽不以为然,但慑于皇帝的坚持,也只能势沮气夺,不敢谏诤。虚伫,虔诚期待。　[43]“伊洛”二句:两京即可轻而易举地收复。伊洛,伊水、洛水。此处即指洛阳一带。西京,长安。　[44] 青、徐、恒、碣:青州、徐州、恒山、碣石山。此处都指叛军后方。开、略:都指攻克。旋瞻:不久即可看到。[45]“昊天”二句:谓秋天霜露下降,有肃杀之气,正是用兵平叛的好时机。昊(hào)天,秋天。秋于五行为金,主肃杀。　[46]“祸转”二句:说安史叛军的末日已屈指可数了。祸转,厄运已经转换。亡胡岁、擒胡月,互文见义。[47] 昨:昔。狼狈初:指安史之乱初起时,潼关失守,玄宗奔蜀等事。[48] 奸臣:指杨国忠。葅醢(zū hǎi):剁成肉酱,代指被杀。　[49] 同恶:同党,指杨氏家族及其党羽。荡析:一扫而光。　[50]“不闻”二句:唐玄宗毕竟英明,能在危急关头杀掉宠姬杨贵妃,而夏桀、商纣、周幽王就做不到这一点。褒,褒姒,周幽王的妃子。幽王宠褒姒,招致犬戎入侵,西周亡。妲,妲己(dá jǐ),殷纣王的妃子。纣王宠妲己,殷朝亡。又,夏桀,因宠幸妃子妹喜,导致夏朝亡。这两句前只提夏、殷而未说周,后只说褒、妲而未说妹喜,是互文见义的用法。　[51]“周汉”二句:周、汉能获中兴,周宣王和光武帝真是明哲之君。周汉,周朝和汉朝。宣光,周宣王和光武帝,此处喻肃宗。[52] 桓桓:威武的样子。陈将军:在马嵬坡杀死杨氏兄妹的龙武将军陈玄礼。[53] 仗钺(yuè):形容陈玄礼当时义勇诛害时的情形。钺,大斧。　[54] 微尔:没有你。　[55]“凄凉”二句:沦陷中的长安宫殿荒凉冷落。大同殿,在长安南内兴庆宫勤政楼北,是玄宗接见群臣处。白兽闼(tà),即白兽门,长安宫中禁苑的南门。　[56] 翠华:皇帝的旌旗。[57]“园陵”二句:先帝的神灵常在,肃宗定能归扫园陵。园陵,皇帝的陵墓。神,英灵。数,礼数。　[58]“煌煌”二句:大唐基业巩固,国势煊赫,前途远大。煌煌,光明宏大的样子。太宗业,指李世民建立的大唐基业。宏达,宏伟、发达。

羌　村（其一）

【题解】　原诗三首,这是第一首。至德二载(757)八月,杜甫从凤翔至鄜州。此诗写初到情景。清吴瞻泰:“此是还鄜州初归之词。通首以‘惊’字为线。始而鸟雀惊,继而妻孥惊,继而邻人惊,最后并自己亦惊。总是乱后生还,真如梦寐,妙在以旁见侧出取之。”(《杜诗提要》卷二)

峥嵘赤云西,日脚下平地[1]。柴门鸟雀噪,归客千里至。妻孥怪我在,惊定还拭泪。世乱遭飘荡,生还偶然遂[2]。邻人满墙头;感叹亦歔欷。夜阑更秉烛[3],相对如梦寐。

【注释】 [1]“峥嵘”二句:日光透过晚霞射向平地之时。峥嵘,山高耸之状。赤云,此指晚霞。日脚,日射的光线。 [2]“生还”句:得遂还家之愿,事出偶然。 [3]夜阑:夜尽,夜深。秉烛:犹点灯。

洗兵行

【题解】 诗题一作《洗兵马》。此诗有注道:“收京后作。”两京收复在至德二载(757)九、十月间。这首诗作于次年。洗兵,即刀枪入库,马放南山之意,亦即本诗结句“净洗甲兵长不用”之意。全诗美刺得体。美而不谀,刺而不伤,深得含蓄蕴藉之旨。正如唐汝询所评:“有典有则,雄浑阔大,足称唐雅。”明王嗣奭评曰:“此诗四转韵,一韵十二句,句兼排律。自成一体而笔力矫健,词气老苍,喜跃之象浮动笔墨间。”(《杜臆》卷三)

中兴诸将收山东[1],捷书夜报清昼同[2]。河广传闻一苇过[3],胡危命在破竹中[4]。只残邺城不日得[5],独任朔方无限功[6]。京师皆骑汗血马,回纥喂肉葡萄宫[7]。

已喜皇威清海岱[8],常思仙仗过崆峒[9]。三年笛里《关山月》,万国兵前草木风[10]。成王功大心转小[11],郭相谋深古来少[12]。司徒清鉴悬明镜[13],尚书气与秋天杳[14]。二三豪俊为时出,整顿乾坤济时了。东走无复忆鲈鱼,南飞觉有安巢鸟[15]。青春复随冠冕入[16],紫禁正耐烟花绕[17]。鹤驾通宵凤辇备,鸡鸣问寝龙楼晓[18]。攀龙附凤势莫当,天下尽化为侯王[19]。汝等岂知蒙帝力,时来不得夸身强[20]。关中既留萧丞相,幕下复用张子房[21]。张公一生江海客[22],身长九尺须眉苍。征起适遇风云会[23],扶颠始知筹策良。青袍白马更何有[24],后汉今周喜再昌[25]。寸地尺天皆入贡,奇祥异端争来送。不知何国致白环,复道诸山得银瓮[26]。隐士休歌紫芝曲,词人解撰河清颂[27]。田家望望惜雨干,布谷处处催春种,淇上健儿归莫懒,城南思妇愁多梦[28]。安得壮士挽天河,净洗甲兵长不用!

【注释】 [1] 中兴诸将:即下文的成王、郭相、司徒、尚书等。山东:华山以东,此处指今河北一带。长安、洛阳收复后,安庆绪退守邺城(今河南安阳一带),肃宗命诸将追击。至德二载十二月,史思明归降。 [2] “捷书”句:捷书频报,昼夜不分。 [3] “河广”句:听说大军已轻而易举地渡过黄河。河,黄河。《诗经·卫风·河广》:“谁谓河广,一苇航之。”一苇,代指小船。 [4] “胡危”句:我军势如破竹,叛军的命运危在旦夕。 [5] 只残:但余。邺城不日得:时安庆绪内部也分崩离析,故曰可“不日”可“得”。 [6] 朔方:唐代方镇名。此指朔方节度使郭子仪所率朔方军。当时肃宗虽倚仗朔方军为根本,但又以宦官鱼朝恩为观军容使,杜甫深为忧虑,故要求专任郭子仪,以收无限战功。 [7] “回纥”句:回纥人在长安好吃好喝受到厚待。喂肉,即饱肉。葡萄宫,汉上林苑中宫殿名。汉元帝时,匈奴单于来朝,元帝曾于此宫宴请单于。此处代指收复两京后，肃宗曾在宣政殿接待并宴请回纥吐护可汗一事。为了平叛，肃宗曾借助回纥军队　［8］海岱：今山东沿海一带。时已光复，故曰："清"。　［9］"常思"句：（虽已胜利）但不要忘记昔日辗转崆峒山时的狼狈处境。仙仗，皇帝仪仗。崆峒，山名，在甘肃。收复两京前，肃宗曾辗转于这一带。　［10］"三年"二句："兴师以来，笛咽关山，兵惊草木，征戍之勤，锋镝之惨，为不可忘也。"（杨伦《杜诗镜诠》）《关山月》，汉乐府《横吹曲》调名，是戍卒伤别怀乡的一种曲调。此处形容三年来战乱不断。万国，万方。草木风，即草木皆兵，用苻坚淝水战败后，"北望八公山上，草木皆类人形"典。（见《晋书·苻坚载记》）　［11］成王：即后来的唐代宗李俶（后改名为李豫），当时是天下兵马元帅。心转小：更加小心谨慎。　［12］郭相：郭子仪，曾任中书令，故称"相"。谋深古来少：《郭子仪东京畿山东河南诸道元帅制》曾称道："识度弘远，谋略冲深。……以今观古，未足多之。"（见《唐大诏令集》卷五十九）　［13］司徒：指检校司徒李光弼。清鉴悬明镜：见识英明，能洞察一切。　［14］尚书：指兵部尚书王思礼。气：气度。杳：高远爽朗。　［15］"东走"二句：现在战乱消除，天下太平了，想东归的可以东归，不必徒思故乡；想南去的人便可南去，定能安居乐业。忆鲈鱼，西晋末吴人张翰在洛阳做官。见秋风起而想起家乡的莼羹鲈鱼。于是辞官东归。安巢鸟，《古诗》："越鸟巢南枝。"曹操《短歌行》："月明星稀，乌鹊南飞，绕树三匝，何枝可依。"　［16］青春：春光。冠冕：大臣的服饰，此代指大臣们。［17］"紫禁"句：宫廷里到处是欣欣向荣的景色，与春日的烟花景色正好相称。　［18］"鹤驾"二句：肃宗父子深夜就备好了车驾，鸡鸣时便到玄宗处去问安。鹤驾，太子的车驾。凤辇，皇帝的车驾。问寝，请早安。龙楼，皇帝住处。此时皇帝为肃宗，太子为李俶，玄宗退居兴庆宫称太上皇。　［19］"攀龙"二句：由于佞幸阿谀和肃宗对李辅国等人大加封赏，使他们势倾朝野，位过侯王，掌握了天下大权。　［20］"汝等"二句：李辅国等人只是走时运，借助了皇帝的力量，决不是他们自己有什么本领。　［21］"关中"二句：因为任用了贤臣，所以才有今日的中兴。关中，今陕西关中地区。萧丞相，萧何。刘邦在外征战时，留他镇守关中。这里指房琯。琯自蜀奉使至灵武，册立肃宗，被留任为丞相。幕下，即帐下，筹划军机处。张子房，张良。这里指张镐。张镐曾任谏议大夫，后代房琯为相。　［22］张公：即张镐。江海客：放情江海，未尝入仕的人。　［23］征起：被征启用。天宝十四载

(755)，张镐自布衣召拜左拾遗。风云会：风云际会，此喻明主贤臣的遇合。[24]青袍白马：用梁时侯景作乱故事。当时有童谣曰："青袍白马寿阳来。"侯作乱时，即骑白马穿青袍，以应民谣，骗取民心。（见《梁书·侯景传》）此处代指安史之乱。更何有，还剩下什么呢？ [25]后汉：指东汉光武帝。今周：指西周宣王。光武帝及周宣王均是中兴之主。此处代指肃宗。[26]"不知"二句：奇祥异瑞不知来处，极言献者之多。白环，《竹书纪年》载，帝舜九年，西王母来朝，献白环、玉玦。银瓮，古传说，帝王刑罚公平，有银瓮出现，不汲自满。（见《瑞应图》） [27]"隐士"二句：现在政治清明，人们不应再思退隐，而应奋发有为，歌诵圣明。紫芝曲，西汉初年，"商山四皓"隐居时所唱的歌。河清颂，宋文帝元嘉时期黄河澄清，被认为是清明时代的征兆，鲍照遂作《河清颂》。 [28]"淇上"二句：围攻邺城的士兵应尽快破敌，早日还乡。淇上，淇水之滨，淇水在邺城附近。健儿，指士兵。城南思妇，泛指士兵的妻子。唐人惯用"城南"作思妇住处的代称。

新安吏

【题解】 此诗与《潼关吏》、《石壕吏》、《新婚别》、《垂老别》、《无家别》合称"三吏"、"三别"，都写于乾元二年(759)三月。这月初三，郭子仪等九节度六十万人马大败于邺城之下，"诸节度各溃归本镇"，"子仪以朔方军断河阳桥保东京(洛阳)"(《通鉴》)。为了迅速补充兵力，统治者便实行了残酷的抓夫政策。杜甫此时正由洛阳赶回华州，往经新安、潼关、陕县一带，亲自目睹了这种惨状。新安，即今河南新安。《新安吏》典型地反映了作者既同情人民的征戍之苦，又劝慰人民以国家利益为重的矛盾心情。全诗以对话为主，穿插一些"白水"、"青山"的描写，使其在悲慨的基调上，又增加了一些摇曳与流动的特色。

客行新安道，喧呼闻点兵。借问新安吏："县小更无丁？""府帖昨夜下，次选中男行[1]。""中男绝短小，何以守王城?”肥男有母送,瘦男独伶俜[2]。白水暮东流,青山犹哭声。“莫自使眼枯,收汝泪纵横。眼枯即见骨,天地终无情[3]。我军取相州[4],日夕望其平。岂意贼难料[5],归军星散营[6]。就粮近故垒,练卒依旧京[7]。掘壕不到水,牧马役亦轻。况乃王师顺,抚养甚分明。送行勿泣血,仆射如父兄[8]。”

【注释】 [1]“府帖”二句:昨夜点军名帖下达,依次抽选未成丁的男子服役。府帖,府里的点军名帖。次选,挨次抽选。中男,未成丁的男子。《旧唐书·食货志》:“天宝三年,……制以十八为中男,二十二为丁。” [2]瘦男:指无家人照顾的孤儿。伶俜:孤独貌。 [3]“眼枯”二句:即使把眼哭瞎,在上者亦不会同情你们。天地,暗喻朝廷。 [4]相州:即邺城。据《通鉴》载:“郭子仪等九节度使围邺城……自冬涉春。安庆绪坚守以待史思明,食尽,一鼠值钱四千……人皆以为克在朝夕。” [5]贼难料:意谓叛军诡诈不测。邺城之败的主要原因乃如《旧唐书·郭子仪传》所载:“帝以子仪、光弼俱是元勋,难相统属,故不立元帅(又派宦官作监军使)……王师虽众,军无统帅,进退无所承禀,自冬徂春,竟未破贼。”云“贼难料”,是笼统而言。 [6]星散营:即形容“诸节度各溃归本镇”后屯营之散乱。 [7]“练卒”句:此乃安慰之语,谓入伍后不会远行。 [8]仆射(yè):官名,职位相当于宰相。此指郭子仪。他曾任左仆射。

石壕吏

【题解】 石壕:镇名,在今河南陕县东七十里。此诗极深刻地表现了安史之乱给人民带来的深重的征戍之苦。“古者有兄弟,始遣一人从军。今驱尽壮丁、及于老弱。诗云三男戍,二男死,孙方乳,媳无裙,翁逾墙,妇夜往。一家之中,父子、兄弟、祖孙、姑媳,惨酷至此,民不聊生极矣。当时唐祚亦岌岌乎哉!”(《杜诗详注》)全篇结构完整,情节性、故事性强。四句一换韵,平仄互押,诗人之情,深寓于客观的叙事之中。

暮投石壕村,有吏夜捉人。老翁逾墙走,老妇出看门[1]。吏呼一何怒,妇啼一何苦。听妇前致词:“三男邺城戍[2]。一男附书至[3],二男新战死。存者且偷生,死者长已矣。室中更无人,惟有乳下孙,有孙母未去,出入无完裙,老妪力虽衰,请从吏夜归。急应河阳役[4],犹得备晨炊[5]。”夜久语声绝,如闻泣幽咽。天明登前途,独与老翁别。

【注释】 [1] 出看门:一作“出门看”。看门,即应门。 [2] 三男:三个儿子。下文“一男”、“二男”也都是基数词而不是序数词。按唐初府兵制,家有三丁者,一般只取一人服兵役,白居易《新丰折臂翁》:“无何天宝大征兵,户有三丁点一丁”可证。而老妇言三子俱已应役,说明安史之乱时兵役之甚到了无以复加的地步。 [3] 附书:带信。 [4] 河阳:今河南孟县西,郭子仪邺城败走后,退守于此。 [5] “犹得”句:还能赶上做早饭。

新 婚 别

【题解】 诗摹拟新妇的口吻,以暮婚晨别的典型事例反映安史之乱中人民深重的征戍之苦,又歌颂了人民深明大义,以国为重,渴望平叛的牺牲精神,寄托了诗人爱国爱民相统一的思想。诗之起结皆用比兴,感情起伏多变,语言浅近流畅,风格沉郁顿挫。

兔丝附蓬麻[1],引蔓故不长。嫁女与征夫,不如弃路旁。结发为妻子[2],席不暖君床[3]。暮婚晨告别,无乃太匆忙[4]。君行虽不远,守边赴河阳。妾身未分明,何以拜姑嫜[5]?父母养我时,日夜令我藏[6]。生女有所归[7],鸡狗亦得将[8]。君今往死地[9],沉痛迫中肠。誓将随君去,形势反苍黄[10]。勿为新婚念,努力事戎行[11]。妇人在军中,兵气恐不扬。自嗟贫家女,久致罗襦裳[12]。罗襦不复施,对君洗红妆[13]。仰视百鸟飞,大小必飞翔。人事多错迕[14],与君永相望。

【注释】 [1] 兔丝:即菟丝子,蔓生草,多缠附在其它植物上生长。蓬麻:一种矮小植物,喻女子所嫁的男子不是有势力、有地位的人。 [2] 结发:古代男子二十岁,女子十五岁,用簪子结发,表示已经成年。 [3] 席不暖君床:极言婚后生活的短暂。 [4] 无乃:难道不是。 [5] 身未分明:按封建社会礼法,新妇于婚后三天应祭家庙,拜公婆,这套礼节完毕才能定下名分。现在暮婚晨别,不能完成整套礼节,故云。姑嫜:即公婆。 [6] 藏:指深居家中,不敢抛头露面。 [7] 归:古代女子出嫁为归。 [8] 得将:凑和。一作“相将”,相随之意。即俗语所说“嫁鸡随鸡,嫁狗随狗”。[9] 死地:生死莫卜之地。 [10] 苍黄:匆忙,紧张。 [11] 事戎行:即从军。 [12] 致:筹办。襦(rú):短衣。裳:下衣,即裙子。 [13] “罗襦”二句:今后不再穿这些新嫁衣,并要当着丈夫面将脂粉洗掉,不再打扮。不复施,不再穿。 [14] 错迕(wǔ):不顺利,不如人愿。指刚结婚即被迫分别。

蜀　相

【题解】 此诗作于上元元年(760)春,杜甫在成都游武侯祠时。蜀相,即诸葛亮。黄初二年(221),刘备在蜀即帝位,拜诸葛亮为丞相。死后所建的武侯祠(即首句所说的丞相祠堂)在今成都南门外,与刘备合庙而祀。仇兆鳌评曰:“上四祠堂之景,下四丞相之事。首联自为问答,记祠堂所在。草自春色,鸟空好音,此写祠庙荒凉而感物思人之意,即在言外。天下计,见匡时雄略;老臣心,见报国苦衷。有此两句之沉挚悲壮,结作痛心酸鼻语,方有精神。”(《杜诗详注》卷九)

丞相祠堂何处寻?锦官城外柏森森[1]。映阶碧草自春色[2],隔叶黄鹂空好音[3]。三顾频烦天下计[4],两朝开济老臣心[5]。出师未捷身先死[6],长使英雄泪满襟!

【注释】 [1] 锦官城:此代指成都。成都以产锦著名,古代曾在此设官专理其事,故称。柏森森:武侯祠前有柏一株,相传为诸葛亮所植。森森,形容树之茂盛。 [2] 自春色:自呈春色。 [3] 空好音:空作好音。 [4] 三顾:诸葛亮隐居隆中(今湖北襄阳)时,刘备曾三次访问他,问以天下大计,并请他出山辅佐自己。 [5] 两朝:指刘备、刘禅父子两朝。开济:开创、匡济。 [6] “出师”句:指公元234年,诸葛亮率大军出斜谷伐魏,在五丈原与魏军相持百余日,未决胜负而病死于军中。

春夜喜雨

【题解】 此诗以状物写景言,紧扣“春”、“夜”、“雨”三字,四联分别写雨时、雨状、雨势、雨功,传达出春夜之雨的神采。以抒情言,全篇虽未著一“喜”字,却句句暗含喜悦之情。

好雨知时节,当春乃发生。随风潜入夜,润物细无声。野径云俱黑,江船火独明。晓看红湿处,花重锦官城[1]。

【注释】 [1] 锦官城:今四川成都。传说蜀人织锦,濯于锦江则锦色鲜艳,濯于他江，则色黯淡。

茅屋为秋风所破歌

【题解】 杜甫于上元元年(760)入蜀，次年定居成都，诗当作于此时。诗通过茅屋为秋风秋雨吹坏后，诗人的种种窘状，表现他虽饱经忧患而能推己及人、进而舍己为人的崇高人格、博爱胸怀和忧国忧民的精神。全诗叙事简洁，刻画有致，层层演进，推出主题，语言质朴而不乏幽默。

八月秋高风怒号，卷我屋上三重茅，茅飞渡江洒江郊。高者挂罥长林梢[1]，下者飘转沉塘坳[2]。南村群童欺我老无力，忍能对面为盗贼[3]，公然抱茅入竹去。唇焦口燥呼不得，归来倚杖自叹息。俄顷风定云墨色，秋天漠漠向昏黑。布衾多年冷似铁，娇儿恶卧踏里裂。床头屋漏无干处，雨脚如麻未断绝。自经丧乱少睡眠，长夜沾湿何由彻[4]！安得广厦千万间，大庇天下寒士俱欢颜，风雨不动安如山。呜呼！何时眼前突兀见此屋，吾庐独破受冻死亦足！

【注释】 [1] 罥(juàn)：挂。 [2] 塘坳：此指池塘。 [3] 忍：忍心。 [4] 彻：完结。

闻官军收河南河北

【题解】 广德元年(763)春，杜甫在梓州(州治在今四川三台)听到河南、河北(地域与今河南、河北相仿佛，安史叛军最后几个根据地都在这一区域内)相继收复,惊喜若狂,作此诗。

本诗被称为老杜"生平第一首快诗"(浦起龙《读杜心解》卷四)。顾宸评曰:"此诗之'忽传'、'初闻'、'却看'、'漫卷'、'即从'、'便下',于仓卒间写出欲歌欲哭之状,使人千载如见。"(《律说》转引自《杜诗详注》卷十一)尾联以流走活泼的流水对,表现诗人的计划想象,将其欣喜欲狂的心情和盘托出,全诗一气贯注。

剑外忽传收蓟北[1],初闻涕泪满衣裳。却看妻子愁何在[2],漫卷诗书喜欲狂[3]。白日放歌须纵酒,青春作伴好还乡[4]。即从巴峡穿巫峡[5],便下襄阳向洛阳[6]。

【注释】 [1] 剑外:蜀地,此处指梓州,因在剑阁以南,以处剑阁东北的长安言之则称剑外。蓟北:泛指蓟州、幽州一带,即今河北北部,是安史叛军的根据地。此处代指河南、河北。 [2] 却看:回头看。 [3] 漫卷:胡乱卷起。中唐尚无刻板书,诗书全是手写卷子本,可以舒卷。 [4] 青春:春天。 [5] 巴峡:具体地点不详。或说在巴县,或说在巴江上。按:从梓州的方位及下文杜甫设想的出峡东下,抵襄,然后由陆路向洛阳进发的路线看,杜甫应沿涪江,然后进入长江 。巴峡则应在这段水面上。巫峡:在今四川与湖北交界处。 [6] 襄阳:今湖北襄阳。洛阳:据句下原注,杜甫有田园在此。

旅夜书怀

【题解】 永泰元年(765)四月,严武去世,杜甫便决计离蜀东下,诗作于是年五月,东下途中。仇兆鳌评曰:"上四旅夜,下四书怀。微风岸边,夜舟独系,两句串说;岸上星垂,舟前月涌,两句分承。五属自谦,六乃自解,末则对鸥而自伤飘泊也。"(《杜诗详注》卷十四)其领联气象雄浑,吐纳天地。颈联则被沈德潜评曰:"胸怀经济,故

云名岂以文章而著；官以论事罢，而云老病应休。立言含蓄之妙如此。”（《杜诗镜铨》卷十二引）

细草微风岸，危樯独夜舟[1]。星垂平野阔，月涌大江流[2]。名岂文章著，官应老病休[3]。飘飘何所似？天地一沙鸥。

【注释】 [1] 危樯：高桅竿。 [2] “星垂”二句：岸上辽阔，仰观星辰，遥挂如垂；大江（即长江）奔流，水上月光动荡如涌。 [3] “官应”句：事实上杜甫因上疏营救房琯而被罢去左拾遗之职。

秋兴八首 （其一）

【题解】 大历元年（766）秋，杜甫在夔州（今重庆奉节一带）因秋遣兴作组诗八首。前三首写处夔州而思长安，后五首写思长安而归结到在夔州的处境。八首之间，脉络相承，首尾相应。“杜公七律当以《秋兴》为裘领，乃公一生心神结聚之所作也。”（《杜诗详注》卷十一引黄生语）此为组诗首篇，正如王嗣奭所评“首章发兴四句，便影时事，见丧乱凋残景象。后四句，乃其悲秋心事。此一首便包括后七首。而‘故园心’，乃画龙点睛处。”（同上）此诗风格也堪称“气萧森”。

玉露凋伤枫树林[1]，巫山巫峡气萧森。江间波浪兼天涌，塞上风云接地阴[2]。丛菊两开他日泪[3]，孤舟一系故园心[4]。寒衣处处催刀尺，白帝城高急暮砧[5]。

【注释】 [1] 玉露：白露。 [2] “江间”二句：江间波浪滔天，山上风云匝地。 [3] 丛菊两开:杜甫在765年夏离成都出峡东去,至次年秋淹留于夔州一带,已两见秋色。他日泪:因回忆往事而落泪。 [4]“孤舟”句:思乡之心被滞留的孤舟系住了。 [5] 白帝城:在重庆奉节白帝山上。因东汉公孙述至鱼复,见白气如龙出井中,以为瑞,改鱼复为白帝,并据蜀称帝。急暮砧:傍晚的捣衣声格外急促。砧,捣衣石。

登 高

【题解】 杜甫大历二年(767)秋在夔州作。诗的前四句写重阳登高闻见之景。有仰视、俯视,有远闻,景色错落壮观。后四句写登高感触之情。风格沉郁悲慨。胡应麟誉为“古今七言律第一”,并评曰:“一篇之中,句句皆律,一句之中,字字皆律,而实一意贯串,一气呵成,骤读之,首尾若未尝有对者,胸腹若无意于对者,细绎之,则锱铢钧雨,毫发不爽。”(《诗薮》内编卷五)

风急天高猿啸哀[1],渚清沙白鸟飞回[2]。无边落木萧萧下,不尽长江滚滚来。万里悲秋常作客[3],百年多病独登台。艰难苦恨繁霜鬓,潦倒新亭浊酒杯[4]。

【注释】 [1] 猿啸哀:据郦道元《水经注·江水》载:长江巫峡一带“每至晴初霜旦,林寒涧肃,常有高猿长啸,属引凄异,空谷传响,哀转久绝。故渔者歌曰:‘巴东三峡巫峡长,猿鸣三声泪沾裳!’” [2] 渚:水上沙洲。回:写鸟飞时受风力而打旋的情态。 [3] 悲秋:秋色令人生悲。宋玉《九辨》:“悲哉!秋之为气也,萧瑟兮草木,摇落而变衰。”常:一作“长”。作客:指漂泊异乡,而夔州离家乡又非常遥远,故前用“万里”来形容。 [4] 潦倒:失意颓丧。新亭:刚刚放下,即方饮罢之意。一说指新近戒酒。亭,通“停”。一本作“停”。

又呈吴郎

【题解】 大历二年(767)秋,杜甫由夔州的西草堂迁至白帝城的东屯居住,将原居借予自忠州搬来的表亲忠州司法参军吴南卿居住。吴借住后即在堂前筑篱,以防人打枣。杜甫以诗代简,加以劝阻。前已有《简吴郎司法》诗,故本诗题作"又呈"。诗人原宥之宽仁、体恤之深至,足见其"菩萨心"(《杜臆》卷九)。结尾又由邻妇平日之诉,推究其根在于"戎马"、"征求",由点而面,由个案而一般,开拓深远。

堂前扑枣任西邻,无食无儿一妇人。不为困穷宁有此[1]?只缘恐惧转须亲[2]。即防远客虽多事[3],便插疏篱却任真[4]。已诉征求贫到骨[5],正思戎马泪盈巾[6]。

【注释】 [1] 宁有此:指哪会前来偷打枣子。 [2] 转须亲:正因老妇扑枣心存恐惧,所以反倒更应对她亲切和蔼。 [3] 远客:指吴郎。多事:多余的顾虑。此句为吴郎回护留面子。 [4] "便插"句:指吴郎立即插上哪怕稀疏的竹篱,在老妇看来却是防范得十分认真。 [5] 已诉:既专指老妇,又泛指天下百姓。征求:横征暴敛。 [6] "正思"句:主语为诗人自己。戎马,指战乱。

登岳阳楼

【题解】 此诗作于大历三年(768),时杜甫漂泊在湖南岳州。岳阳楼在岳阳县城西门上,下临洞庭。清黄生评曰:"前半写景,如此阔大,五六自叙,如此落寞,诗境阔狭顿异。结语凑泊极难,转出'戎马关山北'五字,胸襟气象,一等相称,宜使后人搁笔也。"(转引自《杜诗详注》卷二十二)颔联意境尤为雄壮远大,为后人称誉。

昔闻洞庭水，今上岳阳楼。吴楚东南坼[1]，乾坤日夜浮[2]。亲朋无一字，老病有孤舟。戎马关山北，凭轩涕泗流[3]。

【注释】 [1] "吴楚"句：吴楚两国以洞庭湖为界（吴在湖西南，楚在东），分成两国。言外之意是形容洞庭湖之大，跨有吴楚。坼，分裂。 [2] 乾坤：天地、日月。日夜浮：《水经·湘水注》："洞庭湖水，广圆五百余里，日月若出没其中。" [3] "戎马"句：这年秋冬，吐蕃入侵陇右、吴中一带。诗人闻之而老泪纵横。轩：有窗的长廊或小室。

江南逢李龟年

【题解】 诗似作于诗人大历四年（769）自岳州至潭州后。《杜诗镜铨》卷二十引《明皇杂录》载："上素晓音律，乐工李龟年特承恩遇。其后流落江南，每遇良辰胜景，常为人歌数阕。座客闻之，莫不掩泣罢酒。"孙洙评曰："世运之治乱，年华之盛衰，彼此之凄凉流落，俱在其中。"（《唐诗三百首》卷八）

岐王宅里寻常见[1]，崔九堂前几度闻[2]。正是江南好风景[3]，落花时节又逢君。

以上据中华书局版《杜诗详注》

【注释】 [1] 岐王：唐玄宗的弟弟李范。以好学爱才著称，雅善音律。卒于开元十四年（726）。黄鹤以其时杜甫只15岁，其时未有梨园弟子，谓当指嗣，岐王李珍。而下文的"崔九堂前"，也应是崔氏旧堂（崔九亦卒于开元十四年），可备一说。 [2] 崔九：殿中监崔涤，中书令崔湜之弟。九是其同宗兄弟的排行。深得玄宗宠幸，出入禁中。后赐名澄。 [3] 风景：《世说新语·言语》载：东晋时"过江诸人，每至美日，辄相邀新亭，藉卉饮宴。周侯中坐而叹曰：'风景不殊，正自有山河之异。'”

李　华

李华(715—766)，字遐叔，赵州赞皇(今河北赞皇)人。天宝年间曾任监察御史，安史乱中，曾被俘任伪职，乱平，被贬官，后隐居山阳(今江苏淮安)。晚年奉佛，不甚著书。

李华的文论及创作以宗经、载道为旨归，曾云：“文章本乎作者，而哀乐系乎时。本乎作者，六经之志也；系乎时者，乐文武而哀幽厉也。”(《赠礼部尚书清河孝公崔沔集序》)。李华还喜奖掖士类，为唐朝的“文章中兴”，作出了一定贡献。今有《李遐叔文集》四卷。

吊古战场文

【题解】 文章主旨，同于杜甫《兵车行》。写法上议论、叙述、描写相结合。作者以“吾闻夫”提起，回溯历史，指出战争根源于“文教失宣，武臣用奇”。又用“吾想夫”承继，描述古战场阴森萧杀悲壮，有“笔锋风生，听者耳骇”的审美效果(独孤及评李华文语)。再用“吾闻之”绾之，总结正反历史教训，以“守在四夷”结穴，发人深思。

全篇充分运用辞赋铺陈夸张的手法，渲染气氛，描摹情状；还调动了设问、反诘、比喻、对仗、排比、对比、感叹等多种修辞手段，以增加文章的感染力。句式以四句为主，杂以骚体，亦骈亦散，错落有致。全文用韵，转韵十余次，读来不仅流畅上口，而且惊心动魄。

浩浩乎平沙无垠，夐不见人[1]。河水萦带，群山纠纷。黯兮惨悴，风悲日曛[2]。蓬断草枯，凛若霜晨。鸟飞不下，兽铤亡群[3]。亭长告予曰："此古战场也，常覆三军。往往鬼哭，天阴则闻。"伤心哉！秦欤？汉欤？将近代欤？

吾闻夫齐魏徭戍，荆韩召募。万里奔走，连年暴露[4]。沙草晨牧，河冰夜渡。地阔天长，不知归路。寄身锋刃，腷臆谁诉[5]。秦汉而还，多事四夷[6]。中州耗斁[7]，无世无之。古称戎夏，不抗王师[8]。文教失宣[9]，武臣用奇[10]。奇兵有异於仁义，王道迂阔而莫为[11]。

呜呼噫嘻！吾想夫北风振漠，胡兵伺便。主将骄敌，期门受战[12]。野竖旄旗，川回组练[13]。法重心骇，威尊命贱[14]。利镞穿骨，惊沙入面。主客相搏，山川震眩。声折江河，势崩雷电。

至若穷阴凝闭[15]，凛冽海隅[16]。积雪没胫，坚冰在须。鸷鸟休巢，征马踟蹰。缯纩无温[17]，堕指裂肤。当此苦寒，天假强胡。凭陵杀气[18]，以相剪屠。径载辎重，横攻士卒。都尉新降，将军覆没。尸填巨港之岸[19]，血满长城之窟。无贵无贱，同为枯骨。可胜言哉！鼓衰兮力竭，矢尽兮弦绝。白刃交兮宝刀折，两军蹙兮生死决[20]。降矣哉？终身夷狄；战矣哉？暴骨沙砾。鸟无声兮山寂寂，夜正长兮风淅淅。魂魄结兮天沈沈，鬼神聚兮云幂幂[21]。日光寒兮草短，月色苦兮霜白。伤心惨目，有如是耶！

吾闻之：牧用赵卒，大破林胡。开地千里，遁逃匈奴[22]。汉倾天下，财殚力痡。任人而已，其在多乎！[23]周逐猃狁，北至太原。既城朔方，全师而还。饮至策勋，和乐且闲。穆穆棣棣，君臣之间[24]。秦起长城，竟海为关[25]。荼毒生灵,万里朱殷。汉击匈奴,虽得阴山,枕骸遍野,功不补患。苍苍蒸民[26],谁无父母?提携捧负[27],畏其不寿。谁无兄弟,如足如手?谁无夫妇,如宾如友?生也何恩,杀之何咎?其存其殁,家莫闻知。人或有言,将信将疑。悁悁心目[28],寝寐见之。布奠倾觞,哭望天涯。天地为愁,草木凄悲。吊祭不至,精魂何依?必有凶年[29],人其流离。呜呼噫嘻!时耶?命耶?从古如斯。为之奈何?守在四夷[30]。

据中华书局版《全唐文》

【注释】 [1] 敻(xiòng):远。 [2] 曛(xūn):昏黄。 [3] 铤:快跑。 [4] 暴(pù):同"曝",日晒。 [5] 愊(bì)臆:哀愤忧闷的心情。愊,郁结。 [6] 事:用如动词,此处指多在边疆用事。 [7] 耗斁(dù):败损。《诗经·大雅·云汉》:"耗斁下土。" [8] "古称"二句:自古以来讲究外戎中夏,边鄙之地从不抗拒中原的王者之师。 [9] 失宜:得不到提倡。 [10] 奇:非正统的奇诡之谋。 [11] 迂阔:被认为是迂远不切实际的。 [12] 期门:汉代官名。据执兵器护卫、"期诸殿门"之意而命名。此处代指营门。详《汉书·百官表》。 [13] 组练:组甲、被练的简称。《左传·襄公三年》:"楚子重使邓廖帅组甲三百、被练三千以侵吴。"此处泛指铠甲战袍。 [14] "法重"二句:由于军法威严,战士们心惊胆战,命不值钱。 [15] 穷阴凝闭:天气阴沉,彤云密布。 [16] 海隅:此处泛指边塞。 [17] 缯纩(zēng kuàng):泛指丝绵做的衣服。 [18] 凭陵:依仗。 [19] 巨港:此处当指大水注处。 [20] 蹙:迫近。 [21] 幂幂(mì):阴森惨淡。 [22] "牧用"四句:李牧用赵国之兵,大破胡、林,开地千里,使匈奴远遁。李牧,为赵国良将,曾设奇阵大破匈奴十余万骑,破东胡,降林胡,单于逃遁,不敢近边城。见《史记·李牧列传》。林胡,匈奴的一支。 [23] "汉倾"四句:汉代倾尽天下之兵,搞得财尽力竭,其实巩固疆土在于任人得当而已,岂在用兵之多呢!殚(dān),尽。痡(pū),病、疲敝。 [24] "周逐"八句:包括以下史实:据朱熹《诗集传》注《六月》诗"薄伐猃狁,至于大(太)原"

曰:“猃狁内侵,逼近京邑。王崩,子(周)宣王靖即位,命尹吉甫帅师伐之,有功而归。”尹吉甫又曾据天子命“城彼朔方”(见《诗经·出车》),全师而还。凯旋之后告祭于宗庙,饮酒庆功,勋著简策。君臣之间和乐安闲,皆大欢喜。猃狁(xiǎn yǔn),古时北方的一个民族。城,筑城。策勋,把功勋记在简策上。棣棣,娴雅和顺的样子。 [25] 竟:至、尽。 [26] 苍苍:指苍天。蒸民:众民。蒸,通“烝”,众多。 [27] 提携捧负:指搀扶孝敬老人。 [28] 悁悁(juān):忧愁。语出《诗经·泽陂》:“寤寐无为,中心悁悁。” [29]“必有”句:语出《老子》:“大军之后,必有凶年。” [30] 守在四夷:《左传·昭公二十三年》:“古者天子,守在四夷。”意谓古时天子重文德,行王道,故四夷归服,各为天子守土,而无战争。

岑 参

岑参(约715—770),祖籍南阳(今属河南),迁居江陵(今属湖北)。天宝三载(744)进士。曾五参戎幕,“往来鞍马烽尘间十余载”(《唐才子传》卷三)。官至嘉州刺史,故称“岑嘉州”。其诗以七言歌行见长,多写西域风光和战事,立意构思、遣词造境无不新奇绚丽。有《岑嘉州集》。

白雪歌送武判官归京

【题解】 武判官,生平不详。判官为唐代节度使的幕僚,负责处理公文公务。岑参于天宝十三载(754)任安西、北庭节度判官。这首诗大约写于天宝十四载作者在轮台幕府时。全诗以写雪始,以写雪终,“连用四个‘雪’字,第一‘雪’字见送别之前,第二‘雪’字见饯别之时,第三‘雪’字见临别之际,第四‘雪’字见送归之后,字同而用意不同耳。”(章燮《唐诗三百首笺注》卷二)起得突兀奇丽,结得深沉含蓄。作者用春风梨花形容塞外大雪,给人春的温暖,美的陶醉,白雪、红旗画面,气氛热烈、色泽鲜明。故咏送别而不哀伤,写奇寒而不悲冷。为作者的代表作之一。

北风卷地白草折[1],胡天八月即飞雪。忽如一夜春风来,千树万树梨花开。散入珠帘湿罗幕[2],狐裘不暖锦衾薄。将军角弓不得控,都护铁衣冷难著[3]。瀚海阑干百丈冰[4],愁云惨淡万里凝。中军置酒饮归客[5],胡琴琵琶与羌笛。纷纷暮雪下辕门[6],风掣红旗冻不翻[7]。轮台东门送君去[8],去时雪满天山路。山回路转不见君,雪上空留马行处。

【注释】 [1] 白草:西域的一种草,似莠而细,秋冬变白,牛马爱吃它。折:断。 [2] 散入:指雪花随风飘入帘内。珠帘:缀有珠子的门帘。罗幕:用绫罗制作的帐幕。 [3] 都护:镇守边疆的长官。唐代设六都护府,各设大都护一人。著:穿。 [4] 瀚海:大沙漠。阑干:纵横的样子。百丈:极形容冰层之厚。 [5] 中军:古代多分兵为左、中、右三军,中军为主帅亲自统率的军队,这里指主帅营帐。饮归客:招待归客饮酒。归客,指将归京都的武判官。 [6] 辕门:军营门。古代军营前,将两车辕木相向以为门。 [7] 掣(chè):拉,牵。翻:翻卷,飘扬。 [8] 轮台:在今新疆维吾尔自治区轮台。

走马川行奉送出师西征

【题解】 走马川即左末河,距播仙城五百里,即今新疆维吾尔自治区内的车尔臣河。行,古诗的一种体裁。西征,一作“西行”。天宝十三载(754),封常清受命为北庭都护、西伊节度、瀚海军使,奏调岑参为安西北庭节度判官。军府驻轮台(今新疆维吾尔自治区轮台)。这年冬,封常清西征播仙,岑参作此诗送行。(播仙城即左末城)。

夸张奇特，是本诗最显著的特色。用“平沙莽莽黄入天”，极力写出黄沙蔽天，一片混沌景象；用“一川碎石大如斗，随风满地石乱走”，突出风的猛烈、狂暴。在诗中，作者还成功地运用对比衬托的手法，一方面写敌人发动侵略，烟尘滚滚，来势凶猛；另一方面写唐军将士军纪严明，不畏艰险，满怀胜利信心，出师迎敌。两相对比，更显出唐军士气高昂，威武雄壮。还通过将士在飞沙走石、风雪交加的险恶途中顽强挺进的描写，反衬唐军将士英勇豪迈的气概。句句用韵，三句一转，可见诗人善以声韵表情达意。

君不见走马川行雪海边[1]，平沙莽莽黄入天[2]。轮台九月风夜吼，一川碎石大如斗，随风满地石乱走。匈奴草黄马正肥[3]，金山西见烟尘飞[4]。汉家大将西出师[5]，将军金甲夜不脱，半夜军行戈相拨，风头如刀面如割。马毛带雪汗气蒸，五花连钱旋作冰[6]，幕中草檄砚水凝[7]。虏骑闻之应胆慑，料知短兵不敢接，车师西门伫献捷[8]。

【注释】 [1] 行：这里有通往的意思。一说，“行”当是衍文。雪海：泛指西北苦寒之地。 [2] 莽莽：无边无际。黄入天：形容无边无际的黄沙与天相连。 [3] 匈奴：汉代西北方的部族，这里代指播仙部族。马正肥：秋天马养得正肥壮，便于游牧民族进行战争。 [4] 金山：即今新疆维吾尔自治区的阿尔泰山，这里泛指塞外山脉。烟尘：烽烟与尘土。 [5] 汉家大将：此指封常清。 [6] 五花连钱：都是名贵的马。五花，是指马毛剪成五瓣花纹的马。连钱，是指身上长有铜钱纹的马。旋作冰：指马身上的汗和雪立刻结成冰。 [7] 草檄(xí)：起草声讨敌人的檄文。砚水凝：军营内砚台里的墨水也冻住了。 [8] 车师：唐代安西都护府所在地，在今新疆维吾尔自治区吐鲁番。伫(zhù)：等待。献捷：报捷。

武威送刘判官赴碛西行军

【题解】 武威在今甘肃武威。刘判官,可能指刘单判官。他曾为安西行营节度使高仙芝草告捷书。碛西行军,指高仙芝安西四镇节度行营。天宝十载(751)四月,西北边境石国太子引大食(古阿拉伯帝国)等部入侵唐境,五月,武威太守、安西节度使高仙芝将兵三十万出征抵抗。刘判官当即随高仙芝出征。作者于武威写这首诗为刘判官送行。

俞陛云评曰:"首二句言火山当五月之时,黄沙烈日,绝少行人,判官独一骑西驰,迅于飞鸟,见其豪健气概。后二句言所赴行营远在太白之西,想其在军幕内闻角声悲奏,正胡天破晓之时。诗意止此,而绝域之军声,思家之远念,自在言外。绝句中意义、神韵、音节各有所长,此诗用仄韵,故音节弥觉高亮。"(《诗境浅说续编》)

火山五月行人少[1],看君马去疾如鸟。都护行营太白西[2],角声一动胡天晓[3]。

【注释】 [1] 火山:即今新疆维吾尔自治区吐鲁番市境内的火焰山,山系红砂岩所构成,色红如火,气候炎热,故名。 [2] 都护行营:指安西节度使高仙芝的行营。太白:即金星。古人认为它的出现有预示敌人败亡的征兆,"(太白)其出西失行,外国败。"(《史记·天官书》)太白西:谓西方极远之地。 [3] 角声一动:号角声一响。

逢入京使

【题解】 天宝八载(749),安西四镇节度使高仙芝入朝,岑参被奏请为右威卫录事参军。他赴安西(今新疆维吾尔自治区库车)任职途中，遇见往京城的使者，便写下了这首诗。

眼前景、口头语，因真率入情，便成客中绝唱，诗家妙词。

故园东望路漫漫[1]，双袖龙钟泪不干[2]。马上相逢无纸笔，凭君传语报平安[3]。

【注释】 [1] 故园：指诗人在长安的家。岑参别业在长安的杜陵山中。(见《唐才子传》)东望：作者往西行，回头望长安。漫漫：漫长，遥远。[2] 龙钟：身体衰老、行动不灵便的样子。一说，意同"泷冻"，沾湿的样子。[3] 凭：请，请求。君：指入京使者。

春 梦

【题解】 此诗前两句写梦前之思，后两句写思后之梦。梦前梦后，梦里梦外，或醒或梦，唯思故人。情意深挚，尤于"片时"、"行尽"四字中见之。

洞房昨夜春风起[1]，故人尚隔湘江水。枕上片时春梦中，行尽江南数千里。

以上据中华书局版《全唐诗》

【注释】 [1] 洞房：室之深邃者，非专指新婚卧室。

元 结

元结(719—772)，字次山，号漫叟，河南鲁山(今河南鲁山)人。安史之乱时曾组织义军，保全十五城。后历任道州刺史、容州经略使。他的诗反映了当时人民的苦难生活，有较强的现实性，受到杜甫的称赞。他的诗，特别是十二首《系乐府》诗，对后来白居易等人的新乐府运动有一定的影响，但有流于枯涩的缺点。有《元次山集》。

道州刺史厅壁记

【题解】 厅壁记，嵌在墙上的碑记。封演《封氏闻见记·五·壁记》："朝廷百司诸厅皆有壁记，叙官秩创置及迁授始末。原其作意，盖欲著前政履历，而发将来健羡焉。"

本文名曰《刺史厅壁记》，实为一篇《刺史戒》。作者一改一般厅壁记关于置州沿革、迁黜年月的程式，而专讲刺史之"公直贪猥"，黎庶之"存亡休戚"，兼有史论和政论的性质。吕温评其"彰善而不党，指恶而不诬，直举胸臆，用为鉴戒"(《道州刺史厅壁后记》)，是为确论。

天下太平，方千里之内，生植齿类[1]，刺史能存亡休戚之；天下兵兴，方千里之内，能保黎庶，能攘患难，在刺史耳。凡刺史若无文武才略，若不清廉肃下[2]，若不明惠公直，则一州生类，皆受其害。

於戏，自至此州，见井邑丘墟[3]，生人几尽。试问其故，不觉涕下。前辈刺史，或有贪猥惛弱[4]，不分是非，但以衣服饮食为事。数年之间，苍生蒙以私欲，侵夺兼之，公家驱迫，非奸恶强富，殆无存者[5]。问之耆老，前后刺史，能恤养贫弱，专守法令，有徐公履道、李公廙而已。遍问诸公，善或不及徐、李二公，恶有不堪说者，故为此记，与刺史作戒。自置州以来，诸公改授、迁黜年月[6]，则旧记存焉。

【注释】 [1] 齿类:此指人类。齿,人的年龄。 [2] 肃下:整肃下级。 [3] 井邑:指人口聚集地和市集。 [4] 贪猥:贪婪卑庸。惛:迷糊,神智不清。 [5] "非奸恶"二句:不是奸佞、凶恶、强横、豪富之家,几乎没有能幸存的。 [6] 迁黜:升迁、罢黜。

右 溪 记

【题解】 右,古以西为右,溪在湖南道县西南,故称右溪。元结任道州刺史时对它加以整治,并为其命名。本文描绘了小溪清流"洄悬激注",怪石"欹嵌盘缺",佳木垂阴的景色,表现了作者对美的向往和追求,并为其"无人赏爱"而怅然叹惋。其感士不遇的牢骚和抒情寓道的意味,已不同于六朝模山范水的小品。全文用笔清峻,造语凝练,已开柳宗元山水游记之先声。

道州城西百余步[1],有小溪,南流数十步,合营溪[2]。水抵两岸,悉皆怪石,欹嵌盘缺[3],不可名状。清流触石,洄悬激注[4]。佳木异竹,垂阴相荫。

此溪若在山野,则宜逸民退士之所游处[5];在人间,则可为都邑之胜境,静者之林亭。而置州以来[6],无人赏爱。徘徊溪上,为之怅然。乃疏凿芜秽,俾为亭宇,植松与桂,兼之香草,以裨形胜[7]。为溪在州右,遂命之曰"右溪"。刻铭石上[8],彰示来者。

以上据中华书局版《全唐文》

【注释】 [1] 步:古代长度单位。历代不一,周为八尺,秦为六尺。 [2] 营溪:源于湖南宁远南,经江华、道县,北至零陵入湘江。 [3] 欹(qī):倾斜。嵌:凹陷。盘缺:一本作"盘屈",盘旋,屈曲。 [4] 洄悬激注:水流触石后回旋激荡而下。 [5] 游处:游览、居住。 [6] 置州:唐高祖武德四年(621)置营州,贞观八年(634)改为道州,后改称江华郡,肃宗乾元元年(758),复为道州。 [7] 以裨(bì)形胜:以增添右溪景色之美。 [8] 铭:一种用于规戒、褒赞的韵文体。

春陵行 并序

【题解】 春陵:汉县名,唐之道州,故址在今湖南道县西。作者曾任道州刺史,故以《春陵行》为题作此新乐府。杜甫在《同元使君春陵行》诗及序中,对元结此诗及《贼退后示官吏作》给予高度评价:"知民疾苦,得结辈十数公……天下少安可待矣!不意复见比兴体制,微婉顿挫之词,感而有诗增诸卷轴。""道州忧黎庶,词气浩纵横。两章对秋月,一字偕华星。"全诗围绕作为地方官的诗人"供给岂不忧,征敛又可悲"的深刻矛盾心理展开。经过反复权衡,他作出了"逋缓违诏令,蒙责固其宜"的艰难抉择,体现诗人体恤民瘼,不以个人祸福而"适时"的爱民良知,难能可贵。

癸卯岁[1],漫叟授道州刺史。道州旧四万余户,经贼已来[2],不满四千,大半不胜赋税。到官未五十日,承诸使征求符牒二百余封[3],皆曰:"失其限者,罪至贬削。"於戏[4]!若悉应其命,则州县破乱,刺史欲焉逃罪?若不应命,又即获罪戾,必不免也。吾将守官[5],静以安人,待罪而已。此州是春陵故地,故作《春陵行》以达下情。

军国多所需,切责在有司。有司临郡县。刑法竞欲施[6]。供给岂不忧?征敛又可悲。州小经乱亡,遗人实困疲。大乡无十家,大族命单羸[7]。朝餐是草根,暮食仍木皮。出言气欲绝,意速行步迟[8]。追呼尚不忍,况乃鞭扑之。邮亭传急符,来往迹相追[9]。更无宽大恩,但有迫促期，欲令鬻儿女，言发恐乱随[10]；悉使索其家，而又无生资[11]。听彼道路言，怨伤谁复知。去冬山贼来，杀夺几无遗。所愿见王官，抚养以惠兹[12]。奈何重驱逐，不使存活为？安人天子命，符节我所持[13]。州县忽乱亡，得罪复是谁[14]？逋缓违诏令，蒙责固其宜[15]。前贤重守分，恶以祸福移？亦云贵守官，不爱能适时[16]。顾惟孱弱者，正直当不亏[17]。何人采国风，吾欲献此辞[18]。

【注释】 [1] 癸卯：唐代宗广德元年（763）。 [2] 贼：当时被称为“西原蛮”的少数民族，763 年冬曾攻占道州月余。763 年作者被任为道州刺史，764 年到任，故后文云“去冬山贼来”。 [3] 符牒：指有关官署下达的公文、命令。 [4] 於戏：感叹词，相当于“呜呼”。 [5] 守官：忠于职守，结合下文，指保护百姓。 [6] “有司”二句：各级地方长官，因受切责，只能用严刑峻法来压榨所管辖的人民。 [7] “大族”句：即使大宗族，所余下的人也孤少而孱弱。羸（léi），弱。 [8] “出言”二句：人民羸弱得说起话来接不上气，想走快点却走不快。 [9] “邮亭”二句：官府催租征税十分紧迫，传递命令者络绎不绝。邮亭，古驿站。古制，十里一亭，五里一邮。中华书局版《全唐诗》作“郭亭”，当误。 [10] “欲令”二句：想让百姓卖儿鬻女以纳租税，又恐怕刚一颁布就要闹出大乱。 [11] “悉使”二句：想到百姓家去抄家，而老百姓家本已一贫如洗。生资，生活物资。 [12] 惠兹：使他们得到恩惠。 [13] “安人”二句：安定人民是天子赋予地方官的使命，我是受朝廷之命来作此刺史的。言下之意是，我可以按天子安民的本意来行使权利。符节，朝廷授予官吏的凭信。 [14] “州县”二句：如果因催逼赋税而使得州县人民叛乱，谁该负责任？ [15] “逋缓”二句：如果拖欠了租税，违抗了朝廷的命令，受到责罚也是应该的。言下之意是准备采取“静以安人，待罪而已”的态度。逋，逃亡，缓，延误。此处指拖欠租赋，即指收不上租赋。 [16] 守分（fèn）：守官的本分，即忠于职守。“恶（wū）以”句：怎能以个人的祸福来改变自己的本意呢？守官：与守分意相似。爱：赞赏。适时：此指以逢迎上司、迎合时宜为能事的官吏。 [17] “顾惟”二句：想到孱弱的人民，总该以正直为道，不能亏损人民。 [18] 采国风：这里指采集各地诗歌以观民风。

贼退示官吏 并序

【题解】 本诗为《舂陵行》之姐妹篇。诗人借“西原贼”骚扰邻境时，不忍再入道州“焚烧杀掠”之事议论发慨：“使臣将王命，岂不如贼焉。”客观上揭露了官不如贼的现实。

癸卯岁，西原贼入道州，焚烧杀掠，几尽而去。明年，贼又攻永破邵[1]：不犯此州边鄙而退。岂力能制敌欤？盖蒙其伤怜而已。诸使何为忍苦征敛？故作诗一篇以示官吏。

昔岁逢太平，山林二十年。泉源在庭户，洞壑当门前。井税有常期[2]，日晏犹得眠。忽然遭世变，数岁亲戎旃[3]。今来典斯郡[4]，山夷又纷然。城小贼不屠，人贫伤可怜。是以陷邻境，此州独见全。使臣将王命，岂不如贼焉？今彼征敛者，迫之如火煎。谁能绝人命，以作时世贤？思欲委符节[5]，引竿自刺船。将家就鱼麦，归老江湖边。

以上据中华书局版《全唐诗》

【注释】 [1] 永：永州治所在今湖南零陵。邵：邵州治所在今湖南邵阳。 [2] 井税：指赋税。井，周朝曾实行井田制，八家各耕其私田，共耕中间的公田，作为赋税。 [3] 亲戎旃：指亲历军旅生活。戎旃（zhān），军帐。旃，通“毡”。 [4] 典：主管。 [5] 委符节：弃官。

韦应物

韦应物（737—？），长安人，天宝末年曾以三卫郎之职侍唐玄宗,生活放浪不羁。后折节读书,曾历任过滁州、江州、苏州等地刺史,世称“韦苏州”。他写过一些反映社会问题、人民疾苦的现实性作品,而写得最多最好的是山水田园诗。他的山水诗“高雅闲淡,自成一家之体”(白居易《与元九书》),既有清新自然的特色,又不失锤炼之美,所以苏轼称赞为“发纤秾于简古,寄至味于淡泊”(《书黄子思诗集后》)。他的田园诗远绍陶渊明,近学王维、孟浩然,以至评诗家常把陶、韦并称,或把王、孟、韦、柳(宗元)并称。从体裁上看,他的五言诗成就更高。有《韦苏州集》。

观田家

【题解】 诗由“惊蛰”入题,写田家春作之苦。“饥劬”二句道出农民企盼丰收,以苦为喜的心情。最后表达“禄食出闾里”的自惭心理。

微雨众卉新,一雷惊蛰始[1]。田家几日闲,耕种从此起。丁壮俱在野,场圃亦就理。归来景常晏[2],饮犊西涧水。饥劬不自苦[3],膏泽且为喜[4]。仓廪无宿储[5],徭役犹未已。方惭不耕者,禄食出闾里[6]。

【注释】 [1] 惊蛰:阴历二月的节气。指春雷将蛰伏冬眠的虫蛇惊醒。 [2] 景:日光。晏:晚。 [3] 劬(qú):劳苦。 [4] 膏泽:此指贵如油的春雨。 [5] 廪(lǐn):米仓。宿储:旧存。 [6] 闾里:民间。

滁州西涧

【题解】 诗作于建中二年(781)诗人任滁州(今安徽滁县)刺史时期。西涧,俗称上马河,在滁县城西。诗中涧边幽草、深树黄鹂、春潮晚雨、野渡横舟、构成入画野景，幽寂野趣，情景交融。至于独怜幽草、无人问津的野渡横舟是否寄寓作者的身世之慨，不妨见仁见智。

独怜幽草涧边生，上有黄鹂深树鸣。春潮带雨晚来急，野渡无人舟自横。

出　还

【题解】 公元779年—781年诗人闲居长安时丧妻，曾有悼亡诗十余首。“发纤秾于简古，寄至味于淡泊”（苏轼《书黄子思诗集后》）是韦诗最显著的艺术特色。患难之妻的弃世，使他悲不自胜。这首诗或以无知衬多情：“幼女复何知？时来庭下戏”；或作今昔对比：“昔出喜还家，今还独伤意”；或作斯人犹在之想：“凄凄动幽幔”。全诗“淡缓凄楚，真切动人，不必语语沉痛，而幽忧郁堙之气，直灌输其中”（乔亿《剑溪说诗》又编），有语浅情深、言近意长的艺术效果。其艺术成就不在元稹悼亡诗下。

昔出喜还家，今还独伤意。入室掩无光，衔哀写虚位[1]。凄凄动幽幔，寂寂惊寒吹。幼女复何知，时来庭下戏。咨嗟日复老，错莫身如寄[2]。家人劝我餐，对案空垂泪。

【注释】 ［1］虚位：为亡灵设的牌位。　［2］错莫：杂乱。

寄全椒山中道士

【题解】 全椒，县名，在安徽东部，滁河上游。诗作于兴元元年

(784)秋,滁州刺史任上。“此篇高妙超诣,固不容夸说,而结句非语言思索可得,东坡依韵远不及”(高棅《唐诗品汇》卷十四引洪迈《容斋随笔》)。

今朝郡斋冷[1],忽念山中客。涧底束荆薪[2],归来煮白石[3]。欲持一瓢酒,远慰风雨夕。落叶满空山,何处寻行迹。

【注释】 [1] 郡斋:指州郡官署的斋舍。 [2] 荆薪:柴草。 [3] 煮白石:道家有“煮五石英法”,在斋戒后的农历九月九日,将薤白、黑芝麻、白蜜、山泉水和白石英放进锅里熬煮。(《云笈七籤》卷七十四)

调笑令

【题解】 《调笑令》,词牌名,《乐府诗集》作《宫中调笑》,《韦苏州集》作《调啸词》。此词是早期文人词作,音调宛转圆活,酷似民谣。

胡马,胡马,远放燕支山下[1]。跑沙跑雪独嘶[2],东望西望路迷。迷路,迷路,边草无穷日暮。

以上据中华书局版《全唐诗》

【注释】 [1] 燕支山:在今甘肃山丹东南。 [2] 跑(páo):走兽用蹄刨地。《乐府诗集》作“咆沙咆雪”。

卢纶

卢纶(748—800?),字允言,河中蒲(今山西永济)人。“大历十才子”之一。曾任阌乡尉、河中元帅府判官,官至检校户部郎中。

诗多酬答之作，而以边塞诗见称。有《卢户部诗集》，《全唐诗》录存五卷。

和张仆射塞下曲 （其二、其三）

【题解】 题一作《塞下曲》，为唐代乐府题，出于汉乐府《出塞》、《入塞》，属横吹曲辞。张仆射(yè)，张延赏，德宗时曾官至左仆射同平章事。卢纶和此诗时正在浑瑊的河中元帅府任幕僚。《史记·李将军列传》："广出猎，见草中石，以为虎而射之，中石没镞，视之，石也。"原诗六首，这里选第二、第三首。第二首巧借李广事盛赞将军之神勇，比原事更富戏剧性。第三首，许学夷评曰："纶五言绝'月黑雁飞高'一首，气魄音调，中唐所无。"(《诗源辨体》卷二十一)诗以景起，以景结，不仅烘托出敌军遁逃之狼狈，而且渲染了将士不畏酷寒却敌之勇。

林暗草惊风[1]，将军夜引弓。平明寻白羽，没在石棱中。

【注释】 [1] 草惊风：民间有"雨从龙，风从虎"之说，故见风吹草动以为虎出而射之。

月黑雁飞高，单于夜遁逃。欲将轻骑逐，大雪满弓刀。

以上据中华书局版《全唐诗》

李 益

李益(748—约829)，字君虞，姑臧(今甘肃武威)人。大历四年(769)进士，曾"从事十八载，五在兵间"(《唐诗纪事》卷三十引其《从军诗序》)。元和后入朝，历任秘书少监、太子宾客等，大和元年

(827)，以礼部尚书致仕。

李益“腰悬锦带佩吴钩，走马曾防玉塞秋”，自称“莫笑关西将家子，只将诗思入凉州”（《边思》）。所以“为文多军旅之思”，“率皆出乎慷慨意气”（《从军诗序》）。边塞诗的数量质量均居中唐之冠。长于七言歌行与七绝。《全唐诗》录其诗二卷。

塞　下　曲

【题解】 诗以历史名将马援、班固、薛仁贵的功业自许，抒发诗人以身报国的抱负。虽句句用典，但或正用，或反用、活用，又有虚词关联斡旋，不但无累赘板滞之嫌，而且意气遒劲，情致豪迈，音节浏亮，可继盛唐。

伏波惟愿裹尸还[1]，定远何须生入关[2]。莫遣只轮归海窟[3]，仍留一箭射天山[4]。

【注释】 [1] 伏波：《后汉书·马援传》载，东汉武帝时伏波将军马援南征，立铜柱表功。尝谓宾客曰：“丈夫为志，穷当益坚，老当益壮。”又言：“男儿要当死于边野，以马革裹尸还葬耳。”　[2] 定远：《后汉书·班超传》载：东汉班超出使西域三十一年，晚年上书乞还。“但愿生入玉门关。”功封定远侯。[3] “莫遣”句：指杀敌片甲不留。《春秋公羊传·僖公三十三年》四月，晋人及姜戎败秦于崤，无匹马只轮得以逃归。　[4] “仍留”句：《旧唐书·薛仁贵传》载，仁贵领兵击九姓突厥于天山，以三箭杀三人。九姓十余万众见之，纷纷下马纳降。当时军中歌曰：“将军三箭定天山，壮士长歌入汉关。”

夜上受降城闻笛

【题解】 《旧唐书·张仁愿传》载，神龙三年(707)，张仁愿为防突厥而筑中、东、西三个受降城。此指灵州(今甘肃灵武)的西受降城。一说指今内蒙古自治区五原西北的中受降城。俞陛云评曰:“对苍茫之夜月,登绝塞之孤城。沙明讶雪,月冷凝霜,是何等悲凉之境。起笔以对句写之,弥见雄厚;后二句申足上意,言荒沙万静之中闻芦管之声,随朔风而起,防秋多少征人,乡愁齐赴,则己之郁伊善感,不待言矣。”(《诗境浅说续编》)

回乐峰前沙似雪[1],受降城下月如霜。不知何处吹芦管[2],一夜征人尽望乡。

【注释】 [1] 回乐峰:在甘肃灵武(回乐故城)西南。 [2] 芦管:截芦而制成的乐器。

喜见外弟又言别

【题解】 外弟:表弟,未详确指。范晞文评曰:“久别倏逢之意,宛然在目。想而味之,情融神会,殆如直述。”(《对床夜语》卷五)

十年离乱后,长大一相逢。问姓惊初见,称名忆旧容。别来沧海事[1],语罢暮天钟。明日巴陵道[2],秋山又几重。

【注释】 [1] 沧海事:指世事如沧海桑田般发生巨大的变化。 [2] 巴陵:唐代岳州巴陵郡,郡治在今湖南岳阳。

江　南　词

【题解】 《江南词》,一作《江南曲》,《相和歌辞·相和曲》名,《江南弄》七曲之一，多写男女爱情。此诗由潮有信，而谓弄潮儿有信，反衬瞿塘贾之无信。以宁嫁弄潮儿，反衬悔嫁瞿塘贾，怨情极真切。其“早知”二句被称为“无理而妙者”（贺裳《载酒园诗话》）。

嫁得瞿塘贾[1]，朝朝误妾期。早知潮有信[2]，嫁与弄潮儿[3]。

以上据中华书局版《全唐诗》

【注释】 [1] 瞿塘：峡名，长江三峡之一，在重庆巫山、奉节之间。贾：商人。 [2] 潮有信：指潮水定期涨落。 [3] 弄潮儿：潮涨浪涌时，撑船或泅水表演的人。

孟　郊

孟郊（751—814），字东野，湖州武康（今浙江德清）人。家贫。屡试不第，四十六岁始中进士，曾任溧阳尉。拙于官务，终辞官。元和初年，郑余庆为河南尹，奏为水陆转运判官。郑余庆镇兴元，奏孟郊为参谋。暴病卒于赴任途中。孟郊性格孤直，不肯与世俗同流。与韩愈过从甚密。

孟郊一生困顿，其诗作多有不平之鸣，也有一部分反映民间疾苦之作。其诗长于五古。时有“孟诗韩笔”之称，又与贾岛齐名，同为著名的苦吟派诗人，苏轼有“郊寒岛瘦”之说。孟诗风格不尽统一，有的浅切平易，多白描，不用典，不饰藻；有的则刻意苦吟，精心营构，力求吐奇、惊俗，风格奇险。有《孟东野诗集》传世。

游　子　吟

【题解】 此诗写于作者出任溧阳尉之时。诗题下作者自注曰：“迎母溧上作。”诗中离家外出宦游、谋生的游子回忆临行时慈母缝衣送别的情景，表达赤子的由衷感激。家常事、平淡语，道出人间最真挚深厚的亲情，故为千古名作。这表现了以苦吟著称的孟郊另类的自然平易的风格。

慈母手中线，游子身上衣。临行密密缝，意恐迟迟归。谁言寸草心，报得三春晖[1]。

【注释】 [1]“谁言”二句：言儿女之心，未能报答慈母恩情之万一。三春晖，孟春、仲春、季春之阳光。喻母爱之博大温暖。

寒地百姓吟

【题解】 寒地，一本作“寒夜”。作者在诗题下自注曰：“为郑相。其年居河南。畿内百姓，大蒙矜恤。”唐宪宗元和元年(806)，孟郊在河南尹郑余庆处任职，这首诗即写于此时。诗人家境贫寒，故诗写穷愁，多切身体会，读来感同身受。诗中“寒者愿为蛾”数句，想象奇特，将苦寒者心理刻画得维妙维肖。并由此揭示了贫富悬殊和阶级对立。

无火炙地眠[1]，半夜皆立号[2]。冷箭何处来，棘针风骚劳[3]。霜吹破四壁[4]，苦痛不可逃。高堂捶钟饮，到晓闻烹炮[5]。寒者愿为蛾，烧死彼华膏[6]。华膏隔仙罗[7]，虚绕千万遭[8]。到头落地死，踏地为游遨[9]。游遨者是谁？君子为郁陶[10]。

【注释】 [1]炙地眠：穷苦人衣被不足，又无炉取暖，只好用柴火将地烧热，然后睡卧。炙(zhì),烧,烤。[2] 立号:站起来号叫,因天冷,冻得无法躺下睡觉。[3]“冷箭”二句:何处来的嗖嗖冷风,如针如刺地砭人肌骨。冷箭,喻刺骨的寒风。棘针,形容寒风如刺如针。骚劳,一作“骚骚”,风声。[4] 霜吹:霜风。破四壁:指寒风从四周的破墙缝吹入室内。[5]“高堂”二句:富贵人家鸣钟宴饮,彻夜都可听到或闻到在制作美味食品。[6] 华膏:指富贵人家用的灯烛。[7] 隔仙罗:隔着如仙物的纱罗(指灯罩一类的东西)。[8] 虚绕:因隔着仙罗,故多次飞绕而不得接近。[9] 踏地:被践踏在地上。游遨:游逛,此指富贵者。[10]“游遨”二句:游遨者是些什么人?正人君子见此情景当为穷苦百姓忧心。是谁,一本作“谁子”,意即是些什么人。君子,指富有正义感的人。郁陶,悲愤忧念之意。

洛桥晚望

【题解】 洛桥,即天津桥,洛水上的一座浮桥,故址在今河南洛阳西南。诗的前三句描绘洛桥一带初冬时节的萧瑟和静谧,并为末句蓄势铺垫。末句为点睛之笔,描绘出明月映照嵩山积雪的壮美景色,一派冰清玉洁的境界。全诗句句是晚景,所望由近到远,由低到高,寄寓诗人的高远胸怀。

天津桥下冰初结,洛阳陌上行人绝。榆柳萧疏楼阁闲,月明直见嵩山雪[1]。

【注释】 [1] 嵩山:在河南登封,五岳之中的中岳。

游终南山

【题解】 诗记游抒怀,凝聚和浓缩了诗人仕途坎坷的切身感受。有“读书”“近浮名”之悔,更有对“万壑清”的山林生活的向往。唐汝询评曰:“奇话横出,结有玄想。”(《唐诗选脉会通评林》卷十

二引）

南山塞天地[1]，日月石上生。高峰夜留景[2]，深谷昼未明。山中人自正，路险心亦平。长风驱松柏，声拂万壑清。到此悔读书，朝朝近浮名。

以上据中华书局版《全唐诗》

【注释】［1］南山：终南山，又名太乙山，秦岭主峰之一，在陕西西安南。［2］景：同“影”，此指落月余晖。

陆　贽

陆贽（753—805），字敬舆，嘉兴（今属浙江）人。唐代著名政治家、文学家。大历五年（770），进士及第，继中博学鸿词科。累官至监察御史。德宗立，召为翰林学士。贞元八年（792），拜中书侍郎同平章事。十一年，为裴延龄诬陷，贬为忠州别驾。在郡十年，考校药方，闭门避谤。顺宗永贞元年（805）征还，贽已卒，谥“宣”，世称陆宣公。

陆贽擅长骈文，所写诏书、奏议，情挚理当，条分缕析，纡徐委曲，不尚用典，不事雕饰，兼有骈散之长。《四库全书总目》卷一五〇称：“其文虽多出于一时匡救规劝之语，而于古今来政治得失之故，无不深切著明、有足为万世龟鉴者，故历代宝重焉。”他的奏议对后世如欧阳修、苏轼等人影响颇大。有《翰苑集》二十卷行世。

奉天请罢琼林大盈二库状

【题解】状，向皇帝陈述事情的奏疏之一种。奉天，今陕西乾县。是德宗在朱泚等乱军占领长安后的避难地，也是作者本文的写作地点。琼林、大盈均为国库之外的皇帝私库。建中四年(783),泾原乱军据长安,立朱泚为帝,国号秦。德宗仓皇出奔奉天,却不忘在行宫两侧榜列琼林、大盈两库,以收藏贡品。陆贽进此状以谏。

作者从义与利的关系;当前叛乱未平,军心民情尚不稳定的时局;及历史上"以公共为心者"与"以私奉为心者"的正反经验教训,特别是玄宗贪私欲、建内库的前车之鉴等诸多方面反复陈述罢二库、散财货、收人心的重要性。尤其是"散其小储,而成其大储;损其小宝,而固其大宝"的辩证道理,更能打动蒙难避乱之中的德宗。作者善于抓住德宗怕失君位的要害心理,反复剖析得失,晓以利害,论据充分,论述剀切,感情真挚,使德宗不得不纳谏罢库。赵翼称"陆宣公奏议,虽亦不脱骈偶之习,而指切事情,纤微毕到,其气又浑灏流转,行乎其所不得不行,此岂可以骈偶少之"(《廿二史札记》卷二十),本文可以为证。

右[1]。臣闻"作法于凉,其弊犹贪;作法于贪,弊将安救"[2]?示人以义,其患犹私;示人以私,患必难弭[3]。故圣人之立教也,贱货而尊让,远利而尚廉[4]。天子不问有无,诸侯不言多少[5],"百乘之室,不畜聚敛之臣"[6]。夫岂皆能忘其欲贿之心哉[7]?诚惧贿之生人心而开祸端,伤风教而乱邦家耳[8]。是以务鸠敛而厚其帑椟之积者,匹夫之富也[9];务散发而收其兆庶之心者[10],天子之富也。天子所作,与天同方[11]:生之长之,而不恃其为[12];成之收之,而不私其有;付物以道,混然忘情[13]。取之不为贪,散之不为费[14];以言乎体则博大,以言乎术则精微。亦何必挠废公方,崇聚私货,降至尊而代有司之守,辱万乘以效匹夫之藏[15]!亏法失人,诱奸聚怨[16],以斯制事,岂不过哉[17]!

今之琼林、大盈,自古悉无其制[18]。传诸耆旧之说[19],皆云创自开元[20]。贵臣贪权,饰巧求媚,乃言:“郡邑贡赋所用,盍各区分[21]:税赋当委之有司,以给经用[22];贡献宜归乎天子,以奉私求[23]。”玄宗悦之,新是二库[24]。荡心侈欲[25],萌柢于兹[26]。迨乎失邦,终以饵寇[27]。《记》曰:“货悖而入,必悖而出。”[28]岂非其明效欤[29]!

陛下嗣位之初,务遵理道[30],敦行约简,斥远贪饕[31]。虽内库旧藏,未归太府;而诸方曲献,不入禁闱[32]。清风肃然,海内丕变[33]。议者咸谓汉文却马、晋武焚裘之事,复见于当今[34]。近以寇逆乱常,銮舆外幸[35],既属忧危之运,宜增儆励之诚[36]。臣昨奉使军营,出由行殿,忽睹右廊之下,榜列二库之名[37],矍然若惊[38],不识所以[39]。何则?天衢尚梗[40],师旅方殷[41],疮痛呻吟之声,噢咻未息[42],忠勤战守之效,赏赉未行[43];而诸道贡珍,遽私别库[44],万目所视,孰能忍怀[45]!窃揣军情[46],或生觖望[47]。试询候馆之吏[48],兼采道路之言,果如所虞,积憾已甚[49],或忿形谤讟,或丑肆讴谣[50],颇含思乱之情,亦有悔忠之意。是知氓俗昏鄙,识昧高卑,不可以尊极临,而可以诚义感[51]。

顷者六师初降[52],百物无储,外扞凶徒,内防危堞[53],昼夜不息,迨将五旬[54];冻馁交侵,死伤相枕,毕命同力,竟夷大艰[55]。良以陛下不厚其身,不私其欲,绝甘以同卒伍,辍食以啗功劳[56];无猛制而人不携,怀所感也;无厚赏而人不怨,悉所无也[57]。今者攻围已解,衣食已丰,而谣讟方兴,军情稍阻[58]。岂不以勇夫恒性[59],嗜货矜功[60],其患难既与之同忧,而好乐不与之同利,苟异恬默,能无怨咨[61]! 此理之常,固不足怪。《记》曰:“财散则民聚,财聚则民散。”[62]岂非其殷鉴欤[63]! 众怒难任,蓄怨终泄,其患岂徒人散而已,亦将虑有构奸鼓乱,干纪而强取者焉[64]。

夫国家作事,以公共为心者,人必乐而从之;以私奉为心者,人必咈而叛之[65]。故燕昭筑金台[66],天下称其贤;殷纣作玉杯[67],百代传其恶:盖为人与为己殊也。周文之囿百里,时患其尚小;齐宣之囿四十里,时病其太大[68]:盖同利与专利异也。为人上者,当辨察兹理,洒濯其心,奉三无私,以一有众[69]。人或不率[70],于是用刑。然则宣其利而禁其私,天子所恃以理天下之具也[71]。舍此不务,而壅利行私[72],欲人无贪,不可得已。今兹二库,珍币所归,不领度支[73],是行私也;不给经费,非宣利也;物情离怨,不亦宜乎[74]!

智者因危而建安,明者矫失而成德[75]。以陛下天姿英圣,倘加之见善必迁,是将化蓄怨为衔恩,反过差为至当[76],促殄遗孽[77],永垂鸿名,易如转规,指顾可致[78]。然事有未可知者,但在陛下行与否耳。能则安,否则危;能则成德,否则失道。此乃必定之理也,愿陛下慎之惜之。

陛下诚能近想重围之殷忧[79],追戒平居之专欲[80],器用取给,不在过丰,衣食所安,必以分下。凡在二库货贿,尽令出赐有功,坦然布怀,与众同欲;是后纳贡,必归有司,每获珍华,先给军赏,瑰异纤丽,一无上供,推赤心于其腹中,降殊恩于其望外[81]。将卒慕陛下必信之赏[82],人思建功;兆庶悦陛下改过之诚,孰不归德[83]!如此,则乱必靖,贼必平,徐驾六龙,旋复都邑,兴行坠典[84],整缉棼纲[85]。乘舆有旧仪[86],郡国有恒赋[87],天子之贵,岂当忧贫!是乃散其小储,而成其大储也;损其小宝,而固其大宝也[88]。举一事而众美具,行之又何疑焉?吝少失多,廉贾不处;溺近迷远,中人所非[89];况乎大圣应机,固当不俟终日[90]。不胜管窥愿效之至[91],谨陈冒以闻[92]。谨奏。

据《四部丛刊》本《陆宣公翰苑集》

【注释】 [1] 右:"状"的格式要用一两句话概括主要内容,写在正文前,按古代书写格式即在右边。 [2]"臣闻"四句:语出《左传·昭公四年》。郑国子产设法增加赋税,子宽批评他说:"作法于凉,其弊犹贪;作法于贪,弊将若之何?"作法,制定法令。凉,薄。安救,如何补救。 [3]"示人"四句:用义昭示于民,尚且忧虑人们还有私心,如果用私心来启示于民,其祸患必定难以止息。弭(mǐ),止息。 [4]"故圣人"三句:所以圣人垂教,以财货为贱,而尊崇谦让,远于利害而崇尚廉洁。 [5]"天子"二句:作为天子或诸侯(泛指统治者),不应计较个人财货之多少。有无、多少,均指财货。《荀子·大略篇》:"上重义,则义克利;上重利,则利克义。故天子不言多少,诸侯不言利害,大夫不言得丧,士不(言)通财货。" [6]"百乘"二句:大夫不畜养搜刮财货的家臣。语出《礼记·大学》。百乘之室,指大夫。周制,大夫食邑地方十里,出兵车百乘。 [7] 贿:财货。 [8]"诚惧"二句:实在是惧怕财货能滋生人的贪心而开启祸端,有伤风俗教化而祸乱国家啊。 [9]"是以"二句:所以专事聚敛而使他的库房和物柜丰厚的是匹夫的富有。鸠(jiū),聚集。帑(tǎng),库房。椟,藏物品的木柜。 [10] 兆庶:众多百姓。兆,百万为兆。 [11] 方:道,有规律、法则之意。 [12] 不恃其为:不以"生之长之”而自居其功。意出《老子》第五十一章:“故道生之,德畜之,长之育之……生而不有,为而不恃,长而不宰,是谓玄德。”为,指“生之长之”。
[13]“付物”二句:按照自然法则来对待万物,完全忘掉了私心。混然,此指与天道混然一体。 [14]“取之”二句:(如能“与天同方”)取财于民不算贪得,开支财物不算浪费。散,散发,指开支、消费。 [15]“亦何必”四句:又何必废弃和违反公家的法令,大聚私人财货,降低天子的地位而代行官吏的职守,屈辱天子的身份而学凡人的积蓄方法。挠废,违反、废舍。守,职守。万乘,指天子。周制,天子王畿地方千里,出兵车万乘。 [16]“亏法”二句:亏损法制,失去人心,诱人为非,招致怨恨。 [17]“以斯”二句:以此方法行事,难道不是过错吗? [18]悉无其制:均无此成法。制,规定,成法。 [19]耆(qí)旧:老年人,老一辈的人。 [20]开元:唐玄宗的年号(713—741)。玄宗时,王鉷(hóng)为户口色役钱,岁进钱百亿万缗,非租庸正额者,积百宝大盈库,以供天子宴私及赏赐之用。下文的“乃言”引的即是王鉷之言。(详《旧唐书·王鉷传》、《新唐书·食货志》) [21]“郡邑”二句:对郡邑的进贡和赋税的用处,何不各予区分?盍,何不。 [22]“税赋”二句:所收的税赋应当托付给主管部门和官吏,以给日常之用。 [23]“贡献”二句:地方的进贡以归天子为适宜,以供奉天子私人的需求。 [24]新是二库:新建了这两个库仓(即琼林、大盈)。 [25]荡心侈欲:放纵和增多嗜欲。 [26]萌柢于兹:其根萌芽于此。柢(dǐ),根。 [27]“迨乎”二句:等到失国,终于为贼寇食用。失邦,指安禄山造反,玄宗逃离长安。饵,原指以食诱鱼。此指喂。 [28]“《记》曰”三句:《礼记·大学》云:“货悖而入者,亦悖而出。”意谓以不义得之,必以不义失之。 [29]“岂非”句:难道不是显著的效验吗? [30]务遵:致力于遵循。理道:治理国家的道理和方法。唐人为避高宗李治之讳,多以“理”代“治”。 [31]“敦行”二句:(德宗)切实执行节约简省,排斥疏远贪官污吏。敦行,切实执行。约简,节约简省,此指德宗停收各地贡物之事。见《旧唐书·德宗纪》。饕(tāo),贪财。
[32]“虽内库”四句:虽然皇宫内库旧有的收藏,没有归于国家正库;但各地曲意私献的珍玩奇物,也不入归皇宫。太府,相对皇宫内库而言的国家正库。曲献,税赋之外进贡的珍稀奇物。禁闱,内宫。 [33]海内丕变:天下风气大变。丕,大。 [34]“议者”三句:舆论都认为汉文帝(刘桓)退还所献千里马,晋武帝(司马炎)焚烧所献雉头裘的故事,又在当今重现。汉文却马,

汉文帝时，有人献千里马。文帝认为非天子所需之物，于是退还给了献马人。（见《汉书·贾捐之传》）晋武，晋武帝时，有人献雉头裘。武帝认为是不合礼仪的奇装异服，把它烧了。（见《晋书·武帝本纪》） [35] 寇逆：指朱泚（742—784），曾任卢龙节度使，建中三年（782）因其弟朱滔叛唐而被免职，赴长安，以太尉衔留京师。次年，泾原节度使姚令言军在京哗变，拥泚为帝，德宗出奔奉天。兴元元年（784）唐将李晟收复长安，泚出逃，为部将所杀。常：纲常、伦常。銮舆：天子的坐车，此代天子。外幸：天子出逃的婉辞。 [36]"既属"二句：既值忧虑危亡的国运，宜于增加自戒自励的诚意。属，值。儆，同"警"，戒备。励，奋发。 [37] 榜：公开张贴的名单或告示。 [38] 戄（jué）然：惊视貌。 [39] 不识所以：不知原因。 [40] 天衢尚梗：通京师的道路还被阻塞。 [41] 师旅方殷：战乱正多。 [42] 噢咻（yǔ xǔ）：病者的呻吟声。 [43] 忠勤：忠心勤王。效：功效，此指战功。赏赉（lài）：赏赐。 [44]"而诸道"二句：各方进贡的珍品，就私归别库。道，唐朝的行政区域，约相当于后来的省。贞观时全国分为十道，后为十五道。 [45] 孰能忍怀：谁能容忍于怀。 [46] 窃揣军情：私下揣测军心。 [47] 或生觖（jué）望：或许会滋生怨恨。 [48] 候馆之吏：负责接待行旅、提供食宿的驿站馆舍的官吏。 [49]"果如"二句：果然像所担忧的那样。郁积的怨恨已很多。虞，忧虑。 [50]"或忿"二句：有的把忿恨诉之于诽谤，有的把民间歌谣肆意丑化。讟（dú），诽谤、怨言。 [51]"是知"四句：由此而知道民俗昏而低下，见识不明高与低。不可以凭借至尊的名位君临，却可以用诚挚的信义感化。识昧，见识不明。 [52] 顷者：近来。六师初降（jiàng）：此为天子出奔的婉辞。六师，即六军。《周礼·夏官·司马》："王六军。" [53]"外扞"二句：对外抵御叛军，对内防御于危城。扞（hàn），抵御。堞（dié），城上女墙。 [54] 迨：同"殆"。几乎、大约。 [55] 竟夷大艰：终于平定了这场大难。指朱泚叛军攻打奉天，情况危急，后李怀光引朔方军前来救援，叛军才解围而去。这次守城，历时近两个月。夷，平，平定。 [56] 良：确实。厚：看重。私：作动词，偏私。甘：美食。辍（chuò）：停止。啗（dàn）：吃。此作给人吃。 [57] 猛制：此指严刑峻法。携：叛离。怀所感也：心有所感。《资治通鉴》卷二百二十九载："上召公卿将吏谓曰：'朕以不德，自陷危亡，固其宜也。公辈无罪，宜早降以救家室。'群臣皆顿首流涕，期尽死力，故将士虽困急而锐气不衰。"悉所无也：指了解国家储备匮乏。《资治通鉴》卷二百二十九："朱泚围攻奉天经月，城中资粮俱尽。……时供御才有粝米二斛，每伺贼之休息，夜，缒人于城外，采芜菁根而进之。"悉，知道，了解。[58] 军情稍阻：军心渐生隔阂。[59] 勇夫恒性：军人一贯的性情。[60] 嗜货：好财。矜功：夸功。[61]"苟异"二句：如果不是恬静沉默的人，能没有怨恨嗟叹吗。[62]"财散"二句：语出《礼记·大学》。[63] 殷鉴：《诗·大雅·荡》："殷鉴不远，在夏后之世。"指殷汤灭夏桀，殷后代应以夏亡为鉴戒。后泛指可作鉴戒的前事。[64]"其患"三句：它的祸患哪里仅仅是人散而已，还恐有构划奸谋，鼓动叛乱，触犯法纪，强夺财货政权的事情发生。[65] 咈(fú)：违背。[66] 燕昭：战国燕昭王为报齐仇曾在易水东南筑台，置千金以招贤士。[67]"殷纣"句：《韩非子·喻老》载：殷朝亡国之君纣王用象牙作筷子，大臣箕子担忧他的奢侈不止于此，还得配上玉杯和珍肴。[68]"周文"四句：《孟子·梁惠王下》载："文王之囿方七十里，与民同之，民犹以为小。齐宣王之囿方四十里，杀其麋鹿者，如杀人之罪，故民以为大。"其数字与本文有异，或本之于扬雄《羽猎赋》："文王囿百里。"囿(yòu)，畜养动物的园林。患、病，均释为忧虑。[69]"奉三"二句：遵奉"三无私"的原则，以与众人同一。三无私，天无私覆，地无私载，日月无私照。语出《礼记·孔子闲居》孔子语。一，齐同。有众，众人。有，助词。[70] 人或不率：或者有人不遵从。率，遵循。[71]"然则"二句：那末疏散财货而禁止私利，是天子所赖以治理天下的方法和工具。宣，宣泄、散发。恃，倚仗。[72] 壅利行私：积聚财货，谋取私利。壅，堵塞。[73] 不领度支：不受度支官的统辖支配。度支，掌管国家财政收支的官员。[74]"物情"二句：民心离散怨恨，不是合理的吗。[75]"智者"二句：聪明的人能转危为安，矫正过失而成其德政。[76]"倘加之"三句：倘若再加上能见善改过，这将能化解积怨，变为感恩，将过失反转为最恰当。衔恩，怀恩。[77] 促殄遗孽：促使残余叛逆的消灭。殄(tiǎn)，尽，绝。[78]"易如"二句：形容极易做到。转规，转动圆规。指顾，一指一瞥之间，形容短暂。[79] 重围之殷忧：指被围困在奉天等候勤王破贼时的重大忧患。[80]"追戒"句：追忆日常生活中独占的欲望而戒之。[81]"推赤心"二句：推心置腹，待人以诚，普降特殊的恩德(指散财拒贡)出于众人的期望之外。[82] 必信之赏：说话必兑现的赏赐。[83]"兆庶"二句：亿万百姓为陛下改过的诚意而喜悦，谁不感激恩德而归心？[84] 兴行坠典:重振已废弛的朝典。［85］整缉棼纲:重新整理已紊乱了的政纲。缉,修葺。棼(fén),纷乱。［86］乘舆:皇帝的乘车,此指代皇帝。旧仪:昔日的威仪、排场。［87］郡国有恒赋:各郡县地方有正常的赋税。［88］大宝:指天子之位。《易·系辞下》:“圣人之大宝曰位。”［89］“吝少”四句:吝惜少的而失去多的,再廉正的商贾也不干,沉溺于眼前的小利而看不到长远的利益,即使中等才能的人也以为不对。［90］“况乎”二句:何况大圣大贤因应机遇,不等一天结束。机,机遇,机会。俟,等待。《易·系辞下》:“君子见几而作,不俟终日。”［91］管窥:以管窥天,谦言见识窄小。［92］陈冒以闻:冒昧地陈述,以使皇上听到。

张 籍

张籍(767? —830?),字文昌,原籍苏州,生长在和州(今安徽和县)。进士及第,任太常寺太祝、水部员外郎、国子司业一类的闲散官(所以世称“张水部”、“张司业”),他的诗以乐府著称,多写人民的疾苦,并较深刻地揭露了当时的社会矛盾。他的乐府诗与王建齐名,世称“张王乐府”。白居易曾称赞其人其诗道:“张君何为者? 业文三十春。尤工乐府诗,举代少其伦。为诗意如何? 六义互铺陈。风雅比兴外,未尝著空文。”(《读张籍古乐府》)王安石称其平淡精炼风格为“看似寻常最奇崛,成如容易却艰辛”(《题张司业诗》)。有《张司业集》传世。

野 老 歌

【题解】 诗题一作《山农词》。这首诗从思想内容到艺术手法与白居易的《新乐府》、《秦中吟》十分相似。可与《轻肥》、《重赋》相参看。

老农家贫在山住,耕种山田三四亩。苗疏税多不得食,输入官仓化为土。岁暮锄犁傍空室,呼儿登山收橡实。西江贾客珠百斛[1],船中养犬长食肉。

【注释】 [1] 西江:珠江上游有西江、北江、东江。此泛指两广一带。斛:古量器。十斗为一斛。

征妇怨

【题解】 姚合《赠张籍》:"绝妙江南曲,凄凉怨女诗。古风无敌手,新语是人知。"(《全唐诗话》卷二)全诗寓情于事,平易如话,而凄怨之情溢于言表。读之令人潸然。

九月匈奴杀边将,汉军全没辽水上[1]。万里无人收白骨,家家城下招魂葬[2]。妇人依倚子与夫,同居贫贱心亦舒。夫死战场子在腹,妾身虽存如昼烛[3]。

【注释】 [1] 辽水:即辽河。有二源,于辽宁昌图古榆树附近汇合,至盘山湾入海。 [2] 招魂葬:征人战死在外,无人收尸。家人只能用死者衣物招其魂而葬之。 [3] 昼烛:喻白费。指活着也没意思。

没蕃故人

【题解】 诗既哭故人,也哭"城下无全师",实际是控诉和揭露统治者的昏庸无能。诗既有实写,也有虚拟,其存其没,将信将疑的复杂心情和长歌当哭的悲痛情感,委曲尽致,凄楚动人。

前年伐月支[1],城下没全师。蕃汉断消息,死生长别离。无人收废帐，归马识残旗。欲祭疑君在，天涯哭此时。

【注释】［1］月(ròu)支：一作"月氏"，古西域国名。其先居今甘肃敦煌与青海祁连之间，汉文帝时被匈奴击破，西迁至伊犁河上游，称大月氏，其余进入祁连山，称小月氏。

秋　思

【题解】沈祖棻评曰："首句点明地点时间，以下三句纯属心理描写，一气贯下，明白如话，极朴素，极真实。"(《唐人七绝浅释》)可与岑参《逢入京使》诗相参看。

洛阳城里见秋风，欲作家书意万重。复恐匆匆说不尽，行人临发又开封。

以上据中华书局版《全唐诗》

王　建

王建(生卒年不详)，字仲初，颍川(今河南许昌)人。张籍挚友。大历十年进士，历任县丞、侍御史、陕州司马，家庭生活颇多不幸，"四授官资元七品，再经婚娶尚单身"(《自伤》)。以乐府诗著称，以田家、蚕妇、织女、水夫为题材，反映社会矛盾和民间疾苦的作品；善七言歌行，绝少直发议论；语言通俗明快，凝炼精悍，世称"张王乐府"。此外还有一些清丽的小诗和一百首描写宫廷生活的《宫词》。有《王司马集》。

当窗织

【题解】 诗以“园中有枣行人食”比兴，以“贫家女为富家织”为主题，结尾“羡”字下得痛切。本不当羡而羡之，愈见织女之愤懑。

叹息复叹息，园中有枣行人食。贫家女为富家织，翁母隔墙不得力[1]。水寒手涩丝脆断，续来续去心肠烂。草虫促促机下啼[2]，两日催成一匹半。输官上头有零落[3]，姑未得衣身不著[4]。当窗却羡青楼倡[5]，十指不动衣盈箱。

【注释】 [1]“翁母”句：婆母就住在隔壁也帮不上忙。 [2] 草虫：指叫声如催促急织的蟋蟀，别名促织。 [3] 零落：零头剩余。 [4]“姑未”句：所剩零头不够做婆婆的衣裳，更轮不到自己。 [5] 青楼倡：妓院的娼妓。

水夫谣

【题解】 诗用第一人称叙述、环境渲染和细节描写，将纤夫风餐露宿，日夜兼程，顶风冒雪，逆水挽舟的苦辛艰难表现得真切感人。末尾以不情之请和“不怨”写“怨”，愈见苦深怨深。

苦哉生长当驿边[1]，官家使我牵驿船。辛苦日多乐日少，水宿沙行如海鸟[2]。逆风上水万斛重[3]，前驿迢迢后淼淼[4]。半夜缘堤雪和雨，受他驱遣还复去。夜寒衣湿披短蓑，臆穿足裂忍痛何[5]！到明辛苦无处说，齐声腾踏牵船歌[6]。一间茅屋何所直[7]，父母之乡去不得。我愿此水作平田，长使水夫不怨天！

【注释】［1］驿边：驿站旁边。驿站有陆驿，也有水驿，这里指水驿。［2］水宿沙行：夜里宿在船上，白天在河滩上拉纤。［3］上水：溯江而上。万斛：十斗为一斛，万斛形容船重无比。［4］淼淼（miǎo）：渺茫无边的样子。［5］臆穿：形容胸口被勒破得非常深。忍痛何：疼痛何堪忍受。［6］“到明”二句：疼痛难忍，从夜里到天明，也无处去诉说，只能借齐唱牵船的号子来抒发一下痛苦。腾踏，形容歌声激越，破空而出。歌，当指劳动号子。［7］直：同“值”。

新嫁娘词（其三）

【题解】原诗共三首，此为第三首。诗刻画了一位细心、聪明、善揣人意的新媳妇的形象和心理，维妙维肖。

三日入厨下[1]，洗手作羹汤。未谙姑食性[2]，先遣小姑尝[3]。

【注释】［1］三日：旧俗女子嫁后三天称“过三朝”，照例要下厨做菜，明确她侍奉公婆的职责。［2］谙：熟悉、了解。姑：婆母。［3］小姑：夫之妹。

宫　词（其八十三）

【题解】王建有宫词百首，作于元和末年，以宫闱生活为题材，反映宫廷生活的奢靡淫佚和宫女的不幸。这首诗以宫女新老相传的歌声之姣好，反衬宫女的命运无人关心过问。

教遍宫娥唱遍词[1]，暗中头白没人知。楼中日日歌声好，不问从初学阿谁。

以上据中华书局版《全唐诗》

【注释】 [1] 遍：一作尽。

韩 愈

韩愈(768—824)，字退之，河南河阳(今河南孟县)人。郡望河北省昌黎县，故世称韩昌黎。晚年任吏部侍郎，世又称韩吏部。历任监察御史、国子博士、刑部侍郎、国子祭酒、吏部侍郎、京兆尹等职，死后赠礼部尚书。韩愈思想复杂，合儒墨、兼名法，以儒为主，杂取诸子各家思想。他关注现实，直言敢谏；终生攘斥佛老，反对藩镇割据；坚持任人唯贤，奖掖后进，表现了一定的政治勇气和卓见。

韩愈倡导了中唐的古文运动，提出了明确而系统的文学主张，强调文以明道；提出了“气盛言宜”、“不平则鸣”、“词必己出”等著名观点。他写出了第一流的新体古文。其文众体兼长，风格“闳中肆外”。他又是韩孟诗派的代表人物，他力求为诗歌另辟一途，表现了奇崛和散文化的倾向，对宋诗颇有影响。有《韩昌黎集》传世。马其昶的《韩昌黎文集校注》和钱仲联的《韩昌黎诗系年集释》较为完备。

送李愿归盘谷序

【题解】 李愿，当时有两个李愿，一为西平王李晟之子，一为陇西隐士，此应指后者。盘谷，地名，在河南济源北。序，一般称“赠序”，即临别赠言。本文写于唐德宗贞元十七年(801)，时韩愈三十四岁，相继脱汴州、徐州之乱，赋闲于洛阳。心情十分抑郁，便借为李愿送行作序之机，辛辣地讽刺了奢侈腐化、庸碌无能的达官贵人和利欲熏心、趋炎附势的无耻之徒，颂扬了志节高尚、安贫乐道、不屑同流合污的隐逸之士。

文章以盘之可隐起，以盘之可乐结。中间通过李愿之口，描绘三种不同的人，能抓住他们的本质特点加以渲染，详略有致，各极情状。全文排比对偶，交错为文，亦韵亦散，笔法灵活，气势奔放。无怪乎苏轼称："余亦以谓唐无文章，惟退之《送李愿归盘谷》一篇而已。"(《跋退之送李愿序》)虽不无过誉，但本文诚为唐代散文之名作。

太行之阳有盘谷[1]。盘谷之间，泉甘而土肥，草木藂茂[2]，居民鲜少。或曰："谓其环两山之间，故曰盘。"或曰："是谷也，宅幽而势阻[3]，隐者之所盘旋[4]。"友人李愿居之。

愿之言曰："人之称大丈夫者，我知之矣。利泽施于人，名声昭于时。坐于庙朝[5]，进退百官，而佐天子出令。其在外，则树旗旄[6]，罗弓矢，武夫前呵，从者塞途，供给之人，各执其物，夹道而疾驰。喜有赏，怒有刑。才畯满前[7]，道古今而誉盛德，入耳而不烦。曲眉丰颊，清声而便体[8]，秀外而惠中[9]，飘轻裾，翳长袖[10]，粉白黛绿者[11]，列屋而闲居，妒宠而负恃，争妍而取怜。大丈夫之遇知于天子，用力于当世者之所为也。吾非恶此而逃之，是有命焉，不可幸而致也[12]。

"穷居而野处，升高而远望，坐茂树以终日，濯清泉以自洁。采于山，美可茹[13]；钓于水，鲜可食。起居无时，惟适之安[14]。与其有誉于前，孰若无毁于其后[15]？与其有乐于身，孰若无忧于其心？车服不维[16]，刀锯不加[17]，理乱不知，黜陟不闻。大丈夫不遇于时者之所为也，我则行之。

“伺候于公卿之门，奔走于形势之途[18]，足将进而趦趄[19]，口将言而嗫嚅[20]，处秽污而不羞，触刑辟而诛戮，徼幸于万一，老死而后止者，其于为人贤不肖何如也[21]？”

昌黎韩愈[22]，闻其言而壮之。与之酒而为之歌曰：“盘之中，维子之宫[23]；盘之土，可以稼；盘之泉，可濯可沿；盘之阻，谁争子所？窈而深，廓其有容[24]；缭而曲，如往而复。嗟盘之乐兮，乐且无殃[25]；虎豹远迹兮，蛟龙遁藏；鬼神守护兮，呵禁不祥[26]。饮则食兮寿而康[27]，无不足兮奚所望！膏吾车兮秣吾马[28]，从子于盘兮，终吾生以徜徉。”

【注释】 [1] 太行:太行山。阳:山南为阳。 [2] 藂:同“丛”。 [3] 宅:居于,位置。幽:幽深静僻。势阻:地势险阻。 [4] 盘旋:盘桓,留连徘徊。 [5] 坐于庙朝:指在朝廷做官,参与国家大事。庙朝,宗庙和朝廷。古时命官、议事等重大政治活动常在宗庙进行,故并称庙朝。 [6] 旄(máo):旗的一种,旗竿上饰以牦牛尾或鸟羽,是受命的凭证,这里指地方上大官僚们的仪仗。 [7] 才畯满前:有才能的人成群地在他跟前。此指门客、幕僚。畯,同“俊”。 [8] 便体:体态轻盈。便(pián),灵活。 [9] 秀外而惠中:外表秀丽而内心聪慧。惠,通“慧”,聪敏。 [10] “飘轻裾”二句:轻软的衣裙飘扬,长长的衣袖掩映。写歌女姬妾的衣着装束。裾(jū),衣服前襟,一说为后襟。翳(yì),遮蔽。曹植《洛神赋》:“飘轻袿以猗靡兮,翳修袖而延伫。” [11] 粉白黛绿:指涂脂抹粉。《战国策·楚策三》:“张子(仪)曰:‘彼郑、周之女,粉白黛黑,立于衢闾,非知而见之者,以为神。’”黛,青黑色的颜料,古时妇女用以画眉。 [12] 幸而致:侥幸得到。 [13] 茹:吃。 [14] “起居”二句:起居作息没有定时,只求安闲舒适。 [15] “与其”二句:与其生前受到称誉,不如死后不受毁谤。 [16] 车服:车马和服饰,古时的车马、服饰依官职高低而不同,这里代指官爵。维:系,束缚。 [17] 刀锯不加:各种刑罚落不到自己头上。《国语·鲁语上》:“中刑用刀锯。” [18] 奔走:为达某种目的而奔波钻营。形势:权势地位。 [19] 趦趄(zī jū):想进而又不敢迈步的样子。 [20] 嗫嚅(niè rú):想说话而又不敢开口的样子。 [21] 不肖:不贤。肖,类似、像。 [22] 昌黎韩愈:韩愈是河南河阳人,河北昌黎韩氏为大族,韩愈故遂以为族望自称之。 [23] 盘:盘谷。维:虚词。宫:居室。 [24] 廓:广阔,宽敞,有容:容量大。一说,指物产丰富。 [25] 殃:祸害。一本作"央",尽。 [26] 呵禁:喝叱禁止。禁,一本作"御"。不祥:不祥之物,指妖魅之类的害人之物。 [27] 则:而。一本作"且"。 [28] 膏(gào):给车轴加油。秣(mò):本指草料,这里用作动词,即喂。

师 说

【题解】 说:文体之一种,多用于议论,也可记事。本文作于803年,韩愈时年35岁,在长安任四门博士。为弘扬儒道,推广古文,他指导奖掖青年后学,因而受到"好为人师"的讥讽和责难。他作《师说》专论从师求学的原则态度和方法,抨击了耻于从师的时俗。其中关于"人非生而知之者",不可无师;关于学无常师;关于"弟子不必不如师,师不必贤于弟子"等等论述,至今尚有借鉴意义。

全文围绕着"师者,所以传道、受业、解惑"的立论,采用正面论证、反面论证、例证论证、对比论证等方法,进行论述。有破有立,虚实结合,环环相扣,逻辑严密。作者还成功地运用了对比、排偶、感叹、反诘等修辞手法和句式,使全文感情充沛,论证充分有力。

古之学者必有师。师者,所以传道、受业、解惑也[1]。人非生而知之者[2],孰能无惑?惑而不从师,其为惑也,终不解矣。

生乎吾前,其闻道也固先乎吾[3],吾从而师之;生乎吾后,其闻道也亦先乎吾,吾从而师之。吾师道也[4],夫庸知其年之先后生于吾乎[5]？是故无贵无贱、无长无少，道之所存，师之所存也[6]。

嗟乎！师道之不传也久矣[7]，欲人之无惑也难矣。古之圣人，其出人也远矣[8]，犹且从师而问焉；今之众人，其下圣人也亦远矣，而耻学于师。是故圣益圣，愚益愚。圣人之所以为圣，愚人之所以为愚，其皆出于此乎[9]？

爱其子，择师而教之；于其身也[10]，则耻师焉，惑矣[11]！彼童子之师，授之书而习其句读者[12]，非吾所谓传其道解其惑者也。句读之不知，惑之不解，或师焉，或不焉[13]，小学而大遗，吾未见其明也[14]。

巫医乐师百工之人，不耻相师。士大夫之族，曰师、曰弟子云者[15]，则群聚而笑之。问之，则曰："彼与彼年相若也，道相似也，位卑则足羞[16]，官盛则近谀[17]。"呜呼！师道之不复可知矣[18]！巫医乐师百工之人，君子不齿[19]，今其智乃反不能及，其可怪也欤！

圣人无常师。孔子师郯子、苌弘、师襄、老聃[20]。郯子之徒，其贤不及孔子。孔子曰："三人行，则必有我师[21]。"是故弟子不必不如师，师不必贤于弟子，闻道有先后，术业有专攻，如是而已。

李氏子蟠[22]，年十七，好古文，六艺经传皆通习之[23]，不拘于时，学于余。余嘉其能行古道[24]，作《师说》以贻之[25]。

【注释】 [1] 传道：传授儒家所宣扬的修身、齐家、治国、平天下之类的学说。受业：讲授学业。受，通"授"。解惑：解释道、业两方面的疑难问题。
[2] 生而知之：《论语·季氏》："生而知之者，上也；学而知之者，次也；困而学

之，又其次也；困而不学，民斯为下矣。”又，《论语·述而》：“孔子曰：‘我非生而知之者，好古，敏以求之者也。’” [3] 闻道：懂得道。《论语·里仁》：“子曰：‘朝闻道，夕死可矣。’”固：本来。 [4] 师道：(我)学习的是“道”。师，用作动词，学习。 [5] 庸知：岂知，哪管。 [6] “是故”三句：因此，不分贵贱长幼，道在那里，老师就在那里。无贵无贱，不论社会地位的高低。《吕氏春秋·观学》：“是故古之圣王。未有不尊师者也。尊师则不论其贵贱贫富矣。若此，则名号显矣，德行彰矣。故师之教也，不争轻重贵贱贫富，而争于道。” [7] 师道：从师求学的风尚。 [8] 出人：超过常人。 [9] 其：大概，恐怕，表示揣度的语气词。出于此：由于这个原因。此，指圣人犹从师，而愚人则耻学于师。 [10] 于其身：对于他自己。身，自身。 [11] 惑：糊涂，无知。 [12] 习：教习。句读(dòu)：读书断句。书中文句语意尽处谓之“句”，语意未尽而诵读时需要停顿处谓之“读”。读，一作“逗”。[13] “句读”四句：小孩子不知句读的，则择师而教之；自己有疑难问题不能解决，却不从师求学。不，同“否”。 [14] “小学”二句：学了小的而丢掉了大的，我没看出他的聪明之处。 [15] “士大夫”二句：在士大夫这类人中，如果有说到老师、弟子等称呼的人。 [16] 位卑则足羞：以比自己地位低下的人为师，则足以令人感到羞耻。 [17] 官盛则近谀：以比自己地位高的人为师，则又近于谄媚阿谀。 [18] 复：恢复，振兴。 [19] 君子不齿：士大夫之类的人不屑于与之同列。齿，列，并列。 [20] 郯(tán)子：春秋时郯国的国君，相传为古帝少皞氏之后，孔子曾向他请教少皞氏“以鸟名官”的问题，事见《左传·昭公十七年》。苌弘：周敬王时的大夫，孔子至周，向他问过关于音乐的问题，事见《史记·乐书》。师襄：鲁国的长官，孔子曾跟他学弹琴，事见《史记·孔子世家》。老聃(dān)：即老子，孔子曾问礼于老子，事见《史记·孔子世家》。 [21] “三人”二句：《论语·述而》：“子曰：‘三人行，必有我师焉，择其善者而从之，其不善者而改之。’” [22] 李氏子蟠：李蟠，韩愈的学生，唐德宗贞元十九年(803)进士。 [23] 六艺：六经，指儒家的《诗》、《书》、《易》、《礼》、《乐》、《春秋》。经：指六经的正文。传：解释经文的著作。通：普遍。习：学习。 [24] 嘉：赞许，称赞。古道：古人从师求学的正道。 [25] 贻(yí)：赠。

张中丞传后叙

【题解】 张中丞，即张巡(709—757)，邓州南阳(今河南南阳)人，开元末年进士。天宝中，任真源(今河南鹿邑东)县令。安禄山反，张巡起兵讨贼，经常以少胜多，当时颇有名声。后因粮饷断绝，遂至睢(suī)阳(今河南商丘)与太守许远汇合，共守危城，阻止叛军南下，肃宗诏拜御史中丞。巡、远守睢阳近一年，与贼大战数十，小战数百，终因兵尽粮绝、救兵不至，于肃宗至德二载(757)十月，城陷被俘，不屈而死。为褒奖他们，肃宗追赠张巡为扬州大都督，许远为荆州大都督。事过不久，即有人对他们进行诬蔑中伤。为伸张正义，澄清是非，张巡的朋友李翰写了《张巡姚訚传》和《进张巡中丞传表》。此后，围绕此事的争议一直不断。唐宪宗元和二年(807)，时任权知国子博士的韩愈读《张巡传》后，感到有所不足，于是写下此文。后叙，即"后序"、"书后"、跋一类的文字，文体较自由，对原传加以说明或补充。

本文前半篇以议论申辩为主：辩许远乃后死，非怕死；辩睢阳之陷落，因兵粮皆尽，又无外援，而不是分城而守的谋划不当；论死守睢阳，屏蔽江淮，关系大局，驳斥无须死守的谬论。后半篇补叙南霁云和张巡的事迹。前者得之耆旧口述，虽仅百数十字，但运用对话、行动等细节描写，把南霁云的义烈表现得淋漓尽致。而"船上人犹指以相语"，更是画龙点睛之笔。后者乃张籍得之于于嵩，兼及于嵩下落。史实当取信于人，故须详述来历根据。

文章论辩"气盛言宜"，锋芒毕露，有《孟子》之风；补叙史传，人物形象栩栩如生，得太史公之体。

元和二年四月十三日夜，愈与吴郡张籍阅家中旧书[1]，得李翰所为《张巡传》[2]。翰以文章自名，为此传颇详密，然尚恨有阙者：不为许远立传[3]，又不载雷万春事首尾[4]。

远虽材若不及巡者，开门纳巡，位本在巡上，授之柄而处其下[5]，无所疑忌，竟与巡俱守死，成功名。城陷而虏，与巡死先后异耳。两家子弟材智下，不能通知二父志[6]，以为巡死而远就虏，疑畏死而辞服于贼[7]。远诚畏死，何苦守尺寸之地，食其所爱之肉[8]，以与贼抗而不降乎？当其围守时，外无蚍蜉蚁子之援，所欲忠者，国与主耳，而贼语以国亡主灭[9]。远见救援不至，而贼来益众，必以其言为信。外无待而犹死守，人相食且尽，虽愚人亦能数日而知死处矣，远之不畏死亦明矣。乌有城坏、其徒俱死，独蒙愧耻求活？虽至愚者不忍为，呜呼！而谓远之贤而为之耶？

说者又谓：远与巡分城而守[10]，城之陷自远所分始，以此诟远，此又与儿童之见无异。人之将死，其藏腑必有先受其病者；引绳而绝之，其绝必有处[11]。观者见其然，从而尤之[12]，其亦不达于理矣。小人之好议论，不乐成人之美如是哉[13]！如巡、远之所成就，如此卓卓，犹不得免，其他则又何说？

当二公之初守也，宁能知人之卒不救，弃城而逆遁[14]？苟此不能守，虽避之他处何益？及其无救而且穷也，将其创残饿羸之余[15]，虽欲去，必不达。二公之贤，其讲之精矣[16]。守一城，捍天下，以千百就尽之卒[17]，战百万日滋之师，蔽遮江淮，沮遏其势[18]，天下之不亡，其谁之功也？当是时，弃城而图存者，不可一二数[19]；擅强兵，坐而观者，相环也[20]。不追议此，而责二公以死守[21]，亦见其自比于逆乱，设淫辞而助之攻也[22]。

愈尝从事于汴徐二府[23]，屡道于两府间，亲祭于其所谓双庙者[24]。其老人往往说巡、远时事云[25]：南霁云之乞救于贺兰也[26]，贺兰嫉巡、远之声威、功绩出己上，不肯出师救；爱霁云之勇且壮，不听其语，强留之。具食与乐，延霁云坐[27]。霁慷慨语曰："云来时，睢阳之人不食月余日矣。云虽欲独食，义不忍[28]；虽食，且不下咽！"因拔所佩刀，断一指，血淋漓以示贺兰。一座大惊，皆感激为云泣下。云知贺兰终无为云出师意，即驰去。将出城，抽矢射佛寺浮图[29]，矢著其上砖半箭[30]，曰："吾归破贼，必灭贺兰，此矢所以志也。"愈贞元中过泗州[31]，船上人犹指以相语。城陷，贼以刃胁降巡，巡不屈，即牵去，将斩之；又降霁云，云未应。巡呼云曰："南八[32]，男儿死耳，不可为不义屈。"云笑曰："欲将以有为也[33]。公有言，云敢不死！"即不屈。

张籍曰："有于嵩者[34]，少依于巡。及巡起事，嵩常在围中。籍大历中[35]，于和州乌江县见嵩[36]，嵩时年六十余矣。以巡初尝得临涣县尉[37]，好学，无所不读。籍时尚小，粗问巡、远事，不能细也。云[38]：巡长七尺余，须髯若神。尝见嵩读《汉书》，谓嵩曰：'何为久读此？'嵩曰：'未熟也。'巡曰：'吾于书，读不过三遍，终身不忘也。'因诵嵩所读书，尽卷不错一字。嵩惊，以为巡偶熟此卷，因乱抽他帙以试[39]，无不尽然。嵩又取架上诸书，试以问巡，巡应口诵无疑。嵩从巡久，亦不见巡常读书也。为文章，操纸笔立书，未尝起草。初守睢阳时，士卒仅万人[40]，城中居人户，亦且数万，巡因一见问姓名，其后无不识者。巡怒，须髯辄张。及城陷，贼缚巡等数十人坐，且将戮。巡起旋[41]，其众见巡起，或起或泣。巡曰：'汝勿怖，死，命也。'众泣不能仰视。巡就戮时，颜色不乱，阳阳如平常[42]。远宽厚长者，貌如其心，与巡同年生，月日后于巡，呼巡为兄，死时年四十九。嵩贞元初死于亳、宋间[43]。或传嵩有田在亳、宋间，武人夺而有之，嵩将诣州讼理，为所杀。嵩无子。"张籍云。

【注释】 [1] 吴郡：唐郡名，治所在今江苏苏州。张籍：字文昌，和州(今安徽和县)人，原籍苏州。他是中唐著名诗人，韩愈的朋友。 [2] 李翰：字子羽，赵州赞皇(今河北赞皇)人。张巡之友。安史之乱时，他曾客居睢阳，目睹守城情况。张巡死后，有人中伤张巡，李翰写了《张巡姚訚传》，表彰张巡的功业和气节(见《旧唐书·文苑传》)，惜今已不传。其所撰《进张巡中丞传表》今尚存(见《唐文粹》卷二十五)。 [3] 许远(709—758)：字令威，杭州盐官(今浙江海宁)人。安史之乱时，任睢阳太守。城陷被俘后，贼将拟将他送给安庆绪，以便请赏，许远不屈而中途被杀，事见《新唐书·张巡传》。 [4] 雷万春：张巡的偏将，与南霁云同为张巡的得力助手。《新唐书·忠义传·雷万春传》："雷万春者，不详所来，事巡为偏将。"其事迹不见本文，故有人认为这里应是"南霁云"三字，录备一说。 [5] "远虽"四句：据《资治通鉴·唐纪三十五》载，肃宗至德二年正月，安庆绪驱众攻睢阳。张巡应许远之求，自宁陵引兵入睢阳，远谓巡曰："远懦，不习兵，公智勇兼济，远请为公守，公请为远战。"张巡遂与许远共守城，并担任主帅。 [6] "两家"二句：两家子弟才智低下，不能完全理解他们父辈的志向。两家子弟，指张巡之子张去疾和许远的儿子许岘，二人均为其父争功委过，但这里主要指张去疾。据《新唐书·许远传》载，大历年间，张去疾惑于社会上之流言，曾上书代宗，以"城陷而远独生"为由，指责许远降贼，并请求朝廷追削许远的官爵。朝廷召集百官集议，认为二人同为忠烈之士。否决了张去疾的意见。 [7] 辞服于贼：向叛贼认罪屈服投降。辞，指口供。 [8] 食其所爱之肉：据《新唐书·张巡传》载,睢阳被围日久,“巡士多饿死,存者皆痍伤气乏”,张巡杀其爱妾,许远“亦杀奴僮以哺卒”。 [9]“而贼”句:敌人以“国亡主灭”的话来诱降。[10] 分城而守:张巡和许远分守睢阳城,张巡守城之东北,许远守城之西南。 [11]“人之”四句:人将死时,总有先受病的脏器;绳子被拉断时,总有断开的地方。此暗喻睢阳城陷落时,必有先被攻陷的部分。藏腑,中医对人体内部器官的总称。藏,通“脏”。引,拉。绝,断。 [12] 尤:过,这里用作动词,责备、归咎。 [13] 不乐成人之美:《论语·颜渊》:“君子成人之美,不成人之恶,小人反是。” [14] 逆遁:事先转移。 [15]“将其”句:率领着那些剩下的伤残瘦弱的士兵。创,伤。羸(léi),瘦弱。余,残余之士卒。 [16] 讲:筹划,谋划。精:精密,周到。 [17] 千百:极言甚少。就尽之卒:将要彻底被消灭的士兵。 [18]“蔽遮”二句:由于巡、远守住睢阳,保护了江淮广大地区,遏制了叛军南下江淮的势头。李翰《进张巡中丞传表》:“巡退军睢阳,扼其咽喉,前后拒守,自春徂冬,大战数十,小战数百,以少击众,以弱击强,出奇无穷,制胜如神,杀其凶丑凡九十余万。贼所不敢越睢阳而取江淮,江淮所以保全者,巡之力也。” [19]“弃城”二句:一见叛军就丢下所守城池逃跑的将领,不在少数。据《新唐书·张巡传》及《资治通鉴·唐纪三十五》载,肃宗至德二年五月,山南东道节度使鲁炅(jiǒng)弃南阳而奔襄阳;八月,灵昌太守许叔冀奔彭城。此外,谯郡太守杨万石、雍丘县令令狐潮均先后降贼。数,计算。 [20]“擅强兵”三句:据《资治通鉴·唐纪三十五》载,睢阳城危急之时,许叔冀在谯郡(今安徽亳县),尚衡在彭城(今江苏铜山),贺兰进明在临淮(今安徽盱眙),他们都离睢阳不远,但都拥兵观望,不肯救援。擅,掌握。相环,四周环绕。 [21] 责二公以死守:责备巡、远死守睢阳城。李翰《进张巡中丞传表》载,当时议者“或罪巡以食人,愚巡以死守”。 [22] 比:并,并列。逆乱:背叛朝廷的乱臣贼子。淫辞:胡言乱语,流言蜚语。 [23] 从事:唐代对幕僚的通称。这里用作动词,即供职、服务之意。汴:汴州(今河南开封)。董晋镇汴州时,韩愈任汴州观察推官。徐:徐州(今江苏徐州)。张建封镇徐州时,韩愈任徐州节度推官。[24] 双庙:张巡、许远的合庙。人们岁时祭祀。 [25]“其老人”句:睢阳的老人们常常说起当年的张巡、许远守城之事。云,句尾语气词。 [26] 南霁云:魏州顿丘(今河南清丰西南)人,少年时做过船夫。巨野尉张诏讨伐安禄山,用他为将,后又在尚衡军中作先锋。尚衡派他到睢阳与张巡计议军事,即留在张巡部下作偏将,成为张巡的得力助手。《新唐书》有传。贺兰:即贺兰进明,当时任河南节度使,驻军临淮。睢阳城危时,张巡派南霁云去向他求救兵。 [27] 延:请。 [28] 义不忍:从道义上讲,不忍心这样做。 [29] 浮图:佛塔。《魏书·释老志》:“凡宫塔制度,犹依天竺(印度)旧状而重构之,从一级至三、五、七、九,世人相承,谓之‘浮图’,或云‘佛图’。” [30] 著:射中。半箭:箭头钻进塔砖里约有半根箭那么深。 [31] 贞元:唐德宗李适(kuò)的年号(785—805)。泗州:唐时属河南道,治所在临淮。 [32] 南八:南霁云在宗族兄弟中排行第八,故称。唐时朋友间称排行。 [33] 有为:有所作为。南霁云对敌人的诱逼未立即表态,似在考虑先诈降而后伺机杀敌。 [34] 于嵩:张巡部下,生平事迹不详。 [35] 大历:唐代宗李豫的年号(766—777)。 [36] 和州乌江县:今安徽和县东北之乌江浦。 [37] 以巡:因为张巡为国捐躯的缘故。初:当初,应指平定安史之乱的初期。临涣县:故城在今安徽宿县西南之临涣集。尉:县里主管治安、缉盗等事的官吏。 [38] 云:此为于嵩说。从此开始至“死时年四十九”,均为张籍转述于嵩的话。 [39] 帙(zhì):书套子,一般以十卷书装为一帙,这里以“帙”代书。 [40] 仅:将近,几乎。此言甚多。《说文》段玉裁注云:“唐人文字,‘仅’多训‘庶几’之‘几’。” [41] 起旋:站起来环视四周。《楚辞·招魂》王逸注云:“旋,转也。”一说,指起来小便。《左传·定公三年》:“夷射姑旋焉。”杜预注曰:“旋,小便也。” [42] 阳阳:神态自若,毫无畏惧的样子。 [43] 亳:亳州,今安徽亳县。宋:宋州,即睢阳。

送董邵南序

【题解】 董邵南,即韩诗《嗟哉董生行》中的董生,寿州安丰(今安徽寿县)人。屡试不第。当时河北藩镇势大,招募文士,董生欲往游入幕。韩愈力主加强中央集权,反对藩镇割据,又同情董生的不得志。

文章始言董生之往必有所合。因为古之燕赵多忠义感慨之士,董生乃孝义之人(见《嗟哉董生行》),又“怀抱利器”,惺惺相惜,故往必有合;继而言风俗随教化而变易,古今恐已不同,藩镇拒命,董生此行,未必有合;最后,谓今若有乐毅、狗屠之类忠义之士,可招致朝廷效力。

既讽藩镇及其幕僚归顺朝廷，则董生不必前往之意，已在不言之中。全文百十余字，以"风俗与化移易"为转捩关键，明古今不同，寓劝阻之意。文意开阖跌宕，曲尽其妙；言婉多讽，含蓄不露。

燕赵古称多感慨悲歌之士[1]。董生举进士，连不得志于有司[2]，怀抱利器[3]，郁郁适兹土[4]。吾知其必有合也[5]。董生勉乎哉！

夫以子之不遇时，苟慕义强仁者[6]，皆爱惜焉；矧燕赵之士出乎其性者哉[7]！然吾尝闻风俗与化移易[8]，吾恶知其今不异于古所云邪[9]？聊以吾子之行卜之也[10]。董生勉乎哉！

吾因子有所感矣。为我吊望诸君之墓[11]，而观于其市[12]，复有昔时屠狗者乎[13]？为我谢曰："明天子在上，可以出而仕矣！"

【注释】 [1] 燕：战国七强之一。领地相当今河北北部。赵：战国七强之一。领地在今河北南部、山西北部。感慨悲歌之士：指战国荆轲、高渐离一类豪侠之士。《史记·刺客列传》："荆轲嗜酒，日与狗屠及高渐离饮于燕市。酒酣以往，高渐离击筑，荆轲和而歌于市中，相乐也，已而相泣，旁若无人者。"《汉书·地理志》："赵、中山地薄人众，丈夫相聚游戏，悲歌慷慨。" [2] "董生"二句：董生被乡里贡举，至长安应进士科考试，却接连多次未被录取。有司，古时设官分职，各有所司，因称官吏为有司。此指主考官。 [3] 怀抱利器：指有学识才干。《三国志·魏志·曹植传》："植常自愤怨，抱利器而无所施。" [4] 郁郁：心情烦闷的样子。适：往。兹土：这个地方，指河北。 [5] 合：遇合。 [6] 苟慕义强仁者：假如是向慕道义，力行仁义的人。苟，假如。强，勉力。 [7] 矧(shěn)：何况。[8] "然吾"句：可是我曾听说风俗跟随教化而改变。化，教化。移易，改变。[9] "吾恶知"句：我怎能知道古代的风俗今天不发生变化呢？恶知，怎知。[10] "聊以"句：姑且以董生此行测验一下(燕赵风俗有无变化)吧。卜，推测。[11] 吊：凭吊。望诸君：乐毅，战国时燕国名将。曾为燕昭王攻下齐国七十余城。

昭王死,惠王立,齐将田单施离间计成功,乐毅被夺兵权,遂投奔赵国。赵封他于观津,号称望诸君。(见《史记·乐毅列传》)　[12] 市:指燕市。　[13] 屠狗者:指隐于市井的豪侠之士,如高渐离、荆轲之流。

祭十二郎文

【题解】 十二郎,韩老成,韩愈二哥韩介之子,过继给大哥韩会为子,在同宗同辈中排行第十二。本文作于贞元十九年(803)。韩愈幼失怙恃,由韩会夫妇鞠育成人,与韩老成长期生活在一起。叔侄二人,同甘共苦,感情深厚。这篇祭文通过身世和往事的追忆,抒发了作者悼念亡侄的悲痛之情,也饱含着作者悲凉身世、坎坷仕途的无限凄楚之情。

这是一篇充满真情实感的文字,作者叙哀事,抒悲情,错综结合。昔日孤苦零丁,今日生离死别,桩桩件件,娓娓道来,字字句句,出自肺腑,曲折入微,惨痛凄绝,令人不忍卒读。文章打破了祭文四言韵语的俗套和骈文的程式,或散或偶,或长或短,情至而文生,被奉为"祭文中千年绝调"(茅坤《唐宋八大家文钞》)。后世祭吊名作如李商隐之《祭小侄女寄寄文》、王守仁之《瘗旅文》、袁枚之《祭妹文》等都受其影响。

年月日[1],季父愈闻汝丧之七日[2],乃能衔哀致诚[3],使建中远具时羞之奠[4],告汝十二郎之灵:

呜呼!吾少孤[5],及长,不省所怙[6],惟兄嫂是依。中年,兄殁南方[7],吾与汝俱幼,从嫂归葬河阳[8]。既又与汝就食江南[9],零丁孤苦,未尝一日相离也。吾上有三兄,皆不幸早世[10]。承先人后者,在孙惟汝,在子惟吾,两世一身[11],形单影只。嫂常抚汝指吾而言曰:"韩氏两世,惟此而已。”汝时尤小，当不复记忆；吾时虽能记忆，亦未知其言之悲也。

吾年十九，始来京城[12]，其后四年，而归视汝。又四年，吾往河阳省坟墓，遇汝从嫂丧来葬[13]。又二年，吾佐董丞相于汴州[14]，汝来省吾；止一岁，请归取其孥[15]。明年丞相薨[16]，吾去汴州，汝不果来[17]。是年，吾佐戎徐州[18]，使取汝者始行，吾又罢去[19]，汝又不果来。吾念汝从于东，东亦客也，不可以久[20]；图久远者，莫如西归，将成家而致汝[21]。呜呼！孰谓汝遽去吾而殁乎[22]！吾与汝俱少年，以为虽暂相别，终当久相与处，故舍汝而旅食京师[23]，以求斗斛之禄[24]；诚知其如此，虽万乘之公相[25]，吾不以一日辍汝而就也[26]！

去年，孟东野往[27]，吾书与汝曰："吾年未四十，而视茫茫，而发苍苍，而齿牙动摇。念诸父与诸兄[28]，皆康强而早世，如吾之衰者，其能久存乎？吾不可去，汝不肯来，恐旦暮死，而汝抱无涯之戚也。”孰谓少者殁而长者存，强者夭而病者全乎？呜呼！其信然耶[29]？其梦耶？其传之非其真耶？信也，吾兄之盛德而夭其嗣乎？汝之纯明而不克蒙其泽乎[30]？少者强者而夭殁，长者衰者而存全乎？未可以为信也。梦也？传之非其真也？东野之书[31]，耿兰之报[32]，何为而在吾侧也？呜呼！其信然矣！吾兄之盛德而夭其嗣矣！汝之纯明宜业其家者[33]，不克蒙其泽矣！所谓天者诚难测，而神者诚难明矣！所谓理者不可推，而寿者不可知矣！虽然，吾自今年来，苍苍者或化而为白矣，动摇者或脱而落矣。毛血日益衰[34]，志气日益微，几何不从汝而死也[35]！死而有知，其几何离[36]？其无知，悲不几时，而不悲者无穷期矣[37]。汝之子始十岁，吾之子始五岁[38]，少而强者不可保，如此孩提者又可冀其成立邪[39]？呜呼哀哉！呜呼哀哉！

汝去年书云："比得软脚病[40]，往往而剧。"吾曰："是疾也，江南之人，常常有之。"未始以为忧也。呜呼！其竟以此而殒其生乎？抑别有疾而至斯乎？汝之书，六月十七日也。东野云：汝殁以六月二日。耿兰之报无月日。盖东野之使者，不知问家人以月日，如耿兰之报，不知当言月日。东野与吾书，乃问使者，使者妄称以应之耳[41]。其然乎？其不然乎？

今吾使建中祭汝，吊汝之孤与汝之乳母。彼有食可守以待终丧[42]，则待终丧而取以来[43]；如不能守以终丧，则遂取以来。其余奴婢，并令守汝丧。吾力能改葬，终葬汝于先人之兆[44]，然后惟其所愿[45]。

呜呼！汝病吾不知时，汝殁吾不知日；生不能相养以共居，殁不得抚汝以尽哀，敛不凭其棺[46]，窆不临其穴[47]。吾行负神明，而使汝夭。不孝不慈[48]，而不得与汝相养以生，相守以死；一在天之涯，一在地之角，生而影不与吾形相依，死而魂不与吾梦相接，吾实为之，其又何尤[49]！彼苍者天[50]，曷其有极[51]！自今已往，吾其无意于人世矣[52]！当求数顷之田于伊、颍之上[53]，以待余年，教吾子与汝子幸其成[54]，长吾女与汝女待其嫁[55]，如此而已！呜呼！言有穷而情不可终，汝其知也邪？其不知也邪？呜呼哀哉！尚飨[56]。

【注释】 [1] 年月日:具体所指时间在拟稿时作了省略。 [2] 季父:最小的叔父。季,少,兄弟中最小者。 [3] 衔哀致诚:怀着悲哀的心情向死者表示诚挚悼念的心意。衔,含,怀。 [4] 建中:韩愈家中之仆人名。具:备办。时羞:应时的鲜美食品。奠:以酒食祭死者。 [5] 孤:《孟子·梁惠王下》:"幼而无父曰孤。" [6] 省(xǐng):知道。所怙:指父亲。怙(hù),恃,依靠。《诗经·小雅·蓼莪》:"无父何怙?" [7] "中年"二句:唐代宗大历十二年(777)五月,韩会由起居舍人贬为韶州(唐时属岭南道,治所在今广东曲江)刺史,不久,死于任所,时年四十二岁故称中年。殁,死。 [8] 河阳:今河南孟县,韩氏祖坟所在地。 [9] 就食江南:唐德宗建中二年(781),中原战乱,韩愈全家移居宣州(今安徽宣城),这里有韩氏的庄园。韩愈《复志赋》:"值中原之有事兮,将就食于江之南。"就食,到有粮之地以求供食。此即谋生。 [10] "吾上"二句:韩愈只有两个哥哥,似不应为"三兄"。一说,他还有一位早夭而未及命名的哥哥。故曰"上有三兄",供参考。早世,早年去世。 [11] 两世一身:两代人都只剩下了一个。 [12] "吾年"二句:唐德宗贞元二年(786),韩愈十九岁,离宣城赴京城求官。但韩愈《欧阳生哀辞》一文则说:"贞元三年,余始至京师举进士。"则韩愈入京为二十岁。录以备考。 [13] "又四年"三句:贞元十一年(795),韩愈由京城回河阳扫墓,正好碰上韩老成奉其母郑夫人之灵柩归葬,与韩愈相见。省坟墓:祭扫坟墓。省(xǐng),探视。 [14] 佐:辅佐。董丞相:即董晋。汴州:治所在今河南开封。贞元十二年(796)七月,董晋以检校尚书左仆射(yè)、同中书门下平章事任宣武军节度使,汴、宋、亳、颍等州观察使,任韩愈为汴州观察推官。 [15] 归:指回宣州。孥(nú):妻和子的统称。一说,"孥"指儿女。 [16] 丞相薨(hōng):唐代二品以上官员死称"薨"。贞元十五年(799),董晋死于汴州。 [17] "吾去"二句:因我离开了汴州,你终于未再来。"吾去"句,董晋死后,汴州大乱,韩愈扶董晋灵柩回洛阳。 [18] 佐戎:辅佐军事工作。韩愈离汴州后,到武宁节度使张建封部下任节度使推官。武宁节度使府在徐州。 [19] 吾又罢去:贞元十六年(800)五月,张建封卒,韩愈离职西归洛阳。 [20] "吾念"三句:我想你跟我到东边来,来也是做客暂住,不是长久之计。东,指汴州和徐州,因二地均在韩愈故乡河南孟县之东。 [21] "图久"三句:从长远考虑,不如西回河阳,将在那里把家安置好,然后接你来住。西归,指西回河阳老家。 [22] 孰谓:谁知道,谁料到。遽(jù):突然。

[23] 旅食:在他乡谋生。韩愈离徐州后,于贞元十七年(801)到长安选官,先调四门博士,贞元十九年(803)升任监察御史。 [24] 斗斛之禄:微薄的俸禄。斛(hú),古时十斗为一斛。 [25] 万乘(shèng):万辆战车,此形容封邑之大。公相:国公宰相,唐时宰相一般均封国公。 [26] 辍(chuò):中途离开。就:上任。 [27] 孟东野:孟郊字东野,中唐著名诗人,韩愈之好友。贞元十八年(802),孟郊出任溧阳(今江苏溧阳)尉。溧阳离宣州不远,故韩愈托孟郊带信给老成。 [28] 诸父:指韩愈的叔父云卿、绅卿、少卿等。诸兄:指韩愈的兄长韩会、韩介等。 [29] 其信然邪:难道真的是这样了吗? [30] "信也"三句:假如真的如此,以我哥哥的美好德行,他的儿子会短命吗?像你这样资质纯正贤明的人,不能蒙受先人的恩泽吗?盛德,大德,美好的德行。嗣,子孙后代,继承人。克,能。 [31] 东野之书:老成去世后,孟郊从溧阳写信告诉了韩愈。 [32] 耿兰之报:耿兰的报丧书。耿兰,人名,应是跟随老成的仆人。 [33] 宜业其家:适合于继承先人家业。业,即继承家业。 [34] 毛血:指人的体质。 [35] 几何:此作"为何"讲。 [36] 几何离:离几何。指分离不会太久。 [37] "其无知"三句:如果死而无知,那么我活不长,也悲伤不了多久了,而不悲伤的日子倒是无穷期的。 [38] "汝之子"二句:汝之子,韩老成有二子:长子韩湘,次子韩滂。而韩滂出嗣为百川之子,故此指韩湘。吾之子,韩愈有子三人,此指其长子韩昶,贞元十五年(799)生于徐州之符离,时年五岁。 [39] 冀:希望。成立:成人立业,重振韩门。 [40] 比(bǐ):近来。软脚病:脚气病。 [41] 妄称:信口胡说。应:应付。指使者随便说了个日期以应付孟郊。 [42] 有食:有吃的,即生活可以维持。终丧:丧期终了。古制,父死,子应守丧三年。 [43] 取以来:将他们接来。 [44] 先人之兆:祖先的坟地,指河阳韩氏祖坟。兆,坟地。 [45] 惟其所愿:这样才算了却了我的心愿。一说,指"其余奴婢"的去留,听其自便。 [46] 敛:同"殓(liàn)",为死者穿衣放入棺材。为死者更衣为小殓;装尸放棺为大殓。凭其棺:靠着你的棺木。 [47] 窆(biǎn):埋葬,下棺入去。穴:墓穴。 [48] 不孝不慈:对上不孝,对下不慈。此为韩愈的内疚、自责之词。 [49] 何尤:怨恨谁,责怪谁。 [50] 彼苍者天:那青色的天啊,即"苍天啊"。《诗经·秦风·黄鸟》:"彼苍者天,歼我良人。" [51] 曷其有极:哪里才是尽头。曷,何。极,尽头,穷尽。 [52] 无意于人世:无心再去争人世

间的功名富贵了。 [53] 伊:伊水,源出于河南卢氏县东南,流入洛河。颍:颍水,源出于河南登封西部之颍谷,东流至安徽入淮河。因韩愈的老家河阳距伊、颍很近,故"伊、颍之上"即指其故乡。 [54] 幸其成:希望他们成人立业。幸,希望。 [55] 长:抚养、养育之意。 [56] 尚飨:希望灵魂来享受祭品。飨,享受,享用。古时祭文结尾的套式。

进学解

【题解】 进学,作者任国子博士时,进入太学工作。解,解说,解释。另一说,进学,使学业有所进益。解,辩解。

作者韩愈才高而不获重用,正道直行却屡遭贬责,因而模仿汉代东方朔《答客难》、扬雄《解嘲》一类的文体,假设学生为他遭遇不平而提出疑问,然后作者再作解嘲式的解答,但在写法上与东方朔、扬雄却有所不同:"诸篇都是自疏己长,此则把自家许多伎俩,许多抑郁,尽数借他人口中说出,而自家却以平心和气处之。看来无叹老嗟卑之迹,其实叹老嗟卑之心,无有甚于此者。"(林云铭《韩文起》卷二)"说到极谦退处,愈显得世道之乖,人情之妄。"(林纾《韩柳文研究法》)

本文在政治方面不仅抒发了怀才不遇的牢骚,而且提出了"拔去凶邪,登崇畯良"和"触排异端,攘斥佛老"的主张。在学行修养,特别是治学和论文方面都提出了独到的见解,评前代之文也要言不繁,颇中肯綮。本文首段发端,中段辩驳,末段解嘲,首尾呼应。篇中用韵,语多对偶,整饬简洁而有参差变化,极修辞之妙。问答之中,啼笑横生,庄谐间作,自具风格。

国子先生晨入太学[1],招诸生立馆下,诲之曰:"业精于勤,荒于嬉,行成于思,毁于随[2]。方今圣贤相逢,治具毕张[3]。拔去凶邪,登崇畯良[4]。占小善者率以录,名一艺者无不庸[5]。爬罗剔抉，刮垢磨光[6]。盖有幸而获选[7]，孰云多而不扬[8]？诸生业患不能精，无患有司之不明[9]；行患不能成，无患有司之不公。”

言未既[10]，有笑于列者曰[11]：“先生欺余哉！弟子事先生，于兹有年矣[12]。先生口不绝吟于六艺之文[13]，手不停披于百家之编[14]；记事者必提其要[15]，纂言者必钩其玄[16]；贪多务得，细大不捐[17]；焚膏油以继晷[18]，恒兀兀以穷年[19]。先生之业，可谓勤矣。觗排异端[20]，攘斥佛、老[21]；补苴罅漏，张皇幽眇[22]；寻坠绪之茫茫[23]，独旁搜而远绍[24]；障百川而东之[25]，回狂澜于既倒[26]。先生之于儒，可谓有劳矣。沉浸醲郁[27]，含英咀华[28]。作为文章，其书满家。上规姚、姒[29]，浑浑无涯[30]，周《诰》、殷《盘》，佶屈聱牙[31]，《春秋》谨严[32]，《左氏》浮夸[33]，《易》奇而法[34]，《诗》正而葩[35]，下逮《庄》、《骚》，太史所录[36]，子云、相如[37]，同工异曲。先生之于文，可谓闳其中而肆其外矣[38]。少始知学，勇于敢为；长通于方，左右具宜[39]。先生之于为人，可谓成矣。然而公不见信于人，私不见助于友。跋前踬后，动辄得咎[40]。暂为御史，遂窜南夷[41]。三年博士[42]，冗不见治[43]。命与仇谋[44]，取败几时[45]。冬暖而儿号寒，年丰而妻啼饥。头童齿豁[46]，竟死何裨[47]？不知虑此，而反教人为？”

先生曰：“吁！子来前！夫大木为杗[48]，细木为桷[49]，欂栌侏儒[50]，椳闑扂楔[51]，各得其宜，施以成室者，匠氏之工也。玉札丹砂，赤箭青芝[52]，牛溲马勃，败鼓之皮[53]，俱收并蓄，待用无遗者，医师之良也。登明选公[54]，杂进巧拙[55]，纡余为妍[56]，卓荦为杰，校短量长，惟器是适者，宰相之方也。昔者孟轲好辩[57]，孔道以明，辙环天下，卒老于行；荀卿守正[58]，大论是弘，逃谗于楚，废死兰陵[59]。是二儒者，吐辞为经，举足为法，绝类离伦，优入圣域[60]，其遇于世何如也？今先生学虽勤，而不繇其统[61]；言虽多，而不要其中[62]；文虽奇，而不济于用；行虽修，而不显于众。犹且月费俸钱，岁靡廪粟。子不知耕，妇不知织。乘马从徒，安坐而食。踵常途之促促[63]，窥陈编以盗窃[64]。然而圣主不加诛，宰臣不见斥，兹非其幸欤！动而得谤，名亦随之，投闲置散，乃分之宜。若夫商财贿之有亡[65]，计班资之崇庳[66]，忘己量之所称[67]，指前人之瑕疵，是所谓诘匠氏之不以杙为楹，而訾医师以昌阳引年，欲进其豨苓也[68]。”

【注释】 [1] 国子先生：时任国子博士的韩愈自称。唐代的国子监，既是主管国家教育政令的官署，又是设在京城的全国最高学府，下设国子学、太学、广文学、四门学、律学、书学和算学等七学，各学均设有博士。《新唐书·百官志》："国子学：博士五人，正五品上。掌教三品以上及国公子孙、从二品以上曾孙为生者。"太学：此指国子监。 [2] "业精"四句：学业的精进在于勤勉，而学业的荒废则由于一味嬉戏；品德修养完善于独立思考，而品德的败坏则由于因循随俗。 [3] 治具：治理国家之器具，此指国家之法律政令。《史记·酷吏列传序》："法令者，治之具。"毕张：全部实施。张，举。 [4] 登崇畯良：提拔贤才。登，升，进用。崇，推重。畯良，才华出众之士。畯，同"俊"。 [5] "名一艺"句：有一技之长的人没有不用的。庸，用。 [6] "爬罗"二句：搜罗选择以广取人才，精心培养以造就人才。爬罗，爬梳网罗。剔抉，挑选抉择。刮垢，除去污垢。 [7] 盖：发语词。幸：侥幸。获选：被选用。 [8] 孰云：谁说。多：学问多，才能高。不扬：不举，不被提拔重用。 [9] 有司：主管的官吏。此指负责选拔人才的官吏。明：明察。 [10] 既：尽，完了。 [11] 列:行列,指太学生的队列。 [12] 于兹:至今。有年:有年头,指时间不短了。 [13] 不绝吟:不断地吟诵。六艺:儒家的六经,即《诗》、《书》、《易》、《礼》、《乐》、《春秋》。 [14] 披:翻阅,阅览,百家之编:诸子百家,各种学派的著作。 [15] 记事者:指以记事为主的史籍类书。提其要:提炼出其要点。 [16] 纂言者:指以议论为主的理论著述。纂,集。钩:钩沉,探求。玄:指微言妙义,深刻道理。 [17] "贪多"二句:贪恋学得多并且一定要有收获,大小学问都不舍弃。 [18] "焚膏"句:夜以继日地学习。膏油,油脂。晷(guī),日影,即日光,代指白天。 [19] 兀兀(wù):劳苦专心的样子。一本作"矻矻(kù)",勤恳用力的样子。穷年:一年到头,整年。 [20] 觝(dǐ)排:抵制排斥。觝,同"抵",异端:指不合于儒家正统思想的学派。 [21] 攘(rǎng)斥:排斥。佛、老:佛教和道教。老:老子,指代道教。 [22] "补苴"二句:弥补充实旧有儒学中的疏漏不完备之处,阐发旧有儒学中的要言深义。苴(jū),草垫子,这里用作动词,填补之意。罅(xià)漏,缺漏。罅,缝隙,裂缝。张皇,张大,引申为阐明、阐发。幽眇,深隐不明之处。 [23] 坠绪:指将要断绝的儒家道统。茫茫:没有头绪的样子。韩愈在《原道》中说:"尧以是传之舜,舜以是传之禹,禹以是传之汤,汤以是传之文、武、周公,文、武、周公传之孔子,孔子传之孟轲,轲之死,不得其传焉。" [24] 旁搜:广泛的、多方面地搜求圣人的遗绪。远绍:远继孔孟的事业。绍,继承。 [25] "障百川"句:阻拦一切流水使它们都东流入海,比喻引导百家学说都皈依于儒学。 [26] "回狂澜"句:在恶浪翻滚处于压倒优势的情况下遏止了它的颓势,比喻挽救了儒家被佛、道挤垮的局面。 [27] 沉浸:潜心,沉醉于。醲郁:原指香味浓厚,此指古代典籍中的精华。 [28] 含英咀华:仔细体味书中的精华。英、华,均指花朵。咀(jǔ):咀嚼,品味。 [29] 上规:上以……为准则。规,模仿,取法。这个"规"字一直管到"子云相如,同工异曲。"姚、姒:指《尚书》中的《虞书》和《夏书》。姚,虞舜的姓。姒(sì),夏禹的姓。 [30] 浑浑无涯:博大精深,无有边际。浑浑,深大的样子。扬雄《法言·问神》:"虞夏之书浑浑尔。" [31] "周《诰》"二句:周诰,指《尚书·周书》中的《大诰》、《康诰》、《酒诰》等周代的文告。殷《盘》,指《尚书·商书》中的《盘庚》三篇。佶屈聱牙,文辞艰涩难读。佶(jié)屈,迂曲不顺。聱(áo)牙,不顺口,拗口。 [32]《春秋》谨严:《春秋》这部书褒贬十分谨严。 [33]《左氏》浮夸:《左传》这部书文辞铺张华美。 [34]《易》

奇而法:《周易》讲变易之道,奇异而有一定法则。 [35]《诗》正而葩:《诗经》内容醇正而辞采华美。 [36] 太史所录:汉代太史公所录之书,此指《史记》。 [37] 子云:汉代扬雄字子云,此指其所著之《太玄》、《法言》等书。相如:汉代著名辞赋家司马相如,此指其所作《子虚赋》、《上林赋》等名篇。 [38] 闳其中:指韩愈文章的内容博大精深。闳(hóng),宽阔,宏大。中,指文章的思想内容。肆其外:文章的形式汪洋恣肆。 [39] 长:成年,年长。方,学术,道理。宜,合适。 [40] "跋前"二句:进退两难,动辄获罪。跋,践,踩。踬(zhí),一作"疐",跌倒,阻碍。辄,就,每每如此。咎,罪。[41] "暂为"二句:韩愈贞元十九年(803)任监察御史,同年冬因进《御史台上论天旱人饥状》,为民请命,劝谏朝廷宽民徭,免田租,获罪而被贬为阳山(今广东阳山)令。御史,监察御史。窜,放逐,贬斥。南夷,南方少数民族居住地区。[42] "三年"句:指韩愈从元和元年(806)至元和四年(809)做了三年权知国子博士。《新唐书·韩愈传》:"元和初,权知国子博士,分司东都,三岁为真。"三年,一作"三为",即说韩愈三次为博士,本文为韩愈第三次为博士时所作,故亦通。 [43] 冗不见治:在闲散的职位上,表现不出什么治绩。冗(rǒng),闲散。 [44] 命与仇谋:命运有意和自己作对,指韩愈多次贬官、降职。谋,相伴,相结合。 [45] 取败:遭受失败。几时:无时,随时随刻。[46] 头童齿豁:头秃齿脱,言其不老而有老态。童,秃。 [47] 竟死:直到老死。裨(bì):补益。 [48] 宊(máng):屋梁,大梁。 [49] 桷(jué):房上的木椽。 [50] 欂栌(bó lú):柱子上支撑栋梁的方木,即"斗拱"。侏儒:此指梁上的短柱。 [51] 椳(wēi):门户的枢轴。闑(niè):两扇门之间的竖闩。扂(diàn):门插棍,亦门闩一类东西。楔(xiē):楔子,榫之缝隙中插入的斜木。一说,为门两旁之木柱。 [52] 玉札:可供药用的玉屑。一说,指地榆。丹砂:朱砂。赤箭:即天麻,因其茎似箭杆,赤色,故称。青芝:一名龙芝,灵芝之一种。以上四种均为名贵中药。 [53] 牛溲:牛尿。一说,即牛遗,车前草的别名。马勃:又名马屁菌,一种可以止血的菌类。败鼓之皮:破烂的鼓皮。以上三种均为最贱的中药材。 [54] 登明选公:公平合理地选录人才。 [55] 杂进:掺杂进用。巧拙:灵巧的和拙笨的人。 [56] 纡余:屈曲的样子,此指为人老练沉静,稳重和缓。妍:美好。[57] 孟轲:孟子名轲。好辩:喜欢与人辩论,孟子为维护孔子的学说,竭力驳斥杨朱和墨翟的学说。《孟子·滕文公下》:"公都子曰:'外人称夫子好辩,敢问何也?'孟子曰:'予岂好辩哉? 予不得已也。'"又曰:"杨、墨之道不息,孔子之道不著。" [58] 荀卿:即荀子,名况。战国末期赵国人,是孟轲之后著名的学者。曾游学于齐。守正:坚守醇正的儒家学说。 [59] 逃谗:荀子在齐,被尊为稷下学官祭酒,成为学术界领袖。后受人谗毁,逃往楚国。兰陵:古县名,战国时楚国置,治所在今山东苍山西南兰陵镇。荀子至楚,春申君任他为兰陵令,春申君死后,荀子被废去官,老死于兰陵。事见《史记·孟子荀卿列传》。 [60] 优入圣域:(其道德品质修养)足以使他们进入圣人的领域。优,足够。圣域,圣人的境界。 [61] 繇:通"由"。其统:儒家学说的系统。 [62] 不要(yāo)其中:不能把握住儒道之关键。要,求,取,引申为把握、切合。中,关键,核心。 [63] 踵:原指脚后跟,这里用作动词,跟随。常途:老路,世俗之道。促促(chuò):同"娖娖"。不舒展,拘谨的样子,一本作"役役",劳累不停的样子。 [64] "窥陈编"句:我只是偷看古书,抄袭前人的理论而无创见。 [65] 若夫:至于,连词,表示另叙一事。商:考虑,谋算。财贿:财货,指俸禄。有亡:有无。 [66] 计:计较。班资:班列资历,指官职地位。崇庳:高低。庳同"卑",低下。 [67] 己量:自己的分量。指能力、才干。所称(chèn):所符合的标准。 [68] "是所谓"三句:这就是所说的责备木匠为什么不用小木橛代替大柱子,指责医生为什么不用猪苓代替菖蒲去作延年益寿的药。诘,责备。杙(yì),小木橛。楹,柱子。訾(zǐ),指责。昌阳,即菖蒲,中草药,有健身补养作用。引年,延年。进,进用,此指推荐。豨(xī)苓,又名猪苓,中草药,有利尿作用,多服则有损健康。

论佛骨表

【题解】 此文写于唐宪宗元和十四年(819)正月,时韩愈五十二岁,任刑部侍郎。据《旧唐书·韩愈传》载:"凤翔(府名,在今陕西凤翔)法门寺有护国真身塔,塔内有释迦文佛(释迦牟尼)指骨一节,……三十年一开,开则岁丰人泰。"元和十四年正月,唐宪宗令中使杜英奇率太监、宫女,手持鲜花,赴临皋驿迎佛骨。"自光顺门入大内,留禁中三日,乃送诸寺。王公士庶,奔走施舍,唯恐在后"。韩愈素不喜佛,于是上此疏。疏奏,宪宗大怒,将加极刑。幸赖裴度、崔群等乞求宽容，韩愈被贬为潮州刺史。

韩愈以道统自居，力图以儒学中兴唐室，故排斥佛老，不遗余力。正当宪宗狂热迷信佛教，朝野佞佛，几至颠狂之际，他不计生死，放言无忌，指斥佛教之虚妄，其胆其识，卓然不群。文章没有对佛教的理论和教义进行驳诘，而是以事明理，摆出由古而今，由远及今的史实，说明佛不足信，对比鲜明，环环相扣。作者义愤在胸，所以义正辞严，气势雄壮奔放，能振聋发聩。

臣某言[1]：伏以佛者[2]，夷狄之一法耳[3]，自后汉时流入中国[4]上古未尝有也，昔者黄帝在位百年[5]，年百一十岁；少昊在位八十年[6]，年百岁；颛顼在位七十九年[7]，年九十八岁；帝喾在位七十年[8]，年百五岁；帝尧在位九十八年[9]，年百一十八岁；帝舜及禹[10]，年皆百岁。此时天下太平，百姓安乐寿考[11]。然而中国未有佛也。其后殷汤亦年百岁[12]，汤孙太戊在位七十五年[13]，武丁在位五十九年[14]，书史不言其年寿所极，推其年数，盖亦俱不减百岁。周文王年九十七岁，武王年九十三岁，穆王在位百年[15]。此时佛法亦未入中国，非因事佛而致然也[16]。汉明帝时，始有佛法，明帝在位才十八年耳[17]。其后乱亡相继，运祚不长[18]。宋、齐、梁、陈、元魏已下，事佛渐谨，年代尤促[19]。惟梁武帝在位四十八年，前后三度舍身施佛[20]；宗庙之祭，不用牲牢[21]；昼日一食，止于菜果[22]；其后竟为侯景所逼，饿死台城，国亦寻灭[23]。事佛求福，乃更得祸。由此观之，佛不足事，亦可知矣。

高祖始受隋禅，则议除之[24]。当时群臣材识不远[25]，不能深知先王之道、古今之宜，推阐圣明[26]，以救斯弊，其事遂止，臣常恨焉[27]。伏惟睿圣文武皇帝陛下[28]，神圣英武，数千百年已来，未有伦比。即位之初，即不许度人为僧尼道士，又不许创立寺观。臣常以为高祖之志，必行于陛下之手。今纵未能即行，岂可恣之转令盛也[29]？今闻陛下令群僧迎佛骨于凤翔，御楼以观[30]，舁入大内[31]。又令诸寺递迎供养[32]。臣虽至愚，必知陛下不惑于佛，作此崇奉以祈福祥也[33]。直以年丰人乐，徇人之心[34]，为京都士庶设诡异之观、戏玩之具耳[35]！安有圣明若此，而肯信此等事哉！然百姓愚冥[36]，易惑难晓，苟见陛下如此，将谓真心事佛，皆云："天子大圣，犹一心敬信，百姓何人，岂合更惜身命[37]！"焚顶烧指[38]，百十为群，解衣散钱[39]，自朝至暮，转相仿效，惟恐后时[40]，老少奔波，弃其业次[41]。若不即加禁遏，更历诸寺，必有断臂脔身以为供养者[42]。伤风败俗，传笑四方，非细事也。

夫佛本夷狄之人，与中国言语不通，衣服殊制，口不言先王之法言，身不服先王之法服[43]，不知君臣之义，父子之情[44]。假如其身至今尚在，奉其国命，来朝京师，陛下容而接之，不过宣政一见[45]，礼宾一设，赐衣一袭[46]，卫而出之于境，不令惑众也。况其身死已久，枯朽之骨，凶秽之余[47]，岂宜令入宫禁？

孔子曰："敬鬼神而远之[48]。"古之诸侯行吊于其国，尚令巫祝先以桃茢祓除不祥[49]，然后进吊。今无故取朽秽之物，亲临观之，巫祝不先，桃茢不用，群臣不言其非，御史不举其失[50]，臣实耻之。乞以此骨付之有司[51]，投诸水火，永绝根本，断天下之疑，绝后代之惑[52]。使天下之人知大圣人之所作为,出于寻常万万也[53]:岂不盛哉,岂不快哉!佛如有灵,能作祸祟[54],凡有殃咎[55],宜加臣身。上天鉴临[56],臣不怨悔。无任感激恳悃之至[57]。谨奉表以闻。臣某诚惶诚恐[58]。

【注释】 [1] 某:应为“愈”字,后人编其文集时省为“某”字。 [2] 伏:俯伏之意,此为谦词。 [3] 夷狄:古时汉民族对其他各民族的一种贬称。佛教从印度传入中国,故称。法:法门、法术,此指教规教法,即宗教。[4] 后汉:东汉。 [5] 黄帝:传说中我国远古时代的帝王名。后世推尊其为我国各民族共同的祖先。《史记·五帝本纪》:“黄帝者,少典之子,姓公孙,名曰轩辕,……有土德之瑞,故曰黄帝。” [6] 少昊(hào):传说中我国远古时代帝王名,号穷桑帝。《周易·系辞下》正义引皇甫谧《帝王世纪》云:“少皞(昊)帝,名挚,字青阳,姬姓也……在位八十四年而崩。” [7] 颛顼(zhuān xū):传说中我国远古时代帝王名,号高阳氏。《史记·五帝本纪》:“帝颛顼高阳者,黄帝之孙而昌意之子也。” [8] 帝喾(kù):传说中我国远古时代帝王名,号高辛氏。《史记·五帝本纪》:“帝喾高辛者,黄帝之曾孙也。”[9] 帝尧:传说中我国远古时代帝王名,号陶唐氏。《史记·五帝本纪》:“帝喾娶陈锋氏女,生放勋;娶娵訾氏女,生挚。帝喾崩,而挚代立。帝挚立,不善,而弟放勋立,是为帝尧。” [10] 帝舜:传说中我国远古时代帝王名。号有虞氏。《史记·五帝本纪》:“虞舜者,名曰重华……年六十一代尧践帝位。践帝位三十九年,南巡狩,崩于苍梧之野。”禹:夏朝的开国帝王。《史记·夏本纪》:“夏禹,名曰文命,……黄帝之玄孙而帝颛顼之孙也……国号曰夏后,姓姒氏。”禹死之后,传帝位于儿子启,从此我国开始实行帝王世袭制。 [11] 寿考:寿命长。考,老,年老。 [12] 殷汤:商朝的第一代君主汤。殷,即商,商至盘庚迁都于殷,故又称“殷”。 [13] 太戊:殷中宗,汤之玄孙。曾使殷朝中兴。《史记·殷本纪》:“帝太戊立,伊陟(伊尹之子)为相……殷复兴,诸侯归之,故称中宗。”《尚书·无逸》:“肆中宗之享国,七十有五岁。” [14] 武丁:殷高宗。举傅说为相,使殷国大治。《后汉书·郎颉传》李贤注引《帝王纪》:“高宗飨国五十有九年,年百岁。” [15] 穆王:周朝君主之一,名满。《太平御览·皇王部·穆王》引《史记》云:“穆王立五十五年,年一百五岁而崩。”

而《尚书·吕刑》:“王享国百年。” [16] 事佛:奉佛,敬佛。致然:导致这样的结果。 [17] 汉明帝:名庄,后汉世祖光武帝刘秀之子。《后汉书·西域传》记载,他曾梦见一个神人,有人告诉他说这就是佛,于是他就派人到天竺(印度)访求。此传为佛教进入中国之始。十八年:明帝公元57年—公元75年在位,年四十八岁而终。 [18] 乱亡相继:明帝之后,外戚、宦官专权,党锢之祸,黄巾起义。军阀混战,魏、蜀、吴鼎立,直至东汉亡国。运祚(zuò):指国家的治乱兴衰之命运。祚,福。 [19] “宋齐”三句:南北朝以下,统治者奉佛日渐虔诚,而统治持续的时间却特别短促。宋,刘裕篡东晋建宋,南朝开始,亡于齐。齐,萧道成篡宋建齐,亡于梁。梁,萧衍篡齐建梁,亡于陈。陈,陈霸先篡梁建陈,亡于隋。元魏,即北魏,是鲜卑族拓跋氏在黄河流域建立的政权,北朝自此始。拓跋氏推行鲜卑族汉化政策,自己改姓元,故史称北魏为“元魏”。北魏后分裂为东魏、西魏,又分别为北齐、北周所取代,后为隋所亡。谨,敬重,虔诚。促,短。 [20] “惟梁”二句:梁武帝当了四十八年皇帝,他曾先后三次出家当和尚。梁武帝,梁代开国皇帝萧衍,字叔达。他在位四十八年,他宣布“唯佛道是正道”,定佛教为国教。三度舍身施佛;据《梁书·武帝纪》载,萧衍曾于普通八年(527),中大通元年(529)、太清元年(547)三次舍身同泰寺,亲自宣讲佛经,以求福寿,每次都由群臣用巨款将其赎出。 [21] 不用牲牢:即不杀生,改用面食作祭品。《南史·武帝纪》载:天监十六年(517),他下令“郊庙牲牷,皆代以面”。“虽公卿异议,朝野喧嚣,竟不从。冬十月,宗庙荐羞,始用蔬果。”牲,牛、羊、猪称为三牲。牢,古人祭祀,用牛、羊、猪各一头,称“太牢”;只用羊、猪各一头,称“少牢”。 [22] 止于菜果:只吃蔬菜、水果。 [23] 侯景:字万景,原为东魏将领,后降梁。萧衍非常信任他,封他为河南王。后梁与东魏和好,侯景怕对自己不利,于是举兵叛梁,攻陷京城建康,一度控制大权,萧衍成为阶下囚。台城:禁城,皇帝居处。晋、宋之间称朝廷禁省为台,故称京城为台城。南朝时,台城在今江苏南京北之玄武湖畔。萧衍被囚,往往饭也吃不上,忧愤成疾,饿死于净居殿。寻:不久。 [24] “高祖”二句:唐高祖代隋称帝之初,亦商议废除佛教。高祖,唐高祖李渊。禅,以帝位让人曰禅让。公元618年,李渊废隋恭帝,在长安称帝,建立唐朝。议除之,商议废除佛教。唐高祖武德九年(626),太史令傅奕上疏,请除佛法,李渊“亦恶沙门道士苟避征徭,不守戒律”,于是下诏:“命有司沙汰天下僧、尼、道士、女冠……京师留寺三所,观二所,诸州各留二所,余皆罢之。”(《资治通鉴·唐纪七》） [25] 材识不远：才识不高，没有远见。据《旧唐书·傅奕传》载：傅奕上疏后，李渊让“群官详议，唯太仆卿张道源称奕奏合理”，中书令萧瑀等极力反对。这里表面上是指萧瑀等人，实际还有更复杂的原因。因为李渊未来得及实施傅奕的建议，就让位给太宗李世民。李世民即位，为安定人心，稳定局势，实行了大赦和“复浮图、老子法”等措施，故反佛斗争失败。此处韩愈不便直言，故说“群臣材识不远”。 [26] 推阐圣明：推求阐明高祖李渊的诏旨。阐，阐发，阐明。圣明，指李渊的诏旨。 [27] 臣：韩愈自谓。恨：遗憾。 [28] 睿(ruì)圣文武皇帝：这是元和三年(808)，群臣给唐宪宗上的尊号，意思是聪明神圣、能文能武之意。睿，聪明。 [29] 恣之：放任佛教。转：反过来。令盛：使之兴盛。 [30] 御楼：登楼，坐在楼上。[31] 舁(yú)入大内：抬入宫中。舁，抬。大内，皇帝所居之宫廷。[32] 递(dì)迎：一个寺一个寺依次迎奉。供养：供奉。又，佛教称以香花、灯明、饮食等资养三宝(佛、法、僧)为“供养”。 [33] 崇奉：隆重地供奉。祈：求。 [34] “直以”二句：只不过是因年成丰收，人心欢乐，顺应人心。直，只不过。徇，顺应。 [35] 士庶：士大夫和老百姓。诡异之观：奇怪而又可供观赏的场面。戏玩之具：游戏玩耍的器具。 [36] 愚冥：愚昧无知。冥，暗，不明事理。 [37] 岂合：怎该。更惜身命：再爱惜自己的身躯生命。 [38] 焚顶烧指：用香(或艾叶)焚烧头顶和手指，以此苦行表示对佛之虔诚。唐代苏鹗《杜阳杂编》曾记唐懿宗咸通十四年(873)迎佛骨的情景：“时有军卒，断左臂于佛前，以手执之，一步一礼，血流洒地。至于肘行膝步，啮指截发，不可算数。又有僧以艾复顶上，谓之‘炼顶’。火发，痛作。即掉其首呼叫，坊市少年擒之，不令动摇，而痛不可忍，乃号哭卧于道上，头顶焦烂，举止苍迫，凡见者无不大哂焉。” [39] 解衣散钱：脱下衣服，散发钱财，以此表示对佛的虔诚。 [40] 惟恐后时：只怕自己行动晚了，即争先恐后之意。 [41] 弃其业次：放弃了自己的本职工作，业次，赖以谋生的职业。 [42] 脔(luán)身：把身上的肉割下来。脔，肉块，这里用作动词，切肉。 [43] “口不言”二句：佛徒口里不讲符合先王礼法的话，身上不穿合于先王礼法的衣服。先王，指儒家所称颂的古代圣王，如尧、舜、禹、汤、文、武等。法言，合乎儒家礼法之言论。法服，儒家礼法所规定的服饰。《孝经·卿大夫》：“非先王之法服不敢服，非先王之法言不敢道，非先王之德行不敢行。”[44] “不知”二句：不知道君臣、父子之间的伦理关系。君臣之义，儒家所主张的君臣关系准则。父子之情,儒家所主张的父子关系准则。《孟子·滕文公上》:"(圣人)使契为司徒,教以人伦:父子有亲。君臣有义,夫妇有别,长幼有序,朋友有信。" [45]"陛下"二句:您容纳并接待他,不过在宣政殿接见他一次。容而接之,容纳并接待他。宣政,宣政殿。《资治通鉴》胡三省注云:"唐时四夷入朝贡者,皆引见于宣政殿。" [46]"礼宾"二句:在礼宾院设宴款待一次,赐给他一套衣服。礼宾,礼宾院、接待外宾的官署。一设,设宴一次。《资治通鉴》胡三省注云:"唐有礼宾院,凡胡客入朝,设宴于此。"一袭,一套。 [47]凶秽:凶邪污秽。古人认为尸体是不祥、不洁之物。 [48]"敬鬼神"句:语出《论语·雍也》:"子曰:务民之义,敬鬼神而远之,可谓知矣。" [49]巫、祝:均为官名,此指古代以事鬼神为职业的人。桃:桃木。茢(liē):笤帚。古人迷信,他们认为鬼怕桃木,笤帚可以扫除不祥之物。祓(fú):与"除"同义。《周礼注》:"桃,鬼所畏;茢,笤帚,所以扫不祥。"《礼记·檀弓下》:"君临臣丧,以巫祝桃茢执戈,恶之也,所以异于生也。" [50]御史:主管纠弹的朝官。唐代御史台设御史大夫一人,御史中丞为其副,下领侍御史、殿中侍御史、监察御史诸职。 [51]乞:请求。有司:有关职能部门的主管官吏。 [52]"断天下"二句:这两句为互文。是说可以断绝天下人对佛教的疑惧和迷惑。疑,惑,均为疑惑。 [53]"使天下"二句:使天下的人都知道您的所作所为,远远高出于一般人。大圣人,指唐宪宗。寻常,指一般人。 [54]祸祟(suì):鬼神所制造的灾祸。 [55]殃咎:灾害,祸殃。 [56]鉴临:鉴察亲临。 [57]无任:不胜。感激恳悃(kǔn):恳切忠诚地感激。悃,诚信。之至:到了极点。 [58]诚惶诚恐:惶惧不安。此为古时上奏文字中的套语。

柳子厚墓志铭

【题解】 墓志铭,墓前的刻石文字,一般包括志和铭两部分:志文类以传记,铭为韵文,类似颂悼之词,但古今体制有异。

本文作于元和十五年(820),韩愈在袁州(今江西宜春)刺史任上。柳宗元去世后,他除了本文,还写了《祭柳子厚文》和《柳州罗池庙碑》表达悼念深情。

韩柳同为唐代古文运动的领袖，虽政见不同，但两人私交甚深。本文重点记述了柳宗元的家世和生平经历，高度赞颂了柳宗元卓越的政绩和杰出的文学成就。对柳宗元被贬后解民于倒悬、急朋友于危难的做法，深表敬佩；对其累遭贬谪、终生抑郁的不幸遭遇，寄予深切同情；对虚伪势利，落井下石的官场世道，表示了极大的愤慨。这其中既有作者的亲身感受（他因谏迎佛骨而被远贬），又有所指。清代何焯称："公此文亦在远贬之后作，故尤淋漓感慨。"（《义门读书记》）所言甚是。

作者不满王叔文等人的为人，对永贞改革也不赞许，所以认为柳氏参与其事是不能"自持其身"，指责不当，而且反映了作者保守的政治立场。

全文于叙事中夹入议论，感慨有情，含蓄委婉。一改六朝以来"为人志铭，铺排郡望，藻饰官阶，殆于以人为赋，更无质实之意"（章学诚《文史通义·外篇一·墓铭辨例》）的陋习，而可以比肩《史》、《汉》。

子厚讳宗元[1]。七世祖庆，为拓跋魏侍中，封济阴公[2]。曾伯祖奭，为唐宰相，与褚遂良、韩瑗俱得罪武后，死高宗朝[3]。皇考讳镇，以事母弃太常博士，求为县令江南[4]。其后以不能媚权贵失御史，权贵人死，乃复拜侍御史[5]。号为刚直，所与游皆当世名人[6]。

子厚少精敏，无不通达。逮其父时[7]，虽少年，已自成人，能取进士第，崭然见头角[8]，众谓柳氏有子矣。其后以博学宏词授集贤殿正字[9]。俊杰廉悍[10]，议论证据今古，出入经史百子，踔厉风发[11]，率常屈其座人[12]，名声大振。一时皆慕与之交，诸公要人争欲令出我门下，交口荐誉之[13]。

贞元十九年，由蓝田尉拜监察御史[14]。顺宗即位，拜礼部员外郎[15]。遇用事者得罪，例出为刺史；未至，又例贬永州司马[16]。居闲，益自刻苦，务记览，为词章，泛滥停蓄[17]，为深博无涯涘[18]，而自肆于山水间。元和中，尝例召至京师，又偕出为刺史，而子厚得柳州[19]。既至，叹曰："是岂不足为政邪！"因其土俗，为设教禁，州人顺赖[20]。其俗以男女质钱[21]，约不时赎，子本相侔，则没为奴婢[22]。子厚与设方计，悉令赎归。其尤贫力不能者，令书其佣，足相当，则使归其质[23]。观察使下其法于他州[24]，比一岁，免而归者且千人[25]。衡、湘以南[26]，为进士者，皆以子厚为师。其经承子厚口讲指画为文词者，悉有法度可观[27]。

其召至京师而复为刺史也，中山刘梦得禹锡亦在遣中，当诣播州[28]。子厚泣曰："播州非人所居，而梦得亲在堂[29]，吾不忍梦得之穷，无辞以白其大人；且万无母子俱往理[30]。"请于朝，将拜疏，愿以柳易播[31]，虽重得罪，死不恨。遇有以梦得事白上者，梦得于是改刺连州[32]。呜呼！士穷乃见节义。今夫平居里巷相慕悦，酒食游戏相征逐[33]，诩诩强笑语以相取下[34]，握手出肺肝相示，指天日涕泣，誓生死不相背负，真若可信；一旦临小利害，仅如毛发比，反眼若不相识，落陷阱，不一引手救，反挤之，又下石焉者，皆是也。此宜禽兽夷狄所不忍为，而其人自视以为得计，闻子厚之风，亦可以少愧矣[35]！

子厚前时少年，勇于为人[36]，不自贵重顾藉[37]，谓功业可立就，故坐废退[38]。既退，又无相知有气力得位者推挽[39],故卒死于穷裔[40]。材不为世用,道不行于时也。使子厚在台省时,自持其身已能如司马、刺史时[41],亦自不斥[42];斥时,有人力能举之,且必复用不穷[43]。然子厚斥不久,穷不极,虽有出于人,其文学辞章,必不能自力以致必传于后如今,无疑也[44]。虽使子厚得所愿,为将相于一时,以彼易此[45],孰得孰失,必有能辨之者。

子厚以元和十四年十一月八日卒[46],年四十七;以十五年七月十日归葬万年先人墓侧[47]。子厚有子男二人,长曰周六,始四岁;季曰周七,子厚卒乃生。女子二人,皆幼。其得归葬也,费皆出观察使河东裴君行立[48]。行立有节概,重然诺,与子厚结交,子厚亦为之尽,竟赖其力。葬子厚于万年之墓者,舅弟卢遵[49]。遵,涿人[50],性谨慎,学问不厌。自子厚之斥,遵从而家焉,逮其死不去。既往葬子厚,又将经纪其家[51],庶几有始终者。铭曰:

是惟子厚之室,既固既安,以利其嗣人[52]。

以上据上海古籍出版社版《韩昌黎文集校注》

【注释】 [1] 讳:避讳。讳某即名某。旧时称尊者不得直呼其名,故在名前冠"讳"字,以示尊敬。 [2] "七世祖"三句:据柳宗元《先侍御史府君神通表》载:"六代祖讳庆,后魏侍中平齐公;五代祖讳旦,周中书侍郎济阴公。"可见韩愈所记不确。庆,柳庆,字更兴,曾任北魏(为鲜卑族拓跋氏所建故称拓跋魏)侍中(位同宰相)。入北周,封平齐公。济阴,北魏郡名,今山东菏泽一带。 [3] 曾伯祖:应为高伯祖,因柳奭(shì)为柳旦之孙,与柳宗元之高祖子夏为兄弟。奭:柳奭,字子燕,贞观中迁中书舍人,后因其外甥女王氏当了高宗的皇后,而升中书侍郎、为中书令(宰相)。武则天夺取皇后位后,柳奭被贬为爱州(在今越南北境)刺史,后被诬告"潜通宫掖,谋行鸩毒,又与褚遂良等朋党构扇,罪当大逆"(《旧唐书·柳奭传》),旋被杀。褚遂良:字登善,高宗时官至尚书右仆射，封河南郡公，因反对高宗废王皇后立武则天，被贬官而死。韩瑗(yuàn)：字伯玉，官至侍中。高宗废王皇后，韩瑗泣谏，帝不纳。又因竭力营救褚遂良，诬以"图谋不轨"，被贬官而死。武后，即武则天。

[4] 皇考：旧时对已去世父亲的称呼。太常博士：太常寺(掌宗庙礼仪)的属官。"求为"句：据柳宗元《先侍御史府君神道表》说，柳镇在唐肃宗时曾佐郭子仪守朔方，后调长安主簿。居母丧，服除，吏部任他为太常博士。柳镇以有老弱在吴(今江苏苏州)辞，愿为宣城令，遂徙宣城。韩愈此处所说有误。

[5]"其后"三句：柳镇曾任殿中侍御史。贞元四年(788)，因不肯参与宰相窦参诬陷侍御史穆赞的活动，并为穆赞平反冤狱，得罪窦参而被贬为夔州(今四川省奉节县)司马。贞元九年(793)，窦参在贬所被赐死，柳镇才回京官复原职。权贵，居高位而有权势的人，此指窦参。 [6]"所与"句：指和柳镇交游的人，均为当时之名流。据柳宗元《先君石表阴先友记》载，柳镇的朋友袁高、齐映、杜黄裳、梁肃、韩会、郑余庆等六十七人，并说："先君之所与友，凡天下善士举集焉。" [7] 逮其父时：当其父在世时。逮，及，当。 [8]"已自"三句：柳宗元于贞元九年(793)中进士，时年二十一岁。崭然，高峻的样子，高出一般。见头角，显露出过人的才华。见，同"现"。 [9] 博学宏词：唐代吏部考试进士及第者的一种科目，开元九年(721)始设此科。柳宗元于贞元十二年(796)考中此科。集贤殿：属中书省，全称为集贤殿书院，掌管刊辑经籍、搜集收藏图书的官署。正字：掌管整理典籍，校勘文字的官员，从九品，柳宗元于贞元十四年(798)任此职。 [10] 俊杰廉悍：才华出众而有锋芒。 [11] 踔(chuō)厉风发：形容发议论时言辞雄辩，纵横驰说。踔厉，腾跃，精神振奋的样子。 [12] 率常：经常。屈其座人：使同坐的人屈服认输。 [13]"诸公"二句：当权者争着让柳宗元到自己门下，众口一辞地称誉他。 [14] 蓝田：今陕西蓝田。监察御史：官名。《唐六典》卷十三云："监察御史，正八品上，掌分察百僚，巡按郡县，纠视刑狱，整肃朝仪。"

[15] 顺宗：唐顺宗李诵。年号永贞，在位一年(805)。顺帝即位，任用王伾、王叔文等进行永贞革新。柳宗元、刘禹锡等积极参与，并成为重要成员。礼部：唐尚书省下设六部之一。下设礼部、祠部、膳部、主客四司，每司设郎中、员外郎。员外郎：为从六品上，掌管礼、乐、学校诸事。 [16] 用事者：执政者，此指王叔文、王伾等。得罪：获罪。永贞革新遭到失败，唐宪宗即位，王叔文、王伾及其骨干成员均遭贬斥。例出：循旧例被贬谪。永贞元年八月，宪

宗先将王叔文贬官，后又赐死；九月，柳宗元、刘禹锡、韩泰等人被贬为州刺史，柳宗元被贬为邵州（今湖南省邵阳市）刺史；十一月，柳宗元于赴任途中，又被贬为永州司马。永州：治所在今湖南永州。司马：刺史属下掌管军事的副职，实为有职无权之冗员。［17］泛滥停蓄：形容学问渊博、深厚，如水之泛滥、积聚。［18］涯涘（sì）：水的边际，此即"边际"。［19］"元和"四句：柳宗元被贬永州，十年未迁。元和十年（815）柳宗元等被召至京城，不久，又放为柳州（今广西柳州）刺史。《资治通鉴·唐纪五十五》："王叔文之党坐谪官者，凡十年不量移（官吏被贬为远方，遇赦酌情改移近处）。执政有怜其才欲渐近之者，悉召至京师。谏官争言其不可，上与武元衡亦恶之。三月乙酉，皆以为远州刺史。官虽进而地益远。永州司马柳宗元为柳州刺史。"元和，唐宪宗李纯的年号。偕，一同，都。［20］"因其"三句：柳宗元根据当地的风俗习惯，制定了各种法令制度，柳州百姓皆顺从。［21］男女：子女。质钱：作抵押借钱。［22］"约不时"三句：约定如不按契约规定的时间还钱赎人，到利息与本金相等时，就将被抵押的人质没收为奴婢。子本，利息和本钱。侔（móu），相等。［23］"令书"三句：让债主写明奴婢们应得的工钱，等到钱数与所欠本利相等时，就把人质放回去。书，记下。佣，工钱。足相当，与所欠的钱相等。归其质，放回人质。［24］观察使：官名。唐时全国分为十道，道设观察使，主管考察州县官吏的政绩。柳州当时属桂管道。下其法于他州：将他的办法推广到其他各州。［25］"比一岁"二句：到一年，免作奴婢而回家的将近千人。［26］衡、湘：即衡山和湘水。［27］"其经"二句：凡经过柳宗元指点而写文章的人，文章都写得很规范。［28］"中山"二句：刘禹锡当时也在贬谪之中，他应当到播州。中山，地名，今河北定县。刘梦得禹锡，刘禹锡字梦得，中山人。遣，贬谪。诣，往。播州，今贵州遵义一带。《旧唐书·刘禹锡传》："叔文败，坐贬连州刺史。在道贬朗州司马。元和十年召还，宰相欲置之郎署。时禹锡作《游玄都观咏看花诸君子诗》，语涉讥刺，执政不悦，复出为播州刺史。"［29］亲在堂：母亲在世。［30］"且万无"句：而且万万没有母子一起前往的道理。［31］拜疏：给皇帝上奏章。疏，条陈事情者曰疏。以柳易播：以自己应赴任的柳州（比播州近）换梦得应去的播州。［32］"遇有"二句：《新唐书·刘禹锡传》："御史中丞裴度为言：'播极远，猿狖所宅，禹锡母八十余，不能往，当与其子死诀，恐伤陛下孝治，请稍内迁。'……乃易连州。"白上，禀告皇帝。刺连州，做连州

(今广东连县)刺史。 [33]“今夫”二句:今天的人们平日家居无事,互表仰慕愉悦,朋友间往来追随,关系密切。 [34]诩诩(xǔ):以媚态取悦于人。强笑语:虚伪地勉强说笑。相取下:采取谦卑态度,表示甘居对方之下。 [35]“闻子厚”二句:听到了柳宗元的高风亮节,也该多少有点惭愧吧。 [36]勇于为人:做人敢做敢为。一说,“勇于为人”即勇于帮助别人,指柳参加永贞革新事。 [37]不自贵重:自己不看重自己。顾藉:顾惜和考虑自己。 [38]坐:获罪。废退:废置贬官。 [39]推挽:推荐和援引。 [40]卒:终于。穷裔:穷乡僻壤,指柳州。 [41]台省:御史台和尚书省。柳宗元曾任监察御史,属御史台。又任礼部员外郎,属尚书省。自持其身:谨慎保重自身。 [42]亦自不斥:自然也就不会遭到贬斥。 [43]复用不穷:重新被重用不受困苦。 [44]“必不能”二句:他必定不能自己奋发努力,取得像今天这样必定流传于后世的文学成就,是毫无疑问的。 [45]彼:指为将相于一时。易:换。此:指其文学辞章必传于后世。 [46]十一月八日卒:《旧唐书·柳宗元传》作:“十月五日卒。” [47]万年:唐时县名,故城在今陕西临潼东北。柳宗元先人的墓地在万年县之栖凤原。 [48]费:指丧葬费用。河东裴君行立:河东人裴行立。河东,河东郡,郡治在今山西永济。裴行立当时任桂管观察使,是柳宗元的上司。 [49]舅弟:表弟。卢遵是柳宗元舅父之子。 [50]涿:唐州名,治所在今河北涿县。 [51]经纪:经营管理。 [52]利其嗣人:有利于他的后人。

山　石

【题解】 韩愈《洛北惠林寺题名》云:“韩愈、李景兴、侯喜、尉迟汾,贞元十七年(801)七月二十二日鱼于温洛,宿此而归。”这首纪游诗似当作于此时。另有作于徐州和阳山或潮州说。

此诗依时间顺序记叙自己的游踪及所见、所闻、所感,巧妙地将叙事与写景结合起来,不断转换镜头,读之如展画卷。作者又极善捕捉景物的典型形象,并以素描笔调点染色彩,浓淡相间,极富诗情画意。而这一切又为最后的抒情、议论作了充分的铺垫。方东树评此诗曰:“不事雕琢、自见精彩,真大家手笔。许多层事,只起四语了之,虽是顺叙,却一句一样境界,如展画图,触目通层在眼,何等笔力!……'天明'六句,共一幅早行图画。收入议。从昨日追叙,夹叙夹写,情景如见,句法高古。只是一篇游记,而叙写简妙,犹是古文手笔。”(《昭昧詹言》卷十二)诗中大胆汲取游记散文写法,是韩愈对纪游诗的新开拓。

山石荦确行径微[1],黄昏到寺蝙蝠飞。升堂坐阶新雨足,芭蕉叶大支子肥[2]。僧言古壁佛画好,以火来照所见稀。铺床拂席置羹饭[3],疏粝亦足饱我饥[4]。夜深静卧百虫绝,清月出岭光入扉。天明独去无道路,出入高下穷烟霏[5]。山红涧碧纷烂漫[6],时见松枥皆十围[7]。当流赤足蹋涧石[8],水声激激风吹衣。人生如此自可乐,岂必局束受人鞿[9]?嗟哉吾党二三子[10],安得至老不更归![11]

【注释】 [1] 荦(luò)确:山石险峻不平的样子。行径微:道路狭窄。 [2] 支子:即栀子,茜草科常绿灌木,夏日开白花,味香。支,同“栀”。 [3] 拂席:拂拭席子。置:摆上。羹饭:泛指饭菜。 [4] 疏粝(lì):粗糙的饭食。 [5] “天明”句:天刚亮,独自离开山寺,到处云雾弥漫,看不清道路,任意顺着山路出入山谷,上下山岭。 [6] 山红:满山的红花。涧碧:涧水碧绿。纷烂漫:繁盛而鲜艳夺目。纷,繁盛,多。 [7] 枥(lì),同“栎”,落叶乔木,花黄褐色,果实叫橡斗,木质坚硬。十围:形容树干粗大。围,两手合抱叫一围。 [8] 蹋涧石:踏在涧水中的石上。蹋,同“踏”。 [9] 局束:局促,拘束。为人鞿:被别人控制。鞿(jī),马缰绳。这里用作动词,指驾驭、控制。 [10] 吾党二三子:和自己志同道合的几个朋友,此指同游者。 [11] 不更归:不再回到受束缚的官场。

八月十五夜赠张功曹

【题解】 张功曹，即张署，唐德宗贞元十九年(803)，他和韩愈在监察御史任上因天旱人饥上疏谏免税赋而分别被贬临武(今属湖南)令和阳山(今属广东)令。宪宗即位(805年8月)大赦，韩愈改官江陵(今属湖北)府法曹参军，张署改官江陵府功曹参军。诗作于此时。

这是一首政治抒情诗。通过对被贬谪生活及遇赦受压抑的记叙，倾诉了自己对当时黑暗政局的愤懑不平之情。诗的主体部分采用了对歌的形式。把很长的贬谪生活过程、极其复杂的思想感情，浓缩在张署的歌中，避免了平铺直叙的冗长和枯燥乏味。张署的歌是深沉悲愤的倾诉，韩愈的歌则是轻松旷达的解脱。难兄难弟，一唱一和，恰恰反映了韩愈思想的两个侧面：既有仕途坎坷的悲愤积郁，又有无可奈何的故作旷达。既借他人之酒杯浇自己的块磊，又给人一种长歌当哭之感，不但抒情主人公形象鲜明，而且极富艺术感染力。

这首歌基本上采用了赋体写法，以时间为序，很像一篇叙事散文。语言全用单行句，古朴、苍劲，韵脚灵活，易韵频繁，明显地表现出散文化的倾向。是韩愈以文为诗的佳作。

纤云四卷天无河[1]，清风吹空月舒波[2]。沙平水息声影绝，一杯相属君当歌[3]。君歌声酸辞且苦，不能听终泪如雨。洞庭连天九疑高[4]，蛟龙出没猩鼯号[5]。十生九死到官所[6]，幽居默默如藏逃。下床畏蛇食畏药[7]，海气湿蛰熏腥臊[8]。昨者州前捶大鼓，嗣皇继圣登夔皋[9]。赦书一日行万里，罪从大辟皆除死[10]。迁者追回流者还，涤瑕荡垢朝清班[11]。州家申名使家抑[12]，坎坷只得移荆蛮[13]。判司卑官不堪说[14]，未免捶楚尘埃间[15]。同时辈流多上道[16]，天路幽险难追攀[17]。君歌且休听我歌，我歌今与君殊科[18]：一年明月今宵多，人生由命非由他，有酒不饮奈明何[19]！

【注释】 [1] 纤云：微云。四卷：四散。河：银河。 [2] 月舒波：月亮倾泻银光。 [3] 属(zhǔ)：劝酒。 [4] 九疑：九疑山，又名苍梧山，在湖南宁远南，相传舜葬于此。疑，一作"嶷"。 [5] 猩鼯(xīng wú)：猩猩和一种能飞的鼠。 [6] 十生九死：即九死一生。官所：即到被贬官的地方。 [7] 食畏药：吃东西害怕里面有毒药。药，毒药，即蛊毒。相传当时南方有一种用毒虫制成的药，放在食品中杀人而不易被察觉。 [8] 海气：海上湿热蒸郁的水气。湿蛰：指藏伏在潮湿土中的虫蛇。熏：蒸发，散发。腥臊：秽浊之气。 [9] 嗣皇：指宪宗李纯。继圣：继承皇位。登：进用。夔：相传是舜时的乐官。皋：即皋陶(yáo)，相传是舜时的司法官。与夔均为贤臣。 [10] 大辟：死刑。除死：由死刑改为流刑。 [11] 涤瑕荡垢：清除污垢，喻改过自新。朝清班：在清贵的官班中朝见皇帝。 [12] "州家"句：郴州刺史根据大赦令，将该回京任职的韩愈、张置的名字申报上去，但遭到杨凭的压抑。州家，指郴州刺史。申名，提名申报。使家，指湖南观察使杨凭。抑，压制。 [13] 坎坷：艰难。移荆蛮：指调往江陵府任职。 [14] 判司：唐代地方行政机构中主管某方面的官吏。因韩愈、张署将出任"法曹"、"功曹"之职，故称。卑官：官职卑微。 [15] 捶楚：行刑用的棍棒，此指鞭打。尘埃间：指伏地受刑。唐制规定，参军、簿、尉等官吏有过失，须受笞杖之刑。 [16] 同时辈流：原来和韩愈、张署同时被贬谪的人。上道：踏上回京任职之路。 [17] 天路：指进身于朝廷的道路。 [18] 殊科：不同类，不同调。 [19] 奈明何：怎么对得起这皎洁的月色。

谒衡岳庙遂宿岳寺题门楼

【题解】 诗作于韩愈永贞元年(805)九月任江陵府(今属湖北)法

曹参军，途经衡山宿寺之时。衡岳庙，在湖南衡山县西三十里。诗题一作《谒衡岳遂宿岳寺题门楼》。诗以时间为序，纪游了全过程，描写衡岳诸峰和山间景色变化，生动如画。全诗感情强烈，祭神问天的悒郁和结尾的“旷达”尤为突出。诗中写景、纪游、抒情、议论浑然一体，意境雄浑开阔，语言古朴苍劲，笔调灵活，章法严谨，一韵到底，风格庄中寓谐。“横空盘硬语，妥帖力排奡”，此诗足以当之。

五岳祭秩皆三公[1]，四方环镇嵩当中[2]。火维地荒足妖怪，天假神柄专其雄[3]。喷云泄雾藏半腹，虽有绝顶谁能穷？我来正逢秋雨节，阴气晦昧无清风[4]。潜心默祷若有应[5]，岂非正直能感通[6]？须臾静扫众峰出，仰见突兀撑青空。紫盖连延接天柱，石廪腾掷堆祝融[7]。森然魄动下马拜，松柏一径趋灵宫[8]。粉墙丹柱动光彩，鬼物图画填青红[9]。升阶伛偻荐脯酒[10]，欲以菲薄明其衷[11]。庙令老人识神意[12]，睢盱侦伺能鞠躬[13]。手持杯珓导我掷，云此最吉余难同[14]。窜逐蛮荒幸不死，衣食才足甘长终。侯王将相望久绝，神纵欲福难为功。夜投佛寺上高阁，星月掩映云朣胧[15]。猿鸣钟动不知曙，杲杲寒日生于东[16]。

【注释】 [1] 五岳：即泰山、华山、衡山、恒山和嵩山。祭秩：祭祀的次第等级。三公：周以太师、太傅、太保为三公，历代各有不同，这里泛指朝廷的最高官职。《礼记·王制》：“天子祭天下名山大川，五岳视三公。” [2] 环镇：镇守于四周。嵩当中：嵩山居于当中。《史记·封禅书》：“昔三代之君，皆在河、洛之间，故嵩高为中岳，而四岳各如其方。” [3]“火维”二句：衡湘一带地方荒僻炎热，多妖怪，上天授予赤帝权力让它专力雄镇南方。火维，犹火乡，指衡湘一带。相传衡岳之神为赤帝祝融氏。维,隅。《初学记》卷五:“徐灵期《南岳记》及盛弘之《荆州记》云:‘故南岳衡山,朱陵之灵台,太虚之宝洞,上承冥宿,铨德钧物,故名衡山。下距离宫,摄位火乡,赤帝馆其岭,祝融托其阳,故号南岳。’”足,多。假,授予。柄,权力。 [4] 晦昧:云雾阴暗。无清风:阴气重。 [5] 默祷:暗自祷祝、祈求(明朗的天色)。若有应:好像有了灵验,指天气由阴转晴。 [6] “岂非”句:难道不是因为我的正直终能感通神明吗? [7] “紫盖”二句:紫盖峰与天柱峰相接,石廪峰腾跃起伏,堆拥着祝融峰。顾嗣立注引《长沙记》曰:“衡山七十二峰,最大者五:芙蓉、紫盖、石廪、天柱、祝融为最高。”腾掷,状山势起伏不平。 [8] 森然魄动:山势险峻,使人惊心动魄。径:路。灵宫:指衡岳庙。 [9] “粉墙”二句:雪白墙壁和朱红的柱子,光彩飞动,上边都用青红的彩色画满了神仙鬼怪的图像。 [10] 伛偻(yǔ lǚ):弯着腰。荐:进。脯(fǔ):干肉。 [11] 菲薄:微薄,此指不丰盛的祭品。明其衷:将自己内心的郁积明之于神灵。 [12] 庙令老人:掌管神庙的老人。《唐六典》:“五岳四渎庙令各一人,正九品上,掌祭祀及判祠事。” [13] “睢盱”句:庙令老人站在身旁目不转睛地窥察着,并鞠躬致敬。睢盱(suī xū),张开眼睛叫“睢”,闭着眼睛叫“盱”,这里是复词偏义,偏用“睢”意,即瞪大眼看着。侦伺,侦察窥视。能鞠躬,惯于鞠躬致意。 [14] “手持”二句:庙令老人手持杯珓教韩愈如何掷,并根据卦象解释说:这是最吉祥的征兆,其他人很难得到这样的吉兆。杯珓(jiào),一作“杯角”、“杯教”、“杯校”,一种简单的占卦工具。常用玉、蚌壳或竹木制成,共两片,可分合。占卜时,把两片合起来,掷在地上,视其俯仰向背以定吉凶休咎。导我掷,教我掷杯珓。方世举注曰:“其掷法以半俯半仰者为吉。”(《韩昌黎诗集编年笺注》) [15] 曈昽:光线隐约不明。 [16] 杲杲(gǎo):日出光明的样子。

左迁至蓝关示侄孙湘

【题解】 唐宪宗元和十四年(819)正月,派人从凤翔法门寺迎佛骨入宫供奉,韩愈上《论佛骨表》谏诤,言辞激烈。“表入,帝大怒,持示宰相,将抵以死。裴度、崔群曰:‘愈言讦牾,罪之诚宜。然非内怀至忠，安能及此。愿少宽假，以来谏争。’……虽戚里诸贵，亦为愈言，乃贬潮州刺史。”(《新唐书·韩愈传》)此诗即作于赴任途中。左迁，古人贵右贱左，故称贬官为左迁。蓝关，蓝田关，一名峣关，在今陕西蓝田南九十里。湘，即韩湘，韩老成之长子，韩愈之侄孙，长庆进士。

诗表现了韩愈忠直遭贬的满腔不平，辟佛除弊九死不悔的凛然正气和刚直不阿的精神。诗人伤时念家的失路之悲、交待后事的凄楚之情，感人至深。全诗气势磅礴，笔势纵横，格调沉雄，境界开阔，有杜诗沉郁顿挫的风范。

一封朝奏九重天[1]，夕贬潮州路八千[2]。欲为圣朝除弊事[3]，肯将衰朽惜残年[4]！云横秦岭家何在，雪拥蓝关马不前[5]。知汝远来应有意[6]，好收吾骨瘴江边[7]。

【注释】 [1] 一封：指其谏书《论佛骨表》。朝(zhāo)奏：早上给朝廷的奏章。九重天：借指唐宪宗。 [2] 夕贬：晚上就被贬。朝奏夕贬，极言得罪之快。潮州：又称潮阳郡，州治在潮阳(今广东潮阳)。一本作“潮阳”。路八千：指从长安到潮州的路程，极言甚远。 [3] 圣朝：指宪宗朝。一本作“圣明”。弊事：弊端。一本作“弊政”。此指宪宗佞佛、迎佛骨入宫供奉之事。 [4] 肯：岂肯。衰朽：韩愈时年52岁。惜残年：怜惜残余的年华。 [5] 秦岭：此指终南山。蓝关：此指蓝田县。 [6] 汝：指韩湘。 [7] 瘴江边：岭南一带包括潮州地区河流多瘴气。

次潼关先寄张十二阁老使君

【题解】 元和九年(814)，吴元济据淮西叛乱，元和十二年(817)，宪宗命宰相裴度率兵讨淮西，裴度任韩愈为行军司马。同年十月，破蔡州(今河南汝南)，生擒吴元济，乱平。十一月，大军凯旋，诗即作于回师途中。次,驻扎,抵达。潼关,今陕西潼关。张十二,指华州刺史张贾。张贾行第十二。阁老,唐时中书、门下二省官员的通称,因张贾曾任给事中(属门下省),故云。使君,汉代对州刺史的尊称,唐人因之。此诗高度赞美了裴度的功绩,反映了韩愈一贯维护国家统一的政治态度。同时,诗中也表现了韩愈无比喜悦和自豪的情绪。

绝句贵含蓄。而此诗则以刚笔直抒见称。清程学恂《韩诗臆说》云:"写歌舞入关,不着一字,尽于言外传之,所以为妙。"

荆山已去华山来[1],日出潼关四扇开。刺史莫辞迎候远[2]。相公亲破蔡州回[3]。

【注释】 [1] 荆山:一名覆釜山 在今河南灵宝境内。 [2] 刺史:指张贾。迎候远:远道迎接,潼关距华州尚有一百二十里路,故曰"远"。 [3] 相公:指宰相裴度。亲破:一本作"新破",可从。

早春呈水部张十八员外 (其一)

【题解】 张籍行第十八,时任水部员外郎,故称"水部张十八员外"。诗写于穆宗长庆三年(823),韩愈时任吏部侍郎。原有二首,此为第一首。前两句诗人敏锐捕捉住早春小雨和春草初萌两个征候特色,传出二月早春景色之神,后两句以皇都烟柳的暮春为陪衬,突出早春"绝胜"之"好处"。

天街小雨润如酥[1],草色遥看近却无。最是一年春好处,绝胜烟柳满皇都[2]。

以上据上海古籍出版社版《韩昌黎诗系年集释》

【注释】 [1] 天街:京城的街道。酥:酥油奶制品。 [2] 绝胜:绝对胜过。烟柳:柳绿如烟。一本作“烟花”。皇都:帝京,京城。

刘禹锡

刘禹锡(772—842),字梦得,洛阳(今属河南)人。一说,彭城(今江苏徐州)人。贞元九年(793)进士,曾任太子校书、监察御史等职。顺宗时,参加永贞革新集团,任屯田员外郎、判度支盐铁案。革新失败后,贬朗州司马,又转连州、夔州、和州刺史。文宗太和二年(828)才被召回京,为主客郎中,又以太子宾客分司东都(洛阳),世称刘宾客。官终检校礼部尚书。晚年在洛阳与白居易过从甚密,诗词唱和,并称刘、白。

刘禹锡是中唐进步的思想家,又是中唐杰出的文学家,诗、词、文均擅,而以诗的成就最高。其政治讽刺诗、怀古诗和仿民歌体的《竹枝词》尤有特色。诗风清新明快,自然流畅,深得民歌之长。有《刘梦得文集》四十卷传世。

陋 室 铭

【题解】 铭,文体的一种,多刻在器物和碑石上,用于歌颂功德或昭申鉴戒。全文紧扣一个“陋”字展开。作者先用奇警新颖的比喻说明室之陋否,取决于德之有无,点明了文章的主旨;然后用室外的幽静与室内之高雅相映衬,用“有”与“无”相对比,用诸葛之草庐、扬雄的草玄亭为喻,最后借引孔子之语,说明如此之室,何陋之有?文章抒发了作者洁身自好,不随波逐流的志趣。文中引古代高士为同调,既表明他对理想的执着追求,也表明他孤芳自赏、鄙夷世俗的节操。全文仅八十一字,短小精悍,构思巧妙,文字清丽,虽不见载于刘集,却被视作一篇可靠的佚文,历来传诵不衰。

山不在高,有仙则名;水不在深,有龙则灵。斯是陋室,惟吾德馨[1]。苔痕上阶绿,草色入帘青。谈笑有鸿儒[2],往来无白丁[3]。可以调素琴[4],阅金经[5]。无丝竹之乱耳[6],无案牍之劳形[7]。南阳诸葛庐[8],西蜀子云亭[9]。孔子云:"何陋之有?"[10]

据中华书局影印《全唐文》

【注释】 [1] 惟吾德馨:因为我的德行而使陋室充满芳香。惟,同"以",表示原因。馨,芳香。《尚书·君陈》:"黍稷非馨,明德惟馨。" [2] 鸿儒:大儒,泛指博学之士。《论衡·超奇》:"能精思著文,连结篇章者为鸿儒。" [3] 白丁:白衣,未得功名的平民,此指无文化的人。 [4] 素琴:不加雕饰彩绘的琴。 [5] 金经:用泥金书写的佛经。一说,指《金刚经》。 [6] 丝竹:泛指音乐。丝,弦乐器。竹,管乐器。 [7] 案牍:指官场文书。 [8] 南阳:今湖北襄阳西。诸葛亮曾在南阳草庐中隐居躬耕。 [9] 子云:汉代文学家扬雄,字子云,蜀郡成都人。他在成都有一宅,人称扬子宅,亦称草玄堂,为其著《太玄》之处。 [10] "孔子云"二句:《论语·子罕》:"子欲居九夷。或曰:'陋,如之何?'子曰:'君子居之,何陋之有?'"

讯　甿

【题解】 讯,问讯。甿(méng),古以称奴隶,此指农民。本文借逃亡归来的农民之口,抨击贪官酷吏,表彰循吏,揭露当时的社会矛盾,阐发作者宽简为政,减轻赋役,招抚流民,奖励农耕的主张。刘禹锡为文,以"予长在论"(《祭韩吏部文》)自许。本文条理清楚,文辞简练而道理精深,"硕鼠"、"瘈狗"、"虎而冠"、"鹤而轩"等典故用以讽刺贪官酷吏,形象而深刻。他的古文的确"恣肆博辩","能于昌黎、柳州之外,自为轨辙”(《四库全书总目》卷一五〇)。

刘子如京师[1],过徐之右鄙[2]。其道旁午[3],有甿增增[4],扶斑白[5],挈羁角[6],赍生器[7],荷农用[8],摩肩而西[9]。仆夫告予曰:“斯宋人、梁人、亳人、颍人之逋者,今复矣[10]。”予愕而讯云:“予闻陇西公畅毂之止,方逾月矣[11]。今尔曹之来也[12],欣欣然似恐后者,其闻有劳徕之簿欤[13],蠲复之条欤[14],振赡之格欤[15],硕鼠亡欤[16],瘈狗逐欤[17]?”曰:“皆未闻也。且夫浚都[18],吾政之上游也[19]。自巨盗间衅[20],而武臣专焉[21]。牧守由将校以授,皆虎而冠[22];子男由胥徒以出,皆鹤而轩[23]。故其上也,子视卒而芥视民[24];其下也,鸷其理而蝆其赋[25]。民弗堪命[26],是轶于他土[27]。然咸重迁也[28],非阽危挤壑[29],不能违之[30]。曩者虽‘归欤’成谣[31],而故态相沿,莫我敢复[32]。今闻吾帅故为丞相也[33],能清静画一[34],必能以仁苏我矣[35]。其佐尝宰京邑也,能诛锄豪右,必能以法卫我矣[36]。奉斯二必而来归,恶待事实之及也[37]!”

予因浩叹曰:“行积于彼,而化行于此,实未至而声先驰[38]。声之感人若是之速欤[39]?然而民知至至矣[40],政在终终也[41]。”尝试论声实之先后曰:“民黠政颇,须理而后劝,斯实先声后也[42];民离政乱,须感而后化,斯声先实后也[43]。立实以致声,则难在经始[44];由声以循实,则难在克终[45]。操其柄者能审是理[46],俾先后终始之不失,斯诱民孔易也[47]。”

【注释】 [1] 刘子:刘禹锡自称。如:往,到。京师:指唐京都长安。 [2] 徐:

徐州(今江苏徐州及周围地区)。右鄙:西郊。鄙,郊外。 [3] 旁午:一纵一横。此为纷繁交错的意思。 [4] 增增:形容众多。 [5] 斑白:头发花白,指代老人。 [6] 挈(qiè):带领。羁角:指代女孩男孩。羁,古代女孩发髻称"羁"。 角,古代男孩头顶两边留发为饰称"角"。 [7] 赍(jī):带着。生器:生活用具。 [8] 荷:扛着。农用:农业生产工具。 [9] 摩肩:肩擦肩,形容人多拥挤。西:往西。 [10] "斯宋人"二句:这是宋州、梁县、亳州、颍州等地逃亡在外的人,现在回到老家了。宋,宋州(今河南商丘一带)。梁,梁县(今河南临汝)。亳(bó),亳州(今安徽亳县)。颍,颍州(今安徽阜阳一带)。逋(bū),逃亡。复,回归。 [11] 陇西公:董晋,字混成,河中虞乡(今山西永济)人,封陇西郡开国公。畅毂(gǔ)之止:指官员到任。畅毂,长毂。此指官员的车驾。止,停止。逾,过。 [12] 尔曹:你们(指农民)这班人。 [13] 其:表反问语气,相当于"难道"。劳徕:劝勉招徕。徕,同"来"。《汉书·平当传》:"举奏刺史二千石,劳徕有意者。"簿:登记册。 [14] 蠲(juān)复之条:免除赋税和劳役的条例。 [15] 振赡之格:救济的规则。 [16] 硕鼠:大老鼠,喻贪官污吏。典出《诗经·魏风·硕鼠》诗序云:"国人刺其君重敛,蚕食于民,不修其政,贪而畏人,若大鼠也。"亡:逃跑。 [17] 瘈(zhì)狗:疯狗。《左传·襄公十七年》:"国人逐瘈狗,瘈狗入于华臣氏。"《释文》:"狂犬也。"借指暴虐的官吏。 [18] 浚(xùn)都:战国魏地。汉武帝置,属陈留郡。以地在"夷门之下,新里之东,浚水经其北,象而仪之"。又名浚仪。唐置汴州,浚仪为治所。地在今河南开封。为董晋(时任宣武军节度使)驻地。 [19] "吾政"句:意谓宋、亳、颍三州都在宣武军管辖下的意思。 [20] 巨盗:指安禄山、史思明。间衅:伺机叛乱。 [21] 武臣专焉:指前任汴州节度使刘玄佐、刘士宁父子和李万荣,先后专擅。不听朝命。 [22] 牧守:地方行政长官。由将校以授:由藩镇擅自指派将校担任。虎而冠:谓凶暴似虎的人或酷吏。《后汉书·酷吏传序》:"故临民之职,专事威断,族灭奸轨,先行后闻……致温舒有虎冠之吏,延年受屠伯之名,岂虚也哉!"注:"王温舒为中尉……其爪牙吏,虎而冠者也。" [23] 子男:古代贵族的爵位。胥徒:官府中服役的小吏、差役。鹤而轩:指幸而得禄位。《左传·闵公二年》:"狄人伐卫。卫懿公好鹤,鹤有乘轩者。将战,国人受甲者皆曰:'使鹤!鹤实有禄位。余焉能战?'"注:"轩,大夫车。" [24] 上:指在上位的节度使。子视卒:视士卒如儿子。芥视民:视百姓如草芥。

[25] 下:指节度使部下将士。鸷(zhì)其理:治理百姓如鹰隼般凶猛。蛑(móu)其赋:征收赋税像吃庄稼苗根的蟊虫。 [26]民弗堪命:百姓不能忍受。 [27]轶(yì)于他土:逃亡他乡。 [28] 咸:全,都。重迁:难于、不愿搬迁。 [29] 阽(diàn)危:临近危险。挤壑:被挤落到山沟里而死亡。 [30] 违:离开。 [31] 曩(nǎng):以往,从前。"归欤"成谣:《论语·公冶长》载:"子在陈曰:'归与归与。'"正义曰:"此章孔子在陈既久,言其欲归之意也。与,语辞耳。再言归与者,思归之深也。" [32] "而故态"二句:但是旧日的状态依旧沿续,没有一人敢回去。 [33] 吾帅:董晋。德宗贞元间累官同中书门下平章事。所以称"故为丞相"。后知宣武节度使事。节度使原为总管数州军事长官,中唐后成为总揽一区军、民、财政的长官。 [34] 清静画一:清静宽简,执法统一。《新唐书·董晋传》云:"晋谦愿俭简,事多循仍。" [35] 以仁苏我:用仁政来复苏我们。 [36] 其佐:指时为董晋行军司马的陆长源,他曾任万年(今陕西西安)县令。唐朝万年、长安两县同属京都,故称"尝宰京邑"。诛锄,铲除。豪右,豪门贵族。以法卫我,以法治来护卫我们。 [37] "奉斯"二句:信奉这"二必"而回来,哪里还要等事实兑现! [38] "行积"二句:谓董晋和陆长源的德政在那里逐渐积累,而教化却能在此地推行,事实尚未兑现而名声却很快地传播开来了。 [39] "声之"句:名声之感动人有像这样神速的吗? [40] 民知至至:百姓知道去他们该去的地方。 [41] 在终终:执政者懂得终于其所当终。 [42] "民黠"三句:谓百姓狡黠,政法不正,必须先治理而后劝勉,这是事实在前面,名声在后。 [43] "民离"三句:百姓离散,政治紊乱,必须感动而后教化,这是声名在前面,事实在后。 [44] "立实"二句:确立事实而招致名声,难在谋划如何开始。经始,谋虑其开始。 [45] "由声"二句:从已有的名声而求事实与之相符,难在能自始至终。克终,能贯彻到底。 [46] 操其柄者:执权柄的人。审是理:仔细思考这一道理。 [47] 孔易:极其容易。

华 佗 论

【题解】 华佗,字元化,东汉沛国谯(今安徽亳州)人。古代名医,精于方药针灸及外科手术。为曹操针治头风,随手而愈,后因迟迟不肯奉召而被杀。本文题为《华佗论》,却专就曹操不听荀彧之劝,怒杀华佗而后悔一事发议论。旨在揭露"执柄者"滥杀才能之"可畏"、"可慎",素有"好士",善奖拔后进的孔融,尚且"以应泰山杀孝廉自譬","矧他人哉"! 对于"暴者复藉口以快意",作者尤为愤慨。他大声疾呼要"宽能者之刑"和"惩暴者之轻杀",强调爱惜和保护人才。联系到永贞改革失败,王叔文被赐死,八司马(包括作者)被贬的现实,华佗医病,叔文医国,均为高手,作者的议论和愤慨是有为而发的。文章的议论由点到面,层层深入,透辟犀利。

史称华佗以恃能厌事为曹公所怒[1]。荀文若请曰[2]:"佗术实工,人命系焉,宜议能以宥[3]。"曹公曰:"忧天下无此鼠辈邪?"遂考竟佗[4]。至苍舒病且死,见医不能生,始有悔之之叹[5]。

嗟乎,以操之明略见几[6],然犹轻杀材能如是。文若之智力地望[7],以的然之理攻之[8],然犹不能反其恚[9],执柄者之恚,真可畏诸! 亦可慎诸!

原夫史氏之书于册也[10],是使后之人宽能者之刑,纳贤者之喻,而惩暴者之轻杀。故自恃能至有悔,悉书焉。后之惑者,复用是为口实[11],悲哉!

夫贤能不能无过,苟置于理矣[12],或必有宽之之请,彼壬人皆曰[13]:"忧天下无材耶?"曾不知悔之日,方痛材之不可多也;或必有惜之之叹,彼壬人皆曰:"譬彼死矣,将若何[14]?"曾不知悔之日,方痛生之不可再也。可不谓大哀乎! 夫以佗之不宜杀,昭昭然,不足言也,独病夫史书之义,是将推此而广耳[15]。

吾观自曹魏以来，执死生之柄者，用一恚而杀材能众矣，又乌用书佗之事为！呜呼，前事之不忘，期有劝且惩也，而暴者复藉口以快意，孙权则曰："曹孟德杀孔文举矣，孤于虞翻何如？"[16]而孔融亦以应泰山杀孝廉自譬[17]。仲谋近霸者[18]，文举有高名[19]，犹以可惩为故事[20]，矧他人哉[21]！

【注释】 [1] 史称：本句及下文荀彧、曹操所言均见于《三国志·魏书·华佗传》。恃能厌事：《三国志·华佗传》载佗"本作士人，以医见业，意常自悔……佗久远家，思归……到家，辞以妻病，数乞期不返。太祖累书呼，又敕郡县发遣，佗恃能厌食事，犹不上道。太祖大怒"。 [2] 荀文若：荀彧(163—212)，字文若，东汉颍川颍阴(今河南许昌)人。少有才名，操比之张良。操迎汉献帝徙都许昌，以彧为侍君，守尚书令，人称荀令君。操之功业，多有彧谋。后因反对操进爵魏公，饮药自尽。 [3] 议能以宥：论其医术才能而予以宽恕。 [4] 考竟：拷问死。 [5] "至苍舒"三句：《三国志·华佗传》载："佗死后，太祖头风未除。太祖曰：'佗能愈此。小人养吾病，欲以自重。然吾不杀此子，亦终当不为我断此根原耳。'及后爱子苍舒病困，太祖叹曰：'吾悔杀华佗，令此儿强死也。'"苍舒，曹操爱子曹冲，字仓舒，亡于建安十三年(208)。 [6] 明略见几：敏于谋略对策，善于洞察事物变化的细微征兆。 [7] 地望：地位和名望。 [8] 的然：明白，昭著的样子。攻：此指谏阻。 [9] 反其恚(huì)：使他的怒恨回心转意。 [10] "原夫"句：推究《三国志》作者陈寿将华佗被杀的经过从"自恃能"直书至"有悔"的用意。 [11] "后之"二句：谓后世迷惑不明此意的人，还用这件事作为借口。口实，话柄，借口。 [12] 苟置于理：如能理智地处置(贤能者之过)。 [13] 壬人：巧言谄媚的人，佞人。 [14] "譬彼"二句：如果他死了，又怎么样呢！ [15] "独病夫"二句：只是忧虑史氏之意，后人惑之，所以推而广之。 [16] 虞翻：字仲翔，三国吴余姚(今属浙江)人。历事孙策、孙权，屡犯颜谏争，后获罪贬放，讲学不倦。《三国志·吴书·虞翻传》载："孙权设宴行酒，虞翻佯醉，不应。权大怒，持剑欲击之。大司农刘基谏阻。孙权曰：'曹孟德尚杀孔文举,孤于虞翻何有哉?'基曰:'孟德轻害士人,天下非之;大王躬行德义,欲与尧舜比隆,何得自喻于彼乎?'翻由是得免。"孔文举:孔融(153—208),字文举,东汉末鲁人。献帝时为北海相,曾参与镇压黄巾起义,屡败。自恃高门世族,对曹操多所非议,为操所杀。融好士,善文章,为"建安七子"之一。 [17]"而孔融"句:《三国志·魏书·邴原传》裴松之注所引《原别传》载孔融在郡,邴原为计佐。融有所爱一人,后欲杀之。原曰:"'原愚,不知明府以何爱之?以何恶之?'融曰:'某生于微门,吾成就其兄弟,拔擢而用之;某今孤负恩施。夫善则进之,恶则诛之,固君道也。往者应仲远为泰山太守,举一孝廉,旬月之间而杀之。夫君人者,厚薄何常之有!'原对曰:'仲远举孝廉,杀之,其义焉在?夫孝廉,国之俊选也。举之若是,则杀之非也;若杀之是,则举之非也。……仲远之惑甚矣,明府奚取焉!'"应泰山,应劭,字仲远,汝南南顿(今河南项城)人。灵帝时,举孝廉。献帝时,曾任泰山太守。博学多识,著有《汉官仪》、《风俗通义》等。孝廉,孝,指孝子,廉,指廉洁之士,原为汉初选举官吏的两种科目。汉武帝时令郡国举孝廉各一人。后合称孝廉。州举秀才,郡举孝廉。 [18]近霸者:近乎行王霸之术(崇尚武力和权术)而欲称霸天下的人。 [19]有高名:《后汉书·孔融传》载:河南尹何进及其下属曾"私遣剑客欲追杀融。客有言于进曰:'孔文举有重名,将军若造怨此人,则四方之士引领而去矣。不如因而礼之,可以示广于天下。'"又载:融数嘲讽忤逆曹操,"操疑其所论建渐广,益惮之,然以融名重天下,外相容忍,而潜忌正议,虑鲠大业"。而且孔融以"宽容少忌、好士,喜诱益后进"著称,"故海内英俊皆信服之"。 [20]故事:成例。 [21]矧(shěn):况且,何况。

西塞山怀古

【题解】 唐穆宗长庆四年(824),刘禹锡从夔州刺史调任和州刺史,路过西塞山,即景抒怀,写下此诗。西塞山,山名,在今湖北大冶东面的长江边上,是长江中游的险要处。三国时,这一带是吴国境内的江防要地。此诗一题作《金陵怀古》。

诗人寓论断于叙事、写景、抒情之中,以古讽今,警告那些妄图恃险作乱的藩镇。前四句怀古,叙事典型洗炼;后四句慨今,感慨深沉隽永。

西晋楼船下益州[1]，金陵王气漠然收[2]。千寻铁锁沉江底，一片降幡出石头[3]。人世几回伤往事[4]，山形依旧枕寒流[5]。今逢四海为家日[6]，故垒萧萧芦荻秋[7]。

【注释】 [1] 西晋：一本作“王濬”。王濬，字士治，弘农人，西晋时官益州刺史。楼船：高大的战船。下益州：从益州出发，沿江而下。益州，今四川成都。《晋书·王濬传》：“武帝（司马炎）谋伐吴，诏濬修舟舰。濬乃作大船连舫，方百二十步，受二千余人。以木为城，起楼橹，开四出门，其上皆得驰马来往。……太康元年（280）正月，濬发自成都。” [2] 金陵：今江苏南京，时为吴国国都，代指吴国。王气：帝王之气。《太平御览》卷一七〇引《金陵图》曰：“昔楚威王见此有王气，因埋金以镇之，故曰金陵。秦并有天下，望气者言江东有天子气，凿地断连冈，因改金陵为秣陵。”漠然收：寂然而消失，即国运将终。漠，一本作“黯”。 [3] “千寻”二句：王濬设计烧毁东吴在江上所设的铁锁，战船直抵石头城，孙皓出降。参《晋书·王濬传》。寻，八尺为一寻。铁锁沉江底，指东吴妄图以铁链阻拦王濬进军事。降幡，表示投降的旗帜。石头，石头城，故址在今江苏南京清凉山。《元和郡县志》：石头城在（上元）县西四里，即楚之金陵城也。 [4] 几回伤往事：此指建都金陵而终于亡国的不只是吴国。东晋、南朝的宋、齐、梁、陈均建都于此，都因君主荒淫无能而亡国。[5] 山形：山川地形，此指西塞山。寒流：此指长江。寒，一本作“江”。山川依旧，而亡国相继，说明山川之险不足凭。 [6] 今逢：一本作“而今”。四海为家：即指国家统一。《史记·高祖本纪》：“天子以四海为家。” [7] “故垒”句：往日的军事营垒，如今已处于萧瑟的秋风芦荻之中。亦即是说，这荒寒残破的遗迹，正是六朝覆亡的见证。故垒，旧时的营垒。萧萧，萧瑟的样子。

酬乐天扬州初逢席上见赠

【题解】 乐天，白居易字乐天。唐敬宗宝历二年（826），刘禹锡罢和州(今安徽和县)刺史,召还京城。同时,白居易也从苏州返回洛阳,二人相逢于扬州。在宴席上,白居易作《醉赠刘二十八使君》一诗相赠,对刘禹锡的才名表示赞美,对其长期被贬的不幸遭遇表示无限感慨。刘禹锡遂写此诗酬答。突出表现了刘禹锡不为世事变化、个人蹉跎失意而忧戚悲伤的豁达情绪,表明他对政敌的迫害采取轻蔑的态度,显示了一位政治改革家的风度和情怀。这首七律语言精美,中间两联,不仅对仗工整,而且典故和比喻的运用也十分新颖、精当。“沉舟”一联两组比喻之间又构成鲜明的对比,含意丰富而深刻,至今仍常被人们引用。

巴山楚水凄凉地[1],二十三年弃置身[2]。怀旧空吟闻笛赋[3],到乡翻似烂柯人[4]。沉舟侧畔千帆过,病树前头万木春[5]。今日听君歌一曲,暂凭杯酒长精神[6]。

【注释】 [1] 巴山楚水:泛指作者被贬谪过的地方。永贞革新失败后,刘禹锡曾先后被贬作朗州(今湖南常德一带)司马、夔州(今四川奉节)刺史、连州(今广东连县)、和州刺史。朗州古时属楚地、夔州古时属巴国,故称“巴山楚水”。 [2] 二十三年:刘禹锡从永贞元年(805)被贬朗州司马至宝历二年(826)奉召回京,共二十二年,但因其贬地遥远,要到次年才能回到京城,故曰二十三年。弃置身:指自己被贬斥在外的“迁客”身份。 [3] 怀旧:怀念旧时的朋友,此指王叔文、柳宗元等参加永贞革新而已逝世的朋友。闻笛赋:指魏晋人向秀所作《思旧赋》。魏末,司马氏掌握大权,以残酷的手段镇压异己,向秀的好友嵇康因反对司马氏而被杀害。有一次,向秀路过其旧居,闻邻人吹笛,笛声悲伤凄凉,他深切怀念亡友嵇康,写下了此赋。 [4] 到乡:此指这次奉召回归京城。乡,原本作“郡”。烂柯人:此指王质。据《述异记》载:晋朝人王质入山砍柴,见深山中二童子对弈。他站在旁边观看,一局终了,他手中的斧头柄已经腐朽了。回到家中,才知已过百年,同辈之人均已死亡。此处作者以王质自比,写自己贬官虽只二十余年,却有隔世之感。柯,树枝,此指斧柄。 [5] “沉舟”二句:二十余年来自己沉沦失意,在自己的身边有许多人荣升高位。白居易赠诗中有“举眼风光长寂寞，满朝官职独蹉跎”之句，颇为刘禹锡鸣不平，这二句对此而发，表现了开朗、旷达的情怀。沉舟、病树，均为作者自喻。千帆、万木，指那些升官得意之人。 [6] 长(zhǎng)：增长，振作。

乌衣巷

【题解】 此诗为《金陵五题》中的第二首。乌衣巷，在今江苏南京秦淮河南岸，距朱雀桥不远。三国东吴屯兵于此，以军士服黑衣，故名。东晋建都，王、谢豪族居此。诗以燕子穿越古今，作今昔盛衰对比，寄兴亡感慨。选材精当，以王谢之衰落，喻荒淫骄逸亡国之必然。语浅意深，含蓄隽永。

朱雀桥边野草花[1]，乌衣巷口夕阳斜。旧时王谢堂前燕[2]，飞入寻常百姓家。

【注释】 [1] 朱雀桥：秦淮河上的一座桥名。为通往乌衣巷的必经之路。 [2] 王谢：以王导和谢安为代表的东晋名门豪族。王导，字茂弘，东晋开国元勋，历事晋元帝、明帝、成帝三朝为相。谢安，字安石，曾为东晋尚书仆射，领中书令。是淝水之战的指挥者。

竹枝词 (其二)

【题解】 《竹枝词》，巴、渝(今重庆一带)民歌之一种，内容多写当地风物及男女恋情，颇富地方色彩。刘禹锡任夔州刺史时，依其曲调，写成《竹枝词》两组，一组为九首，一组为二首。诗前原有引云：“四方之歌，异音而同乐。岁正月，余来建平，里中儿联歌《竹枝》，吹短笛击鼓以赴节。歌者扬袂睢舞，以曲多为贤。聆其音，中黄钟之羽。其卒章激讦如吴声。虽伧伫不可分，而含思宛转，有淇濮之艳。昔屈原居沅湘间，其民迎神，词多鄙陋，乃为作《九歌》。到于今，荆楚鼓舞之。故余亦作《竹枝》九篇。俾善歌者扬之。附于末。后之令巴渝，知变风之自焉。”此为九首中的第二篇。

此诗前两句写景，用桃花春水起兴；后两句是比，用红花易衰比情郎心猿意马，用水流无限比少女的绵绵怨愁，刻划出初恋少女细腻而微妙的心理。句三承句一，句四承句二，自然流畅，别具一格。

山桃红花满上头[1]，蜀江春水拍山流。花红易衰似郎意，水流无限似侬愁[2]。

【注释】 [1] 上头：指山顶。 [2] 侬：我。江南女性自称。

竹枝词（其一）

【题解】 写于刘禹锡任夔州刺史期间的这首情歌生动而真实地揭示了女主人公复杂的爱情心理。她始而似有疑虑，最终却心花怒放，感情十分真挚。在表现方法上，此诗既坦率，又含蓄，主要得力于比喻和双关语的运用，使其情思宛转，具有鲜明的民歌特色和浓郁的地方色彩。此为二首组诗中的第一首。

杨柳青青江水平，闻郎江上唱歌声[1]。东边日出西边雨，道是无晴还有晴[2]。

【注释】 [1] 唱歌声：川东一带，民歌发达，男女青年恋爱，往往用唱歌来表达情意。唱歌，一本作“踏歌”。踏歌是民间的一种歌调，歌唱时以脚踏地为节拍，故称。 [2] 晴：与“情”谐音，无晴、有晴，即无情、有情。还：一本作“却”。

元和十年自朗州承召至京戏赠看花诸君子

【题解】 永贞元年(805),刘禹锡因参加永贞革新而被贬为朗州(今湖南常德)司马。因朝中有人想起用刘禹锡、柳宗元等人,故唐宪宗元和十年(815),刘禹锡等奉召回京。此诗即写于回长安后。标题原作“元和十一年”,现据明刻《文苑英华》本改为“元和十年”。作者以艳极一时而又极易凋谢之桃花喻靠投机钻营爬上高位的新贵,以熙熙攘攘的看花人喻趋炎附势的利禄之徒。而那些红极一时的新贵,都是革新派被排挤出京城后才被朝廷提拔起来的。此诗不仅无情揭露和辛辣嘲讽了朝中新贵,而且也表现了作者坚贞不屈的斗争精神。因此诗“语涉讥刺,执政不悦”(《旧唐书·刘禹锡传》),不久又出为连州刺史,足见此诗刺中了新贵的要害。

这首小诗构思精妙,层次井然。诗不写人去看花,只写“看花回”;不写桃花之动人,只写人为桃花所动。末二句用带说明性的议论,点出诗旨,简约精妙,令人赞叹。全诗比喻新颖、贴切,含意深远,貌似轻松愉快,实则锋锐刃利。不愧是一首思想性和艺术性完美结合的政治讽刺诗。

紫陌红尘拂面来[1],无人不道看花回。玄都观里桃千树[2],尽是刘郎去后栽[3]。

【注释】 [1] 紫陌:古人对京城中大道的称谓。红尘:指闹市扬起的尘土。拂面:迎面,扑面。 [2] 玄都观:位于长安城中的一座道士庙。观,道士居处。桃千树。极言桃树之多,桃花之盛。 [3] 刘郎:刘禹锡自谓。去后:被贬离京之后。

再游玄都观绝句 并引

【题解】 唐文宗大和二年(828)三月写于京城长安。引,即小序。此诗在内容、意境和以花为喻上都与前诗一脉相承。"前度刘郎今又来",表达了诗人斗争胜利的自豪和喜悦。"满观如红霞"的盛极一时与"荡然无复一树"的衰败,诗中对比,充满对当权者的蔑视和嘲弄。

余贞元二十一年为屯田员外郎时[1],此观未有花。是岁出牧连州[2],寻贬朗州司马[3]。居十年,召至京师。人人皆言,有道士手植仙桃,满观如红霞,遂有前篇[4],以志一时之事[5]。旋又出牧[6],今十有四年,复为主客郎中[7]。重游玄都观,荡然无复一树[8],惟兔葵、燕麦动摇于春风耳[9]。因再题二十八字,以俟后游[10]。时大和二年三月。

百亩中庭半是苔[11],桃花净尽菜花开。种桃道士归何处?前度刘郎今又来[12]。

以上据上海古籍出版社版《刘禹锡集笺证》

【注释】 [1] 贞元:唐德宗年号。贞元二十一年(805)即永贞元年。屯田员外郎:掌管屯田事务的官员。 [2] 出牧:被朝廷派出担任州刺史。永贞革新失败后,刘禹锡被贬为连州刺史。牧,古时称州县长官为牧民官。这里用作动词,担任州刺史。 [3] "寻贬"句:刘禹锡在赴连州刺史任途中,又被加重处罚,贬为朗州(今湖南常德)司马。寻,不久。 [4] 前篇:指《元和十年自朗州承召至京戏赠看花诸君子》一诗。 [5] 志:记。 [6] 旋:顷刻,立即。又出牧:指出任连州(今广东连县)刺史。 [7] 主客郎中:掌管与其他民族交往等事务的官员。 [8] 荡然:丧失净尽的样子。 [9] 兔葵:一种野菜。 [10] 俟后游:等待以后再来游。俟,等待。 [11] 半是苔:一半长满了青苔。 [12] 种桃道士:此指镇压永贞革新的当权派。一说,指唐宪宗。刘禹锡被贬二十四年,皇帝由宪宗、穆宗、敬宗而又到了文宗，所以诗中用“归何处”来指当年的当权派（或宪宗）早已退出了历史舞台。前度刘郎：上次来游玄都观的刘禹锡。度，次。

白居易

白居易（772—846），字乐天，祖籍太原（今属山西），生于河南新郑（今属河南）。青少年时曾长期在江淮一带辗转漂泊。入仕后，历任校书郎、周至县尉、翰林学士、左拾遗、左赞善大夫等官。白居易前期的政治思想以“兼济天下”为主。文学创作上，写下了大量的政治讽谕诗。元和十年（815）年，因上表请求缉拿刺杀宰相武元衡的凶手，被政敌诬为越职言事，贬为江州司马。从此白居易的思想发生了深刻的变化，从“兼济天下”为主，转向以“独善其身”为主。遇赦后历任杭州、苏州、忠州刺史，中书舍人，秘书监，致仕前曾任太子少傅，故世称“白傅”。致仕后居洛阳，思想上更趋消沉，常以隐士佛子自居，自号香山居士。

白居易倡导新乐府运动，特别强调诗歌的“美刺”作用，提出了“文章合为时而著，歌诗合为事而作”，诗歌要以情动人，诗歌语言要“其辞质而径，其言直而切”等一系列观点。他存诗近三千首，诗风浅切平易，散文清新流畅，有《白氏长庆集》传世。

与微之书

【题解】 微之，元稹（779—831），字微之，作者挚友，详见本书元稹生平介绍。

此信约作于元和十三年（818），此时白居易由左赞善大夫贬为江州司马已三年，元稹亦先自监察御史贬为江陵府士曹参军，又量移通州（今四川达县）司马。作者在这篇文章里，倾诉了与元稹之间的深厚友谊，用别后贬谪的日常生活，告慰思念的挚友。因为作者笔端挟情，所以家常事，别后情，娓娓道来，倍觉情长意深。语言浅近，文字流畅，以情感人。

四月十日夜，乐天白：

微之！微之！不见足下面已三年矣，不得足下书欲二年矣，人生几何，离阔如此[1]？况以胶漆之心[2]，置于胡越之身[3]，进不得相合，退不能相忘，牵挛乖隔[4]，各欲白首。微之！微之！如何？如何？天实为之[5]，谓之奈何！

仆初到浔阳时[6]，有熊孺登来，得足下前年病甚时一札。上报疾状，次叙病心，终论平生交分[7]，且云危惙之际[8]，不暇及他，唯收数帙文章，封题其上曰[9]："他日送达白二十二郎[10]，便请以代书。"悲哉！微之于我也，其若是乎？又睹所寄闻仆左降诗云[11]："残灯无焰影幢幢[12]，此夕闻君谪九江。垂死病中惊起坐，闇风吹雨入寒窗。"[13]此句他人尚不可闻，况仆心哉！至今每吟，犹恻恻耳[14]。

且置是事[15]，略叙近怀。仆自到九江，已涉三载，形骸且健[16]，方寸甚安[17]，下至家人，幸皆无恙。长兄去夏自徐州至，又有诸院孤小弟妹六七人[18]，提挈同来[19]，顷所牵念者，今悉置在目前，得同寒暖饥饱，此一泰也[20]。江州风候稍凉[21]，地少瘴疠[22]，乃至蛇虺蚊蚋[23]，虽有，甚稀，湓鱼颇肥[24]，江酒极美，其余食物，多类北地。仆门内之口虽不少[25]，司马之俸虽不多，量入俭用，亦可自给，身衣口食，且免求人，此二泰也。仆去年秋始游庐山，到东西二林间香炉峰下[26]，见云水泉石，胜绝第一，爱不能舍。因置草堂[27]，前有乔松十数株，修竹千余竿，青萝为墙援，白石为桥道，流水周于舍下，飞泉落于檐间，红榴白莲，罗生池砌。大抵若是，不能殚记。每一独往，动弥旬日[28]，平生所好者，尽在其中，不唯忘归，可以终老，此三泰也。计足下久不得仆书，必加忧望。今故录三泰，以先奉报，其余事况，条写如后云云。

微之！微之！作此书夜，正在草堂中山窗下，信手把笔，随意乱书，封题之时，不觉欲曙。举头但见山僧一两人，或坐或睡；又闻山猿谷鸟，哀鸣啾啾。平生故人，去我万里。瞥然尘念[29]，此际暂生[30]。余习所牵[31]，便成三韵[32]，云：

忆昔封书与君夜，金銮殿后欲明天。
今夜封书在何处？庐山庵里晓灯前。
笼鸟栏猿俱未死[33]，人间相见是何年？

微之！微之！此夕我心，君知之乎？乐天顿首。

【注释】 [1] 离阔：远别。阔，远。 [2] 胶漆：如胶似漆，喻亲密。 [3] 胡越：胡在北，越在南，以喻相距遥远。《淮南子·俶真训》："是故自其异者视之，肝胆胡越。" [4] 牵挛乖隔：谓各自有所拘牵，不得相见。牵挛，牵掣。乖隔，隔离。 [5] 天实为之：意谓天使我们分离。实，句中语气词，用以加强语意。 [6] 浔阳：郡名。治所在今江西九江。 [7] 交分：交谊情分。 [8] 危惙(chuò)：指病情危急沉重。惙，疲倦。 [9] 数帙(zhì)文章：数包文稿。帙，包书的套子 [10] 白二十二郎：白居易在同族宗兄弟中排行二十二，故称。 [11] 左降：即左迁，贬官。《汉书·周昌传》颜师古注："是时尊右而卑左，故谓贬秩任为左迁。"元稹此诗收在《元氏长庆集》卷二十。《容斋随笔》卷二以此诗为长歌之哀过于恸哭的例子。 [12] 幢幢(chuáng)：摇曳的样子。 [13] 闇(àn)风：凄惨的阴风。

[14] 恻恻：悲痛貌。　[15] 且置是事：暂且放下这事不说。　[16] 形骸：人的形体、躯壳。此指身体。　[17] 方寸：指心。　[18] 诸院：同一大家族中的各分支。　[19] 提挈：扶携。　[20] 泰：安适。此指高兴、满意的事。　[21] 江州：州名，治所在今江西九江。风候：气候。[22] 瘴疠：山林湿热地区流行的疟疾等传染病。杜甫《梦李白》："江南瘴疠地，远客无消息。"　[23] 虺(huǐ)：毒蛇。蚋(ruì)：一种蚊子。　[24] 湓(pén)鱼：湓江所产的鱼。湓，水名，在江西，经九江入长江。　[25] 门内之口：自家的人口，相对旁支、他支而言。　[26] 东西二林：指东林寺、西林寺。东林寺，在庐山西北麓。由东晋僧慧远始建。是佛教净土宗的发源地。唐极盛时有殿厢塔室共310余间。西林寺，在东林寺西。原为沙门竺昙禅室，自晋至唐，一直处于鼎盛时期。香炉峰：在江西九江西南，庐山之北。奇峰突起，状如香炉，故名。山下有瀑布，著称于世。　[27] 因置草堂：作者有《庐山草堂记》详记其事。置，此为购置地、构筑的意思。　[28] 动弥旬日：往往足十日。动，每每。弥，满。　[29] 瞥然：形容时间短暂。尘念：世俗的思虑。　[30] 暂生：突然地生出。　[31] 余习：没有改掉的习惯，此指吟诗。牵：牵动。　[32] 三韵：六句诗。　[33] 笼鸟槛猿：关在笼中的鸟，圈于木栅栏中的猿，以喻自己和元稹。

三游洞序

【题解】 三游洞，在今湖北宜昌西北二十里长江北岸西陵峡口。《清一统志·宜昌府》："三游洞在东湖县西北二十里江北岸，唐白居易与弟知退及元微之三人游此，各赋诗，居易为之序。宋欧阳修、苏轼、苏辙俱有三游洞诗。州人以是为后三游。"

元和十四年(819)春，白居易携弟与其莫逆之交元稹相遇于夷陵，停舟三日，游石洞，置酒赋诗，依依惜别。本文即记此胜事，状游洞之胜景。语极简洁工丽。明杨慎认为文中"云破月出"至"不能名状"数句，"造语如此，何异柳宗元。世以为太易轻议之，盖亦未深玩之也。"(《丹铅续录》卷七)元、白相遇于被贬稍迁之时，故感慨万千，所以“将别未忍，引舟上下者久之”，而且为胜绝之景，被“寂寥委置”鸣不平，并由此及彼，叹息英材之被遗弃。其中尤多身世遭际之慨。

平淮西之明年冬[1]，予自江州司马授忠州刺史[2]，微之自通州司马授虢州长史[3]。又明年春，各祗命之郡[4]，与知退偕行[5]。三月十日，参会于夷陵[6]。翌日[7]，微之反棹送予至下牢戍[8]。又翌日，将别未忍，引舟上下者久之[9]。

酒酣，闻石间泉声，因舍棹进策[10]，步入缺岸。初见石，如叠，如削；其怪者，如引臂，如垂幢。次见泉，如泻，如洒；其奇者，如悬练[11]，如不绝线。遂相与维舟岩下，率仆夫芟芜刈翳[12]，梯危縋滑[13]，休而复上者凡四五焉。仰睇俯察[14]，绝无人迹，但水石相薄[15]，磷磷凿凿[16]，跳珠溅玉，惊动耳目。自未讫戌[17]，爱不能去。

俄而峡山昏黑，云破月出，光气含吐[18]，互相明灭，晶荧玲珑，象生其中[19]，虽有敏口，不能名状。既而通夕不寐，迨旦将去，怜奇惜别，且叹且言。知退曰：“斯境胜绝，天地间其有几乎？如之何俯通津[20]，绵岁代，寂寥委置[21]，罕有到者乎？”予曰：“借此喻彼，可为长太息者，岂独是哉[22]！岂独是哉！”微之曰：“诚哉是言，矧吾人难相逢[23]，斯境不易得，今两偶于是[24]，得无述乎？请各赋古调诗二十韵，书于石壁。”仍命予序而纪之，又以吾三人始游，故目为三游洞。洞在峡州上二十里北峰下两崖相廞间[25]，欲将来好事者知，故备书其事。

【注释】 [1] "平淮西"句:元和十二年(817)十月,唐将李愬夜袭蔡州,擒淮西叛镇吴元济。明年指818年。 [2] 忠州:治所在今四川忠县。 [3] 通州:治所在今四川达县。虢州:治所在今河南灵宝。长史:州刺史的佐官。 [4] 祗:敬奉。之:往。 [5] 知退:白居易弟白行简,字知退。 [6] 参会:三人聚会。夷陵:旧县名,在宜昌附近。 [7] 翌(yì)日:第二日。 [8] 反棹:掉转船头。反,同"返"。棹,船桨。下牢戍:又称下牢关,形势险要,在宜昌西二十八里。 [9] 引舟上下,指乘船互相来回送行。 [10] 进策:拄杖。策,杖。 [11] 悬练:垂挂的白丝绸。 [12] 芟、刈:割除。翳:此指蔓草。 [13] 梯危缒滑:危险处开阶梯,滑溜处垂绳牵引。 [14] 睇:斜视。 [15] 相薄:同相搏。 [16] 磷磷凿凿:水清石现。 [17] 未:下午一时至三时。戌:晚七时至九时。 [18] 光气含吐:月光云气,互相吞吐。 [19] 象:美妙的景象。 [20] 通津:指宜昌地处交通要道和渡口。 [21] 委置:弃置。 [22] 此:即下文之"是",指三游洞之胜绝而无人赏识。彼:人材之被弃。 [23] 矧:况且。 [24] 两偶:两相遇合。指良朋、胜境。 [25] 廞(xīn):此指陈列。

赋得古原草送别

【题解】 赋得,古代举子依限定的成语为题赋诗,题前例加"赋得"二字。此诗是贞元三年(787)诗人十六岁时应考的习作。诗人借咏古原上萋萋青草起兴,抒发对远行友人的依恋。首联起势不凡,时空感遥深。颔联气势浑厚、富于哲理,是生生不息的生命颂歌。颈联以"古道"、"荒城"点染"古原"。尾联咏草送别,含蓄隽永。

离离原上草[1],一岁一枯荣。野火烧不尽,春风吹又生。远芳侵古道[2],晴翠接荒城[3]。又送王孙去,萋萋满别情[4]。

【注释】 [1] 离离:繁茂的样子。 [2] 远芳:远方的芳草。侵:渐近之势。　[3] 晴翠：雨后嫩绿的草色。　[4] "又送"二句：语出《楚辞·招隐士》："王孙游兮不归，春草生兮萋萋。"王孙，原指贵族子弟，此处借指被送之人。萋萋，草盛的样子，此处借喻离情别绪之深有如这一望无际的古原草。

观刈麦

【题解】 题下原注："时为盩厔（今陕西周至）县尉。"据白氏履历，当作于807年夏。刈（yì），割。本诗是一幅盛夏农家麦收的情景。"足蒸"四句写出割麦者冒酷暑、抢时间的艰辛劳动和复杂心理。接着写出拾麦者更为悲惨的景况，预示着割麦者的结局："家田输税尽，拾此充饥肠。"结尾作者的自愧自责是难能可贵的。口语化的叙事和坦诚的抒情相结合形成平易通俗的风格，是本诗的主要特点。

田家少闲月，五月人倍忙，夜来南风起，小麦覆陇黄。妇姑荷箪食[1]，童稚携壶浆，相随饷田去[2]，丁壮在南冈。足蒸暑土气，背灼炎天光。力尽不知热，但惜夏日长。复有贫妇人，抱子在其傍。右手秉遗穗[3]，左臂悬敝筐。听其相顾言，闻者为悲伤。家田输税尽，拾此充饥肠。今我何功德，曾不事农桑。吏禄三百石，岁晏有余粮[4]。念此私自愧，尽日不能忘。

【注释】 [1] 荷：担、挑。箪（dān）食：用圆竹器盛的食物。　[2] 饷（xiǎng）田：给在田里劳动的人送饭。　[3] 秉（bǐng）：拿。　[4] 岁晏：年终。

卖炭翁

【题解】 本诗是《新乐府》五十首的第三十二首。题下自注："苦宫市也。”关于宫市，韩愈《顺宗实录》二有如下记载：“旧事，宫中市(买)外间物，令官吏主之，与人为市，随给其值。贞元末。以宦者为使，抑(压价)买人物，稍(渐)不如本估(价)。末年，不复行文书，置‘白望’数百人于两市并要闹坊，阅人所卖物，但称宫市，即敛手付与，真伪不复可辨，无敢问所从来，其论价之高下者。率用值百钱物买人值数千钱物，仍索进奉门户及脚价钱(运到宫中的运费)。将物诣市，至有空手而归者。名为‘宫市’，而实夺之。尝有农夫以驴负柴至城卖，遇宦者称‘宫市’取之，才与绢数尺，又就索门户钱，仍邀以驴送至内(宫中)。农夫涕泣，以所得绢付之，不肯受。曰：‘须汝驴送柴至内。’农夫曰：‘我有父母妻子，待此然后食，今以柴与汝，不取直而归，汝尚不肯，我有死而已！’遂殴宦者。”白诗对卖炭翁和太监的形象的生动勾勒，对卖炭翁反常心理的深刻揭示，都有效地强化了主题，故无须著一字议论。

卖炭翁，伐薪烧炭南山中。满面尘灰烟火色，两鬓苍苍十指黑。卖炭得钱何所营，身上衣裳口中食。可怜身上衣正单，心忧炭贱愿天寒。夜来城外一尺雪，晓驾炭车辗冰辙。牛困人饥日已高，市南门外泥中歇。翩翩两骑来是谁？黄衣使者白衫儿[1]。手把文书口称敕[2]，回车叱牛牵向北。一车炭，千余斤，宫使驱将惜不得。半匹红纱一丈绫，系向牛头充炭值。

【注释】 [1] 黄衣使者：唐宦官中品级较高者著黄衣。白衫儿：唐宦官中无品级者的衣着。　[2] 敕(chì)：皇上的诏令。

杜陵叟

【题解】 本诗是《新乐府》五十首的第三十首。诗下自注：“伤农夫之困也。”杜陵，汉宣帝陵墓，在今陕西西安东南二十里少陵原上。全诗分前后两部分写真，但表现手法却不尽相同。对前者，白居易发出“虐人害物即豺狼，何必钩爪锯牙食人肉”的强烈谴责，称那些贪官污吏为人面豺狼，生动形象，鞭辟入里；对后者白居易虽美化回护皇帝，却用“十家租税九家毕”的冷酷现实，含蓄揭露出“虚受吾君蠲免恩”的骗局，明褒暗贬，极富戏剧性与讽刺性。一直斥，一委婉，但都很深刻。

杜陵叟，杜陵居，岁种薄田一顷余[1]。三月无雨旱风起，麦苗不秀多黄死[2]。九月降霜秋早寒，禾穗未熟皆青干。长吏明知不申破[3]，急敛暴征求考课[4]。典桑卖地纳官租，明年衣食将何如？剥我身上帛，夺我口中粟。虐人害物即豺狼，何必钩爪锯牙食人肉！不知何人奏皇帝，帝心恻隐知人弊[5]。白麻纸上书德音[6]，京畿尽放今年税[7]。昨日里胥方到门，手持勅牒榜乡村。十家租税九家毕，虚受吾君蠲免恩[8]。

【注释】 [1] 一顷：一百亩。按唐均田制规定，每一成年男子给田一百亩，病残者给四十亩，寡妇给三十亩，全家只有一顷多地者是相当贫苦的人家。 [2] 秀：庄稼吐穗开花。 [3] 长吏：长官。申破：向上级说明实情。 [4] 求考课：求在考课时能博得好评。考课，考核官吏的成绩以定升降。 [5] 恻隐：怜悯。知人弊：知道官吏欺上压下的弊端。 [6] 白麻纸：唐代诏书一般用黄麻纸书写，遇有大事，如宣布赦免，赈荒救灾等则用白麻纸书写。德音：意为宣布皇帝恩德的诏令。 [7] 京畿：唐代京城附近四十多个县统称京畿。尽放：全部免除。据《资治通鉴·唐纪》载：“元和四年三月，上(皇帝)以久旱，欲降德音，……蠲(免)租税。” [8] “昨日”四句：地保来宣布这一赦免令时，十分之九的人家早已交完税，老百姓受到的恩德不过是一纸空文。里胥，地保。勅牒，告示。这里指免税的公文。榜，张贴。蠲(juān),免除。

红线毯

【题解】 本诗是《新乐府》五十首的第二十九首,题下自注:"忧蚕桑之费也。"全诗揭露和痛斥了中唐地方官竭力进贡以邀宠之风,也暴露了皇帝的荒淫耽乐,不顾百姓死活。最后二句不啻当头棒喝,义正辞严。诗中以精细的描写和对比手法,渲染红线毯之华美,为结尾的议论蓄势。

红线毯,择茧缫丝清水煮[1],拣丝练线红蓝染[2]。染为红线红于蓝[3],织作披香殿上毯[4]。披香殿广十余丈,红线织成可殿铺[5]。彩丝茸茸香拂拂,线软花虚不胜物[6]。美人踏上歌舞来,罗袜绣鞋随步没[7]。太原毯涩毳缕硬[8],蜀都褥薄锦花冷[9]。不如此毯温且柔,年年十月来宣州[10]。宣城太守加样织[11],自谓为臣能竭力。百夫同担进宫中,线厚丝多卷不得。宣城太守知不知:一丈毯,千两丝,地不知寒人要暖,少夺人衣作地衣!

【注释】 [1] 缫(sāo):把蚕茧浸在滚水里抽丝。 [2] 拣丝练线:选丝纺线。拣,一作"练",两字同义,红蓝染:用红蓝花来染色。 [3] 红于蓝:比红蓝花还红。一作"红于花"。 [4] 披香殿:汉宫殿名,赵飞燕常于此歌舞,这里泛指后宫歌舞之殿。 [5] 可殿铺:即"满殿铺"。可,尽、足。 [6] 线软花虚:都是形容红线毯及上面的图案毛茸茸的,非常柔软。不胜物:承受不起一点压力,仍形容其柔软。 [7] 随步没:形容丝毯之松软,能隐没舞女的鞋袜。另一方面,点出此毯的用途不过是为了供歌舞享受之用。 [8] "太原"句:这句是说,太原生产的毛毯涩而硬。 [9] "蜀都"句:蜀地所织的锦缎地毯,其缺点是单薄而滑冷。 [10] 宣州:今安徽宣城。 [11] 宣城太守:据史载,当时的宣州刺史为刘赞。加样:本诗自注:“贞元中,宣州进开样加丝毯。”意谓按照宫廷所开的花样加丝织造。

缚戎人

【题解】 本诗是《新乐府》五十首的第二十首。题下自注:“达穷民之情也。”诗人通过一位“没蕃被囚思汉土”的缚戎人,抛妻弃子,“脱身冒死奔逃归”的传奇经历,表达了沦陷区百姓爱国思归之情;通过他归汉被劫为“蕃虏”后的既悔又冤之心,揭露和痛斥了边将冒功邀赏的无耻。

缚戎人,缚戎人,耳穿面破驱入秦。天子矜怜不忍杀,诏徙东南吴与越。黄衣小使录姓名,领出长安乘递行[1]。身被金创面多瘠[2],扶病徒行日一驿。朝餐饥渴费杯盘,夜卧腥臊污床席。忽逢江水忆交河[3],垂手齐声呜咽歌。其中一虏语诸虏,尔苦非多我苦多。同伴行人因借问,欲说喉中气愤愤。自云乡贯本凉原[4],大历年中没落蕃[5]。一落蕃中四十载,遣著皮裘系毛带。唯许正朔服汉仪[6],敛衣整巾潜泪垂。誓心密定归乡计,不使蕃中妻子知。暗思幸有残筋力,更恐年衰归不得。蕃候严兵鸟不飞[7],脱身冒死奔逃归。昼伏宵行经大漠,云阴月黑风沙恶。惊藏青冢寒草疏[8],偷渡黄河夜冰薄。忽闻汉军鼙鼓声,路傍走出再拜迎。游骑不听能汉语,将军遂缚作蕃生。配向东南卑湿地,定无存恤空防备[9]。念此吞声仰诉天,若为辛苦度残年[10]。凉原乡井不得见,胡地妻儿虚弃捐。没蕃被囚思汉土,归汉被劫为蕃虏。早知如此悔归来，两地宁如一处苦。缚戎人，戎人之中我苦辛。自古此冤应未有，汉心汉语吐蕃身！

【注释】 [1] 乘递行：按站轮传，押解囚犯。 [2] 金创；兵器造成的创伤。瘠：疫疾。 [3] 交河：唐交河县，高昌国首府，今新疆吐鲁番西北。 [4] 凉原：凉州（治所为今甘肃武威）、原州（治所在今甘肃镇原）。 [5] "大历"句：原州于大历元年(766)九月沦于吐蕃。大历，唐代宗李豫的年号。 [6] "唯许"句：只准许在年初和月初穿汉服、行汉礼。正，一年的头一天。朔，一月之初。 [7] 蕃候：蕃军斥候（放哨、侦察的人）。 [8] 青冢(zhǒng)：泛指坟墓。 [9] 存恤：慰问、抚恤。 [10] 若为：怎么。

长恨歌

【题解】 作于元和元年(806)，当时作者正在盩厔县（今陕西周至）任县尉。诗成后，陈鸿为作《长恨歌传》，传中曾交待过白居易写这首诗的背景：这年冬十二月，白居易与陈鸿、王质夫同游仙游寺，话及当地流传已久的唐玄宗和杨贵妃悲欢离合的故事，"相与感叹。质夫举酒于乐天前曰：'夫希代之事，非遇出世之才润色之，则与时消没，不闻于世。乐天深于诗，多于情者也，试为歌之，如何？'乐天因为《长恨歌》，意者不但感其事，亦欲惩尤物，窒乱阶，垂于将来也"。白居易在《编集拙诗成一十五卷……》中曾有"一篇《长恨》有风情"之语；白居易死后，唐宣宗在吊诗中曾有"童子解吟《长恨曲》，胡儿能唱《琵琶篇》"的评价，可见这首《长恨歌》是白居易得意之作，并在当时就产生了广泛的社会影响。

诗的前半部分对唐玄宗和杨贵妃的荒淫误国有所批判；诗的后半部分对杨贵妃和唐玄宗之间 的悲剧深表同情，甚至把他们之间悲欢离合的故事当作坚贞不渝的爱情来加以歌颂：七夕密誓，是两人真挚的爱情对当初的声色之情的超越；"上穷碧落下黄泉"的追求，是对“真”与“美”的礼赞；结尾是对“天长地久有时尽，此恨绵绵无绝期”的悲剧结局的叹惋。所以诗能广播人口，历久不衰。

叙事曲折详尽，描写生动细腻，渲染凄惋动人，幻想奇特，诸多艺术特色的综合，使本诗成为不朽的名篇。

汉皇重色思倾国[1]，御宇多年求不得[2]。杨家有女初长成，养在深闺人未识[3]。天生丽质难自弃，一朝选在君王侧。回眸一笑百媚生[4]，六宫粉黛无颜色[5]。春寒赐浴华清池[6]，温泉水滑洗凝脂[7]。侍儿扶起娇无力，始是新承恩泽时[8]。云鬓花颜金步摇[9]，芙蓉帐暖度春宵[10]。春宵苦短日高起，从此君王不早朝。承欢侍宴无闲暇，春从春游夜专夜[11]。后宫佳丽三千人[12]，三千宠爱在一身。金屋妆成娇侍夜[13]，玉楼宴罢醉和春[14]。姊妹弟兄皆列土[15]，可怜光彩生门户[16]。遂令天下父母心，不重生男重生女[17]。骊宫高处入青云[18]，仙乐风飘处处闻。缓歌慢舞凝丝竹[19]，尽日君王看不足。渔阳鼙鼓动地来[20]，惊破《霓裳羽衣曲》[21]。九重城阙烟尘生[22]，千乘万骑西南行[23]。翠华摇摇行复止[24]，西出都门百余里。六军不发无奈何，宛转蛾眉马前死[25]。花钿委地无人收，翠翘金雀玉搔头[26]。君王掩面救不得[27]，回看血泪相和流。黄埃散漫风萧索，云栈萦纡登剑阁[28]。峨嵋山下少人行[29]，旌旗无光日色薄。蜀江水碧蜀山青，圣主朝朝暮暮情。行宫见月伤心色，夜雨闻铃肠断声[30]。天旋日转回龙驭[31]，到此踌躇不能去。马嵬坡下泥土中，不见玉颜空死处[32]！君臣相顾尽沾衣，东望都门信马归[33]。归来池苑皆依旧，太液芙蓉未央柳[34]。芙蓉如面柳如眉，对此如何不泪垂？春风桃李花开日，秋雨梧桐叶落时[35]。西宫南内多秋草[36]，落叶满阶红不扫。梨园弟子白发新[37]，椒房阿监青娥老[38]。夕殿萤飞思悄然，孤灯挑尽未成眠。迟迟钟鼓初长夜，耿耿星河欲曙天[39]。鸳鸯瓦冷霜华重[40]，翡翠衾寒谁与共[41]？悠悠生死别经年，魂魄不曾来入梦。临邛道士鸿都客[42]，能以精诚致魂魄[43]。为感君王展转思[44]，遂教方士殷勤觅。排空驭气奔如电，升天入地求之遍。上穷碧落下黄泉[45]，两处茫茫皆不见。忽闻海上有仙山，山在虚无缥缈间。楼阁玲珑五云起[46]，其中绰约多仙子。中有一人字太真，雪肤花貌参差是[47]。金阙西厢叩玉扃[48]，转教小玉报双成[49]。闻道汉家天子使，九华帐里梦魂惊[50]。揽衣推枕起徘徊，珠箔银屏迤逦开[51]。云髻半偏新睡觉[52]，花冠不整下堂来。风吹仙袂飘飖举[53]，犹似霓裳羽衣舞。玉容寂寞泪阑干[54]，梨花一枝春带雨。含情凝睇谢君王，一别音容两渺茫。昭阳殿里恩爱绝[55]，蓬莱宫中日月长[56]。回头下望人寰处，不见长安见尘雾。唯将旧物表深情[57]，钿合金钗寄将去[58]。钗留一股合一扇[59]，钗擘黄金合分钿。但令心似金钿坚，天上人间会相见。临别殷勤重寄词，词中有誓两心知。七月七日长生殿[60]，夜半无人私语时。在天愿作比翼鸟，在地愿为连理枝[61]。天长地久有时尽，此恨绵绵无绝期[62]！

【注释】 [1] 汉皇：以汉代称唐，此处指唐玄宗。倾国：指美女。汉武帝的乐人李延年在汉武帝面前借唱歌赞叹他的妹妹："北方有佳人，绝世而独立。一顾倾人城，再顾倾人国。"后人因以"倾城倾国"为美女的代称。 [2] 御字:登基治国。 [3]“杨家”二句:杨家女指杨贵妃,小名玉环。开元二十三年册封为寿王(玄宗儿子李瑁)妃,二十八年玄宗度她为女道士,住太真宫,因又称杨太真,天宝四年召还俗,被册封为贵妃。“养在深闺”云云,是白居易为玄宗隐讳。 [4] 回眸:回首顾盼。眸,眼珠。 [5] 六宫:后妃的住处。粉黛:搽脸、画眉的化妆品,这里代指居住在六宫中的嫔妃。无颜色:形容她们和杨贵妃一比都黯然失色了。 [6] 华清池:唐华清宫的温泉浴池,在今陕西临潼骊山上。 [7] 凝脂:语出《诗·卫风·硕人》:“肤如凝脂。”此指洁白滑润的皮肤。 [8] 承恩泽:指得到皇帝的宠遇。 [9] 云鬓:蓬松如云的鬓发。花颜:美丽如花的容貌。步摇:一种头饰,能随人步行而摇。 [10] 芙蓉帐:绣有并蒂莲花的幔帐。 [11]“春从”句:指杨妃得皇帝专宠,其他后妃都不能接近皇帝了。 [12] 佳丽三千:并非夸张,玄宗后宫人数多达四万,此特指其佳丽者。 [13] 金屋:汉武帝刘彻少时曾欲筑金屋以娶表妹阿娇(见《汉武故事》)。后来就以金屋指被男子所宠爱的妇女的住处。 [14] 醉和春:形容杨贵妃醉后体态与风情。 [15] 姊妹弟兄:杨贵妃大姐封为韩国夫人,三姐封为虢国夫人,八姐封为秦国夫人。从兄杨国忠任右丞相,封魏国公。列土:列土封侯。 [16] 可怜:可羡。 [17]“不重”句:陈鸿《长恨歌传》载,“当时谣咏有云:‘生女勿悲酸,生男勿喜欢。’又曰:‘男不封侯女作妃,看女却为门上楣。’其人心羡慕如此。” [18] 骊宫:骊山华清宫。唐玄宗和杨贵妃常在这里饮酒作乐。 [19] 凝丝竹:形容管弦之声绵延不散。 [20]“渔阳”句:写天宝十四载(755)十一月平卢、范阳、河东三镇节度使安禄山举兵叛唐一事。渔阳,郡名,郡治在今河北蓟县,当时属范阳节度使管辖。鼙(pí)鼓,骑兵用的鼓。 [21]《霓裳羽衣曲》:舞曲名。 [22] 九重城阙:代指京城,语出宋玉《九辩》:“君之门以九重。” [23] 千乘万骑:指跟随玄宗逃难的卫队。西南行:天宝十五载(756)六月,安禄山破潼关,玄宗自长安逃往蜀地,故曰“西南行”。 [24] 翠华:皇帝的仪仗。摇摇:喻行色匆匆,落荒而去。行复止:要和下句合看,意谓在西出都门百余里后的马嵬坡(在今陕西兴平),这些卫队欲行复止了。 [25]“六军”二句:继续写马嵬坡事件的发生与经过。在马嵬坡,龙武大将军陈玄礼代表将士意见,请诛杀杨氏兄妹,玄宗无可奈何,从之。六军,指皇帝的禁军。宛转,凄楚动人的样子。蛾眉,《诗·卫风·硕人》:“螓首蛾眉。”这里指杨贵妃。 [26] 花钿(diàn)、翠翘、金雀、玉搔头:都是古代贵族妇女的头饰。委地:丢弃在地上。 [27]“君王”句：陈鸿《长恨歌传》：“上知不免（指贵妃之死）而不忍见其死，反袂掩面，使牵之而去。” [28] 云栈：古代于山路高险处架木渡人，名曰栈道。云，言其高。萦纡：迂回曲折。剑阁：剑门关，在今四川剑阁北。 [29] 峨嵋山：在今四川峨眉南。但玄宗奔蜀并未到达峨嵋，此处只是泛言蜀地高山。 [30]“夜雨”句：传说玄宗入蜀时经过斜谷，遇到一场十多天的阴雨，在栈道上听见雨中铃声隔山相应，十分凄凉，更加思念杨贵妃，因制《雨霖铃》曲以寄恨。（见《明皇别录》） [31] 天旋日转：指政局改变。回龙驭：至德二载（757）九月郭子仪收复长安，十二月玄宗回京。龙驭，皇帝的车驾。[32]“到此”三句：暗含玄宗从四川回长安，途经马嵬坡时曾为杨贵妃改葬。到此，到马嵬坡。不见句，意为不能见到杨贵妃，只能见到她所死之地。[33] 信：听任。 [34] 太液：汉代宫中池苑名。芙蓉：荷花。未央：汉代宫殿名。此处以汉代唐，泛指唐代内宫。 [35]“春风”二句：是说玄宗从春到秋的永久思念。 [36] 西宫：指太极宫，也称西内。南内：指兴庆宫。内，在此即指宫。玄宗回京后先住兴庆宫，后迁西内。这句暗写唐肃宗李亨听从李辅国之言，将玄宗软禁在西宫，不让他再过问国家大事，故有下文一系列凄凉的环境描写。 [37] 梨园弟子：当年玄宗在梨园教练出来的乐工，其中包括一部分宫女。 [38] 椒房：本指皇后住处，其房内以椒粉涂壁，取其香气，此处泛指后宫。阿监：宫内女官。青娥：指年轻的宫女。 [39] 迟迟：形容低徊徐缓的声音。鼓：报更的钟鼓。耿耿：明亮。星河：银河。[40] 鸳鸯瓦：嵌合成对的瓦。霜华：即霜花。 [41] 翡翠衾：绣着翡翠鸟的被子。翡翠鸟亦雌雄双栖。 [42]“临邛”句：有一个道士从临邛来到长安客居。临邛（qióng），今四川邛崃。鸿都，代指都城，此处指长安。[43]“能以”句：能用法力将杨贵妃的魂魄招来。 [44]“为感”句：即为君王辗转思念所感动。 [45] 穷：找遍。碧落：道家称天为碧落。下黄泉：即下穷黄泉。黄泉指地下。 [46] 五云：五色瑞云。 [47] 参差（cēn cì）是：仿佛就是。 [48]“金阙”句：道教相传天堂之一上清宫，左金阙，右玉扃。此即扣金阙西厢玉扃意，指进入层层的宫门。阙，门上楼观。扃（jiǒng），门。 [49] 小玉：吴王夫差的女儿，相传死后成仙。双成：董双成，相传是西王母的侍女。这里代指层层通报太真的侍女。 [50] 九华帐：绣着多种多样花饰的帷帐。 [51]“珠箔”句：神仙洞府的重重门户先后打开。箔，帘。屏，屏风。逦迤（lǐ yǐ）：接连。 [52] 云髻：蓬松如云的发髻。睡觉:睡醒。 [53] 袂(mèi):袖。 [54]“玉容”句:太真的面色惨淡,泪痕满脸。阑干,纵横。 [55] 昭阳殿:汉殿名。汉成帝皇后赵飞燕所居,借指杨贵妃生前居住的宫殿。 [56] 蓬莱宫:泛指仙宫。日月长:时光难耐。 [57] 旧物:指生前贵妃与玄宗的定情之物。即下文的钿合、金钗。 [58] 钿合:镶金花的盒子。金钗:头饰。 [59]“钗留”句:即钗留一股,盒留一扇。 [60] 七月七日:民间传说七月七日牛郎织女相会。长生殿:唐宫殿名,在骊山华清宫内。 [61] 连理枝:不同根而相交的枝条。与上句皆喻坚贞不渝的爱情。 [62] 绵绵:长远不绝,以结题面“长恨”之意。

琵琶引 并序

【题解】 在这首诗中,诗人既刻画了一个不幸的歌女的形象,又抒发了自己“谪居卧病浔阳城”后的苦闷心情。诗中的琵琶女是一个色艺双全的佳人,但随着青春逝去,只落个“嫁作商人妇”的不幸境遇;这和白居易一片忠心报国,最后却遭致政敌谗言,落个“谪居卧病”的遭遇是相似的。

这首诗和《长恨歌》一样采用七言歌行:用平仄协调的律句,间用对偶,数句一转韵,音节随情节而曲折,依感情而顿挫,多处用顶针格,使音节更和谐浏亮,婉转动人,人称“长庆体”。诗有意移植了小说创作对外貌、服饰、动作、心理描写等手法外,还运用气氛渲染、环境描绘以塑造人物形象,抒发诗人感情。诗人运用比喻、想象、通感、象声等修辞手法表现乐曲的高亢、低沉、急骤、徐缓、欢快、哀怨、间歇、突发等变化,使抽象的声音曲调具象化,给读者以“大珠小珠落玉盘”的审美感受。

元和十年[1],予左迁九江郡司马[2]。明年秋,送客湓浦口,闻舟中夜弹琵琶者,听其音,铮铮然有京都声[3]。问其人,本长安倡女[4],尝学琵琶于穆、曹二善才[5]。年长色衰,委身为贾人[6]妇。遂命酒，使快弹[7]数曲，曲罢悯默。自叙少小时欢乐事，今漂沦憔悴，转徙于江湖间。予出官二年，恬然自安，感斯人[8]言，是夕始觉有迁谪意。因为长句，歌以赠之，凡六百一十二言，命曰《琵琶行》。

浔阳江头夜送客[9]，枫叶荻花秋瑟瑟[10]。主人下马客在船[11]，举酒欲饮无管弦。醉不成欢惨将别[12]，别时茫茫江浸月。忽闻水上琵琶声，主人忘归客不发。寻声暗问弹者谁？琵琶声停欲语迟。移船相近邀相见，添酒回灯重开宴。千呼万唤始出来，犹抱琵琶半遮面。转轴拨弦三两声[13]，未成曲调先有情。弦弦掩抑声声思[14]，似诉平生不得志。低眉信手续续弹[15]，说尽心中无限事。轻拢慢撚抹复挑[16]，初为《霓裳》后《绿腰》[17]。大弦嘈嘈如急雨[18]，小弦切切如私语[19]。嘈嘈切切错杂弹，大珠小珠落玉盘[20]。间关莺语花底滑[21]，幽咽泉流冰下难[22]。冰泉冷涩弦凝绝，凝绝不通声暂歇[23]。别有幽情暗恨生，此时无声胜有声。银瓶乍破水浆迸，铁骑突出刀枪鸣[24]。曲终收拨当心画[25]，四弦一声如裂帛[26]。东船西舫悄无言，唯见江心秋月白。沉吟放拨插弦中[27]，整顿衣裳起敛容[28]。自言本是京城女，家在虾蟆陵下住[29]。十三学得琵琶成，名属教坊第一部[30]。曲罢曾教善才伏[31]，妆成每被秋娘妒[32]。五陵年少争缠头[33]，一曲红绡不知数[34]。钿头银篦击节碎[35]，血色罗裙翻酒污[36]。今年欢笑复明年，秋月春风等闲度[37]。弟走从军阿姨死[38]，暮去朝来颜色故。门前冷落鞍马稀，老大嫁作商人妇。商人重利轻别离，前月浮梁买茶去[39]。去来江口守空船，绕船月明江水寒。夜深忽梦少年事，梦啼妆泪红阑干[40]。我闻琵琶已叹息，又闻此语重唧唧[41]。同是天涯沦落人[42]，相逢何必曾相识！我从去年辞帝京，谪居卧病浔阳城[43]。浔阳地僻无音乐，终岁不闻丝竹声[44]。住近湓江地低湿，黄芦苦竹绕宅生[45]。其间旦暮闻何物？杜鹃啼血猿哀鸣[46]。春江花朝秋月夜，往往取酒还独倾。岂无山歌与村笛？呕哑嘲哳难为听[47]。今夜闻君琵琶语，如听仙乐耳暂明。莫辞更坐弹一曲，为君翻作琵琶行[48]。感我此言良久立，却坐促弦弦转急[49]。凄凄不似向前声[50]，满座重闻皆掩泣。座中泣下谁最多？江州司马青衫湿[51]。

【注释】 [1] 元和十年：公元 815 年。 [2] "予左迁"句：指被贬为江州司马。 [3] 京都声：京城的韵味。 [4] 倡女：乐妓。 [5] 善才：高手。 [6] 贾人：商人。 [7] 快弹：尽兴弹。 [8] 斯人：此人，此指琵琶女。 [9] 浔阳江：长江经过九江市附近的一段水面。 [10] 荻：芦苇。瑟瑟：风吹草木声。 [11] "主人"句：这一句内部为互文，是说主人客人一起下马进入船中。 [12] 惨将：即惨，"将"是语助词。 [13] 转轴拨弦：转动系弦的木轴，拨动一下琴弦，即定弦。 [14] "弦弦"句：每根弦上所发出的每个音符都饱含着低徊忧郁的声调。 [15] 信手：随手。续续：连续。 [16] 拢、撚、抹、挑：琵琶演奏的几种指法和拨法。复：又、还。[17]《霓裳》：即《霓裳羽衣曲》。《绿腰》：曲名，又称《录要》、《六么》。[18] 大弦：粗弦。嘈嘈：形容声音粗壮厚重。 [19] 小弦：细弦。切切：形容声音微细柔和。 [20] "大珠"句：琵琶声音清脆玲珑、圆润流转之妙。 [21] 间关：鸟鸣声。滑：流丽。 [22] "幽咽"句：形容琵琶发出的呜咽之声。"冰下难"一作"水下滩"。 [23] "冰泉"二句：弦声停住，方才的呜咽之声也随之涩滞不通了。冷涩，幽咽的感觉。凝绝，停住。[24] "银瓶"二句：琵琶突然迸发出的激昂声音。乍，忽然。迸，四溅。铁骑，穿铁甲的骑兵。 [25] 拨：拨弦的器物。 [26] "四弦"句：形容四根弦上同时发出的声音。　[27] 沉吟：欲语未语的样子。　[28] 敛容：严肃的容貌。　[29] 虾蟆陵：即下马陵，汉儒董仲舒的坟墓，在长安东南，曲江附近。为了崇敬先儒，到此必须下马，后音讹成虾蟆陵。　[30] 教坊：唐时在长安设左右教坊，掌管乐伎，教练歌舞。第一部：第一队，最优秀的歌舞演奏队。　[31] 善才：指序中所说的穆、曹等高手。伏：自叹不如。[32] 秋娘：唐代乐妓多以此为名，故可作为名妓的代称。　[33] 五陵年少：指代纨袴子弟。五陵，汉代长陵、安陵、阳陵、茂陵、平陵，这一带多为富家所居。争缠头：争相赏赐。缠头，古代歌舞女伎以锦缠头，所以赠赏时也多用罗锦，称缠头。　[34] "一曲"句：一曲唱罢，听众所赏之物无数。绡，生丝织成的丝织品。　[35] "钿头"句：人们在欣赏演奏时随拍子以篦击节，乃至敲碎。钿头银篦，两头镶着花钿的银篦子。篦，头饰。击节，打拍子。[36] "血色"句：和少年们戏谑乃至泼翻了酒，将红罗衣染污。血色，鲜红色。[37] "秋月"句：良辰美景不知爱惜，轻易度过。　[38] 阿姨：指教坊中年长管事的人。　[39] 浮梁：今江西景德镇，唐代是茶叶的大集散地。[40] "梦啼"句：梦中哭醒，夹杂着脂粉的泪珠纵横流淌。　[41] 重：更加。唧唧：叹息声。　[42] 天涯沦落：飘泊异地。　[43] 浔阳城：即江州，今江西九江。　[44] 地僻：原作"小处"，据明马元调刊本《白氏长庆集》改。　[45] 黄芦：黄苇。苦竹：笋味苦的竹。　[46] 杜鹃：鸟名，又叫子规。相传它的啼声最苦，甚至能口中流血。这句极写所居之地的凄凉。[47] 呕哑嘲哳(ōu yā zhāo zhā)：都是指杂乱不悦耳的声音。　[48] 翻：指按曲调写成歌词。所谓"某某行"，指沿用乐府歌行体，所以此处用"翻"字。[49] 却坐：退回原处重新坐下。促弦：将弦拧紧。　[50] 向前：即向时，方才。　[51] 青衫：唐时最低官职的服色。白居易当时"官品至第五"(见《与元九书》)，不至于穿青衫，而此处说穿青衫只是表沦落之意。

自河南经乱关内阻饥兄弟离散各在一处因望月有感聊书所怀寄上浮梁大兄於潜七兄乌江十五兄兼示符离及下邽弟妹

【题解】 河南经乱：唐德宗贞元十五年(799)，宣武军(治所开封)

节度使董晋死后，部下叛乱，彰义军（治所汝南）节度使吴少诚亦叛。朝廷征讨，河南成为战乱中心。关内，唐关内道，辖境今陕西中、北部和甘肃、宁夏部分地区。阻饥，漕运受阻，加重了旱荒。浮梁，今江西省景德镇。大兄，此指诗人大哥幼文，时任浮梁县主簿。於潜七兄，白居易的一位堂兄任於潜（今浙江临安）县尉。乌江十五兄，白居易的另一位堂兄任乌江县（今安徽和县）主簿。符离，今安徽宿县，作者曾居此。下邽（guī），今陕西省渭南，白氏祖坟所在地。诗与题意丝丝入扣，一气流转，极自然宛转。寻常口语，沉痛在骨，所谓"用常得奇"也。

时难年荒世业空[1]，弟兄羁旅各西东[2]。田园寥落干戈后，骨肉流离道路中。吊影分为千里雁[3]，辞根散作九秋蓬[4]。共看明月应垂泪，一夜乡心五处同[5]。

【注释】 [1] 世业：祖宗世代的产业。 [2] 羁旅：寄居做客。 [3] 吊影：形影相吊，孤寂伤感。千里雁：喻兄弟分离，如离群孤雁相隔千里。 [4] 辞根：被风吹断或拔起而离根。九秋：秋季三个月共九旬，故称。 [5] 乡心：思乡之心。白居易生长于河南新郑郭宅。五处同：分散在五处的兄弟姐妹的相思和恋乡之情与自己相同。

钱唐湖春行

【题解】 此诗约作于长庆三年或四年（823—824），白居易任杭州刺史时。钱唐湖：即杭州西湖。首联交待"春行"之时地。颔、颈联描绘西湖春色，极为传神："几处"、"谁家"的设问，惊喜之情情不自禁；"乱花"、"浅草"配以前"早"、"新"，缀以后之"渐欲"、"才能"，把准初春之神脉，透出盎然春意；"争"、"啄"、"迷"、"没"四个动词精当贴切。尾联补足"行"字。

孤山寺北贾亭西[1],水面初平云脚低[2]。几处早莺争暖树[3],谁家新燕啄春泥。乱花渐欲迷人眼,浅草才能没马蹄。最爱湖东行不足,绿杨阴里白沙堤[4]。

【注释】 [1] 孤山:西湖上的一处名胜,在里湖与外湖之间,山上有孤山寺。贾亭:即“贾公亭”,贾全为杭州刺史时所建,后废。 [2] 云脚:雨云从远处望去,似匹练垂地,故称云脚。结合“水面初平”四字看,这句当写春雨方晴时的景色。 [3] 暖树:向阳的树。 [4] 白沙堤:此处是指断桥堤,即今误传为白居易所筑之“白堤”。

暮江吟

【题解】 白居易于长庆元年(821)秋季游长安曲江时所作。诗人把夕阳斜映江上的绮丽景色和深秋夜露的晶莹熔铸在一起,绘出一幅色彩绚丽、工致如画的秋江暮景图。诗言九月初三,或有所指,但已无考。

一道残阳铺水中,半江瑟瑟半江红[1]。可怜九月初三夜[2],露似真珠月似弓[3]。

【注释】 [1] 瑟瑟:指碧色。 [2] 可怜:一作“谁怜”。怜,爱。 [3] 真珠:即珍珠。

花非花

【题解】 《花非花》,《古今词注》注云:“乐天自度曲。”通篇用博喻,却不知被喻之物为何,憾在短暂,美在朦胧。易引发对美好的人与物之追忆、惋惜之情。又兼有音节的整饬和错综之美,故历诵不衰。

花非花，雾非雾，夜半来，天明去。来如春梦几多时，去似朝云无觅处。

忆江南（其一）

【题解】 《忆江南》，词牌名。诗人原注道："此曲亦名《谢秋娘》，每首五句。"据《乐府诗集》卷八三云："《忆江南》，一曰《望江南》。……本名《谢秋娘》，李德裕镇浙西，为妾谢秋娘所制，后改为《望江南》。因白氏词，后遂改名《江南好》。"

此词是大和元年(827)作者居洛阳时回忆江南如诗如画的风光而作。写景生动，感情真切，风格自然清新是其最显著的艺术特色。此为组词三首之第一首。

江南好，风景旧曾谙[1]。日出江花红胜火，春来江水绿如蓝，能不忆江南？

【注释】 [1] 谙(àn)：熟悉。

长相思（其一）

【题解】 《长相思》，词牌名。为唐教坊曲。调名出自古乐府："上言长相思，下言久离别。"有《双红豆》、《相思令》等多种别名。前人多以写男女相思之情。此为组词两首的第一首。通篇融愁于水，思妇之愁，由汴入泗，由泗入淮，经大运河之瓜州古渡而入长江，自然是"思悠悠，恨悠悠"了。"吴山点点愁"，承上启下，绾合山水，点缀画面，点明心理。

汴水流[1],泗水流[2]。流到瓜州古渡头[3],吴山点点愁[4]。　　思悠悠,恨悠悠。恨到归时方始休。月明人倚楼。

以上据上海古籍出版社版《白居易集笺校》

【注释】 [1] 汴水:古汴河由河南旧郑州、开封、归德北境,流经江苏徐州,合泗水入淮河。元时为黄河所夺,今已淤塞。　[2] 泗水:源于山东泗水县,流经曲阜、鱼台、江苏徐州,至洪泽湖畔龙集附近入淮。　[3] 瓜州:江苏邗江县南的瓜州镇,在运河入长江处。本为江中沙洲,沙渐长,状如瓜字,故名。又称“瓜洲”。　[4] 吴山:泛指长江南岸诸山。

李　翱

李翱(772—841),字习之,陇西成纪(今甘肃秦安)人。贞元十四年(798)进士及第。历任国子博士、史馆修撰,官至山南东道节度使。

他是韩愈的学生,是古文运动的主要成员之一。文章平正谨严,发展了韩文“文从字顺”的一面。著有《李文公集》。

杨烈妇传

【题解】 唐德宗建中三年(782),淮宁节度使李希烈拥兵割据,自称建兴王、天下都元帅。次年,又四出略地,攻陷汴州(今河南开封)等地,自称楚帝。这篇文章为一位小城的县令之妻作传。她在叛军压境,兵临城下的危急时刻,毫不畏惧,对丈夫责以大义,献以良计,让他悬赏以激励士气,并身先士卒,终于以弱胜敌,击退了叛军,保全了一城百姓的生命和财产。

作者把杨氏置于生死存亡的关头,记叙了她责夫、谕民、斥敌的语言和勇敢果断的行动，表现了她的远见卓识和临危不惧，成功地塑造了一位栩栩如生的巾帼英雄。作者特意将有责任守、有条件守的官吏临敌脱逃的可耻行径来反衬她的义烈行为，赞颂之情，注于笔端。篇末以古之贤者为陪衬，将赞颂之意申足。全文叙事生动完整，议论有力，语言简明。

建中四年[1]，李希烈陷汴州[2]，既，又将盗陈州[3]，分其兵数千人，抵项城县[4]。盖将掠其玉帛，俘累其男女[5]，以会于陈州[6]。县令李侃不知所为[7]。其妻杨氏曰："君，县令也，寇至当守；力不足，死焉，职也[8]。君如逃，则谁守？"侃曰："兵与财皆无，将若何？"杨氏曰："如不守，县为贼所得矣！仓廪皆其积也[9]，府库皆其财也，百姓皆其战士也，国家何有？夺贼之财而食其食[10]，重赏以令死士[11]，其必济[12]！"

于是召胥吏、百姓于庭[13]。杨氏言曰："县令，诚主也[14]，虽然，岁满则罢去[15]，非若吏人、百姓然。吏人、百姓，邑人也[16]，坟墓存焉，宜相与致死以守其邑[17]，忍失其身而为贼之人耶？！"众皆泣许之。乃徇曰[18]："以瓦石中贼者，与之千钱；以刀矢兵刃之物中贼者，与之万钱。"得数百人，侃率之以乘城[19]。杨氏亲为之爨以食之[20]，无长少，必周而均[21]。使侃与贼言曰："项城父老，义不为贼矣[22]，皆悉力守死。得吾城不足以威[23]，不如亟去，徒失利，无益也。"贼皆笑。有蜚箭集于侃之手，伤而归。杨氏责之曰："君不在，则人谁肯固矣！与其死在城上，不犹愈于家乎[24]？"侃遂忍之，复登陴[25]。

项城小邑也，无长戟劲弩、高城深沟之固。贼气吞焉，率其徒将超城而下[26]。有以弱弓射贼者，中其帅，坠马死。其帅，希烈之婿也。贼失势，遂相与散走。项城之人无伤焉。刺史上侃之功，诏迁绛州太平县令[27]。杨氏至兹犹存。

妇人女子之德，奉父母舅姑尽恭顺[28]，和于娣姒[29]，于卑幼有慈爱，而能不失其贞者，则贤矣。至于辨行阵[30]，明攻守、勇烈之道，此固公卿大臣之所难。厥自兵兴，朝廷注意宠旌守御之臣[31]。凭坚城深池之险，储蓄山积，货财自若[32]，冠胄服甲[33]，负弓矢而驰者[34]，不知几人。其勇不能战，其智不能守，其忠不能死，弃其城而走者，有矣！彼何人哉[35]！若杨氏者，妇人也。孔子曰："仁者必有勇[36]。"杨氏当之矣[37]。

赞曰：凡人之情，皆谓后来者不及于古之人，贤者自古亦稀，独后代邪[38]？及其有之，与古人不殊也。若高愍女、杨烈妇者[39]，虽古烈女，其何加焉[40]！予惧其行事堙灭而不传[41]，故皆叙之，将告于史官。

据中华书局影印《全唐文》

【注释】 [1] 建中：唐德宗李适年号(780—783)。 [2] 李希烈：辽西人。初为李忠臣裨将。忠臣被逐，代宗令其专留后事。德宗立，拜淮宁节度使，进南平郡王。李纳叛，诏希烈往讨，希烈约纳为唇齿，与朱滔、田悦相勾结。后破汴州，僭即帝位，国号楚。亲将陈仙奇阴令医毒杀之。汴州：州名。唐辖境相当今河南开封和尉氏、杞县、兰考等地。治所在开封。 [3] 既：后来。盗：掠夺。陈州：今河南淮阳。 [4] 项城县：今属河南。 [5] 累(léi)：用绳索捆绑。 [6] 会：会师。 [7] 不知所为：不知该怎么办。[8] 死焉：死于拒守。职：职责。 [9] 仓廪皆其积：粮仓所储，都变成他们的积蓄。 [10] "夺贼"句：谓(动用仓廪府库等于)夺取贼兵的财物，吃他们的军粮。 [11]“重赏”句:用重赏以激励敢于死战的士兵。 [12]其必济:那必定成功。 [13]胥吏:衙门中的下级人员。 [14]诚主也:确实是一县之主。 [15]岁满:任期满了。罢去:离职而去。 [16]邑人:本地人。 [17]“宜相与”句:谓应共同协力死守其城。 [18]徇:宣布命令。 [19]乘城:登城(守御)。 [20]爨(cuàn):烧饭。食(sì):拿食物给人吃。 [21]必周而均:必定分得周全而且均匀。 [22]义不为贼:守义而绝不从贼。 [23]不足以威:不足以显示兵威。 [24]“与其”二句:如果死在城上,不还好于死在家里吗?与其,如果。愈,更好。 [25]陴(pí):城墙上的小墙。 [26]“贼气”二句:谓叛贼气盛,似一口能吞下小城,率领贼兵越城墙而下。 [27]绛州太平县:今山西临汾。唐朝把全国的县分为赤、畿、望、紧、上、中、下七等,项城为上县,太平是紧县(要冲县),故由项城调太平县为升迁。 [28]舅姑:公公、婆婆。 [29]娣姒(sì):泛指妯娌。 [30]辨行阵:懂军事。 [31]宠旌:优待,表扬。 [32]自若:此指可自由支配。 [33]冠胄服甲:戴头盔,穿铠甲。 [34]负:背。驰:此指逃窜。 [35]彼何人哉:那都是些什么样的人呵。 [36]“仁者”句:语见《论语·宪问》。 [37]当之矣:当得起这话了。 [38]独后代邪:岂独后代贤者稀耶? [39]高愍(mǐn)女:高彦昭的女儿高妹妹。建中二年(781),她全家惨遭叛军杀害,妹妹年仅七岁,从容就义。唐德宗赐号愍女,李翱为她作《高愍女碑》。 [40]其何加焉:有什么胜过她们的地方。 [41]堙(yīn)灭:埋没。

柳宗元

柳宗元(773—819),字子厚,河东(今山西永济)人。贞元九年(793)进士,授校书郎,调蓝田尉,拜监察御史。顺宗永贞年间,与刘禹锡等参加王叔文集团革新政治的活动,任礼部员外。王叔文失败后,元和元年(805)贬永州(今湖南零陵)司马,后改柳州刺史,死于任所。世称“柳柳州”、“柳河东”。柳宗元是唐代杰出的思想家,古文运动的倡导者。与韩愈齐名,同被列入“唐宋八大家”。散文风格清峻沉郁,以山水游记和寓言成就尤高。诗文均深得骚体之精髓。有《柳河东集》。

三 戒

【题解】 这是宗元被贬永州司马期间所作的三篇一组的寓言。文前小序,点明题旨。柳宗元从黑暗腐败的官场中,概括出几类典型的官吏:自命高贵的豪族、虚有其表的高官和恃宠作恶的宦竖官奴,分别借麋、驴、鼠三种动物寓言,揭示了他们的丑恶行径和"迨于祸"的下场,以为警诫,具有强烈的现实讽刺意义。

本文借物喻人,亦物亦人,有各自独立的形象和完整的情节,刻划生动传神,既切"物性",又合"人情",寓言深刻,讽刺辛辣。

寓言这种文学形式,早已散见于先秦诸子的著述中,但大多未能独立成篇。柳宗元的寓言将深邃的哲理性、强烈的政治性、生动的描绘与幽默的讽刺融为一体,使寓言成为一种独立的文学体裁。

吾恒恶世之人不知推己之本[1],而乘物以逞[2]。或依势以干非其类[3],出技以怒强[4],窃时以肆暴[5],然卒迨于祸[6]。有客谈麋、驴、鼠三物,似其事,作《三戒》。

临江之麋

临江之人畋,得麋麑[7],畜之。入门,群犬垂涎,扬尾皆来,其人怒,怛之[8]。自是日抱就犬,习示之[9],使勿动,稍使与之戏。积久,犬皆如人意。麋麑稍大,忘己之麋也,以为犬良我友[10],抵触偃仆[11],益狎[12]。犬畏主人,与之俯仰甚善[13]。然时啖其舌[14]。

三年,麋出门,见外犬在道甚众,走欲与为戏。外犬见而喜且怒,共杀食之,狼藉道上[15]。麋至死不悟。

黔之驴

黔无驴[16]，有好事者船载以入。至则无可用，放之山下。虎见之，庞然大物也，以为神。蔽林间窥之。稍出近之，慭慭然莫相知[17]。

他日，驴一鸣，虎大骇，远遁，以为且噬己也[18]，甚恐。然往来视之，觉无异能者。益习其声，又近出前后，终不敢搏。稍近，益狎，荡倚冲冒[19]，驴不胜怒，蹄之。虎因喜，计之曰："技止此耳！"因跳踉大㘎[20]，断其喉，尽其肉，乃去。

噫！形之庞也类有德，声之宏也类有能。向不出其技[21]，虎虽猛，疑畏卒不敢取[22]；今若是焉，悲夫！

永某氏之鼠

永有某氏者，畏日[23]，拘忌异甚。以为己生岁直子[24]，鼠，子神也[25]，因爱鼠，不畜猫犬。禁僮勿击鼠。仓廪庖厨[26]，悉以恣鼠，不问[27]。

由是鼠相告，皆来某氏，饱食而无祸。某氏室无完器，椸无完衣[28]，饮食大率鼠之余也。昼累累与人兼行[29]，夜则窃啮斗暴，其声万状，不可以寝，终不厌。

数岁，某氏徙居他州，后人来居，鼠为态如故。其人曰："是阴类恶物也[30]，盗暴尤甚，且何以至是乎哉？"假五六猫，阖门[31]，撤瓦灌穴，购僮罗捕之[32]。杀鼠如丘，弃之隐处，臭数月乃已。

呜呼！彼以其饱食无祸为可恒也哉！

【注释】［1］恒恶：常常憎恶。推己之本：指认识自己的实际情况。推，推求。本，根基。［2］乘物以逞：凭借外物来逞强。乘，凭借。［3］干：触犯。非其类：不是他的同类。［4］技：伎俩。怒强：激怒强者。［5］窃时句：谓利用时机，肆意施暴。［6］卒迨（dài）于祸：终于得祸。迨，及。［7］临江：今江西清江境。畋（tián）：打猎。麋麑（mí ní）：幼麋。麋，一种大于鹿的鹿类兽。［8］怛（dá）：吓唬。［9］习示之：经常给犬看。［10］良：的确。［11］抵触偃仆：麋犬相戏，用头顶撞、卧倒、趴下的动作。［12］狎：亲昵，不庄重。［13］俯仰：周旋，应付。［14］啖（dàn）：舔舌。［15］狼藉：（被吃剩的麋之皮与骨）散乱状。［16］黔：唐代有黔中道，为"开元十五道"之一，道治在今四川彭水。辖区包括湖北西南部、四川东南部、贵州北部、湖南西部。今为贵州代称。［17］慭慭（yìn）然：恭敬谨慎的样子。莫相知：互不了解。［18］噬（shì）：咬。［19］荡倚冲冒：（虎戏侮驴，做出）摇动、依靠、冲撞、冒犯等试探动作。［20］跳踉（liáng）：跳跃。㘎（hǎn）：虎怒吼的样子。［21］向：假如。［22］"疑畏"句：怀疑害怕，最终不敢捕取。［23］畏日：怕犯忌讳。《史记·日者列传》裴骃《集解》："古人占候卜筮，通谓之日者。"日，泛指各种忌讳。［24］生岁直子：出生的年份正当子年。直，值。［25］鼠，子神也：子年的生肖是鼠。［26］仓廪（lǐn）：谷仓、米仓。庖（páo）厨：厨房。［27］"悉以"二句：全都让老鼠任意糟踏而不管。悉，完全。恣，纵任。［28］椸（yí）：衣架。［29］累累：一只接一只。兼行：并行。［30］阴类恶物：在阴暗处活动的坏东西。［31］阖：同"合"，关闭。［32］购僮：花钱雇人。

捕蛇者说

【题解】说，一种文体。或发表议论，或记叙事情，或夹叙夹议，都用以阐明道理。文章借捕蛇者自述一家三代的悲惨遭遇，深刻地揭露了统治者的横征暴敛给人民带来的深重灾难，令人信服地得出了"赋敛之毒有甚是蛇者"的结论，表达了作者对劳动人民的深切同情。

全文借典故"苛政猛于虎"立意，紧扣一个"毒"字做文章。先极言蛇之毒，捕蛇之害；后说赋敛之毒，用捕蛇之毒竟成熙乐，反衬出之。其中悍吏骚扰，虽鸡犬不得宁，与捕蛇者“恂恂而起”，见蛇尚存，则“弛然而卧”的描写生动传神，比照鲜明。文章妙在由捕蛇者口中说出蛇之毒及赋敛之毒甚于毒蛇，真实可信。文中穿插对话，排句与对句相间，长句与短句错综，使文章波澜多姿。

永州之野产异蛇[1]，黑质而白章[2]，触草木尽死，以啮人[3]，无御之者。然得而腊之以为饵[4]，可以已大风、挛踠、瘘、疠[5]，去死肌[6]，杀三虫[7]。其始，太医以王命聚之[8]，岁赋其二[9]，募有能捕之者，当其租入[10]。永之人争奔走焉。

有蒋氏者，专其利三世矣[11]。问之，则曰：“吾祖死于是，吾父死于是，今吾嗣为之十二年，几死者数矣。”言之貌若甚戚者。

余悲之，且曰：“若毒之乎[12]？余将告于莅事者[13]，更若役，复若赋，则何如[14]？”

蒋氏大戚，汪然出涕曰：“君将哀而生之乎[15]？则吾斯役之不幸，未若复吾赋不幸之甚也。向吾不为斯役[16]，则久已病矣[17]。自吾氏三世居是乡，积于今，六十岁矣。而乡邻之生日蹙[18]，殚其地之出，竭其庐之入[19]，号呼而转徙[20]，饥渴而顿踣[21]，触风雨，犯寒暑[22]，呼嘘毒疠[23]，往往而死者相藉也[24]。曩与吾祖居者，今其室十无一焉；与吾父居者，今其室十无二三焉；与吾居十二年者，今其室十无四五焉。非死则徙尔。而吾以捕蛇独存。

“悍吏之来吾乡，叫嚣乎东西，隳突乎南北[25]，哗然而骇者，虽鸡狗不得宁焉。吾恂恂而起[26]，视其缶[27]，而吾蛇尚存，则弛然而卧[28]。谨食之[29]，时而献焉[30]。退而甘食其土之有，以尽吾齿[31]。盖一岁之犯死者二焉[32]。其余则熙熙而乐，岂若吾乡邻之旦旦有是哉[33]？今虽死乎此，比吾乡邻之死则已后矣，又安敢毒耶？"

余闻而愈悲。孔子曰："苛政猛于虎也[34]。"吾尝疑乎是，今以蒋氏观之，犹信。呜呼！孰知赋敛之毒，有甚是蛇者乎！故为之说[35]，以俟夫观人风者得焉[36]。

【注释】 [1] 永州：今湖南零陵。 [2] 黑质而白章：黑底白花。质，体。章，花纹。 [3] 啮(niè)：咬。 [4] 腊(xī)：干肉。此作动词，做成肉干。饵：食品，此指药饵。 [5] 已：止。此指治疗。大风：麻疯病。挛踠(luán wǎn)：手脚拳曲不能伸展的病。瘘(lòu)：颈肿。疠(lì)：癞疮。 [6] 死肌：指萎缩而失去机能的肌肉。 [7] 三虫：指三尸之虫。道家以为人体内有三种作祟的虫：上者在脑中，伤人眼；中者在胸，伤五脏；下者在腹，伤胃。(见《酉阳杂俎·玉格》)一说，指蛔虫、赤虫、蛲虫。 [8] "太医"句：意谓御医奉皇帝的命令征集这种蛇。 [9] 岁赋其二：每年征收两次。 [10] 当其租入：用蛇抵租税。 [11] 专其利：独享捕蛇的好处。 [12] 若毒之乎：你怨恨捕蛇吗？若，你。 [13] 莅事者：主管的地方官。莅，临视。[14] "更若役"三句：更换你捕蛇的差事，恢复你的租税，如何？ [15] 哀而生之乎：怜悯我而让我活下去吗？生，使动用法。 [16] 向：假使。[17] 病：困厄。 [18] 生：生计。日蹙：日见窘迫。 [19] "殚其地"二句：谓拿出他们土地上的全部出产，竭尽他们家里的全部收入。殚(dàn)，尽。出，出产。庐，房舍，此指家。入，收入。 [20] 转徙：辗转迁徙，即流亡。[21] 顿踣(bó)：困顿跌倒。 [22] "触风雨"二句：谓顶风雨，冒寒暑。犯，冒。 [23] 呼嘘毒疠：呼吸瘴气。 [24] 死者相藉：死者互相枕垫着。 [25] "叫嚣"二句：形容差役横暴，到处叫嚷破坏。隳(huī)突，《文选·陈琳为袁绍檄豫州文》："所过隳突，无骸不露。"李周翰注："隳，坏；突，破也。" [26] 恂恂(xún)：担心的样子。 [27] 缶(fǒu)：小口大腹的瓦罐。 [28] 弛(chí)然：松弛放心的样子。 [29] 谨食(sì)之：小心地喂养它们。 [30] 时而献焉:按时贡献上去。 [31] 以尽吾齿:以尽我的天年。 [32] 犯死者二:两次冒死亡的危险。 [33] "岂若"句:哪像我的乡邻那样天天有死亡的威胁呢! [34] "苛政"句:残酷的政治比老虎还凶啊。《礼记·檀弓下》:"孔子过泰山侧,有妇人哭于墓者而哀。夫子式而听之。使子路问之,曰:'子之哭也,壹似重有忧者?'而曰:'然。昔者吾舅死于虎,吾夫又死焉,今吾子又死焉。'夫子曰:'何为不去也?'曰:'无苛政。'夫子曰:'小子识之,苛政猛于虎也。'" [35] 故为之说:因此写了这篇"说"。 [36] 观人风者:考察民情风俗的人。

始得西山宴游记

【题解】 西山,在今湖南零陵城西南,又称粮子岭。本篇为《永州八记》之一。柳宗元被贬荒远,担任闲职,只能放情山水,宣泄牢骚。而以《永州八记》为代表的山水游记,借物写心,寓身世之感于状物写景之中,亦游记中之骚体。八篇合如山水长卷,分如八折屏风,既前后连贯,又独立成章。八处名胜各具风致,表现手法又各具特色。而描绘景物的"牢笼百态",细腻传神,则是其共同特点。

本文题曰"始得",便围绕着"始"与"未始"作文章。先极言平日游览之胜,"以为凡是州之山水有异态者,皆我有也",用以反衬下文,"然后知吾向之未始游,游于是乎始"。文中没有正面实写山势高峻,而多从虚处落笔,着力描绘山顶骋目远眺之所见,用生动的比喻,鲜明的色彩,勾勒出群山若垤若穴、天际四望如一的高远阔大的境界。全文脉络贯通,呼应紧密。

自余为僇人[1],居是州,恒惴栗[2]。其隙也[3],则施施而行[4],漫漫而游,日与其徒上高山,入深林,穷回溪,幽泉怪石,无远不到。到则披草而坐,倾壶而醉。醉则更相枕以卧[5],卧而梦。意有所极,梦亦同趣[6]。觉而起,起而归。以为凡是州之山有异态者[7]，皆我有也，而未始知西山之怪特。

今年九月二十八日[8]，因坐法华西亭[9]，望西山，始指异之[10]。遂命仆过湘江[11]，缘染溪[12]，斫榛莽[13]，焚茅茷[14]，穷山之高而止。攀援而登，箕踞而遨[15]，则凡数州之土壤，皆在衽席之下[16]。其高下之势，岈然洼然[17]，若垤若穴[18]，尺寸千里[19]，攒蹙累积[20]，莫得遁隐[21]。萦青缭白[22]，外与天际，四望如一，然后知是山之特出，不与培塿为类[23]。悠悠乎与灏气俱，而莫得其涯；洋洋乎与造物者游，而不知其所穷[24]。引觞满酌，颓然就醉，不知日之入。苍然暮色，自远而至，至无所见，而犹不欲归。心凝形释，与万化冥合[25]，然后知吾向之未始游[26]，游于是乎始。故为之文以志[27]。是岁，元和四年也。

【注释】 [1] 僇(lù)人：有罪之人。僇，同"戮"，刑辱。 [2] 惴(zhuì)栗：恐惧不安，战战兢兢的样子。 [3] 隙：指空闲。 [4] 施施(yí)：行走缓慢从容的样子。 [5] 更：交替。相枕以卧：互相枕靠着睡。 [6] "意有"二句：心中所向往的地方，梦中就到那里去。极，到。趣，同"趋"，往。 [7] 异态者：景色奇特的。 [8] 今年：指元和四年(809)。 [9] 法华：寺名，在零陵城内东山上。西亭：位于法华寺西，故名。亭系柳宗元所建，他的《永州法华寺新作西亭记》曰："法华寺居永州，地最高。……余时谪为州司马，官外乎常员，而心得无事，乃取官之禄秩，以为其亭。" [10] 指异之：指点而以之(西山)为奇。 [11] 湘江：源出广西兴安，经湖南，《元和郡县志》："永州零陵县，湘水经州西十余里。" [12] 缘：沿着。染溪：即冉溪，在零陵西南，元和五年(810)，柳宗元更名为愚溪。其《愚溪诗序》："余以愚触罪，谪潇水上，爱是溪，入二三里，得其尤绝者家焉。古有愚公谷，今予家是溪，而名莫能定，土之居者，犹龂龂然，不可以不更也，故更之为愚溪。" [13] 斫(zhuó)：砍。榛(zhēn)莽：丛生的荆棘、野草。 [14] 茅茷(fá)：茅草。茷，草叶盛多貌。 [15] 箕(jī)踞:一种臀部压脚后跟上,形似簸箕的坐姿,这是一种不拘礼仪、较为放任的举动。遨:漫游。 [16] 衽(rèn)席:床席座席。 [17] 岈(xiā)然洼然:山谷幽深、低洼的样子。 [18] 若垤(dié)若穴:像蚁穴外的小土堆,像洞。垤,蚁穴外的土堆。 [19] 尺寸千里:言从西山远眺,千里远近的景物看似咫尺大小,极写山高望远。 [20] 攒蹙(cù)累积:景物集聚、紧缩、累积。攒,聚集。蹙,压缩。 [21] 遁隐:隐藏、隐蔽。 [22] 萦青缭白:形容山水重沓。萦,环绕,缠绕。青,山峦。白,水流。 [23] "然后"二句:然后知道这山(西山)的突兀,与一般小土丘不同。培塿(pǒu lóu),小土丘。 [24] "悠悠乎"四句:渺远得像大气一样,没有止境;飘飘然与天地同游,无穷无尽。悠悠,长远的样子。灏,同"浩",浩然之气。洋洋,逍遥自得的样子。造物者,古时以天为万物创造者。
[25] "心凝"二句:心神凝聚于山水景色之中,形体似乎消散了,与万物融为一体。释,消散。万化,宇宙自然之变化。此指万物。冥合,融合为一。
[26] 然后句:意谓今日方知以前所游,算不上揽胜。 [27] 志:记。

钴鉧潭西小丘记

【题解】 本篇为《永州八记》之一。文章开头的叙述和交代,承上启下,体现了《永州八记》脉络贯通,分合照应的特点。文章用一系列形象贴切的比喻,以动写静,使丘上群石神态活现,情状可掬。又在四个生动的拟人排比句中连用四个"谋"字,描写开辟经营后的小丘,赏心悦目,景色宜人。

文章虽短小,且为山水游记,但却可洞见作者的思想、人品和遭际。作者"铲刈秽草,伐去恶木,烈火而焚之",把一片荒芜之地开辟为"嘉木立,美竹露、奇石显"的胜境。从中可以感受到他对社会上邪佞奸小的深恶痛绝,体会到他搜隐得奇后的欢欣喜悦,反映出作者对美丑的态度。西山的"特立","不与培塿为类",小丘之石"突怒偃蹇,负土而出,争为奇状",正是他不苟世俗的性格和傲然兀立的形象的写照;西山"悠悠乎与颢气俱而莫得其涯,洋洋乎与造物者游而不知其所穷”的宏大气势，正是他宽阔胸怀抱负的象征。同样，他为“唐氏之弃地，货而不售”而惋惜，为小丘“今弃是州”鸣不平，是借以讥嘲世俗，感慨身世。

得西山后八日，寻山口西北道二百步[1]，又得钴鉧潭。潭西二十五步，当湍而浚者为鱼梁[2]。梁之上有丘焉，生竹树，其石之突怒偃蹇，负土而出，争为奇状者，殆不可数[3]。其嵚然相累而下者[4]，若牛马之饮于溪；其冲然角列而上者，若熊罴之登于山[5]。

丘之小不能一亩，可以笼而有之。问其主，曰：“唐氏之弃地，货而不售[6]。”问其价，曰：“止四百。”余怜而售之。李深源、元克己时同游，皆大喜，出自意外。即更取器用，铲刈秽草，伐去恶木，烈火而焚之。嘉木立，美竹露，奇石显。由其中以望，则山之高，云之浮，溪之流，鸟兽之遨游，举熙熙然回巧献技[7]，以效兹丘之下[8]。枕席而卧，则清泠之状与目谋[9]，瀯瀯之声与耳谋[10]，悠然而虚者与神谋[11]，渊然而静者与心谋[12]。不匝旬而得异地者二[13]，虽古好事之士，或未能至焉。

噫！以兹丘之胜，致之沣镐鄠杜[14]，则贵游之士争买者，日增千金而愈不可得[15]。今弃是州也，农夫渔父，过而陋之[16]，贾四百[17]，连岁不能售。而我与深源、克己独喜得之，是其果有遭乎[18]！书于石，所以贺兹丘之遭[19]。

顺。步：古代长度单位，其制历代不一。 [2]“当
一座捕鱼设施。湍(tuān)，急。浚(jùn)，深。鱼

梁，沙石筑堤，中留空缺，以便安置竹笱，用以捕鱼。　[3]“其石”四句：那些从土里冲冒出来的石头，突出高起、屈曲起伏，争相呈现出奇形异状，几乎数不过来。突怒，山石突起的样子。偃蹇（yǎn jiǎn），屈曲的样子。负土而出，石头冲破泥土而冒出。殆，几乎。　[4]其嵚（qīn）然句：倾斜的山石重叠相连而下。嵚然，山石高峻倾颓貌。累，叠。　[5]“其冲然”二句：那些向上突出，争抢前列的石头，像熊罴在登山。冲然，突出向上的姿态。角，争，较。列，行列。罴（pí），熊之一种。毛棕褐色，能上树泅水，也叫“马熊”或“人熊”。　[6]货而不售：标价出卖，却卖不掉。　[7]“举熙熙然”句：全都喜悦地呈献出各自的技巧。举，全都。熙熙然，和乐、喜悦的样子。回，运转。　[8]效：呈献，效劳。　[9]“枕席”二句：以石为枕、地为席而卧，水的明澈清凉与目光相和谐。清泠（líng），水清凉明澈。谋，接触，合拍。[10]潆潆（yíng）：泉水流动声。　[11]“悠然”句：空旷闲逸的境界与精神相和谐。　[12]“渊然”句：深幽静谧的气氛与心灵相融合。　[13]“不匝（zā）旬”句：不满十天而觅得两处揽胜之地。匝，周，满。旬，十天。异地，指钴鉧潭和小丘。　[14]“致之”句：把它们搬到长安附近、当时贵族居住游宴的沣镐鄠杜一带。沣，今陕西户县东，曾是周文王的都城。镐（hào），周武王的都城，今陕西长安西南。鄠（hù），今陕西户县北。杜，杜陵，古县名，今西安东南。　[15]“贵游”二句：爱好游玩的贵族人士，每日加价千金购之而更加买不到。　[16]“今弃”三句：如今被弃置在永州，农父渔夫经过而瞧不上它。陋之，以之为陋。　[17]贾四百：标价四百钱。　[18]“是其”句：这个小丘和钴鉧潭难道果真有遇合和不遇吗？其，难道。遭，遭遇、遇合，指得别人赏识。　[19]“书于石”二句：写这篇文章于石上，用以庆贺小丘之得人赏识。

至小丘西小石潭记

【题解】　本文为《永州八记》之一。开头用未见其形、先闻其声的手法展示小石潭环境的清幽。以鱼写潭，则潭水之清澈可以想见；以鱼写人，则人羡鱼乐之情溢于言表。作者状形传神，布影设色，笔墨经济，手法高超。结尾以清寂幽邃之境写凄寒悄怆之感，情景交融。全文不独写景状物，而且也是柳氏人格、心灵的写真。

从小丘西行百二十步，隔篁竹[1]，闻水声，如鸣珮环[2]，心乐之。伐竹取道，下见小潭，水尤清洌，全石以为底，近岸，卷石底以出[3]，为坻为屿，为嵁为岩[4]。青树翠蔓，蒙络摇缀[5]，参差披拂[6]。

潭中鱼可百许头，皆若空游无所依。日光下澈，影布石上，佁然不动[7]，俶尔远逝[8]。往来翕忽[9]，似与游者相乐。

潭西南而望，斗折蛇行[10]，明灭可见[11]。其岸势犬牙差互[12]，不可知其源。

坐潭上，四面竹树环合，寂寥无人，凄神寒骨，悄怆幽邃[13]。以其境过清，不可久居，乃记之而去。

同游者：吴武陵、龚古、余弟宗玄[14]。隶而从者[15]：崔氏二小生[16]，曰恕己，曰奉壹。

【注释】 [1] 篁(huáng)竹：竹林。 [2] 珮环：都是古人佩戴在身上的玉制装饰品，走路时相碰作响。 [3] "近岸"二句：靠岸边的潭底之石，向上卷起，露出水面。以，而。 [4] "为坻(chí)"二句：形成坻、屿、嵁、岩等形状。坻，水中高地。嵁(kān)，不平的岩石。 [5] 蒙络摇缀：互相遮掩、缠绕、摇曳、连接。 [6] 参差披拂：长短不齐，随风飘动。 [7] 佁(yǐ)然：痴呆不动的样子。 [8] 俶(chù)尔：骤然。逝：往，去。 [9] 翕(xī)忽：轻快疾速的样子。 [10] 斗折蛇行：水流曲折陡然，弯若游蛇。 [11] 明灭可见：溪流时隐时现，忽明忽暗。 [12] 岸势句：溪岸的走势如[illegible]错。 [13] 悄怆幽邃：寂静幽深。 [14] 吴武陵：系作者挚友。[illegible]钱)人，元和初进士。裴度平淮西吴元济，武陵曾献策。后任[illegible]州。龚古：不详。 [15] 隶而从者：附属跟从的[illegible]崔简之子。小生：男青年。

送薛存义之任序

【题解】 薛存义，柳宗元的同乡，今山西永济人。曾代理永州零陵令，离任前，柳宗元为之饯行，并作序以赠。

柳宗元系心民瘼，所治多有惠政。在本文中，他提出为吏者"民之役也"的观点，认为当官是为民办事的，应当"早作而夜思，勤力而劳心"，做到"讼者平，赋者均"，斥责了当时的一般官吏虚受百姓供养，不仅"怠其事"，并且"从而盗之"。指出"民不敢肆其怒与黜罚"，不过是官吏有权有势，但长此以往，"得不恐与畏乎"？表达了作者进步的民主思想。

文章前规后颂，运用比喻，层层递进地阐明了为吏之道。"文势圆转，如珠走盘"(钟惺《山晓阁选唐大家柳柳州全集》卷二)。

河东薛存义将行，柳子载肉于俎[1]，崇酒于觞[2]，追而送之江浒[3]，饮食之。

且告曰："凡吏于土者[4]，若知其职乎[5]？盖民之役，非以役民而已也[6]。凡民之食于土者[7]，出其十一[8]，佣乎吏[9]，使司平于我也[10]。今受其直，怠其事者，天下皆然[11]。岂唯怠之，又从而盗之。向使佣一夫于家[12]，受若直，怠若事，又盗若货器，则必甚怒而黜罚之矣。以今天下多类此，而民莫敢肆其怒与黜罚[13]，何哉？势不同也[14]。势不同而理同，如吾民何[15]？有达于理者，得不恐而畏乎！"

存义假令零陵二年矣[16]。早作而夜思，勤力而劳心，讼者平[17]，赋者均[18]，老弱无怀诈暴憎[19]。其为不虚取值也的矣[20]，其知恐而畏也审矣[21]。

吾贱且辱[22],不得与考绩幽明之说[23];于其往也,故赏以酒肉,而重之以辞[24]。

【注释】[1] 俎(zǔ):古代祭祀时盛肉的礼器。此泛指食具器皿。[2] 崇酒:斟满了酒。觞(shāng):酒杯。[3] 浒:水边。[4] 吏于土者:在地方上做官的人。吏,动词,做官。[5] "若知"句:你知道吏的职责吗?[6] "盖民"二句:应是人民的仆役,不是用来役使人民罢了。[7] 食于土者:靠种田过活的人。[8] 出其十一:拿出他们的十分之一收入。指向官府缴纳赋税。[9] 佣乎吏:雇佣官吏。乎,助词,无义。[10] 使司平于我:让官吏掌管治理。[11] "今受"三句:现在官吏中接受百姓薪俸,却不认真为他们办事的人,到处都是。直,同值。薪俸,报酬。怠,懈怠,不认真。[12] 向使:假使。[13] 肆:发泄。[14] 势:地位,权势。[15] 如吾民何:拿老百姓怎么样?意谓百姓不会长期忍受。[16] 假令:代理县令。[17] 讼者平:诉讼者处理得公平。[18] 赋者均:缴纳赋税者负担合理。[19] "老弱"句:无论老少,都没有内怀欺诈、外露憎恨的。[20] "其为"句:薛存义不白拿俸薪是确实的。[21] "其知"句:他知恐惧害怕是明确的。审,明确,详细。[22] 贱:地位低下。辱:指被贬。[23] 与:参预。考绩:考核官吏的政绩。幽明:昏暗、清明,此指昏官与清官。说:评议。[24] 重之以辞:再加上这些话。

笼 鹰 词

【题解】本诗大约写于作者谪居永州期间。这是一首寓言诗,又是一首政治抒情诗。诗人以苍鹰自况,既反映了自己政治处境的险恶,也表现了作者对政敌刻骨的憎恨和待机而起、实现革新理想的积极斗争精神。前八句写苍鹰在秋天昂扬奋发的雄姿,隐喻作者参加永贞革新时的豪情壮举;中四句写溽暑到来的艰难处境,抒写永贞革新失败后所遭受的迫害与悲愤;末二句写苍鹰切盼秋天再来,隐喻作者希望政治形势再发生变化,以实现自己的革新理想。全诗将自己的经历和思想巧妙地与苍鹰的形象结合起来，风格清峻沉郁。

凄风淅沥飞严霜[1]，苍鹰上击翻曙光[2]。云披雾裂虹霓断[3]，霹雳掣电捎平冈[4]。砉然劲翮剪荆棘，下攫狐兔腾苍茫[5]。爪毛吻血百鸟逝，独立四顾时激昂。炎风溽暑忽然至[6]，羽翼脱落自摧藏[7]。草中狸鼠足为患，一夕十顾惊且伤。但愿清商复为假，拔去万累云间翔[8]。

【注释】 [1] 凄风：凄清寒冷的风。淅沥：细雨声，这里形容秋风声。[2] 翻曙光：迎着曙光飞翔。翻，飞动。 [3] “云披”句：苍鹰破云驱雾，截断彩虹。 [4] “霹雳”句：苍鹰迅雷闪电般地掠过山冈。 [5] “砉(huā)然”二句：苍鹰拍打着强有力的翅膀，披荆斩棘，从地上抓起狐、兔，又飞回天空。砉然，象声词，原为皮骨相离之声，此形容迅猛动作所发出的声音。翮(hé)，鸟羽之茎，此指翅膀。攫(jué)，抓取。苍茫，指天空。 [6] 溽(rù)暑：湿热的暑天。 [7] 摧藏：指羽翮受摧残而脱落，只能敛翼不飞。[8] “但愿”二句：但愿清爽的秋天重来，苍鹰将排除万难，一展雄姿，翱翔于云天。清商，指秋天。商，古代乐曲中五音之一，商音凄切，古人以之为秋天的音乐。假，借，凭借。

登柳州城楼寄漳汀封连四州

【题解】 柳州，唐州名，治所在今广西柳州。元和十年(815)正月，柳宗元和同属永贞革新集团而被贬的刘禹锡、韩晔、韩泰、陈谏等奉召入京。不久，朝廷又将他们外调，柳宗元为柳州刺史，韩泰为漳州(治所在今福建龙溪)刺史，韩晔为汀州(治所在今福建长汀)刺史，陈谏为封州(治所在今广东封开)刺史，刘禹锡为连州(治所在今广东连县)刺史。此诗即是这年夏天柳宗元初任柳州刺史时所作。

明廖文炳评曰："此子厚登城楼怀四人而作。首言登楼远望，海阔连天，愁思与之弥漫，不可纪极也。三、四句唯'惊风'，故云'乱飐'；唯'细(密)雨'，故云'斜侵'，有风雨萧条，触物兴怀意。至'岭树重遮'、'江流曲转'，益重相思之感矣。当时'共来百越'，意谓易于相见，今反音问疏隔，将何以慰所思哉？"(《唐诗鼓吹注解》卷一)从本诗比兴手法的运用及格调的哀怨凄惋看，确得楚骚神韵，故堪称柳诗代表作。

城上高楼接大荒[1]，海天愁思正茫茫。惊风乱飐芙蓉水[2]，密雨斜侵薜荔墙[3]。岭树重遮千里目[4]，江流曲似九回肠[5]。共来百越文身地，犹自音书滞一乡[6]！

【注释】 [1] 接：目接，即看到。大荒：泛指僻远的边疆地区。一说，指海外。 [2] 惊风：突然刮起的狂风。乱飐(zhǎn)：吹乱。芙蓉：荷花。 [3] 薜荔(bì lì)：一种蔓生的香草，经常附着在树上或墙上。 [4] "岭树"句：岭树重重遮住了远望的视线。重遮，层层遮掩。千里目，远望的视线。此句一本作"云驶(同"快")去如千里马"。目，一本作"月"。 [5] 江：指柳江。柳江发源于贵州榕江，东南流经广西，入红水江。柳州地处柳江和龙江的会合处。九回肠：以江流之曲折喻愁思之郁结。司马迁《报任安书》："肠一日而九回。" [6] "共来"二句：我们都在百越之地，仍然音信不通，各阻一方。百越，一作"百粤"，泛指南方的少数民族。《通考·舆地考·古南越》："自岭而南，当唐尧三代为蛮夷之国，是百越之地。"文身，在身上刺花纹，是古时南方少数民族的一种习俗。因唐时，漳、汀、封、连四州均属古代百越之地，故曰"共来百越文身地"。犹自，却还。滞一乡，音书阻隔，人各一方。滞，阻。

酬曹侍御过象县见寄

【题解】 诗作于作者任柳州刺史时。曹侍御，诗人的一位官侍御史的曹姓旧友。象县,今广西象州。见寄,指接到寄赠诗文或书信。诗中碧玉流、木兰舟、春风、蘋花构成如诗如画的春景春意,而诗人寄情于景,抒发了思友的深情和拘役官场的牢骚。全诗比兴并用,虚实相生,诗旨蕴藉,情致深切。

破额山前碧玉流[1],骚人遥驻木兰舟[2]。春风无限潇湘忆[3],欲采蘋花不自由[4]。

【注释】 [1] 破额山:在今湖北黄梅西。系曹侍御行程始发地。 [2] 骚人:指曹侍御。遥驻:指曹侍御舣舟象县边柳江。木兰舟:香木木兰造的船,为船之美称。任昉《述异记》卷下:"七里洲中有鲁班刻木兰为舟,舟至今在洲中,诗家用木兰舟出于此。" [3] 潇湘忆:柳恽《江南曲》:"汀州采白蘋,日暖江南春。洞庭有归客,潇湘逢故人。故人何不返?春花复应晚。不道新知乐,只言行路远。"诗人用此典表达思念故旧之情。 [4] 不自由:受官职拘羁,无法采蘋致思。

江　雪

【题解】 这是一幅绝妙的江雪垂钓图:雪天严寒,万籁俱寂;孤舟蓑笠,独钓寒江。前二句暗含"雪"字,后二句表达宦情之冷。

千山鸟飞绝,万径人踪灭。孤舟蓑笠翁[1],独钓寒江雪。

以上据《四部丛刊》本《注释音辩唐柳先生集》

【注释】 [1] 蓑(suō 梭):蓑衣。用棕丝或莎草、稻草编成的雨衣。笠:竹斗笠。

元　稹

元稹(779—831),字微之,河南(今河南洛阳)人。少经贫贱。元和元年(806)举制科,对策第一,授左拾遗,迁监察御史。后遭打击,与宦官妥协,官至宰相,为时论所非。出为同州、越州、鄂州刺史,死于武昌节度使任上。

元稹早期曾和白居易共同提倡"新乐府"运动,时称"元白"。在《乐府古题序》中,他总结并宣扬了杜甫"即事名篇,无复依傍"的创作经验,反对"沿袭古题",主张"刺美见事",并写下了不少讽谕诗,然其广度、深度和成就都不如白居易。现存《元氏长庆集》。

遣悲怀（其一）

【题解】 遣悲怀:即抒发悲哀之怀。作者的元配夫人韦氏死于元和四年(809),享年二十七岁。元稹的这三首《遣悲怀》即是为哀悼亡妻而写的。本篇为第一首。从诗中"今日俸钱过十万"来看,当作于唐穆宗擢用元稹为相之后。可参看元稹《祭亡妻韦氏文》。诗的首联以谢安侄女谢道韫比韦氏,自比齐国寒士黔娄,"百事乖"概括婚后七年的艰难生活。颔、颈两联以吃、喝、穿、烧等细节具体描述生活的艰辛,从精打细算、勤俭持家、安贫若素各方面为亡妻立传照像,用自己的不近情理反衬亡妻的通情达理,克己待人。尾联为亡妻无法与己同享荣华富贵而抱恨,只能设祭施斋,寄托哀思。诗人运用传奇小说概括典型的手法,仅写生活琐事,就活画出亡妻的贤惠能干,只用本色语言,就表达出诗人对亡妻的感激之情和无尽思念。

谢公最小偏怜女[1],自嫁黔娄百事乖[2]。顾我无衣搜荩箧[3],泥他沽酒拔金钗[4]。野蔬充膳甘长藿[5],落叶添薪仰古槐[6]。今日俸钱过十万,与君营奠复营斋[7]。

【注释】 [1] 谢公:指谢安,东晋宰相,最偏爱侄女谢道韫。韦氏的父亲韦夏卿官位也很高,故以谢公作比。最小偏怜女:即偏怜最小女。这里指韦氏。[2] 黔娄:春秋时齐国的贫士,这里用来自喻。乖:不顺。 [3] 荩(jìn)箧:草编的箱子。荩,草名。箧(qiè),箱。 [4] 泥(nì):软缠,表亲昵之意。[5] 充膳:当饭。甘长藿(huò):以长藿为甘。藿,豆叶。 [6] 薪:柴。[7] 营奠:设祭。营斋:为死者祈冥福而施斋食于僧。

行 宫

【题解】 此诗在宫女追慕昔盛,抚叹今衰的闲谈中,寄寓诗人对唐朝式微的深深叹惋,语少意足。

寥落古行宫[1],宫花寂寞红。白头宫女在,闲坐说玄宗。

【注释】 [1] 行宫:帝王出京巡行所住的宫殿。

田 家 词

【题解】 本诗是元稹《乐府古题》十九首中的第九首。据作者总序自述,此诗旨在"述军输"。感情强烈而表述委婉含蓄是本诗特点。不说粮食被抢,而说"月月食粮车辘辘";不说牛被杀,却说"归来收得牛两角"。语言质朴。

牛吒吒,田确确[1],旱块敲牛蹄趵趵[2],种得官仓珠颗谷[3]。六十年来兵蔟蔟[4],月月食粮车辘辘。一日官军收海服[5],驱牛驾车食牛肉。归来收得牛两角,重铸锄犁作斤劚[6]。姑舂妇担去输官,输官不足归卖屋。愿官早胜仇早覆,农死有儿牛有犊,誓不遣官军粮不足[7]。

以上据中华书局版《全唐诗》

【注释】 [1] 吒吒(zhà):叱牛声。确确:坚硬瘠薄。 [2] 旱块敲牛:牛敲旱块。趵趵(bō):足踏地的声音。 [3] 种得:种植收获的粒粒如珍珠的谷子都输入了官仓。 [4] 蔟蔟:一作"簇簇",聚集之多。 [5] 海服:海滨之地。服,古代把京畿之外的土地分成若干"服"。 [6] "重铸"句:由于牛被宰吃了,牛耕农具只能重铸成斧锄一类的人力农具了。斤,斧。劚(zhǔ):锄类农具。 [7] 遣:使。

贾 岛

贾岛(779—843),字阆仙(一作浪仙),河北范阳(今北京附近)人。出身寒微,曾栖身佛门,法名无本,后还俗。喜吟诵之事,与韩愈、孟郊、张籍等相互酬唱,过从甚密。屡举进士不第。唐文宗开成二年(837),出任遂州长江县(今四川蓬溪西)主簿,世称"贾长江"。后迁普州(今四川岳安)司仓参军,卒于官。

贾岛一生穷困,其诗多是与僧、道、隐者的酬唱之作,多抒写自己凄苦困顿的生活。贾岛也以苦吟著称,长于五律,颇有佳句。其诗受韩愈、孟郊奇险诗风影响,但自有特色:诗中充满凄情寒景,风格清幽冷峭。其诗对后世部分失意文人颇有影响,如晚唐之曹松、李洞,南宋的江湖诗派,四灵诗派,均宗法贾岛。有《长江集》传世,存诗近四百首。

题李凝幽居

【题解】 李凝,计有功《唐诗纪事》作"李款"。生平不详。幽居,幽静荒僻的住处。本篇为贾岛代表作。诗写李凝的幽居生活。首联写其居处，则草径荒园，独居无邻；颔联言其交往，则鸟宿池树，僧敲月门；颈联言其景观，则野色过桥，云移石动；尾联自抒流连之情。苦吟历炼而至自然是本诗主要艺术特色。"推"、"敲"二字的选用，成为后世美谈。

闲居少邻并[1]，草径入荒园[2]。鸟宿池边树，僧敲月下门[3]。过桥分野色[4]，移石动云根[5]。暂去还来此，幽期不负言[6]。

【注释】 [1] 邻并：一起居住的邻居。 [2] 入荒园：通向荒秽不理的小园。园，《又玄集》和《唐诗纪事》均作"村"。 [3] "鸟宿"二句：胡仔《苕溪渔隐丛话·前集》卷十九载《缃素杂记》云："……余案，刘公《嘉话》云：'岛初赴举京师，一日，于驴上得句云：鸟宿池边树，僧敲月下门。始欲着推字，又欲着敲字，练之未定，遂于驴上吟哦，时时引手作推敲之势。时韩愈吏部权京兆，岛不觉冲至第三节，左右拥至尹前，岛具对所得诗句云云。韩立马良久，谓岛曰：作敲字佳矣。遂与并辔而归，留连论诗，与为布衣之交。'" [4] 分野色：分享原野上的景色。 [5] "移石"句：山顶云脚移动，仿佛山石在移动。云根，云脚。 [6] 幽期：私下的约定，指诗人与李凝所定的再来之约会。不负言：不违背诺言，即一定如约来访。

访隐者不遇

【题解】 胡震亨《唐音统签》校记："岛集不载此，惟《品汇》附入岛名后。存之再考。"《文苑英华》卷二二八作孙革，题作《访羊尊师》。"松下"作"花下"。此诗一题作《寻隐者不遇》。诗一问三答，藏问于答，令人寻绎不尽。

松下问童子，言师采药去。只在此山中，云深不知处。

以上据上海古籍出版社版《长江集新校》

皇甫湜

皇甫湜，字持正，睦州新安（今浙江淳安）人。元和元年（806）进士及第，授陆浑尉。三年，与牛僧孺、李宗闵等同登贤良方正直言极谏科。官至工部郎中，求分司东都。宝历二年（826），山南东道节度使李逢吉辟为从事。大和末，东都留守裴度辟为判官。

皇甫湜为人孤傲狷急，为文强调"意新""语奇"。（见《答李生》三书）世人将其与李翱并称为韩门弟子，而湜为文得韩之奇崛。有《皇甫持正文集》。

唐故著作左郎顾况集序

【题解】 顾况，字逋翁，苏州人，至德二载（757）进士。曾为润州刺史、浙江东西节度使韩滉的判官。德宗时，柳浑辅政，荐为秘书郎。李泌为相，况素与之善，迁著作郎。泌卒后，因讥嘲权贵，被劾贬饶州司户。遂全家去隐茅山，学道炼丹，号华阳真逸。顾况诗有气骨，以歌行最具特色，通俗者用俚词俗语为诗，以俗为奇，启迪元白；奇崛者或险峭，或幽丽，影响及于李贺、韩愈。

本文作于唐文宗大和三年（829）可视为作者有意出奇的代表作。取譬铸词，力求生新奇特，然雕琢而不够自然。湜文之得失，由此可见一斑。

吴中山泉气状[1]，英淑怪丽，太湖异石，洞庭朱实[2]，华亭清唳[3]，与虎丘、天竺诸佛寺[4]，钧号秀绝。君出其中间，翕轻清以为性[5]，结泠汰以为质[6]，煦鲜荣以为词[7]。偏于逸歌长句[8]，骏发踔厉[9]，往往若穿天心，出月胁[10]，意外惊人语，非寻常所能及，最为快也。李白、杜甫已死，非君将谁与哉？

君字逋翁，讳况，以文入仕，其为人，类其词章。常从韩晋公于江南为判官[11]，骤成其磊落大绩。入佐著作[12]，不能慕顺[13]，为众所排。为江南郡丞，累岁[14]，脱縻无复北意[15]。起屋于茅山[16]，意飘然若将续古三仙，以寿九十卒。

湜以童子见君扬州孝感寺，君披黄衫[17]，白绢鞳头[18]，眸子瞭然，炯炯清立，望之真白圭振鹭也[19]。既接欢然，以我为扬雄、孟子。顾恨不及见三十年于兹矣[20]，知音之厚，曷尝忘诸[21]？

去年，从丞相凉公襄阳[22]，有曰顾非熊生者在门[23]，讯之，即君之子也。出君之诗集二十卷，泣请余发之[24]。凉公适移莅宣武军[25]，余装归洛阳，诺而未副[26]，今又稔矣[27]。生来速文[28]，乃题其集之首为序。

据中华书局影印《全唐文》

【注释】 [1] 吴中：吴郡或苏州府的旧称。顾况为苏州人。 [2] 洞庭朱实：太湖中有东西洞庭二山，盛产柑橘，名“洞庭红”。 [3] 华亭清唳：晋诗人陆机、陆云兄弟故籍华亭(今上海松江西)。陆机兵败临刑前叹道：“欲闻华亭鹤唳，可复得乎？”事见《世说新语·尤悔》。 [4] 虎丘：山名，在苏州城西北阊门外。东晋时，司徒王珣兄弟在此建别墅，后舍宅为寺，名虎丘山寺，分东西二刹。唐代因避太祖李虎讳，改名武丘报恩寺。会昌间寺毁，移建山顶，合为一寺。天竺：山名，在杭州城西。分上中下三天竺，分别有古寺三，中、下天竺的法净、法镜寺建于隋。 [5] 翕(xī)：聚。 [6] “结泠汰”

句：顾况聚放任不拘之性为其气质。结，合，聚。泠汰（líng tài），任其自然，无拘束。《庄子·天下》："泠汰于物，以为道理。"郭象注："泠汰，犹听放也。"［7］"煦鲜"句：顾况吟咏鲜花为其诗歌。煦（xū），通吁、嘘，缓缓出气。鲜荣，鲜花。宋玉《登徒子好色赋》："寤春风兮发鲜荣。"［8］逸歌：豪放超逸、不拘格律的诗歌。长句：唐人多称七言歌行体为长句。顾况尤擅歌行体。［9］骏发：迅疾的样子。引申为犀利之意。踔厉：精神振奋，议论纵横。韩愈《柳子厚墓志铭》："议论证据今古，出入经史百子，踔厉风发，率常屈其座人。"［10］"往往"二句：顾况的诗歌想象奇特，新颖高妙。穿天心，穿过天的中心。出月胁，出现在月亮的身旁。胁，腋下肋骨所在之处。［11］韩晋公：即韩滉（chuǎng），唐德宗兴元元年（784）加平章事，贞元二年（786）封晋国公。江南：指润州治所京口（今江苏镇江）。唐德宗建中二年（781），韩滉为润州刺史、浙江东西节度使，辟顾况为判官。判官：官名，唐代节度使下设判官二人，分管参、兵、骑、胄四曹之事。［12］入：此指官员由外地调到中央。佐：辅佐。著作：指秘书省著作局之著作郎。《新唐书·百官志》：秘书省著作局设著作郎二人，从五品上，著作佐郎二人，从六品上。著作郎掌撰碑志、祝文、祭文，并与佐郎分判局事。唐德宗贞元三年（787），柳浑为宰相，征顾况为秘书省校书郎。同年六月，李泌为宰相，迁顾况为著作佐郎。［13］慕顺：依顺上司。［14］"为江南"句：此指顾况被贬为饶州司户。《唐才子传》卷三《顾况》："及（李）泌卒，作《海鸥咏》嘲诮权贵，大为所嫉，被宪劾贬饶州司户。作诗曰：'万里飞来为客鸟，曾蒙丹凤借枝柯。一朝凤去梧桐死，满目鸱鸢奈尔何！'"累岁：多年。顾况在饶州四年以上。其《寄秘书包监》诗曰："一别长安路几千，遥知旧日主人怜。贾生只有三年谪，独自无才已四年。"［15］脱縻：即弃官。无复北意：不再有北上长安之意。［16］茅山：又名句曲山，在江苏句容东南。汉代茅盈与其弟茅衷、茅固从咸阳来此修道，相传皆得道升仙，世称三茅君（即下文之古三仙），因此，称此山为茅山、三茅山。［17］黄衫：指道袍。［18］鞳头：即马甲背心。［19］白圭：白色的美玉。《说文解字》："圭，瑞玉也。"振鹭：飞起的白鹭鸟。《诗经·周颂·振鹭》："振鹭于飞。"与"白圭"均喻顾况的美德。［20］"顾恨"句：只是以不能见到我成名为憾。［21］曷尝忘诸：何曾忘记。曷，同"何"。诸，"之乎"二字的连用。［22］去年：指唐文宗太和二年（828）。丞相凉公：指宰相李逢吉，封凉国公，宝历二年（826），又为襄州（今湖北襄樊）刺史、山南东道节度使。

[23] 顾非熊:顾况之子,诗人。在门:为李逢吉门下。 [24] 发:即对其诗加以阐明、发挥。 [25] 适:正巧。移莅:迁移到。宣武军:唐时设在汴州(今河南开封)的戍守机构。唐文宗太和二年十月,李逢吉由山南东道节度使改任宣武军节度使。 [26] 诺而未副:许诺的事而未能实现。 [27] 稔(rěn):庄稼成熟为"稔",引申为年。 [28] 生:指顾况之子顾非熊。速文:催促快写序文。

李　贺

李贺(790—816),字长吉,祖籍陇西成纪(今甘肃秦安),生于福昌昌谷(今河南宜阳)。唐宗室郑王之后,家道中落。李贺才华出众,但因避父讳,不得举进士。终身抑郁不得志,仅官太常寺奉礼郎,二十七岁病死于昌谷故里。

他的诗有对理想、壮志的抒发,但更多的是慨叹生不逢时的苦闷,以及对鬼神世界的描写,及时行乐情绪的宣泄。其诗想象丰富,善于捕捉光怪陆离的形象;敢于大胆突破时空限制,诗歌的意象之间跳跃性大;用辞瑰丽,追求奇峭避俗;又极善运用比兴、象征、暗示手法,渲染环境气氛,使其诗呈现出幽冷秾艳、虚荒诞幻的风格特色。有《李长吉歌诗》传世。

李凭箜篌引

【题解】 此诗大约写于唐宪宗元和六年(811),时李贺在长安任奉礼郎。李凭,中唐时供奉宫廷的梨园弟子,擅长弹箜篌,名噪一时。箜篌,一种类似琵琶的弦乐器,其种类颇多,李凭所弹为二十三弦的箜篌。引,古乐府诗歌的一种体裁。《箜篌引》为乐府《相和歌辞》旧题。李贺诗善于历险造奇,独出新意。诗中用玉碎、凤叫形容乐声清脆;用芙蓉泣、香兰笑比喻曲调的悲欢;用"石破天惊"描绘旋律之激越；用鱼龙的欢跃、吴刚的不眠渲染演奏的艺术效果。这些奇特的想象、新颖的比喻、大胆的夸张和拟人等手法，把十分动听而又难以言传的音乐演奏绘声绘色地表现出来，给人瑰丽怪异的美感。

吴丝蜀桐张高秋[1]，空山凝云颓不流[2]。江娥啼竹素女愁[3]，李凭中国弹箜篌[4]。昆山玉碎凤凰叫，芙蓉泣露香兰笑[5]。十二门前融冷光[6]，二十三丝动紫皇[7]。女娲炼石补天处，石破天惊逗秋雨[8]。梦入神山教神妪，老鱼跳波瘦蛟舞[9]。吴质不眠倚桂树[10]，露脚斜飞湿寒兔[11]。

【注释】 [1] 吴丝：吴地以产丝著名，此指用吴丝做的丝弦。蜀桐：蜀中所产宜作乐器的桐木，此指用蜀桐做的箜篌身干。张高秋：在天高气爽的秋天里弹奏。张，弹奏。 [2] "空山"句：连空山中的白云也为美妙的箜篌声所吸引，凝聚不动。凝云，凝聚不动的浓云。颓，颓然，此指堆积、低垂的样子。 [3] "江娥"句：善于鼓瑟的湘娥、素女也被箜篌声触动了愁怀，伤心落泪。江娥，指湘水女神，即舜的两个妃子娥皇、女英。相传舜死于苍梧（山名，在今湖南宁远）之野，二妃追踪至洞庭湖，闻此消息，南向痛哭，"泪下沾竹，文悉为之斑斑然"（任昉《述异记》）。二妃遂投湘水而死，成为传说中的湘水女神。素女，神话传说中的霜神。《史记·封禅书》："或曰太帝使素女鼓五十弦瑟，悲，帝禁不止，乃破其瑟为二十五弦。" [4] 中国：国中，即指京城长安。 [5] "昆山"二句：箜篌声如昆山玉碎，如凤凰鸣叫，清脆悦耳；又如芙蓉泣露之低回幽咽，清香的兰花绽开之轻悠欢快。昆山，即昆仑山，相传是著名的产玉之地。芙蓉，荷花之别称。泣露，露珠从花上滴下，像在哭泣，这里形容乐声之低回幽咽。笑，指开放。 [6] 十二门：京城长安四面各有三门，共十二门，此指京城长安。融冷光：消融了冷气寒光。 [7] 二十三丝：李凭所弹之竖箜篌有二十三弦，故云。丝，一本作"弦"。动紫皇：感动了天帝。紫皇，传说中为道教的天帝。《太平御览》卷六五九引《秘要经》："太清九宫,皆有僚属,其最高者称太皇、紫皇、玉皇。"此处亦兼指皇帝。 [8]"女娲"二句:箜篌声震惊了整个天界,使女娲补天的五色石破裂,引来秋雨如注。一说,此言箜篌声如石破而秋雨下。女娲,古代神话中的女帝王。相传共工与颛顼争为帝,共工氏怒触不周山,使天柱折、地维绝,天倾西北,地不满东南,女娲炼五色石补天。事见《淮南子·览冥训》。石破天惊,即"天惊石破"之倒文。逗,引出,惹出。 [9]"梦入"二句:箜篌声把听者带入了幻境,好像李凭在神山教神妪弹箜篌,连老鱼、瘦蛟也为之感动,欣然起舞。神妪(yù),神女,号成夫人,能弹箜篌。妪,老年妇女之通称。王琦《李长吉歌诗汇解》注曰:"《搜神记》:永嘉中,有神见衮州,自称樊道基,有妪号成夫人。夫人好音乐,能弹箜篌,闻人弦歌,辄便起舞。" [10]吴质:即神话传说中在月宫砍桂树的吴刚。段成式《酉阳杂俎》前集卷一载:"旧言月中有桂,有蟾蜍。故异书言月桂高五百丈,下有一人常斫之,树创随合。人姓吴名刚,河西人,学仙有过,谪令伐树。" [11]露脚:露水落地为露脚。寒兔:神话传说中的月宫玉兔。

雁门太守行

【题解】 《雁门太守行》,是乐府《相和歌·瑟调曲》三十八曲之一。古辞歌颂东汉时洛阳令王涣的政绩,与雁门太守无关。王琦注曰:"若梁简文帝之作,始言边城征战之思,长吉所拟,盖祖其意。"雁门,秦汉时郡名,治所在今山西右玉南。

李贺此诗从削平叛镇,维护统一的立场出发,歌颂将士誓死杀敌、平叛报国之志。"黑云压城"、"角声秋色"、"塞上夜紫"、"半卷红旗"等富有浓重色调的语句,将敌军压境的氛围、甲士灿然的阵容、秋寒临敌的凛然场面、疆场捐躯的决胜誓言,精彩纷呈地展现出来。诗中不仅描写了边塞景色,渲染了战争气氛,而且突出了将士浴血报国的英雄气概。其中也寄寓了诗人的志向抱负。

黑云压城城欲摧[1],甲光向月金鳞开[2]。角声满天秋色里,塞上燕脂凝夜紫[3]。半卷红旗临易水[4],霜重鼓寒声不起[5]。报君黄金台上意[6],提携玉龙为君死[7]。

【注释】 [1] 摧:摧毁,倾倒。 [2] 甲光:铠甲迎着月亮所发出的闪光。向月:一本作“向日”。金鳞:像鱼鳞一样。 [3] “塞上”句:战场上的鲜红血迹透过夜雾呈现出一片片紫色。一说,长城附近多为紫色泥土,故称“紫塞”。这里是说,暮色中塞土有如燕脂凝成,紫色更显得浓艳。燕脂,即胭脂,此指战场上鲜红的血迹。夜紫,夜色中呈现紫色。 [4] 易水:河名,在今河北易县。 [5] 声不起:指鼓声沉闷,不够响亮。 [6] 黄金台上意:指皇帝的知遇之恩。黄金台,故址在今河北易县东南,战国时燕昭王所筑。郦道元《水经注》卷十一《易水》:“其一水东出,注金台陂,……陂北十余步有金台,……访诸耆旧,咸言昭王礼宾,广延方士,至如郭隗、乐毅之徒,邹衍、剧辛之俦,宦游历说之民,自远而届者多矣……” [7] 提携:提起。玉龙:指宝剑。为君死:拚死为君王战斗。

南 园 (其五)

【题解】 南园,诗人故乡昌谷家中的园子。这组诗共十三首,此为第五首。组诗写于他辞去奉礼郎后家居期间,多就讽咏所见园内外景物,以抒写其生活和思想。李贺有志难伸,抱病家居。当时又值藩镇猖獗,山河破碎。其希望投笔从戎、报效国家的激情,通过此诗淋漓酣畅地表达出来。两个有力的设问句,于昂扬激越之中透出愤激怨郁。代表李贺诗风的一个方面。

男儿何不带吴钩[1],收取关山五十州[2]?请君暂上凌烟阁[3],若个书生万户侯[4]?

【注释】 [1] 吴钩:古代吴地所造的一种弯形刀。《吴越春秋·阖闾内传》:“阖闾既宝莫耶,复命于国中作金钩,令曰:‘能为善钩者,赏之百金。’吴作钩者甚众。”后世泛指锋利的刀剑。 [2] 收取:收复。五十州:指当时藩镇所据之州郡。《资治通鉴》卷二三八："(元和七年)李绛曰：'今法令所不能治者，河南北五十八州。'" [3] 凌烟阁：唐太宗为表彰开国功臣所修建的殿阁。《大唐新语》："贞观十七年(643)，太宗图画太原倡义及秦府功臣赵公长孙无忌、河间王孝恭、蔡公杜如晦、郑公魏征、梁公房玄龄、申公高士廉、鄂公尉迟敬德、郧公张亮、陈公侯君集、卢公程知节、永兴公虞世南、渝公刘政会、莒公唐俭、英公李勣、胡公秦叔宝等二十四人于凌烟阁，太宗为之赞，褚遂良题阁，阎立本画。" [4] "若个"句：遍观凌烟阁之图像，有哪个是以书生而封王封侯呢？即未有以书生封侯者。若个，哪个。

金铜仙人辞汉歌 并序

【题解】 此诗大约写于作者辞去太常寺奉礼郎，将由长安赴洛阳之时，即唐宪宗元和八年(813)。金铜仙人，指汉武帝在长安建章宫筑神明台，所铸铜仙人，高二十丈，大十围，托金盘以承露水。武帝取露水和玉屑服之，以求长生。魏明帝曹睿于景初元年(237)派宦官到长安拆迁铜人，据说铜人临行落泪。诗人以汉喻唐，借金人辞汉的悲哀，吊古伤今，寄托其"宗臣去国之思"。铜人泪下、衰兰送客，形象生动的拟人，出人意表的想象，清幽冷峭的意境，精彩瑰奇的语言，使这首诗充满浪漫色彩。"天若有情天亦老"，设想奇绝，愤慨深远，成为历代传诵的名句。

魏明帝青龙元年八月[1]，诏宫官牵车西取汉孝武捧露盘仙人，欲立置前殿[2]。宫官既拆盘，仙人临载，乃潸然泪下。唐诸王孙李长吉遂作《金铜仙人辞汉歌》[3]。

茂陵刘郎秋风客[4]，夜闻马嘶晓无迹[5]。画栏桂树悬秋香，三十六宫土花碧[6]。魏官牵车指千里[7]，东关酸风射眸子[8]。空将汉月出宫门，忆君清泪如铅水[9]。衰兰送客咸阳道，天若有情天亦老！携盘独出月荒凉，渭城已远波声小[10]。

【注释】 [1] 青龙元年：系作者误记。《三国志·魏书·明帝纪》“景初元年”“秋七月”后注引《魏略》曰：“是岁，徙长安诸钟簴、骆驼、铜人、承露盘。盘折，铜人重不可致，留于霸城。”则徙铜人事当于景初元年(237)。 [2] 前殿：指魏都洛阳的宫前。 [3] 唐诸王孙：李贺系唐宗室郑王之后，故称。 [4] 茂陵刘郎：汉武帝刘彻陵墓在茂陵(今陕西兴平东北)。秋风客：汉武帝《秋风辞》感叹：“欢乐极兮哀情多，少壮几时奈老何！” [5] “夜闻”句：夜间听到汉武帝显灵巡视时的马叫，清晨却不见踪迹。 [6] 三十六宫：汉代长安三十六所宫殿。张衡《西京赋》：“离宫别馆，三十六所。”土花：青苔。 [7] 牵车：引车。 [8] 东关：长安城东门外。酸风：悲凉刺眼的冷风。眸子：眼中瞳人。 [9] 君：指汉武帝。铅水：铅粉融和之水。 [10] 渭城：即咸阳。因位于渭水之滨，故汉称渭城。此借指长安。波声小：谓离长安愈来愈远了。

老夫采玉歌

【题解】 采玉，指当时官府征调民工在蓝溪采玉。韦应物《采玉行》：“官府征白丁，言采蓝田玉。”清姚文燮《昌谷集注》卷二评曰：“此诗言玉不过充后宫之饰，致驱苍黎于不测之地，少壮殆尽，耄耋不免，死亡相继，犹眷妻孥。而无益之征求，竟不知民命之可轸念也。可胜浩叹。”现实中艰辛危险的劳动用超现实的艺术联想来表现，精微的心理刻划与悲凉凄苦的环境描写、气氛渲染相结合，使人物形象更鲜明生动，主题更深刻更有艺术震撼力。“蓝溪”二句表面写溪水害人，人恨溪水，实则控诉黑暗制度吃人，表达劳动人民对统治者的仇恨。

采玉采玉须水碧[1]，琢作步摇徒好色[2]。老夫饥寒龙为愁，蓝溪水气无清白[3]。夜雨冈头食蓁子[4]，杜鹃口血老夫泪[5]。蓝溪之水厌生人[6]，身死千年恨溪水[7]。斜山柏风雨如啸，泉脚挂绳青袅袅[8]。村寒白屋念娇婴[9]，古台石蹬悬肠草[10]。

【注释】 [1] 须:必须。水碧:产于深水中的一种名贵玉石。唐代长安附近的蓝田县西有蓝田山，又名玉山，傍山有蓝溪，深水中产碧玉，称蓝田碧，"水碧"即指这种碧玉。 [2] 步摇:古时妇女用银丝穿宝玉做成花枝状的簪子，人一走路，花枝即随步行而摇动，故称步摇。徒:徒然，只是。好色:美色。 [3] 无清白:不清澈，浑浊不堪。因采玉人多而溪水被搅得浑浊不清。 [4] 蓁(zhēn)子:即榛子，一种似栗子而小的可食野果。 [5] 杜鹃:子规鸟。自春至夏，啼叫不已。因其啼声甚哀，故人们传说其为古代蜀帝杜宇，禅位后，化为子规，其啼出血。此处以杜鹃的口血喻老夫之眼泪。一说，杜鹃的啼声似说"不如归去"，老夫一听杜鹃叫，就触发欲归不能的悲哀，眼泪亦随之而下。 [6] 厌:厌恶。一说，"厌"同"餍"，饱食之意。生人:活人。 [7] 恨溪水:恨官府的委婉说法。王琦《李长吉歌诗汇解》:"谓身死之后，虽千祀之久，其怨魄犹抱恨不释。夫不恨官吏，而恨溪水，微词也。" [8] 泉脚:泉水下泻之处。青袅袅:形容悬空的长绳上系着采玉之人，远望只看到青色的绳摇曳不定。 [9] 白屋:茅屋，指老夫家里的住房。娇婴:娇小的婴儿，这里泛指小孩子。 [10] 石蹬(dèng):山路上的石级。悬肠草:又名思子蔓、离别草，一种蔓生的野草。

梦　天

【题解】 梦天，梦游太空。诗的前四句写梦游月宫所见，后四句写回头下望人间所见，表现了诗人对月宫宁静、美好生活的向往，寄寓他对人世沧桑的深沉慨叹。新颖奇妙的比喻，引人遐想的神话传说，体现了李贺诗歌幻异奇谲、幽冷秾美的风格特色。

老兔寒蟾泣天色[1]，云楼半开壁斜白[2]。玉轮轧露湿团光[3]，鸾珮相逢桂香陌[4]。黄尘清水三山下，更变千年如走马[5]。遥望齐州九点烟[6]，一泓海水杯中泻[7]。

以上据上海古籍出版社版《李长吉歌诗》

【注释】 [1] 老兔寒蟾：均指月亮。《太平御览》卷九〇七引《典略》曰："兔者，明月之精。"又：卷九四九引张衡《灵宪》曰："羿请不死之药于西王母，姮娥窃之以奔月。遂托身于月，是为蟾蜍。"蟾，蟾蜍（癞蛤蟆）之简称。泣天色：秋月初出，月色幽冷，光影凄清，犹如兔、蟾在哭泣。 [2] 云楼：叠起如楼的云层。半开：云层裂开。壁斜白：月光斜照云层，反射出一片白光。 [3] 玉轮轧露：明月在雾气浓重的秋空运行。玉轮，洁白如玉的轮子，此指月亮。轧（yà），辗。湿团光：似乎月光都被秋露沾湿了。团光，圆月发出的光。 [4] 鸾珮：雕有鸾凤的玉珮，此指系着鸾珮的月中仙女。桂香陌：桂树飘香的月宫小道。陌，田间小路。这里泛指小径。 [5]"黄尘"二句：人世间的沧桑变化如白马过隙那样迅速。黄尘，指陆地。清水，指沧海。三山，指传说中海上的三座仙山：蓬莱、瀛洲、方丈。如走马，如白马过隙，极言其快。葛洪《神仙传》载，麻姑仙女曾对王方平说："接待以来，见东海三为桑田；向到蓬莱，水又浅于往日会时略半耳，岂将复为陵陆乎？" [6] 齐州：中州，中国。九点烟：中国古代分为九州。诗人从天上下视，像看到九点烟尘。 [7]"一泓（hóng）"句：大海波涛，像杯中的一泓清水。泓，水深而广的样子。

杜　牧

杜牧（803—852），字牧之，京兆万年（今陕西西安）人。宰相杜佑之孙。二十六岁中进士，曾历任黄州（今湖北黄冈）、池州（今安徽贵池）、湖州（今浙江吴兴）等州刺史，官至中书舍人。

杜牧才兼文武，为人"刚直有奇节"，"敢论列大事，指陈病利尤切至"（《新唐书·杜牧传》）。曾上书就抗击回鹘侵扰，削弱藩镇力量及财赋等问题直陈己见。在理想落空之后，他不免颓放消极，纵情声色。他的诗文创作内容也不外乎上述两个方面。诗歌豪健峻爽而清丽，与李商隐并称小“李杜”。古文以雄辩蹈厉见长。有《樊川诗集》、《樊川文集》。

阿房宫赋

【题解】 阿房宫，秦宫名，故址在今陕西西安阿房村。秦亡，宫未竣工，被项羽付诸一炬。杜牧自述：“宝历大起宫室，广声色，故作《阿房宫赋》。”（《上知己文章启》）可见作者旨在以史为鉴，针砭现实。本文作于唐敬宗（李湛）宝历元年（825）。

全文分两大部分。第一部分分三层铺叙描写：先陈述阿房宫宫室之多，占地之广，庭宇之宏伟幽深；再夸张描写嫔妃媵嫱之多，揭露宫中生活的淫逸奢靡；然后揭示这种豪华奢侈的生活全靠巧取豪夺。“秦人视之，亦不甚惜”两句，承上启下，转入第二部分议论。

第二部分先用夹叙夹议的方法，在对比中排比，揭露秦始皇穷奢极欲，诛求掠夺无度，终于导致“戍卒叫，函谷举，楚人一炬，可怜焦土”的结局。然后作者以迥异俗见的史识，得出“灭六国者，六国也，非秦也；族秦者，秦也，非天下也”的深刻结论。并正面提出了“爱民”的主张：“嗟夫！使六国各爱其人，则足以拒秦；使秦复爱六国之人，则递三世可至万世而为君，谁得而族灭也！”这是全文的中心所在。意在让唐代统治者哀而鉴之。

全文议论精辟警策，足为万世箴诫。作者想象丰富瑰丽，夸张大胆奇特，文词华美而不浮艳，句式骈散相间，整齐而错落有致。为历代传诵不衰。

六王毕，四海一[1]。蜀山兀，阿房出[2]。覆压三百余里，隔离天日[3]。骊山北构而西折，直走咸阳[4]。二川溶溶[5]，流入宫墙。五步一楼，十步一阁。廊腰缦回[6]，檐牙高啄[7]。各抱地势，钩心斗角[8]。盘盘焉，囷囷焉，蜂房水涡[9]，矗不知乎几千万落[10]。长桥卧波，未云何龙[11]？复道行空，不霁何虹[12]？高低冥迷，不知西东[13]。歌台暖响，春光融融；舞殿冷袖，风雨凄凄[14]。一日之内，一宫之间，而气候不齐。

妃嫔媵嫱[15]，王子皇孙，辞楼下殿，辇来于秦[16]，朝歌夜弦，为秦宫人。明星荧荧，开妆镜也[17]；绿云扰扰，梳晓鬟也[18]；渭流涨腻，弃脂水也[19]；烟斜雾横，焚椒兰也[20]。雷霆乍惊，宫车过也[21]，辘辘远听，杳不知其所之也[22]。一肌一容，尽态极妍[23]，缦立远视，而望幸焉[24]，有不见者，三十六年[25]。燕、赵之收藏，韩、魏之经营，齐、楚之精英，几世几年，摽掠其人，倚叠如山[26]。一旦不能有，输来其间[27]。鼎铛玉石，金块珠砾，弃掷逦迤，秦人视之，亦不甚惜[28]。

嗟乎！一人之心，千万人之心也[29]。秦爱纷奢[30]，人亦念其家。奈何取之尽锱铢，用之如泥沙[31]？使负栋之柱[32]，多于南亩之农夫；架梁之椽，多于机上之工女；钉头磷磷，多于在庾之粟粒[33]；瓦缝参差，多于周身之帛缕；直栏横槛，多于九土之城郭[34]；管弦呕哑[35]，多于市人之言语。使天下之人，不敢言而敢怒。独夫之心[36]，日益骄固。戍卒叫[37]，函谷举[38]，楚人一炬，可怜焦土[39]。

呜呼！灭六国者，六国也，非秦也。族秦者[40]，秦也，非天下也。嗟乎！使六国各爱其人，则足以拒秦。使秦复爱六国之人，则递三世可至万世而为君[41]，谁得而族灭也！秦人不暇自哀[42]，而后人哀之，后人哀之而不鉴之，亦使后人而复哀后人也。

据上海古籍出版社版《樊川文集》

【注释】 [1]“六王”二句：秦灭六国，天下统一。六王，指战国时代楚齐韩赵燕魏六国之王。毕，结束。四海，古代以为中国四周有海环绕，故以四海指代中国。一，统一。 [2]“蜀山”二句：四川山岭上的林木被砍伐光了，阿房宫也就平地而起了。兀，光秃。出，出现。 [3]“覆压”二句：阿房宫占地面积广阔，楼宇高大，遮天蔽目。《三辅黄图》：“阿房宫，亦曰阿城……规恢三百余里。离宫别馆，弥山跨谷，辇道相属，阁道通骊山八百余里。”覆压，覆盖。 [4]“骊山”二句：阿房宫建在骊山北而转向西延伸，一直到咸阳。骊山，在陕西临潼东南。构，建构，营造。咸阳，秦国故都，在今陕西咸阳城东。 [5]二川：指渭川、樊川。溶溶：水流动貌。 [6]廊腰：连接楼的游廊的转折处。缦（màn）回：游廊曲折，如缦带回环萦绕。缦，无文采的缯帛。 [7]檐牙：檐角高翘，形如牙齿。高啄：如禽鸟昂首啄物。 [8]“各抱”二句：大小宫宇各依地形建造，结构错综精密，浑然一体。抱，环抱，依托。钩心，各座宫宇由游廊与中心钩连，承“廊腰”句。斗角，檐角并出相错接，承“檐牙”句。 [9]“盘盘焉”三句：形容宫宇的层叠稠密。盘盘，盘结回旋的样子。囷囷（qūn），屈曲攒聚的样子。蜂房：蜂窝。水涡：漩涡。 [10]矗：高耸。落：院落，一组房屋。 [11]“长桥”二句：阿房宫横跨渭水的长桥，如龙卧波。作者设问：天空无云，何处来龙？加以突出。《易经·乾卦》：“云从龙，风从虎。”古人谓有龙必有云。 [12]“复道”二句：阿房宫的复道，凌空架设，形如彩虹。作者设问：不是雨后晴空，怎有彩虹？意在强调。复道，阁道，连接楼阁的空中通道。《史记·秦始皇本纪》：“（阿房宫）周驰为阁道，自殿下直抵南山，表南山之颠以为阙。”霁（jì），雨后天晴。 [13]“高低”二句：楼阁与复道高低错落，令人分不清方向。冥迷，暗迷，分不清之貌。

[14]“歌台”四句：楼阁之上，歌声温柔，如春光之融和；殿宇之中，舞袖飘曳，如风雨之凄凉。比喻歌与舞给人的不同感受。 [15]“妃嫔”句：此泛指六国的后妃。妃，皇帝之妾，太子王侯之妻。嫔（pín）、嫱（qiáng），古代内宫女官名，亦姬妾之属。媵（yìng），后妃陪嫁之女，妾中地位更低者。《仪礼·士昏

礼》郑玄注:“古者嫁女必侄娣从,谓之媵。”此处泛指六国的后妃。 [16]“辞楼”二句:谓离开六国的宫殿楼宇,乘辇来秦。辇,人力推拉之车。秦汉后专指帝后的乘舆。此作“乘坐”讲。 [17]“明星”二句:由于六国后妃都成了秦王姬妾,宫女众多,以至妆镜闪烁,如同繁星。荧荧,光亮闪烁貌。 [18]“绿云”二句:宫女晨起梳理的乌发浓黑,如绿云纷乱。扰扰,纷乱貌。 [19]“渭流”二句:宫妃倒掉的含胭脂香粉的洗脸水,使渭水为之上涨而滑腻。 [20]“烟斜”二句:宫中点燃椒兰之类的香料,使空气中香烟袅袅,雾气弥漫。 [21]“雷霆”二句:宫中车队出行,如雷霆骤至,使人心惊。 [22]“辘辘”二句:车声渐远渐小,远到不知其所往。辘辘,车声。杳(yǎo),渺远。之,往。 [23]“一肌”二句:每个宫女的肌肤容颜都极其娇美,姿态万千。 [24]“缦立”二句:伫立远视,盼望帝王临幸。缦立,久立。幸,旧称帝王驾临某地,也指得帝王宠爱。 [25]“有不见”二句:意为许多宫女在秦始皇在位的三十六年中从未见过他的面。 [26]“燕、赵”六句:泛言六国搜刮的百姓的金银财富之多。摽掠,抢劫掠夺。倚叠,堆积。 [27]“一旦”二句:有朝一日,国家灭亡,财产也不能保有,都被运到秦国来了。 [28]“鼎铛”五句:秦人对这些财宝,并不珍惜,用鼎作锅,视玉如石,把金当土,以珠为砂。鼎,金属浇铸的三足两耳的贵重器皿,被视为国家重器。铛(chēng),锅类的器皿。逦迤(lǐ yǐ),接连不断的样子。 [29]“一人”二句:谓秦始皇一人想要舒适,天下人也希望舒适,人同此心。 [30]纷奢:繁多奢侈。 [31]“奈何”二句:为何掠夺之时,锱铢必取;使用之时,如泥沙一样不加珍惜。锱(zī)铢,古代小单位的量度。六铢为一锱,二十四铢为一两。 [32]负栋之柱:支撑栋梁的柱子。 [33]“钉头”二句:钉头密排,多于谷仓中的小米粒。磷磷,水石明净的样子,此处状钉头密集。庾,露天谷仓。 [34]九土:九州。 [35]呕哑:管弦乐器发出的嘈杂之声。 [36]独夫:众叛亲离的统治者,此指秦始皇。《尚书·泰誓下》:“独夫受洪惟作威。”蔡沈注:“言(纣)天命已绝,人心已去,但一独夫耳。” [37]戍卒叫:秦二世元年(前209),陈涉、吴广等一班被秦征役的戍卒,行至大泽乡,揭竿起义。 [38]函谷举:指秦王子婴于汉元年(前206)十月降刘邦而秦亡之事。函谷,关隘名,秦国东边的险关,在河南灵宝东北。举,攻下。刘邦由武关(陕西商县)入咸阳,派兵守函谷关,欲拒诸侯而王关中。项羽听说后大怒,派黥布攻破函谷,入关中,遂有下文屠烧咸阳城事。 [39]“楚人”二句:《史记·项羽本纪》:"项羽引兵西屠咸阳,杀秦降王子婴,烧秦宫室,火三月不灭,收其货宝、妇女而东。" [40] 族:族灭。《尚书·泰誓上》:"罪人以族。"孔《传》:"一人有罪,刑及父母兄弟妻子。" [41]"则递"句:就可将帝位从三世(始皇、二世、孺子婴)传递万世。《史记·秦始皇本纪》载,前221年,秦始皇统一天下后,诏令曰:"自今以来,除谥法,朕为始皇帝,后世以计数,二世、三世至千万世,传之无穷。" [42] 不暇自哀:来不及自己哀悯自己。

河　湟

【题解】 河湟,指湟水与黄河汇合处,即唐人所称河西、陇右(今甘肃、青海东部)地区。这一地区在安史之乱后被吐蕃占领。杜牧有感于中晚唐之际内忧外患交加,力主削藩平叛,抵御外侮。此诗写于河湟收复前的会昌(武宗年号)间,表达诗人及早收复河湟的愿望。诗的首联、颔联分承元载、宪宗事,颈联歌颂河湟百姓的浩然正气和爱国丹心,尾联以诙谐旷达语极嘲讽不平之能事。朝廷之醉生梦死与百姓的白发丹心对比鲜明,褒贬深刻。诗用典贴切,有抑有扬,跌宕有致。

元载相公曾借箸[1],宪宗皇帝亦留神[2]。旋见衣冠就东市[3],忽遗弓剑不西巡[4]。牧羊驱马虽戎服,白发丹心尽汉臣[5]。唯有凉州歌舞曲,流传天下乐闲人[6]。

【注释】 [1] 元载:字公辅。唐代宗时曾为宰相。借箸:借筷子。《史记·留侯世家》载,刘邦想立六国之后。张良认为不可,在刘邦吃饭时,他说:"臣请借前箸为大王筹之。"后人遂用"借箸"代指出谋划策。据《新唐书·元载传》载:唐代宗时,吐蕃不但侵占了河西陇右地区,而且时常袭扰边境。元载曾做过西州刺史。对河湟一带山川形势非常熟悉。唐代宗大历八年(773),元载向代宗建议加强西北边防,渐开陇右之地,进达安西,占据吐蕃心腹之地,并绘地图以献。后因权臣田神功阻挠,代宗疑而不决。所谓元载借箸,即指此事。　[2] 宪宗：唐宪宗李纯。据《新唐书·吐蕃传》载，唐宪宗看天下地图，见河西陇右一带陷于吐蕃，曾多次打算收复，生前未能实现。留神：留心。　[3] "旋见"句：随即元载就被杀了。旋，立即，随即。衣冠就东市，用汉代晁错的故事。《汉书·晁错传》载，晁错为汉景帝出谋划策，削弱诸侯势力，加强中央集权，于是吴王刘濞等诸侯以"清君侧"为名发动叛乱。汉景帝听信了袁盎的谗言，晁错竟被斩首于东市。东市，这里指刑场。《新唐书·元载传》载，大历十二年(777)，元载贪污案发，代宗遣左金吾大将军吴凑收元载下狱，并下诏赐死。　[4] 遗弓剑：用黄帝升天的典故，指帝王之死。此指唐宪宗死于元和十五年(820)。《水经注·河水》："阳周县桥山上有黄帝冢。帝崩，惟弓剑存焉。"　[5] "牧羊"二句：汉代苏武出使匈奴，被拘十九年，持汉节牧羊北海。归汉时须发皆白。此以汉臣喻唐民。　[6] "唯有"二句：收复河湟之事早已被当政者丢到脑后，只有凉州歌舞还在供有闲的统治者享乐。凉州，在今甘肃境内。凉州歌舞唐玄宗时就被献于朝廷。

九日齐山登高

【题解】 诗题一作《九日齐安登高》(见《全唐诗》卷五二二)。杜牧从唐武宗会昌四年(844)九月至会昌六年(846)九月任池州(今安徽贵池)刺史，此诗很可能写于会昌五年(845)之秋。九日，农历九月九日，即重阳节。古人在这一天要登高、饮菊花酒。齐山，山名，在安徽省贵池东南。诗中交织着挚友重逢的喜悦和怀才不遇的悲哀。诗人深沉地感慨知音难逢，人生易老，壮志难酬，只能"但将酩酊酬佳节"，以"古往今来只如此"自我排解。全诗以旷达之情，排遣抑郁之思，俊爽旷达，而含思凄恻。为小杜代表作之一。

江涵秋影雁初飞[1]，与客携壶上翠微[2]。尘世难逢开口笑，菊花须插满头归。但将酩酊酬佳节[3]，不用登临恨落晖[4]。古往今来只如此，牛山何必独沾衣[5]？

【注释】 [1]“江涵”句:秋天的景色(包括空中的飞雁)都映在澄澈清明的江水之中。涵,包容。秋影,秋天的影子,即指秋景。 [2]客:客人,此指杜牧的朋友、著名诗人张祜。张祜怀才不遇,这次从丹阳来池州看望杜牧,二人一起登高赏景。《唐诗纪事》卷五二载有张祜和杜牧齐山登高诗,诗曰:“秋溪南岸菊霏霏,急管繁弦对落晖。红叶树深山径断,碧云江静浦帆稀。不堪孙盛嘲笑时,愿送王洪醉夜归。流落正怜芳意在,砧声徒促授寒衣。”翠微:远山的青色。江南的山,秋至依然一片青色,这里指山。一说,齐山上有翠微亭,为杜牧刺池州时所建,故“翠微”即指齐山。 [3]酩酊(mǐng dǐng):大醉的样子。 [4]恨落晖:为夕阳西下、人生迟暮而怨恨。恨,《全唐诗》作“叹”。 [5]“牛山”句:牛山:山名,在齐国国都临淄(今山东临淄)之南。春秋时,齐景公登牛山,曾产生恋国畏死之情而悲戚流涕。事见《晏子春秋》卷一《内篇·谏上》。后人遂用“牛山泪”作悲叹难以永享人生之乐的典故。此诗中作者翻用此典,表现了一种放达的人生态度。

早　雁

【题解】 唐武宗会昌二年(842)八月,回鹘乌介可汗率众南侵,到处虏掠人口,边民纷纷逃离,时任黄州(又名齐安郡,治所今湖北黄冈)刺史的杜牧闻讯,以雁为题,托物寄慨。通篇用比兴象征手法,亦雁亦人。首联点明异族侵扰,致使边民“惊飞四散”,颔联含蓄指斥统治者醉生梦死,对边民流离之苦漠不关心。后两联“慰谕流客,且安侨寓,时方艰难,未可谋归”,“婉止其去”(金圣叹《贯华堂选批唐才子诗甲集》七律卷六下)。殷勤叮咛、深切体贴之意,情见乎辞。全诗句句咏雁,句句写时事。风格细腻婉曲,清丽流宕。

金河秋半虏弦开[1],云外惊飞四散哀。仙掌月明孤影过[2],长门灯暗数声来[3]。须知胡骑纷纷在,岂逐春风一一回。莫厌潇湘少人处[4],水多菰米岸莓苔[5]。

【注释】［1］金河：在今内蒙古自治区呼和浩特南，此处泛指北方边境。秋半：指八月。虏：与下文“胡骑”都指回鹘统治者。［2］仙掌：据《三辅皇图》载，汉武帝在长安建章宫内立铜柱：高二十丈，上有仙人掌托铜盘以承甘露，取用以求长生。［3］长门：西汉长安的宫名，汉武帝幽禁失宠的陈皇后于此。“仙掌”、“长门”借指唐都长安的皇宫内苑。［4］潇湘：潇水、湘水，在湖南境内合流后北入洞庭湖。此泛指南方。［5］菰(gū)米：水中多年生草本植物。嫩茎为茭白，果食称菰米，亦可食。莓苔：蔷薇科植物，常见者结红色子，可食。

江南春绝句

【题解】这首写景小诗，以极其轻快的笔触，和典型概括的手法，将江南千里春景浓缩于四句诗中。其中既有春意之“闹”、春色之浓，也有春景之媚。同时，也融进了深邃的历史内容。全诗有声有色，有动有静，大密度的景物形象互相交错映衬，的确令人神往。

千里莺啼绿映红，水村山郭酒旗风[1]。南朝四百八十寺，多少楼台烟雨中。

【注释】［1］酒旗：即酒帘、酒望。酒家以布缀竿，悬于门首，招徕酒客。

赤　壁

【题解】赤壁，即赤壁山，在今湖北嘉鱼东北江滨，石山隆起，形如长垣，上镌“赤壁”二字，为三国时周瑜大破曹兵之处。赤壁之战发生在建安十三年(208)。详《三国志·吴书·吴主孙权传》。

本诗主旨不在讥笑周瑜侥倖取胜，而在借史事抒发诗人生不逢时、怀才不遇的郁愤不平。亦阮籍登广武战场，慨叹“时无英雄，遂使竖子成名”之意。杜牧咏史议论警拔，不落窠臼，调弄笔墨，翻新出奇的特色，于诗的后两句表现突出。

折戟沉沙铁未销[1]，自将磨洗认前朝[2]。东风不与周郎便，铜雀春深锁二乔[3]。

【注释】 [1] 折戟：折断的铁戟。未销：此指未完全锈坏。销，销蚀掉。[2] 将：拿起。认前朝：认出是前朝的旧物。 [3]“东风”二句：如果东风不给周瑜方便，吴国难以取胜，说不定二乔都会被曹操俘去。东风，指赤壁之战时，周瑜火烧曹营战船之事。时周瑜用黄盖之计，以几十艘轻便战船，载着灌上油脂的干柴，外盖帷幕，上插旗帜，诈称投降。等到快接近曹营战船时，突然放起大火，恰巧此时东南风大起，大火向西北延烧，曹兵大败。与，通“予”，给。周郎，即周瑜，赤壁之战时孙、刘联军的统帅。周瑜年轻有为，时三十四岁，吴国人称他“周郎”。铜雀，即铜雀台，故址在邺城（今河北临漳西），为曹操所建。台上有楼，楼顶立有一丈五尺高的大铜雀，因名。曹操的姬妾歌妓均住台内，是其晚年享乐之所。二乔，指东吴著名美女大乔和小乔。

泊　秦　淮

【题解】 秦淮：秦淮河。发源于江苏溧水东北，西流经金陵（今江苏南京）城入长江。此河道为秦时所开。为凿钟山以疏淮水，故名秦淮河。诗人用烟、水、月、沙组合成一幅朦胧迷茫的水边夜景，渲染了凄冷幽远的氛围，与诗人隐忧国事的心境和谐。诗人由一曲《后庭花》，联系起历史与现实，以亡国教训警诫荒亡的晚唐统治者。全诗不著议论，讽谕精警婉曲。

烟笼寒水月笼沙[1]，夜泊秦淮近酒家。商女不知亡国恨，隔江犹唱《后庭花》[2]。

【注释】 [1] 烟:指暮霭和水气。沙:指河边的沙岸。 [2]“商女”二句:卖唱的歌女不懂得亡国之恨,仍在岸边的酒家里唱《后庭花》为客人侑觞。商女,以卖唱为职业的歌女。亡国恨,指以往建都于金陵,因荒淫而亡国的历代王朝。《后庭花》,曲名,即《玉树后庭花》之简称。此曲相传为南朝陈后主所作,其词有“玉树后庭花,花开不复见”之句,人以为不祥,后主因耽于淫乐而亡国,此曲遂被后人称为亡国之音。

寄扬州韩绰判官

【题解】 韩绰,生平不详,杜牧另有《哭韩绰》一诗,可见系杜牧挚友。判官,唐代观察使、节度使下均有判官。韩绰在扬州,大概是做淮南节度使判官。杜牧于唐文宗太和七年(833)至九年(835)曾在淮南节度使牛僧孺幕中作推官、掌书记。这首诗当写于他离开扬州之后。

诗前两句描摹诗人所处的时地:江南山水虽绰约多姿,但晚秋草木凋零,未免有萧条冷落之感。后两句通过询问朋友别后的赏心乐事,表达诗人对曾使他“十年一觉扬州梦,赢得青楼薄倖名”(《遣怀》)的扬州的眷恋神往。诗虽微涉艳情,却不堕轻薄,有朦胧绰约之美。

青山隐隐水遥遥[1],秋尽江南草木凋[2]。二十四桥明月夜[3],玉人何处教吹箫[4]?

以上据上海古籍出版社版《樊川诗集注》

【注释】 [1] 遥遥:《全唐诗》卷五二三作“迢迢”。 [2] 草木凋:段玉裁认为应作“草未凋”。他在《与阮芸台书》中说:“杜牧之‘秋尽江南草木凋’,本作‘草未凋’,坊本尚有不误者,作‘草木凋’尚何意味载?” [3] 二十四桥:指扬州城里原有二十四座桥。沈括《梦溪笔谈·补笔谈》:“扬州在唐时最为富盛,旧城南北十五里一百一十步,东西七里三十步。可纪者有二十四桥:最西浊河茶园桥,次东大明桥……”《方舆胜览》:“扬州府二十四桥,隋置,并以城门坊市为名,后韩令坤省筑州城,分布阡陌,别立桥梁,所谓二十四桥,或在或废,不可得而考矣。”一说,指吴家砖桥,因古时有二十四位美女在桥上吹箫而得名。 [4] 玉人:指韩绰。中晚唐时“玉人”可比喻风流俊美的才子,如元稹的《莺莺传》中有“疑是玉人来”之语。一说,指容颜洁白的美女,此指扬州的歌妓。玉人,一本作“美人”。

温庭筠

温庭筠(812? —866),本名岐,字飞卿,太原祁(今山西祁县)人。才思敏捷,精通音律。然屡试不第,一生困顿,放浪纵酒,只做过县尉和国子助教一类小官。

温庭筠诗与李商隐齐名,时称“温李”。他是花间词派的鼻祖。其词多写艳情,擅用比兴,常于写景、叙事中寓情,辞藻华丽,脂粉气重,风格秾艳香软,对花间词人及宋代部分婉约派词人颇有影响。

温庭筠存诗三百一十余首,清曾益等有《温飞卿诗集笺注》。其词《花间集》收六十六首,王国维辑《金荃词》收七十首。

过 陈 琳 墓

【题解】 陈琳,字孔璋,三国时著名文人,建安七子之一。陈琳墓在下邳(今江苏宿迁东南)。此诗为温庭筠过陈琳墓有感而作。晚唐社会政治黑暗,宦官专权、藩镇割据、社会动荡,与东汉末年颇有相似之处。作者通过陈琳之有遇和自己之怀才不遇的对比,讽刺晚唐政局之腐败,抒写了自己才不为世用的牢骚。此诗妙用想象和象征手法,如看到陈琳墓前石麟湮没于草中,就联想到邺都铜雀台之荒凉。而这种荒废衰飒之景象,也象征着陈琳所生活的重视贤才的时代的消逝。委婉深致,颇有悲凉之意。

曾于青史见遗文，今日飘蓬过古坟[1]。词客有灵应识我，霸才无主始怜君[2]。石麟埋没藏春草，铜雀荒凉对暮云[3]。莫怪临风倍惆怅，欲将书剑学从军[4]。

【注释】 [1] 青史：指史书。遗文：陈琳之文章。飘蓬：一作"飘零"，指作者身世飘零，如无根之蓬草。 [2] 霸才无主：有辅佐他人成霸业之才而无人赏识和任用。霸才，指能够辅佐他人成就霸业之才。陈琳原依袁绍，袁绍庸碌，未能重用他；后归曹操，才被任为掌书记，重要的军国书檄，多出其手，遂使陈琳能名垂青史。怜君：爱慕陈琳之有遇，其实乃叹己之不遇。 [3] "石麟"二句：陈琳的坟墓已湮没于荒草之中，铜雀台这个陈琳时代的遗迹也荒凉地遥对暮云了。石麟，石麒麟，墓道前的陈列品。春草，一作"秋草"。铜雀，铜雀台，曹操所建，故址在邺（今河北临漳西）城西。 [4] "欲将"句：因为我极不得意，所以打算弃文就武，参与戎幕了。

达摩支曲

【题解】 《达摩支曲》，一作《达磨支曲》，又名《泛兰丛》，唐健舞曲。此诗为入律的七言古风。全诗十二句，中间六句咏叹北齐后主高纬荒淫奢侈，国破身亡的史实，讽谏腐朽荒亡的晚唐君主。开头四句歌颂蔡文姬、苏武的爱国气节，用他们的历经磨难，终归故国反衬高纬之"不归"，最后二句写景是渲染亡国之恨。从时空、感情角度拓展意境，深化主旨，增加魅力。

捣麝成尘香不灭，拗莲作寸丝难绝[1]。红泪文姬洛水春[2]，白头苏武天山雪[3]。君不见无愁高纬花漫漫[4]，漳浦宴余清露寒[5]。一旦臣僚共囚虏，欲吹羌笛先汍澜[6]。旧臣头鬓霜雪早[7]，可惜雄心醉中老。万古春归梦不归，邺城风雨连天草。

【注释】 [1]“捣麝”二句：“捣麝成尘”、“拗莲作寸”，喻戕害之烈，而犹“香不灭”、“丝难绝”，更见情笃意挚、至死无悔。用以歌颂蔡文姬、苏武坚贞的爱国深情。香，谐“相”，丝，谐“思”，合取“相思”之意。 [2]“红泪”句：备尝屈辱和艰辛的蔡文姬终于回到故乡。红泪，王嘉《拾遗记》载，魏文帝时女子薛灵芸被选入宫，辞别父母，眼泪鲜红如血。文姬，蔡琰字。汉末兵乱中为胡兵所虏，辗转入南匈奴十二年。曹操与其父蔡邕友善，遣使将其赎回。详《后汉书·董祀传》。洛水，河南水名。指代文姬故乡陈留（今河南杞县）。 [3] 白头苏武：西汉杜陵人。武帝时出使匈奴，被扣，命牧公羊北海上，公羊产羔方准回国。他持节放牧十九年。后归汉，须发皆白。详《汉书·苏武传》。天山：今甘肃祁连山。匈奴称天为祁连。 [4] 高纬：北齐后主，荒淫无道，作《无愁》之曲，自弹胡琵琶而唱，时称“无愁天子”。后为北周所掳，送到长安，封温国公。终被诬以谋反而赐死。花漫漫：状其奢华。 [5] 漳：水名。源于山西，流经北齐都城邺城（今河北临漳）。浦：水边。 [6]“一旦”二句：写高纬君臣被俘后的悲哀。汍（huán）澜，涕泪涟涟的样子。 [7] 旧臣：指高纬的祖、父两代所遗留的老臣。霜雪早：因忧愤而白发。

商山早行

【题解】 商山，一名楚山，在今陕西商县东南。唐宣宗大中末年，温庭筠曾离开长安，路经此地，这首诗大约写于此时。诗人用白描手法，淡淡数笔，将鸡声、茅店、月、人迹、板桥、霜、槲叶、山路、枳花、驿墙等组合成一幅山村客栈早行图。有人有物、有动有静、有声有色。“鸡声”联因道路辛苦、羁旅愁思，见于言外而千古传诵。（见欧阳修《六一诗话》）结尾以梦中所见故乡之景，补足夜间茅店思乡心情，将早行之景与早行之情融合一起。

晨起动征铎[1]，客行悲故乡。鸡声茅店月，人迹板桥霜。槲叶落山路[2],枳花明驿墙[3]。因思杜陵梦[4],凫雁满回塘[5]。

【注释】 [1] 征铎:驿站中催人出发用的铃铎。铎,大铃。 [2] 槲(hú):落叶乔木,树干高,树叶大。 [3] 枳(zhǐ):枳壳,常绿灌木,枝多刺,白花。明驿墙:耀眼地开在驿站墙边。 [4] 杜陵梦:长安梦,即对长安生活的回忆。杜陵,地名,在今陕西西安东南。 [5] 凫:野鸭。回塘,有曲岸的池塘。

忆江南

【题解】 《忆江南》,词调名,又名《望江南》、《梦江南》。据段安节《乐府杂录》说,此词乃李德裕为其妾谢秋娘作,名《谢秋娘》,因白居易词更名《忆江南》。唐《教坊记》有《望江南》调。全词由"望"字生发,写无尽之思,所有景语,皆为情语。"过尽"句道出女主人公几度由希望到失望直至"肠断"的痛苦心路历程。为温词中风格疏淡者。

梳洗罢,独倚望江楼。过尽千帆皆不是,斜晖脉脉水悠悠。肠断白蘋洲[1]。

【注释】 [1] 肠断:忧愁伤心之极。白蘋洲:长满白蘋的洲渚。孟浩然《送元公之鄂渚寻观主张骖鸾》:"赠君青竹杖,送尔白蘋洲。"古诗词中多以白蘋洲代指分别之地。

菩萨蛮

【题解】 《菩萨蛮》,原为唐代教坊曲名,后为词调名。此词写一个闺中妇女晨起梳妆的慵懒情态和妆成的华美娇弱,表现了独居妇女的空虚精神生活和百无聊赖的思想情绪。

词中精细地描绘了闺中妇女的容貌、服饰和情态,手法纤巧细密,从懒起梳妆到妆成,均写得形象生动。特别是"弄妆梳洗迟"、"花面交相映"、"双双金鹧鸪"等语,含意深隐,耐人寻味。

小山重叠金明灭[1],鬓云欲度香腮雪[2]。懒起画蛾眉[3],弄妆梳洗迟。　　照花前后镜[4],花面交相映。新帖绣罗襦[5],双双金鹧鸪[6]。

【注释】 [1] "小山"句:晨间闺中少妇山眉蹙锁,额黄为鬓发微掩,或明或暗。小山,眉妆之名目,为"十眉"之一式,晚唐五代时盛行。一说"小山"指屏风的图案,似未妥。重叠,山眉深蹙。金,唐代妇女眉际妆饰之"额黄"。明灭,明暗。　[2] 鬓云:蓬松如云的鬓发。度:垂过。香腮雪:如雪的香腮。[3] 蛾眉:如蛾须一样细长的眉毛。　[4] 前后镜:用两面镜子前后对照,以看两鬓花插得是否合适。　[5] 帖:盘绣,一种绣花的方法。一说是剪纸贴于绸帛之上,以为刺绣的图样。　[6] 金鹧鸪:金线绣的鹧鸪鸟。

菩　萨　蛮

【题解】 词通过自然景物的衬托和环境气氛的渲染,揭示女主人公的心理:在与情人离别之后的痴迷沉思和无限离愁。反映出温词意象跳跃转换,情绪模糊朦胧,而又脉络可循,气象浑厚的特色。

玉楼明月长相忆,柳丝袅娜春无力[1]。门外草萋萋,送君闻马嘶。　　画罗金翡翠[2],香烛销成泪[3]。花落子规啼,绿窗残梦迷[4]。

【注释】 [1] 春无力：即春风无力。浦江清《温庭筠〈菩萨蛮〉笺释》："若云'风无力'则质直无味。柳丝的袅娜，东风的柔软，人的懒洋洋地失情失绪，诸般无力的情景，都是春的表现。" [2] 画罗：有彩画的罗帷。金翡翠：指罗帷上用金线绣的成双成对的翡翠鸟。 [3] 销：融化。杜牧《赠别》："蜡烛有心还惜别，替人垂泪到天明。" [4] 绿窗：绿色的窗户。韦庄《菩萨蛮》："劝我早归家，绿窗人似花。"残梦迷：痴迷于对以往情事片断的回忆。浦江清《温庭筠〈菩萨蛮〉笺释》："往日情事至人去而断，仅有片断的回忆，故曰残梦。迷字写痴迷的神情，人既远去，思随之远，梦绕天涯，迷不知踪迹矣。"

更漏子

【题解】 《更漏子》，词牌名。更漏，指夜间打更计时或用漏壶滴水计时。此词上片写女主人室内所见之景，华美而冷寂；下片写其所闻室外之声，萧瑟而凄凉。全词由秋思离情为主干，故寻常情事，自能凄婉动人。

玉炉香，红蜡泪，偏照画堂秋思[1]。眉翠薄[2]，鬓云残，夜长衾枕寒。 梧桐树，三更雨，不道离情正苦[3]。一叶叶，一声声，空阶滴到明。

以上据中华书局版《全唐诗》

【注释】 [1] 偏照：偏偏照。秋思：指含秋思的女主人公。 [2] 眉翠薄：古代妇女以黛点眉，此指眉黛色浅。 [3] 不道：不顾。

李商隐

李商隐（813—858），字义山，号玉谿生、樊南生。怀州河内（今河南沁阳）人。十七岁入天平军节度使令狐楚幕，开成二年（837）

进士，次年入泾原节度使王茂元幕，娶其女为妻。从此陷入李牛党争而仕途坎坷。历任秘书省校书郎，弘农尉，桂州、徐州、梓州幕僚，盐铁推官等职，后罢职闲居郑州，病逝。

李商隐存诗约六百首。或忧国伤时，或抒情言志，或咏史咏物，或表达爱情，而以爱情诗成就尤高，富有朦胧的悲剧美。其诗众体兼擅，尤工七律。诗风深情绵邈，典丽精工，为晚唐诗坛巨擘。有《李义山诗集》。冯浩的《玉谿生诗集笺注》较为详备。

安定城楼

【题解】 安定，郡名，唐时属泾州，为泾原节度使府所在地，故址在今甘肃泾川北。唐文宗开成三年(836)，李商隐入泾原节度使王茂元幕，并娶其女。后到长安应博学宏词科考试，考官周墀、李回已录取了他，复审时却被"中书长者"抹去。落选后回泾原幕府，作此诗以遣怀言志。

清程梦星评曰："首二句借城楼自喻，有立身千仞，俯视一切之意。三、四叹有贾生之才而不得一抒，只如王粲之游而穷于所往。五、六言本欲功成名立，归老江湖，旋乾转坤，乃始勇退。七、八言己之意量如此，而彼庸妄者方据腐鼠以吓鹓雏也，岂不可哀矣哉！"(《重订李义山诗集笺注》)

迢递高城百尺楼[1]，绿杨枝外尽汀洲[2]。贾生年少虚垂涕[3]，王粲春来更远游[4]。永忆江湖归白发，欲回天地入扁舟[5]。不知腐鼠成滋味，猜意鹓雏竟未休[6]！

【注释】 [1] 迢递：高峻的样子。谢朓《随王鼓吹曲》："逶迤带绿水，迢递起朱楼。"《水经·洛水注》："迢递层峻，流烟半垂。"一说，形容城墙的绵远缭绕。 [2] 外：一本作"上"，谓城楼高出于绿杨而览尽汀洲，亦通，但不及

"外"更富神色。尽:尽处,指远处。汀洲:指湫渊。《史记·封禅书》:"湫渊,祠朝那。"《集解》引苏林注:"湫渊在安定朝那县,方四十里,停不流,冬夏不增减,不生草木。"汀,水边平地。洲,水中洲渚。 [3] "贾生"句:贾谊年少才高,但不为所用,只能痛哭流涕,徒伤国事。作者用以自比。贾生,贾谊。年少才高,汉文帝召为博士,太中大夫,为朝臣所忌,贬为长沙王太傅。他曾向汉文帝上《治安策》:"臣窃惟事势可为痛哭者一,可为流涕者二,可为长叹息者六。"然终未受文帝重用,死时年仅三十三岁。虚垂涕,指空忧国事。涕,一本作"泪"。 [4] "王粲"句:王粲虽有大志,然远游荆州,寄人篱下,有志难伸。王粲,字仲宣,建安七子之一。远游,汉末,王粲避乱远走荆州,依附刘表。久不受重用,曾于春日登麦城县城楼,作《登楼赋》,其中有"虽信美而非吾土兮,曾何足以少留"之语。作者科场失意,寓居泾原,处境酷似王粲。 [5] 永忆:长想。江湖归白发:白发归隐江湖。回天地:扭转乾坤,干一番大事业。扁舟:小船。暗用范蠡功成身退,乘舟归隐江湖事。冯浩云:"言扁舟江湖,必须待旋转乾坤,功成白发之时。时方年少,正宜为世用,而预期及此者,见志愿之深远也。解固如斯,要在味其神韵。"(《玉谿生诗集笺注》卷一)。 [6] 腐鼠:腐烂的死鼠。滋味:美味。鹓雏:凤凰一类的鸟。《庄子·秋水》:"惠子相梁,庄子往见之。或谓惠子曰:'庄子来,欲代子相。'于是惠子恐,搜于国中三日三夜。庄子往见之,曰:'南方有鸟,其名为鹓雏,子知之乎?夫鹓雏,发于南海而飞于北海,非梧桐不止,非练实不食,非醴泉不饮。于是鸱得腐鼠,鹓雏过之,仰而视之曰:"吓!"今子欲以子之梁国吓我耶?'"作者用此典故,以鹓雏自喻,表明自己志趣高远,不屑于个人名利,而谗佞者犹如鸱鸮,对自己猜忌不休。

贾　生

【题解】 贾生,西汉贾谊。此诗写作年代不详,冯浩《玉谿生年谱》、张采田《玉谿生年谱会笺》俱编于唐宣宗大中二年(848)。一说,作于唐武宗朝的可能性大。此诗表面上是咏史,实则借古讽今,并深寓诗人对现实政治和自身遭遇的感慨。诗中批评了统治者不重贤才,不关心国计民生而迷信鬼神,在晚唐颇有现实意义。

贾谊生盛世、逢明主，尚且不遇，作者生末世、逢庸主，其结局不言自明。借叹贾谊而自叹，不平之气溢于言表。诗先扬后抑，讽刺辛辣，反用典故，寓意含蓄。

宣室求贤访逐臣[1]，贾生才调更无伦。可怜夜半虚前席[2]，不问苍生问鬼神。

【注释】 [1] 宣室：西汉长安未央宫前殿正室。《三辅黄图》卷三："宣室，未央前殿正室也。"访逐臣：访问被放逐或贬谪到外地的臣子，这里指汉文帝访问贾谊。贾谊在文帝时初为太中大夫，为重臣所反对，贬为长沙王太傅。后来，汉文帝求贤才，贾谊又被召回长安。 [2] 可怜：可惜。虚：空白，徒然。前席：古人席地而坐，在坐席上把身子向前挪动，以示尊敬贤者。《史记·屈原贾生列传》："贾生征见。孝文帝方受釐，坐宣室。上因感鬼神事而问鬼神之本，贾生因具道所以然之状。至夜半，文帝前席。既罢，曰：'吾久不见贾生，自以为过之，今不及也。'"

重有感

【题解】 此诗作于唐文宗开成元年(836)。上年十一月，宰相李训，凤翔节度使郑注在唐文宗授意下谋诛宦官。事泄，大宦官仇士良等挟持了唐文宗，杀了李训、郑注、宰相王涯等，株连千余人，造成"流血千门，僵尸万计"的惨祸，史称"甘露之变"。国势岌岌可危，朝臣慑于宦官的淫威，多缄口不言。本年二、三月，昭义军节度使刘从谏两次上表声讨宦官，仇士良等气焰稍有收敛。诗人有感于时局，作此诗，愤怒声讨宦官的罪行，称颂敢于反对宦官专权的将领，热切盼望铲除祸患，恢复皇帝的权力，表现了作者强烈的正义感、敏锐的政治眼光和极大的政治勇气。因此前诗人已就"甘露之变"写过两首五言排律《有感》，故此诗题为《重有感》。诗中领联用典故，颈联用反问和递进句式的比喻，精当厚重，感情激切，风格沉郁，得杜甫七律之精髓。

玉帐牙旗得上游[1]，安危须共主君忧[2]。窦融表已来关右[3]，陶侃军宜次石头[4]。岂有蛟龙愁失水[5]，更无鹰隼与高秋[6]！昼号夜哭兼幽显[7]，早晚星关雪涕收[8]。

【注释】 [1] 玉帐：军中主将所住的营帐，意谓像玉石一样坚不可摧。牙旗：大将居处门前所立用象牙装饰的旗。“玉帐牙旗”代指昭义军节度使刘从谏。得上游：占有形胜的地势。昭义军在今山西长治一带，由此进军长安诛讨宦官，占有有利的地理条件。 [2] 安危：复词偏义，此指当国家危亡之时。共主君忧：指应为皇帝分忧。 [3] 窦融：东汉初年封凉州牧。当时隗嚣盘踞在甘肃天水一带不肯归顺朝廷，窦融上表光武帝刘秀，请求出兵讨伐隗嚣。关右：函谷关以西地区，指窦融所在的凉州。这里以窦融比刘从谏。[4]“陶侃”句：此以陶侃比刘从谏，说他应进兵长安，勤王讨逆。陶侃，东晋人，成帝时任荆州刺史。成帝咸和二年(327)，苏峻谋反，京城建康(今南京)失守。他与温峤、庾亮等会师于石头城(今南京)下，被推为盟主，与苏峻战，斩之。次，驻扎。 [5] 蛟龙：比喻唐文宗。愁失水：担忧为宦官所制。愁，一本作“长”，一本作“曾”。 [6]“更无”句：现在还没有人像鹰击鸟雀那样搏击专权的宦官。隼(sǔn)，又名鹘，一种凶猛的大鸟，善搏击。与高秋，向秋天高空中飞翔。《左传·文公十八年》载，鲁大夫季文子说：“见无礼于其君者，诛之，如鹰鹯之逐鸟雀也。”此处以鹰隼喻猛将。 [7]“昼号”句：宦官的大屠杀使人鬼同愤。幽，指阴间。显，指人世。 [8]“早晚”句：何时能扫平宦官，君臣可以拭去眼泪共庆升平。早晚，多早晚，何时。星关，喻宫门、宫廷。《晋书·天文志》：“东方角二星为天关。”雪涕收，指拭去眼泪。

蝉

【题解】 写作年代不详。冯浩《玉谿生年谱》编此诗于大中五年

(851),似无确据。此诗为咏物,实则以高洁之蝉自喻,抒写自己的身世之慨:蝉栖高树,餐风饮露而"难饱",声嘶力竭寄哀传恨,而树却"碧无情"。正写自己才高而"薄宦"漂泊,时有怀才不遇之鸣而无人同情,无人援引。而蝉的警戒提醒,又勾起诗人归隐之念和坚持操守之情。朱彝尊云:"三、四一联,传神空际,超超玄著,咏物最上乘。"(引自沈厚塽《李义山诗集辑评》)

本以高难饱,徒劳恨费声[1]。五更疏欲断,一树碧无情[2]!薄宦梗犹泛[3],故园芜已平[4]。烦君最相警,我亦举家清[5]。

【注释】 [1]"本以"二句:秋蝉栖于高树,餐风饮露,难得饱,它发出不平之鸣,但无知音,只是白费声音而已。费声,白费声音、气力。《吴越春秋·夫差内传》:"夫秋蝉登高树,饮清露,随风挢挠,长吟悲鸣。" [2]"五更"二句:秋蝉鸣至天色将亮,已声嘶力竭,叫声稀疏欲断,然蝉自鸣叫树自碧,对蝉的哀鸣毫无同情。 [3]薄宦:官职卑微,指仕途不达。梗犹泛:指蝉之栖于树枝犹人之仕途坎坷,漂泊不定。梗(gěng):树之枝条。《战国策·齐策三》:"有土偶人与桃梗(桃木人)相与语……土偶曰:'今子,东国之桃梗也,刻削子以为人,降雨下,淄水至,流子而去,则子漂漂者将如何耳?'"卢思道《听鸣蝉篇》:"讵念漂摇嗟木梗。"亦即此意。 [4]"故园"句:陶渊明《归去来兮辞》:"田园将芜胡不归!" [5]"烦君"二句:多谢蝉以高洁相警戒,而我和你一样,全家安于清贫。

筹笔驿

【题解】 筹笔驿,即今之朝天驿,在四川广元北。《嘉庆一统志》:"四川保宁府关隘:筹笔古驿在广元县北八十里,相传诸葛亮出师,尝驻军筹画于此。"张采田《玉谿生年谱会笺》编此诗于大中十年(856),时东川节度使柳仲郢奉调回长安,李商隐以僚属身分随柳回京,途经筹笔驿。诗中借咏诸葛亮有志有才而政治抱负未能实现,抒发了诗人对自己命运的深沉感慨和对国家前途的深切忧虑。

此诗首二句借鱼鸟、风云烘托诸葛亮的英灵神姿,极表崇敬。中四句议论,巧用对比,“徒令”、“终见”是始与终的对比,“有才”、“无命”是主客观对比,慨叹其空有才志,无救于蜀汉败亡。用典隶事,灵活而不板滞。议论深刻,唱叹有情。末二句抒发感慨。作者巧妙地将史实与精辟的议论、强烈的抒情融合在一起,形成抑扬顿挫的气势,读之令人荡气回肠。

鱼鸟犹疑畏简书[1],风云长为护储胥[2]。徒令上将挥神笔[3],终见降王走传车[4]。管乐有才真不忝[5],关张无命欲何如[6]? 他年锦里经祠庙[7],《梁父吟》成恨有余[8]。

【注释】 [1] 鱼:通行本作多“猿”。犹疑:犹似。畏简书:畏惧(诸葛亮当年)严明的军令。《诗经·小雅·出车》:“岂不怀归,畏此简书。”毛《传》:“简书,戒命也。” [2] 储胥:藩篱,栅栏,此指古代行军扎营,用竹、木筑成的营垒。《文选·长杨赋》:“木拥枪累,以为储胥。”《文选》注引韦昭曰:“储胥,蕃落之类也。” [3] 徒令:空使。上将:指诸葛亮。亮于蜀后主建兴元年(223)封为武乡侯,为当时蜀国最高军事长官。挥神笔:指诸葛亮起草《出师表》,运笔如神。 [4] 降王:指蜀后主刘禅。传(zhuàn)车:古代驿站中专供长途使用的车辆。 [5] “管乐”句:诸葛亮的才能与管仲、乐毅相比毫无愧色。管乐,指春秋时齐国国相管仲和战国时燕国上将乐毅。《三国志·蜀志·诸葛亮传》:“每自比于管仲、乐毅,时人莫之许也。惟博陵崔州平、颍川徐庶元直与亮友善,谓为信然。”忝(tiǎn),愧。 [6] “关张”句:诸葛亮伐魏时,大将关、张已死,他的才能也无法施展。关张,指蜀汉之大将关羽和张飞。无命,已死。关羽镇守荆州,建安二十四年(219),兵败麦城,被孙权部下所杀;刘备为之大举伐吴,张飞被其部下谋害。　[7] 他年:往年。锦里:锦城,在成都南,诸葛武侯祠在此。李商隐于大中五年(851)曾去西川审理刑事案件,有机会游成都武侯祠,并作有《武侯庙古柏》一诗。　[8]《梁父吟》:汉乐府曲调名。《三国志·蜀志·诸葛亮传》:"亮躬耕陇亩,好为《梁父吟》。"诸葛亮在南阳,有生不逢时之感,故其《梁父吟》诗可能是一首抒怀之作,其诗无传。恨有余:恨无穷。为诸葛亮未能完成统一大业而深深慨叹。当然,也包括诗人自身的慨叹。

马嵬（其二）

【题解】 马嵬,马嵬坡,亦即马嵬驿,在今陕西兴平西。《长安志》一四:"兴平县,马嵬故城在县西北二十三里。"《旧唐书·杨贵妃传》:"禄山叛……潼关失守。从幸至马嵬,禁军大将陈玄礼密启太子,诛国忠父子。既而四军不散……曰'贼本尚在',盖指贵妃也……帝不获已,与妃诀,遂缢死于佛室,时年三十八,瘗于驿西道侧。"唐玄宗与杨贵妃马嵬死别事,详见白居易《长恨歌》及陈鸿《长恨歌传》。

此篇组诗原二首,此为第二首。写作年代无考。诗人以玄宗与贵妃的历史与传说为题材,辛辣嘲讽了玄宗荒淫误国,以致众叛亲离,宠妃丧命。诗之首联用逆入法,倒叙玄宗派方士寻魂,然后用充满嘲讽情调的四组对比:"他生"与"今生"是虚实对比;"空闻"与"无复"是有无的对比;"此日"与"当时"是今昔对比,当时七夕,山盟海誓,笑牛郎织女一年一会,而今日之六军哗变、红颜断魂,正缘当时的痴迷;结尾是天子与平民的对比,淡然一问,讽其咎由自取。全诗讥刺冷峻,意在言外。

海外徒闻更九州[1],他生未卜此生休[2]。空闻虎旅鸣宵柝[3],无复鸡人报晓筹[4]。此日六军同驻马[5],当时七夕笑牵牛[6]。如何四纪为天子[7],不及卢家有莫愁[8]!

【注释】 [1]“海外”句:空听说四海之外还有九州。此诗原注:“邹衍云:‘九州之外,复有九州。’”这里的“九州”即指白居易《长恨歌》中“忽闻海上有仙山,山在虚无飘渺间”之海上仙山,系出于传闻。 [2]“他生”句:李、杨他生能否相爱成为夫妇实难以预料,而这一生的相爱已经完结。卜,预料。休,完。《文苑英华》作“决”。 [3]虎旅:泛指警卫玄宗入蜀的下级士官。张衡《西京赋》:“陈虎旅于飞廉。”李善注曰:“《周礼》:虎贲,下大夫;旅贲氏,中士也。”鸣:一本作“传”。宵柝(tuò):夜间巡逻报更的梆子。 [4]鸡人:宫中代替公鸡报晓的人。蔡质《汉官典仪》曰:“不畜宫中鸡。汝南出鸡鸣卫士,候朱雀门外,专传鸡鸣于宫中。”筹:古代记录时刻的筹码。 [5]此日:指天宝十五载(756)六月十四日禁卫军在马嵬哗变这一天。六军:泛指皇帝的禁卫军。驻马:指勒马停进。陈鸿《长恨歌传》:“六军徘徊,持戟不进……请以贵妃塞天下怨。” [6]当时:指天宝十载(751)七月七日唐玄宗与杨贵妃在长生殿对天盟誓之时。笑牵牛:指李、杨于七夕之夜笑牵牛、织女一年才得一见,不如他们夜夜厮守。 [7]如何:为何。四纪:四十八年。古代十二年为一纪。玄宗在位四十五年(712—756),将近四纪。 [8]卢家有莫愁:《艺文类聚·乐部三》引《古歌》:“河中之水向东流,洛阳女儿名莫愁……十五嫁为卢家妇,十六生儿字阿侯。”莫愁,泛指平民之妻。

夜雨寄北

【题解】 洪迈《万首唐人绝句》题作《夜雨寄内》。冯浩曰:“语浅情浓,是寄内也。然集中寄内诗皆不明标题,当仍作‘寄北’。”(《玉谿生诗集笺注》卷二)此诗为李商隐留滞巴蜀时所写,约在大中二年(848)之秋。

诗人仕途漂泊,与妻王氏离多聚少。诗的首句采用问答形式说明未有归期。次句点题,诗人的思念犹淅沥的夜雨绵绵不绝,他的亲情像秋池盈溢而出,环境渲染将其思亲难见之愁、欲归不得之苦表现得情浓意足。后两句构思不落俗套：以未来相聚之乐，反衬今夜相思之苦；以今夜之苦，作未来剪烛夜话的内容，增添欢聚之乐。词语运用的回环复沓，情感的起伏跌宕与构思上的时间交错、空间往复相因应，使四句明白如话的小诗包蕴丰富，婉曲深厚，余味无穷。

君问归期未有期，巴山夜雨涨秋池[1]。何当共剪西窗烛[2]，却话巴山夜雨时。

【注释】 [1] 巴山：大巴山，在陕西和四川交界处，支峰绵亘数百里，这里泛指四川的山。 [2] 何当：何时能够。杜甫《彭衙行》："何当有翅翎，飞去堕尔前。"剪西窗烛：在西窗下剪烛夜话。剪烛，剪去烧残的烛芯，使蜡烛更亮。

无　题

【题解】 写作年代无考。张采田《玉谿生年谱会笺》将此诗系于大中五年(851)。一说作于开成三年(838)和王氏成婚之前。

此诗是男主人公真挚爱情心理的写实。首联写见难别难；颔联写感情至死不渝；颈联写对女主人公的关怀体贴，尾联写失望感伤之中仍寄一线希望。在凄苦的气氛中抒写缠绵悱恻的情思，真诚、深刻、哀婉动人。特别是颔联，不但"丝"、"泪"一语双关，而且比喻新颖、传神，遂成为生死不渝之爱情绝唱。

相见时难别亦难[1]，东风无力百花残[2]。春蚕到死丝方尽，蜡炬成灰泪始干[3]。晓镜但愁云鬓改[4]，夜吟应觉月光寒。蓬山此去无多路[5]，青鸟殷勤为探看[6]。

【注释】［1］“相见”句：相见机会难得，而离别更令人难堪。第一个“难”是困难，第二个“难”为难堪，难舍。《颜氏家训》有“别易会难”之语，这里反用其意。［2］“东风”句：与所爱者分手是在暮春百花凋残之时。东风无力，春风无力，点明时为暮春。［3］蜡炬：蜡烛。泪：烛泪。［4］晓镜：晨起对镜梳妆。云鬓改：指浓密如云的黑发变白，借指年华流逝。［5］蓬山：蓬莱山，神话中海外三座仙山之一，比喻女子居处。［6］青鸟：相传为西王母之神鸟。《汉武故事》：“七月七日，忽有青鸟飞集殿前，东方朔曰：‘此西王母欲来。’有顷，王母至，三青鸟侠侍王母旁。”后人遂以之代称使者。探看：探听消息，看望致意。

无　题

【题解】作者对诗的题材或本事有所隐讳，不便或不愿标题，故自称为“无题”。这首诗为组诗二首的首篇，写于唐文宗开成四年(839)，时李商隐在长安做秘书省校书郎。冯浩注引赵臣瑗《山满楼唐诗七律笺注》曰：“此义山在王茂元家，窃窥其闺人而为之。或云在令狐相公家者，非也。观次首绝句，固自写供招也，又何疑焉。”冯浩也认为：“此二篇定属艳情，因窥见后房姬妾而作，得毋其中有吴人耶？赵笺大意良是，他人若将上首穿凿，不知下首明道破矣。”(《玉谿生诗集笺注》卷一)

此诗中心即“身无彩凤双飞翼”一联，其他句子均为衬托。诗中不但直接用“彩凤”、“灵犀”等神圣之物来比喻真挚、高洁的爱情，而且还运用多重对照来突出其珍贵、美好。一、二句的环境渲染和五、六句的宴会描写，与三、四句暗秘心理描写形成对照；末二句慨叹刻板无味的小官生活，亦与三、四句的深挚热烈之情形成对照。这样就把深情缠绵、可望而不可即的情境表现得非常充分，感慨深沉，感人至深。

昨夜星辰昨夜风[1]，画楼西畔桂堂东[2]。身无彩凤双飞翼，心有灵犀一点通[3]。隔座送钩春酒暖[4]，分曹射覆蜡灯红[5]。嗟余听鼓应官去，走马兰台类转蓬[6]。

【注释】 [1]“昨夜”句：昨夜的星光和好风，此点明时间。《尚书·洪范》：“星有好风。”含有好会之意。 [2]画楼西畔：有彩绘装饰的楼之西边。楼，一本作“堂”，非。桂堂：用香木建筑的厅堂。 [3]“身无”二句：自己身上虽无彩凤之双翼，不能与所爱者比翼双飞，但彼此的心却已息息相通。灵犀，指有灵性的犀牛角，据说犀牛神异，能以角表灵，称其中心有一道白纹的犀角为“通天犀”。《汉书·匈奴传赞》“通犀翠羽之珍”注云：“通犀，中央白色，通两头。”一点通，指心心相印。 [4]送钩：藏钩，是行酒时的一种游戏。《汉武故事》：“钩弋夫人少时手拳，帝披其手，得一玉钩，手得展，故因为藏钩之戏，后人效之。”《艺文类聚·巧艺部》引《风土记》曰：“义阳腊日饮祭之后，叟妪儿童为藏钩之戏，分为二曹，以效胜负。”即藏钩于手中，使另一队猜钩之所在，以猜中为胜。 [5]分曹：分队。射覆：行酒时的一种游戏，在器皿下覆盖东西让人猜。《汉书·东方朔传》“上尝使诸家射覆”颜师古注云：“于覆器之下置诸物，令闇射之，故云射覆。” [6]“嗟余”二句：可叹我听到鼓响就得上朝，急匆匆到秘书省去，像蓬草一样飘转不定。听鼓应官，听到五更鼓响而上朝办公。走马，跑马。兰台，即秘书省，掌管秘书图籍。《旧唐书·职官志》：“秘书省，龙朔（唐高宗年号）初改为兰台。”时作者在秘书省作校书郎。

锦　瑟

【题解】 宋、金以来不少版本将此诗列在卷首。何焯《义门读书记》：“亡友程湘衡谓此义山自题其诗以开集首者。”钱钟书称：“《锦瑟》之冠全集，倘非偶然，则略比自序之开宗明义。”（《谈艺录·补订》）锦瑟，绘有锦纹的一种弦乐器。《周礼乐器图》：“绘文如锦曰锦瑟。”此极言瑟之精美。此诗拈首二字为题，实乃《无题》诗。冯浩《玉谿生年谱》编此诗于大中七年(853)，张采田《玉谿生年谱会笺》列之于大中十二年(858),今从张《笺》。关于此诗之作意,历来众说纷纭:一为悼亡说。沈厚塽《李义山诗集辑评》引朱彝尊、何焯、纪昀三家评,均主此说,冯浩《玉谿生诗集笺注》亦曰:“此悼亡诗,定论也。”二为寄托说。张采田《玉谿生年谱会笺》云“‘庄生晓梦’,状时局之变迁;‘望帝春心’,叹文章之空托。‘沧海’、‘蓝田’二句,则谓卫公毅魄,文已与珠海同枯,令狐相业,方且如玉田不冷。”此二说恐与诗意不相吻合。何焯又认为,“此篇乃自伤之词”(《李义山诗集辑评》)。而钱钟书认为此诗是以“锦瑟喻诗”(《谈艺录·补订》)。细味此诗,似宜理解为作者自伤身世之作。

诗的首尾两联已点明是诗人闻琴而追忆华年往事,不胜惘然之作。锦瑟既是兴起人生感受的触媒,又是诗人不幸身世的象征。颔、颈联所描绘的既是音乐境界,又是人生境界、感情境界:身世遭逢如梦似幻、伤春忧世如杜鹃泣血、怀才见弃似沧海遗珠、追求理想虚缈似烟。诗人带着浓重的伤感之情回顾平生,慨叹年华空逝,仕途蹭蹬。几任幕僚,四处奔波,确有迷惘惆怅,不堪回首之沉痛悲伤。

锦瑟无端五十弦[1],一弦一柱思华年[2]。庄生晓梦迷蝴蝶[3],望帝春心托杜鹃[4]。沧海月明珠有泪[5],蓝田日暖玉生烟[6]。此情可待成追忆,只是当时已惘然[7]!

以上据上海古籍出版社版《玉谿生诗集笺注》

【注释】 [1] 无端:没来由,偶然。语含悲愤。五十弦:《汉书·郊祀志》:“泰帝使素女鼓五十弦瑟,悲,帝禁不止,故破其瑟为二十五弦。”世所用瑟均为二十五弦。 [2] 柱:支弦的短木柱,一根弦有一根支柱。华年:盛年,指人一生中最美好、最宝贵的时间。人生不过百年,五十岁前是最美好的时光,而此又与瑟弦数相合。 [3] “庄生”句:自已有如庄周梦蝶,回顾平生,犹如一场幻梦,令人迷惘。庄生梦蝶,见《庄子·齐物论》。诗人用此典,自叹才高位下,徒有怀抱。庄生,庄子。晓梦,早晨梦醒之后。 [4] “望帝”句:望帝悲伤的感情托杜鹃的凄厉鸣声表达出来。作者以喻自己理想幻灭之悲伤只能托诸悲凉吟叹的诗句。望帝,即蜀王杜宇。此实指已经故去的唐武宗。因武宗去世,宣宗即位,标志着李党失势、牛党得势,也意味着诗人政治理想的幻灭。诗人在《井络》一诗中有"堪叹故君成杜宇"之句,亦即此意。春心,伤春之心。《楚辞·招魂》:"目极千里兮伤春心。" [5]"沧海"句:明月之珠郁沉海底,能不让人痛心而落泪吗?沧海遗珠,即指野有遗贤。月明珠,珍珠名,是可与"夜光璧"比价的稀世珍宝,见《史记·邹阳传》。 [6]蓝田:山名,在今陕西蓝田东南,以产玉著名。《初学记》二七,"玉部"引《京兆记》曰:"蓝田出美玉如蓝,故曰蓝田。"日暖玉生烟:王应麟《困学纪闻》卷一八:"司空表圣(图)云:'戴容州叔伦谓诗家之景,如蓝田日暖,良玉生烟,可望而不可置于眉睫之前也。李义山玉生烟之句盖本于此。'"作者用前人论诗名句,意谓若不见用于时,则拟以辞章而名世。 [7]"此情"二句:怀才不遇的悲伤之情何必等到今天才来追忆呢?就是在屡遭坎坷的当时已深感迷惘和感伤了。

刘　蜕

刘蜕,字复愚,长沙人。自号"文泉子"。大中四年(850)进士登第。累迁左拾遗,中书舍人。咸通二年(861),因上疏弹劾贵胄而被贬为华阴令。官终商州刺史。所著《文泉子》十卷今佚。明代辑本有《刘蜕集》六卷。

刘蜕早期所作,多牢骚愁苦之文;晚期所作,尤多怨愤骂世之辞。《四库总目》卷一五一评其为文"险于孙樵,而易于樊宗师。大旨与元结相出入,欲挽末俗反之古,而所谓古者,乃多归宗于老氏,不尽协圣贤之轨。又词多恚愤,亦非仁义蔼如之旨。然唐之末造,相率为纂组俳俪之文,而蜕独毅然以复古自任,亦可谓特立者矣"。

山　书（其七、其八）

【题解】 《山书》共十八篇,刘蜕自序云:"予于山上著书一十八篇,大不复物意,茫洋乎无穷,自号为《山书》。"刘熙载称:"刘蜕文意欲自成一子,如《山书》十八篇,《古渔父》四篇,辞若僻而寄托未尝不远。”(《艺概·文概》)《山书》上承元结《七不如》,下启罗隐《谗书》,文多愤懑不平之意,体近随笔杂文。如“城郭沟池”篇,指斥执政不仁,强藩为盗。“车服妾媵”篇,抨击统治者渔肉百姓,“鞭农父子以奉不暇”,农民无以为生。他在文中提出的“教民以杵臼,不若均民以贵贱”思想,则源于老子。可见刘蜕处季世末造,其思想宗旨,已不同于他奉为宗师的韩愈。

城郭沟池,以固民也。有窃城郭沟池以盗民者,则杀人甚于不固。夫有窃固之具,必有攻固之利,苟有利之物,寇必生其下。是以太古安民以巢[1],故于野则无争,巢固民则相杀。

车服妾媵[2],所以奉贵也。然而奉天下来事贵者贱。夫有车服,必有杂佩[3];有妾媵,必有娱乐。圣人既为之贵贱,是欲鞭农父子以奉不暇,虽有杵臼[4],吾安得粟而舂之。呜呼,教民以杵臼,不若均民以贵贱。

据中华书局影印《全唐文》

【注释】 [1] 太古安民以巢:《韩非子·五蠹》:“有圣人作,构木为巢,以避群害,而民悦之,使王天下,号之曰有巢氏。” [2] 媵(yìng):古代诸侯女儿出嫁时随嫁或陪嫁的人。地位略同或低于妾。 [3] 杂佩:古代士大夫的服饰和车马上往往以珠玉等为佩戴的饰物。 [4] 杵臼:舂米的工具和容器。古代断木为杵,掘地为臼,后以木石为臼。

罗　隐

罗隐(833—909),原名横,字昭谏,自号江东生。新城(今浙江富阳)人。二十岁应进士第,因十举不第,乃改名隐。咸道十一年(870),入湖南幕府。次年夏,任衡阳主簿。不久乞假归。光启三年(887)后,依钱镠,先后任钱塘令、节度判官、司勋郎中。天祐四年(907)唐亡,曾劝镠讨梁,未果。梁以谏议大夫征召,亦不行。魏博罗绍威表荐为给事中。

罗隐性简傲,好谐谑,又怀才不遇,愤世嫉俗,所以他的"诗文凡以讥刺为主,虽荒祠木偶,莫能免者"(《唐才子传》卷九)。其讽刺以辛辣尖锐明快为特色,不以含蓄委婉见长,能于平易浅近中见深隽幽默。自编其讽刺小品,题曰《谗书》,"议古刺今,多出新意"(李慈铭《越缦堂读书记·文学》)。有《罗昭谏集》。

英雄之言

【题解】 作者针对晚唐社会时局板荡,藩镇叛乱,民不聊生的现实,对庄子《胠箧》篇"窃钩者诛,窃国者为诸侯"的说法加以生发论证,抓住"英雄"人物的片言只语,剖析其内心世界,揭露了那些名曰救民于涂炭,实则乘机窃国的所谓"英雄"的强盗本质,意在对现实中割据称雄的叛镇提出警告。文章借古讽今,立意警策,笔锋犀利,讥嘲深刻。

物之所以有韬晦者[1],防乎盗也。故人亦然[2]。

夫盗亦人也,冠履焉,衣服焉[3];其所以异者,退让之心[4],贞廉之节[5],不恒其性耳[6]。视玉帛而取之者,则曰牵于寒饥[7];视家国而取之者,则曰救彼涂炭[8]。牵于寒饥者,无得而言矣[9];救彼涂炭者,则宜以百姓心为心。而西刘则曰[10]:"居宜如是[11]。"楚籍则曰[12]:"可取而代[13]。"噫!彼未必无退让之心,贞廉之节,盖以视其靡曼、骄崇[14]，然后生其谋耳。

为英雄者犹若是，况常人乎？是以峻宇、逸游[15]，不为人之所窥者[16]，鲜矣[17]。

【注释】 [1] 韬晦：韬光晦迹，收敛光芒，隐藏踪迹，不使外露。 [2] 然：这样。 [3] 冠履：戴帽穿鞋。衣服：穿衣。均作动词用。 [4] 退让：谦让。 [5] 贞廉：廉洁。 [6] 恒：常。性：指退让之心、贞廉之节。 [7] 牵：牵累。此作"迫"讲。 [8] 彼：指百姓。涂炭：污泥与炭火，喻困苦境地。 [9] 无得而言：无话可说。意谓迫于饥寒而为之，不必苛责。 [10] 西刘：指刘邦。楚汉相争，楚在东，汉在西，故称刘邦为西刘。 [11] 居宜如是：意为生活应该像这样。《汉书·高祖本纪》载："高祖尝繇咸阳，纵观秦皇帝，喟然叹息曰：'嗟乎，大丈夫当如此矣。'" [12] 楚籍：项羽，名籍。世为楚将，起兵后自立为西楚霸王。 [13] 可取而代：《史记·项羽本纪》："秦始皇游会稽，渡浙江，梁（籍之叔父）与籍俱观。籍曰：'彼可取而代之。'" [14] 靡曼：华美。此指宫室、服饰。骄崇：骄贵。 [15] 峻宇：高大的宫宇。逸游：舒适的游乐。 [16] 窥：偷看。此指艳羡而图暗算。 [17] 鲜：少。

辨　害

【题解】 辨，辨别，论证。害，利害关系。本文以人与自然的斗争设喻类比，以史实为借鉴，论证了应从"济天下"的大局出发，敢于突破常规，不拘泥于虚伪的君臣上下礼义名分，舍小利而除大害。表现出作者的思想对传统观念的突破。

文章紧扣"害"字，论述集中，由浅入深，由感性而理性，不枝不蔓。偌大一个论题，仅用了百余字，可谓言简意赅。文章语言有整饬而错落之美。

虎豹之为害也，则焚山，不顾野人之菽粟[1]；蛟蜃之为害也[2],则绝流[3],不顾渔人之钓网:其所全者大[4],所去者小也[5]。

顺大道而行者,救天下者也;尽规矩而进者,全礼义者也。权济天下[6],而君臣立,上下正,然后礼义生焉;力不能济于用,而君臣上下之不正,虽抱空器[7],奚所施设[8]?是以佐盟津之师[9],焚山绝流者也;扣马而谏[10],计菽粟而顾钓网者也。於戏[11]!

以上据中华书局影印《全唐文》

【注释】 [1] 野人:山野居民。菽:豆类。粟:谷类。 [2] 蛟:蛟龙,实则鳄鱼一类的动物。蜃(shèn):蛟类,似蛇而大,有角。 [3] 绝流:断绝水流。 [4] 全:保全。 [5] 去:舍弃。 [6] 权:权宜,变通。指衡量轻重利害,因事因时制宜的方法。《公羊传·桓公十一年》:"权者,反于经然后有善者也。"济:助,益。 [7] 空器:此指礼义、等级的虚名。 [8] 奚:何,什么。施设:建树,作为。 [9] 盟津之师:指周武王讨伐殷纣的军队。他在伐纣途中,曾与诸侯会师于盟津。盟津,在今河南孟县。 [10] 扣马而谏:武王伐纣时,伯夷、叔齐拦住武王的马,劝阻武王勿以臣伐君。详《史记·伯夷列传》。 [11] 於戏:同"呜呼",感叹词。

雪

【题解】 此诗的主旨是揭露和讽刺那些高谈瑞雪兆丰年者,同时,也流露出对贫苦人民的关心和同情。诗在从容中透出犀利,幽默诙谐中显示出愤世疾俗之情。

尽道丰年瑞[1],丰年事若何?长安有贫者,为瑞不宜多。

【注释】［1］瑞：祥瑞，吉利。古有瑞雪兆丰年之说。

感弄猴人赐朱绂

【题解】 据《幕府燕闲录》载，黄巢起义军攻占长安，"唐昭宗播迁，随驾伎艺人止有弄猴者。猴颇驯，能随班起居。昭宗赐以绯袍，号孙供奉，故罗隐有诗云云"。此诗通过自己屡试不第的辛酸遭遇与弄猴者受宠著绯的鲜明对比，以满腔激昂之情讽刺和抨击唐昭宗重弄人而不重才士的昏庸和荒唐，诗取材虽系荒唐之事，而诗旨庄重严肃。嘻笑怒骂，肆无忌惮，而又令人惊醒，耐人回味。

十二三年就试期，五湖烟月耐相违[1]。何如买取胡孙弄，一笑君王便著绯[2]。

【注释】［1］五湖：所指不一。以太湖或太湖及附近四湖为五湖的说法为多。春秋越灭吴后，范蠡功成身退后"遂乘轻舟以浮于五湖"《国语·越语下》。后用以代指隐逸。耐：通"奈"，奈何。［2］著绯：唐制，文武官员四品服深绯，五品服浅绯，都赐金带。

筹 笔 驿

【题解】 筹笔驿，注见李商隐同名诗题解。生当末世的罗隐怀古咏史多叹惋世衰运舛。本诗的"时来天地皆同力，运去英雄不自由"二句，因其深蕴哲理而脍炙人口。诗人在赞颂诸葛亮"北征东讨尽良筹"的同时，深怨后主、谯周断送基业，而他忧国伤时之情犹如诗中的"岩下多情水"，潺湲不尽。

抛掷南阳为主忧[1]，北征东讨尽良筹。时来天地皆同力,运去英雄不自由[2]。千里山河轻孺子[3],两朝冠剑恨谯周[4]。唯余岩下多情水,犹解年年傍驿流。

以上据中华书局版《全唐诗》

【注释】 [1]"抛掷"句:指诸葛亮为刘备起用事。诸葛亮《前出师表》:"臣本布衣,躬耕于南阳。苟全性命于乱世,不求闻达于诸侯。先帝不以臣卑鄙,猥自枉屈,三顾臣于草庐之中,咨臣以当世之事,由是感激,遂许先帝以驰驱。"南阳,一说在河南,一说在今湖北襄樊。 [2]"运去"句:杜甫《谒先主庙》:"运移汉祚终难复,志决身歼军务劳。" [3]"千里"句:《三国志·蜀书·后主传》引《汉晋春秋》:"司马文王与禅宴,为之作故蜀伎,旁人皆为之感怆,而禅喜笑自若。"司马昭问禅想不想回西蜀,禅曰:"此间乐,不思蜀。"见笑千古。孺子,指后主刘禅,蔑称。 [4]两朝:指蜀汉刘备(先主)、刘禅(后主)两代君主。冠剑:代指文武百官。谯周:三国蜀巴西西充国人,字允南。家孤贫,精研六经。诸葛亮领益州牧,命为劝学从事,后官至光禄大夫。以劝蜀主刘禅降魏,魏封为阳城亭侯。入晋,拜骑都尉。

孙 樵

孙樵,生卒年不详,字可之,关东人。大中九年(855)进士,官中书舍人。僖宗广昭元年(880)诏赴行在,迁职方郎中、上柱国、赐绯鱼袋。樵自称是韩愈的再传弟子。论文尚奇崛。代表作《书何易于》、《书褒城驿堡》、《书田将军边事》等,反映了晚唐的社会政治和现实,有一定深度。其文讲究构思,注重词采,风格奇崛。有《孙可之集》传世。

书何易于

【题解】 这是一篇传记体散文,作者为县令何易于作传,歌颂了他刚正廉洁,不畏权势,体恤民瘼,仁爱百姓的品质,抨击了良莠不分的封建考绩铨选标准和制度，抒发了对贤才不遇、奸庸当道的现实的愤懑。作者善于选取典型事例来塑造人物，叙议相间，点面结合，详略有致。如腰笏挽舟、纵火焚诏是详写；具葬、问政、断讼是略叙。文章前半以记叙为主，后半以议论为主（设客对话亦是议论的方式）。

作者还善于运用对比衬托的手法深化人物。如刺史的寻欢作乐与何易于的体恤民情；何易于的口碑甚好与考绩平平；何易于的施政惠民与得上等考绩的县令之督赋、督役、捕盗都是对比衬托，作者的爱憎褒贬之情即寓其中。孙樵散文的内容"上规时政，下达民病"（《骂僮志》）的特点于此可见。从本文看，孙樵的散文也不尽是尚奇务怪的。

何易于尝为益昌令[1]。县距刺史治所四十里[2]，城嘉陵江南[3]。刺史崔朴尝乘春自上游[4]多从宾客歌酒[5]泛舟东下，直出益昌旁。至则索民挽舟[6]，易于即自腰笏[7]，引舟上下[8]。刺史惊问状。易于曰："方春，百姓不耕即蚕，隙不可夺[9]。易于为属令[10]，当其无事，可以充役。"刺史与宾客跳出舟，偕骑还去。

益昌民多即山树茶，利私自入[11]。会盐铁官奏重榷管[12]，诏下所在不得为百姓匿[13]。易于视诏曰："益昌不征茶，百姓尚不可活，矧厚其赋以毒民乎[14]！"命吏划去[15]。吏争曰："天子诏所在不得为百姓匿，今划去，罪愈重。吏止死[16]，明府公宁免窜海裔耶[17]？"易于曰："吾宁爱一身以毒一邑民乎[18]？亦不使罪蔓尔曹[19]。"即自纵火焚之。观察使闻其状[20]，以易于挺身为民，卒不加劾[21]。

邑民死丧,子弱、业破不能具葬者[22],易于辄出俸钱,使吏为办。百姓入常赋[23],有垂白偻杖者[24];易于必召坐与食,问政得失。庭有竞民[25],易于皆亲自与语,为指白枉直[26]。罪小者劝,大者杖,悉立遣之[27],不以付吏。治益昌三年,狱无系民[28],民不知役。改绵州罗江令[29],其治视益昌[30]。是时故相国裴公刺史绵州[31],独能嘉易于治[32]。尝从观其政[33],导从不过三人[34],其全易于廉约如此[35]。

会昌五年[36],樵道出益昌[37],民有能言何易于治状者,且曰:"天子设上下考以勉吏[38],而易于考止中上,何哉?"樵曰:"易于督赋如何?"曰:"止请贷期[39],不欲紧绳百姓[40],使贱出粟帛[41]。""督役如何?"曰:"度支费不足[42],遂出俸钱,冀优贫民[43]。""馈给往来权势如何[44]?"曰:"传符外一无所与[45]。""擒盗如何?"曰:"无盗。"樵曰:"余居长安,岁闻给事中校考[46],则曰:'某人为某县,得上下考[47],某人由上下考得某官。'问其政,则曰:'某人能督赋,先期而毕[48];某人能督役,省度支费;某人当道[49],能得往来达官为好言;某人能擒若干盗,反若干盗[50]。'县令得上下考者如此。"邑民不对,笑去。

樵以为当世在上位者,皆知求才为切。至于缓急补吏[51],则曰:"吾患无以共治[52]。"膺命举贤[53],则曰:"吾患无以塞诏[54]。"及其有之,知者何人哉?继而言之,使何易于不有得于生[55],必有得于死者,有史官在。

【注释】 [1] 益昌:旧四川昭化县,今四川广元南 [2] 刺史治所:州郡长官的驻在地。唐时益昌属利州,州治在广元。 [3] 嘉陵江:长江上游支流。源出陕西凤县嘉陵谷,至四川广元昭化纳白龙江,到重庆入长江,全长千余公里。 [4] 乘春:趁着明媚春光。 [5] 多从宾客歌酒:携带许多宾客乐伎和酒。 [6] 索民:索取民夫。挽舟:拉纤。 [7] 腰笏(hù):把朝版插在腰间。笏,古代朝会时所执手板,有事则书其上,以备遗忘。后世惟品官执之。 [8] 引舟上下:拉着船跑上跑下。 [9] 隙不可夺:无空闲可剥夺。 [10] 属令:下属县的县令。 [11] 利私自入:获利不交税赋,完全归自己。 [12] 会:正遇,恰逢。盐铁官:掌收运盐铁之税的官员。榷管:专卖。封建朝廷为了增加财政收入,常对盐铁酒茶等物资实行专卖。 [13] 诏下所在:诏令所下达的一切地方。匿:隐瞒。 [14] 矧(shěn):何况。厚:加重。 [15] 刬(chǎn)去:指毁掉征收茶税的诏书。刬,同"铲"。 [16] 吏止死:为吏的不过一死罢了。 [17] 明府:唐人对县令的敬称。宁免:岂能免除。窜:流放。海裔:海角天涯。 [18] "吾宁"句:我岂能为吝惜自己一身而毒害一方的百姓呢? [19] 使罪蔓尔曹:使罪名连累你们吏役。 [20] 观察使:官名。唐于诸道置观察使,位次于节度使。凡兵甲财赋民俗之事,无所不领,权任甚重。 [21] 劾:弹劾。揭发官员罪状,报告朝廷。 [22] 业破:家业破败。不能具葬:无力操办丧事。 [23] 入常赋:缴纳规定的税赋。 [24] 垂白:须发花白。偻(lǚ):弯腰曲背。杖:拄拐杖。 [25] 竞民:打官司的人。 [26] 为指白枉直:为他们分辨清楚是非曲直。 [27] 悉立遣之:全都立刻打发回去。 [28] 狱无系民:狱中无监禁的百姓。 [29] 绵州罗江:今四川绵阳一带。 [30] 治:政绩。视:相当于。 [31] 故相国:已死去的宰相。裴公:裴度(765—839):字中立,闻喜(今属山西)人,贞元初进士。宪宗朝,淮蔡不奉命,诸军讨伐屡败,朝臣争请罢兵,度力排众议,坚主讨伐。授门下侍郎同平章事。擒蔡州刺史吴元济,以功封晋国公。功高行正,数起数罢,穆宗长庆年间,受李逢吉等排挤,出为山南西道节度使。 [32] 嘉易于治:赞赏易于的治绩。 [33] 从观其政:到罗江去考察他的政绩。 [34] 导从:随从。 [35] "其全"句:他轻车简从,为成全易于的清廉简俭。 [36] 会昌:唐武宗李炎的年号(841—846),会昌五年,845年。 [37] 道出:路经。 [38] 上下考:唐代官吏考绩,流内官有四善二十七最,分上中下三等,每等又分上中下三级;流外官以行、能、功、过为四等,有上、中、下、下下之分,皆由吏部掌管。勉吏:劝勉官吏。 [39] 止请贷期:

向上请求宽贷期限。 [40] 紧绳:加紧勒索。 [41] 使贱出粟帛:迫使低价卖出粮食布匹。 [42] 度支费:朝廷拨的经费。 [43] 冀优贫民:期望优待贫民。 [44] 馈给:送给。往来权势:来往的权臣势要。 [45] "传符外"句:除了凭证外什么东西都不给。 [46] 给事中:官名。属门下省。参与考量官员政绩:"凡文武六品已下授职官,所司奏拟,则校其仕历浅深,功状殿最,访其德行,量其才艺;若官非其人,理失其事,则白侍中而退量焉。"(《旧唐书·职官二》) [47] 得上下考:被评定为上等的下级。 [48] 先期而毕:在限期前完成。 [49] 当道:处于要道。 [50] 反若干盗:当依四部丛刊本《唐孙樵集》所注无此四字。 [51] 缓急补吏:急需补充官吏。缓急,偏义复词,紧急。 [52] 无以共治:无人能一起参与治理。意谓无合适者。 [53] 膺命:承受皇帝的诏命。膺,承当。 [54] 塞诏:搪塞诏命。 [55] 有得:指得名。

书褒城驿壁

【题解】 褒城,唐时属山南西道兴元府,今陕西勉县。驿,驿站,旧时传递政府文书的人和官吏来往途中休息的地方。书壁,一种书于官府厅壁上的壁记之类的文章,往往借记事议论说理,有箴诫作用。

作者由褒城而州县,推而广之,步步深入,探究开元时天下号为治平,而今"日益破碎"的原因:朝廷不重视州牧县令的任用,更易频繁;令牧不思惠民,只图钱财享乐;黠吏乘机"恣为奸欺,以卖州县"。其实州县如是,整个晚唐社会又何尝不如是呢?褒城驿之盛衰乃是李唐王朝今昔之象征和缩影。作者构思巧妙,前者似主而实宾,后者似宾而实主。

文章以"乌睹其所谓宏丽者"的反问起,以"呜呼,州县真驿邪"的感叹和对"恣为奸欺以卖州县者"的愤慨作结。前后为作者之言,而中间则全系"驿吏"和"老甿"的话,由他们作为目击亲历者,分别道出驿站、州县衰败的原因,真实可信。

褒城驿号天下第一。及得寓目[1]，视其沼，则浅混而茅[2]，视其舟，则离败而胶[3]，庭除甚芜[4]，堂庑甚残[5]，乌睹其所谓宏丽者[6]？讯于驿吏，则曰："忠穆公尝牧梁州[7]，以褒城控三节度治所[8]，龙节虎旗[9]，驰驿奔轺[10]，以去以来，毂交蹄劘[11]，由是崇侈其驿，以示雄大。盖当时视他驿为壮。且一岁宾至者，不下数百辈[12]，苟夕得其庇[13]，饥得其饱，皆暮至朝去，宁有顾惜心耶[14]？至如棹舟，则必折篙破舷碎鹢而后止[15]；渔钓，则必枯泉汩泥尽鱼而后止[16]；至有饲马于轩[17]，宿隼于堂[18]，凡所以污败室庐，糜毁器用[19]。官小者，其下虽气猛可制；官大者，其下益暴横难禁。由是日益破碎，不与曩类[20]。某曹八九辈[21]，虽以供馈之隙，一二力治之[22]，其能补数十百人残暴乎？"

语未既，有老甿笑于傍[23]，且曰："举今州县皆驿也[24]！吾闻开元中天下富蓄[25]，号为理平[26]，踵千里者不裹粮[27]，长子孙者不知兵[28]。今者天下无金革之声[29]，而户口日益破，疆埸无侵削之虞[30]，而垦田日益寡，生民日益困，财力日益竭，其故何哉？凡与天子共治天下者，刺史县令而已，以其耳目接于民，而政令速于行也[31]。今朝廷命官，既已轻任刺史县令，而又促数于更易[32]。且刺史县令，远者三岁一更，近者一二岁再更[33]。故州县之政，苟有不利于民，可以出意革去其甚者[34]，在刺史则曰：'明日我将去[35]，何用如此！'在县令亦曰：'明日我将去，何用如此！'当愁醉醲[36]，当饥饱鲜，囊帛椟金[37]，笑与秩终[38]。"

呜呼！州县真驿耶？矧更代之隙[39]，黠吏因缘[40]，恣为奸欺[41],以卖州县者乎[42]? 如此而欲望生民不困,财力不竭,户口不破,垦田不寡,难哉! 予既揖退老甿[43],条其言[44],书于褒城驿屋壁。

以上据中华书局影印《全唐文》

【注释】 [1] 寓目:亲眼看到。 [2] 茅:茅厕,此指脏污。《孙樵集》作"污"。 [3] 离败:破裂,破碎。胶:搁浅在泥滩上,浮不起来。 [4] 庭除:庭院和台阶。 [5] 堂:正堂,正房。庑(wǔ):堂下四周的房子。残:残破。 [6] 乌睹:那里看得到。 [7] 忠穆公:指严震。《旧唐书·严震传》说他曾任凤州刺史,"为政清廉,兴利除弊,远近称美"。唐德宗"建中三年,代贾耽为梁州刺史,兼御史大夫。山南东道节度观察等使"。朱泚乱时,他曾迎德宗于梁州,有功,授兴元尹。卒,谥忠穆。牧梁州:指担任山南西道节度使,山南西道相当于古梁州之地。牧,汉代一州最高的行政长官称州牧。 [8] 控三节度治所:控制着三个节度使的治所。三,一本作"二",应为二。二节度治所,即山南西道节度使治所兴元府和凤翔节度使治所凤翔府。褒城县北为褒斜谷,南口叫褒,北口叫斜,亦称褒斜道,长四百七十里,形势险要。 [9] 龙节虎旗:泛指节度使的符节和旌旗。唐制,节度使奉命出镇,赐双旌双节。龙节,原指古代泽国使者所持之节(《周礼·地官·掌节》)。虎旗,画有老虎的旌旗(《周礼·春官·司常》)。 [10] 驰驿奔轺(yáo):指车马奔驰。轺,轻便的马车。 [11] 毂(gǔ)交蹄劘(mó):极言往来车马之多。毂,车轮中心贯轴之处,此指车轮。蹄,马蹄,指马。劘,磨。 [12] 数百辈:数百人。 [13] 夕得其庇:夜间得到住宿的地方。 [14] 宁有:岂有。顾惜:爱惜。 [15] 舷(xián):船边。鹢(yì):水鸟名,善飞,不怕风浪,故古代船头上常画鹢,这里指船头。 [16] 枯泉:弄干池中水。汩(gǔ)泥:搅乱池中的泥土使水混浊。 [17] 至:甚至。轩:有窗的长廊,或堂前高檐下的平台。 [18] 宿隼(sǔn)于堂:把驿馆的正房当作养猎鹰之所。隼,鹰一类的猛禽,这里是指驯养的猎鹰。 [19] 糜毁器用:毁坏器具。 [20] 不与曩(nǎng)类:跟过去不一样。曩,从前,过去。 [21] 某曹:我的同行们,指驿馆工作人员。 [22] 供馈之隙:供应伙食,接待宾客的空闲时间。一二力治之:用一两个劳力修治驿馆。 [23] 甿(méng):

农民。 [24] “举今”句:如今所有的州县都像驿站一样。举,全部,所有。 [25] 富蓄:财货丰富,人丁旺盛。 [26] 理平:政治清明,天下太平。理,治。为避高宗李治讳而改。 [27] 踵千里:行走千里。踵,脚后跟,这里用作动词,行。不裹粮:不用携带干粮。 [28] 长(zhǎng):养育。兵:兵器,武器。 [29] 无金革之声:无战争之事。金革,一般指武器甲衣,这里指军中的钲和鼓,作战时用以指挥进退。 [30] “疆埸”句:边疆没有被侵略削夺的忧虑。埸(yì),边界,边疆。侵削,被侵犯,被剥夺去。虞,忧虑。 [31] “以其”二句:因刺史和县令是最接近人民的官职,把政令贯彻到基层最快。 [32] 促数于更易:短时间频繁更换。促,时间短促。数(shuò),屡次,次数多。更易,更换,变动。 [33] 再更:换两次。 [34] 出意革去:出主意改掉。其甚者:指那些最有害于民的弊政。 [35] 我将去:一本作“我即去”。 [36] 当愁醉醲:在愁闷之时就痛饮美酒。醲(nóng),味道醇浓的好酒。 [37] 囊帛:袋子里装满丝绸。椟(dú)金:柜子里装满金银。 [38] 秩:任期。 [39] 矧(shěn):何况。更代之隙:指新旧官员交接的间隙。 [40] 黠(xiá)吏:狡猾奸诈的小吏。因缘:乘机。 [41] 恣为奸欺:肆无忌惮地干奸恶欺诈之事。 [42] 卖:出卖,这里是蒙蔽、欺骗之意。 [43] 揖退:拱手施礼使其退出。 [44] 条其言:把他的话加以整理,依次记下。

皮日休

皮日休(834—883),字袭美,一字逸少。湖北襄阳人。曾隐居鹿门山,又号“醉吟先生”、“间气布衣”、“鹿门子”等号。咸通八年(867)进士,任著作郎、太常博士等职。广明元年(880),参加黄巢起义,任翰林学士,起义失败后遇害。

皮日休继承了白居易等人的现实主义诗歌主张,强调乐府诗的美刺劝化作用;写了不少揭露社会黑暗、反映动荡现实的诗歌和短小精悍、颇具讽刺性的小品文。诗文与陆龟蒙齐名,世称“皮陆”。有《皮子文薮》行世。

原　谤

【题解】　天下善者少，不善者多。这是作者对人性的基本看法。原，用作动词，即推究事物的根本。

本文从民之怨天说起，指出虽尧舜之君也难免受到别人的毁谤，作者意在警告当今的统治者：如果专制暴虐，不行仁政，那么人民打倒和推翻他们都不为过分。这是相当大胆的见解，也反映出晚唐社会矛盾的尖锐已到了一触即发的程度。这恐怕也是他后来参加农民起义的思想基础。

文章以古喻今，以宾衬主，以退为进，短小精悍，富于战斗性。结尾对统治者是振聋发聩的；对百姓，则具有一定煽动性和号召力。

天之利下民，其仁至矣！未有美于味而民不知者，便于用而民不由者，厚于生而民不求者[1]。然而暑雨亦怨之，祁寒亦怨之[2]；己不善而祸及，亦怨之；己不俭而贫及，亦怨之。是民事天[3]，其不仁至矣！天尚如此，况于君乎？况于鬼神乎[4]？是其怨訾恨讟[5]，蓰倍于天矣[6]！有帝天下、君一国者，可不慎欤！故尧有不慈之毁，舜有不孝之谤[7]。殊不知尧慈被天下，而不在于子；舜孝及万世，乃不在于父。呜呼！尧、舜，大圣也，民且谤之；后之王天下，有不为尧、舜之行者，则民扼其吭[8]，捽其首[9]，辱而逐之，折而族之[10]，不为甚矣！

【注释】　[1] 厚于生：使生活充裕富足。　[2] 祁寒：大寒。《尚书·君牙》："夏暑雨，小民惟曰怨咨；冬祁寒，小民亦惟曰怨咨。厥惟艰哉。"　[3] 是：这样。此作"由此可见"讲。事天：对待上天。　[4] "天尚"三句：谓民对天尚且如此，何况对君主、对鬼神呢。　[5] 怨：怨恨。訾（zǐ）：诋毁。讟

(dú):诽谤。 [6] 蓰(xǐ):五倍。 [7]“故尧”二句:尧把天下传给舜,而不传给他的儿子,所以有人说尧不慈;舜和其父瞽瞍的关系不好,所以有人说舜不孝。《楚辞·哀郢》:“彼尧舜之抗行兮,瞭杳杳而薄天。众谗人之嫉妒兮,被以不慈之伪名。”洪兴祖《补注》:“尧舜与贤而不与子,故有不慈之名。庄子曰:‘尧不慈,舜不孝。’言此者,以明尧舜大圣,犹不免谗谤,况余人乎!” [8] 扼其吭(háng):用力掐住他的喉咙。 [9] 捽(zuó):揪。 [10] 折:此作“打倒”讲。族之:灭九族。

读《司马法》

【题解】 《司马法》,古兵书名。春秋时齐国名将司马穰苴,善于用兵,约束严明。曾为齐景公败燕、晋,收复失地。死后,齐威王使大夫追论古者司马兵法,而把穰苴之作附于其中,称为《司马穰苴兵法》。

这是一篇读兵法书而针砭时政的读后感。唐末政治腐败,藩镇叛乱,外族入侵,战祸不休。作者有感于此,用古今对比的写法,谴责封建统治者,为一己之利益,而征战杀戮不已,全然不顾百姓之死活。文中固然有“上智下愚”的传统观念,但其揭露相当尖锐而深刻,并且针对性极强。

文章议论深刻,对比鲜明,结尾指明了得民心与得天下的关系。

古之取天下也以民心,今之取天下也以民命。唐、虞尚仁[1],天下之民从而帝之[2],不曰取天下以民心者乎[3]?汉、魏尚权[4],驱赤子于利刃之下[5],争寸土于百战之内[6]。由士为诸侯,由诸侯为天子,非兵不能威[7],非战不能服,不曰取天下以民命者乎?由是编之为术[8],术愈精而杀人愈多,法益切而害物益甚[9]。呜呼!其亦不仁矣[10]！蚩蚩之类[11]，不敢惜死者，上惧乎刑，次贪乎赏。民之于君，犹子也[12]，何异乎父欲杀其子，先绐以威，后啖以利哉[13]！孟子曰："'我善为阵，我善为战'，大罪也[14]。"使后之君于民有是者，虽不得土，吾以为犹土焉[15]。

以上据中华书局影印《全唐文》

【注释】 [1] 唐、虞：传说中的两个远古部落，首领是尧与舜。尚仁：提倡仁德。 [2] 帝之：以之（尧舜）为帝。帝，使动用法。 [3] 不曰：岂不是。 [4] 权：权术、奸诈。 [5] 赤子：百姓。 [6] "争寸土"句：用上百次的征战争夺极小的土地。 [7] "非兵"句：不依仗兵力便不能立威。 [8] 编之为术：把取天下以民命的方法编纂起来。指兵书。[9] 切：切合，切实。物：大众。 [10] "其亦"句：这也是不仁了。[11] 蚩蚩（chī）之类：指百姓。蚩蚩，敦厚无知的样子。 [12] 犹子也：好像是儿子。 [13] 绐（dài）：欺骗。啖（dàn）：利诱，引诱。 [14] "我善"三句：见《孟子·尽心下》。为阵：列战阵。 [15] "使后"三句：如后之统治者对百姓能这样，虽没得天下，我还是认为他得了天下。

橡媪叹（其二）

【题解】 这是作者的组诗《正乐府十首》中的第二首。橡媪（ǎo），采拾橡子的老年妇女。

此诗以简朴的语言、写实的手法，勾画了老妇拾橡子的情景，回忆她的悲惨遭遇，叙写造成其悲惨命运的原因在于官吏的贪赃枉法。最后又以田成子"诈仁犹自王"为衬托，进一步揭露当时统治者的贪婪无耻。

秋深橡子熟，散落榛芜冈[1]。伛伛黄发媪[2]，拾之践晨霜。移时始盈掬[3],尽日方满筐。几曝复几蒸,用作三冬粮[4]。山前有熟稻,紫穗袭人香。细获又精舂,粒粒如玉珰[5]。持之纳于官,私室无仓箱[6]。如何一石余,只作五斗量[7]?狡吏不畏刑,贪官不避赃。农时作私债[8],农毕归官仓。自冬及于春,橡实诳饥肠[9]。吾闻田成子,诈仁犹自王[10]。吁嗟逢橡媪,不觉泪沾裳。

【注释】 [1] 榛芜冈:草木丛生的山冈。榛,树丛。 [2] 伛伛(yǔ):驼背的样子。 [3] 移时:指很长时间。盈掬:满一捧。掬,两手合捧为一掬。 [4] 三冬:冬季三个月。 [5] 玉珰(dāng):玉制的耳坠子,这里是形容米粒之晶莹饱满。 [6] 私室:农民私人家里。无仓箱:没有仓库、箱子等藏粮的地方,即家无贮粮。 [7] “如何”二句:为什么一石多粮食,到官府计量就只有五斗了?说明官府在农民交租时随意舞弊贪污。 [8] 作私债:放私债。 [9] 诳(kuáng):欺骗。 [10] “吾闻”二句:我听说田成子依靠假仁假义,犹可得到王位。言下之意是说,现在的统治者,连假仁假义也不要了。田成子,春秋时齐相田常。又《庄子·胠箧》晋代郭象疏:“田成子,齐大夫陈恒也,是敬仲七世孙。初,敬仲适齐,食采于田,故改为田氏。”他为了篡权,先收买人心,曾用小斗买进粮食,再用大斗卖出去,骗取人们好感。鲁哀公十四年(前481),田常弑齐简公,割地自为封邑。至其曾孙田和,迁齐康公于海上,乃自立为齐侯。事见《史记·田敬仲完世家》。诈仁,假行仁义。

汴河怀古 (其一)

【题解】 汴河,即通济渠,指大运河从汴州(今河南开封)到淮安的一段。隋炀帝时征发大量民工自洛阳西苑引谷水、洛水入黄河,再从吴王夫差所开运河故道引汴水入泗水以达淮河。

此篇为组诗的第一首。旨在以隋戒唐。诗人一反旧调,用翻案法,肯定凿运河的功绩。后二句寓贬于褒,突出隋亡在于淫乐暴戾。持论公允，别出机杼。

尽道隋亡为此河，至今千里赖通波。若无水殿龙舟事[1]，共禹论功不较多[2]。

以上据中华书局版《全唐诗》

【注释】 [1] 水殿龙舟：隋炀帝凿运河游江南，建高达四层的龙舟外，还建有高三层，称为浮景舟的“水殿”九艘。详杜宝《大业杂记》。 [2] “共禹”句：若论功绩，隋炀帝开凿运河难道不比大禹治水更多吗？

陆龟蒙

陆龟蒙（？—882），字鲁望，苏州人。举进士不中。曾为湖州、苏州从事。居松江甫里，有田数百亩，经营茶园于顾诸山下，岁取租茶，自为品第。常携书籍、茶灶、笔床、钓具泛舟往来于太湖，自称“江湖散人”、“天随子”、“甫里先生”。后以高士召，不赴。卒后，追赠右补阙。

陆龟蒙与皮日休为知己，世称“皮陆”。部分诗与皮日休的乐府相近，关心民瘼，揭露时弊。但也有大量与皮日休酬唱之作，夸多斗险，殆同文字游戏。还有一些即景咏怀之作。陆龟蒙的小品文成就高于诗。有取材新、状写细的特点，在此基础上，引类取譬，剖析论述，富于哲理。著有《笠泽丛书》和《甫里先生集》。

野庙碑

【题解】 作者归隐乡里，以“江湖散人”、“天随子”自号，实则愤世嫉俗。所作小品，大抵愤世。如本文即借题发挥，痛揭官吏之贪婪凶悍、腐败无能。文章由悲民之竭力事奉无名之土木神像起，力陈神鬼惑民之深，害民之烈；然后由鬼神而官吏，揭露他们平日对解除民困未尝贮于胸中，却只知逼民供养，享民事奉。一旦国危时难，则“乞为囚虏之不暇”。作者由此绾合和比较两者，得出官吏“乃缨弁言语之土木耳”，而其于国于民的祸害，又远甚于“真土木”的结论。

作者构思，妙在由神而人，以“真土木”为宾，揭露“缨弁言语之土木”。文章以悲起，以悲终，悲民刺时的旨意贯穿始终，而揭露步步深入。其文笔之犀利，讥刺之辛辣则又具有唐末小品文的共同特点。

碑者，悲也[1]。古者悬而窆，用木[2]。后人书之，以表其功德，因留之不忍去，碑之名由是而得[3]。自秦汉以降，生而有功德政事者，亦碑之，而又易之以石，失其称矣[4]。余之碑野庙也[5]，非有政事功德可纪，直悲夫甿竭其力[6]，以奉无名之土木而已矣。

瓯、越间好事鬼[7]，山椒水滨多淫祀[8]。其庙貌有雄而毅、黝而硕者[9]，则曰将军。有温而愿、晳而少者[10]，则曰某郎。有媪而尊严者，则曰姥[11]。有妇而容艳者，则曰姑。其居处则敞之以庭堂[12]，峻之以陛级[13]，左右老木，攒植森拱[14]，萝茑翳于上[15]，枭鸮室其间[16]。车马徒隶，丛杂怪状[17]。农作之，甿怖之[18]，走畏恐后，大者椎牛[19]，次者击豕，小不下鸡犬。鱼菽之荐[20]，牲酒之奠，缺于家可也，缺于神不可也。一日懈怠，祸亦随作，耋孺畜牧慄慄然[21]。疾病死丧，甿不曰适丁其时耶[22]，而自惑其生，悉归之于神[23]。

虽然，若以古言之，则戾[24]；以今言之，则庶乎神之不足过也[25]。何者？岂不以生能御大灾，捍大患，其死也，则血食于生人[26]。无名之土木，不当与御灾捍患者为比，是戾于古也明矣[27]。今之雄毅而硕者有之[28]，温愿而少者有之，升阶级[29]，坐堂筵，耳弦匏[30]，口粱肉[31]，载车马[32]，拥徒隶者，皆是也。解民之悬[33]，清民之暍[34]，未尝贮于胸中[35]。民之当奉者，一日懈怠，则发悍吏，肆淫刑[36]，驱之以就事[37]，较神之祸福，孰为轻重哉[38]？平居无事，指为贤良，一旦有天下之忧，当报国之日，则恇挠脆怯[39]，颠踬窜踣[40]，乞为囚虏之不暇[41]。此乃缨弁言语之土木耳[42]，又何责其真土木耶[43]！故曰：以今言之，则庶乎神之不足过也。既而为诗，以乱其末[44]：

土木其形，窃吾民之酒牲，固无以名[45]；土木其智，窃吾君之禄位，宜如何可议？禄位颀颀，酒牲甚微，神之飨也，孰云其非[46]！视吾之碑，知斯文之孔悲[47]！

据中华书局影印《全唐文》

【注释】 ［1］碑者，悲也：碑文是为了表示悲哀的。 ［2］悬而窆（biǎn）：用绳子把棺材吊进墓穴安葬。窆，落葬。 ［3］碑：最初即是拴系牵绳的桩子。《礼记·檀弓下》："公室视丰碑。"郑玄注："丰碑，斫大木为之，形如石碑，于椁前后四角树之，穿中，于间鹿卢，下棺以纤绕。"《释名·释典艺》："碑，被也，此本王莽时所设也……臣子追述君父之功美，以书其上，后人因焉，故兼建于道陌之头，显见之处，名其文，就谓之碑也。" ［4］以降：以下。亦碑之：也为他立碑。失其称矣：失去了原来名称的用意了。吴讷《文章辨体》："秦始刻铭于峄山之巅，此碑之所从始也。"又《序说》："自秦汉以来，始谓刻石曰碑。" ［5］碑野庙：为野庙立碑。 ［6］直：只是。夫：助词。甿（méng）：农民。 ［7］瓯、越：今浙江东南部、福建东北部地方，古称瓯越。事鬼：事奉鬼神。 ［8］山椒：山顶。淫祀：对不当祭祀的鬼神进行祭祀。《礼记·曲礼》："非其所祭而祭之，名曰淫祀。" ［9］庙貌：此指神像。

《公羊传·桓公二年》何休注:“庙之为言貌也,思想仪貌而事之。”黝(yǒu):黑色。硕:肥大。 [10] 愿:谨厚,老实。 [11] 姥(mǔ):老妇。 [12] 敞之以庭堂:把厅堂筑得宽敞。 [13] “峻之”句:把台阶筑得很高。陛,台阶。级,指台阶的层次。 [14] 攒植森拱:形容树木稠密高大。攒,聚集。植,直立。森,树木繁密的样子。拱,此指合拢。 [15] 萝茑(niǎo):女萝和茑,都是寄生的蔓生植物。翳:遮蔽。 [16] 枭鸮(xiāo):猫头鹰。室其间:筑巢在它的中间。 [17] 徒隶:此指供神役使的仆从和差役,为所塑神像的附属偶像。 [18] 农作之,眙怖之:农民造了那些偶像,又害怕它们。 [19] 椎牛:杀牛。 [20] 鱼菽:鱼、豆等祭品。荐:祭祀时进献礼品。 [21] 耋:老人。孺:儿童。畜牧:放牧的人。慄慄然:害怕的样子。 [22] 适丁:恰逢。 [23] “而自惑”二句:对自己的得以生存是迷惑的,统统归因于神的意志。 [24] 戾(lì):谬,不合道理。 [25] 庶乎:也许,大概。神之不足过也:神不值得责怪呵。 [26] “岂不以”四句:难道不是因为活着时是抵御大灾大难,他死后,才能享受活人的祭祀。血食,古代祭祀时要宰牲出血,供神鬼享用,故称血食。生人,生民。 [27] 是:指祭祀野庙的“无名之土木”。戾:乖谬。 [28] 有之:指享血食。 [29] 升阶级:此指登殿入堂。 [30] 耳:作“听”讲。弦:弦乐。匏(páo):用匏类制的乐器,如笙、竽等。 [31] 口:作“吃”讲。粱肉:指精美的膳食。《汉书·食货志》:“衣必文采,食必粱肉。” [32] 载:乘,坐。 [33] 解民之悬:解救人民的痛苦。悬,倒悬,倒挂。喻受苦。 [34] 清民之暍(yē):清除人民的灾难。暍,中暑,受暴热。此喻灾害。 [35] 贮于胸中:放在心上。 [36] 肆淫刑:滥用酷刑重罚。 [37] “驱之”句:驱使,强迫他们完成这些事情(指供奉)。 [38] “较神”二句:这比神鬼之祸患,谁轻谁重呢? [39] 恇(kuàng)挠:慌乱退怯。脆怯:脆弱畏缩胆怯。 [40] 颠踬:倾仆跌倒。窜踣(bó):逃窜仆卧。 [41] “乞为”句:乞求作俘虏唯恐不及。 [42] “此乃”句:这是穿着官服、会说话的土木神像,即指官吏。缨,冠带。弁,皮帽。 [43] “又何”句:(官吏尚且如此)又何必去责怪那些真正的土木偶像呢? [44] 乱:乐章收尾部分称“乱”。此当“结束”讲。 [45] 固无以名:固然名不正,理不顺。 [46] “禄位”四句:谓神像的官职高,而所享的祭品并不多,和官吏所榨取的相比,谁能说神像所享不合理呢?颀颀,修长。此引申为高。 [47] “视吾”二句:阅我所立的野庙碑，就知道这篇文章悲痛已极。孔，很，极。

白　莲

【题解】 咏物诗以不粘不滞，形神兼得为工。此诗不仅体物传神，且寓身世之感。首句状白莲之形质，末句传白莲之风神。二、三句纯以想象出之，而孤高不偶，世俗难容、凋零自伤的情怀暗寓其中，故意余辞外，情韵隽永。

素蘤多蒙别艳欺[1]，此花真合在瑶池[2]。还应有恨无人觉[3]？月晓风清欲堕时。

据中华书局版《全唐诗》

【注释】 [1] 素蘤（wěi）：白色花朵。蘤，古“花”字。《玉篇》：“花荣也。” [2] 真合：真的应当。瑶池：传说中西王母所居之地，在昆仑山上。 [3] 还应：一本作“无情”。无：一本作“何”。

韦　庄

韦庄（836？—910），字端己，长安杜陵（今陕西西安东南）人。孤贫力学，为避乱，长期流寓南方。乾宁元年（894）中进士，任校书郎，已年近六十。后又任左补阙等职。天祐三年（906）任西蜀安抚副使，力劝王建称帝，以功拜相（吏部侍郎平章事）。晚年居成都浣花溪旁杜甫草堂故址，后人称韦浣花。

韦庄是唐末重要的诗人和词人。其诗今存三百余首，忠于唐王朝是其思想核心，忧时伤乱是其诗的重要内容之一，反映了较为广阔的社会现实，特别是其《秦妇吟》一诗，使其得“秦妇吟秀才”之名。写流离漂泊之感和思乡怀人之情也是其诗的重要内容之一。

工近体,七律、七绝造诣尤高,诗风清丽,情致婉曲。他是花间派成就较高的词人,与温庭筠齐名,并称温韦。其词虽也多写男女之情,但个性鲜明,感情深挚,长于白描,王国维称“端己词情深语秀”(《人间词话》)。

有诗集《浣花集》传世。向迪琮编《韦庄集》兼收诗、词。

台　城

【题解】 台城,在今江苏南京鸡鸣山南、玄武湖畔。本为三国时吴国的后苑城。吴、东晋、宋、齐、梁、陈六朝均将这里作为宫城,既是政治中枢,又是统治者宴乐场所。诗人从自然界草盛、鸟啼、杨柳依依的繁荣和六朝覆亡、人事沧桑的鲜明对比中,抒发深沉的感慨,以杨柳之“无情”反衬诗人之“多情”,透露出诗人对唐王朝命运的不祥预感和痛切的忧伤之情。诗风婉约含蓄。

江雨霏霏江草齐[1],六朝如梦鸟空啼[2]。无情最是台城柳,依旧烟笼十里堤。

据中华书局版《全唐诗》

【注释】 [1] 霏霏:雨细密迷濛的样子。　[2] 六朝如梦:六朝旧事如梦幻般地很快消逝了。

思　帝　乡

【题解】《思帝乡》,唐玄宗时教坊曲名,后用为词调名。此词表达了年轻女子对爱情生活大胆而狂热的追求。前三句写少女眼中风流少年的形象,后三句直接倾吐少女之情。语言浅显,感情强烈。犹是民间乐府词情韵。清代贺裳《皱水轩词筌》称此词为“作决绝语而妙者”。

春日游，杏花吹满头。陌上谁家年少，足风流[1]。妾拟将身嫁与，一生休。纵被无情弃，不能羞[2]。

【注释】 [1] 陌上：街上。足：足够，十足。 [2] 不能羞：不以此为羞耻。

女冠子

【题解】 《女冠子》，唐代教坊曲名，后用为词调名。此词《草堂诗余别集》题作《闺情》。

词的上片写与情人相别的回忆，下片抒写别后的无限眷念，而以“魂已断”贯穿全篇，将过去和现在、梦中和现实有机地交织在一起，可谓构思巧妙，一往情深。

四月十七，正是去年今日。别君时，忍泪佯低面，含羞半敛眉。 不知魂已断，空有梦相随。除却天边月，没人知。

菩萨蛮

【题解】 此词用绝大部分篇幅写“江南好”：“春水碧于天”是江南景物之美好；“画船听雨眠”是江南生活之惬意；“垆边人似月”是江南美女之可恋。一气贯注，足成“游人只合江南老”之理由。此词不肆渲染，纯用白描手法。

人人尽说江南好，游人只合江南老。春水碧于天，画船听雨眠。　　垆边人似月[1]，皓腕凝双雪[2]。未老莫还乡，还乡须断肠。

【注释】［1］垆边人：指当垆卖酒之女郎。垆，酒店里放置酒瓮的土墩子。《后汉书·孔融传》注曰：“炉，累土为之，以居酒瓮，四边隆起，一边高如锻炉，故名炉。字或作‘垆’。”似月：形容卖酒女郎容貌之光彩皎洁照人。　［2］皓腕：白皙的手腕。凝双雪：双腕犹如凝聚之白雪。双雪，一本作“霜雪”。

菩　萨　蛮

【题解】诗人奉使入蜀，蜀主重其才，举以为相，欲归不得，将不胜恋阙之情，兴亡之感，均熔铸于这首词中。结尾二句，忆诚思深，无限低徊。全词语淡意浓，语近意远，代表韦词风格。

洛阳城里春光好，洛阳才子他乡老。柳暗魏王堤[1]，此时心转迷。　　桃花春水渌，水上鸳鸯浴。凝恨对残晖，忆君君不知。

以上据上海古籍出版社版《全唐五代词》

【注释】［1］魏王堤：唐东都洛阳游赏胜地。贞观中以赐魏王李泰，故名。白居易《魏王堤》：“柳条无力魏王堤。”韦庄《中渡晚眺》：“魏王堤畔草如烟，有客伤时独扣舷。”可与此词相参。

聂夷中

聂夷中（837—？），字坦之，河东（今山西永济）人。一说河南（今河南洛阳）人。出身贫寒，咸通十二年（871）进士，曾任华阴尉。

聂诗多为关心民间疾苦和讽刺贵族公子之作，当然，也有少数作品嗟贫、伤老，流露了某种消沉的个人情绪。其诗多为五言，语言朴实，感情真挚，喜用白描手法，诗风明畅自然。《全唐诗》收其诗三十七首。

咏田家

【题解】 此诗题一作《田家》，又作《伤田家》。一本前有“父耕原上田，子劚山下荒。六月禾未秀，官家已修仓”四句；或以为此乃二首诗，“父耕”为其一，“二月”为其二。诗的头二句写尚未收获的丝、稼就被低价抵押出去了，农家的境况可知。三、四句比喻真切，农家心境的无奈和痛楚和盘托出。后四句是期望，是规谏，也是讥刺，“绮罗筵”、“逃亡屋”对比鲜明。

二月卖新丝，五月粜新谷[1]。医得眼前疮，剜却心头肉。我愿君王心，化作光明烛。不照绮罗筵[2]，只照逃亡屋。

据中华书局版《全唐诗》

【注释】 [1] 粜(tiào)：卖出粮食。 [2] 绮罗筵：富贵人家的酒宴。绮罗，华丽的丝绸衣裳。此指代富贵之人。

韩偓

韩偓(约842—923)，字致尧(一作致光)，小名冬郎，自号玉山樵人。京兆万年(今陕西西安东南)人。龙纪元年(889)进士，历任中书舍人、兵部侍郎、翰林学士承旨，参与机密。因刚正不阿，受权臣朱温排挤被贬官，遂弃官南下，依威武节度使王审知而终。

韩偓擅以七律感慨时事，有杜甫、李商隐的影响。“其诗虽局于风气，浑厚不及前人，而忠愤之气，时时溢于语外。性情既挚，风骨自遒，慷慨激昂，迥异当时靡靡之响”（《四库全书总目》卷一五一）。早年所作《香奁集》中多写男女艳情，近似宫体诗。有《韩内翰集》（或作《玉山樵人集》）及《香奁集》传世。

自沙县抵龙溪值泉州军过后村落皆空因有一绝

【题解】 此诗写于作者往福建投靠威武节度使王审知时。沙县、龙溪，均为今福建境内的地名。泉州军，驻扎在泉州（今福建泉州）的官军。诗人著两个“自”字，并以“尽无”与“有”、“不见”与“空见”相对比，写出战乱洗劫之后，“千村万落如寒食”的荒败景象，不著情语而情自深，既具画笔又具史笔。

水自潺湲日自斜[1]，尽无鸡犬有鸣鸦。千村万落如寒食[2]，不见人烟空见花。

【注释】 [1] 潺湲（chán yuán）：水流声。 [2] 寒食：古代冬至后一百零五天为寒食节。春秋时，介之推随晋文公流亡。返国后介之推隐居绵上山，晋文公焚山逼其出仕，介子推抱树不出而被烧死。为纪念他，寒食日全国禁火。

惜　花

【题解】 全诗由“惜”字生发，从残花、落花到诗人送花、别花和想象中花落尽的情景，逐层推进加深，既是一曲春去花落的挽歌，也未尝不是一首伤时惜己的哀曲。

皱白离情高处切[1]，腻香愁态静中深[2]。眼随片片沿流去，恨满枝枝被雨淋。总得苔遮犹慰意[3]，若教泥污更伤心。临轩一盏悲春酒[4]，明日池塘是绿阴。

【注释】 [1] 皱白：枯萎皱缩的白花。离情：离枝飘零之情。 [2] 腻香：特别香。一本作“腻红”。愁态，因预感到未来命运而愁苦。静中深：在沉寂中愁思转深。 [3] 总得：总是需要。苔遮：青苔的庇护。犹慰意：尚可稍得慰藉。 [4] 盏：杯。

故　都

【题解】 天祐三年(904)，河南宣武节度使朱温为篡权，强迫唐昭宗由长安迁都洛阳。流寓福建的诗人闻讯赋诗，通过遥想故都的衰败景物，暗示政局的变化，寄寓家国将亡的哀痛。全诗情景交融，虚实相成，凄切动人，深受其姨夫李商隐诗的影响。

故都遥想草萋萋，上帝深疑亦自迷。塞雁已侵池籞宿[1]，宫鸦犹恋女墙啼[2]。天涯烈士空垂涕[3]，地下强魂必噬脐[4]。掩鼻计成终不觉[5]，冯驩无路斆鸣鸡[6]。

以上据中华书局版《全唐诗》

【注释】 [1] 池籞(yù)：宫池周围的墙垣、篱落。 [2] 女墙：城上矮墙。 [3] 天涯烈士：诗人自况。 [4] 地下强魂：指昭宗朝宰相崔胤。他为铲除左右朝政的宦官势力，引进强藩朱温。岂知不仅朝政为朱温操纵，他自己也于元祐元年正月遭到杀害。详《旧唐书·昭宗本纪》。噬(shì)脐：自噬肚脐，比喻不可及，即后悔已晚。颜之推《颜氏家训·省事》：“虽得免死，莫不破家，然后噬脐，亦复何及！”噬，咬。 [5] 掩鼻计成：魏王送楚王美人。楚王爱姬郑袖谓美人曰：大王恶汝之鼻。美人因而掩鼻见楚王。袖又谓楚王曰：美人恶闻王之臭。楚王怒割美人鼻。事见《韩非子·六微》。后用以作因嫉妒而阴谋陷害的典故。此指朱温伪装忠于唐朝(改名全忠),陷害崔胤致死的系列阴谋。终不觉:谓崔胤误用朱温。 [6]"冯驩"句:谓自己能像冯驩一样辅佐昭宗,却无力使其逃脱厄运。冯驩,也作冯煖、冯谖,齐国孟尝君食客,曾为之收债于薛。矫其命,焚其债券,以笼络民心。后孟尝君被废归薛,民皆迎之。赖冯驩之力,孟尝君终得复位。敩鸣鸡,孟尝君使秦被扣。客有能为狗盗者,盗千金之狐白裘,以献秦王宠姬,王从姬请,许孟尝君归。不久悔而追之,孟尝君已至函谷关。关法,鸡鸣则启关出客。客有能鸡鸣者,一鸣而群鸡啼,遂得出关。与冯驩事均详《史记·孟尝君传》。敩(xiào),效法。

杜荀鹤

杜荀鹤(846—904),字彦之,号九华山人,池州石埭(今安徽石台)人。大顺二年(891)进士。出身寒微,登第前有一段漫长的贫困生活。入梁,任为翰林学士、知制诰。

杜荀鹤一生以诗为业。自云"诗旨未能忘救物"(《自叙》)。其诗上承元、白新乐府派,真实而深刻地反映了唐末乱离的社会现实,表现了对政治腐败,官吏横行、军阀混战的不满,表现了对人民苦难的深刻理解与同情,颇富现实性和斗争性。此外,他也有相当一部分作品反映山林的寂静生活,风格近于贾岛。杜荀鹤专攻近体。其多数诗歌语言平易畅达,不事雕琢;善用白描手法,形象性极强;喜用律绝,又不为声律所束缚。这种自成一家的特色,严羽称之谓"杜荀鹤体"(《沧浪诗话·诗体》),它标志着唐代近体诗发展变化的一种新趋势。有自编《唐风集》传世。

山中寡妇

【题解】 诗题一作《时世行》。诗首联写山中寡妇饱经忧患的身世和贫困痛苦的形象;颔联"犹"、"尚",揭露统治者竭泽而渔,诛求酷烈;颈联"和根煮"、"带叶烧"描绘其赤贫的状况;尾联"任是"、"亦应”,用递进句式的议论深化主题。本诗是作者的代表作。

夫因兵死守蓬茅[1],麻苎衣衫鬓发焦[2]。桑柘废来犹纳税[3],田园荒后尚征苗[4]。时挑野菜和根煮,旋斫生柴带叶烧[5]。任是深山更深处,亦应无计避征徭。

【注释】 [1] 蓬茅:蓬舍茅屋。 [2] 麻苎(zhù):可用于纺织的草本植物。 [3] 柘(zhè):落叶乔木,叶可养蚕。 [4] 荒后:一本作“荒尽”。[5] 旋:随即。斫(zhuó):砍。

再经胡城县

【题解】 胡城县旧县治在安徽阜阳西北。诗通过作者两次经胡城县的见闻,讽刺抨击了封建官吏残民以逞,邀功请赏和朝廷的昏庸腐败。结句惊心动魄,鞭辟入里。

去岁曾经此县城,县民无口不冤声。今来县宰加朱绂[1],便是生灵血染成。

以上据中华书局版《全唐诗》

【注释】 [1] 朱绂:古代系佩玉或印章的红色丝带。红色朝服亦称朱绂。县宰而加朱绂,表明升官晋爵。

敦煌词

敦煌词又称敦煌曲子词,发现于敦煌石窟,共一百六十余首,绝大部分为民间词。其创作年代无法详考,大约在八世纪中至十世纪中。

敦煌词内容非常丰富,反映社会生活面非常广泛,诸如征战生活,男女爱情,以及商贾旅客、潦倒儒生、豪侠歌妓、僧徒道士各色人物,写景、抒情、咏物之作,一应俱全。体裁有小令,长调和大曲。语言通俗生动,风格朴实自然,民间文学色彩较浓。

敦煌词为词学史提供了重要的史料。敦煌曲子词为唐人写本,传世后多有散佚,其中大部分先后被伯希和、斯坦因所劫走。王重民辑录的《敦煌曲子词集》收词一百六十二首,是目前最完备者。

菩　萨　蛮

【题解】 此词当与汉乐府《上邪》相参看。用一系列自然界绝不可能发生的现象为博喻,表达了女主人公对坚贞不渝爱情的强烈向往。纯是民歌风格。

枕前发尽千般愿,要休且待青山烂。水面上秤锤浮[1],直待黄河彻底枯。　白日参辰现[2],北斗回南面。休即未能休[3],且待三更见日头。

【注释】 [1] 秤锤:秤砣。　[2] 参辰:即参、商,星宿名。参星,在东方;商星,在西方。两星此出彼没,无论昼夜绝无同时出现的可能。　[3] 即:今。

菩　萨　蛮

【题解】 敦煌词中有表现爱国思想和和平愿望的内容,此词是代表作之一。洵如王重民所云:"'只恨隔蕃部,情恳难申吐。早晚灭狼蕃,一齐拜圣颜'等句,唱出外族统治下敦煌人民之爱国壮烈歌声,绝非温飞卿、韦端己辈文人学士所能领会所能道出者。"上片回顾历史，讴歌往昔敦煌守将的忠勇英武，怀柔众蕃，起句奇峰突起，造势不凡；下片着眼现实，抒写沦陷区人民切盼平叛蕃、息战事、朝中原的迫切心情。

敦煌古往出神将[1]，感得诸蕃遥钦仰。效节望龙庭[2]，麟台早有名[3]。　只恨隔蕃部，情恳难申吐，早晚灭狼蕃，一齐拜圣颜。

【注释】　[1] 敦煌：郡名，西汉元鼎六年（前111年）分酒泉郡置。治敦煌县（今甘肃敦煌西）。神将：无确指。但据史载，如汉贰师将军李广利曾由敦煌出师西征，“兵多，所至小国莫不迎，出食给军”，“西域震惧，多遣使来贡献”（参《汉书·李广利传》、《西域传》）。唐代的郭元振在敦煌一带用兵抚守。“睿宗立，召为太仆卿。将行，安西酋长有剺面哭送者，旌节下至玉门关，去凉州犹八百里，城中争具壶浆欢迎。都督嗟叹以闻。”（《新唐书·本传》）与李广利均可称为神将。　[2] 龙庭：朝廷。　[3] 麟台：麒麟阁的别称。汉宣帝时画功臣霍光、赵充国、苏武等十一人像于其中。后世用以作为褒奖功臣之处的代称。颜真卿《裴将军》诗：“功成报天下，可以画麟台。”

望江南

【题解】　词用任人攀折的“曲江临池柳”自比，悲惨的境遇，凄痛的心情，和盘托出。

莫攀我，攀我太心偏。我是曲江临池柳[1]，这人折了那人攀。恩爱一时间。

据上海古籍出版社版《全唐五代词》

【注释】　[1] 曲江：即曲江池。在今陕西西安东南。唐开元中曾予疏凿，为京城人节日游赏地。唐末水涸池废。

李珣

李珣(约855—约930),字德润,其先为波斯人,后移家梓州(今四川三台)。妹舜弦为前蜀王衍昭仪。他为“花间派”重要词人。其《南乡子》词十七首多写岭南风光。词风清婉明丽。

南乡子

【题解】 《南乡子》,唐教坊曲名。见于《教坊记》,可能创自欧阳炯。此篇以清新之笔写青年男女清纯如水的恋情,颇具岭南风土人情特色而洗尽铅华。

相见处,晚晴天,刺桐花下越台前[1]。暗里回眸深属意,遗双翠。骑象背人先过水。

以上据上海古籍出版社版《全唐五代词》

【注释】 [1] 刺桐:一名梅桐,似桐而有刺,花深红色,生长南方。越台:越王台。汉南越王赵佗所筑,在今广州越秀山上。

牛峤

牛峤,生卒年不详,字松卿,又字延峰,陇西狄道(今甘肃临洮)人。乾符五年(878)进士,历任拾遗、补阙、校书郎等职。王建镇蜀,任为判官;建称帝,拜给事中。峤词中出现了最早的文人咏物词,有《牛给事词》传世。

江 城 子

【题解】 《江城子》,又名《江神子》、《水晶帘》,词牌名。词咏越溪风物:鸡鹅越宫、蘋叶藕花;风雪渔浪、空濛烟雨。于帘卷浪起之中,展现一片诗情画景。

鵁鶄飞起郡城东[1],碧江空,半滩风。越王宫殿[2],蘋叶藕花中。帘卷水楼渔浪起,千片雪,雨濛濛。

【注释】 [1] 鵁鶄(jiāo jīng):水鸟名,又称茭鸡。身有文彩,头有红冠。郡城:指会稽,今绍兴。 [2] 越王:指越王勾践。

定 西 蕃

【题解】 《定西蕃》,词牌名,始见于《教坊记》。早期内容以御蕃靖边,征夫思乡,思妇怀人为多。本词写边塞天寒、画角声哀、征人梦苦,其情其景,上承戴叔伦《调笑令》,下启范仲淹《渔家傲》,唯苍劲不及。

紫塞月明千里[1],金甲冷,戍楼寒,梦长安。 乡思望中天阔,漏残星亦残[2]。画角数声呜咽[3],雪漫漫。

以上据上海古籍出版社版《全唐五代词》

【注释】 [1] 紫塞:北方边塞。崔豹《古今注·都邑》:"秦筑长城,土色皆紫,汉塞亦然,故称紫塞焉。" [2] 漏残:更深夜尽。古代以滴漏计时。 [3] 画角:古乐器名。以竹木或皮为之,亦有用铜者,外有彩绘,故称画角。其音哀厉高亢,军中多用以警昏晓,振士气。

刘昫

刘昫(887—946),字跃远,归义(今河北涿州)人。文学优赡,以好学知名。后唐庄宗以为翰林学士。明宗爱其风韵,迁端明殿学士,未几入相,时人荣之。末帝时监修国史,与李愚相诋诟,罢为右仆射。天福中,为东都留守。开运中,拜司空平章事。以目疾乞休,罢为太保,卒。

《旧唐书·文苑传》序

【题解】 《旧唐书》,五代后晋时官修的唐代史书,原称《唐书》,为区别北宋欧阳修、宋祁等编撰的《新唐书》而称《旧唐书》。共二百卷。宰相赵莹、桑维翰等相继任监修,由刘昫监修完成并上奏,所以署了他的名字。编撰出力最多者为张昭远、贾纬等。

五代十国时期,军阀纷争,战乱频仍,而上层统治者纸醉金迷,奢华淫乐。诗词散文的审美情趣都出现了向六朝文风的某种回归,崇尚华美、崇尚骈俪和词饰。这可以从《旧唐书·文苑传序》中得到印证。《传序》反对"是古非今","宪章《谟》、《诰》,祖述《诗》、《骚》",推崇声律说的倡导者沈约,认为可以比肩曹植和谢灵运,并给承六朝绮靡文风余绪的初唐文风很高的评价,不无溢美之词。这与唐代诗文革新倡导者的主张大相径庭,却代表着五代的审美趋向。但《旧唐书》的编纂者反对"向古者伤于太僻,徇华者或至不经"(《旧唐书·元稹白居易传论赞》),称道折衷华实之作,对纠古文运动末流之弊,针砭片面嗜古、尚奇奥的风气有一定作用。

《传序》用的是骈体,词采华丽,声韵流利,代表当时文风。

臣观前代秉笔论文者多矣。莫不宪章《谟》、《诰》,祖述《诗》、《骚》[1],远宗毛、郑之训论[2],近鄙班、扬之述作[3]。谓"采采芣苢"[4],独高比兴之源;"湛湛江枫"[5],长擅咏歌之体。殊不知世代有文质,风俗有淳醨[6],学识有浅深,才性有工拙。昔仲尼演三代之《易》[7],删诸国之诗[8],非求胜于昔贤,要取名于今代。实以淳朴之时伤质,民俗之语不经[9],故饰以文言[10],考之弦诵。然后致远不泥[11],永代作程[12],即知是古非今,未为通论。

夫执鉴写形,持衡品物[13],非伯乐不能分驽骥之状[14],非延陵不能别《雅》、《郑》之音[15]。若空混吹竽之人[16],即异闻《韶》之叹[17]。近代唯沈隐侯斟酌《二南》[18],剖陈三变[19],摅云、渊之抑郁[20],振潘、陆之风徽[21]。俾律吕和谐,宫商辑洽[22],不独子建总建安之霸[23],客儿擅江左之雄[24]。

爰及我朝,挺生贤俊,文皇帝解戎衣而开学校[25],饰贲帛而礼儒生[26],门罗吐凤之才[27],人擅握蛇之价[28]。靡不发言为论,下笔成文,足以纬俗经邦[29],岂止雕章缛句。韵谐金奏[30],词炳丹青[31],故贞观之风[32],同乎三代。高宗、天后[33],尤重详延[34]。天子赋横汾之诗[35],臣下继柏梁之奏[36],巍巍济济,辉烁古今。如燕、许之润色王言[37],吴、陆之铺扬鸿业[38],元稹、刘蕡之对策[39],王维、杜甫之雕虫[40],并非肄业使然,自是天机秀绝。若隋珠色泽,无假淬磨[41];孔玑翠羽[42],自成华彩。置之文苑,实焕缃图[43]。其间爵位崇高,别为之传。今采孔绍安已下[44],为《文苑》三篇,觊怀才憔悴之徒[45],千古见知于作者[46]。

据中华书局版《旧唐书》

【注释】［1］“莫不”二句:《礼记·中庸》:“仲尼祖述尧舜,宪章文武。”宪章,效法,遵其法制。祖述,宗尚。《谟》、《诰》,指代《尚书》。因《尚书》有《大禹谟》、《皋陶谟》、《康诰》、《酒诰》等篇。［2］毛:西汉毛亨,传为《毛诗传》的作者。郑:东汉郑玄,治《毛诗》,为之笺。［3］班:东汉班固,《汉书》的作者。扬:东汉扬雄,是著名的辞赋家,小学家。著有《甘泉》、《羽猎》等赋,另撰有《法言》、《太玄》、《方言》等书。［4］“采采芣苢”(fú yǐ):见《诗·周南·芣苢》篇。采采,采了又采。芣苢,又名车前子、苍耳。《毛传》:“芣苢,后妃之美也。和平则妇人乐有子矣。”近人认为是思妇怀征夫诗。［5］“湛湛江枫”:《楚辞·招魂》:“湛湛江水兮上有枫。”湛湛,深貌。［6］淳醨:淳厚朴素与浇薄。［7］仲尼演三代之《易》:《周礼》:“掌三易之法:一曰《连山》,二曰《归藏》,三曰《周易》。”《汉书·艺文志》:“宓戏氏……始作八卦,……至殷周之际,……文王重易六爻,作上下篇。孔子为之《彖》、《象》、《系辞》、《文言》、《序卦》之属十篇。”［8］删诸国之诗:《史记·孔子世家》:“古者诗三千余篇,及至孔子,去其重,取可施于礼义……三百五篇,孔子皆弦歌之,以求合《韶》、《武》、《雅》、《颂》之音。”［9］不经:不合乎经典。［10］文言:《易》十翼之一种。专释《乾》、《坤》二卦的义理,传为孔子作。(详《易·乾·文言》疏)［11］不泥:不拘泥。［12］永代作程:世代以之为程式范例。［13］衡:秤。品:品评。［14］伯乐:传为春秋秦穆公时人,善相马。［15］延陵:吴公子季札,春秋时吴王诸樊之弟,封于延陵(今江苏常州)。前544年,出使鲁国,对周及各地的音乐作鉴赏品评。(见《左传·襄公二十九年》)《雅》:此指《诗经》中作为正统典雅之音的大、小《雅》。《郑》:《诗经》中的《郑风》,与《卫风》并称,多男女情歌,被视为俚俗之乐。［16］吹竽:《韩非子·内储说上》:“齐宣王使人吹竽(笙类乐器),必三百人。南郭处士请为王吹竽,宣王说之,廪食以数百人。宣王死,湣王立。好一一听之,处士逃。”［17］闻《韶》之叹:《论语·述而》:“子在齐闻《韶》,三月不知肉味。曰:‘不图为乐之至于斯也。’”《韶》,相传是舜时的古乐。［18］沈隐侯:沈约,字休文,南朝宋武康(今浙江德清)人。博通群籍,擅文,于诗主四声八病之说,对唐代格律的形式,影响颇大。历仕宋、齐、梁三朝。卒谥隐。《二南》:《诗经·国风》中的《周南》、《召南》。［19］三变:《宋书·谢灵运传论》:“自汉至魏,四百余年,辞人才子,文体三变。”［20］摅:抒发。云:扬雄,字子云。渊:王褒,字子渊。［21］潘:潘岳,字安仁。陆:陆机、陆云兄弟。潘、陆均为西晋著名文学家。风徽:《文选》录谢宣远《于安城答灵运》:“绸缪结风徽。”李周翰注:“徽,善也,谓风雅相善也。”此指文章风格优美。 [22]“俾律吕”二句:谓使声调韵律和美。律吕,乐律的通称。阳律六曰律,阴律六曰吕,合称十二律或律吕。宫商,声调的通称。古有宫、商、角、徵、羽、变宫、变徵为七声。 [23] 子建:曹植,字子建。是建安文学最杰出的作家。

[24] 客儿:即南朝著名诗人谢灵运,幼时寄养于外,族人因称其为“客儿”,世称“谢客”。 [25] 文皇帝:唐太宗李世民,谥文皇帝。 [26] 贲帛:《周易·贲》:“贲于丘园,束帛戋戋。”《正义》:“贲,饰也。”帛,丝织品。

[27] 吐凤:喻擅长著述。《西京杂记》卷二:“(扬)雄著《太玄经》,梦吐凤凰,集《玄》之上,顷而灭。” [28] 握蛇:握无价的灵蛇所吐的明月珠。《淮南子·览冥训》高诱注:“隋侯见大蛇伤断,以药傅之。后蛇于江中衔大珠以报之,因曰隋侯之珠,盖明月珠也。”曹植《与杨德祖书》:“当此之时,人人自谓握灵蛇之珠,家家自谓抱荆山之玉。” [29] 纬俗经邦:即曹丕《典论·论文》所谓“盖文章,经国之大业,不朽之盛事”之意。纬、经,皆治理之意。

[30] 金奏:金属器乐奏出之声。 [31] 丹青:图画。古代绘画常用朱红、青色,故称。 [32] 贞观:唐太宗李世民年号(627—649)。 [33] 高宗:唐高宗李治,650—683年在位。天后:唐高宗永徽六年(655)立武则天为后。高宗称天皇,则天称天后。自684—705年武后从临朝称制到革唐之命,统治达20年。 [34] 详延:普遍地延聘。唐初设弘文馆、集贤殿书院、翰林院等广延天下才士。 [35] 横汾之诗:汉武帝《秋风辞》:“汎楼船兮济汾河,横中流兮扬素波。” [36] 柏梁:台名。相传汉武帝在柏梁台上和群臣联句,共赋七言诗,每人一句,每句用韵,一句一意。 [37] 燕、许:燕国公张说、许国公苏颋,都曾任宰相,擅长骈文,庙堂诏制,多出其手。“时号燕、许大手笔”(《新唐书·苏颖传》)。王言:帝王诏敕。 [38] 吴、陆:吴通微、陆贽,唐德宗时都曾任翰林学士,擅长文辞,朝廷诏令多出其手。陆贽的奏议,虽用骈体,兼以散言,流畅平易,为后世激赏。《旧唐书》均有传。

[39] 元稹:《旧唐书·元稹传》:称“元之制策,白之奏议,极文章之壸奥,尽治乱之根荄。”刘蕡:生卒年不详,字去华,幽州昌平(今属北京)人。宝历二年(826)擢进士第。太和二年(828),应贤良对策,怒斥宦官误国。冯宿等考策官见而嗟服,以为汉之晁(错)、董(仲舒)无以过。而慑于宦官权势,不敢录取。令狐楚、牛僧孺皆表为幕府,授秘书郎。宦官深疾之而诬以罪,贬柳州司

户参军,卒。[40] 雕虫:喻词章。扬雄《法言·吾子》:"或问:'吾子少而好赋?'曰:'然,童子雕虫篆刻。'俄而曰:'壮夫不为也。'" [41] 淬磨:喻加工。淬,淬火,金属和玻璃加热后,随即在水、油或空气中迅速冷却,以提高硬度。[42] 孔玑:色泽如孔雀羽的珠玑,或孔雀石。玑是不圆的珠。翠羽:翡翠鸟的羽毛。[43] 缃图:图书。缃是浅黄细绢,多用作书衣。[44] 孔绍安:隋末唐初文人。列《旧唐书·文苑传上》第一篇。[45] 觊:希图。怀才憔悴:怀才不遇而穷困潦倒。[46] "千古"句:为千古之作者所了解。

欧阳炯

欧阳炯(896—971),益州华阳(今四川成都)人。先事前蜀王衍,为中书舍人;后事后蜀孟昶,仕至门下侍郎兼户部尚书平章事。监修国史,曾仿白居易作讽谏诗五十篇献于朝。宋灭蜀,炯随孟昶降宋,任散骑侍郎、翰林学士,卒赠工部尚书。炯精音律,善吹笛,好诗词,其词多写南国风情,"艳而质,质而愈艳,行间句里,却有清气往来"(况周颐《历代词人考略》)。《全唐诗》存其词四十八首。

《花间集》序

【题解】 《花间集》,是我国最早的一部晚唐和五代的文人词选集。其中十八名词作者,除温庭筠、皇甫松、和凝之外,蜀人和游宦于蜀者居多。词的内容花间月下、男女之情约占十之七八,其余尚有咏史、征戍、行旅、写景之作。风格以剪红刻翠、香软浓艳为主,史称花间词派,或婉约词派。编选者为后蜀赵崇祚。

晚唐和五代的西蜀,君臣苟安,游宴歌舞、风气奢靡。《花间集》正是在"香径春风,宁寻越艳","送叶叶之花笺,文抽丽锦"的气候土壤中生成的;"杨柳大堤"之句、"芙蓉曲渚"之篇,江南乐府,南朝宫体，乃至李白的《清平乐》、温庭筠的《金荃集》等等乃是《花间集》产生的文学渊源。“镂玉雕琼，拟化工而迥巧；裁花剪叶，夺春艳以争鲜”，可以说是《花间集》作者的审美追求和风格特色；“举纤纤之玉指，拍按香檀”，“不无清绝之辞，用助娇娆之态”，说明《花间集》多是写给乐工歌伎，用作侑酒助兴的。

正因为欧阳炯之序对上述方方面面作了概括，所以成为词学史上第一篇词论而具有重要地位。而本序文词之典雅、风格的华艳、行文之骈俪，则反映了五代的文风。

镂玉雕琼，拟化工而迥巧[1]；裁花剪叶，夺春艳以争鲜。是以唱云谣，则金母词清[2]；挹霞醴，则穆王心醉[3]。名高白雪[4]，声声而自合鸾歌；响遏青云，字字而偏谐凤律[5]。杨柳大堤之句，乐府相传[6]；芙蓉曲渚之篇[7]，豪家自制。莫不争高门下，三千玳瑁之簪[8]；竞富樽前，数十珊瑚之树[9]。则有绮筵公子，绣幌佳人，递叶叶之花笺，文抽丽锦，举纤纤之玉指，拍按香檀[10]。不无清绝之辞，用助娇娆之态。

自南朝之宫体[11]，扇北里之倡风[12]，何止言之不文，所谓秀而不实[13]。有唐已降，率土之滨，家家之香径春风，宁寻越艳[14]；处处之红楼夜月，自锁嫦娥[15]。在明皇朝，则有李太白之应制《清平乐》词四首[16]，近代温飞卿复有《金荃集》[17]，迩来作者，无愧前人。

今卫尉少卿字弘基[18]，以拾翠洲边，自得羽毛之异；织绡泉底，独殊机杼之功[19]。广会众宾，时延佳论[20]。因集近来诗客曲子词五百首[21]，分为十卷。以炯粗预知音，辱请命题，仍为序引。昔郢人有歌阳春者，号为绝唱。

乃命之为《花间集》。庶以阳春之甲[22]，将使西园英哲，用资羽盖之欢[23]；南国婵娟，休唱莲舟之引[24]。

时大蜀广政三年夏四月日序[25]。

据文学古籍刊行社影印宋刻本《花间集》

【注释】 [1] 化工：造化（即自然）之工力。迥：远。此作“愈”讲。 [2]“是以”二句：据《穆天子传》载：周穆王西游，觞西王母于瑶池之上，西王母为天子歌曰：“白云在天，山陵自出。道里悠远，山川间之。将子无死，尚能复来。”古代以五行与五方相配，以金配西，故称西王母为金母。 [3] 挹（yì）：舀，汲取。霞醴：仙酒。 [4] 白雪：即“阳春白雪”。古乐曲名。《文选》宋玉《对楚王问》：“客有歌于郢（楚国都城）中者，其始曰‘下里巴人’，国中属和者数千人；……其为‘阳春白雪’，国中属而和者不过数十人。”后以指代曲高和寡的高雅乐曲。 [5] 响遏青云：谓歌曲美妙而嘹亮，其声能遏止行云。《列子·汤问》：“（秦青）抚节悲歌，声振林木，响遏行云。”风律：即音律。

[6]“杨柳”二句：杨柳大堤：即古乐府《折杨柳》、《大堤曲》。乐府：此指古代负责采制乐曲，主管音乐的官署。 [7] 芙蓉：指《古诗十九首》中《涉江采芙蓉》篇。 [8]“莫不”二句：战国时，春申君（楚）、孟尝君（齐）、信陵君（魏）、平原君（赵）皆以门下食客众多而并称四公子。一次，平原君派使者去见时为楚相的春申君。使者想炫耀豪富，在刀剑上簪玳瑁，室内饰珠宝，宴请春申君。春申君让门下的三千食客去见赵国使者，其中上等食客“皆蹑珠履以见赵使”，令赵使自愧弗如。（详《史记·春申君传》）簪，古人束发之别针。

[9]“竞富”二句：《世说新语·汰侈》载：晋朝石崇与王恺斗富，用铁如意把晋武帝赐给王恺的一株二尺多高的珊瑚击碎，并让仆人搬出三四尺高的珊瑚六七株，且都“条干绝世，光彩溢目”。王恺见此，“惘然自失”。 [10]“则有”六句：谓高贵的公子，用华美的笺纸，写美如锦缎的诗文；秀美的佳人，用纤细如玉的手指，用檀板唱歌击拍。绮，有花纹的丝织品。筵，坐具。

[11] 宫体：风行于南朝梁、陈之际的宫体诗。内容多写宫女生活，风格轻艳华靡。 [12] 北里：唐代长安平康里，为青楼妓馆集中地，因在城北，故称“北里”。倡风：歌妓们歌舞的风习。 [13] 言之不文：言辞没有文采。《左传·襄公二十五年》载：孔子曰：“言之不文，行而不远。”秀而不实：《论语·

子罕》："苗而不秀者有矣夫！秀而不实者有矣夫。" ［14］"家家"二句：相传春秋时，越王勾践为求和，向吴王夫差献西施。吴王为西施在今苏州灵岩山筑馆娃宫、响屧廊。山下有采香径。宁寻，岂用寻找。 ［15］嫦娥：神话中后羿之妻。因偷食不死药，而飞升月宫。事见《淮南子·览冥训》。后多指代美女。 ［16］应制《清平乐》词四首：据《太真外传》及乐史《李翰林别集序》载，玄宗与贵妃在兴庆池沉香亭前赏牡丹花。李龟年率梨园子弟欲进歌。玄宗"曰：'赏名花，对妃子，焉用旧乐词为?'遽命龟年持金花笺，宣赐翰林学士李白，立进《清平乐》词三章。"今《李太白集》中录《清平调词》三首，与本序称四首不符。 ［17］温飞卿：温庭筠，本名岐，字飞卿，山西太原人。晚唐著名的词人、花间词派的开山鼻祖。《新唐书·艺文志》载有其《握兰集》三卷、《金荃集》十卷，今佚。很可能都是词集。今存《温飞卿诗集笺注》为明末曾益编注。 ［18］卫尉少卿：武官名。《旧唐书·职官三》："卫尉寺，卿一员，从三品。少卿二人，从四品上。卿之职，掌邦国器械文物之事，总武库、武器、守宫三署之官属，少卿为之副。"弘基：《花间集》编选者赵崇祚，字弘基，曾任后蜀孟昶卫尉少卿。 ［19］"以拾翠"四句：谓赵崇祚独出机杼，别具眼光，精心选录编辑词集。拾翠，喻遴选佳作。绡：薄纱绸。机杼，织布机上牵引纬线的梭子。 ［20］延：引进。 ［21］曲子词：早期的词区别于后来文人的案头词，都能合乐吟唱。故词又称曲子词。 ［22］阳春之甲：指《花间集》所选，为最好的高雅的曲子词。甲，居第一位。 ［23］"将使"二句：游园的骚人墨客，用以增加车盖游宴之欢乐。西园，汉上林苑的别称。羽盖，鸟羽为饰的车盖。 ［24］莲舟之引：即《采莲曲》。引，乐曲体裁之一，有序曲之意。此即指曲。 ［25］广政三年：940年。广政，后蜀孟昶的年号。

南　乡　子

【题解】 《南乡子》，唐教坊曲名。见于崔令钦《教坊记》。作为词调可能创始于欧阳炯。共八首，此为第一首。词写日暮江亭的春景和词人流连忘返的情景。

嫩草如烟，石榴花发海南天。日暮江亭春影渌[1]，鸳鸯浴。水远山长看不足。

据上海古籍出版社版《全唐五代词》

【注释】 [1] 渌:王国维辑本《欧阳平章词》作"绿"。

冯延巳

冯延巳(904—960),一名延嗣,"巳"一作"己",误。字正中,南唐广陵(今江苏扬州)人。南唐烈祖李昪时曾为秘书郎、元帅府掌书记;元宗李璟时历任谏议大夫、户部侍郎、中书侍郎左仆射同平章事,官终太子太傅。

冯延巳博学多艺,能诗,尤工词,为当时词坛大家。其词多写离情别恨,内容较单薄,但有些作品也抒写自己内心的哀愁。文辞清丽婉约,长于白描,有较高的艺术成就,对后世影响较大。有《阳春集》传世。

鹊 踏 枝

【题解】 《鹊踏枝》,唐教坊曲名。后用为词调名。一名《蝶恋花》。此词上片写词人年年春来有愁,日日花前醉酒,并用"抛掷久"、"朱颜瘦"来表现其在"闲情"中的挣扎与无奈,写得千回百转,沉郁顿挫。下片写年年河畔草青,岁岁堤边柳绿,而词人之愁也年年无有穷尽。末二句情景如画,孤寂凄苦之情倍增。

谁道闲情抛掷久[1],每到春来,惆怅还依旧。旧日花前常病酒[2],敢辞镜里朱颜瘦[3]! 河畔青芜堤上柳,为问新愁,何事年年有?独立小楼风满袖[4],平林新月人归后[5]。

【注释】 [1] 抛掷:抛开。《历代诗余》、《全唐诗》均作“抛弃”。 [2] 旧日:《历代诗余》、《全唐诗》均作“日日”。病酒:饮过多的酒。 [3] 敢辞:那敢推辞。《历代诗余》、《全唐诗》均作“不辞”。 [4] 小楼:《历代诗余》作“小桥”。似以“桥”为好。 [5] 平林新月:月上林梢。人:行人。

鹊踏枝

【题解】 词的上片主要写女主人公对荡子的怨怅不满,下片则重在写女主人公对荡子期待、思恋的痴情。末二句即景取譬,触景生情,将其撩乱的春愁和幻梦般的痴情表现得自然而又尽致。陈廷焯评此词曰:“正中《蝶恋花》,情词悱恻,可群可怨。‘泪眼倚楼频独语,双燕来时,陌上相逢否?’忠厚恻怛,蔼然动人。”(《白雨斋词话》)

几日行云何处去[1]?忘却归来[2],不道春将暮[3]。百草千花寒食路[4],香车系在谁家树? 泪眼倚楼频独语。双燕飞来[5],陌上相逢否?撩乱春愁如柳絮,悠悠梦里无寻处。

【注释】 [1] 行云:指冶游觅爱之浮浪男子。宋玉《高唐赋》:“旦为朝云,暮为行雨。” [2] 忘却:《历代诗余》、《全唐诗》等均作“忘了”。 [3] 春将暮:春天将逝,暗寓青春将逝。 [4] 寒食:节令名,在清明节的前两天。 [5] 飞来:一本作“归来”。

谒金门

【题解】 《谒金门》,唐玄宗时教坊曲名。后用为词调名。词中描摹少妇相思的哀怨愁苦、等待的焦灼、即将重逢团圆的喜悦，这一系列感情的涟漪，犹如乍起之风，“吹皱一池春水”，通过女主人公闲引鸳鸯、手挼红杏、独倚阑干、举头闻鹊等一系列动作来表现，含而不露，委婉典雅。

风乍起，吹皱一池春水[1]。闲引鸳鸯香径里[2]，手挼红杏蕊[3]。　斗鸭阑干独倚[4]，碧玉搔头斜坠[5]。终日望君君不至，举头闻鹊喜[6]。

以上据上海古籍出版社版《全唐五代词》

【注释】 [1]“吹皱”句：以春风吹动池水象征春风撩动思妇之心，是冯延巳的得意之笔。陆游《南唐书·冯延巳传》：“元宗（李璟）尝因曲宴内殿，从容谓曰：‘“吹皱一池春水”，何干卿事？’延巳对曰：‘安得如陛下“小楼吹彻玉笙寒”之句！’” [2] 香径：花园中芳草怡人的小路。 [3] 挼（ruó）：揉搓。 [4]“斗鸭”句：独倚阑干看鸭子相斗。 [5]“碧玉”句：碧玉簪子歪斜将要坠落。 [6] 闻鹊喜：听鹊叫而欣喜。《开元天宝遗事》卷下：“时人之家，家鹊声皆为喜兆，故谓灵鹊报喜。”

李　璟

李璟（916—961），初名景通，又名景，字伯玉，徐州（今江苏徐州）人。南唐开国之主李昪之子，二十八岁继位，是为元宗。后屈服于后周，去帝号称主，故又称中主。

作为帝王，李璟虽为庸才，但他却是一位出色的文人。“时时作为诗歌，皆出入风骚”（《钓矶立谈》）。冯延巳、韩熙载、李建勋等常相与讲诗论文。其主要成就在词，然亦仅存四首。其词善用男女之情抒写自己在内外交困中的复杂思想感情，悲愤忧愁为其基调。感情真挚深沉，语言清丽自然。其词对李煜颇有影响。王国维辑《南唐二主词》,收其词四首。

浣 溪 沙

【题解】 《浣溪沙》,词调名。《历代诗余》作《南唐浣溪沙》;《全唐诗》作《摊破浣溪沙》;《尊前集》,《花庵词选》作《山花子》;《草堂诗余》、《古今词统》等调下有题“春恨”。此词为《浣溪沙》词之别体,于每片末加个三字句,故应以《摊破浣溪沙》为是。摊破,即对某一词调的谱式有所突破。

这是一首抒发满腔愁恨和感慨的词,表现了作者深长的愁恨和彷徨心情,这正是作者在南唐受到后周严重威胁、国势岌岌可危的情况下,寄寓自己遭际和情怀的作品。

词的上片用“风里落花”象征自己积郁已久的愁恨,下片写无法遣愁,只有面对辽阔江天寄托依恋情思。善用景物来象征自己的情怀,形象具体而含意深隐,将主观之情与客观之景巧妙地联结在一起,委婉含蓄,启人联想。

手卷真珠上玉钩[1],依前春恨锁重楼[2]。风里落花谁是主[3]?思悠悠! 青鸟不传云外信[4],丁香空结雨中愁[5]。回首绿波三楚暮[6],接天流。

【注释】 [1] 真珠:即珠帘。玉钩:玉制的帘钩。 [2] 依前:依旧和从前一样。春恨锁重楼:将春恨锁于重楼,即重楼里充满春恨。 [3] 风里落花:落花随风飘荡,象征春恨。 [4] 青鸟:传递情书的使者。云外:遥远的地方。 [5] 丁香空结:指自己徒有愁心。丁香结,原是丁香之花蕾,这里象征自己的愁心。李商隐《代赠》:“芭蕉不展丁香结,同向春风各自愁。”空,徒然。 [6] 绿波:指江水。三楚:指战国时期楚地,有东楚、西楚、南楚之分,故称。这里泛指湘、鄂一带。

浣溪沙

【题解】 全唐诗作《摊破浣溪沙》，另有多本作《山花子》。词的上片主要写萧瑟凄凉的清秋之景，下片主要写思妇深挚缠绵的怀人之情。王国维云："南唐中主'菡萏香销翠叶残，西风愁起绿波间'，大有众芳芜秽，美人迟暮之感。"陈廷焯云："南唐中主《山花子》云：'还与韶光共憔悴，不堪看。'沉之至，郁之至，凄然欲绝。后主虽善言情，卒不能出其右也。"（《白雨斋词话》卷一）黄蓼园云："结末'倚阑干'三字，亦有说不尽之意。"（《蓼园词选》）

菡萏香销翠叶残[1]，西风愁起绿波间[2]。还与韶光共憔悴[3]，不堪看！　细雨梦回鸡塞远[4]，小楼吹彻玉笙寒[5]。多少泪珠无限恨[6]，倚阑干。

以上据上海古籍出版社版《全唐五代词》

【注释】 [1] 菡萏：荷花之别名。　[2] 西风：秋来刮西风。愁起绿波间：西风起于碧波之上，又因同情荷花的惨状而愁苦。用写风的感受来写人的感情。　[3] 韶光：美好的时光。共憔悴：指随着美好时光的消逝，荷花也衰残枯萎了。　[4] "细雨"句：细雨濛濛之中，思妇梦见征人，及至梦醒，征人仍在遥远的鸡塞之外。鸡塞，鸡鹿塞之省称，在今内蒙古自治区境内，是古代具有重要军事意义的边镇，这里泛指边塞远戍之地。　[5] "小楼"句：在清风送寒的明月之夜，思妇不停地吹笙表达盼望丈夫归来的心情。玉笙，用玉装饰的笙。　[6] 无限恨：一本作"何限恨"。

李　煜

李煜（937—978），初名从嘉，字重光，号钟隐，徐州（今江苏徐州）人，李璟之子。建隆二年（961）嗣位，为南唐后主。面对宋朝的威胁，李煜不思励精图治，而是靠进贡以换取一时苟安，过着风流的帝王生活。开宝八年(975),宋攻陷金陵,李煜君臣出降,至汴京,宋太祖封他为违命侯。后被宋太宗派人毒死。

李煜多才多艺,风流儒雅,工书善画,洞晓音律,而以词成就最高。其存词三十余首,前期词多写艳情和宫廷享乐生活;亡国之后的词则多反映其求生不得的囚徒生活,抒发其复杂而痛苦的思想感情,完全脱去了宫廷气息。直抒胸臆,善于白描,比喻贴切,语言明白晓畅,形成清丽自然的词风。王国维说:"词至李后主,而眼界始大,感慨遂深,遂变伶工之词而为士大夫之词。"(《人间词话》)在中国词史上占有重要地位。王国维辑《南唐二主词》,为其与李璟之合集。

清 平 乐

【题解】 《清平乐》,一本题作《忆别》。有人认为这是李煜思念他的弟弟李从善入宋不归之作。陆游《南唐书》卷十六:"从善字子师,元宗第七子。……开宝四年遣朝京师,太祖已有意召后主归阙,即拜从善泰宁军节度使,留京师,赐甲第汴阳坊……后主闻命,示从善,加恩慰抚……而后主愈悲思,每凭高北望,泣下沾襟,左右不敢仰视。"此词准确而深刻地表现了一种普遍的离愁别恨,极具典型性。不必坐实确指。

词的上片写春景,触景而生伤别之情;下片主要抒情,抒离别永无尽期之怅恨。并采用了白描与比兴相结合的手法,在落梅与春草中深寓离愁别恨。全词语言明晰自然,感情深挚沉痛,启人联想,令人共鸣。

别来春半[1],触目柔肠断[2]。砌下落梅如雪乱[3],拂了一身还满[4]。　　雁来音信无凭[5],路遥归梦难成。离恨恰如春草,更行更远还生[6]。

【注释】 [1] 春半：半春天，即仲春。 [2] 柔肠：一本作"愁肠"。 [3] 砌下：阶下。 [4] 拂：拭去。还(xuán)：同"旋"，立即。 [5]"雁来"句：看见雁来，即联想到传信之事，但是只见雁，不见书至。这里用鸿雁传书的典故。事见《汉书·苏武传》。 [6] 更：愈。

乌 夜 啼

【题解】 《乌夜啼》，《花草粹编》、《全唐诗》均作《相见欢》；《乐府雅词》作《忆真妃》。

词的上片写景物，以林花喻自己及嫔妃们，以风雨喻宋之迫害摧残；下片写人事，以"水长东"喻离恨无有穷期。作者选择了典型的景物和人事，融景入情，使景物为感情所驱使，感情强烈，比喻精妙，启人联想，引人共鸣。不夸张，不藻饰，纯用白描手法勾画出特定场景，语言精炼自然，对抒情起了极好的作用。

林花谢了春红[1]，太匆匆！无奈朝来寒雨晚来风。

燕脂泪，留人醉[2]，几时重[3]？自是人生长恨水长东[4]！

【注释】 [1] 谢了春红：春花凋零。谢，落。 [2] 燕脂：同"胭脂"。留人醉：一本作"相留醉"。 [3] 几时重：何时重逢？ [4] 人生长恨水长东：喻离恨永不消失。

乌 夜 啼

【题解】 《花草粹编》引《古今词话》、《十国春秋》均认为此词是后蜀主孟昶的作品。

此词抒写李煜孤独凄凉的囚徒生活和无可言状的亡国之哀。

上片写自己的生活环境,下片写自己的缭乱心绪。用白描的手法勾画出典型的生活环境,用无言的画面暗示无尽的孤独悲哀,用极为形象而自然的比喻描绘自己复杂的愁苦心理。《花庵词选》在词牌下注曰:“此词最凄惋,所谓‘亡国之音哀以思’。”所评极为中肯。

无言独上西楼,月如钩。寂寞梧桐深院锁清秋。剪不断,理还乱,是离愁,别是一番滋味在心头。

虞 美 人

【题解】 唐教坊曲名。最初是咏项羽所宠的虞姬的。以后作一般词牌用。又名《一江春水》、《玉壶冰》等。

此词作于李煜入宋后第二年(977)正月。深怀亡国巨痛,他朝夕以泪洗面,一景一物,触目生悲,遂于今昔盛衰的对比、伤春悲秋的吟咏之中,倾诉故土之思。词以问答始,以问答终,以乐景写哀,倍增其哀。结尾以水喻愁,使读者看到愁之多且深,感受到愁的力度不可阻挡,愁的存在永无尽期。

春花秋叶何时了[1],往事知多少[2]?小楼昨夜又东风,故国不堪回首月明中[3]。　雕阑玉砌依然在[4],只是朱颜改[5]。问君能有几多愁[6],恰似一江春水向东流。

【注释】 [1] 春花秋叶:代指一年的时间,李煜入宋至此恰好一年。侯文灿本《南唐二主词》、《草堂诗余》、《花草粹编》等均作“春花秋月”,指一年中最美好的景物。从词意看,似以“春花秋月”为好。　[2]“往事”句:强调对美好的往事记得很多、很清楚。知多少,是复词偏义。　[3] 故国:指南唐。　[4] 雕阑玉砌:雕饰彩绘的阑干和玉砌的台阶,这里代指宫殿。

[5] 朱颜改:红润的面容变得憔悴了。 [6] 问君:假设之词,实为自问。

浪淘沙

【题解】 《浪淘沙》,本为唐教坊曲,为七绝,至李煜起改为两段令词。词上片写李后主的囚徒生活和感受。用倒叙手法,先写梦醒,再写梦中,以现实之凄苦与梦中之贪欢对照,倍感现实之不堪。下片写亡国之痛。他想到亡国之速,再见故国之难,内心之痛楚不能自已。词情与景、梦幻与现实、欢乐与悲恨交织。结尾连用比喻,将悲苦之情表达得淋漓尽致。

帘外雨潺潺[1],春意阑珊[2],罗衾不耐五更寒。梦里不知身是客,一饷贪欢[3]。 独自莫凭阑,无限江山,别时容易见时难[4]。流水落花春去也,天上人间。

以上据上海古籍出版社版《全唐五代词》

【注释】 [1] 潺潺:雨水声。 [2] 春意阑珊:春日将尽。阑珊,残尽,衰。 [3] 饷:片时。 [4] 别时:指被迫离别故国时。见时:再见故国。

唐代传奇

李朝威

李朝威，生平不详，据本文，当是陇西郡（今甘肃省陇西县一带）人，大约活动于唐大历、贞元之际。

柳毅传

【题解】 《柳毅传》集唐传奇神怪、爱情、侠义三大内容于一体。故事记述不堪夫君和公婆虐待的龙女，托书生柳毅传书洞庭龙宫投诉，得其叔钱塘君营救，回归洞庭。钱塘君为答谢柳毅，竟强令其与龙女成婚，遭到柳毅的严辞拒绝。而龙女对柳毅一往情深，两人屡经周折而终成眷属。人物形象鲜明、情节曲折合理、情调浪漫、文辞华艳，使之成为脍炙人口的名篇。人物形象塑造上，柳毅的文弱而威武不屈、钱塘君的刚烈而闻过即改和龙女的多情有义，个个鲜活。环境描写、气氛烘托为人物塑造作了有力的铺垫，如钱塘君出场的一段描写，未见其人，先闻其声，既见其人，其性其情，活龙活现。

仪凤中[1]，有儒生柳毅者，应举下第，将还湘滨[2]。念乡人有客于泾阳者[3]，遂往告别。至六七里，鸟起马惊，疾逸道左[4]。又六七里，乃止。见有妇人，牧羊于道畔。毅怪视之，乃殊色也。然而蛾脸不舒，巾袖无光，凝听翔立[5]，若有所伺。毅诘之曰："子何苦而自辱如是？"

妇始楚而谢[6]，终泣而对曰："贱妾不幸，今日见辱问于长者[7]。然而恨贯肌骨，亦何能愧避，幸一闻焉。妾，洞庭龙君小女也。父母配嫁泾川次子，而夫婿乐逸[8]，为婢仆所惑，日以厌薄[9]。既而将诉于舅姑[10]，舅姑爱其子，不能御[11]。迨诉频切，又得罪舅姑。舅姑毁黜以至此[12]。"言讫，歔欷流涕，悲不自胜。又曰："洞庭于兹，相远不知其几多也？长天茫茫，信耗莫通。心目断尽，无所知哀。闻君将还吴，密通洞庭。或以尺书，寄托侍者[13]，未卜将以为可乎？"毅曰："吾，义夫也。闻子之说，气血俱动，恨无毛羽，不能奋飞。是何可否之谓乎！然而洞庭，深水也。吾行尘间，宁可致意邪[14]？唯恐道途显晦[15]，不相通达，致负诚托，又乖恳愿。子有何术，可导我邪？"

女悲泣且谢，曰："负载珍重[16]，不复言矣。脱获回耗[17]，虽死必谢。君不许，何敢言？既许而问，则洞庭之与京邑，不足为异也。"毅请闻之。女曰："洞庭之阴[18]，有大橘树焉，乡人谓之'社橘'[19]。君当解去兹带，束以他物，然后叩树三发，当有应者。因而随之，无有碍矣。幸君子书叙之外，悉以心诚之话倚托，千万无渝！"毅曰："敬闻命矣。"女遂于襦间解书，再拜以进，东望愁泣，若不自胜。毅深为之戚。乃置书囊中，因复问曰："吾不知子之牧羊，何所用哉？神祇岂宰杀乎[20]？"女曰："非羊也，雨工也。""何为雨工？"曰："雷霆之类也。"毅顾视之，则皆矫顾怒步，饮龁甚异[21]。而大小毛角，则无别羊焉。毅又曰："吾为使者，他日归洞庭，幸勿相避。"女曰："宁止不避，当如亲戚耳。"语竟，引别东去。不数十步，回望女与羊，俱亡所见矣。

其夕,至邑而别其友。月余,到乡。还家,乃访于洞庭。洞庭之阴,果有社橘。遂易带向树,三击而止。俄有武夫出于波间,再拜请曰:"贵客将自何所至也?"毅不告其实,曰:"走谒大王耳。"武夫揭水指路,引毅以进。谓毅曰:"当闭目,数息可达矣。"毅如其言,遂至其宫。始见台阁相向,门户千万,奇草珍木,无所不有。夫乃止毅,停于大室之隅,曰:"客当居此以伺焉。"毅曰:"此何所也?"夫曰:"此灵虚殿也。"谛视之,则人间珍宝,毕尽于此:柱以白璧,砌以青玉,床以珊瑚,帘以水精,雕琉璃于翠楣,饰琥珀于虹栋。奇秀深杳,不可殚言。

然而王久不至。毅谓夫曰:"洞庭君安在哉?"曰:"吾君方幸玄珠阁[22],与太阳道士讲《火经》,少选当毕[23]。"毅曰:"何谓《火经》?"夫曰:"吾君,龙也。龙以水为神,举一滴可包陵谷。道士,乃人也。人以火为神圣,发一灯可燎阿房。然而灵用不同,玄化各异[24]。太阳道士精于人理,吾君邀以听焉。"语毕而宫门辟。景从云合[25],而见一人,披紫衣,执青玉。夫跃曰:"此吾君也!"乃至前以告之。君望毅而问曰:"岂非人间之人乎?"毅对曰:"然。"毅遂设拜,君亦拜,命坐于灵虚之下。谓毅曰:"水府幽深,寡人暗昧[26],夫子不远千里,将有为乎?"毅曰:"毅,大王之乡人也。长于楚,游学于秦。昨下第,闲驱泾水之涘,见大王爱女牧羊于野,风鬟雨鬓,所不忍视。毅因诘之。谓毅曰:'为夫婿所薄,舅姑不念,以至于此。'悲泗淋漓,诚怛人心[27]。遂托书于毅。毅许之,今以至此。"因取书进之。

洞庭君览毕，以袖掩面而泣曰：“老父之罪，不能鉴听，坐贻聋瞽[28]，使闺窗孺弱，远罹构害[29]。公，乃陌上人也[30]，而能急之。幸被齿发[31]，何敢负德！”词毕，又哀咤良久。左右皆流涕。时有宦人密侍君者，君以书授之，令达宫中。须臾，宫中皆恸哭。君惊谓左右曰：“疾告宫中，无须有声，恐钱塘所知。”毅曰：“钱塘，何人也？”曰：“寡人之爱弟。昔为钱塘长，今则致政矣[32]。”毅曰：“何故不使知？”曰：“以其勇过人耳。昔尧遭洪水九年者[33]，乃此子一怒也。近与天将失意[34]，塞其五山[35]。上帝以寡人有薄德于古今，遂宽其同气之罪[36]。然犹縻系于此，故钱塘之人，日日候焉[37]。”

语未毕，而大声忽发，天拆地裂，宫殿摆簸，云烟沸涌。俄有赤龙长千余尺，电目血舌，朱鳞火鬣，项掣金锁，锁牵玉柱，千雷万霆，激绕其身，霰雪雨雹，一时皆下，乃擘青天而飞去[38]。毅恐蹶仆地。君亲起持之曰：“无惧。固无害。”毅良久稍安，乃获自定。因告辞曰：“愿得生归，以避复来。”君曰：“必不如此。其去则然，其来则不然。幸为少尽缱绻[39]。”因命酌互举，以款人事[40]。

俄而，祥风庆云，融融怡怡，幢节玲珑[41]，箫韶以随。红妆千万，笑语熙熙，后有一人，自然蛾眉，明珰满身，绡縠参差[42]。迫而视之，乃前寄辞者。然若喜若悲，零泪如丝。须臾，红烟蔽其左，紫气舒其右，香气环旋，入于宫中。君笑谓毅曰：“泾水之囚人至矣。”君乃辞归宫中。须臾，又闻怨苦[43]，久而不已。

有顷，君复出，与毅饮食。又有一人，披紫裳，执青玉，貌耸神溢，立于君左。君谓毅曰："此钱塘也。"毅起，趋拜之。钱塘亦尽礼相接，谓毅曰："女侄不幸，为顽童所辱。赖明君子信义昭彰，致达远冤；不然者，是为泾陵之土矣[44]。飨德怀恩，词不悉心[45]。"毅㧑退辞谢[46]，俯仰唯唯。然后回告兄曰："向者辰发灵虚[47]，巳至泾阳，午战于彼，未还于此。中间驰至九天，以告上帝。帝知其冤，而宥其失[48]，前所谴责，因而获免。然而刚肠激发，不遑辞候[49]，惊扰宫中，复忤宾客。愧惕惭惧，不知所失[50]。"因退而再拜。君曰："所杀几何？"曰："六十万。""伤稼乎？"曰："八百里。""无情郎安在？"曰："食之矣。"君怃然曰[51]："顽童之为是心也，诚不可忍。然汝亦太草草。赖上帝显圣，谅其至冤。不然者，吾何辞焉[52]。从此已去，勿复如是。"钱塘君复再拜。

是夕，遂宿毅于凝光殿。明日，又宴毅于凝碧宫。会友戚，张广乐，具以醪醴，罗以甘洁[53]。初，笳角鼙鼓，旌旗剑戟，舞万夫于其右。中有一夫前曰："此《钱塘破阵乐》。"旌铓杰气，顾骤悍栗[54]，座客听之，毛发皆竖。复有金石丝竹，罗绮珠翠，舞千女于其左。中有一女前进曰："此《贵主还宫乐》。"清音宛转，如诉如慕，座客听之，不觉泪下。二舞既毕，龙君大悦，锡以纨绮[55]，颁于舞人。然后密席贯坐[56]，纵酒极娱。酒酣，洞庭君乃击席而歌曰："大天苍苍兮，大地茫茫。人各有志兮，何可思量。狐神鼠圣兮，薄社依墙[57]。雷霆一发兮，其孰敢当！荷贞人兮信义长[58]，令骨肉兮还故乡。齐言惭愧兮何时忘[59]！"洞庭君歌罢，钱塘君再拜而歌曰："上天配合兮，生死有途。此不当妇兮，彼不当夫。腹心辛苦兮[60]，泾水之隅。风霜满鬓兮，雨雪罗襦。赖明公兮引素书，令骨肉兮家如初。永言珍重兮无时无。"钱塘君歌阕，洞庭君俱起，奉觞于毅。毅踧踖而受爵[61]，饮讫，复以二觞奉二君。乃歌曰："碧云悠悠兮，泾水东流。伤美人兮，雨泣花愁。尺书远达兮，以解君忧。哀冤果雪兮，还处其休[62]。荷和雅兮感甘羞[63]。山家寂寞兮难久留[64]。欲将辞去兮悲绸缪[65]。"歌罢，皆呼万岁。洞庭君因出碧玉箱，贮以开水犀[66]；钱塘君复出红珀盘，贮以照夜玑[67]：皆起进毅。毅辞谢而受。然后宫中之人，咸以绡彩珠璧，投于毅侧，重叠焕赫，须臾埋没前后。毅笑语四顾，愧揖不暇。洎酒阑欢极[68]，毅辞起，复宿于凝光殿。

翌日，又宴毅于清光阁。钱塘因酒，作色[69]，踞谓毅曰[70]："不闻猛石可裂不可卷，义士可杀不可羞邪？愚有衷曲，欲一陈于公。如可，则俱在云霄；如不可，则皆夷粪壤[71]。足下以为何如哉？"毅曰："请闻之。"钱塘曰："泾阳之妻，则洞庭君之爱女也。淑性茂质，为九姻所重[72]。不幸见辱于匪人。今则绝矣。将欲求托高义，世为亲戚。使受恩者知其所归，怀爱者知其所付[73]，岂不为君子始终之道者？"毅肃然而作，欻然而笑曰[74]："诚不知钱塘君孱困如是[75]！毅始闻跨九州，怀五岳，泄其愤怒；复见断金锁，掣玉柱，赴其急难。毅以为刚决明直，无如君者。盖犯之者不避其死，感之者不爱其生[76]，此真丈夫之志。奈何箫管方洽，亲宾正和，不顾其道，以威加人？岂仆之素望哉！若遇公于洪波之中，玄山之间[77]，鼓以鳞须，被以云雨，将迫毅以死，毅则以禽兽视之，亦何恨哉！今体被衣冠，坐谈礼义，尽五常之志性[78]，负百行之微旨[79]，虽人世贤杰，有不如者，况江河灵类乎？而欲以蠢然之躯，悍然之性，乘酒假气，将迫于人，岂近直哉[80]！且毅之质，不足以藏王一甲之间[81]，然而敢以不伏之心，胜王不道之气。惟王筹之[82]！"钱塘乃逡巡致谢曰[83]："寡人生长宫房，不闻正论。向者词述疏狂，妄突高明。退自循顾，戾不容责[84]。幸君子不为此乖间可也[85]。"其夕，复欢宴，其乐如旧。毅与钱塘，遂为知心友。

明日，毅辞归。洞庭君夫人别宴毅于潜景殿。男女仆妾等，悉出预会。夫人泣谓毅曰："骨肉受君子深恩，恨不得展愧戴[86]，遂至睽别[87]。"使前泾阳女当席拜毅以致谢。夫人又曰："此别岂有复相遇之日乎？"毅其始虽不诺钱塘之请，然当此席，殊有叹恨之色。宴罢，辞别，满宫凄然。赠遗珍宝，怪不可述。毅于是复循途出江岸，见从者十余人，担囊以随，至其家而辞去。

毅因适广陵宝肆[88]，鬻其所得；百未发一，财已盈兆。故淮右富族，咸以为莫如。遂娶于张氏，亡。又娶韩氏，数月，韩氏又亡。徙家金陵[89]。常以鳏旷多感[90]，或谋新匹。有媒氏告之曰："有卢氏女，范阳人也[91]。父名曰浩，尝为清流宰[92]。晚岁好道，独游云泉，今则不知所在矣。母曰郑氏。前年适清河张氏[93]，不幸而张夫早亡。母怜其少，惜其慧美，欲择德以配焉。不识何如？"毅乃卜日就礼[94]。既而男女二姓，俱为豪族，法用礼物，尽其丰盛。金陵之士,莫不健仰。

居月余,毅因晚入户,视其妻,深觉类于龙女,而逸艳丰厚,则又过之。因与话昔事。妻谓毅曰:“人世岂有如是之理乎?”经岁余,有一子。毅益重之。既产,逾月,乃秾饰换服,召亲戚相会之间,笑谓毅曰:“君不忆余之于昔也?”毅曰:“夙非姻好[95],何以为忆?”妻曰:“余即洞庭君之女也。泾川之冤,君使得白,衔君之恩,誓心求报。洎钱塘季父论亲不从,遂至睽违,天各一方,不能相问。父母欲配嫁于濯锦小儿[96]。某惟以心誓难移,亲命难背,既为君子弃绝,分无见期[97];而当初之心,死不自替。他日父母怜其志,复欲驰白于君子。值君子累娶,当娶于张,已而又娶于韩。迨张、韩继卒,君卜居于兹,故余之父母乃喜余得遂报君之意。今日获奉君子,咸善终世[98],死无恨矣!”因呜咽,泣涕交下。对毅曰:“始不言者,知君无重色之心;今乃言者,知君有爱子之意。妇人匪薄[99],不足以确厚永心[100],故因君爱子,以托相生[101]。未知君意如何?愁惧兼心,不能自解。君附书之日,笑谓妾曰:‘他日归洞庭,慎无相避。’诚不知当此之际,君岂有意于今日之事乎?其后季父请于君,君固不许。君乃诚将不可邪,抑忿然邪?君其话之!”

毅曰:“似有命者[102]。仆始见君于长泾之隅,枉抑憔悴,诚有不平之志。然自约其心者[103],达君之冤,余无及也。以言慎勿相避者,偶然耳,岂有意哉。洎钱塘逼迫之际,唯理有不可直,乃激人之怒耳。夫始以义行为之志,宁有杀其婿而纳其妻者邪?一不可也。某素以操真为志尚，宁有屈于己而伏于心者乎？二不可也。且以率肆胸臆，酬酢纷纶，唯直是图，不遑避害[104]。然而将别之日，见君有依然之容，心甚恨之[105]。终以人事扼束，无由报谢。吁！今日，君，卢氏也，又家于人间，则吾始心未为惑矣[106]。从此以往，永奉欢好，心无纤虑也。"妻因深感娇泣，良久不已。有顷，谓毅曰："勿以他类，遂为无心，固当知报耳[107]。夫龙寿万岁，今与君同之[108]。水陆无往不适。君不以为妄耶？"毅嘉之曰："吾不知国客乃复为神仙之饵[109]。"

乃相与觐洞庭。既至，而宾主盛礼，不可具纪。后居南海[110]，仅四十年，其邸第、舆马、珍鲜、服玩，虽侯伯之室，无以加也。毅之族咸遂濡泽[111]。以其春秋积序[112]，容状不衰，南海之人，靡不惊异。洎开元中，上方属意于神仙之事[113]，精索道术。毅不得安，遂相与归洞庭。凡十余岁，莫知其迹。

至开元末，毅之表弟薛嘏为京畿令，谪官东南。经洞庭，晴昼长望，俄见碧山出于远波。舟人皆侧立，曰："此本无山，恐水怪耳。"指顾之际，山与舟相逼，乃有彩船自山驰来，迎问于嘏。其中有一人呼之曰："柳公来候耳。"嘏省然记之[114]，乃促至山下，摄衣疾上。山有宫阙如人世，见毅立于宫室之中，前列丝竹，后罗珠翠[115]，物玩之盛，殊倍人间。毅词理益玄，容颜益少。初迎嘏于砌，持嘏手曰："别来瞬息，而发毛已黄。"嘏笑曰："兄为神仙，弟为枯骨，命也。"毅因出药五十丸遗嘏，曰："此药一丸，可增一岁耳。岁满复来，无久居人世以自苦也。"欢宴毕，嘏乃辞行。自是已后，遂绝影响[116]。嘏常以是事告于人世。殆四纪[117]，嘏亦不知所在。

陇西李朝威叙而叹曰：五虫之长，必以灵者，别斯见矣[118]。人，裸也[119]，移信鳞虫[120]。洞庭含纳大直[121]，钱塘迅疾磊落[122]，宜有承焉[123]。嘏咏而不载，独可邻其境[124]。愚义之，为斯文[125]。

据中华书局版《太平广记》

【注释】 [1] 仪凤：唐高宗的年号（676—678） [2] 湘滨：湘水之滨，即今湖南一带。 [3] 客于泾阳：在泾阳客居。泾阳，唐县名，即今陕西泾阳。泾水从其南流过。 [4] 疾逸道左：飞快地跑出道旁。 [5] 翔立：静静地站立。 [6] 楚：痛苦地。 [7] 见：被。辱问：委屈了身份来下问。长者：指柳毅。 [8] 乐逸：喜欢游荡。 [9] 厌薄：厌恶薄待。 [10] 舅姑：公婆。 [11] 御：制止，管束。 [12] 毁黜：迫害，驱逐。 [13] 寄托侍者：拜托您的仆从把信寄去。这是客气话，表示并不敢有劳柳毅本人。 [14] 宁可致意邪：怎能替你送信呢？ [15] 显晦：明幽不同，意谓人世与仙境阻隔不通。 [16] 负载珍重：承蒙你接受了我的委托，请一路善自保重。 [17] 脱获回耗：假如能得到回音。 [18] 洞庭之阴：洞庭湖的南岸。 [19] 社橘：被当作土地神，举行社祭的橘树。 [20] 祇（qí）：地神，这里泛指神。 [21] 饮龁（hé）：喝水吃草。 [22] 幸：君王驾临。 [23] 少选：一会儿。 [24] 玄化：神奇的变化。 [25] 景从：形容随从如影之随形。云合：形容随从如云之聚合，且又暗用"云从龙"之意。 [26] 寡人暗昧：我很愚顽。这是自谦之语。 [27] 诚怛人心：真令人悲伤。 [28] "不能"二句：自己不能明察，以致像聋子瞎子一样。坐，因。贻，使。 [29] 罹（lí）：遭受。构害：陷害。 [30] 陌上人：路人。即非亲非故之人。 [31] 幸被齿发：幸而属于有齿有发的人类，不似禽兽之无知。这是龙君自表懂得报恩。 [32] 致政：退职离任。 [33] "昔尧"句：《尚书·尧典》记载，尧时洪水泛滥成灾，长达九年。 [34] 与天将失意：和天将闹矛盾。 [35] 塞其五山：用大水围困五岳。 [36] 同气：

同胞。此指钱塘君。 [37] 候焉:等待。居民常常候钱塘江潮出航。这是作者把钱塘君作为钱塘潮神来描写。 [38] 擘(bò):分开。 [39] 少尽缱绻(qiǎn quǎn):稍微表示一点情意。缱绻,情意缠绵。 [40] 以款人事:以尽主客之情。 [41] 幢(chuáng)节:旗帜旌节一类的仪仗,幢,古代作仪仗用的以羽毛为饰的一种旗帜。 [42] 绡縠(xiāo hú):泛指各种丝织品作的衣服。参差(cēn cī):形容重叠摇曳的样子。 [43] 怨苦:指龙女在向家人诉说自己悲苦时所传出的声音。 [44]"是为"句:即将化作泾水之滨坟墓里的泥土了,意即死在那里的意思。 [45]"飨德"二句:受德感恩的心情,不是用言词所能表达的。飨(xiǎng),指享受。 [46] 㧑(huī)退:谦逊。 [47] 辰:和下文的巳、午、未都指时辰,辰相当于上午七时至九时,巳相当于九时至十一时,午相当于十一时至下午一时,未相当于下午一时至三时。 [48] 宥(yòu):赦免。 [49] 不遑:来不及。 [50] 不知所失:不知自己犯了多大过失。表示自己过失之重。 [51] 怃(wǔ)然:不高兴的样子。 [52] 吾何辞焉:我怎能逃避责任呢? [53] 罗以甘洁:摆满精美的食品。 [54]"旌铓"二句:旌旗剑戟之舞,气概英武;顾盼驰骤之姿,剽悍惊人。铓(yì),可能是指剑戟一类的武器。 [55] 锡:赐。 [56] 密席贯坐:接席连坐,表示不拘礼节。 [57]"狐神"二句:狐鼠这些神怪依附着社神(土地神)庙和城墙。妄作威福。比喻坏人有所倚恃而猖獗,不便加以制裁。此处指泾川龙君次子倚仗父母势力胡作非为。 [58] 荷:感戴。贞人:正人君子,指柳毅。 [59] 齐言:大家都。言,语助词。惭愧:感谢。 [60] 腹心:指龙女受折磨时悲苦的内心。 [61] 踧踖(cù jí):恭敬而不安的样子。受爵:接受敬酒,爵,酒杯。 [62] 还处其休:回来过幸福的日子。休,喜庆、美好。 [63]"荷和雅"句:这句是说,感谢你们美好的歌舞和美味的食品。 [64] 山家:柳毅对自己的谦称,犹言山野之人。 [65] 悲绸缪(móu):悲情缠绵。 [66] 开水犀:能够把水分开的犀角。 [67] 照夜玑(jī):夜明珠。玑,不圆的珠。 [68] 洎(jì):等到。阑(lán):尽。 [69] 作色:变了脸色。 [70] 踞:伸开两腿坐着,这是一种失礼的姿态。 [71]"如可"四句:如果你答应我,那么大家都像登上天堂;如果你不答应我,那么大家都像消失在粪土中。 [72] 九姻:九族。姻,姻亲。 [73]"使受"二句:使受到恩德的人懂得怎样报恩,怀着仁爱的人懂得怎样施爱。 [74] 欻(xū)然:忽然。 [75] 孱

(chán)困:愚顽不明事理。 [76]“盖犯”二句:有侵犯你的,你不怕牺牲去抵抗他;对你有恩的,你不惜生命去报答他。 [77] 玄山:黑山,这里比喻汹涌的海浪。 [78]“尽五常”句:具备了各种美德。五常,指仁、义、礼、智、信,是儒家的五种道德规范。 [79]“负百行”句:什么道理都精通。百行,各种德行品质。微旨,精微奥妙的道理。 [80]“岂近”句:这哪里合于正义道德呢? [81] 一甲:一片鳞甲。 [82] 筹:考虑。 [83] 逡(qūn)巡:局促不安的样子。 [84]“退自”二句:回过头来一一省察,其罪过之多真是责备不过来的。戾(lì),罪过。 [85] 乖间:疏远。 [86] 展愧戴:表达感激之情。 [87] 睽(kuí):隔离。 [88] 适:到。广陵:今扬州。宝肆:珠宝店。 [89] 徙:迁移。此指搬家。金陵:今江苏南京。 [90] 鳏(guān)旷:丧妻独居。鳏,无妻的人。 [91] 范阳:郡名,今北京大兴一带。 [92] 清流宰:清流县(今安徽滁县)县令。 [93] 适:嫁给。清河:今属河北。 [94] 就礼:举行婚礼。 [95] 夙(sù):原先。 [96] 濯(zhuó)锦小儿:指濯锦江(在四川成都)龙王的小儿子。 [97] 分(fèn):自料。 [98] 咸善终世:彼此终身合好。犹言白头偕老。咸,都。 [99] 匪薄:即菲薄,微贱微薄之意。 [100]“不足”句:不足以确保得到你永久的爱。 [101] 以托相生:借以达到共同生活的愿望。 [102] 似有命者:真像是命中注定的。 [103] 约:约束、控制。这里指当时约束自己对龙女的爱慕之心。 [104]“且以”四句:而且当时想到什么就毫无顾忌地说什么,大家纷纷交换意见,我只顾为正确的道理争辩,也顾不得躲避祸害。 [105] 恨:悔恨,遗憾。 [106]“则吾”句:那么我原来的想法并不错。言下之意,现在和你结婚也并未违反初衷。 [107]“勿以”三句:别以为我不是人类,就没有良心,我一直是懂得报恩的。 [108] 与君同之:即君与我同之,都能“寿万岁”,“水陆无往不适”。 [109]“吾不知”句:此指获得成仙的机会。饵,引子,由此而导致。 [110] 南海:郡名,即今广东广州。 [111] 咸遂濡泽:都沾受恩惠。 [112] 春秋积序:年龄一年一年的增加。 [113] 上:皇帝。此指唐玄宗。 [114] 省(xǐng)然:恍然大悟。 [115] 后罗珠翠:后边排列着插戴珠翠首饰的侍女。 [116] 遂绝影响:再也没有消息了。 [117] 纪:古人以十二年为一纪。 [118]“五虫”三句:五虫之长一定有它特殊的灵性,它们和一般虫类的区别,从这里就可以看到了。五虫,五种动物,即倮(luǒ)虫、羽虫、毛虫、鳞虫、介虫。长,每类虫中的精者,即人、凤、麟、龙、龟。[119] 祼:即倮虫之"倮",因人体没有羽、毛、鳞、介。 [120] 移信鳞虫:把人讲信义的作法移加到鳞类上。 [121] "洞庭"句:洞庭龙君气度宏大。 [122] "钱塘"句:钱塘龙君果敢坦率。 [123] 宜有承焉:应该有所传绪。 [124] "嘏咏"二句:薛嘏在口头歌颂过柳毅的事,却没有写成文章,所以只有他自己能接近仙境。 [125] "愚义"二句:我认为柳毅等人都很有义气,因此写了这篇传记。

白行简

白行简(776—826),字知退,白居易之弟。贞元末登进士第,官历左拾遗,司门员外郎,主客郎中。《旧唐书》称其"文笔有兄风,辞赋尤称精密"。

李 娃 传

【题解】 这篇传奇改编自民间流传的《一枝花话》。元稹《酬翰林白学士代书一百韵》有云:"翰墨提名尽,光阴听话移。"句下自注云:"尝于新昌宅说《一枝花话》,自寅至巳,犹未毕词也。"宋曾慥《类说》卷二六有陈翰《异闻集》,其中《汧国夫人传》篇末注云:"旧名《一枝花》。"元人罗烨《醉翁谈录》癸集卷一《李亚仙不负郑元和》条云:"李娃,长安娼女也,字亚仙,旧名一枝花。"这篇传奇生动地塑造了李娃与荥阳公子的形象。作为一个娼妓,李娃听从其姥的诡计,欺骗过荥阳公子,使得他几次九死一生。这种行径虽可憎,但非常符合娼妓的身份,本无足为怪。但当她一旦发现自己的骗局曾给对方造成如此大的祸患之后,她马上能良心发现,毅然决然地拒绝其姥的无情行为,用自己的全部力量辅佐荥阳公子成就功名,而此时她却坚辞求归,这固然是封建门第观念对她的束缚,但也表明她不慕荣利、崇尚情义的品质,而这与郑父对郑生先逐后认的态度恰好相反。这篇传奇文笔优美,描写极富戏剧性。

汧国夫人李娃[1],长安之倡女也。节行瓌奇[2],有足称者,故监察御史白行简为传述[3]。天宝中,有常州刺史荥阳公者,略其名氏,不书。时望甚崇,家徒甚殷[4]。知命之年[5],有一子,始弱冠矣[6],隽朗有词藻,迥然不群,深为时辈推伏。其父爱而器之,曰:“此吾家千里驹也。”应乡赋秀才举[7],将行,乃盛其服玩车马之饰,计其京师薪储之费,谓之曰:“吾观尔之才,当一战而霸。今备二载之用,且丰尔之给,将为其志也。”生亦自负,视上第如指掌[8]。

自毗陵发[9],月余抵长安,居于布政里[10]。尝游东市还,自平康东门入,将访友于西南。至鸣珂曲[11],见一宅,门庭不甚广,而室宇严邃。阖一扉,有娃方凭一双鬟青衣立[12],妖姿要妙,绝代未有。生忽见之,不觉停骖久之,徘徊不能去。乃诈坠鞭于地,候其从者,敕取之。累眄于娃,娃回眸凝睇,情甚相慕。竟不敢措辞而去。生自尔意若有失,乃密征其友游长安之熟者[13],以讯之。友曰:“此狭邪女李氏宅也[14]。”曰:“娃可求乎?”对曰:“李氏颇赡。前与之通者多贵戚豪族,所得甚广。非累百万,不能动其志也。”生曰:“苟患其不谐,虽百万,何惜。”他日,乃洁其衣服,盛宾从而往。扣其门,俄有侍儿启扃。生曰:“此谁之第耶?”侍儿不答,驰走大呼曰:“前时遗策郎也!”娃大悦曰:“尔姑止之。吾当整妆易服而出。”生闻之私喜。乃引至萧墙间[15],见一姥垂白上偻,即娃母也。生跪拜前致词曰:“闻兹地有隙院,愿税以居,信乎?”姥曰:“惧其浅陋湫隘[16],不足以辱长者所处,安敢言直耶[17]。”延生于迟宾之馆[18],馆宇甚丽。与生偶坐,因曰:“某有女娇小,技艺薄劣,欣见宾客,愿将见之。”乃命娃出。明眸皓腕,举步艳冶。生遽惊起,莫敢仰视。与之拜毕,叙寒燠,触类妍媚[19],目所未睹。复坐,烹茶斟酒,器用甚洁。

久之,日暮,鼓声四动。姥访其居远近。生绐之曰[20]:“在延平门外数里。”冀其远而见留也。姥曰:“鼓已发矣。当速归,无犯禁。”生曰:“幸接欢笑,不知日之云夕。道里辽阔,城内又无亲戚。将若之何?”娃曰:“不见责僻陋,方将居之,宿何害焉。”生数目姥。姥曰:“唯唯。”生乃召其家僮,持双缣,请以备一宵之馔。娃笑而止之曰:“宾主之仪,且不然也。今夕之费,愿以贫窭之家[21],随其粗粝以进之[22]。其余以俟他辰。”固辞,终不许。俄徙坐西堂,帏幕帘榻,焕然夺目;妆奁衾枕,亦皆侈丽。乃张烛进馔,品味甚盛。彻馔,姥起。生娃谈话方切,诙谐调笑,无所不至。生曰:“前偶过卿门,遇卿适在屏间。厥后心常勤念,虽寝与食,未尝或舍。”娃答曰:“我心亦如之。”生曰:“今之来,非直求居而已,愿偿平生之志。但未知命也若何?”言未终,姥至,询其故,具以告。姥笑曰:“男女之际,大欲存焉。情苟相得,虽父母之命,不能制也。女子固陋,曷足以荐君子之枕席?[23]”生遂下阶,拜而谢之曰:“愿以己为厮养[24]。”姥遂目之为郎[25],饮酣而散。及旦,尽徙其囊橐,因家于李之第。

自是生屏迹戢[26]身,不复与亲知相闻。日会倡优侪类，狎戏游宴。囊中尽空，乃鬻骏乘，及其家童。岁余，资财仆马荡然。迩来姥意渐怠，娃情弥笃。

他日，娃谓生曰："与郎相知一年，尚无孕嗣。常闻竹林神者，报应如响，将致荐酹求之，可乎？"生不知其计，大喜。乃质衣于肆[27]，以备牢醴[28]，与娃同谒祠宇而祷祝焉，信宿而返[29]。策驴而后，至里北门，娃谓生曰："此东转小曲中，某之姨宅也。将憩而觐之，可乎？"生如其言。前行不逾百步，果见一车门。窥其际，甚弘敞。其青衣自车后止之曰："至矣。"生下，适有一人出访曰："谁？"曰："李娃也。"乃入告。俄有一妪至，年可四十余，与生相迎，曰："吾甥来否？"娃下车，妪逆访之曰[30]："何久疏绝？"相视而笑。娃引生拜之。既见，遂偕入西戟门偏院[31]。中有山亭，竹树葱蒨，池榭幽绝。生谓娃曰："此姨之私第耶？"笑而不答，以他语对。俄献茶果，甚珍奇。食顷，有一人控大宛[32]，汗流驰至，曰："姥遇暴疾颇甚，殆不识人。宜速归。"娃谓姨曰："方寸乱矣。某骑而前去，当令返乘，便与郎偕来。"生拟随之。其姨与侍儿偶语，以手挥之，令生止于户外，曰："姥且殁矣。当与某议丧事以济其急，奈何遽相随而去？"乃止，共计其凶仪斋祭之用。日晚，乘不至。姨言曰："无复命，何也？郎骤往觇之[33]，某当继至。"生遂往，至旧宅，门扃钥甚密，以泥缄之。生大骇，诘其邻人。邻人曰："李本税此而居，约已周[34]矣。第主自收。姥徙居，而且再宿矣。"征徙何处，曰："不详其所。"生将驰赴宣阳[35]，以诘其姨，日已晚矣，计程不能达。乃弛其装服[36]，质馔而食，赁榻而寝。生恚怒方甚，自昏达旦，目不交睫。质明，乃策蹇而去[37]。既至，连扣其扉，食顷无人应。生大呼数四，有宦者徐出，生遽访之："姨氏在乎？"曰："无之。"生曰："昨暮在此，何故匿之？"访其谁氏之第。曰："此崔尚书宅。昨者有一人税此院，云迟中表之远至者[38]。未暮去矣。"生惶惑发狂，罔知所措，因返访布政旧邸。

邸主哀而进膳。生怨懑，绝食三日，遘疾甚笃，旬余愈甚。邸主惧其不起，徙之于凶肆之中[39]。绵缀移时[40]，合肆之人共伤叹而互饲之。后稍愈，杖而能起。由是凶肆日假之，令执缌帷[41]，获其直以自给。累月，渐复壮。每听其哀歌，自叹不及逝者，辄呜咽流涕，不能自止。归则效之。生，聪敏者也。无何，曲尽其妙，虽长安无有伦比。

初，二肆之佣凶器者[42]，互争胜负。其东肆车舆皆奇丽，殆不敌，唯哀挽劣焉[43]。其东肆长知生妙绝，乃醵钱二万索顾焉[44]。其党耆旧[45]，共较其所能者，阴教生新声[46]，而相赞和。累旬，人莫知之。其二肆长相谓曰："我欲各阅所佣之器于天门街[47]，以较优劣。不胜者罚直五万，以备酒馔之用，可乎？"二肆许诺。乃邀立符契，署以保证，然后阅之。士女大和会，聚至数万。于是里胥告于贼曹[48]，贼曹闻于京尹。四方之士，尽赴趋焉，巷无居人。自旦阅之，及亭午，历举辇舆威仪之具，西肆皆不胜，师有惭色[49]。乃置层榻于南隅，有长髯者，拥铎而进[50]，翊卫数人[51]。于是奋髯扬眉，扼腕顿颡而登[52]，乃歌《白马》之词。恃其夙胜，顾眄左右，旁若无人。齐声赞扬之；自以为独步一时，不可得而屈也。有顷，东肆长于北隅上设连榻，有乌巾少年，左右五六人，秉翣而至[53]，即生也。整衣服，俯仰甚徐，申喉发调，容若不胜。乃歌《薤露》之章[54]，举声清越，响振林木。曲度未终，闻者歔欷掩泣。西肆长为众所诮，益惭耻。密置所输之直于前，乃潜遁焉。四坐愕眙[55]，莫之测也。

先是，天子方下诏，俾外方之牧[56]，岁一至阙下，谓之入计[57]。时也适遇生之父在京师，与同列者易服章窃往观焉。有老竖[58]，即生乳母婿也，见生之举措辞气，将认之而未敢，乃泫然流涕。生父惊而诘之。因告曰："歌者之貌，酷似郎之亡子。"父曰："吾子以多财为盗所害，奚至是耶？"言讫，亦泣。及归，竖间驰往[59]，访于同党曰："向歌者谁？若斯之妙欤？"皆曰："某氏之子。"征其名，且易之矣。竖凛然大惊；徐往，迫而察之。生见竖色动，回翔将匿于众中[60]。竖遂持其袂曰："岂非某乎？"相持而泣。遂载以归。

至其室，父责曰："志行若此，污辱吾门！何施面目，复相见也？"乃徒行出，至曲江西杏园东，去其衣服，以马鞭鞭之数百。生不胜其苦而毙。父弃之而去。其师命相狎昵者阴随之[61]，归告同党，共加伤叹。令二人赍苇席瘗焉[62]。至，则心下微温。举之，良久，气稍通。因共荷而归，以苇筒灌勺饮，经宿乃活。月余，手足不能自举。其楚挞之处皆溃烂，秽甚。同辈患之，一夕，弃于道周[63]。行路咸伤之，往往投其余食，得以充肠。十旬，方杖策而起。被布裘，裘有百结，褴褛如悬鹑[64]。持一破瓯，巡于闾里，以乞食为事。自秋徂冬，夜入于粪壤窟室，昼则周游廛肆[65]。

一旦大雪，生为冻馁所驱，冒雪而出，乞食之声甚苦。闻见者莫不凄恻。时雪方甚，人家外户多不发。至安邑东门[66]，循里垣北转第七八[67]，有一门独启左扉，即娃之第也。生不知之，遂连声疾呼："饥冻之甚！"音响凄切，所不忍听。娃自阁中闻之，谓侍儿曰："此必生也。我辨其音矣。"连步而出。见生枯瘠疥厉[68]，殆非人状。娃意感焉，乃谓曰："岂非某郎也？"生愤懑绝倒，口不能言，颔颐而已[69]。娃前抱其颈，以绣襦拥而归于西厢。失声长恸曰："令子一朝及此，我之罪也！"绝而复苏。姥大骇，奔至，曰："何也？"娃曰："某郎。"姥遽曰："当逐之。奈何令至此？"娃敛容却睇曰[70]："不然。此良家子也。当昔驱高车，持金装，至某之室，不逾期而荡尽[71]。且互设诡计，舍而逐之，殆非人。令其失志，不得齿于人伦。父子之道，天性也。使其情绝，杀而弃之。又困踬若此。天下之人尽知为某也。生亲戚满朝，一旦当权者熟察其本末，祸将及矣。况欺天负人，鬼神不祐，无自贻其殃也。某为姥子，迨今有二十岁矣。计其赀，不啻直千金。今姥年六十余，愿计二十年衣食之用以赎身，当与此子别卜所诣[72]。所诣非遥，晨昏得以温凊[73]，某愿足矣。"姥度其志不可夺，因许之。

给姥之余，有百金。北隅四五家税一隙院[74]。乃与生沐浴，易其衣服；为汤粥，通其肠；次以酥乳润其脏。旬余，方荐水陆之馔。头巾履袜，皆取珍异者衣之。未数月，肌肤稍腴，卒岁，平愈如初。

异时，娃谓生曰："体已康矣，志已壮矣。渊思寂虑[75]，默想曩昔之艺业，可温习乎？"生思之，曰："十得二三耳。"娃命车出游，生骑而从。至旗亭南偏门鬻坟典之肆[76]，令生拣而市之[77]，计费百金，尽载以归。因令生斥弃百虑以志学，俾夜作昼，孜孜矻矻[78]。娃常偶坐，宵分乃寐。伺其疲倦，即谕之缀诗赋[79]。二岁而业大就，海内文籍，莫不该览。生谓娃曰："可策名试艺矣。"娃曰："未也。且令精熟，以俟百战。"更一年，曰："可行矣。"于是遂一上登甲科，声振礼闱[80]。虽前辈见其文，罔不敛衽敬羡，愿友之而不可得。娃曰："未也。今秀士苟获擢一科第[81]，则自谓可以取中朝之显职，擅天下之美名。子行秽迹鄙，不侔于他士[82]。当砻淬利器[83]，以求再捷，方可以连衡多士，争霸群英[84]。"生由是益自勤苦，声价弥甚。其年，遇大比[85]，诏征四方之隽，生应直言极谏科[86]，策名第一，授成都府参军。三事以降[87]，皆其友也。

将之官，娃谓生曰："今之复子本躯，某不相负也。愿以残年，归养老姥。君当结媛鼎族[88]，以奉蒸尝[89]。中外婚媾[90]，无自黩也[91]。勉思自爱。某从此去矣。"生泣曰："子若弃我，当自刭以就死。"娃固辞不从，生勤请弥恳。娃曰："送子涉江，至于剑门，当令我回。"生许诺。

月余，至剑门。未及发而除书至[92]，生父由常州诏入，拜成都尹，兼剑南采访使，浃辰[93]，父到。生因投刺[94]，谒于邮亭[95]。父不敢认，见其祖父官讳，方大惊，命登阶，抚背恸哭移时，曰："吾与尔父子如初。"因诘其由，具陈其本末。大奇之，诘娃安在。曰："送某至此，当令复还。"父曰："不可。"翌日，命驾与生先之成都，留娃于剑门，筑别馆以处之。明日，命媒氏通二姓之好，备六礼以迎之，遂如秦晋之偶[96]。

娃既备礼，岁时伏腊[97]，妇道甚修，治家严整，极为亲所眷[98]。向后数岁，生父母偕殁，持孝甚至。有灵芝产于倚庐[99]，一穗三秀[100]。本道上闻[101]。又有白燕数十，巢其层甍。天子异之，宠锡加等。终制[102]，累迁清显之任。十年间，至数郡。娃封汧国夫人。有四子，皆为大官，其卑者犹为太原尹。弟兄姻媾皆甲门，内外隆盛，莫之与京[103]。嗟乎！倡荡之姬，节行如是，虽古先烈女，不能逾也。焉得不为之叹息哉！

予伯祖尝牧晋州[104]，转户部，为水陆运使。三任皆与生为代[105]，故谙详其事。贞元中，予与陇西公佐话妇人操烈之品格[106]，因遂述汧国之事。公佐拊掌竦听，命予为传。乃握管濡翰，疏而存之。时乙亥岁秋八月，太原白行简云。

据中华书局版《太平广记》

【注释】 [1] 汧国夫人：封号汧（qiān），指汧阳，在今陕西汧山及汧水之南。 [2] 瓌奇：高贵，特异。瓌，同瑰。 [3] 监察御史：官名。新、旧《唐书》本传都未记载白行简做过监察御史，且篇末作者自云此文写于贞元乙亥（十一年，795），其时白行简尚未中进士，更谈不上作御史，故有人疑此篇非白行简所作。但这几句也可能是后人加上去的按语，未经审核致误。 [4] "时望"二句：当时声望很高，家中佣从甚多。 [5] 知命之年：五十岁。《论语·为政》："五十而知天命。" [6] 弱冠：二十岁。《礼记·曲礼》："年二十曰冠。"《疏》："二十成人初加冠，体犹未壮，故曰弱也。" [7] 应乡赋秀才举:由州县保荐到京城应试。 [8]“视上第”句:把中举看得易如反掌。 [9] 毗(pí)陵:今江苏常州。 [10] 布政里:长安街巷名,下文的平康里为妓女所居之地,布政里距平康里很近。 [11] 鸣珂曲:平康里中的一条小巷。 [12] 双鬟青衣:梳着两个鬟的婢女。青衣,卑贱人的服色,代指婢女仆人。 [13] 征:求。 [14] 狭邪女:妓女。狭邪,一作狭斜,指娼妓所居之地。 [15] 萧墙:当门的墙。 [16] 湫隘:低湿狭小。 [17] 直:同“值”。 [18] 迟宾之馆:接待宾客的房间。 [19] 触类:一举一动。 [20] 绐(dài):骗。 [21] 贫窭(jù):贫困。 [22] 粗粝:粗糙的食物。 [23] “女子”二句:谓女子(指李娃)长得丑陋,怎么配得上给君子(郑生)做妻妾呢? [24] 厮养:仆役之人。 [25] “姥遂”句:老妪于是把他当作女婿对待。 [26] 戢(jí):藏。 [27] 质:典押。 [28] 牢醴:祭神的供品。牢,牛、羊、豕。醴,甜酒。 [29] 信宿:再宿。《左传·庄公三年》:“一宿为舍,再宿为信。” [30] 逆:迎。 [31] 戟门:古代宫门外立戟。唐制,三品以上许私门立戟。 [32] 大宛:大宛马。此指好马。 [33] 觇(chān):看,窥视。 [34] 约已周:租期已满。 [35] 宣阳:宣阳里,指李娃“姨”家。 [36] 弛:解、脱。 [37] 策蹇:骑驴。 [38] 迟(zhí):等待。中表:姑母的儿女称外表;姨母的儿女称内表,互称中表。 [39] 凶肆:相当于今日的殡仪馆。 [40] 绵缀:病危。移时:少顷,一段时间。 [41] 繐(suì)帷:灵帐。 [42] 佣凶器:经营丧事用品。 [43] 哀挽:唱挽歌。唐时凶肆专有职业挽歌手为办丧事的人家唱挽歌。 [44] 醵(jù)钱:凑钱。索顾:求雇。 [45] 其党耆旧:指挽歌手行帮中的老前辈。 [46] 阴:暗中,私下。 [47] 阅:陈列。天门街:即“承天门街”,唐代长安宫城南门外之南北大街,宽达百步。 [48] 贼曹:地方政府中负责治安的官员。 [49] 师:领班人。 [50] 拥铎:拿着大铃。 [51] 翊卫:左右随从。 [52] 顿颡:点着头。表示很神气。 [53] 翣:长把羽扇。 [54]《薤(xiè)露》之章:古代丧歌。崔豹《古今注》:“汉武帝时,李延年分为二曲,《薤露》送王公贵人,……使挽柩者歌之,亦谓之挽歌。” [55] 愕眙(chì):吃惊得瞪着眼。 [56] 俾:使。外方之牧:各州刺史。 [57] 入计:指各州刺史每年至长安接受朝廷考察。 [58] 竖:奴仆。 [59] 间:偷空。 [60] 回翔:回身躲闪的样子。 [61] 相狎昵者:相好者。 [62] 赍(jī):持。瘗(yì):埋葬。

[63] 道周:道旁。 [64] 悬鹑(chún):破衣服的代称。鹌鹑尾秃,像补绽百结,故云。《荀子·大略》:“子夏贫,衣若悬鹑。” [65] 廛(chán)肆:街市。[66] 安邑东门:唐长安城内安邑坊的东门。 [67] “循里垣”句:指沿着安邑的围墙向北转到第七八条巷子。 [68] 疥厉:疥疮。 [69] 颔(hàn)颐(yí):点头。 [70] 敛容:严肃其容。睇:《说文》段注:“睇为小邪视。” [71] 不逾期(jī):不过一年。 [72] 别卜所诣:另找所居之处。[73] 温清(qìng):使温暖,使清凉。语出《礼记·曲礼上》:“凡为人子之礼,冬温而夏清。” [74] 税一隙院:租一空院落。 [75] 渊思寂虑:深思静想。 [76] 鬻坟典之肆:卖古书的店铺。坟,三坟;典,五典。传说中上古的书名。 [77] 市之:买下它们。 [78] 孜孜(zī)矻矻(kū):形容勤勉刻苦的样子。 [79] 缀诗赋:作诗写赋。 [80] 礼闱:礼部试场。唐代进士、明经考试由礼部主持。 [81] 秀士:秀才,士人。 [82] 不侔于:比不上。 [83] 砻(lóng):用石头磨东西。淬(cuì):铸造时候烧红的铁放到水里蘸一下。 [84] “方可”二句:才能够在众多士子英才中竞争称霸。 [85] 大比:《周礼·地官》:“三年则大比。”这里指制科考试。唐代的制科,是一种由皇帝特命举行的考试,已中进士者及官员皆可参加。[86] 直言极谏科:以向朝廷提出直率批评建议为内容的考试科目。[87] 三事以降:三公(太尉、司徒、司空)以下的官员。 [88] 结媛鼎族:和豪门贵族联姻。 [89] 以奉蒸尝:得以主持祭祀、家政。蒸尝,祭祀祖宗的代称,只有正妻主妇才能参与。 [90] 中外婚媾:指在姻族之间结亲。唐代世族之间大多通婚姻为表亲,所以族与族之间常有中表关系。此处的中外婚媾即指这种亲上加亲的中表姻亲。 [91] 自黩:自暴自弃。[92] 除书:委任官员的诏书。 [93] 浃辰:十二天。浃,一个循环。辰,十二地支日。 [94] 投刺:呈上名片。刺,名片。古代名片要写上三代姓名。[95] 邮亭:驿站。 [96] 秦晋之偶:正式夫妻。 [97] 岁时伏腊:指主持各种仪式。岁时,年节。伏腊,夏天和冬天的祭祀。 [98] “极为”句:非常受到亲族的爱重。 [99] 倚庐:古代守孝时所居的草庐。[100] 一穗三秀:一本三枝。 [101] 本道上闻:当地地方官将此祥瑞向上呈报。 [102] 终制:三年守孝期满。 [103] 莫之与京:不能与之相比。 [104] 牧晋州:任晋州刺史。 [105] 为代:作前后任。[106] 公佐:李公佐,唐传奇作家。代表作有《南柯太守传》。

图书在版编目(CIP)数据

中国古代文学作品选.2/郭预衡主编.—上海：上海古籍出版社，2004.7（2017.7重印）
高等院校文科教材
ISBN 978-7-5325-3769-3

I.中… II.郭… III.古典文学—作品—中国—高等学校—教材 IV.I212.1

中国版本图书馆CIP数据核字(2004)第050242号

高等院校文科教材
中国古代文学作品选
（二）
郭预衡 主编
上海世纪出版股份有限公司
上 海 古 籍 出 版 社 出版、发行
（上海瑞金二路272号 邮政编码200020）
(1)网址：www.guji.com.cn
(2)E-mail：guji1@guji.com.cn
(3)易文网网址：www.ewen.co
新华书店上海发行所发行经销 上海颛辉印刷厂印刷
开本850×1068 1/32 印张17.875 字数440,000
2004年7月第1版 2017年7月第13次印刷
印数：33,401-34,900
ISBN 978-7-5325-3769-3
I·1718(课) 定价：35.00元
如有质量问题，请与厂质量科联系。T:57603336